KB177495

Lucy Maud Montgomery
ANNE OF GREEN GABLES

9
달이가고 해가가고
루시 모드 몽고메리/김유경 옮김

동서문화사

원제 : Chronicles of Avonlea(1912)
그림 : 계창훈
디자인 : 동서랑 미술팀

ANNE OF GREEN GABLES
9
달이 가고 해가 가고/차례

먼 나라로 떠나간 사랑하는 벗
윌리엄 A. 휴스턴 부인*에게 바친다

---

* 윌리엄 A. 휴스턴 부인, 애칭 틸리는 몽고메리 어머니의 사촌으로 늘 몽고메리가 진심으로 따르던 친숙한 벗이었다.

청혼은 빨리하세요

어느 토요일 저녁녘, 앤 셜리는 시어도러 딕스의 거실 내닫이창 가에 앉아 무릎을 끌어안고 해지는 언덕 저 멀리 아름다운 별나라를 좇으며 꿈꾸는 듯한 눈길을 보내고 있었다.

스티븐 어빙 내외가 피서와 있는 '메아리집'에서 2주일 동안의 휴가를 보내기 위해 앤은 와 있었으므로 이따금 시어도러와 이야기를 나누러 오래된 딕스네 농장으로 찾아갔다.

이날 해가 질 무렵은 두 사람 모두 할 이야기를 다 해버렸으므로 앤은 마음껏 공상을 하느라 여념이 없었다. 짙은 빨강머리를 땋아 꽃관처럼 감아돌린 보기좋은 머리를 창틀에 기대고 잿빛 눈은 어두컴컴한 못에 비친 달빛처럼 빛나고 있었다.

그때 루도빅 스피드가 오솔길을 걸어오는 것이 보였다. 딕스 저택으로 오는 오솔길은 길었으므로 루도빅은 아직 집에서 멀리 떨어진 곳에 있었지만, 아무리 멀어도 그를 한눈에 알아볼 수 있었다. 그처럼 키가 크고 앞으로 구부정한 자세로 부드러운 태도를 지닌 사람은 미들 그래프턴 마을에는 그밖에 없었기 때문이다. 그 몸가짐 하나하나는 루도빅 특유의 것이었다.

불현듯 몽상에서 깨어난 앤은 이만 돌아가는 게 좋겠다고 생각했다. 루도빅은 시어도러에게 구혼하고 있는 중이었다. 온 그래프턴 마을이 그 사실을 다 두루두루 알고 있고, 또 비록 모르는 사람이 있다 하더라도 그것은 알 만한 시간이 없었기 때문은 아니다. 루도빅이 지금과 똑같은, 생각에 잠긴 채 편안한 마음으로 오솔길을 자유로이 걸어 시어도러를 만나러 다니기 시작한 지 어느덧 15년이나 되니까!

아직도 날씬하고 처녀처럼 앳된 로맨틱한 앤이 일어나서 나가려 하자, 뚱뚱하게 살찐 중년의 현실주의자인 시어도러가 눈을 빛내며 극구 말렸다.

"서두르지 않아도 돼요. 앉아서 끝까지 편안히 있어요. 루도빅이 오솔길로 오는 걸 보고 여기 있어서는 방해가 되겠다고 생각한 거겠죠. 하지만 그런 일은 없어요. 루도빅은 다른 사람이 옆에 있는 것을 좋아하고 나 또한 그래요. 말하자면 이야기에 활기가 넘치게 되니까요. 1주일에 두 번씩 15년이나 만나러 오는 거니까 서로 말할 이야기의 씨가 말라버렸어요."

루도빅에 대한 한 시어도러에게는 수줍음 같은 게 없었고, 부끄러움도 없이 루도빅에 대한 일이며 그의 느긋한 구혼태도를 모조리 이야기했다. 실제로 그의 그런 태도를 재미있어 하고 있는 것 같았다.

앤은 다시 앉았다. 언저리에 무성한 클로버 풀밭과 눈 아래로 희미하게 보이는 골짜기에서 꾸불꾸불 나왔다 들어갔다 하며 흘러가는 푸른 강을 침착하게 바라보면서, 루도빅이 오솔길을 따라 오고 있는 것을 시어도러와 나란히 둘이서 지켜보았다.

앤은 시어도러의 평온하고 아름다운 얼굴을 바라보면서, 만일 자신이 이곳에 앉아 얼른 보기에 이토록 오랫동안 결심하기 어려워하고 있는 나이 지긋한 연인을 기다리는 몸이라고 한다면 어떤 기분일지 나름 상상해 보려 했다. 그러나 그것만은 앤의 상상력으로도 도저히 미치지 못했다.

'아무튼 저 사람이 마음에 든다면, 나 같으면 어떻게든 빨리 결심시키는 방법을 생각해 내겠어.'

앤은 조바심이 났다.

'적어도 루도빅 스피드라면 말이야! 스피드(속력)라니, 이토록 어울리지 않는 이름이 또 있을지 모르겠군! 저런 사람에게 이런 이름이 붙어 있는 것은 사람을 속이는 함정과 같은 거야.'

이윽고 루도빅은 집에 와 닿았다.

그러나 이번에는 층계 있는 데 멈춰선 채 벚나무 과수원의 우거진 푸르른 숲을 바라보며 너무도 오래 명상에 잠겨 있었기에 마침내 보다 못한 시어도러가 벌떡 일어나 루도빅이 노크도 하기 전에 문을 활짝 열었다. 시어도러는 루도빅을 거실로 데리고 오며 그의 어깨 너머로 앤을 향해 익살스럽게 얼굴을 찌푸려보였다.

루도빅은 유쾌한 듯 앤에게 미소 지어 보였다. 그는 앤을 좋아했다. 루도빅이 아는 젊은 아가씨라고는 그나마 앤뿐이었다. 여느 때 그는 젊은 아가씨들을 피하고 있었다. 멋쩍고 거북한 생각이 들기 때문이었다. 그러나 앤은 그런 기분이 들게 하지 않았다. 앤은 모든 타입의 사람들과 호흡을 맞춰 나가는 비결을 몸에 지니고 있었으므로, 그리 오래 사귀지 않았는데도 루도빅과 시어도러는 자연스럽게 앤을 오랜 친구로 여기게 되었다.

루도빅은 키가 크고 그리 잘 생긴 편은 아니지만 유유자적하는 침착성을 지니고 있어서, 사실 그것 없이는 갖추어질 리 없는 위엄을 지니고 있었다. 그리고 늘어진 명주실 같은 갈색 콧수염과, 턱에 곱슬곱슬한 황제수염[1]을 기르고 있었다. 그런 수염은 그래프턴에서는 색다른 것으로 여겨지고 있었다. 그래프턴 남자들은 턱을 말끔히 깎든가 또는 턱수염 전체를 텁수룩하게 기르든가 둘 가운데 하나였다.

---

*1 아랫입술 바로 밑에 조금 기른 수염.

루도빅의 몽환에 빠져 있는 눈은 다행히 맑게 개어 있었지만 그 푸른 밑바닥에는 수심이 좀 깃들여 있었다.

루도빅은 시어도러의 아버지가 썼던 커다랗고 육중한 낡은 팔걸이 의자에 앉았다. 루도빅이 언제나 거기에 앉으므로 앤은 의자까지 루도빅을 닮아간다고 말했다.

이야기는 곧 활기를 띠어갔다. 누군가 상대해주는 사람만 있으면 루도빅은 이야기를 곧잘 했다. 책도 많이 읽었고, 그래프턴에는 희미한 메아리로밖에 들려오지 않는 넓은 세계의 사람에 대한 일이며 여러 문제에 대해 가끔 앤을 깜짝 놀라게 하는 날카로운 비판도 서슴지 않고 하였다. 또 시어도러와 종교에 대해 토론하는 것도 좋아했다. 시어도러는 정치라든가 역사의 흐름 같은 것에는 그리 관심을 갖고 있지 않았다. 그러나 종교 교리에는 열심이어서 그에 대한 모든 것을 읽고 있었다.

크리스천 사이언스*²에 대해 루도빅과 시어도러가 정다운 토론의 소용돌이로 옮아가는 것을 보고, 앤은 자기가 도움되는 일은 당장 없을 것 같았고 또 돌아가더라도 상관없음을 알았다.

"별이 나오는 때고, 이만 자야 할 시간이에요."

앤은 조용히 일어났다.

그러나 집에서는 잘 보이지 않는, 금빛 데이지꽃이 하얀 별처럼 흩어져 있는 푸른 목장으로 나오자 앤은 발길을 멈추고 웃을 수밖에 없었다. 향기를 실은 바람이 부드럽게 불고 지나갔다. 앤은 길모퉁이에 있는 흰 자작나무에 몸을 기대고 마음껏 웃었다. 여느 때에도 루도빅과 시어도러의 일을 생각할 적마다 걸핏하면 웃음이 나올 듯했다. 젊은 피가 들끓는 앤에게 있어 이들 두 사람의 구혼은 견딜 수 없이 재미있게 생각되었다. 앤은 루도빅이 마음에 들기는 했지만 짜증

---

*2 약품을 쓰지 않고 신앙요법을 특색으로 하는 그리스도교의 한 파.

스럽게 느껴지는 것도 분명했다.

앤은 소리내어 말했다.

"얼마나 안타깝고 바보 같은 사람인지 모르겠어. 그런 사랑스러운 바보는 달리 또 없을 거야. 마치 옛날 노래에 나오는, 앞으로 나아가지도 가만히 있지도 않으면서 그저 비틀비틀 떴다 가라앉았다 하는 그 악어와 똑같잖아."

그로부터 이틀 뒤 저녁녘 딕스 저택을 찾아갔을 때, 앤과 시어도러는 루도빅에 대한 이야기로 서서히 빠져들었다. 보기 드물게 부지런한 데다 수예품광인 시어도러는 매끈매끈한 살찐 손가락을 부지런히 움직여 정교한 바텐버그 레이스뜨기로 식탁 중앙에 놓는 장식물을 만들고 있었다.

앤은 작은 흔들의자에 앉아 가녀린 손을 무릎에 포개고 시어도러를 바라보고 있었다. 몸매 좋은 주노 여신*³처럼 단단한 흰 살집, 윤곽이 뚜렷한 큼직한 얼굴, 커다란 암소 같은 다갈색 눈. 시어도러가 무척 단정하고 예쁘다는 것을 앤은 알았다. 미소를 띠지 않을 때는 아주 위엄 있어서 루도빅이 존경하는 마음을 가지는 것도 마땅하다고 앤은 생각했다.

앤은 물었다.

"그 토요일 밤, 루도빅과 줄곧 크리스천 사이언스 이야기를 했어요?"

시어도러의 얼굴에 웃음이 번졌다.

"그래요. 그 일로 다투기까지 했죠. 적어도 나는 말이에요. 루도빅은 어떤 사람과도 말다툼은 결코 하지 않는 사람이니까요. 그 사람과 말다툼하는 것은 공기를 상대로 싸우는 거나 마찬가지예요. 나도 되받아치지 않는 사람과 티격태격하는 건 싫어요."

---

*3 로마의 여신.

앤은 달래듯 말했다.

"시어도러, 나는 실례되는 일을 하나 묻고 싶어요. 싫으면 답하지 않아도 좋아요. 왜 당신과 루도빅은 결혼하지 않는 거죠?"

시어도러는 태평스럽게 웃었다.

"그건 아주 오래 전부터 그래프턴 마을 사람들이 품은 의문이라고 생각해요, 앤. 그래요, 나는 루도빅과 결혼하는 데 그리 이의는 없어요. 이토록 솔직한 이야기는 없겠죠? 하지만 말이죠, 저쪽에서 신청해 오지 않으면 결혼이란 간단히 할 수 있는 게 아니에요. 루도빅은 한 번도 내게 청혼하지 않았어요."

앤은 물어보았다.

"그는 너무 수줍은 걸까요?"

시어도러의 마음이 쏠리고 있는데 어째서일까? 까닭을 알 수 없는 이 문제를 앤은 밑바닥까지 캐보려고 했다.

시어도러는 손에 들었던 일감을 아래에 살포시 내려놓고 여름 경치로 뒤덮인 푸른 비탈을 생각에 잠긴 눈으로 바라보았다.

"아니, 그렇지는 않다고 생각해요. 루도빅은 수줍은 성격을 지닌 사람이 아니니까요. 다만 그 사람의 방식인 거예요—스피드 집안의. 그 집안 사람들은 모두 기가 막힐 만큼 신중하니까요. 한 가지 일을 하는 데도 몇 해나 생각한 끝에 겨우 결심하죠. 때로는 너무 생각만 하는 버릇이 붙어버려서 못하고 마는 수도 있어요. 올더 스피드 아저씨처럼 말이에요. 아저씨는 언제나 영국에 있는 동생을 만나러 간다고 말하면서 한 번도 가지 않았으니까요. 아무리 생각해도 가서 안될 이유는 아무것도 없었는데도요. 그들은 게으름뱅이는 아니지만 충분히 시간을 들이는 것을 좋아하는 거예요."

"그럼, 루도빅은 그 스피드 집안의 참으로 심한 한 예가 되는 셈이로군요."

앤이 말했다.

"그렇죠. 그는 지금까지 한 번도 일을 서두른 적이 없어요. 아무튼 자기 집을 새로 칠하는 일을 요 6년 동안이나 생각하고 있으니 말이에요. 기회가 있을 때마다 내게 상의해서 빛깔까지 정해 놓았지만, 거기서 그냥 그치고 말아요. 그는 나를 좋아하며 언젠가는 결혼해 달라고 할 생각으로 있긴 해요. 문제는 다만—그때가 과연 언제 올 것이냐 하는 거죠."

앤은 조바심을 내며 물었다.

"왜 그에게 독촉하지 않는 거죠?"

시어도러는 한 번 웃고는 다시 뜨개질을 하기 시작했다.

"루도빅을 독촉할 수 있다 하더라도 내 힘으로는 어쩔 수가 없어요. 나는 너무 수줍음이 많은 성격이거든요. 이 나이에 이토록 큰 몸집을 한 여자가 그런 말을 하면 우습게 들리겠지만 사실이에요. 물론 스피드 집안사람과 결혼하려면 그 밖에는 방법이 없다는 것을 알고는 있지만요.

예를 들면 내 사촌으로 루도빅의 형님과 결혼한 사람이 있어요. 설마 그 사촌이 노골적으로 그쪽에 청혼했다고는 말할 수 없지만—알겠죠, 앤?—그것과 그리 다를 바 없었죠. 나는 도저히 그런 흉내는 낼 수가 없어요.

하지만 꼭 한 번 해보려고 한 적은 있었어요. 내가 점점 나이들어 머잖아 시들고 말리라는 것과, 같은 또래 처녀들이 여기저기서 결혼하고 있다는 데 생각이 미쳤을 때, 나는 루도빅에게 내 의사를 내비출까 했었어요. 그런데 말이 목구멍에 꽉 달라붙어 기를 쓰고 나오지 않는 거예요.

지금으로서는 아무래도 좋아요. 내가 앞장서서 딕스라는 성을 스피드로 바꿔야 할 정도라면 평생 딕스로 지내도 상관없어요. 루도빅은 우리가 나이를 먹어간다는 걸 느끼지 못하는 거겠죠. 우리가 아직 들떠 있는 젊은 사람으로 앞길이 구만리는 있다고 여기고 있어요.

그것이 스피드 집안사람들의 결점이에요. 그 사람들은 죽지 않으면 자기들이 살아 있다는 것조차 모르는 성격들이죠."

"당신은 루도빅을 좋아하겠죠?"

앤은 시어도러의 모순된 말 속에서 틀림없는 비통한 심정을 파악했던 것이다.

시어도러는 솔직히 대답했다.

"그럼요, 좋아하고말고요."

얼굴을 붉힐 것도 없는 당연한 일이라고 그녀는 여기는 것 같았다.

"이미 루도빅에 대해 깊이 생각하고 있고, 확실히 그 사람에게는 누군가 돌봐줄 사람이 필요해요. 하지만 그를 챙겨주는 사람이 아무도 없어요—지저분해 보여요. 그건 앤도 알겠죠. 루도빅의 나이 드신 고모님은 집안일은 그럭저럭 보살펴주고 있지만 그의 시중까지는 들어주지 못해요.

그리고 루도빅도 남의 보살핌을 받고 조금은 떠받들받을 필요가 있는 나이로 접어들었어요. 여기서는 내가 쓸쓸한 생활을 하고 그쪽에서는 루도빅이 외로운 생활을 하고 있어요. 이런 바보스러운 일은 어디에도 없다는 생각이 들죠?

우리가 오래 전부터 그래프턴의 웃음거리가 돼 있는 것도 무리가 아니라고 생각해요. 정말 나로서도 웃을 수밖에 없는 형편이니까요. 때로는 루도빅에게 질투를 일으키게 하면 그 사람도 용기를 내지 않을까 여겨지기도 했지만, 나로서는 바람피울 수가 없고 피울 수 있다 해도 그럴 상대가 아무도 없어요. 이 언저리에서는 모두 나를 루도빅의 사람으로 보고 있어서 아무도 그의 방해물이 되려고는 꿈에도 생각지 않는 거죠."

앤이 소리쳤다.

"시어도러, 좋은 생각이 떠올랐어요!"

시어도러가 소리쳤다.

"아니, 어떻게 한다는 거죠?"

앤은 이야기했다. 처음에 시어도러는 앤의 말에 웃으며 반대했으나 마침내 앤의 열의에 이끌려 반신반의하면서 굽히고 말았다.

"글쎄요, 그럼, 해 볼까요."

시어도러는 결심했다.

"만일 루도빅이 무척 성이 나서 나를 버리고 만다면 지금까지보다 더 비참한 꼴이 되겠지만, 아무 노력도 하지 않으면 그 어떤 수확도 없는 거니까요. 힘써 싸워볼 가치는 있어요. 그리고 사실은 나도 그 사람의 꾸물거리는 태도에 지긋지긋한 생각이 들어요."

앤은 자신의 계획에 참을 수 없는 기쁨을 맛보며 가벼운 발걸음으로 '메아리집'에 돌아갔다. 그녀는 아널드 셔먼을 찾아내어 그를 필요로 하는 계획에 대해 모조리 이야기해 주었다.

아널드 셔먼은 가만히 귀기울여 들으면서 배를 잡고 웃었다. 그는 나이 지긋한 독신남자로 스티븐 어빙의 친한 친구이며, 여름 동안 어빙 내외와 함께 보내러 프린스 에드워드 섬에 와 있었다. 원숙하고 잘 생긴 남자로 아직 어딘가 장난기가 남아 있었으므로 기꺼이 앤의 계획에 끼어들었다.

그는 루도빅 스피드를 초조하게 만들 일을 생각하니 못 견디게 유쾌했다. 또 시어도러 딕스가 자기 역할을 훌륭하게 해낼 인물이라는 것도 알고 있었다. 결과가 어떻게 되든 이 희극은 심심하지 않을 것이다.

다음 목요일 저녁, 기도회가 끝난 뒤 첫번째 막이 올랐다. 사람들이 교회에서 나왔을 때는 환한 달밤이었으므로 누구나 다 그것을 똑똑히 보았다. 아널드 셔먼은 문 바로 가까운 층계에 서 있었고, 루도빅 스피드는 몇 해 동안 해 온 대로 묘지 울타리 모퉁이에 기대 있었다. 마을 소년들은 루도빅이 그 장소의 페인트칠을 벗겨버렸다고 말하곤 했다. 루도빅으로서는 교회문에 달라붙어 있어야만 할 까닭이 전혀 없음을 알고 있었다. 시어도러는 언제나처럼 나올 것이므로 모퉁이를 돌았을 때 같이 가면 되는 것이다.

벌어진 일은 이러했다. 시어도러는 층계를 성큼성큼 내려왔다. 그 당당한 모습이 현관 등불을 받아 뚜렷이 어둠 속에 떠올랐을 때 아널드 셔먼이 먼저 말을 건넸다.

"댁까지 모셔다드릴까요?"

시어도러는 자연스럽게 그의 팔을 잡고, 멍하니 서 있는 루도빅 옆을 둘이서 거침없이 지나갔다. 루도빅은 자기 눈이 믿어지지 않는 듯 어쩔 도리 없이 그저 두 사람을 어안이 벙벙한 눈길로 바라보고 있었다.

잠시 동안 루도빅은 힘없이 그곳에 우두커니 서 있었다. 그러다 그의 변덕스러운 연인과 그 새로운 숭배자의 뒤를 쫓아 길을 걷기 시작했다. 남자아이들과 생각없는 젊은이들은 무언가 재미있는 소동이 벌어지지나 않을까 떼지어 뒤에서 졸졸 따라갔다. 그러나 그들은 낙심하고 말았다. 루도빅은 성큼성큼 걸어 시어도러와 아널드 셔먼을 따라잡자 이번에는 그림자처럼 얌전히 뒤에서 따라갔다.

아널드 셔먼이 그녀를 즐겁게 해주려고 특별히 애썼는데도 불구하고 시어도러는 자기 집까지 산책을 즐길 수가 없었다. 마음은 등 뒤에서 발을 질질 끌며 따라오는 루도빅을 못내 그리워하고 있었다. 이래서는 너무 잔인한 게 되지 않을까 걱정되었지만, 그러나 이미 발을 내딛고 만 것이다. 이것도 다 루도빅에게 좋게 되도록 하고자 하는 일이니까, 하고 시어도러는 모질게 마음을 고쳐먹고 아널드 셔먼에게 마치 세상에 남자는 그뿐인 것처럼 다정하게 말을 걸었다.

가엾게도 버림받은 루도빅은 말없이 뒤에서 따라가며 시어도러가 하는 말을 잠자코 듣고 있었는데, 실제로 어떤 쓴잔을 루도빅에게 내밀고 있는지 알았다면 시어도러는 비록 아무리 좋은 목적을 위해서일지라도 그 잔을 내밀 결심을 못했을 게 틀림없다.

시어도러와 아널드가 시어도러의 집 대문으로 들어가고 말았으므

로 루도빅은 발길을 멈춰야 했다. 시어도러가 돌아보니 루도빅이 가만히 큰길에 서 있는 게 보였다. 그 처량한 모습이 하룻밤 내내 그녀의 머리에서 떠나지 않았다.

이튿날 앤이 찾아와 처음의 결심을 뒷받침해 주지 않았더라면 시어도러는 용기가 꺾여 모든 것을 망칠 뻔했다.

한편 루도빅은 몹시 재미있어 하는 남자아이들의 외침과 놀리는 소리도 전혀 귀에 들리지 않는 듯 시어도러와 그의 연적이 그녀의 집 오솔길 움푹한 곳에 있는 전나무 밑으로 들어가 보이지 않게 될 때까지 큰길에 우두커니 서 있었다. 그런 다음 자기 집으로 발길을 돌렸으나, 늘 걷는 태평스러운 걸음걸이가 아니라 마음속에서 일어나는 동요를 드러내는 어지러운 걸음걸이였다.

루도빅은 당황했다. 비록 갑자기 이 세상의 종말이 찾아왔다 하더라도, 그리고 느릿하게 굽이진 그래프턴 강물이 방향을 바꾸어 언덕 쪽으로 흐르기 시작했다 하더라도 이처럼 놀라지는 않았으리라. 15년 동안이나 모임에서 돌아갈 때면 시어도러와 함께 있었는데, 지금 이 나이 지긋한 다른 나라 사람이 '미국'의 매력을 잔뜩 풍기며 뻔뻔스럽게도 루도빅의 코앞에서 시어도러를 데리고 걸어간 것이다. 더욱 나쁜 일은—무엇보다도 잔혹한 타격은—시어도러가 기분좋게 아널드 셔먼과 함께 가버린 것이다. 시어도러는 아널드와 함께 있는 것이 분명 즐거운 듯 보였다. 루도빅은 평온하던 가슴 속에 무서운 분노가 치밀어오르는 것을 깨달았다.

자기 집 오솔길 끄트머리에 닿자 루도빅은 대문에서 발길을 멈추고, 초승달 모양의 자작나무숲 오솔길에서 떨어져 있는 자기 집을 바라보았다. 달빛 속에서도 비바람에 시달린 지친 모습이 뚜렷했다. 루도빅은 소문에 들리는, 아널드 셔먼이 보스턴에 가지고 있다는 '궁전 같은 저택'에 대해 생각하며 햇빛에 그을린 손으로 불안한 듯 턱을 문질렀다. 그리고 주먹을 불끈 쥐어 대문 기둥을 쾅쾅 쥐어박았다.

"15년 동안이나 사귀어온 끝에 이런 식으로 나를 뿌리칠 생각을 시어도러에게 갖게 해서야 되겠나. 아널드 셔먼이든 누구든 나는 나대로 해줄 말이 있어. 그 건방진 애송이 같으니!"

이튿날 아침 루도빅은 마차를 몰고 카모디로 가서 조슈어 파이에게 집을 새로 칠해 달라고 부탁하고, 토요일 저녁 때 가게 되어 있는데도 그날 저녁 시어도러를 만나러 갔다.

그런데 그보다 앞서 아널드 셔먼이 찾아와 루도빅이 늘 앉는 의자에 버젓이 앉아 있었다. 루도빅은 버드나무로 만든 시어도러의 새 흔들의자에 몸을 맡길 수밖에 없었는데, 그러고 있노라니 남이 보기에도 딱할 만큼 앉음새가 거북스러웠다.

이 자리의 어색함을 느끼면서도 시어도러는 훌륭하게 자신의 역할을 해낼 수 있었다. 그녀가 이토록 아름다워 보인 적은 없었으며, 더욱이 두 번째로 좋은 실크드레스를 차려입고 있는 것을 알아차린 루도빅은 혹시 그녀가 이 연적이 찾아오는 것을 기다리며 갈아입은 게 아닐까 하는 비참한 생각이 들었다. 시어도러는 지금까지 한 번도 그를 위해 실크드레스를 입고 있은 적이 없었다. 여느 때에는 루도빅처럼 조용하고 부드러운 사람도 달리 없었지만, 이렇게 입을 다문 채 앉아 아널드 셔먼의 세련된 이야기에 귀를 기울이고 있는 동안 루도빅은 흉포한 감정이 활활 불타오르는 것을 느꼈다.

다음날 시어도러는 몹시 기뻐하며 앤에게 말했다.

"그 사람이 얼굴을 찌푸리고 있는 모습을 그 자리에서 앤에게도 보여주고 싶었어요. 내가 심술궂은 건지도 모르지만, 마음속으로는 즐거웠어요. 그 사람의 기분이 몹시 상해 버려 우리 집에 오지 않는 게 아닐까 걱정하고 있었거든요. 우리 집에 와서 기분 나빠하고 불만스러워하는 모습은 조금도 걱정되지 않아요. 하지만 가엾게도 몹시 괴로워하고 있었으므로 나는 정말 양심에 가책을 받았죠. 어젯밤 그는 셔먼 씨보다 오래 있으려 했지만 그렇게 되지 못했어요. 서둘러 오솔길을 돌아갈 때 루도빅처럼 초라한 사람은 본 일이 없어요. 그래요, 정말로 급히 간 거예요."

다음 일요일 저녁, 아널드 셔먼은 시어도러와 함께 교회로 가서 나란히 옆자리에 앉았다. 두 사람이 들어가자 루도빅은 특별석 아래 자기 자리에서 갑자기 일어났다. 눈치를 살피며 곧 다시 앉기는 했지만, 그곳에 있는 사람들은 모두 그것을 보고 말았으므로 그날 밤 그래프턴 강 상류에서부터 하류에 이르기까지 사는 사람들은 이 극적인 사건을 크게 즐기며 서로 이야기를 주고받았다.

그 자리에 함께 있었던 루도빅의 사촌누이 로렐러 스피드는 교회에 가지 않았던 언니에게 이야기했다.

"글쎄, 목사님이 한창 성경을 읽고 계시는데 마치 확 끌려올라가듯 벌떡 일어난 거야. 얼굴은 새파랗고 잔뜩 노려보는 눈이 마치 튀어나올 것만 같았어. 나는 그런 스릴을 느낀 적이 없어! 루도빅이 곧바로 그 자리에서 두 사람에게 달려드는 게 아닌가 했었는데, 당당한 기세만 보였을 뿐 다시 주저앉고 말지 뭐야. 그런 루도빅의 모습을 시어도러 딕스가 봤는지 어떤지는 모르겠어. 침착하게 태연한 얼굴을 하고 있었으니까."

시어도러는 루도빅을 보지는 않았지만, 그녀가 침착하고 태연해 보였다면 그 표정은 솔직한 기분을 전하지 못한 셈이다. 사실은 가엾을 만큼 괴로워하고 있었던 것이다. 마지못해 아널드 셔먼과 함께 교회로 오기는 했지만, 자신의 행동이 너무 지나치다는 생각이 들었다. 그래프턴에서는 약혼자와 다름없는 사이가 아니면 교회에 가도 옆에 앉거나 하지 않는 것이다.

만일 이런 일이 루도빅을 잠에서 깨어나게 하는 대신 마취와도 같은 절망에 빠지게 한다면 어떻게 할 것인가! 예배하는 동안 내내 시어도러는 비참한 생각에 빠져 설교가 한마디도 귀에 들어오지 않았다.

그러나 루도빅의 공연은 아직도 불만하여 끝난 게 아니었다. 스피드 집안사람들은 좀처럼 흥분하는 일이 없지만 일단 불이 붙으면 그 기세를 누구도 막을 수 없었다. 시어도러와 셔먼 씨가 밖으로 나와 보니 루도빅이 층계께에서 기다리고 있었다. 그는 몸을 꼿꼿이 세우고 점잖게 앞을 가로막아 서서 머리를 뒤로 젖히고 어깨를 으스대며 있었다. 경쟁상대에게 던지는 그 눈길에는 숨김없이 그대로 도전하겠다는 뜻이 담겼으며, 시어도러의 팔에 걸친 손끝은 아주 가볍게 와닿는데도 고압적인 것을 느끼게 했다.

"댁까지 바래다드려도 괜찮겠습니까, 미스 딕스?"

그 말투는 '대답을 들을 것도 없이 내가 바래다주지'하는 기세였다.

시어도러는 용서를 비는 듯 아널드 셔먼을 바라보고 나서 루도빅의 팔을 잡았다. 루도빅은 의기양양하게 시어도러를 데리고, 마치 바람막이 울타리에 매어져 있는 말까지 매혹되어 바라보는 듯한 목장의 정적 속을 당당히 가로질러갔다. 루도빅에게는 참으로 빛나는 생애의 절정이었다.

다음날 앤은 이 소식을 들으러 일부러 애번리에서 걸어왔다. 시어도러는 멋쩍은 듯 미소 지었다.

"그래요, 앤, 드디어 정말로 결정했어요. 집까지 바래다주는 도중에 루도빅은 단도직입적으로 결혼해 달라고 했어요─일요일이고 뭐고 상관없이 말이에요. 곧 결혼식을 올릴 거예요─공연히 한 주일이라도 머뭇거릴 필요는 없다고 루도빅이 말했으니까요."

이 소식으로 가슴이 터질 것같이 되어 앤은 '메아리집'으로 한걸음에 달려가 셔먼 씨를 찾아갔다.

셔먼 씨가 말했다.

"마침내 루도빅 스피드도 재촉을 받아 목적을 이룬 셈이군요. 앤은 물론 기쁘겠지만, 가엾게도 내 자존심은 희생양*4이 되었습니다. 시

---

*4 유대인의 죄를 지고 벌판으로 쫓겨난 산양.

어도러 딕스를 바랐다가 뜻을 이루지 못한 보스턴 사나이로서 언제
까지나 그래프턴 사람들의 기억 속에 남을 테니까요."

앤은 위로하는 얼굴로 말했다.

"하지만 그건 사실이 아니잖아요."

아널드 셔먼은 시어도러의 원숙한 아름다움과 짧은 교제 동안 알
게 된 너그럽고 마음씨 착한 인품에 대해 생각했다.

"꼭 그렇다고만은 할 수 없습니다."

셔먼 씨는 들릴듯말듯 한숨을 내쉬었다.

올드미스 로이드

5월 이야기

스펜서베일의 노처녀 미스 로이드는 부자이며 인색하고 자존심 강한 사람으로 소문나 있었다.

소문이란 반드시 3분의 1은 옳고 3분의 2는 틀리는 것으로, 미스 로이드는 부자도 아니고 인색하지도 않았으며 실은 가엾을 만큼 가난했다. 그녀의 뜰을 가꾸고 장작을 패주는 '꼽추' 잭 스펜서 쪽이 그녀에 비해 훨씬 더 부자일 정도였다. 그는 적어도 하루 세끼 식사를 거르는 일은 없었으니까. 한편 미스 로이드는 이따금 하루 한 끼로 때우고 마는 일마저 있었다.

그러나 그녀의 자존심은 아주 강했다. 젊었을 때 그녀가 여왕으로 군림했던 스펜서베일 사람들에게, 자신이 얼마나 가난하며 때로는 어떤 절박한 상태에 빠져 있는가를 알게 할 형편이라면 차라리 죽는 편이 낫다고 여길 정도였다. 그보다는 괴팍한 구두쇠—아무데도 나가지 않고, 하다못해 교회에도 가지 않으며, 목사의 급료로는 다른 누구보다도 조금밖에 안 내는 괴팍한 할멈으로 여겨지는 편이 좋았다.

마을 사람들은 발끈해서 이야기를 주고받았다.

"더욱이 돈더미에 묻혀 있으면서! 그 인색한 태도는 분명 부모에게서 물려받은 건 아니에요. 그녀의 부모는 정말 친절한 분들이었으니까요. 로이드 의사 선생처럼 훌륭한 신사는 달리 없었을 정도였고, 그분은 늘 누구에게나 잘했어요. 그리고 남을 위해 애쓰면서 은혜를 받는 사람에게 비굴한 느낌을 갖게 하지 않고, 도리어 주는 쪽이 감사하게 여기는 태도였지요.

뭐 그것이 소원이라면, 미스 로이드는 아무와도 사귀지 않고 돈도 죽을 때까지 자기만 간직해 두면 되겠죠. 우리와 사귀고 싶지 않으면 안 만나면 그만이에요. 아무리 돈이 있어 그토록 뽐내 보아야 조금도 행복하지 않을 것 같은데 말이에요."

정말 그대로여서 그녀가 조금도 행복하지 못한 것은 안타깝게도 사실이었다. 정신적으로는 고독에 시달리고, 물질적으로는 자신과 굶어죽는 일을 갈라놓는 단 한 가닥 실인 달걀 매상이 가져다주는 얼마 안 되는 수입뿐인 생활로는 좀처럼 행복해질 수 없다.

사람들 말에 따르면, 그녀는 언제나 '로이드 집안의 낡은 저택에 틀어박혀' 살고 있었다. 처마가 낮은 오래된 집으로, 몇 개의 큰 굴뚝과 네모진 창문이 붙어 있고 빽빽한 가문비나무가 주위를 둘러싸고 있었다.

그녀는 그런 집에서 단지 혼자 살고 있었고, 꼽추 잭 말고는 몇 주일이 되도록 사람 그림자 하나 보이지 않았다. 그녀가 뭘 하고 있으며 어떻게 시간을 보내는가 하는 것이 스펜서베일 사람들의 풀 수 없는 수수께끼였다. 아이들은 그녀가 침대 밑 커다란 검은 상자에 채워둔 금화를 세고 있다고 말했다.

스펜서베일의 아이들은 그녀를 아주 무서워했고, 그 가운데 몇 명은—'스펜서 큰길'의 아이들은—그녀를 마귀할멈이라 믿고 있었으므로, 딸기며 가문비나무 진을 따러 숲을 돌아다니거나 할 때 멀리서 난로에 불을 땔 나뭇가지를 줍고 있는 여위고 등을 꼿꼿이 세운 그녀의 모습을 보면 모두들 달아나고 말았다. 그녀가 마귀할멈이 아닌 것을 확신하고 있는 사람은 오직 메리 무어뿐이었다.

메리는 단호하게 말했다.

"마귀할멈은 보기 흉하게 생겼어. 로이드 할머니는 조금도 못나게 생기지 않았어. 아주 예쁜 사람이야—하얀 머리는 저렇게 부드럽고 눈은 크고 검은데다 얼굴도 작고 살빛이 희니까. 큰길의 아이들은 자기들이 말하는 뜻을 모르고 있어. 우리 어머니가 그러는데, 그 애들은 정말 멍청이래."

그러자 지미 킴블이 완강하게 주장했다.

"하지만 저 할머니는 교회에도 전혀 가지 않고, 나뭇가지를 줍는 동안에도 줄곧 혼자 투덜투덜 중얼거리고 있잖아."

그녀가 혼자 중얼거리는 것은 사람들과 이야기하기를 매우 좋아하기 때문이었다. 정말 20년 가까운 세월 동안 자기 말고는 이야기 상대가 없었으니 얼마쯤 심심하기도 할 것이다. 그러므로 그녀는 이따금 자존심을 제쳐두고 다른 모든 것을 희생해도 좋으니 조금이나마 자기를 상대해주는 사람이 있었으면 좋겠다고 생각하는 일이 있었다. 그럴 때에는 자기로부터 모든 것을 앗아가버린 가혹한 운명을 고통스럽고 한스럽게 느끼는 것이었다. 그녀에게는 사랑하는 게 아무것도 없었다. 이거야말로 인간에게 있어 가장 처참한 상태였다.

해마다 돌아오는 봄이 견디기 어려웠다. 미스 로이드도 전에는—그때는 할머니가 아니었으며 귀엽고 제멋대로인 쾌활한 마거릿 로이드였다—봄을 무척 좋아한 때가 있었지만, 지금은 가슴 아픈 생각을 하게 되므로 싫어했다.

더욱이 이 5월의 봄은, 지나간 어느 봄보다도 그녀의 가슴을 아프게 하여 고통을 견디지 못할 정도였다. 모든 것들이 그녀를 괴롭혔다―신록의 전나무 우듬지를 보아도, 저택 아래쪽에 있는 너도밤나무가 무성한 조그만 저지대를 보아도, 꼽추 잭이 막 파헤쳐 놓은 뜰의 붉은 흙냄새를 맡아도.

어느 밝은 달밤, 그녀는 너무나 슬픈 나머지 울면서 밤을 새우고 어지러운 마음 탓으로 배고픔마저 잊었을 정도였다. 그녀는 그 한 주일 동안 내내 배고프게 지냈다. 꼽추 잭에게 뜰을 일군 삯을 주기 위해 자신은 가게에서 사온 비스킷과 물만으로 때웠던 것이다. 가문비나무 맞은편 하늘에 어느덧 아름답고 희미한 새벽빛이 번지기 시작하자, 그녀는 베개에 얼굴을 묻고 그것을 보지 않으려 했다.

그녀는 반항하듯 말했다.

"새로운 하루란 정말 싫어. 지금까지 견뎌온 고통스럽고 시시한 나날과 다름없으니 말이야. 일어나서 오늘이라는 새로운 하루를 보내고 싶지 않아. 아, 그런데 옛날에 나는 날이 밝을 때마다 마치 좋은 소식을 가져오는 친구라도 되는 듯 두 손을 활짝 벌렸었지! 그때는 아침이 정말 좋았어―개어 있든 흐려 있든 이제부터 읽기 시작하려는 흥미진진한 책처럼 즐거웠었어―그런데 지금은 정말 싫어―정말 싫어―정말 싫어!"

이렇게 말하면서도 그녀는 어쩔 수 없이 일어났다. 꼽추 잭이 뜰일을 마무리하러 일찍 온다는 것을 알고 있었기 때문이다. 그녀는 아름다운 숱많은 흰 머리를 정성들여 묶어 올리고, 작은 금빛 물방울무늬가 있는 보랏빛 비단 드레스를 입었다.

그녀가 언제나 비단 드레스를 입는 것은 그나마 절약하기 위해서였다. 가게에서 새로 사라사천을 사는 것보다 어머니가 입던 비단 드레스를 입는 편이 훨씬 싸게 먹히기 때문이었다. 어머니가 입던 비단 드레스는 많이 있으므로 그녀는 아침이고 저녁이고 그걸 입었는데, 그것을 스펜서베일 사람들은 그녀의 자존심을 보여주는 한 증거로 받아들였다. 옷 모양이 구식인 것은 너무 인색해서 새옷 만드는 비용을 아끼기 때문이라는 것이었다.

사람들은 그녀가 그 비단 드레스를 입을 때 몹시 유행에 뒤떨어져 있다는 것을 조금도 안타까워하지 않았고, 옛날식 옷자락 주름이며 오버스커트를 바라볼 때 꼽추 잭의 눈에도 그녀가 여자로서 차마 볼 수 없을 만큼 딱해 보인다는 것을 모르고 있었다.

새로운 하루를 반가워하지 않으면서도, 점심 식사—아니, 차라리 점심에 먹는 비스킷이라고 하는 편이 옳다—뒤 산책을 나간 그녀는 자연의 아름다움에 마음을 빼앗겼다. 그날은 정말 생기가 넘치고 투명하게 맑은 날이었다. 낡은 로이드 저택을 둘러싼 가문비나무숲은 봄의 바쁜 손길에 몸을 맡기며 온통 싱그러운 빛과 그림자를 띠고 있었다. 숲 사이를 돌아다니는 그녀의 고뇌에 찬 마음에도 나무들의 기쁨이 스며든 듯 너도밤나무숲 아래로 흐르는 시냇물의 널빤지다리에 닿을 즈음 그녀는 다시 차분하고 상냥한 기분으로 돌아와 있었다.

그곳에는 미스 로이드만이 아는 어떤 이유로 특별히 좋아하는 큰 너도밤나무가 있었다. 회색 대리석 기둥 같은 줄기를 가진 거대한 너도밤나무로, 잎이 우거진 큰 가지 아래에는 시냇물이 괴어 금갈색 물웅덩이가 되어 있었다. 그녀의 생애에서 지금은 사라져버린 지난날 영광이 후광(後光)을 던지던 시절에는 이 나무도 역시 젊은 나무였다.

숲 바로 위 윌리엄 스펜서네 집터로 가는 오솔길 저쪽에서 아이들의 웃음소리가 들려왔다. 윌리엄 스펜서의 집 바깥 오솔길은 다른 방향으로 큰길과 이어져 있었지만 이 뒤쪽이 지름길이므로 윌리엄의 아이들은 언제나 이곳을 지나 학교로 갔다.

미스 로이드는 얼른 어린 가문비나무가 무더기져 서 있는 곳으로 몸을 숨겼다. 스펜서 집안 아이들은 언제나 그녀를 몹시 무서워하고 있는 것 같았으므로 그녀 또한 그 아이들을 좋아하지 않았다.

가문비나무 뒤에서 보고 있노라니, 천진난만한 아이들은 산새처럼 떠들어대면서 오솔길을 걸어왔다. 나이가 위인 두 아이가 앞서고 쌍

둥이는 그 뒤에서 키 크고 날씬한 여자의 팔에 매달리며 오고 있었다—아마 새로 부임한 음악 선생님이 틀림없었다. 새 선생이 윌리엄 스펜서네 집에 하숙하게 되었다고 달걀 장수로부터 들었던 것이다. 그러나 이름은 아직 듣지 못했다.

그들이 가까이 왔을 때, 그녀는 얼마쯤 호기심을 느끼며 그 선생을 바라보았다—그러자 갑자기 그녀의 가슴이 꿈틀대며, 이 몇 해 동안 느낀 적이 없을 만큼 무섭게 뛰기 시작하고 숨결이 가빠지며 온몸이 몹시 떨렸다. 이 아가씨가 누구지—누구일까?

새로 온 음악교사의 밀짚모자 아래로, 지나간 옛날 그녀의 기억에 남은 다른 사람의 머리에서 본 것과 같은 빛깔과 물결 모양의 멋있는 밤색 머리가 탐스럽게 보이고 있었다. 그 물결치는 머리 밑으로 검은 속눈썹과 푸른빛을 띤 커다란 보랏빛 눈이 보였다. 그것은 그녀가 자기 눈과 마찬가지로 잘 알고 있는 눈이었으며, 아름답고 품위 있는 윤곽과 아련한 혈색과 기쁨에 넘치는 쾌활하고 싱그러운 표정이 풍부한 얼굴은 그녀의 지나간 시절에 속하는 얼굴이었다. 하나에서부터 열까지 그대로 그린 듯했으나, 오직 하나 다른 점이 있었다. 그녀의 기억에 남은 얼굴은 강하게 사람을 잡아끄는데도 불구하고 연약한 데가 있었다. 그런데 이 아가씨 얼굴에는 상냥함과 여자다움으로 이루어진 훌륭한 지배력이 깃들어 있었다.

미스 로이드가 숨어 있는 곳 옆을 지날 때 아이들 가운데 누군가가 한 말로 아가씨는 웃었는데—아, 그 웃음소리를 그녀는 잘 알고 있었다. 훨씬 예전에 이 너도밤나무 밑에서 들은 적이 있는 목소리였던 것이다.

미스 로이드는 그들이 다리 저쪽 언덕을 넘어 보이지 않을 때까지 바라보고 있었으며, 이윽고 꿈속을 걷는 사람 같은 걸음걸이로 소리없이 집에 돌아왔다. 꼽추 잭은 무서운 기세로 뜰을 파 일구고 있었다. 그녀는 잭이 소문을 잘 퍼뜨리는 것이 싫어서 여느 때는 그리 이야기하지 않았다. 그런데 지금 금빛 물방울을 뿌린 보랏빛 비단을 두른 위엄 있는 늙은 몸을 뜰로 끌고 갔다. 흰 머리칼이 햇빛을 받아 빛나고 있었다.

그녀가 나가는 모습을 보고 있던 꼽추 잭은 그녀도 이제 몹시 쇠약해졌다고 혼잣말을 했다. 얼굴빛이 나쁘고 더더욱 여위어보였다. 그런데 지금 잭은 자기가 잘못 본 게 틀림없다고 생각했다. 그녀의 뺨은 분홍빛이었고 두 눈은 빛나고 있었던 것이다. 산책하는 동안 어디엔가 적어도 10년이라는 세월은 버리고 온 게 틀림없었다. 꼽추 잭은 삽에 기대며 그녀보다 훌륭한 여자는 어디에도 흔치 않다고 단정했다. 다만 너무 인색한 것이 흠이다!

그녀는 품위 있게 불렀다.

"스펜서 씨."

손아랫사람들에게 말을 건넬 때 그녀는 언제나 품위 있게 이야기했다.

"저 윌리엄 스펜서 씨 댁에 하숙하고 있는 새로 온 음악선생의 이름을 좀 가르쳐주세요."

꼽추 잭이 대답했다.

"실비어 그레이라고 합니다."

그녀의 가슴이 또 한번 꿈틀했다. 그래, 알고 있었다—레슬리 그레이의 머리털과 눈과 웃음을 가진 그 아가씨가 레슬리 그레이의 딸임에 확실하다고 생각하고 있었던 것이다.

꼽추 잭은 손에 침을 탁 뱉고 일을 계속했는데, 그 삽보다도 빨리 돌아가는 잭의 혀에 그녀는 반한 듯 귀를 기울이고 꼽추 잭의 수다와 떠도는 소문을 듣기 좋아하는 버릇을 처음으로 기뻐하며 감사했다. 그의 입에서 쏟아져 나오는 한마디 한마디가 그녀에게는 은종이에 그리는 황금 사과 하나와도 같이 귀중하게 느껴졌다.

잭은 새 음악선생이 도착한 날 윌리엄 스펜서네 집에 일하러 갔었는데, 적어도 꼽추 잭이 꼬박 하루나 걸려서 누구의 일이든 캐내지 못하는 일이 있다고 한다면—적어도 외면적인 일에 대한 한—그것은 알 만한 가치가 없는 것이라고 해도 좋았다. 세상일을 캐낸 뒤 잭이 즐기는 것은 그것을 떠벌리는 일이었다. 그로 말미암아 이 30분 동안 꼽추 잭과 그녀 둘 가운데 어느 쪽이 더 즐겼는지는 말할 수 없다.

잭의 이야기를 간추리면 이러했다. 그레이 양은 갓난아기 때 부모를 잃고 고모 밑에서 자라났다. 그 고모는 아주 가난하며 그녀에게 매우 큰 소망을 품고 있었다.

이야기 마지막에 잭이 덧붙여 말했다.

"음악 공부를 하고 싶다고 합니다. 정말 그래야만 할 겁니다. 나도 그런 목소리는 아직까지 들은 적이 없으니까요. 그날 저녁 식사가 끝난 뒤 우리에게 노래를 불러주었는데, 마치 천사가 노래하는 것 같았지요. 꼭 번갯불처럼 내 마음을 꿰뚫었으니까요. 스펜서 씨 댁 아이들은 벌써 그 선생에게 반했습니다. 이 그래프턴 언저리와 애번리를 합치면 학생이 스무 명이나 있어요."

잭이 알고 있는 것을 모두 듣고 나자, 그녀는 집 안으로 들어가 작은 거실 창문 옆에 앉아 지금 들은 이야기를 다시 생각해 보았다. 흥분으로 머리끝에서 발끝까지 바들바들 떨렸다.

레슬리의 딸이라니! 노처녀 미스 로이드에게도 로맨스가 있었다. 먼 옛날—40년이나 전의 옛날—그녀는 레슬리 그레이와 약혼한 사이였다. 어느 여름방학 동안—그것은 마거릿 로이드의 생애에서 황금 같은 여름이었다—스펜서베일에서 교편을 잡은 젊은 대학생이었던 레슬리는 수줍고 몽상에 젖어 있는 미남으로 문학에 야심을 품고 있었는데, 그것이 언젠가 명성과 돈을 가져다주리라고 마거릿과 둘이서 굳게 믿고 있었다.

그런데 그 황금 같은 여름이 끝날 무렵 바보스러운 시시한 일로 심한 말다툼을 하여, 레슬리는 화를 내며 가버리고 말았다. 뒤에 그는 편지를 보냈으나, 그때도 아직 자존심과 분노의 포로가 되어 있던 마거릿 로이드는 매몰찬 답장을 써 보냈다. 그로써 편지는 끊어지고, 레슬리 그레이는 두 번 다시 돌아오지 않았다.

그리고 어느 날 마침내 마거릿은 자기가 영원히 자기 생애에서 사랑을 내쫓은 것을 깨달았다. 마거릿은 사랑이 다시는 자기 것이 되지 않으리라는 것을 안 순간부터 젊음에 등을 돌리고 암흑의 골짜기를 홀로 내려갔으며, 그러는 동안 성격이 비뚤어진 고독한 할머니가 되고 말았다.

몇 해 뒤 레슬리가 결혼했다는 말이 들리고, 이윽고 꿈을 품을 수 없는 생애를 보낸 끝에 죽었다는 소식이 전해졌다. 더 이상 그녀는 아무 것도 듣지 못했고 알지도 못했다. 오늘 저지대의 너도밤나무 아래에서 레슬리의 딸이 그녀가 있는 줄 알아차리지 못하고 그 옆을 지나갈 때까지는.

미스 로이드는 중얼거렸다.

"그 사람 딸이라니! 내 딸이 되었을지도 모르는데. 아, 그 아가씨와 친하게 되어 곁에 두고 귀여워할 수 있었으면. 그러면 그쪽에서도 나를 좋아하게 될 텐데! 하지만 그럴 수는 없어. 레슬리의 딸에게 내가 얼마나 가난한지, 얼마나 몰락해 있는지를 알리고 싶지 않아. 나로서는 도저히 견딜 수 없어.

그렇긴 해도 그 아가씨가, 그 귀여운 아가씨가 이토록 가까운 곳에, 겨우 길을 다 올라간 언덕 저쪽에 살고 있으니 날마다 그 아가씨가 지나가는 것을 볼 수 있는 셈이야. 아쉬운 대로 그쯤의 즐거움은 얻을 수 있어. 아, 하지만 그 아가씨를 위해 뭔가 해줄 수 있다면, 무언가 좋아할 만한 일을 해줄 수 있었으면. 그러면 그것보다 기쁜 일도 없을 텐데."

그날 저녁 그녀가 무심코 손님용 침실로 들어갔을 때 언덕 숲 사이로 빛이 한 가닥 비치고 있었다. 스펜서네 집 손님용 침실에서 비쳐 나오는 등불임을 그녀는 알 수 있었다. 아, 실비어의 등불이다. 그녀는 어둠 속에 우두커니 선 채 등불이 꺼질 때까지 멍하니 지켜보고 있었다. 마치 오래된 장미꽃잎을 휘저었을 때 같은 기분 좋은 향내가 가슴을 스치고 지나갔다. 실비어가 방안을 돌아다니며 길고 윤기나는 머리를 빗어 땋기도 하고 작은 장신구와 아가씨다운 장식품을 벗기도 하며 잠자리준비를 하고 있는 것을 그녀는 상상해 보았다. 등불이 꺼지자 흰옷을 입은 날씬한 모습이 부드러운 별빛이 비치는 창가에 무릎 꿇고 있는 장면을 떠올려 보았다.

미스 로이드도 곧 그 자리에 무릎 꿇고 함께 기도를 올렸다. 늘 하는 간단한 기도였지만 새로운 힘이 불끈 솟아나 감격이 깃든 기도가 된 것처럼 생각되었다. 그리고 마지막에 새로운 소원을 덧붙였다.

"하느님, 그 아가씨를 위해 나로서 할 수 있는 일을 무언가 알게 해주세요. 무언가 내가 할 수 있는 조그만, 조그만 일이라도 생각나게 해주세요."

그녀는 지금까지 줄곧 지내온 방—가문비나무숲으로 창문이 난 남북쪽 방으로 무척 마음에 들었었는데, 다음날 아무 미련 없이 손님용 침실로 옮기고 말았다. 앞으로는 이곳을 침실로 쓸 작정이었다. 실비어의 등불이 보이는 곳이 아니면 안 된다. 그녀는 어두컴컴한 가슴에 갑자기 비쳐든 하늘에 있는 별이 누워서도 보이는 곳에 침대를 놓았다.

그녀는 아주 행복했다. 행복 같은 건 몇 해 동안 맛본 일이 없었는데, 이제야 그녀의 쓰라린 현실 생활과는 많이 동떨어져 보여도 역시 마음이 편안하고 새로운 꿈 같은 일들이 그녀의 생활로 차츰차츰 들어온 것이다. 그리하여 실비어에게 해줄 일을—실비어가 기뻐할 것이 틀림없는 일을 그녀는 조금씩 생각해냈다.

스펜서베일 사람들은 이곳에 산사나무꽃이 하나도 없는 것은 몹

시 섭섭한 일이라고 늘 말해 왔었다. 젊은 사람들은 산사나무꽃을 갖고 싶으면 6마일이나 떨어진 애번리의 메마른 땅까지 꺾으러 가야만 한다고 생각했다. 그러나 미스 로이드는 좀 더 잘 알고 있었다. 가끔 혼자서 먼 산책을 거듭하는 동안 숲 깊은 안쪽에서 작은 개간지를 발견했다—남쪽이 비탈진 모래땅 언덕으로, 시내에 사는 어느 사람이 소유한 잡목지대였다. 이곳은 봄이 되면 담홍색과 흰색 철쭉으로 별을 아로새긴 것처럼 되었다.

그날 오후 이 개간지로 나간 미스 로이드는 숲속 오솔길과 침침한 가문비나무 가지가 뒤얽힌 밑을 무언가 즐거운 목적을 가진 사람처럼 걸어갔다. 미스 로이드에게는 봄이 금방 사랑스러운 아름다움으로 다시 바뀌었다. 사랑이 또다시 그녀의 마음에 되살아나 굶주린 영혼이 하느님의 음식이라고도 할 수 있는 그 사랑을 마음껏 맛보았기 때문이었다.

미스 로이드는 모래언덕에서 수많은 산사나무꽃을 발견했다. 그 사랑스러운 꽃들을 만족스러운 듯 바라보면서 실비어가 얼마나 기뻐할지 생각하며 광주리에 가득 채워 집으로 돌아와 작은 쪽지에 '실비어'라고 적었다. 스펜서베일에서는 아무도 그녀의 글씨를 알아보는 사람이 없을 텐데도 만일의 일을 대비해 둥글고 커다란 어린아이 같은 글씨로 자기 필적을 숨겼다. 그 산사나무꽃을 저지대로 가지고 가서 오래된 너도밤나무의 굵은 뿌리 사이사이 구석진 곳에 묶어놓고, 쪽지는 줄기에 찔러 맨 위쪽에 올려놓았다.

그 일이 끝나자 그녀는 천천히 가문비나무숲 뒤에 숨었다. 몸을 숨기기 위해 짙푸른 빛깔의 비단옷을 입고 있었다. 그리 오래 기다릴 것도 없이 실비어 그레이가 마티 스펜서와 함께 언덕을 내려왔다. 다리 앞에 이르렀을 때 실비어가 산사나무꽃을 발견하고 기뻐서 소리를 질렀는데, 자기 이름을 보자 의아한 얼굴이 되었다. 나뭇가지 너머로 내다보고 있던 미스 로이드는 이 작은 계획이 성공하자 즐거운 마음에 웃음이 터져나올 지경이었다.

실비어는 꽃을 안아들고 말했다.

"나에게라고! 정말로 내게 주는 건지 모르겠어, 마티! 어느 분이 여기 놓아 두었는지 모르겠니?"

마티는 쿡쿡 웃었다.

"아마 크리스 스튜어트일 거예요. 그 애가 엊저녁 애번리에 간 것을 난 알고 있어요. 그리고 엄마가 그러는데 그 애는 선생님을 좋아한대요. 그저께 저녁 선생님이 노래부를 때 가만히 선생님의 얼굴을 뚫어져라 바라보는 그 태도로 알 수 있었다고 했죠. 이런 색다른 짓을 하는 건 그 애다운 일이에요―여자아이들에게 무척 부끄럼을 타는 애니까요."

실비어는 얼굴을 조금 찌푸렸다. 마티의 말투가 마음에 들지 않았던 것이다. 그러나 산사나무꽃을 정말 좋아하고 있었고, 내심 크리스 스튜어트도 싫지 않았다. 실비어에게는 크리스가 호감 가는 수줍은 시골소년으로 보였다. 실비어는 꽃을 들고 그 속에 얼굴을 묻었다.

실비어는 즐거운 얼굴로 말했다.

"누구든 이 꽃을 준 분에게 나는 고맙게 생각해. 산사나무꽃처럼 마음에 드는 꽃은 없으니까. 아, 어쩌면 이토록 향기가 좋을까!"

두 사람이 가버리자 미스 로이드는 승리로 얼굴을 빛내며 숨은 곳에서 조심스레 나왔다. 실비어가 그 꽃을 보낸 사람을 크리스 스튜어트라고 생각한 것에도 화나지 않았다. 아니, 차라리 그편이 좋기까지 했다. 실비어가 선물로 보내준 사람을 찾아낼 염려는 그만큼 적어지는 셈이다. 다만 중요한 것은 그 꽃으로 실비어를 기쁘게 해주는 일이었다. 완전히 만족한 미스 로이드는 기쁨으로 마음이 들떠 쓸쓸한 자기집으로 돌아갔다.

크리스 스튜어트가 하루 걸러 너도밤나무숲이 있는 저지대로 음악선생에게 줄 산사나무꽃을 놓아두러 간다는 소문이 곧 스펜서베일에 자자하게 퍼졌다. 크리스 자신은 그것을 부인했지만 아무도 믿어주지 않았다. 우선 첫째로 스펜서베일에는 산사나무꽃이 피지 않는다는 것, 둘째로 크리스는 버터 공장에 우유를 도매로 넘기러 하루 걸러씩 카모디에 가야만 했고 그 카모디에는 산사나무꽃이 흐드러지게 피어 있다는 것, 셋째로 스튜어트 집안사람들에게는 로맨틱한 경향이 있다는 것 등으로, 누구라도 이만큼 상황 증거가 갖춰지면 충분하지 않겠는가?

실비어 쪽에서는 크리스가 자신에 대해 순수한 소년처럼 숭배하는 마음을 가지고 자신의 감정을 그토록 착하고 아름답게 표현하는 것을 싫어할 생각이 없었고, 다른 방법으로 애정을 호소하여 자신을 화나게 하는 일 없이 이런 식으로 나오는 크리스를 무척 고상하게 여기고 만족스러워하며 그의 산사나무꽃을 즐겼다.

달걀 사러 오는 장수로부터 이런 모든 소문을 들은 미스 로이드는 눈웃음으로 빛내며 귀담아들었다. 달걀 장수는 집에 돌아가자, 올봄처럼 미스 로이드가 생기도는 것을 본 적이 없다고 잘라 말했다.

미스 로이드는 가슴속에 비밀을 간직하자 젊어져 갔다. 산사나무꽃이 피는 언덕에는 꽃이 피어 있는 한 계속 다녔으며, 언제나 가문비나무 숲속에 숨어서 실비어가 지나가는 것을 지켜보았다. 실비어에 대한 애정은 날마다 더해지고, 그리운 마음이 깊어만 갔다. 그녀의 성격에 깃든, 오랫동안 억눌려 있던 아기자기한 애정이 그것을 전혀 모르는 소녀 쪽으로 찰랑찰랑 흘러 넘친 것이다.

그녀는 실비어의 정숙함과 아름다움과 상냥한 목소리와 웃음이 자랑스러웠다. 실비어를 숭배하는 스펜서 집안의 아이들에게까지 호의를 갖기 시작했고, 실비어를 보살펴주는 스펜서 부인이 너무나 부러웠다. 실비어의 소식—모두에게 인기가 있으며, 일에서도 성공하고 있고, 벌써 사람들의 사랑과 칭찬을 독차지하고 있다는 것 등—을 가져다주는 달걀 장수까지 그리운 사람으로 여겨졌다.

그녀는 직접 실비어 앞에 나타날 생각은 꿈에도 없었다. 이 가난한 모습으로는 생각조차 할 수 없는 일이었다. 실비어와 가까이 지내게 되어—이 낡은 집으로 초대하고—실비어와 이야기 나누며, 실비어의 생활로 들어가 보는 것은 얼마나 즐거운 일일까. 그러나 그럴 수 없었다. 그녀의 자존심은 아직도 애정보다 훨씬 강했다. 자존심만은 지금까지 한 번도 희생시킨 적이 없고 또—그녀가 믿고 있는 바에 따르면—앞으로도 희생할 수 없는 오직 하나의 것이었다.

6월 이야기

6월이 되자 비록 산사나무꽃은 없어졌지만 미스 로이드 뜰에 꽃들이 한가득 피었으므로, 아침마다 실비어는 새로운 꽃다발을 너도밤나무 옆에서 발견했다. 향기 짙은 상아 같은 흰 수선화, 불꽃 같은 튤립, 요정의 가지와도 같은 금낭화, 일찍 핀 분홍과 하양의 가시 많고 향기 좋은 작은 외겹장미 등이었다. 미스 로이드는 들킬 염려는 없었다. 그녀의 뜰에 핀 꽃은 스펜서베일에서는 스튜어트네 집을 비롯하여 어느 집 뜰에나 피어 있었기 때문이다.

크리스 스튜어트는 음악교사일로 놀림을 받아도 그저 빙그레 웃을 뿐 아무 말도 하지 않았다. 꽃을 보내는 사람이 사실은 누구인지 그는 잘 알고 있었다. 산사나무꽃 소문이 퍼졌을 때 크리스는 진상을 밝히는 게 자기 책임이라고 생각하였지만, 미스 로이드가 아무래도 남에게 알리고 싶지 않은 듯했으므로 그는 아무에게도 말하지 않았다.

크리스는 10년 전 어느 날 숲에서 발을 다쳐 울고 있을 때 미스 로이드가 그를 발견하여 자기 집으로 데려가 상처를 씻어주고 붕대를 감아준 뒤 사탕을 사 먹으라고 10센트 준 뒤로 그녀를 좋아하게 되었다. 그 때문에 미스 로이드는 그날 저녁 식사를 못했지만 그런 일을 크리스는 꿈에도 몰랐다.

미스 로이드는 올 6월은 무척 아름답다고 생각했다. 어느덧 새로운 하루하루를 무서워하지 않게 되었을 뿐만 아니라 아주 기뻐했다.

"요즘은 하루하루가 멋있는 날들이야."

미스 로이드는 기쁨에 넘쳐 중얼거렸다. 왜냐하면 다음날도, 그 다음날도 실비어를 숨어서 볼 수 있을 게 아닌가? 비오는 날에도 미스 로이드는 용감하게 관절염의 위험을 무릅쓰고 물방울이 듣는 그 가문비나무 숲속에 숨어서 실비어가 지나가는 것을 바라보았다. 그러나 일주일에 하루만은 실비어를 볼 수 없는 날이 있었다. 그것은 일요일로, 그녀에게 올 6월 일요일처럼 지루하게 여겨지는 날은 없다.

어느 날 달걀 장수가 새로운 소식을 가지고 왔다.

"음악 선생이 내일 교회에서 헌금 때 독창을 한답니다."

미스 로이드의 검은 눈이 호기심으로 빛났다.

"그레이 양이 성가대에 들어간 것을 몰랐는데요."

"두 주일 전 일요일부터죠. 정말이지 덕분에 우리 성가대 음악도 들을 만하게 되었답니다. 내일은 교회가 사람들로 가득 찰 테죠. 언젠가 그녀의 이름은 그 노래로 온나라에 알려질 거예요. 부인도 꼭 들으러 오셔야 합니다, 미스 로이드."

달걀 장수가 이렇게 말한 것은, 아무리 미스 로이드가 위풍당당해도 자기는 꿈쩍도 하지 않는다는 것을 보여주기 위한 허세에 지나지 않았다. 미스 로이드가 대답하지 않으므로 달걀 장수는 그녀를 화나게 했는가 싶어 그런 말을 하지 않았더라면 좋았을 거라고 곧 뉘우치면서 돌아갔다.

그러나 미스 로이드는 달걀 장수에 대한 일은 신경 쓰지 않고 있었다. 달걀 장수가 마지막 말을 하는 순간 그녀의 머리에서는 달걀 장수의 모습도 신분도 다 잊어버리고 말았던 것이다. 그녀의 모든 생각과 감정 그리고 희망은 실비어의 독창을 듣고 싶다는 한결같은 바람의 소용돌이 속으로 휘말려들어가고 말았다.

미스 로이드는 격정에 몸부림치면서 집안으로 들어가 그 소원을 억눌러 없애려고 애썼다. 그것을 위해 있는 자존심을 모두 끌어모아 보았으나 성공하지 못했다.

자존심은 이렇게 말했다.

"그 아이의 노래를 들으려면 너는 교회에 가야만 될 것이다. 교회에 입고 갈 옷도 제대로 없는 주제에. 모든 사람들 앞에서 네가 어떤 모습을 드러내게 될 것인지 생각해봐."

그러나 지금은 자존심보다도 더 강한 목소리가 그녀의 마음에 처음으로 울렸다—그리고 비로소 그녀는 그것에 귀를 기울였다. 분명 그녀는 어머니의 비단 드레스를 입게 된 그날부터 한 번도 교회에 발을 들여놓지 않았다. 자신도 이것을 옳지 않게 여기고 자기로서는 아주 엄격하게 일요일을 지켰다. 아침과 저녁에는 혼자서 간단한 예배를 하고 쉰 목소리로 찬송가를 세 곡 불렀으며 소리 내어 기도하고 설교를 읽었다.

그러나 아무래도 시대에 뒤떨어진 옷을 입고 교회로 갈 마음은 들지 않았다. 본디 스펜서베일에서 유행의 앞장을 서는 자신이었는데. 그리고 교회와 멀어질수록 점점 더 가기에는 거북한 생각이 들었다.

그런데 지금은 할 수 없었던 일들이 가능하게 되었을 뿐만 아니라, 그것이 절대적인 요구가 되어버렸다. 비록 아무리 자신의 모습이 우스꽝스러워 보일지라도, 또 사람들이 뭐라고 말하든 웃든 말든 실비어가 부르는 노래를 들으러 교회로 가야만 한다.

이튿날 오후, 스펜서베일의 신도들 사이에 작은 센세이션이 일었다. 예배가 시작되기 조금 전 미스 로이드가 통로를 당당히 걸어와 설교단 앞의 오랫동안 비어 있던 로이드 집안 자리에 우아하게 앉았기 때문이다.

마음속으로 미스 로이드는 몸둘 바를 모르는 괴로운 심정으로 있었다. 나오기 전에 거울에 비춰보았던 자기 모습을 생각하고 있었기 때문이다. 30년이나 된 옛날 모양의 낡아빠진 검은 비단 드레스에 주름잡힌 이상한 작은 검은 공단모자가 주위 사람들 눈에 무척 우습게 비칠 게 틀림없다고 그녀는 생각했다.

그러나 그녀의 모습은 조금도 우습게 보이지 않았다. 입는 사람에 따라서는 우습게 보였을지도 모르지만, 미스 로이드의 당당하고 품위 있는 태도와 모습은 어딘지 모르게 사람을 압도하며 옷차림이 어떠니 하는 것은 생각할 수 없게 만들었다.

이런 점을 미스 로이드 자신은 알아차리지 못했으며, 그녀가 깨달은 것은 조금 뒤 가겟집 안주인인 킴블 부인이 옷감이며 디자인이 최신유행인 옷을 바스락거리는 소리를 내며 옆자리에 앉은 일이었다. 킴블 부인은 미스 로이드와 같은 나이로, 옛날에는 마거릿 로이드의 옷차림을 조심스럽게 일정한 거리를 두고 흉내 내는 것만으로 만족한 일도 있었다. 그러나 가게 주인의 결혼 신청을 받아 지금은 사정이 달라졌으므로, 미스 로이드는 그 같은 변천을 뼈저리게 느끼며 교회에 오지 않았더라면 좋았을 거라고 반쯤 후회하며 앉아 있었다.

그때 갑자기 사랑스러운 천사의 손길이 허영과 병적인 자존심으로 얼룩진 어리석은 생각에 와닿아 그런 기분은 흔적도 없이 사라져버리게 했다. 실비어 그레이가 성가대 자리에 나타났기 때문이다. 그녀는 오후의 햇빛이 마치 후광처럼 그 아름다운 머리에 내리비치는 자리에 앉아 있었다.

미스 로이드는 품었던 소망을 충족시킨 마음에 우쭐한 기분이 되어 실비어를 뚫어지게 바라보고, 그런 뒤로는 예배가 한없이 고맙게 느껴졌다. 인간에 대한 일이든 하느님에 대한 일이든, 자신을 잊고 사랑이라는 매체를 통하게 되면 세상에 있는 모든 것들이 아름답게 느껴진다. 또한 하느님과 사람은 정도의 차이는 있을지라도 종류가 다르지 않은 같은 존재가 아니겠는가?

지금까지 미스 로이드는 이토록 찬찬히 실비어를 바라본 일이 없었다. 지금까지는 언제나 흘끗 훔쳐본 데 지나지 않았었다. 지금 미스 로이드는 앉은 채 실비어를 탐내듯 마음껏 바라보며, 그녀의 모든 매력과 사랑스러운 모습을 즐기며 눈을 떼려 하지 않았다. 실비어의 반지르르한 머릿결이 잔물결처럼 이마에서 뒤로 흐르고 있는 모습, 호기심 어린 그녀의 눈과 마주쳤을 때 수줍어하며 얼른 그 길다란 속눈썹을 내리감는 버릇, 찬송가책을 들고 있는 가녀린 모양의 아름다운 손―그것은 레슬리 그레이의 손과 똑같았다.

검은 스커트에 하얀 블라우스를 입은 검소한 옷차림이었지만, 한자리에 나란히 앉은 잘 차려입은 성가대 처녀 가운데 어느 누구도 실비어만한 아가씨는 없었다―는 것은 달걀 장수가 교회에서 돌아와 아내에게 한 이야기였다.

미스 로이드는 예배를 시작하는 찬송가에 조바심 나는 기쁨을 맛보며 귀기울였다. 실비어의 목소리가 다른 사람을 누르고 울려 퍼졌다. 집사들이 헌금을 모으러 일어서자 모인 사람들 사이에 흥분이 넘쳤다. 실비어가 일어나 오르간을 치는 재닛 무어 옆으로 한 걸음 한 걸음 나아갔기 때문이다. 다음 순간 아름다운 목소리가 노래의 영혼처럼 건물 안에 날아올랐다―맑고 힘차며 부드러운 목소리가.

스펜서베일에서는 미스 로이드 말고는 아무도 이 같은 목소리를 들은 일이 없었다. 미스 로이드만은 젊었을 때 훌륭한 가수의 목소리를 많이 들어왔기에 꽤 판단력을 갖추고 있었으므로, 자신이 진심으로 사랑하는 이 나이 어린 아가씨가 올바로 훈련받고 잘 뻗어가기만 한다면 언젠가 돈과 명성을 가져올 게 틀림없는 타고난 재능을 가지고 있음을 곧 깨달았다.

미스 로이드는 생각했다.

'아, 교회에 오기를 잘했어.'

독창이 끝나자 미스 로이드의 양심이 눈과 마음을 실비어로부터 떼어 목사에게로 돌리라고 속삭였다. 목사는 예배 첫순서 동안 내 내 미스 로이드가 자기를 위해 와준 것으로 알고 자랑스러워하고 있었다. 그는 부임한 뒤 스펜서베일 교회를 맡고 나서 아직 두세 달밖에 되지 않았다. 눈치 빠른 몸집 작은 남자로, 미스 로이드가 교회에 나온 것은 자기 설교에 대한 평판을 들었기 때문이라고 진심으로 믿었다.

예배가 끝나자 미스 로이드의 이웃사람들이 모두 몰려와 벙글벙글 웃기도 하고 악수를 하며 이야기를 건네기도 했다. 이렇게 미스 로이드가 올바른 길로 내디뎌온 이상 자신들이 격려해 주어야 한다고 여긴 것이다.

미스 로이드 쪽에서도 사람들의 따뜻한 마음이 반갑고 옛날과 다름없는 존경과 호의가 무의식중에 담겨져 있는 것을 보니 또한 기뻤다. 그녀의 사람됨은 가까이 하는 모든 사람들에게 존경을 느끼게 했다. 유행에 뒤떨어진 모자와 구식 옷을 입었으면서도 미스 로이드는 지금도 그 힘을 마음대로 쓸 수 있음을 알고 놀랐다.

재닛 무어와 실비어 그레이는 교회에서 같이 돌아갔다. 재닛이 말했다.

"오늘 로이드 아주머니께서 나와 계신 것을 봤니? 그 아주머니가 들어오는 것을 보고 나는 깜짝 놀랐어. 그분이 교회에 오신 일은 내 기억에 전혀 없을 정도니까. 어쩌면 그토록 이상하고도 낡아빠진 옷을 입고 있지! 아무튼 엄청난 부자거든. 그런데 어머니가 입다 버린 옷만 입고 새 옷은 하나도 사지 않는 거야. 인색하다는 사람도 있지만, 나는 다만 고집스러울 뿐이라고 생각해."

재닛은 너그러운 마음을 보이며 그렇게 결론을 내렸다. 실비어가 꿈꾸듯 말했다.

"지금까지 한 번도 뵌 적은 없었지만, 그분을 보자 곧 미스 로이드라는 생각이 들었어. 그분을 만나뵙고 싶다고 바라고 있었어. 어떤 까닭이 있어서 말이야. 아주 어여쁜 용모였어. 만나보고 싶어. 친하게 지내고 싶어."

재닛은 아무렇게나 말했다.

"친해질 수는 없을 거라고 생각해. 미스 로이드는 젊은 사람들을 싫어하고, 아무데도 나타나지 않아. 나는 그분과 친하게 지내고 싶은 생각이 없어. 무서우니까 말이야. 태도가 몹시 엄격하고 눈이 이상하게도 모든 것을 꿰뚫어보는 것만 같아."

실비어는 스펜서네 집으로 가는 오솔길로 꺾어들자 혼잣말을 하였다.

"나는 무섭다고 생각지 않아. 하지만 가까이 할 수는 없을 것 같아. 내가 누구라는 걸 알면 그분은 나를 분명 싫어하게 될 테니까. 내가 레슬리 그레이의 딸인 줄 전혀 알아차리지 못했을 거야."

목사는 쇠는 뜨거워져 있는 동안에 두들겨야 한다고 여겨 이튿날 오후 곧 미스 로이드를 방문하러 나섰다. 그는 잔뜩 두려워하며 갔다. 미스 로이드에 대한 여러 가지 소문을 듣고 있었기 때문이었다.

그러나 그녀가 타고난 성품에서 오는 품위 있는 태도로 아주 기분 좋게 비위를 맞춰주었으므로, 목사는 너무나 기뻐한 나머지 집에 돌아오자 아내에게 스펜서베일 사람들은 미스 로이드를 제대로 이해하지 못하고 있다고 말했다. 이 점은 과연 그 말대로였다.

그러나 목사도 그녀를 완전히 이해했다고는 딱 잘라 말할 수 없는 일이었다.

그는 한 가지 실수를 저질렀지만, 미스 로이드가 그것을 꼭 집어 말하지 않았으므로 목사는 자기 잘못을 깨닫지 못했다. 헤어질 때 목사는 이렇게 말했던 것이다.

"다음 일요일에도 교회에 나와주셨으면 합니다, 미스 로이드."

미스 로이드는 힘주어 말했다.

"가고말고요."

7월 이야기

7월 1일, 실비어는 저지대의 너도밤나무 아래에서 자작나무껍질로 만든 작은 배 모양으로 된 상자에 딸기가 가득 담겨 있는 것을 발견했다. 그것은 가장 먼저 거둔 딸기였다. 미스 로이드가 자기만이 알고 있는 늘 다니는 길에서 찾아낸 것이었다. 미스 로이드의 초라한 식탁에 올려놓으면 아주 맛있는 식사가 될 것이었지만, 자신이 먹는다는 것은 생각도 할 수 없었다. 실비어가 차 마시는 시간에 기뻐하며 먹을 것을 생각하면 그편이 훨씬 좋았다.

그 뒤로 꽃 대신 딸기가 계속 놓여지고, 그리고 나서 월귤로 바뀌고, 나무딸기로 바뀌었다. 월귤은 먼곳에 열려 있었으므로 미스 로이드는 때때로 멀리까지 나갔다. 그 탓으로 이따금 밤이 되면 뼈가 쑤시고 아팠지만 그런 것이 무슨 문제겠는가? 몸의 아픔이 마음의 아픔보다 훨씬 견디기 쉬웠으며, 더욱이 미스 로이드의 해묵은 슬픔이 처음으로 가셔졌던 것이다.

어느 날 저녁, 꼽추 잭이 미스 로이드네 우물을 고치러 왔다. 그녀는 다정하게 잭에게로 다가갔다. 그가 온종일 스펜서네 집에서 일하는 것을 알므로 무언가 실비어에 대한 소식을 한 조각이나마 주워들을 수 있을까 여겼기 때문이었다.

꼽추 잭은 윌리엄 스펜서의 신식 펌프며 스펜서 부인의 새 세탁기며 어밀리어 스펜서의 새로운 젊은 남자친구에 대한 이야기를 낱낱이 늘어놓으며 미스 로이드의 인내심을 참을 수 없는 한계점에 이르게 만든 다음 말을 꺼냈다.

"오늘 밤은 그 음악선생이 좀 우울한 기분에 사로잡혀 있을걸요."

미스 로이드는 얼굴이 파리해지며 되물었다.

"어째서죠?"

실비어에게 무슨 일이 일어난 것일까.

"시내에 살고 있는 무어 부인의 동생 집에서 큰 파티가 벌어지는데, 그 음악선생을 초대했지만 입고 갈 옷이 없대요. 그곳에 오는 사람들은 모두 이름 있는 분들뿐이니 돈을 물 쓰듯하며 멋지게 차려입고 오겠죠. 스펜서 부인이 말했는데, 안타깝게도 그레이 양은 고모의 치료비를 도와주고 있어서 새 옷을 살 수가 없답니다. 그러니 얼굴에 드러내지는 않아도 몹시 낙심하고 있을 게 틀림없다고 했지요. 엊저녁 잠자리에 들고 나서 그레이 양이 흐느껴운 것을 알고 있다고 스펜서 부인이 말했으니까요."

미스 로이드는 갑자기 몸을 홱 돌려 집안으로 들어가버렸다. 이런 일은 있을 수 없다. 실비어를 그 파티에 보내지 않으면 안 된다, 반드시 무슨 일이 있어도. 그러나 어떻게 하면 좋단 말인가.

미스 로이드의 머리에 어머니가 입던 비단드레스를 주었으면 하는 터무니없는 생각이 스쳐지나갔다. 그러나 비록 고쳐 만들 시간이 있다 하더라도 줄 만한 것은 하나도 없으리라. 미스 로이드는 이때처럼 잃어버린 재산을 후회한 적이 없었을 것이다.

"가진 돈은 2달러밖에 없고, 이것으로 다음 번에 달걀 장수가 올 때까지 살아나가지 않으면 안 돼. 무언가 팔 게 없을까. 그래, 그래, 포도항아리가 있지!"

지금까지 미스 로이드는 포도항아리를 파느니 차라리 자기 머리를 파는 편이 낫다고 여길 정도였다. 포도항아리란 2백 년이나 된 물건으로, 항아리로 만들어진 그때부터 지금까지 로이드 집안의 가보가 되어 있었다. 크고 아래가 불룩한 것으로, 담홍색 포도가 새겨지고 한 옆에 시 한 구절이 씌어 있는 것으로, 미스 로이드의 증조할머니가 결혼 선물로 받은 물건이었다. 미스 로이드가 철든 뒤로는 이 항아리를 쓰기가 너무 아까워 거실 벽에 붙여 만든 벽장 맨 윗선반에 놓아 두고 있었다.

2년 전 스펜서베일로 훌쩍 찾아온 골동품도자기를 수집하는 부인이, 이 포도항아리 이야기를 듣고 대담하게도 로이드 집안의 옛 저택으로 와 그것을 사고 싶다고 말했었다. 이때 미스 로이드로부터 받은 하찮은 취급을 이 부인은 죽는 날까지 잊지 못할 것이다. 그러나 세상일에 능통한 그 부인은, 만일 마음이 바뀌어 그 항아리를 팔아도 좋다는 생각이 들 때에는 언제나 지금과 같은 마음으로 사고 싶다면서 명함을 놓고 갔었다. 조상 대대로 전해 내려오는 옛 도자기 수집이 취미인 사람은, 면박당하는 일이 있더라도 그것을 조용히 듣고 흘려버릴 만한 도량이 없으면 안 된다. 게다가 이 부인은 이 포도항아리만큼 갖고 싶은 물건을 일찍이 본 적이 없을 정도였다.

미스 로이드는 바로 명함을 찢어버리고 말았지만 이름과 주소는 기억하고 있었다. 그녀는 벽장으로 가서 사랑하는 항아리를 들어내리며 쓸쓸한 듯 말했다.

"이것과 헤어지리라고는 생각조차 못했어. 하지만 아무래도 실비어에게 옷이 없어서는 안 되고, 달리 방법이 없으니까. 그리고 내가 죽으면 마침내 누구에게 주어질 거야. 그러면 남의 것이 되고 말지. 그럴 바에는 차라리 살아 있는 동안 남의 손에 넘겨주는 게 좋아. 내일 아침 시내로 나가야겠어. 파티가 금요일 저녁이라니까 우물쭈물하고 있을 수 없지. 시내에는 10년이나 간 일이 없어. 이 항아리와 헤어지는 것보다 거기 가는 일이 더 무섭군. 하지만 실비어를 위한 일이니까!"

이튿날 아침, 미스 로이드가 단단히 꾸린 상자를 들고 거리로 나갔다는 소문이 온 스펜서베일에 퍼졌다. 사람들은 모두 왜 간 것일까 의아스러워했고, 대부분의 사람들은 카모디에서 강도사건이 두 건이나 일어났으므로 미스 로이드도 침대 밑에 있는 검은 상자에 돈을 넣어두는 게 마음놓이지 않아 은행으로 가져갔으리라고들 생각했다.

미스 로이드는 그 도자기 수집가가 죽거나 또는 어딘가로 이사가 버리지나 않았을까 불안에 떨며 그 집을 찾아냈다. 그러나 수집가는 팔팔하게 살아 있었고, 항아리를 전과 마찬가지로 몹시 갖고 싶어 했다.

미스 로이드는 자존심을 짓밟히는 고통으로 얼굴이 파리해져 포도 항아리를 갖고 갔으며, 이 거래가 이루어지는 순간 증조할머니가 무덤 속에서 벌떡 일어났을 게 틀림없다고 생각했다. 자기가 전통을 깨뜨린 배신자가된 듯한 기분이 들었다.

그러나 용기를 불러일으켜 어느 큰 상점으로 들어간 미스 로이드는 시대에 뒤떨어진 노인들이 위험한 세상으로 멀리 나들이 나갔을 때 수고를 아끼지 않는 저 특별한 하늘의 도움에 이끌려 동정심 있는 점원을 찾아냈고, 그 점원이 그녀가 바라는 것을 가져다주었다. 미스 로이드는 아주 우아하고 아름다운 모슬린 옷과 그것에 어울리는 장갑과 슬리퍼를 골라 그것을 '스펜서베일, 윌리엄 스펜서 씨 댁, 실비어 그레이 양 앞'으로 곧 보내주도록 특별배달을 선불로 명령했다.

항아리값에서 기차삯 1달러 50센트를 뺀 돈을 거만하고 쾌활한 태도로 치르고 가게를 나오려 통로를 보란 듯이 걸어가는데, 앞쪽에서 다가오는 몹시 뚱뚱하고 번들번들하여 부자로 보이는 남자와 마주쳤다. 두 사람의 눈이 마주쳤을 때 남자는 깜짝 놀라며 부드러운 표정의 얼굴이 벌개졌다. 그는 모자를 벗고 당황한 모습으로 꾸벅 인사를 했다.

그러나 미스 로이드는 남자의 존재를 아예 무시하고 못 본 듯 지나가버렸다. 남자는 한 걸음 뒤를 따르더니 얼마쯤 불쾌한 얼굴에 억지스러운 미소를 띠고 어깨를 움츠리며 뒤돌아섰다.

미스 로이드의 마음속이 혐오와 경멸로 뒤끓고 있는 줄은 아무도 눈치채지 못했을 게 틀림없다. 앤드루 캐머런과 마주칠 줄 알았더라면 아무리 실비어를 위해서라도 그녀는 거리로 나올 용기가 나지 않았을 것이다. 그를 본 것만으로도 마음속 고통의 샘물이 다시 솟구쳐 올랐다. 그러나 실비어 생각을 하고 있으니 그럭저럭 분노도 가라앉았고, 이윽고 그 불쾌한 마주침을 용케 잘 빠져나왔다고 오히려 자랑스러운 미소마저 띠었다. 아무튼 그녀는 쩔쩔매거나 얼굴 붉히거나 흥분하지는 않았던 것이다.

미스 로이드는 심술궂게 생각했다.

'그 녀석이 그런 시늉을 한 것도 무리는 아니지.'

앤드루 캐머런이 세상에 자랑하는 내로라 하는 태도를 자기 앞에서 잃고 만 것이 그녀를 기쁘게 했다. 그녀의 사촌인 앤드루 캐머런이야말로 미스 로이드가 증오하는 오직 한 사람으로, 그녀는 자기 성격의 과격함을 모두 쏟아 앤드루를 미워하고 업신여겼다. 미스 로이드와 그 집안사람은 앤드루의 손에 걸려 호된 꼴을 당했으므로, 그녀는 그의 존재를 조금이라도 인정해 주는 그런 눈길을 보내야만 한다면 차라리 죽는 편이 낫다고 믿고 있었다.

그녀는 단호히 앤드루 캐머런에 대한 생각을 머리에서 멀리 내쫓고 말았다. 그런 녀석과 실비어를 함께 생각하는 것만으로도 하느님을 모독하는 일이 된다. 그날 밤 지친 머리를 베개에 올려놓았을 때, 미스 로이드는 너무나 행복하여 그 포도무늬 항아리가 늘 놓여 있던 아래층 방의 선반이 비어 있는 것을 생각해도 아주 조금 고통을 느꼈을 뿐이었다.

그녀는 생각했다.

'귀여운 사람을 위해 희생을 치른다는 것은 기쁜 일이야. 희생을 치를 상대가 있다는 것은 좋은 일이지.'

욕망에는 끝이 없는 법이다. 그녀는 이로써 만족스러워했지만, 금요일 저녁때가 되자 그 파티 옷을 입은 실비어가 보고 싶어 열병을 앓는 환자처럼 되었다. 그 옷을 입은 모습을 떠올리는 것만으로는 모자라 아무래도 보지 않고는 견딜 수가 없었다.

실비어의 창문 등불이 전나무 사이로 반짝이는 것을 자기 방 창문에서 바라보며 미스 로이드는 결심했다.

"그럼, 보러 가야지."

검은 숄로 몸을 온통 감싸고, 가만히 밖으로 나가 저지대로 내려가 숲속 오솔길을 올라갔다. 으스름 달밤으로 클로버 들판에서 좋은 향기를 실은 바람이 오솔길을 불어오며 그녀를 반가이 맞이했다.

그녀는 바람을 향해 소리 높이 부르짖었다.

"너의 좋은 향기를 얻을 수 있다면—그 영혼을—그리고 그것으로 그 아이의 생명 속에 후 불어넣을 수 있었으면."

실비어 그레이는 파티 준비를 끝내고 자기 방에 서 있었다. 그 앞에는 스펜서 부인과 어밀리어 스펜서와 스펜서 집안의 소녀들이 모두 빙 둘러서서 바라보고 있었다.

구경꾼은 그 밖에 또 한 사람 있었다. 바깥 라일락 숲 아래에 서 있는 미스 로이드였다. 아름다운 옷을 차려입고, 그날 자기가 너도밤나무 아래에 놓아둔 담홍색 장미를 머리에 꽂은 실비어의 모습을 그녀는 똑똑히 볼 수 있었다. 장미의 담홍색도 실비어의 볼 빛깔만 못했고, 그녀의 눈은 별처럼 빛나고 있었다. 어밀리어 스펜서가 손을 내밀어 실비어의 머리를 매만지며 꽃의 모양을 조금 바로잡아 주는 것을 보고 미스 로이드는 참을 수 없는 질투를 느꼈다.

스펜서 부인이 반한 듯 황홀한 눈길로 말했다.

"맞춰 입었다 해도 이처럼 꼭 맞지는 않을 거예요. 예쁘지, 어밀리어? 누군가 선물해 준 거겠죠."

실비어가 말했다.

"네, 아마도 무어 씨 부인께서 동화 속의 대모(代母)가 되어주신 것으로 생각해요. 그 밖에는 아무도 해주실 분이 없어요. 어쩌면 이토

록 친절하실까. 내가 재닛과 파티에 무척 가고 싶어하는 것을 알고
계셨으니까요. 지금의 나를 고모에게 보여주고 싶어요."

실비어는 기쁜 가운데에서도 가느다랗게 한숨을 쉬었다.

"나를 깊이 걱정해줄 사람은 그 밖에 아무도 없어요."

오, 실비어, 그것은 잘못된 생각이다. 그 밖에도 누군가가 있다—
걱정해주는 사람이—열심히 탐나는 듯 지켜보고 있는 미스 로이드
가 있지 않은가. 미스 로이드는 라일락 숲 아래 우두커니 서 있었으
나, 이윽고 달빛어린 과수원 쪽으로 그림자처럼 빠져나가 실비어의
처녀다운 아름다운 환상을, 잠들지 못하는 그 한여름밤의 친구로 삼
으려 집으로 돌아갔다.

8월 이야기

어느 날, 목사 부인은 스펜서베일 사람들이 무서워서 발도 들여놓
지 못하는 미스 로이드네 집으로 대담하게 달려가 다음주 토요일 오
후에 열리는 바느질 모임에 오지 않겠느냐고 권했다.

"트리니다드*¹의 선교사단에 보내는 위문상자를 채우고 있는 중이
에요. 와주신다면 우리는 큰 기쁨으로 알겠어요, 미스 로이드."

미스 로이드는 하마터면 거절할 뻔했다. 그리스도교 전도나 바느질
모임에 반대했기 때문은 아니다. 그렇기는커녕 오히려 찬성이었다. 그
러나 회원들은 저마다 바느질감 재료비로 1주일에 10센트씩 내놓아
야 하는 것을 알고 있었으므로, 어떻게 그 돈을 마련해야 좋을지 막
막했던 것이다. 하지만 갑자기 떠오른 어떤 생각이, 하마터면 입으로
나오려던 거절의 말을 못하게 했다.

---

*1 남아메리카에 가까운 큰 섬.

그녀는 교묘하게 물었다.

"젊은 아가씨들도 이 모임에 오겠죠?"

"네, 모두들 나오고 있어요. 재닛 양과 그레이 양이 그 가운데에서도 가장 열성적인 회원이죠. 그레이 양은 학생들로부터 토요일 오후밖에 시간 날 때가 없는데도 우리 일을 위해 나와주고 있으니 정말훌륭한 사람이에요. 그녀처럼 마음씨 고운 사람은 없을 거예요."

미스 로이드는 곧 말했다.

"나도 그 모임에 나가겠어요."

회비를 마련하기 위해 세 끼를 줄이는 한이 있더라도 그렇게 할 결심이었다.

다음 토요일, 미스 로이드는 제임스 마틴네 집에서 열린 바느질모임에 나가 더없이 훌륭한 솜씨로 바느질을 했다. 그녀는 바느질에 매우 숙련된 솜씨를 지녀 그 점에는 조금도 신경쓸 필요가 없었으므로자신의 주의를 온통 실비어에게로 쏟을 수 있었다. 실비어는 재닛 무어와 함께 맞은편 구석에 앉아 보기 좋은 손을 줄곧 놀리며 남자아이들이 입을 뻣뻣한 깅엄 셔츠를 누비고 있었다.

아무도 실비어를 소개하려는 사람이 없었으므로 미스 로이드는 기뻤다. 미스 로이드는 익숙하게 바늘을 놀리며 맞은편 구석에서 서로주고받는 아가씨들의 이야기에 귀기울였다.

그리하여 한 가지 알 수 있었던 일은 실비어의 생일이 8월 20일이라는 것이었다. 그녀는 곧 실비어에게 무언가 생일선물을 보내고 싶은 뜨거운 바람에 불타올랐다. 그날 밤 거의 잠을 이루지 못하고 그소망을 이룰 수 있을지 어떨지 고민했으나 끝내 아무리 쥐어짜고 절약을 해도 도저히 불가능하다는 슬픈 결론에 이르렀다. 이 문제로 그녀는 줄곧 괴로워했으며, 다음 바느질모임날까지 그 일이 망령처럼따라다녔다.

다음 모임은 무어 부인 집에서 열렸다. 무어 부인은 특히 미스 로이드를 정중히 대접하며 응접실 등나무 흔들의자에 앉도록 자꾸 권했다. 미스 로이드는 거실에서 젊은 아가씨들과 함께 있고 싶었지만 예의상 그 말에 따랐다. 그리고 그 보람이 있었다. 의자는 응접실문 바로 뒤에 있었는데, 조금 뒤 재닛과 실비어가 응접실을 나온 바로 그곳 복도 층계에 와서 앉았던 것이다. 그곳에는 시원한 산들바람이 단풍나무를 지나 현관으로 불어 들어왔다.

두 사람은 좋아하는 시인 이야기를 하고 있었다. 재닛은 바이런과 스콧을 숭배하는 듯했고, 실비어는 테니슨과 브라우닝을 좋아하고 있었다.

실비어가 나직이 말했다.

"너 알고 있니? 사실 우리 아버지는 시인이었어. 작은 시집을 낸 적이 있었지만 그 책을 나는 한 번도 본 적이 없어, 재닛. 아, 얼마나 보고 싶은지 몰라! 아버지가 대학에 다닐 때 낸 것으로 친한 사람들에게 나눠주기 위해 자신이 비용을 내서 조촐하게 출판한 거였어. 그 뒤로 아버지는 다시 시집을 내지 못했지. 가엾은 아버지! 인생에 실망하셨던 모양이야.

하지만 나는 그 작은 시집을 보고 싶어 견딜 수가 없어. 아버지가 쓰신 거라고는 한 구절도 갖고 있지 못하니까. 만일 그런 것이 있다면 아버지의 한 부분이—아버지의 생각이나 마음이라든가 내면생활의 한 부분이 내것이 된 듯한 느낌이 들리라고 생각해. 그렇게 되면 아버지는 내게 있어 이름만의 아버지는 아닐 테니까 말이야."

재닛이 물었다.

"너의 아버지가 자기 소유로 해둔 것이 한 권쯤 있지 않았을까. 어머니가 가지고 계시지 않았니?"

"어머니는 갖고 있지 않았어. 아무튼 어머니는 내가 태어날 때 돌아가셨거든. 하지만 어머니의 책 속에는 아버지 시집이 한 권도 없었다고 할머니가 말했어. 어머니는 시를 좋아하지 않았다고 고모가 말했는데—고모도 역시 마찬가지였지. 아버지는 어머니가 돌아가신 뒤 유럽에 가서 이듬해 그곳에서 세상을 떠나셨어. 아버지가 지녔던 물건은 아무것도 우리에게 전해지지 않았단다.

아버지는 가시기 전에 책을 있는 대로 다 팔고 말았지만, 특히 아끼던 것 두세 권은 나를 위해 간직해 두도록 고모에게 남겨주셨어. 그러나 아버지 시집은 그 속에 없었지. 도저히 찾아내지 못할 것으로 짐작되지만, 혹시 찾아내면 얼마나 기쁠지 짐작도 못하겠어."

미스 로이드는 집에 오자 장롱 윗서랍에서 상감 세공을 한 백단(白檀) 상자를 꺼냈다.

그 속에는 얇은 종이에 싼 자그맣고 얄팍한 책이 한 권 들어 있었다. 미스 로이드가 보물처럼 가장 소중히 간직해 둔 물건이었다. 그 표지 안쪽에 '마거릿에게, 지은이의 사랑을 담아'라고 씌어 있었다. 그녀는 노랗게 빛바랜 책장을 떨리는 손가락 끝으로 넘기면서 먼 옛날부터 외고 있는데도 눈물이 흘러 흐려진 눈으로 한 줄 한 줄 더듬어 나갔다.

이 책을 생일선물로 실비어에게 보내주려는 것이다. 선물의 가치가 거기에 담겨진 현실적인 희생으로 계산될 수 있는 거라면, 이것은 가장 귀중한 선물이었다. 이 작은 책 속에는 불멸의 사랑—옛날의 웃음—옛날의 눈물—먼 옛날에 장미꽃처럼 자랑스럽게 피고, 지금도 아직 그 남은 향기를 오래도록 간직하고 있는 고풍스러운 아름다움이 담겨 있었다.

미스 로이드는 모든 것을 밝혀주는 글씨가 씌어져 있는 책장을 찢어내고, 실비어의 생일 전날 저녁 늦게 어둠을 타고 마치 나쁜 일이라도 하러 가는 듯 남모르게 샛길을 빠져나가기도 하고 들판을 가로지르기도 하며 우체국을 경영하고 있는 스펜서베일의 조그만 가게로 갔다.

그리고 문 위에 나 있는 우편함 구멍으로 얄팍한 소포를 미끄러뜨려 넣고 나자 이상하게도 소중한 것을 잃어버린 쓸쓸함에 시달리며 다시 숨어드는 듯 집으로 돌아오기 시작했다. 마치 자신과 자신의 청춘시절을 이어주는 마지막 끄나풀을 놓치고 만 허무한 기분이었다.

그러나 후회는 하지 않았다. 실비어가 얼마나 기뻐할까 하는 생각이 그녀의 마음속에 있는 어두운 것을 내리누르는 강한 감정으로 바뀌었다.

이튿날 밤, 실비어의 방 등불이 무척 늦게까지 켜져 있는 것을 그녀는 깊은 만족감을 느끼며 말없이 지켜보았다. 그 까닭을 알고 있었기 때문이다. 실비어는 아버지의 시를 읽고 있는 것이다. 그녀도 어둠 속에서 되풀이해 중얼거리며 외고 있었다.

마침내 그 책을 줘버린 것은 그리 큰 문제가 아니었다. 지금도 그 책의 영혼과, 지금은 아무도 그렇게 불러주는 이 없는 청춘시절의 자기 이름이 레슬리의 친필로 씌어진 책장을 그녀는 가지고 있지 않은가.

다음번 바느질모임 날 오후, 미스 로이드가 마셜네 집 소파에 앉아 있노라니 실비어가 옆에 와 앉았다. 그녀의 손이 조금 떨리며, 올리브 빛깔 피부를 가진 먼 트리니다드 땅에 있는 어떤 쿨리*2의 아들에게 크리스마스 선물로 보내기 위해 가장자리선을 두르고 있던 손수건의 한 쪽이 얼마쯤 서투르게 되고 말았다.

실비어는 처음에 바느질모임에 대한 이야기와 마셜 부인의 뜰에 핀 달리아에 대한 이야기를 했다. 미스 로이드는 너무도 기뻐 제7천국에라도 오른 기분이었다. 그러나 마음이 겉으로 나타나지 않도록 조심하며 평소보다 좀 더 엄숙하고 딱딱한 태도를 취하고 있었다. 스펜서베일에서 사는 게 어떠냐고 묻자 실비어는 대답했다.

"아주 좋아요. 어느 분이나 모두 정말 친절히 대해주시니까요. 그리

─────────────
*2 인도 또는 중국인 노동자.

고—"

여기서 실비어는 미스 로이드 말고는 아무에게도 들리지 않도록 목소리를 낮추었다.

"이곳에는 내 동화 속의 대모님이 계시면서 나를 위해 무어라 말할 수 없는 아름답고 기막힌 일들을 해주신답니다."

뛰어난 직감력을 지닌 실비어는 말하면서 미스 로이드 쪽을 보지 않도록 했다.

그러나 보았다 해도 아무 것도 발견하지 못했을 게 틀림없다. 그녀는 로이드 집안사람이니만큼 쉽게 속마음을 눈치채게 하지 않았다.

미스 로이드는 담담하게 말했다.

"그거 참, 재미있는 일이로군요."

"그럴까요? 나는 정말 고마워서 얼마나 기뻤는지 그 요정의 대모님에게 어서 알려드리고 싶어 견딜 수가 없어요. 여름 동안 줄곧 내가 지나다니는 길에 아름다운 꽃과 맛있는 딸기를 놓아주셨고, 파티 옷도 아마 그분께서 주신 게 틀림없다고 생각해요.

하지만 가장 기쁜 선물은 지난주 내 생일에 받은 거예요. 아버지가 쓴 작은 시집이었지요. 그것을 받았을 때 느낀 마음을 뭐라고 나타내야 좋을지 모르겠어요. 그래서 나는 그분을 만나 고맙다는 인사를 드리고 싶어 견딜 수 없어요."

"참으로 매혹적으로 신비스러운 이야기로군요. 정말로 누군지 짐작 가지 않나요?"

미스 로이드는 이 위험한 질문을 훌륭하게 해냈다. 레슬리 그레이와의 옛 로맨스를 실비어가 꿈에도 모를 거라는 강한 확신을 가지고 있지 않았다면 그토록 천연스럽게 말할 수는 없었을 것이다. 그런 까닭으로 그녀는 실비어가 자기에 대해 눈치채는 일은 설마 없겠지 하고 완전히 마음놓고 있었다.

실비어는 조심스레 표정을 살피며 조금 망설인 다음 이렇게 말했다.

"굳이 찾아내려고 하지 않아요. 대모님이 내가 알게 되는 것을 바라지 않는 게 틀림없다고 생각하니까요. 물론 처음 꽃과 옷을 받았을 때에는 이 수수께끼를 풀려고 했었어요. 하지만 책을 받은 뒤로는 그분이 하신 일인 게 확실하다는 것을 알았어요. 저는 숨겨두고 싶은 그분의 마음을 이제까지 존중해 왔고, 또 앞으로도 그럴 작정이에요. 틀림없이 언젠가는 그분께서 모습을 나타내주실 것이라고 생각해요. 적어도 그렇게 되기를 바라고 있어요."

미스 로이드는 상대방의 생각을 꺾듯이 반대하며 말했다.

"나라면 그렇게 바라지 않겠어요. 요정의 대모란 적어도 내가 읽은 동화 속에서는 누구나 모두 얼마쯤 편협되고 비뚤어진 사람들이어서 얼굴을 마주 대하는 것보다 신비 속에 싸여 있는 편이 훨씬 유쾌할 거예요."

실비어는 들뜬 목소리로 말했다.

"나의 대모님은 그 정반대여서, 서로 얼굴을 대하면 대할수록 그 인품에 이끌릴 게 틀림없다고 여겨요."

이때 마셜 부인이 들어와서 부탁했다.

"그레이 양, 여러분에게 노래를 한번 불러주지 않겠어요?"

실비어가 흔쾌히 승낙했으므로 미스 로이드는 혼자 남게 되었는데, 그녀는 오히려 그것을 기뻐했다. 그녀는 실비어와 실제로 이야기를 나누는 것보다 집에 돌아가 머리 속으로 되새기는 편이 훨씬 더 즐거웠던 것이다.

노처녀란 무언가 양심이 가책받을 때에는 기분이 대체로 눈앞의 기쁨에서 옆으로 빗나가는 법이다. 미스 로이드는 실비어가 그 시집을 보내준 사람을 정말로 자기인 줄 여기고 있는 것일까 하고 좀 불안해졌다. 그러나 곧 그런 일은 문제가 되지 않는다고 생각을 다시 했다. 그녀처럼 인색하고 붙임성 없고 아는 사람이 없으며, 바느질모임에도 사람들이 모두 10센트에서 15센트씩 내는데 단돈 5센트밖에 기부하지 않는 그런 사람을 누가 요정의 대모로, 저 아름다운 파티 드레스를 선사한 주인공으로, 일찍이 로맨틱한 큰 야망을 품은 젊은 시인에게서 시집을 선사받은 상대로 생각할 수 있겠는가?

9월 이야기

9월에 접어들어 미스 로이드는 지나간 시간을 뒤돌아보며 신비롭게도 행복한 여름이었음을 스스로도 인정했다. 그 가운데에서도 일요일과 바느질모임날이 인생이라는 시 속에서 황금 구두점처럼 뚜렷이 떠올라 보였다.

미스 로이드는 자신이 완전히 다른 사람이 되었다는 생각이 들었으며, 이웃사람들도 그렇게 느꼈다. 미스 로이드가 무척 인정이 많았으므로 바느질모임에 나오는 부인들은 자기들이 그녀에 대해 그릇된 판단을 내렸던 그런 이상한 생활을 하고 지낸 것은 인색한 탓이 아니라 결국 색다른 사람이기 때문이라고 생각하기 시작했다.

모임날 오후에는 실비어가 언제나 옆으로 와서 미스 로이드와 이야기했으므로, 미스 로이드는 한마디 한마디를 소중히 마음에 간직해 두고서 잠이 오지 않는 밤이면 몇 번이고 자신에게 되풀이해 들려주었다.

실비어는 묻지 않으면 결코 자신에 대한 일이나 자신의 계획 같은 것에 대해 이야기하지 않았으며, 미스 로이드도 마음이 약해 구체적인 이야기를 묻지 못했으므로 두 사람의 이야기는 언제나 겉돌고 있을 뿐이었다. 그런 까닭으로 미스 로이드가 사랑하는 사람이 가장 열망하고 있는 일을 안 것은 실비어가 아닌 목사부인을 통해서였다.

9월 끝무렵 어느 저녁 때, 목사부인이 로이드 저택에 들렀다. 북동쪽에서 불어닥치는 찬 바람이 처마 언저리에서 세차게 울부짖으며 '추수가 끝나고 여름은 지나갔다'고 노래의 후렴을 흥얼거리는 것 같았다.

미스 로이드는 그 바람소리에 귀기울이며 실비어를 위해 감초라고 불리는 풀로 작은 광주리를 엮고 있었다. 이 풀을 찾아 전날 멀리 애번리에 있는 모래언덕까지 걸어갔었으므로 몹시 지쳐 있었다. 그리고 마음도 무거웠다. 미스 로이드의 생활을 이토록 풍요롭게 해준 여름이 끝나려 하고 있었고, 실비어가 10월 끝무렵에 스펜서베일을 떠날 예정임을 알고 있었기 때문이다. 그 생각을 하면 미스 로이드의 마음은 납덩이처럼 무거워졌다.

미스 로이드는 목사부인이 찾아와준 것을 반갑게 맞기는 했지만, 혹시나 성구실의 새 카펫을 깔기 위한 기부금을 부탁하러 온 게 아닐까 하고 몹시 겁이 났다. 아주 난처하게도 1센트의 여유조차 없었던 것이다.

그러나 목사부인은 스펜서네 집에서 돌아가는 길에 잠시 들렀을 뿐으로, 당황할 만한 요구는 아무 것도 하지 않았다. 그리고 실비어에 대한 이야기를 해주었다. 그 진주알같은 한마디 한마디는 이루 형용할 수 없는 달콤한 가락처럼 그녀의 귀에 울렸다. 목사부인은 실비어를 상냥하고 아름다우며 매력적이라고 칭찬했다.

"더욱이 그런 목소리를 지니고 있으면서……"

목사부인은 여기서 한숨과 더불어 목소리에 힘을 주었다.

"그런 목소리를 정식으로 훈련받게 해주지 못하는 건 우리의 수치예요. 훌륭한 가수가 될 게 틀림없으니까요. 권위 있는 비평가가 그녀에게 그렇게 말했대요. 하지만 그녀는 몹시 가난해서 도저히 그럴 수 없다고 생각하지 뭐예요. 흔히 사람들의 화제에 오르는 캐머런 장학금이라도 받으면 문제가 다르지만요. 그것도 거의 희망이 없어요. 그녀의 선생이었던 음악교수가 그녀의 이름을 후보로 써내기는 했다지만요."

미스 로이드가 물었다.

"캐머런 장학금이란 어떤 건가요?"

"저 왜, 그 백만장자인 앤드루 캐머런에 대한 이야기를 들은 일이 있겠죠?"

침착하게 이야기하고 있는 목사부인은, 미스 로이드가 자기네 벽장 속에 숨겨 둔 로이드 집안에 얽힌 비밀에 언급하고 있는 줄은 꿈에도 알지 못했다.

미스 로이드의 하얀 얼굴에 사정없이 뺨을 얻어맞았을 때처럼 갑자기 희미한 핏기가 올랐다.

"네, 있어요."

"그 사람에게 딸이 하나 있었던 모양인데, 그 딸이 참 아름다운 아가씨여서 무척 귀여워했대요. 좋은 목소리를 가지고 있었으므로 외국으로 공부시키러 보낼 생각이었다더군요. 그런데 그 딸이 죽어버리고 만 거예요. 캐머런 씨로서는 가슴이 터질 듯한 심정이었겠죠. 그 뒤로 해마다 어린 아가씨를 하나씩 골라 일류선생 아래에서 철저한 음악교육을 받을 수 있도록 유럽으로 보내주었답니다―자신의 딸을 추모하기 위해서죠. 벌써 아홉 명인가 열 명 보냈을 거예요. 하지만 실비어 양으로서는 그다지 희망을 가질 수 없는 게 아닐까요. 그녀 자신도 그렇게 생각하고 있어요."

미스 로이드는 다그쳐 물었다.

"어째서지요? 그레이 양과 비교될 만한 목소리가 없으리라고 여겨지는데요."

"그렇지요. 하지만 장학금이란 아주 개인적인 일이어서요. 앤드루 캐머런의 생각에 따라 결정된다지 뭐예요. 물론 앤드루에게 영향력을 가진 친지가 있는 아가씨라면 그 추천을 받는 경우도 가끔 있대요. 지난해에 간 아가씨의 경우는 그리 굉장한 목소리가 아니었지만,

아버지가 앤드루와 사업상의 옛 친구였다는 까닭만으로 뽑혔다더군
요. 하지만 실비어에게는 지금 앤드루 캐머런과 '연줄을 댈 만한 아
는 사람'이 하나도 없고, 직접 앤드루를 알고 있는 것도 아니니까요.
　자, 이제 그만 일어나야겠어요. 미스 로이드, 토요일에는 목사관으
로 와주세요. 아시겠지만 다음 모임은 우리 집에서 열린답니다."
　미스 로이드는 건성으로 대답했다.
　"네, 알고 있어요."
　목사부인이 가버리자, 미스 로이드는 달콤한 냄새가 나는 광주리
를 아래로 떨어뜨리고 두 손을 힘없이 무릎에 얹은 채 커다란 검은
눈에 아무 것도 비치지 않는 듯 가만히 앞벽을 노려보며 언제까지나
앉아 있었다.
　바느질모임의 회비를 내기 위해 1주일에 크래커 여섯 개를 줄여야
할 만큼 가난한 미스 로이드는, 레슬리 그레이의 딸을 음악공부하러
유럽으로 보낼 힘이 자기에게—바로 자기에게 있음을 알고 있었다!
만일 자기가 앤드루 캐머런과의 관계를 이용한다면—만일 그의 집
으로 가서 다음해에는 실비어 그레이를 유럽으로 보내달라고 부탁한
다면—무슨 일이 있어도 반드시 이루어질 것이었다. 모든 것은 그녀
가 할 탓이었다—만일—만일—만일 자신과 자신의 집안이 그토록
호된 꼴을 당하도록 만든 남자에게 무엇을 부탁할 만큼 자기 자존심
을 짓밟고 일어선다면.
　여러 해 전 일이었다. 미스 로이드의 아버지는 앤드루 캐머런의 열
의 있는 권고로 얼마 안 되는 재산을 어떤 사업에 투자했는데, 그것
이 실패하여 에이브러햄 로이드는 마지막 1달러마저 잃고 가난의 밑
바닥으로 떨어졌던 것이다. 앤드루 캐머런의 예상이 틀린 탓이라고
너그러이 용서해줘도 좋았을지 모르지만, 그러나 외삼촌에게 투자를
권한 일에 단순한 오판이라고만은 할 수 없는 훨씬 질 나쁜 짓을 한
듯한 강한 의혹이 남아 있었던 것이다. 법률적으로 뚜렷이 증명된 것

은 아니지만, '빈틈없는 사기꾼'으로 눈길을 끌고 있던 앤드루 캐머런이 그보다 착한 많은 사람들을 파멸로 이끈 혼란 속에서 자신만은 면목을 새로이 한 재정상태로 무사히 빠져나간 게 확실했다. 그리고 에이브러햄 로이드는 조카가 일부러 자기를 속였다고 믿고 비탄으로 나날을 보내다가 세상을 떠나고 말았다.

앤드루 캐머런의 입장에서는 결코 속인 게 아니었다. 처음에는 외삼촌에게 좋도록 한 일이었고, 마지막에 이르러서는 '남보다 자신'이라는 명분으로 자신이 한 일을 정당화시키려 했다.

마거릿 로이드는 그 같은 변명은 들으려 하지도 않았고, 잃어버린 재산만이 아니라 아버지가 죽은 책임마저도 그에게 있다고 여겼다. 에이브러햄 로이드가 죽었을 때 앤드루 캐머런은 아마도 양심의 가책을 받았던 것이리라. 미스 로이드를 찾아와 말솜씨 좋게 경제적으로 도와주겠으며 결코 곤란을 느끼도록 하지 않겠다고 말했다.

마거릿 로이드는 그런 제의를 매몰차게 거절했다. 너에게 1센트라도 얻거나 신세질 정도라면 차라리 죽는 편이 낫다고 매서운 기세로 말했다. 앤드루 캐머런은 처음부터 끝까지 상냥하게, 자신을 그토록 나쁘게 여길 줄은 정말 몰랐으며 언제나 누님의 힘이 되어줄 생각이므로 언제든 이야기만 하면 할 수 있는 모든 일을 기꺼이 도와주겠다고 번지르르한 말을 남기고 돌아갔다.

20년 동안 미스 로이드는 앤드루 캐머런의 신세를 질 정도라면 차라리 양로원에서 죽는 편이 낫다고—실제로 안 될 것도 없었다—굳게 믿으며 살아왔다. 또 사실 자기만의 일이라면 그럴 수도 있었을 것이다. 그러나 실비어를 위한 일이다! 실비어를 위해서라면 그렇게까지 처절하게 자신을 낮출 수 있을 것인가?

이 문제는 포도항아리나 시집의 경우처럼 간단히 해치울 수 없었다. 꼬박 일주일 동안 자존심이 강한 미스 로이드는 분노에 휩싸여 싸웠다. 이따금 잠이 오지 않는 밤이면 사람의 원한이나 미움 같은 감정은 다 보잘것없고 경멸해야 할 일로 여겨지며 자신은 그 같은 일을 정복했다고 생각되는 때도 있었다. 그러나 낮 동안 아버지의 초상화가 벽에서 자신을 굽어보고, 유행에 뒤떨어진 옷을 입어 그 비단 스치는 소리를 자기 귀로 듣고 있노라면 앤드루 캐머런의 말재주에 넘어가 이런 꼴이 되었다고 다시금 안타까워지는 것이었다.

그러나 실비어에 대한 그녀의 애정은 강하고 깊고 두터워져갈 뿐이어서, 마침내는 다른 어떤 감정도 그에 미치지 못할 정도였다. 애정은 위대한 기적을 이루는 것이다. 그 힘이 일찍이 그 예가 없을 만큼 강하게 나타난 것은 차갑고 흐린 가을날 아침 일이었다. 미스 로이드는 생각만 해도 구역질이 날 일을 해치우기 위해 브라이트 리버 역까지 걸어가 샬럿타운으로 가는 기차에 올랐다.

차표를 판 역장은 미스 로이드의 얼굴이 파리하고 야윈 것을 보고 점심 식사 때 아내에게 이야기했다.

"마치 한 주일 내내 한숨도 못잤거나 아니면 한 주일 내내 아무 것도 먹지 않은 것 같았소. 무언가 잘 되지 않은 걸까. 시내로 나간 것은 올여름에 들어서부터 이번이 벌써 두 번째요."

미스 로이드는 거리에 이르자 초라한 점심을 가까스로 조금 든 다음, 캐머런의 공장과 창고가 줄지어 서 있는 변두리로 걸어갔다. 길이 멀었지만 마차를 탈 여유가 없었다. 걸음이 비틀거릴 만큼 지친 미스 로이드가 안내된 곳은 번들번들 빛나는 사치스러운 사무실로, 앤드루 캐머런은 책상 앞에 앉아 있었다.

처음에는 깜짝 놀란 눈으로 보았으나, 그는 곧 기쁜 빛을 띠고 손을 내밀며 다가왔다.

"아니, 마거릿 누님 아니십니까! 이토록 반갑고 놀라운 일은 없습니다. 어서 앉으세요. 이쪽 의자가 훨씬 편하실 겁니다. 오늘 아침에 오신 겁니까? 그래, 스펜서베일에서는 모두들 어떻게 지내시죠?"

미스 로이드는 그의 첫마디에 발끈했다. 부모와 연인밖에 부르지 않았던 자기 이름을 앤드루 캐머런이 입에 올릴 줄이야. 신성한 것을 더럽힌 느낌이 들었다. 그러나 까다롭게 따질 때는 지나갔다고 미스 로이드는 자신에게 조용히 타일렀다. 앤드루 캐머런에게 부탁을 할 정도라면 조그만 고통쯤은 참아야 할 것이다.

실비어를 위해 그녀는 그와 악수를 나누고, 실비어를 아끼는 마음으로 그가 권하는 의자에 앉았다. 그러나 어떤 사람을 위한 일이라고는 해도 이 의연한 미스 로이드는 태도나 말에 정다움을 담아 말할 수 없었다. 그녀는 로이드 집안에 공통된 간결함으로 단도직입적으로 용건부터 꺼냈다.

"부탁할 일이 있어서 왔네."

미스 로이드는 부탁하러 온 사람에게 걸맞는 겸손하고 부드러운 태도가 아니라, '거절할 테면 거절해 봐'라고 도전하듯 그의 눈을 지켜보았다.

앤드루 캐머런은 더할 수 없이 부드럽고 친절한 목소리로 말했다.

"그런 말씀을 들으니 정말 반갑습니다, 마거릿 누님. 무엇이든 도움을 드릴 수 있는 일이라면 기꺼이 하겠습니다. 마거릿 누님, 누님은 여태껏 나를 적으로 생각하고 계셨던 게 아닙니까. 정말 그 같은 오해는 너무나 고통스럽게 여겨집니다. 확실히 상황이 저에게 얼마쯤 불리했던 것은 인정합니다만, 그러나—"

미스 로이드는 한 손을 들어 유창한 그의 웅변을 가로막았다.

"나는 그 일에 대해 이러니저러니 따지러 온 게 아니야. 지난 일은 다시 언급하고 싶지 않아. 부탁하려는 일은 나 자신에 대한 게 아니라, 나와 아주 친한 나이 어린 친구—그레이라는 아가씨에 대한 일인데, 이 아가씨는 보기 드물게 훌륭한 목소리를 지니고 있어서 그것을 갈고 다듬고 싶어 하지만 가난해서 뜻대로 안 되는 모양이야. 그래서 나는 그 음악장학금을 그 아가씨에게 줄 수 없을까 해서 찾아온 거야. 그 아가씨 이름은 벌써 교수의 추천과 함께 자네 손에 들어가 있다더군. 그 아가씨가 지닌 목소리에 대해 교수님이 어떻게 썼는지는 모르지만, 아무리 높이 평가해도 지나친 일이 아니라는 것만은 확실해. 만일 이 아가씨를 유럽으로 공부하러 보내준다면 결코 네 기대에 어긋나지 않을 거야."

미스 로이드는 이야기를 그쳤다.

앤드루 캐머런이 자기 부탁을 반드시 들어줄 게 틀림없다고 생각했지만, 거만하게 또는 마지못해 들어주었으면 좋겠다는 기분이었다. 개에게 던져주듯 승낙해 주는 게 훨씬 마음 가벼이 그 신세를 질 수 있을 텐데. 그런데 그렇지 않았다. 앤드루 캐머런은 이제까지보다도 더욱더 정중했다.

"소중한 마거릿 누님의 부탁을 들어주는 것처럼 기쁜 일은 없습니다. 보다 더 힘든 일이라면 좋을 거라는 생각마저 들 정돕니다. 꼭 누님이 추천한 아가씨가 음악교육을 받을 수 있도록 하겠습니다. 내년에 유럽으로 떠나 보내겠습니다. 이런 기쁜 일은—"

미스 로이드는 다시 그것을 가로막았다.

"고마워, 감사해. 그리고 그레이 양에게는 내가 염려해 주었다는 걸 일체 알리지 말아줘. 그럼, 더 이상 네 귀중한 시간을 낭비해서는 안 되니 이만 실례하겠어."

"아니, 그렇게 빨리 돌아가셔서야 되겠습니까."

그는 허물 없는 목소리에 친절함과 친척다운 정을 담아 붙들었다. 앤드루 캐머런이 보통 사람으로서의 자상하고 가정적인 면을 전혀 갖고 있지 않은 건 아니었기 때문이다. 그는 좋은 남편이요 아버지였다. 지난날 마거릿을 무척 좋아한 일도 있었고 주위 사정으로 말미암아 옛날 그녀 아버지의 투자 일로 부득이 그 같은 행동을 취할 수밖에 없었던 것에 대해 진심으로 미안한 마음을 갖고 있었다.

"오늘 밤은 우리 집에서 주무셔야 합니다."

미스 로이드는 딱 잘라 거절했다.

"고마워. 하지만 나는 오늘 밤 집으로 꼭 돌아가야만 하기 때문에—"

그 말투로 더 이상 권해도 헛일임을 앤드루 캐머런은 깨달았다. 그러나 전화를 걸어 마차로 역까지 보내주겠다고 우겼으므로 미스 로이드도 그것에는 자기 생각을 굽혔다. 자기 생각에도 역까지 갈 수 있을지 어떨지 걱정되었기 때문이었다. 그녀는 헤어질 때 앤드루와 악수를 나누며 부탁을 들어준 데 대해 다시 한번 감사했다.

"아무것도 아닙니다. 부디 나에 대해 좀 더 좋게 생각해주십시오, 마거릿 누님."

미스 로이드가 역에 닿아 보니 난처하게도 자신이 탈 예정이던 열차가 벌써 떠나버려, 저녁 열차까지 두 시간이나 기다려야만 했다. 그녀는 지칠대로 지쳐 있었다. 지금까지 버티게 해주었던 흥분은 자취도 없이 사라지고 그녀는 용기가 꺾이며 자신이 늙어버렸다는 것을 느꼈다. 저녁 식사 시간에 맞추어 집에 닿을 예정이었으므로 먹을 것도 아무 것도 갖고 있지 않았고, 대합실은 추웠으므로 낡아빠진 엷고 조그만 망토 속에서 그녀는 몸을 오들오들 떨었다. 머리가 지끈지끈 아프고 마음도 그러했다. 실비어를 위한 그녀의 바람은 이루어졌다. 그러나 실비어는 자기 생활로부터 떠나버리고 만다. 그녀는 그 뒤 어떻게 지내야 좋을지 알지 못했다.

하지만 그녀는 두 시간 동안 그곳에 의연히 앉아 있었다. 행복해 보이는 사람들이 그녀 앞을 왔다갔다하며 웃고 이야기하고 있는 동안 몸과 마음의 고통이라는 거친 군대와 말없이 패배의 싸움을 이어 가면서도, 등을 꼿꼿이 세우고 꼿꼿해 보이는 자세를 유지했다.

8시에 미스 로이드는 브라이트 리버 역에 내려 남의 눈에 띄지 않게 비오는 어둠 속을 걸어갔다. 가야 할 길은 2마일이나 되었고, 차가운 비가 주룩주룩 내리고 있었다. 그녀는 곧 흠뻑 젖어 뼛속까지 얼고 말았다. 마치 악몽 속을 걸어가고 있는 기분이었다. 마지막 1마일과 그녀 집에 이르는 오솔길을 걸어 자기 집에 닿을 수 있었던 것은 완전히 본능의 힘이라고밖에 할 수 없었다.

미스 로이드는 손으로 문을 더듬어 열려고 하면서, 갑자기 타는 듯한 뜨거움이 추위와 바뀌는 것을 느꼈다. 그녀는 집안으로 비틀거리며 들어가 문을 닫았다.

10월 이야기

미스 로이드가 샬럿타운에 다녀왔던 날부터 이틀 뒤 아침, 실비어 그레이는 명랑하게 숲속 오솔길을 걸어가고 있었다. 맑게 갠 해가 내리비치는 상쾌하고 아름다운 가을 아침으로, 밤새 내린 비를 맞아 흠뻑 젖은 양치류 식물이 하얗게 서리를 이고 향긋한 냄새를 풍기고 있었다. 숲 여기저기에서 검푸른 가문비나무 상록수를 향해 단풍나무가 화려하고 붉은 깃발을 천천히 나부끼고 커다란 자작나무 가지가 엷은 금빛을 띠고 있었다. 공기는 맑고 상쾌했다. 실비어는 부지런히 발걸음도 가볍게 머리를 높이 쳐들고 걸어갔다.

저지대의 너도밤나무숲으로 오자 가슴이 설레어 발길을 멈추었다. 그러나 해묵은 잿빛 뿌리 사이에는 아무 것도 놓여 있지 않았다. 발꿈치를 돌리려 했을 때, 목사관 옆집에 살고 있는 어린 테디 킴블이 로이드 저택 쪽에서 언덕을 달려 내려왔다. 테디의 주근깨투성이 얼굴이 새파래져 있었다.

테디는 숨을 헐떡이며 말했다.

"아, 그레이 선생님! 로이드 할머니가 마침내 아주 미쳐버린 모양이에요. 목사님 부인께서 바느질모임 일로 편지를 급히 전해달라고 부탁해서 나는 할머니네 집 문을 쾅쾅─쾅쾅 두들겼지만─아무도─아무도 나오지 않아서─나는 잠깐 안으로 들어가 테이블 밑에 편지를 두고 나오려 했어요.

그런데 문을 열었을 때 안에서 무섭고 이상한 웃음소리가 들리더니 할머니가 나왔어요. 아, 그레이 선생님, 정말이지 무서운 모습이었어요. 얼굴이 새빨갛고 눈은 미친 사람 같았어요. 그리고 미치광이처럼 혼자 중얼중얼 이야기했어요. 나는 겁이 나서 견딜 수가 없어 얼른 도망쳐 나왔어요."

실비어는 생각할 새도 없이 테디의 손을 붙잡고 언덕을 달려 올라갔다. 두려운 생각은 들지 않았지만, 가엾게도 색다른 외톨이 노처녀가 마침내 정말로 미친 것일까 걱정이 되었다.

실비어가 집 안으로 들어가 보니 미스 로이드는 부엌 소파에 앉아 있었다. 테디는 겁에 질려 안으로 들어가려 하지 않고 바깥 층계 옆에 숨어 있었다. 미스 로이드는 역에서 걸어 돌아왔을 때 그대로 젖은 검은 비단드레스를 아직 입고 있었고, 얼굴은 붉고 눈은 광기를 띠었으며 목소리가 쉬어 있었다. 그래도 그녀는 실비어를 알아보고 자지러지게 놀랐다.

그녀는 앓는 소리로 말했다.

"나를 보지 말아. 제발 저리로 가—내가 얼마나 가난한지 실비어에게만은 보이고 싶지 않으니까. 실비어는 유럽으로 가게 될 거야—앤드루 캐머런이 보내줄 테니까. 내가 부탁했어—내가 부탁한 일이니 그는 거절할 수 없어. 하지만 제발 돌아가줘."

하지만 실비어는 돌아가지 않았다. 미스 로이드는 미친 게 아니라 병으로 일시적인 정신착란을 일으킨 것임을 곧 알았다. 실비어는 테디를 시켜 급히 스펜서 부인을 부르러 보내고, 부인이 오자 둘이서 미스 로이드를 달래 침대에 눕히고 의사를 부르러 갔다. 밤이 되기 전에 미스 로이드가 폐렴에 걸린 일이 온 스펜서베일에 알려졌다.

스펜서 부인은 그곳에 머물러 그녀를 간호할 생각이라고 말했고, 다른 몇몇 부인들도 돕겠다고 했다. 누구나 다 친절하고 다정하게 돌보아주었지만 미스 로이드는 알지 못했다. 열이 높고 헛소리만 해 댔다.

시간이 날 때마다 미스 로이드 옆에 다가와 앉아 있는 실비어마저 도 알아보지 못했다. 이제야 실비어로서는 지금까지 어렴풋이 짐작하 고 있었던 일이 모두 뚜렷해졌다—미스 로이드야말로 그녀의 '대모' 였던 것이다. 미스 로이드는 계속 실비어에 대해 이야기하고, 실비어 에 대한 애정을 모조리 털어놓고, 자기가 치른 희생을 남김없이 말하 고 말았다. 실비어는 애정과 안타까움으로 가슴이 찢어지는 듯했다. 미스 로이드 병이 낫도록 그녀는 간절한 마음으로 한결같이 빌었다.

실비어는 속삭였다.

"사랑에는 사랑으로 보답한다는 것을 미스 로이드에게 알려주고 싶 어요."

이제 미스 로이드가 얼마나 가난한지 모르는 사람이 없었다. 레슬 리 그레이에 대한 옛 애정 말고는, 미스 로이드가 그토록 숨기고 있 던 생활의 비밀을 모조리 드러내고 말았다. 열에 들떠 헛소리를 하 는 동안에도 레슬리에 대한 일만은 무엇인가에 눌려 입을 다물고 말 았다.

그러나 그 밖의 일은 모두 다 털어놓았다—유행에 뒤떨어진 옷차 림에 대한 고민, 어려운 생활, 바느질모임에서 다른 회원들이 다 10센 트를 내는데 자신은 겨우 5센트밖에 내지 못하는 부끄러움 등이었다.

시중을 들던 마음씨 착한 부인들은 눈물을 글썽이며 그 말에 귀 를 기울이고 지금까지 심술궂게 비난을 한 것을 깊이 뉘우쳤다.

스펜서 부인이 목사 부인에게 말했다.

"하지만 그런 줄 누가 상상이나 했겠어요? 미스 로이드 아버님이 돈을 몽땅 없앤 줄은 아무도 몰랐으니까요. 하기야 그 서부지방의 은 광 사건으로 조금쯤 손해를 본 줄은 알고 있었지만 말예요.

지금까지 지내온 미스 로이드 생활을 생각하면 소름이 오싹 끼쳐요. 끼니마저 제대로 못 먹은 일이 자주 있었고, 겨울에는 땔감을 아끼기 위해 이불 속에 들어가 지냈다니 말예요. 그러나 비록 우리가 알고 있었다 해도 그리 도와줄 수는 없었을 거라고 생각해요. 자존심이 무척 강한 사람이니까요.

하지만 병이 나아 건강하게 오래 살면서 우리가 도와줄 수 있다면, 앞으로는 사정이 아주 달라지겠죠. 꼽추 잭 같은 사람은 하찮은 일밖에 하지 않았는데도 품삯을 받은 자신을 용서할 수 없다고 말하고 있어요. 앞으로는 미스 로이드만 허락해 준다면 바라는 일을 무엇이든지 그냥 해드릴 작정이라더군요.

그레이 양을 그토록 마음에 들어한 것은 참 이상하군요. 여름내내 그 일을 한 것도 모두 그레이 양을 위해서였고, 포도항아리니 뭐니를 팔기까지 했다니 말예요. 확실히 미스 로이드는 인색하지는 않지만 별난 사람임에 틀림없어요. 돌이켜보니 모든 게 다 정말 안타깝잖아요?

그레이 양은 무척 마음 아파하고 있어요. 미스 로이드가 그레이 양을 생각한 것과 마찬가지로 미스 로이드를 마음에 두고 있는 모양이니까요. 너무 흥분해 있어서 내년 유럽으로 갈 유학마저도 마음내키지 않는 모양이에요. 하지만 그녀는 정말로 가게 됐어요—앤드루 캐머런 씨에게서 그런 전갈이 왔으니까요. 나도 무척 기뻐요. 그처럼 상냥한 아가씨는 달리 없거든요. 하지만 만일 미스 로이드의 목숨과 바꾼 게 된다면 너무 값비싼 일이라고 그녀는 말하고 있어요.”

미스 로이드가 앓아 누웠다는 소식을 듣고 앤드루 캐머런이 스펜서베일로 직접 찾아왔다. 물론 미스 로이드와의 면회는 허락되지 않았지만 그녀를 보살펴주는 사람들에게 모든 비용과 노력을 아끼지 않겠다고 말하고, 스펜서베일의 의사에게도 치료비는 모두 자신에게 청구하도록 이른 다음 그 일에 대해서는 잠자코 있어 달라고 부탁했다. 그리고 집에 돌아간 뒤 미스 로이드의 시중을 들기 위해 전문간호사를 보냈는데, 그녀는 솜씨 좋은 친절한 사람으로 스펜서 부인의 기분을 언짢게 하지 않고 환자를 도맡아 잘 보살폈다. 그 일에 대해서는 더 이상 칭찬할 말이 없을 정도였다.

미스 로이드는 죽지 않았다―로이드 집안에 공통된 강인한 체질로 버티어냈던 것이다.

어느 날 실비어가 방으로 들어가자 미스 로이드는 그녀를 쳐다보고 누군지 알아본 듯 힘없이 미소 지으며 실비어의 이름을 중얼거렸다. 간호사는 고비를 넘겼다고 말했다. 미스 로이드는 놀랄 만큼 참을성이 강하고 생각보다 다루기 쉬운 환자였다. 시키는 대로 하고 간호사가 붙어 있는 것도 마땅한 일로 받아들였다.

그러나 어느 날, 조금은 이야기할 수 있을 만큼 기운을 차렸을 때, 미스 로이드는 실비어를 보고 물었다.

"앤드루 캐머런이 헤이스 양을 이리로 보낸 거지?"

실비어는 좀 겁내 하면서 대답했다.

"네."

그것을 보고 미스 로이드는 미소 짓더니 검은 눈에 흘끗 본디의 변덕과 기개를 드러내보였다.

"앤드루 캐머런이 보낸 사람이라면 누구든지 사정없이 쫓아보내 버렸던 시절도 있었지, 실비어. 하지만 나도 죽음의 그늘진 골짜기를 지나오는 동안 자존심이니 원한이니 하는 것을 깨끗이 버리고 만 모양이야. 이제 앤드루에 대해 지금까지와 같은 그런 마음은 갖고 있지 않아. 지금은 그 사람에게 신세를 진 것 같은 느낌이 들어.

그 사람이 나와 우리 집안에 한 심한 행동도 이제 용서할 수가 있어. 실비어, 나는 병들어 앓는 동안 내 본색을 모조리 드러내고 만 듯해. 지금으로서는 내가 얼마나 가난한지 다들 알아버린 모양이야. 하지만 전혀 상관없다는 생각이 들어. 다만 내 어리석은 자존심 때문에 이웃사람들을 내 생활에서 몰아내고 만 지난날이 후회되어 견딜 수가 없어. 어느 분이나 모두 내게 무척 친절하게 해주었어, 실비어.

만일 앞으로 내가 오래 살 수 있다면 지금까지와는 전혀 다른 삶을 살 거야. 젊든 늙든 친절하게 대해주는 사람에게는 완전히 내 생활을 고스란히 개방할 작정이야. 그리고 힘껏 그 사람들을 돕고, 나도 도움받고 싶어.

나도 남을 도울 수 있다는 것—돈만이 남을 돕는 힘이 아니라는 것을 깨달았으니까. 동정과 이해심을 지닌 사람은 누구나 다 돈으로 살 수 없고 값을 매길 수 없는 보물을 갖고 있어. 그리고 실비어에게 결코 알리지 않으려 했던 일도 다 알고 말았더군. 하지만 아무래도 상관없어."

실비어는 미스 로이드의 여윈 하얀 손을 잡고 입을 맞추었다.

실비어는 진심으로 말했다.

"미스 로이드, 나를 위해 애써준 데 대해 아무리 감사를 드려도 모자랄 거예요. 그리고 우리들 사이에 안개처럼 있던 모든 비밀이 말끔히 벗겨져 정말 기뻐요. 지금까지 내 멋대로 바라왔던 것처럼 마음껏 미스 로이드를 좋아해도 괜찮으니까요. 나를 귀여워해 주셔서 정말 기쁘고 고맙게 생각해요, 나의 소중한 대모님."

미스 로이드는 서글픈 듯 물었다.

"내가 실비어를 왜 사랑스럽게 여기는지 알고 있었니? 그런 것까지도 헛소리로 지껄여댔나 보군."

"아니에요. 하지만 나는 말하지 않아도 알고 있었다고 여겨요. 내가 레슬리 그레이의 딸이기 때문이 아닐까요? 아버지가 미스 로이드를 사랑했던 일을 알고 있어요. 월리스 삼촌이 다 말해 주었죠."

미스 로이드는 슬픈 목소리로 말했다.

"나는 내 그릇된 자존심 때문에 일생을 망치고 만 거야. 하지만 그런 일이 있어도 나를 좋아해 주겠지, 실비어? 그리고 가끔 만나러 와 주겠지? 유럽으로 간 뒤에도 편지를 보내주겠지?"

"날마다 오겠어요. 옆에 있고 싶어서 앞으로 1년 동안 스펜서베일에 있을 작정이에요. 그리고 내년에 유럽으로 가면—고맙습니다, 동화에 나오는 대모님—날마다 편지를 쓰겠어요. 둘이서 함께 아주 정답고 즐거운 한 해를 보내요."

미스 로이드는 만족스러운 듯 미소 지었다. 부엌에서는 젤리를 한 접시 가지고 온 목사 부인이 스펜서 부인과 바느질모임 일에 대해 이야기하고 있었다. 붉은 담쟁이덩굴이 뻗은 창문으로 온몸이 긴장되는 10월 공기가 따뜻한 햇빛에 흘러 들어오고 있었다. 햇빛은 실비어의 밤색 머리칼에 영광과 젊음의 왕관처럼 마구 내리쏟아지고 있었다.

"모든 것이 말할 수 없이 행복한 기분이야."

미스 로이드는 기쁜 한숨을 푹 내쉬었다.

필릭스 무어의 바이올린

벌꿀같이 노란 가을 햇빛이 에이벌 블레어 노인네 문가 둘레에 진홍색과 호박색 단풍나무에 쏟아져 내리고 있었다.

에이벌 노인 집에는 밖으로 난 문이 하나밖에 없는데, 그것은 거의 일년 내내 열어놓은 채였다. 한쪽 귀가 없고 앞발을 하나 저는 조그만 검정개가 에이벌 노인이 문가의 층계 대신으로 쓰는 닳아빠진 넓적하고 붉은 사암 깔개돌 위에서 거의 일년 내내 꾸벅꾸벅 졸고 있었다. 그 위의 더욱더 닳아빠진 문턱 위에서는 커다란 회색 고양이도 거의 일년 내내 자고 있었다. 문가에서 조금 들어간 곳에서는 에이벌 영감이 낡은 뻗정다리 의자에 거의 일년 내내 앉아 있었다.

그날 오후도 그곳에 앉아 있었다―몸집이 작은 노인은 가엾게도 류머티즘으로 몸이 뒤틀려 있었다. 그는 머리가 엄청나게 컸으며, 길고 억센 검은 머리털들이 그 머리를 뒤덮고 있었다. 깊은 주름이 새겨진 얼굴은 햇볕에 검게 그을려 있었다. 검고 움푹 들어간 눈에는 가끔 기묘한 황금빛이 반짝였다. 에이벌 블레어 영감은 별난 모습을 하고 있었으며 그 모습에 못지않게 사람됨도 색다르다고 로어 카모디 사람들은 말하고 있었다.

요 몇 해 동안 에이벌 영감은 대체로 술을 마시지 않은 얼굴이었다. 오늘도 술에 취하지 않았다. 그는 자기 개와 고양이 못지않게 햇볕 쬐는 것을 무척이나 좋아하여, 이렇게 양지에서 볕을 쬐고 있을 때는 언제나 무성한 단풍나무 우듬지 위 맑게 갠 푸른 하늘을 문가에서 가만히 바라보고 있었다.

그러나 오늘은 하늘을 바라보지 않았다. 부엌의 검은 먼지투성이 서까래를 지켜보고 있었다. 서까래에는 말린 고기, 끈에 꿴 양파, 약초다발, 낚시도구, 총, 털가죽 등이 매달려 있었다.

그러나 그런 것들은 에이벌 노인의 눈에 보이지 않았다. 그는 지금 천국의 즐거움과 지옥의 고통으로 된 환상을 보는 사람과도 같은 꿈꾸는 듯한 얼굴이었다. 에이벌 노인은 자신이 그랬었을지도 모르는 모습과 현재의 자기 모습을 둘 다 보고 있는 것이다. 필릭스 무어가 바이올린을 켜줄 때에는 언제나 그러했다.

그리고 다시 젊은이로 돌아가 희망찬 장래를 가지고 이룰 수 있다는 기쁨이 너무도 크고 강하여, 지혜로운 여신의 목소리를 내리누르고 자기 영혼의 풍족함을 낭비한 세월 뒤 수많은 부끄럼 속에서 이늘그막에 이른 것을 뼈저리게 느끼는 지금의 고통마저 싹 다 잊을 정도였다.

필릭스 무어는 에이벌 노인과 마주 보며 더러운 난로 옆에 서 있었다. 난로에는 한낮의 불이 다 꺼져 하얀 재가 되어 흩어져 있었다. 필릭스의 턱 밑에 오래되고 낡은 갈색 바이올린이 끼워져 있었다. 필릭스의 눈길도 천장에 가만히 못박혀 있었고, 그 또한 음악 이외의 어떤 말로도 나타낼 수 없는 것을 보고 있었다. 그것은 모든 음악 가운데에서도 특히 바이올린의 그 고뇌에 찬, 그리고 사람을 꿈과 환상의 세계로 이끌어들이는 소리만이 나타낼 수 있는 것이었다.

필릭스는 12살을 조금 넘은 소년에 지나지 않고, 아직 슬픔도 죄악도 실패도 후회도 모르는 어린아이 같은 얼굴을 하고 있었다. 다만 커다란 흑단빛 눈에는 어린아이답지 않은 그 무엇—지금은 재로 변했지만 옛날에는 탄식하고 기뻐하고 실패하고 성공하고 또 넘어져 흙투성이가 되기도 한 많은 사람들의 인생을 고스란히 이어받았음을 말해 주는 무언가가 있었다. 그 수많은 마음들과 말로 나타낼 수 없었던 동경의 부르짖음이 이 소년을 통해 영혼을 울리는 음악으로 나타내어 지는 것이다.

필릭스는 아름다운 소년이었다. 태어난 마을에서 밖으로 나간 적 없는 카모디 사람들의 눈에도, 또한 머나먼 여러 나라를 헤매며 돌아다녔던 에이벌 블레어 노인의 눈에도 그렇게 보였다. '화려함은 거짓되고, 아름다움도 헛되다*¹라고 가르치고, 자신도 그렇게 믿으려 하는 스티븐 레너드 목사까지도 필릭스를 아름답다고 생각했다.

필릭스는 가냘프고 반듯한 어깨를 가진 아이로, 햇볕에 그을린 가느다란 목 위에 머리가 숫사슴처럼 꼿꼿하고 아름답게 얹혀 있었다. 머리털은 반드르르한 짙은 남색으로, 목사관 가정부 재닛 앤드루스의 취미에 따라 이마를 똑바로 지나 귀가 덮이게 자르고 있었다. 얼굴과 손의 살갗은 상아 같고 큰 눈은 아름다웠으며 또렷한 눈동자는 잿빛이었다. 눈코의 생김새는 조각된 보석을 떠오르게 했다.

카모디의 어머니들은 필릭스가 몸이 약하므로 목사의 힘으로는 도저히 길러낼 수 없을 거라고 훨씬 전부터 예언하고 있었다. 그런 예언을 듣고 에이벌 노인은 흰빛이 섞인 수염을 잡아당기며 빙그레 웃었다. 그는 딱 잘라 말했다.

"필릭스 무어는 잘 길러낼 수 있어. 저런 마음씨를 가진 사람은 그 일을 끝낼 때까지는 죽으라고 해도 죽지 않아. 저 아이에게는 할 일이 있어—목사님만 그걸 시켜준다면. 그것을 시켜주지 않는 목사라면, 세상이 끝나는 심판날에 나는 무슨 일이 있어도 그분의 신세는 지지

---

*1 구약성서 〈잠언〉 제31장 제30절.

않을 거야—그렇고말고, 오히려 나는 나 자신을 심판을 하겠어. 자기 일이거나 남의 일이거나 하느님의 뜻을 거역하는 것은 무서운 일이야. 그런 것이야말로 용서하기 어려운 죄라는 게 아닐까—틀림없어!"

카모디 사람들은 에이벌 노인에게 그게 무슨 뜻이냐고 묻는 일이 없었다. 그런 말을 물어도 소용없음을 이미 예전부터 알고 있었다. 반평생을 에이벌 노인처럼 살게 되면 거의 미치광이 같은 소리를 한다 해도 이상할 것은 없었다. 더욱이 실제로 인간을 초월했다고 해도 좋을 만큼 마음씨 착한 레너드 목사에 대해 죄를 범하느니 뭐니 말하는 것은 터무니없는 일인데, 게다가 용서하기 어려운 큰 죄라니—그래, 보시오! 에이벌 노인의 터무니없는 소리에 신경 쓴들 무슨 쓸모가 있다는 말인가!

하기야 바이올린에 대해서는 목사님도 확실히 아이에 대한 처사가 좀 지나치게 엄격한 것 같지만, 그것은 무리가 아닌 일이잖은가? 그 아이의 아버지에 대한 예의에 어긋나는 일이니까.

마침내 필릭스는 바이올린을 내려놓고 깊은 한숨을 내쉬며 에이벌 노인의 부엌으로 돌아왔다. 에이벌 노인은 쓸쓸한 미소로 필릭스를 맞았다.

"네가 켜는 솜씨는 정말 놀랍구나. 무서울 정도야."

에이벌 노인은 몸을 부르르 떨었다.

"이런 연주는 결코 들은 일이 없다. 너는 9살 때부터는 전혀 배운 일이 없었고, 가끔 이리로 와서 내 낡아빠진 바이올린을 켜는 것 말고는 그리 공부도 하지 않았어. 그런데도 켜면서 너 스스로 새로 만들어가며 성장하는구나! 네 할아버지는 음악공부에 찬성하지 않겠지—지금은 어떠냐?"

필릭스는 고개를 저었다.

"허락하지 않으시는 것은 알고 있어요, 에이벌 아저씨. 할아버지는 나를 목사로 만들고 싶어해요. 목사도 좋기는 하지만 저는 될 수 없을 것 같아요."

"설교단의 목사로는 알맞지 않지. 목사에도 여러 종류가 있으니, 정말 사람을 위할 생각이라면 저마다 자기에게 맞는 말로 이야기를 들려주지 않으면 안 돼."

에이벌 노인은 잠시 생각에 잠겼다.

"네 적성은 음악이 맞는데. 네 할아버지가 그것을 모르다니 참 이상하구나. 더구나 그처럼 마음 넓은 사람이! 지금까지 내가 존경할 마음이 든 목사는 네 할아버지뿐이야. 만일 이 세상에 하느님 같은 사람을 고르라 한다면 목사님이야말로 그런 분이지. 그리고 너를 얼마나 귀여워해주는데—그렇고말고, 눈에 넣어도 아프지 않을 만큼 사랑하는 것 같아."

필릭스는 진심으로 말했다.

"저도 할아버지를 무척 좋아하고 있어요. 할아버지가 너무 좋아서 목사가 되려고 생각해요. 되고 싶지는 않지만 말예요."

"솔직히 무엇이 되고 싶으냐?"

"훌륭한 바이올리니스트가 되고 싶어요."

이렇게 대답하는 순간 필릭스의 상앗빛 얼굴이 금세 싱그러운 붉은 장미꽃처럼 빛났다.

"저는 많은 사람들을 위해 연주하고 싶어요—그리고 내가 연주하고 있을 때 그 사람들의 눈이 에이벌 아저씨처럼 되는 걸 보고 싶어요. 아저씨의 눈을 보고 있으면 이따금 무서워지는 일도 있지만, 그래도 그것은 기막힌 기분이에요!

만일 아버지의 바이올린이 있으면 더 잘 켤 수 있을 텐데요. 언젠가 아버지가 그 바이올린에는 영혼이 있어서, 전생의 죄를 갚기 위해 노래하고 있는 거라고 말한 것을 기억하고 있어요. 그게 무슨 뜻인지는 모르지만, 정말 아버지의 바이올린은 살아 있는 것처럼 느껴졌어요. 제가 바이올린을 들 수 있을 만큼 크자 아버지는 곧 켜는 법을 가르쳐주었어요."

에이벌 노인은 날카로운 눈초리로 필릭스를 지그시 들여다보면서 물었다.

"너는 아버지를 좋아했니?"

다시 필릭스의 얼굴이 빨개졌다. 그러나 눈길을 피하지 않고 늙은 친구의 얼굴을 똑바로 보았다.

"좋아하지는 않았어요. 하지만—"

필릭스는 신중하게 천천히 덧붙였다.

"아저씨, 그런 건 묻지 않는 거라고 생각해요."

이번에는 에이벌 노인의 얼굴이 빨개질 차례였다. 뻔뻔스러운 에이벌 노인의 얼굴이 붉어진다는 것은 카모디 사람들에게 믿어지지 않는 일이었고, 또 햇볕에 그을린 그 붉은 얼굴이 한층 새빨개진 것을 알아본 사람은 잿빛 눈에 비난을 담아 노인을 바라본 이 아이뿐이었다.

"그렇구나. 그런 건 묻는 게 아니었어. 하지만 난 언제나 실수만 저지르고 있으니까. 변변한 일을 한 적이 없지. 그러니 카모디 사람들로부터 '에이벌 노인'이라는 말밖에 듣지 못하는 보잘것없는 몸이 된 거야. 나를 '블레어 씨'라고 불러주는 사람은 너와 네 할아버지뿐이다. 그렇긴 해도 저 앞에서 장사하는 윌리엄 블레어 같은 이는, 지금은 돈이 있어 남에게 존경받고 있지만 젊었을 때는 나 반만큼도 머리가 돌지 않는 사람이었지. 믿어지지 않겠지만 실제로 그랬단다.

그리고 무엇보다도 나쁜 건 내가 블레어 씨가 됐든 에이벌 노인이 됐든 대개의 경우는 신경 쓰이지 않는다는 점이야, 필릭스. 다만 네가 바이올린을 켤 때만은 마음이 가지. 바로 몇 해 전 어느 어린 소녀의 눈을 보았을 때와 똑같은 기분이 든단다.

그 애의 이름은 앤 셜리로 애번리의 커스버트네 집에 살고 있었는데, 우리는 블레어 가게에서 말을 주고받았지. 그 애는 어떤 사람을 대해서도 물이 흐르는 것처럼 술술 이야기했어. 내가 우연히 무슨 일로 해서, 나 같은 60을 넘은 늙어빠진 노인 따위야 아무려면 무슨 상관이냐고 말하자, 천진난만한 그 애는 마치 내가 뭔가 무섭고 믿음이 부족한 말이라도 한 것처럼 큰 눈을 동그랗게 뜨고 얼마쯤 나무라듯 나를 가만히 바라보며 말했지.

'블레어 씨, 우리는 나이를 먹을수록 모든 일을 소중히 여겨야 한다고 생각지 않으세요?'라고 말이야. 마치 자신이 11살이 아니고 1백 살이나 되는 것처럼 훈계하듯 진지하게 말했단다. '지금도 내게는 무엇이든 소중해요'라고 이런 식으로 가슴에 손을 모으고서 말하잖겠니. '그러니까 60이 되면 꼭 다섯 배만큼 소중하게 될 게 틀림없다고 생각해요'라는 것이었어.

그 아이의 눈망울과 말하는 태도에 나는 완전히 부끄러운 생각이 들고 말았지. 세상일이란 결국 우리를 위해 잘 마련되어 있었으니까. 하지만 그런 건 아무래도 좋아. 나 같은 보잘것없는 늙은이가 어떻게 생각하든 그리 큰 문제는 아니지. 그런데 네 아버지의 바이올린은 어떻게 됐느냐?"

"제가 이리로 왔을 때 할아버지가 빼앗아버렸어요. 할아버지가 태워버린 모양이에요. 저는 늘 그것이 그리워 견딜 수 없어요."

"꼭 켜고 싶을 때는 언제든 내 낡아빠진 바이올린을 켜도 좋아."

"네, 그래서 무척 기뻐요. 하지만 아버지 바이올린이 그리운 마음은 한결같아요. 그리워서 못 견딜 때에만 이리로 오는데, 그런 때도 와서는 안 된다고 생각해요. 이제 두 번 다시 오지 말자고 다짐하고 있어요. 할아버지가 알면 싫어하실 걸 알고 있으니까요."

"못 오게 하시지는 않겠지?"

"예. 하지만 제가 바이올린 켜러 이리로 오는 줄 모르시기 때문이에요. 안다면 아마 못 가게 하실 게 뻔해요. 그런 생각을 하면 전 몹시 마음이 좋지 않아요. 하지만 역시 안 오고는 견딜 수 없어요.

블레어 씨, 왜 제가 바이올린 켜는 걸 할아버지가 싫어하시는지 알고 있어요? 할아버지는 음악을 좋아하세요. 그래서 다른 일만 게으름 피우지 않으면 오르간 치는 것은 나무라지 않으세요. 저는 이유를 알 수가 없어요. 아저씨는 아세요?"

"꽤 확실히 알고 있지만, 네게 들려줄 순 없어. 내 비밀이 아니니까. 아마 언젠가 할아버지께서 직접 말씀해 주시겠지. 그러나 할아버지는 무슨 일이든 그만한 까닭이 있어서 그러시는 거란다. 필릭스, 알겠니? 나는 그것을 알기에 너무 심하게 탓하지는 않는 거야. 물론 잘못된 일이라고는 생각하지만.

자, 돌아가기 전에 좀 더 켜다오—이번에는 밝고 즐거운 것으로. 듣고 난 뒤 느낌이 좋도록 말이다. 방금 네가 켠 것은 나를 곧바로 천국으로 데려다 주었지만—천국이란 한편으로는 무섭고 지옥에 가까운 것이어서 마지막에 이르러 너는 나를 지옥으로 떠밀어 넣었어."

"아저씨 말씀이 무슨 뜻인지 전혀 모르겠어요."

필릭스는 어리둥절한 얼굴로 그 잘 생긴 가늘고 검은 눈썹을 찌푸렸다.

"그렇겠지—또 알게 하고 싶지도 않아. 너도 나처럼 한번은 훌륭한 사람이 되고 싶은 뜻을 지녔었으면서도 아무것도 손댈 수 없는 바보로 떨어진 늙은이가 되어보지 않으면 모른단다. 그러나 너는 무언가 모든 것을—온갖 종류의 일들을 이해할 수 있는 힘을 지니고 있는 게 틀림없어. 그렇지 않다면 그처럼 모든 것을 음악 속에 집어넣을 수 있을 리 없지. 어떻게 해서 그럴 수 있는 거냐? 대체 어떻게 해서 할 수 있는 거냐, 필릭스?"

"전 몰라요. 하지만 같이 있는 사람에 따라 저도 모르는 사이에 다르게 켜져요. 어째서인지 그 까닭은 알 수 없지만, 아저씨와 단 둘이 있을 때와 재닛이 여기로 들으러 와 있을 때에는 전혀 다른 기분이 돼요—그토록 가슴이 두근거리는 기분은 아니지만 보다 즐겁고 조금은 쓸쓸한 기분이 들어요. 제시 블레어가 여기서 듣고 있었던 그날은 마음껏 웃고 노래부르고 싶은 기분이었어요. 마치 그 동안은 줄곧 바이올린도 똑같이 웃고 노래를 부르고 싶어하는 것처럼."

에이벌 노인의 우묵한 눈에 이상한 금빛이 번쩍였다. 그는 낮은 목소리로 중얼거렸다.

"엄청난 일이로군. 이 아이는 뭐라고 할까, 다른 사람의 영혼 속으로 들어가 자기 영혼이 그곳에서 본 것을 연주할 수가 있는 거야."

필릭스는 바이올린을 어루만지며 물었다.

"그게 무슨 뜻이죠?"

"아무것도 아니다. 마음 쓰지 마라. 어서 켜다오. 이번에는 뭔가 위풍당당한 것으로, 어린 필릭스야. 내 마음을 더듬지 마라. 그러지 않는 게 좋아. 너 같은 어린아이에게는 쓸모없는 일이니까. 무언가 네 마음에서 저절로 우러나오는 것을 켜다오─아름답고 즐겁고 순수한 것을."

필릭스는 천진난만하게 말했다.

"해님이 빛나는 아침, 작은 새가 노래부르고, 제가 목사가 돼야만 한다는 것을 잊었을 때의 날아갈 듯한 기분을 켜 보겠어요."

작은 새와 시냇물의 노래가 뒤섞인 듯 졸졸 흐르며 사람을 잡아끄는 명랑한 가락이 주변에 떠돌고 붉은빛과 금빛을 띤 단풍나뭇잎이 한잎 한잎 소리없이 날아 떨어지는 오솔길로 흘러갔다.

오솔길을 따라온 스티븐 레너드 목사는 그것을 듣고 미소 지었다. 레너드 목사가 흐뭇한 미소를 지을 때면 아이들이 쪼르르 달려오고, 어른들은 고생에 찌들고 초조와 고뇌로 가득 찬 이 어두운 세상 저편에 아름다운 약속의 땅이 펼쳐져 있는 것을 피스가산*²에서 바라본 듯한 마음이 되었다.

물질적이든 정신적이든 아름다운 것을 좋아하는 레너드 목사는

---

*2 모세가 약속한 땅을 바라본 산. 요단강 동쪽에 있음.

음악도 사랑하고 있었다. 물론 그는 그런 것들이 지니는 아름다움에 대해 자신이 어느 만큼 마음을 빼앗겼는지 깨닫지 못했지만, 만일 알아차렸다면 놀라고 또 후회했을 것이다.

레너드 목사 자신도 중후한 멋이 있고, 그 모습은 70살이라는 나이에도 불구하고 꼿꼿하고 젊어 보였다. 얼굴은 여인처럼 변화가 풍부하고 매력이 있으면서도 사나이다운 믿음직함과 강함을 여실히 보여주고 있었고, 짙은 파란 눈은 21살된 젊은이 같은 반짝임을 띠고 있었다. 명주실 같은 은빛 머리마저도 그를 노인으로 보이게 하지는 않았다. 레너드 목사는 모든 사람들로부터 존경받고 있었으며, 그도 인간이라는 한계 안에서는 그 존경을 받을 만했다.

레너드 목사는 생각했다.

'에이벌 씨가 또 바이올린으로 마음을 달래고 있군. 어쩌면 저토록 즐거운 곡을 켜는 것일까! 바이올린을 연주하는 데에는 재능을 타고났군. 하지만 어떻게 저런 것을 켤 수 있을까—오늘날까지 온갖 죄악에 시달려온 저 보잘것없는 노인이! 사흘 전만 해도 술 마시고 떠들어대고—채 1년도 안 된 일이지만—샬럿타운 시장바닥에서 개들과 뒤섞여 고주망태가 되어 쓰러져 있었는데. 그런 사람이 지금 천국의 젊은 천사장(天使長)이 아니면 켤 수 없는 그런 곡을 연주하고 있다니. 그렇다, 내 볼일은 이로써 한층 쉬워질 거야. 에이벌이 바이올린을 켤 때는 언제나 착한 마음으로 뉘우치고 있는 거니까.'

레너드 목사는 현관의 섬돌에 올라섰다. 작은 검정 개가 훌쩍 뛰어와 맞고, 잿빛 고양이는 그의 발에 머리를 문질렀다. 에이벌 노인은 알아차리지 못했다. 한쪽 손을 들어 박자를 맞추며 미소를 머금고 필릭스의 음악에 취해 있었다. 그 눈에는 웃음이 담기고 넘치는 듯한 행복감으로 다시 젊어진 듯 반짝이고 있었다.

"필릭스! 대체 어떻게 된 일이냐?"

바이올린 활이 필릭스의 손을 벗어나 소리내며 바닥에 떨어졌다.

빙 돌아선 필릭스는 할아버지의 얼굴과 마주쳤다. 심한 탄식과 상심을 담은 할아버지의 눈과 마주치자 필릭스는 너무 무서워 눈물로 희부옇게 흐려졌다.

필릭스는 띄엄띄엄 외쳤다.

"할아버지—용서해 주세요."

에이벌 노인이 그 자리를 얼버무리려 일어났다.

"자, 모두 내가 잘못한 거요, 목사님. 이 아이를 꾸짖으면 안 됩니다. 좀 켜 달라고 내가 달랬소. 나는, 나 자신은 아직 바이올린을 만질 자격이 없다고 생각했기 때문이오—글쎄, 그 금요일 사건이 있은 뒤니까. 그래서 사정사정하여 켜달라고 했던 거요. 악기를 다룰 때까지 이러쿵저러쿵하며 귀찮게 매달렸소. 모두 내 탓이오."

놀란 필릭스는 고개를 들고 부인했다.

"그렇지 않아요."

얼굴은 대리석처럼 핏기가 없었지만, 결사적으로 진실을 말하려는 노력과 감싸주려는 에이벌 노인의 거짓말에 대한 부끄러움으로 불타고 있는 것처럼 보였다.

"그런 게 아니에요, 할아버지. 블레어 아저씨 때문이 아니에요. 할아버지가 항구로 가신 줄 알았으므로 바이올린을 켜려고 이리로 온 거예요. 할아버지 집으로 온 뒤 가끔 이리로 오곤 했어요."

"네가 내 집으로 온 뒤부터 줄곧 이렇게 나를 속여 왔다는 말이구나, 필릭스?"

레너드 목사의 말투는 조금도 노염을 띠지 않고 다만 무한한 슬픔이 어려 있을 뿐이었다. 마음이 여린 소년의 입술이 파르르 떨렸다.

필릭스는 호소하듯 속삭였다.

"할아버지, 용서하세요."

에이벌 노인이 분연히 자리를 박차고 일어나 끼어들었다.

"댁이 이 아이에게 이리로 오면 안 된다고 금지시킨 것은 아닐 거요. 공정하게 하시오, 레너드 목사—공평하게."

"나는 공정하오. 필릭스가 말로는 그렇지 않지만, 마음으로는 나를 배반한 거요. 그것을 모르느냐, 필릭스?"

"알고 있어요, 할아버지. 제가 나쁜 짓을 한 거예요. 올 때마다 옳지 못한 일인 줄 알고 있었어요. 용서하세요, 할아버지."

"필릭스, 이번은 용서해 주겠다. 그러나 네가 살아 있는 한 바이올린에 두 번 다시 손대지 않겠다는 약속을 지금 이 자리에서 해야 한다."

검은 핏기가 소년의 얼굴에 확 솟구쳐 오르며 그는 채찍으로 맞은 것 같은 비명을 질렀다. 에이벌 노인이 펄쩍 뛰었다. 그는 힘차게 외쳤다.

"그런 약속은 시키는 게 아니오, 레너드 목사. 크나큰 죄악이오. 정말 죄악이오. 당신은, 당신은 어째서 그렇게 장님이 되어버렸소? 눈뜬 장님이오. 이 아이가 어떤 것을 지니고 있는지 모르는 거요? 이 아이의 마음은 음악으로 가득 차 있소. 그것을 바라는 대로 하게 하지 않으면, 애달파 죽든가, 또는 더 나쁜 결과가 될 거요."

"그런 음악에는 악마가 들어 있소."

순간 레너드 목사의 말투가 거칠어졌다.

에이벌 노인은 낮고 긴장된 투로 대꾸했다.

"그럴지도 모르지만, 예수님도 함께 계시다는 걸 결코 잊어서는 안 되오."

레너드 목사는 깜짝 놀랐다. 에이벌 노인이 가볍게 예수의 이름을 입에 담았으므로 신을 모독한 것으로 여겨졌기 때문이다. 레너드 목사는 비난하는 눈길로 쏘아보다 얼굴을 홱 돌렸다.

"필릭스, 어서 약속해라."

그 얼굴이나 말투 어디에서도 전혀 소년을 동정하는 빛은 볼 수 없었다. 레너드 목사는 자신에 대해 애정이 깊은 이 어린 소년의 마

음 위에 자신이 가지고 있는 강권을 사정없이 휘두르는 것이었다. 필릭스는 피할 길이 없다는 것을 깨달았다.

"약속하겠어요, 할아버지."

그 말을 했을 때 입술에는 핏기가 전혀 없었다.

레너드 목사는 눈치채지 않게 안도의 한숨을 내쉬었다. 약속이 지켜지리라는 것을 알고 있었기 때문이다.

에이벌 노인도 그것을 알고 있었다. 그는 방을 가로질러 시무룩한 얼굴로 필릭스의 힘 빠진 손에서 바이올린을 받아들고, 한 번도 돌아보지 않고 묵묵히 부엌 맞은편 작은 침실로 들어가 버리며 걷잡을 수 없는 분노를 담아 있는 힘껏 문을 쾅 닫았다. 그러나 에이벌 노인은 두 사람이 떠나가는 것을 창문으로 몰래 지켜보았다.

마침 단풍나무 오솔길로 접어들었을 때, 레너드 목사는 필릭스의 머리에 손을 얹고 흐뭇한 얼굴로 내려다보았다. 갑자기 소년은 노인의 어깨에 팔을 두르고 빙그레 웃었다. 두 사람이 주고받는 눈길에는 끝없는 애정과 신뢰가—그리고 사이좋은 친구끼리 나누는 우정이 넘쳐 있었다. 에이벌 노인의 경멸이 담긴 눈에 다시금 금빛 반짝임이 나타났다.

노인은 부러운 듯 중얼거렸다.

"정말이지 저 두 사람은 어쩌면 저토록 사이가 좋을까. 그리고 앞으로 다가올 괴로움을 굳이 왜 같이하는 것일까."

레너드 목사는 집으로 오자 기도 드리러 서재로 들어갔다. 그는 필릭스가 재닛 앤드루스에게 위로를 받으러 달려간다는 것을 알고 있었다. 재닛은 상냥한 미소를 띠며 입술 끝이 살짝 올라간, 몸집이 작고 여윈 여자로 목사네 집안일을 맡고 있었다.

레너드 목사는 재닛도 에이벌 노인과 마찬가지로 자신의 처사에 찬성하지 않는다는 것을 알고 있었다. 입으로는 아무 말도 하지 않으면서 저녁 식사 때 찻잔 너머로 레너드 목사에게 비난의 눈길을 던질 뿐이었다. 그러나 레너드 목사는 비록 가슴이 아팠지만 자기가 한 일이 옳다고 믿고 있었으므로 조금도 양심의 가책을 느끼지 않았다.

지금으로부터 13년 전, 딸 마거릿이 레너드 목사의 마음에 들지 않는 남자와 결혼하여 가슴이 찢어질 것만 같았었다. 마틴 무어는 직업 바이올리니스트로 어느 모로 보나 대가는 못되었지만 인기 있는 연주가였다. 그가 날씬한 금발의 목사 딸과 만난 것은 그녀가 토론토 대학의 친구를 찾아갔을 때였는데, 그 자리에서 첫눈에 그녀에게 반했다. 마거릿은 모든 마음을 쏟아 그를 몹시 사랑하여 아버지의 반대를 무릅쓰고 결혼하고 말았다.

레너드 목사가 반대한 것은 마틴 무어의 직업 때문이 아니라 그 사람됨이었다. 이 바이올리니스트의 과거가 마거릿 레너드의 청혼자로서 알맞지 못한 것을 그는 알고 있었으며, 사람보는 눈을 지닌 그는 마틴 무어가 어떤 여자도 영원히 행복하게 해주지는 못하리라는 것을 꿰뚫어보았다.

마거릿은 그것을 믿지 않고 마틴과 결혼하여 1년은 낙원에서처럼 즐겁게 지냈다. 아마 그 1년이 그 뒤에 이어진 쓰라린 3년이라는 세월의 보답이었는지도 모른다―그 1년과 그녀의 아들이. 아무튼 성실한 마거릿은 불평도 하지 않고 쓸쓸히 살다가 죽었다. 죽을 때는 그녀 곁에 아무도 없었다. 남편은 연주여행을 떠났고, 병이 위급하여 아버지의 임종도 하지 못했다. 유해는 고향으로 돌아와 조그만 카모디 묘지의 어머니 옆에 묻혔다. 레너드 목사는 아이를 맡고 싶어했지만 마틴 무어는 놓아주려 하지 않았다.

6년 뒤 무어도 죽었으므로 마침내 레너드 목사는 뜻을 이룰 수 있었다. 마거릿의 아들을 자기 보호 아래 둘 수 있게 된 것이다. 아이가 어서 오기를 할아버지는 복잡한 마음으로 내내 기다렸다. 마음은 손자에게 가 있으면서도 마틴 무어 2세를 만나는 게 한편으로는 두려웠다. 혹시 마거릿의 아들이 잘 생기고 건달인 아버지를 닮기라도 했으면 어떻게 할까! 또는 더욱 불행하게도 아버지의 무절제와 변덕스러움 그리고 방랑벽을 고스란히 물려받았다면. 이리하여 레너드 목사는 필릭스가 올 때까지 자신을 비참하게 들볶고 있었다.

다행히 아이는 아버지도 어머니도 닮지 않았다. 그 얼굴에서 레너드 목사는 30년 전 풀잎 그늘에 장사 지낸 사람의 모습—마거릿이 태어남과 동시에 세상을 떠난 소녀 같은 아내의 모습을 발견했다. 그녀의 빛나는 검은빛 도는 잿빛 눈, 상앗빛 얼굴, 멋진 활 모양 이마가 다시 나타나 있었고, 그 눈으로부터 그녀의 정신 자체가 내다보고 있는 것 같았다. 그 순간부터 노인의 마음은 아이의 마음과 맺어졌다. 두 사람은 여자의 애정보다도 더한 아기자기함으로 서로 사랑하게 되었다.

필릭스가 아버지로부터 이어받은 오직 한 가지는 음악에 대한 사랑이었다. 그러나 아버지는 재주만 지니고 있었던 데 비해 아들은 하늘이 내려준 재능을 타고났다. 마틴 무어의 바이올린에 대한 표면적인 숙련에 아이 어머니의 신비로운 열정이 더해지고, 다시 또 그가 꼭 닮은 외할머니로부터 외모를 물려받아 한층 미묘한 요소가 깃들어 있었다.

무어는 이 아이에게 태어날 때부터 어떤 생애가 기다리고 있는지 알고 있었으므로 가느다란 손가락이 겨우 활을 잡을 즈음부터 그의 기술을 가르치기 시작했다. 9살 때 카모디의 목사관으로 왔을 무렵 필릭스는 열 명 가운데 아홉 명의 바이올리니스트가 평생 걸려 익힐 만한 바이올린 기술을 몸에 지니고 있었다.

필릭스는 아버지의 바이올린을 가지고 왔다. 마틴 무어가 아들에게 남긴 것은 그것뿐이었다. 그것은 아마티*3 제(製)인 뛰어난 악기로,

---

*3 16~17세기 이탈리아의 유명한 바이올린 제작 집안.

카모디에서는 한 사람도 그 가치를 의심하는 이가 없었다.

그것을 레너드 목사가 빼앗고 말았으므로 그 뒤로 필릭스는 한 번도 보지 못했다. 필릭스는 바이올린을 잃은 슬픔으로 며칠 밤을 울며 잠들었는지 모른다. 이 사실을 레너드 목사는 알지 못했고, 재닛 앤드루스는 알고 있었으나 입 밖에 내지 않았다. 침묵은 그녀의 자랑이었다.

'바이올린에 무슨 나쁜 점은 없을 텐데.'

재닛은 그렇게 생각하며, 이번 일에는 레너드 목사가 터무니없이 너무 엄격하다고 여겼다. 그러나 만일 다른 사람이 이런 말을 그녀에게 했다면 여지없이 면박당했을 게 틀림없다. 재닛은 필릭스가 에이벌 노인을 찾아가는 것을 못 본 척하며, 그녀의 독특한 이론으로 그 애매한 태도를 정직해야 한다는 그리스도교도의 양심과 일치시키고 있었다.

레너드 목사가 필릭스에게 억지로 약속시킨 이야기를 듣자 재닛의 가슴은 노여움으로 들끓었다. 본디 '자기 분수'를 잘 알고 있어 레너드 목사에게 불평하는 일은 없었지만 그 못마땅한 기분을 노골적으로 드러냈다. 그리하여 마음씨 고운 노인은 지금까지 평화스럽던 목사관의 분위기가 거북할 만큼 차갑고 적의에 차기 시작한 것을 깨달았다.

필릭스를 어엿한 목사로 만들고 싶어하는 것은 레너드 목사의 진심어린 소원이었으며, 만일 아들을 두었더라면 그 아들도 목사로 만들려 했을 것이다. 인간에게 주어진 최고의 일은 동포에 대한 봉사로 일생을 마치는 데 있다는 레너드 목사의 생각은 여전했지만, 그의 그릇된 점은 그 봉사를 본디 의미보다 좁게 생각하고 있는 것이었다. 즉 인류의 요구에 따라 방법은 여러 가지로 다르더라도 똑같은 효과를 내는 봉사가 있다는 것을 모르고 있었다.

재닛은 레너드 목사가 필릭스에게 약속 이행을 강요하지 않으면 좋을 텐데, 하고 생각했지만, 필릭스는 완벽한 애정에서 느끼는 직감으로 할아버지의 생각이 달라지는 일은 없으리라는 것을 알고 있었다.

필릭스는 겉으로도 마음속으로도 이 약속을 지켰다. 두 번 다시 에이벌 노인의 집에 가지 않았으며, 오르간도 치지 않았다. 오르간은 금지되지 않았지만, 어떤 음악이든지 필릭스의 몸 속에 무서운 동경과 황홀한 기분을 일깨우고 그것이 다룰 수 없는 무서운 힘으로 넘쳐나오려 하기 때문이었다. 필릭스는 맹렬한 기세로 공부에 열중하여 끈기 있게 라틴어와 그리스어를 암기했으므로 오래지 않아 모든 경쟁자를 앞질러 1등이 되었다.

긴 겨울 동안 딱 한 번 하마터면 약속을 깨뜨릴 뻔한 일이 있었다. 3월에서 4월로 접어들 즈음, 남은 눈 밑에서 봄의 고동이 맥박치고 있는 어느 저녁녘, 필릭스는 혼자 학교에서 집으로 돌아와 있었다. 목사관 아래쪽 좁은 저지대로 내려왔을 때 경쾌한 음악소리가 들려왔다. 그것은 시냇물 울타리에 기대선 검은 눈을 한 프랑스계 캐나다인인 어린 고용인 소년이 부는 하모니카 소리였는데, 이 누더기를 입은 소년은 음악을 알고 있어서 그것이 그의 소박한 장난감을 통해 흘러나왔다. 필릭스는 머리에서 발끝까지 짜릿해지며, 소년이 한번 불어보지 않겠느냐는 듯 친숙한 웃음을 지어 보이며 하모니카를 내밀자 굶주린 동물이 먹을 것을 덮치듯 그것을 움켜쥐었다.

그러나 입으로 가져가던 손을 필릭스는 도중에서 멈췄다. 자기가 결코 손대지 않겠다고 약속한 것은 분명 바이올린임에 틀림없지만, 자기 안에 있는 욕망이 비록 조금이나마 흔들리게 되면 금방 그 기세를 얻어 이윽고 지금까지 참아왔던 모든 것을 다 뿌리치고 말 것이라고 느껴졌다. 저녁놀진 이 봄의 골짜기에서 리언 부트 소년의 하모니카를 불면, 그날 저녁 에이벌 노인의 집으로 가게 될 것이다. 아마도 가게 될 게 틀림없으리라는 것을 필릭스는 알고 있었다.

리언이 깜짝 놀라도록 필릭스는 하모니카를 그에게 도로 던져주고, 마치 무엇에 쫓기기라도 하듯 언덕을 달려 올라갔다. 그 어린아이다운 얼굴에 떠오른 어떤 표정을 보고 리언은 겁이 덜컥 났다. 재닛 앤드루스도 자기 옆을 지나 목사관 복도를 달려가는 필릭스의 얼굴을 보고 놀랐다.

재닛이 외쳤다.

"애야, 왜 그러지? 기분이 언짢아? 무슨 안 좋은 일이라도 있었어?"

"아니, 아니에요. 나를 내버려둬요, 재닛."

필릭스는 목소리를 죽이며 2층 자기 방으로 성큼성큼 올라가고 말았다.

한 시간 뒤, 차마시러 내려온 필릭스는 완전히 본디 마음으로 돌아가 있었으나, 얼굴빛은 전에 없이 파리하고 커다란 눈 밑에 보랏빛 그늘이 져 있었다.

레너드 목사는 좀 걱정스러운 듯 필릭스를 살펴보고 있는 동안 문득 올봄에는 필릭스가 전보다 약해 보이는 것을 깨달았다. 그렇다, 이 아이는 겨우내 열심히 공부했고, 성장도 빠른 편이니 방학이 되면 어딘가 아는 사람을 찾아가도록 여행을 보내야겠다고 생각했다.

재닛이 말했다.

"네어미 클러크가 정말로 병든 모양이에요. 겨우내 앓았고, 지금은 침대에 누운 채로 지낸대요. 머피 부인이 말하기를, 그녀는 죽어가고 있다는 생각이 드는데 아무도 그녀에게 용기 있게 말을 할 수 없다고 했어요. 그녀는 무슨 일이 있어도 자기가 병들었다는 것을 인정하려 하지 않고, 약도 먹으려 하지 않는대요. 게다가 옆에서 시중드는 사람은 그 바보 같은 매기 피터슨뿐이니까요."

레너드 목사가 불안한 얼굴로 말했다.

"내가 그녀를 문병하러 가야 할지 어떨지."

"그런 수고를 하신들 무슨 소용 있겠어요? 그녀가 만나지 않을 건

뻔한 일인걸요. 전에도 그랬듯이 목사님 눈앞에서 문을 쾅 닫아버리겠죠. 매섭고 못된 여자니까요. 하지만 아무도 책임지고 시중들 사람 없이 병으로 누워 있다는 생각을 하면 몸이 오싹해져요."

필릭스가 이따금 뭔가 사람을 놀라게 하는 말을 하기 시작할 때 그 생각에 깊이 잠긴 엄숙한 목소리로 말했다.

"네어미 클러크는 옳지 못한 여자로 부끄러운 생활을 해왔지만, 그래도 나는 그 사람이 좋아요."

레너드 목사는 재닛의 보호 아래 있는 필릭스가 어째서 그런 애매한 선과 악에 대한 견해를 갖게 되었는지 캐묻는 것처럼 얼마쯤 비난하는 눈초리로 그녀를 바라보았다. 그러자 재닛도 지지 않고 바라보았는데, 그 눈초리는 필릭스가 학교에 다니고 있는 이상 수학과 라틴어 이외의 것을 알아온다고 해서 자신이 책임질 수는 없으며 질 생각도 없다는 뜻이었다.

재닛은 호기심이 일었다.

"좋으니 싫으니 하지만, 네어미 클러크를 얼마나 알고 있다는 거지? 만난 일이라도 있어?"

필릭스는 버찌 설탕절임에 입맛을 다시며 대답했다.

"그럼, 있고말고요. 지난 여름 어느 날 저녁 가문비나무 숲 후미진 강가로 갔을 때, 소나기가 무섭게 쏟아져 네어미네 집으로 비를 피하러 갔어요. 문은 열려 있는데 아무리 노크해도 대답이 없어 그냥 안으로 들어갔죠. 네어미 클러크는 창문 앞에서 구름이 바다 위로 퍼져 가는 것을 바라보고 있었어요. 나를 한번 바라볼 뿐 아무 말도 하지 않고 다시 구름으로 눈길을 돌렸죠.

나는 네어미가 앉으라고 하지도 않는데 앉는 건 예의에 어긋나다는 생각이 들어 창가로 가서 네어미와 나란히 서서 구름을 바라보기 시작했어요. 무서운 풍경이었어요. 구름은 새까맣고 바다는 짙은 녹색이며 구름과 물 사이에 아주 이상한 빛이 있었죠. 정말 무서웠지만 왠지 멋진 기분도 들었어요. 나는 반쯤은 폭풍우를 보고 반쯤은 네어미의 얼굴을 보고 있었는데, 네어미는 폭풍우와 마찬가지로 무서운 표정이었지만 그래도 나는 보고 싶어서 견딜 수가 없었어요.

천둥소리가 그친 뒤에도 한참동안 비가 줄곧 내렸죠. 네어미는 앉아서 내게 말을 걸며 이름을 물어서 말해 주었더니 바이올린을 좀 켜 주었으면 좋겠다고 말했어요."

필릭스는 제발 화내지 말라는 듯 흘끗 레너드 목사를 바라보았다.

"왜냐하면 네어미는 내가 아주 잘 켠다는 말을 들었기 때문이라는 것이었어요. 무엇이든 쾌활한 곡을 들려달라기에 나는 열심히 그런 것을 켜려고 했지만 도무지 할 수가 없었어요. 내가 켠 것은—마치 저 혼자 울려 퍼지기 시작한 것처럼—무서운 것이었어요. 누군가가 죽어 다시 돌아오지 않는 듯한 것이었어요.

그러자 다 끝나기도 전에 네어미가 내게로 와서 바이올린을 낚아채더니 호통을 쳤어요. 그리고 이렇게 말했어요.

'이 눈알이 커다란 개구쟁이 녀석, 어떻게 그런 걸 알고 있지?'

그리고는 내 팔을 잡아—아팠어요, 엄청—나를 빗속으로 떠밀어내더니 문을 쾅 닫아버리고 말았어요."

재닛은 버럭 화를 내며 말했다.

"거칠고 돼먹잖은 여자야!"

필릭스는 아무렇지 않은 얼굴로 말했다.

"아니, 그렇지 않아요. 네어미는 마땅한 일을 했어요. 그런 곡을 켠 내가 나빴죠. 아무튼 내가 그렇게 연주할 수밖에 없다는 것을 네어미는 모르니까요. 내가 일부러 그렇게 한 줄 알았던 모양이에요."

"대체 뭘 켰는데?"

"난 몰라요."

필릭스는 몸을 부들부들 떨었다.

"아주 무섭고—무척 겁이 났어요. 가슴이 터질 것만 같은 곡이었어요. 하지만 무언가 다른 연주를 하려고 하면 나는 아무래도 그것을 켤 수밖에 도리가 없었던 거예요."

재닛이 난처한 얼굴로 말했다.

"네 말은 알아듣지 못하겠군―무슨 소린지."

레너드 목사가 말했다.

"이야기를 바꾸자."

한 달 뒤 어느 날 저녁, '바보 매기'가 목사관 현관에 서서 목사에게 말했다.

"네어미가 와 달랍니다."

그녀는 중얼중얼 말했다.

"목사님께서 곧 와 주셨다면 좋겠다고 네어미가 매기를 보냈어요."

레너드 목사는 상냥하게 말했다.

"좋아, 가고말고. 네어미의 병이 아주 심한가?"

어이없게도 매기는 이를 드러내며 웃었다.

"다 죽어가고 있어요. 그래서 지옥을 퍽 무서워하고 있죠. 네어미는 오늘 죽는다는 것을 알고 있는 거예요. 매기가 그렇게 말했거든요―네어미는 항구 여자들이 하는 말은 거의 듣지 않지만 매기가 하는 말은 믿지요. 큰 소리로 울부짖었어요."

그 소름끼치는 광경을 생각해 내며 매기는 또 키득키득 웃었다. 레너드 목사는 가엾은 생각으로 가슴이 꽉 차 재닛을 불러 이 불쌍한 아이에게 먹을 것을 주라고 했다. 그러나 매기는 고개를 저었다.

"필요없어요. 필요없어요. 매기는 바로 네어미에게 돌아가야만 해요. 목사님이 지옥에서 꺼내주러 오신다고 말해줄 거예요."

매기는 괴상한 소리를 지르며 전속력으로 바닷가 쪽으로 가서 가문비나무숲을 빠져 달리기 시작했다.

재닛이 겁에 질린 듯한 목소리로 말했다.

"오, 하느님! 가엾게시리. 저 애가 바보라는 것은 알고 있었지만 저럴 줄은 몰랐어요. 그럼, 목사님, 가시는 거예요?"

레너드 목사는 진심으로 말했다.

"물론 가야 하고말고. 저 가엾은 영혼을 구할 수 있도록 하느님께 기도드려야지."

레너드 목사는 적어도 자신의 의무라고 믿는 일을 피한 적이 한 번도 없는 사람이었지만, 그러나 의무라 하더라도 네어미 클러크의 임종 자리에 불려 가는 일은 그리 유쾌한 일이 못되었다.

네어미 클러크라는 여자는 한평생을 통해 로어 카모디와 카모디 항구의 마마귀신이었다. 레너드 목사가 처음 이곳 교회 목사가 되었던 무렵에는 네어미의 마음을 고쳐주려고 애썼으나, 그녀는 레너드 목사를 대놓고 비웃으며 모욕했다. 그리하여 네어미의 유혹을 받기도 하고 마음에 깊은 상처를 입은 사람들을 위해 법률에 호소하려 했지만, 네어미는 법률에 대해서는 안중에도 두지 않았다. 마침내 레너드 목사는 네어미를 그대로 내버려두는 수밖에 없었다.

그러나 네어미도 처음부터 타락한 것은 아니었다. 소녀시절에는 순진했었는데, 아름답게 태어난 것이 오히려 그녀의 불행이었다. 어머니는 일찍 죽었으며, 아버지는 매정하고 성격이 거칠어 평판이 좋지 못한 사람이었다. 네어미가 거짓된 사랑에 일생을 맡기는 치명적인 실수를 저질러 배반당하고 버림받자, 아버지는 갖은 욕설을 퍼부으며 네어미를 집에서 내쫓고 말았다.

네어미는 가문비나무 숲속에 있는 작은 빈집에서 살았다. 만일 그녀의 아기가 살아 있었다면 네어미는 구원받았을 게 틀림없다. 그러나 아기는 태어나자 마자 곧 죽고 말았다. 그 어린 생명과 더불어 그녀가 구제받을 수 있는 마지막 기회가 이 세상에서 사라졌다. 그때부터 네어미의 발길은 지옥으로 이어지는 길로 접어들었던 것이다.

그러나 최근 5년 동안 네어미는 꽤 올바른 생활을 하고 있었다. 재닛 피터슨이 죽었을 때, 그 어리석은 딸 매기는 세상에 단 한 사람 친척도 없이 오직 혼자 남겨졌다. 이 아이를 어떻게 해야 좋을지 아무도 알 수 없었다. 아무도 이 아이 일에 관여하고 싶어하지 않았기 때문이었다. 그때 네어미 클러크가 가서 이 소녀를 떠맡았다. 사람들은 매기의 보호자로서 네어미가 알맞지 못하다고 수군거렸지만, 휘말리는 게 싫어서 어느 누구도 말리려고 하지 않았다. 그러나 레너드 목사는 꺾이지 않고 네어미를 타일렀는데, 그 결과 재닛의 말대로 네어미는 콧방귀를 뀌며 그 수고에 대한 대답으로 문을 쾅 닫고 말았던 것이다.

그러나 매기 피터슨과 함께 지낸 그날부터 네어미는 카모디 항구 마을의 막달라 마리아 노릇을 그만두었다.

레너드 목사가 가문비나무숲으로 들어섰을 무렵 해가 기울어 항구는 멋있고 장려한 어스름에 싸여 있었다. 멀리 뒤쪽에는 보랏빛으로 물든 바다가 넘실거리고 있었다. 모래톱의 울부짖음이 절망적인 그리움과 호소를 담은 노래와 더불어 달콤하고 싸늘한 봄공기 속에 전해 왔다. 황혼이 지난 뒤의 하늘에는 별들이 꽃핀 듯 아로새겨지고 달은 동녘에 떠오르려 하고 있었으며, 그 아래 바다는 마술 같은 은빛으로 반짝이고 그곳을 가로지르는 작은 항구의 보트는 요정나라의 바닷가에서 온 작은 배로 바뀌었다.

레너드 목사는 한숨을 내쉬며 이 때묻지 않은 아름다운 바다와 하늘에 등을 돌리고 네어미 클러크의 집으로 들어갔다. 그 집은 아주 작아서 아래층에 방 하나와 위에 다락방 침실이 있을 뿐이었다. 항구를 바라보는 아래층 창문 옆에 병자를 위한 침대가 있고, 그곳에 네어미는 아직 어둡지도 않은데 머리맡과 옆에 램프를 켜두고 누워 있었다. 본디 어둠을 몹시 무서워하는 버릇이 네어미에게 있었다.

네어미는 초조하게 초라한 침대 위에서 몸을 뒤척이고 있고, 매기는 그 발치의 상자 위에 웅크리고 있었다. 레너드 목사는 최근 5년 동안 네어미를 만나지 못했는데, 그 달라진 모습에 깜짝 놀라고 말았다.

윤곽이 뚜렷한 얼굴은 몹시 초췌해졌는데 나이를 먹자 이루 말할 수 없이 마귀할멈과 닮아 보여 아직 60이 될까말까한 네어미는 1백 살쯤 되어 보였다. 손질하지 않은 머리는 마구 헝클어져 베개 위에 허옇게 물결치고, 이부자리를 움켜잡은 손은 주름잡힌 발톱처럼 보였다.

다만 눈만은 달라지지 않고 전과 마찬가지로 파랗게 빛났다. 그러나 지금은 공포에 빠져 허우적거리는 괴로움과 호소로 가득 차 있었으므로 레너드 목사의 약한 마음은 두려움으로 고동이 멎을 것만 같았다. 그것은 가책의 고통으로 미칠 듯이 되고 분노에 뒤쫓겨 말로는 나타낼 수 없는 공포에 사로잡힌 짐승의 눈이었다.

네어미는 몸을 일으켜 레너드 목사의 팔을 잡아끌었다.

"도와주러 오셨나요? 도와주실 수 있나요?"

숨을 헐떡이며 네어미는 애원했다.

"아, 목사님이 와 주지 않을 줄 알았어요! 목사님이 이리로 오기 전에 나는 죽고 마는 게 아닌가, 죽어서 지옥으로 가는 게 아닌가 떨고 있었어요. 오늘에야 내가 죽어간다는 걸 알았어요. 그 겁쟁이 녀석들은 한 사람도 말해주지 않았으니까요. 나를 도와주실 수 있나요?"

레너드 목사는 부드럽게 말했다.

"나는 할 수 없어도 하느님은 하실 수 있습니다."

그는 이 소름끼치는 공포와 흥분을 눈앞에 두고 몹시 마음이 약해져 자신의 무력함을 온몸으로 느꼈다. 지금까지 슬픈 임종—고뇌에 찬 임종—그리고 자포자기한 임종을 보아왔지만 이런 죽음과는 한번도 마주친 일이 없었다.

"하느님이라고요?"

하느님의 이름을 말하는 네어미의 목소리는 무서운 비명처럼 울렸다.

"하느님에게는 도움을 청할 수 없어요. 오, 지옥이 죽을 만큼 무섭지만 그보다도 하느님이 더 무서워요. 이런 일생을 보낸 끝에 하느님 앞에 서기보다는 지옥에 떨어지는 게 천 배나 나을지 몰라요.

정말 나는 악의 길을 걸어온 것을 후회하고 있어요. 언제나 좋다고 생각한 적은 한번도 없었어요. 아무도 믿어주지 않겠지만 말예요. 늘 나는 지옥의 귀신들에게 쫓겨다녔어요. 아, 목사님은 몰라요. 목사님은 알 수 없어요. 하지만 나는 늘 나쁘게 여기고 있었어요"

"뉘우치기만 하면 그것으로 되는 겁니다. 진심으로 용서를 빌면 하느님은 너그러이 용서해 주실 겁니다."

"아니요, 용서받지 못할 거예요! 나 같은 죄는 용서받을 수 없어요. 하느님은 이해하시지 못하고 용서하려고도 하지 않을 거예요."

"이해하실 수 있고, 용서하실 생각도 있습니다. 하느님은 사랑의 하느님이십니다, 네어미."

그러나 네어미는 고집스럽게 주장했다.

"아니요. 조금도 사랑의 하느님이 아니에요. 그래서 나는 무서워하고 있는 거예요. 아니야, 아니야, 분노와 정의와 벌을 내리는 하느님이에요. 사랑이라고요? 사랑같은 건 있지도 않아요! 이 세상에서는 그런 사람을 본 일이 없으니까요. 하느님도 사랑을 가지고 계시리라고는 생각할 수 없어요."

"네어미, 하느님은 우리들을 아버지처럼 사랑해 주십니다."

"우리 아버지처럼이라고요?"

조용한 방안에 울려 퍼지는 네어미의 새된 웃음소리는 듣기에도 처절했다.

늙은 목사는 몸을 부르르 떨었다.

"그렇지 않습니다. 그렇지 않아요! 친절하고 상냥한 전능하신 아버

지로서 말입니다, 네어미. 만일 살아 있었다면 네어미의 어린 아기를
네어미가 사랑했듯이."

네어미는 몸을 웅크리며 신음했다.

"아, 그것을 믿을 수 있다면 좋을 테지만. 그것만 믿을 수 있다면
나는 무섭지 않을 텐데요. 나에게 믿음을 주세요. 목사님이 스스로
그렇게 믿고 계시다면 하느님이 사랑으로 용서해 주신다는 것을 나
도 믿을 수 있게 해줄 수 있을 거예요."

"예수 그리스도는 막달라 마리아를 용서하고 사랑해 주셨습니다,
네어미."

"예수 그리스도라고요? 아, 그라면 무섭지 않아요. 그라면 이해하고
용서해 주겠죠. 그는 반쯤 사람이니까요. 내가 무서워하는 건 하느님
이에요."

"하느님도 그리스도도 똑같은 한 분입니다."

레너드 목사는 어찌할 바를 몰랐다. 네어미에게 이해를 시킬 수 없
다는 것을 깨달았기 때문이었다. 이 몸부림치며 괴로워하는 임종의
자리는, 삼위일체(三位一體)라는 사람의 지식을 초월한 교리를 신학적
으로 설명하기에 알맞은 곳이 못되었다.

"그리스도는 당신의 죄를 위해 죽으신 겁니다, 네어미. 십자가 위에
서 당신의 죄를 직접 지신 것입니다."

네어미는 물어뜯을 듯이 말했다.

"우리는 저마다 지은 죄를 스스로 지고 왔어요. 나는 평생토록 내
가 지은 죄를 지고 왔고, 영원히 지고 있을 거예요. 그 밖의 일은 믿
을 수 없어요. 하느님이 용서해준다는 걸 어떻게 믿겠어요. 나는 사
람의 몸과 마음을 망쳐 왔어요―사람들에게 가슴이 찢어지는 생각
을 안겨주고 가정에 독을 부어 넣었어요―나는 살인보다 더한 죄를
지은 인간이에요. 헛일이야―헛일이야―헛일이야. 내게는 구원이 없
어요."

다시 네어미의 목소리가 높아지며 새되고 차마 들을 수 없는 비명으로 바뀌었다.

"나는 지옥으로 떨어지지 않으면 안 돼요. 밖의 어둠에 비하면 지옥의 불도 그리 무섭지 않을 정도예요. 나는 언제나 어둠이 무서워서 견딜 수 없었어요. 무서움과 두려운 생각으로 가득 차 있었으니까요. 아, 아무도 나를 도와줄 사람은 없어요! 인간은 쓸모없고, 하느님은 무서워요."

네어미는 두 손을 앞에 모으고 손바닥을 비벼대기 시작했다. 레너드 목사는 지금까지 느낀 적 없는 심한 초조감을 느끼면서 방안을 왔다갔다하고 있었다. 어떻게 하면 좋을까? 뭐라고 말하면 좋단 말인가? 그가 품은 신앙은 다른 모든 사람과 마찬가지로 이 여자를 달래주고 평화를 줄 것임에 틀림없지만, 그것을 이 괴로워하는 영혼을 이해시킬 수 있는 말로는 도저히 나타낼 수 없었다.

레너드 목사는 괴로워하는 네어미의 얼굴을 보았다. 그리고 발치에서 혼자 키득키득 웃고 있는 바보 같은 소녀를 보았다. 열려진 방문 사이로 비친 저쪽 별하늘에 눈을 보냈다—그러자 깊이를 알 수 없는 절망감에 사로잡혔다. 자기로서는 아무 것도—아무 것도 할 수 없는 것이다! 지금까지의 생애를 통틀어 이러한 자각(自覺)에 상처를 받은 일은 한 번도 없었다.

다 죽어가는 여자는 신음하며 갑자기 외쳤다.

"나를 구해줄 수 없다면 목사님은 무슨 쓸모가 있는 거죠? 어서 기도해 주세요—기도해 주세요—기도해 주세요!"

레너드 목사는 침대 옆에 무릎을 꿇었으나 무슨 말을 해야 좋을지 몰랐다. 지금까지 해온 기도는 여기서는 아무 소용도 없었다. 많은 영혼을 편안히 죽음에 이르도록 하는 데 도움이 되었던 지금까지 판에 박힌 아름다운 기도도 네어미 클러크에게는 무익하고 헛된 말에 지나지 않았다. 너무도 안타까운 나머지 스티븐 레너드는 가장 짧고 깊은 정성이 담긴 기도를 드렸다.

"오, 우리 아버지이신 하느님이여! 이 여자를 구해주옵소서. 이 여자에게 알아들을 수 있는 말로 이야기해 주시기를!"

문에서 바깥 어둠으로 흐르는 등불 속에 흘끗 아름다운 하얀 얼굴이 떠올랐다. 아무도 그것을 알아차린 사람이 없었고, 얼굴은 재빨리 어둠 속으로 사라졌다. 갑자기 네어미는 베개 위로 쓰러지며 입술이 보랏빛으로 바뀌고 얼굴은 무섭게 일그러지며 눈이 치켜 올라갔다. 매기는 깜짝 놀라 벌떡 일어나 레너드 목사를 옆으로 밀어붙이더니 놀랄 만큼 익숙한 솜씨로 약을 먹었다. 레너드 목사는 네어미가 죽음에 접어들었다고 여겼다. 그는 속이 메슥거리고 마음이 아파 문가로 걸어갔다.

그때 얼핏 그림자가 빛 속에 나타났다.

레너드 목사는 깜짝 놀라 소리를 질렀다.

"필릭스, 너냐?"

"네, 할아버지."

필릭스는 돌층계를 올라왔다.

"어두워진 뒤 험한 길에서 할아버지가 넘어지시기라도 하지 않을까 재닛이 염려해서, 초롱불을 가지고 뒤따라 가라고 했어요. 저 뒤쪽에서 기다리고 있었는데, 할아버지가 아직도 여기에 계신지 어떤지 보고 오는 게 좋을 것 같았어요. 그럼, 초롱을 여기 두고 재닛에게로 돌아가겠어요."

"글쎄다, 그러는 게 좋겠지. 아직 나는 한동안 돌아갈 수 없을지 모르니까."

레너드 목사는 등 뒤의 죄 많은 자의 임종 모습은 어린 필릭스에게 보여줄 게 못된다고 생각했다.

네어미가 또렷한 목소리로 물었다.

"지금 이야기하고 있는 아이는 목사님 손자인가요?"

경련은 지나간 것이다.

"만일 그렇다면 안으로 들어오게 해주세요. 만나고 싶으니까요."

레너드 목사는 마지못해 필릭스에게 안으로 들어오라고 눈짓했다. 소년은 네어미의 침대 옆에 서서 동정 어린 눈길로 그녀를 내려다보았다. 그러나 네어미는 소년에게 눈길을 보내지 않고 그 맞은편 목사를 바라보았다.

"나는 아까 그런 좋지 못한 생각을 가진 채 죽고 말았을지도 모르죠."

그녀의 목소리에는 기분 나쁜 비난이 담겨 있었다.

"그리고 죽었다면 이내 지옥에 떨어졌겠죠. 목사님은 나를 구할 수가 없었어요—나는 목사님을 단념했어요. 내게는 구원이 없는 거예요. 지금 그것을 알았어요."

네어미는 필릭스 쪽으로 고개를 돌렸다. 그리고 거만하게 명령했다.

"벽에 걸려 있는 그 바이올린을 내려 무엇이든 한 곡 켜다오. 나는 곧 죽을 거야—그리고 지옥에 떨어지려 하고 있지—하지만 그런 건 생각하고 싶지 않아. 무엇이든 내 생각을 돌릴 수 있는 것을 연주해다오—아무 것이나 상관없으니까. 나는 언제나 음악을 좋아했어—음악에는 다른 어느 것에서도 찾을 수 없는 게 있으니까."

필릭스는 할아버지를 바라보았다. 레너드 목사는 마지못해 고개를 끄덕여 보였다. 너무나 부끄러운 나머지 아무 말도 나오지 않았던 것이다. 그는 멋진 은발을 두 손으로 감싸고 앉아 있었다. 필릭스는 낡은 바이올린을 집어내려 줄을 맞추었다. 어지럽고 소란스러운 자리에서 하느님을 하느님으로 생각지 않는 많은 노래들이 이 바이올린으로 연주되었던 것이다. 레너드 목사는 자기 믿음이 실패였음을 느꼈다. 그 신앙 속에 있는 구원을 네어미에게 줄 수 없었던 것이다.

필릭스는 어리둥절한 태도로 조용히 줄 위로 활을 그었다. 무엇을 켜면 좋을지 알 수 없었다. 그때 필릭스의 눈이 구깃구깃 뭉쳐진 베개에 누워 있는 네어미의 불타는 듯한, 최면술에 걸린 것 같은 파란 눈과 마주쳐 거기에 사로잡혔다. 소년의 얼굴에 이상한 영감이 떠오르며 그는 바이올린을 켜기 시작했다. 그것은 필릭스 자신이 아닌 무언가 보다 위대한 힘에 의한 것으로, 그는 다만 거기에 복종하는 데 지나지 않는 느낌이었다.

아름답고 놀라운 음악이 유유히 방안으로 퍼져나갔다. 레너드 목사는 고통도 잊고 넋을 잃어 잠자코 듣고만 있었다. 지금까지 한 번도 이 같은 음악은 들은 적이 없었다. 이 아이는 어떻게 이런 음악을 켤 수 있는 것일까? 네어미의 얼굴을 보고 레너드 목사는 그 변화에 놀랐다. 공포와 격정이 사라져가고, 네어미는 필릭스에게서 눈을 떼지 않으며 숨을 삼키고 가만히 귀기울이고 있었다. 침대 발치에는 못난 소녀 매기가 볼에 눈물을 흘리며 앉아 있었다.

그 신비한 음악에는 천진스럽고 명랑한 어린 시절의 기쁨과 파도의 웃음소리와 즐거운 바람의 손짓이 조화를 이루고 있었다. 그것은 청춘들의 자유분방하고 거리낌 없는 꿈으로 옮겨 갔다. 그 분방함과 거리낌 없음이 극도에 이른 아름답고 순수한 꿈이었다. 그에 이어 젊은이들이 나누는 사랑의 기쁨—모든 것을 다 바친 순정이 나타났다.

음악이 자연스레 바뀌었다. 눈물도 나오지 않을 만한 고뇌와 속임 당하고 버림받은 쓰라린 괴로움이 담겨 있었다. 그 견딜 수 없을 정도의 처절함에 레너드 목사는 두 손으로 귀를 막았다. 그러나 죽어가는 여자의 얼굴에는 무언가 말로 나타낼 수 없는, 오랫동안 숨기고 있던 고통이 마침내 빠져나갈 틈을 발견하고 상처가 다 아문 듯한 안도의 표정이 신기하게도 어려 있을 뿐이었다.

다음에는 우울한 절망 끝 무관심이 나타나고, 가슴에 치미는 반항과 슬픔의 고통, 모든 것을 다 팽개친 자포자기한 기분이 깃들어 있었다. 이제 필릭스가 켜는 곡에는 무어라 말할 수 없는 사악함이 깃들어 있었다. 극도의 사악함에 레너드 목사의 고결한 마음은 무서워 떨고, 매기는 자지러지게 놀라 겁에 질린 동물처럼 흐느껴 울었다.

이윽고 음악이 달라졌다. 그리고 그것에는 고뇌와 두려움, 후회와 용서를 비는 부르짖음이 가득 차 있었다. 레너드 목사에게 있어 그 속에는 무언가 이상하게도 귀에 익은 것이 있었다. 어디서 들었는지 생각해 내려고 애쓰다가 문득 깨달았다. 필릭스가 오기 전에 네어미의 무섭도록 거침없이 퍼붓던 말 속에서 들었던 것이다! 레너드 목사는 두려움에 가까운 기분으로 손자를 바라보았다. 거기에는 레너드 목사가 알 수 없는 힘―이상한 무서운 힘이 있었다. 그것은 하느님의 것일까? 아니면 악마의 것일까?

음악에 마지막 변화가 찾아왔다. 그리고 이제 그것은 전혀 음악이 아니었다. 무한한 용서와 모든 것을 포용하는 위대한 사랑이었다. 그것은 병든 마음과 영혼을 낫게 했다. 그것은 빛이요, 희망이요, 평화였다. 이 자리에는 어울리지 않을 것으로 여겨지는 거룩한 말이 레너드 목사 머리에 떠올랐다. '이것은 하느님의 집이다. 이것은 하늘의 문이다.'[4]

필릭스는 바이올린을 내려놓고 침대 옆 의자에 털썩 주저앉았다. 영감의 빛이 그 얼굴에서 사라지고 다시 그는 단순한 소년으로 지쳐 돌아가 있었다.

그러나 스티븐 레너드는 어린아이처럼 흐느껴 울며 무릎을 꿇고 있었고, 네어미 클러크는 두 손을 가슴에 모으고 꼼짝도 않고 누워 있었다.

네어미는 아주 조용히 말했다.

"이제야 깨달았어요. 이제까지 몰랐던 것이 지금은 아주 확실해졌어요. 느껴서 아는 거예요. 하느님은 사랑의 하느님이세요. 누구나 용

---

[4] 《구약성서》〈창세기〉 제28장 제17절.

서해 주시는—나까지도—하찮은 나까지도. 무엇이든지 다 알고 계시는 거예요. 나는 이제 무섭지 않아요. 내 아기가 살아 있었다면, 그 아이가 아무리 나쁜 아이일지라도, 또 어떤 일을 하든 사랑하고 용서해 주듯 하느님은 나를 사랑하고 용서해 주신 거예요.

목사님은 그렇게 말씀해 주셨지만 나는 믿을 수가 없었어요. 하지만 지금은 알 수 있어요. 아가야, 오늘 밤 하느님이 너를 보내주신 건 그것을 내가 알아들을 수 있는 말로 알려주시기 위해서였던 거야."

네어미 클러크는 바다에 새벽빛이 찾아들 때 조용히 숨을 거두었다. 침대 옆에서 지키고 있던 레너드 목사는 일어나 문쪽으로 갔다. 그의 앞에는 항구가 희미한 빛 속에 잿빛으로 펼쳐져 있었으며, 멀리 저쪽에서는 태양이 바다 위를 뒤덮은 잿빛 안개를 헤치고 그 아래에서 물이 반짝이기 시작했다.

곶의 전나무는 하늘거리며 서로 속삭이고 있었다. 온 세계는 봄의 부활과 생명의 노래를 부르고, 레너드 목사의 등 뒤에서는 죽은 네어미의 얼굴이 헤아릴 수 없는 평안을 깊이 담고 있었다.

늙은 목사와 손자는 어느 쪽도 깨뜨리기를 원치 않는 침묵 속에서 집으로 돌아갔다. 재닛은 두 사람에게 호된 책망과 멋진 아침 식사를 내놓았다. 그것이 끝나자 재닛은 두 사람 모두 잠자리에 들도록 명령했는데, 레너드 목사는 그녀에게 미소를 보내며 말했다.

"곧 그러겠소, 재닛, 곧 말이오. 그러나 우선, 이 열쇠를 가지고 다락방의 검은 상자 있는 데로 가서, 그 속에 들어 있는 것을 꺼내 가지고 와 줘요."

재닛이 가고 나자 레너드 목사는 필릭스 쪽을 돌아보았다.

"필릭스, 너 평생을 바쳐 음악 공부를 해보고 싶지 않느냐?"

놀란 필릭스는 파리한 얼굴을 설렘과 흥분으로 붉혔다.

"아, 할아버지! 아, 할아버지!"

"그래도 괜찮다, 필릭스. 오늘 밤 이후로 나는 네 음악 공부를 방해하지 않을 게다. 내 축복을 받으며 하거라. 하느님께서 너를 이끌어 지켜주시며, 너에게 정해진 방법으로 사람들을 위해 하느님의 일을 행하고 하느님 말씀을 전할 수 있도록 굳센 사람이 되게 해주시기를.

이것은 내가 너에게 바라던 길이 아니다. 그러나 나는 잘못임을 알았다. 에이벌 노인이 말하기를 너의 바이올린 연주에는 악마도 악마려니와 예수님도 계신다고 했는데, 그 말이 맞는구나. 그 뜻을 이제야 나도 알았다."

레너드 목사는 바이올린을 가지고 서재로 들어온 재닛 쪽으로 돌아섰다. 필릭스는 가슴이 두근두근 뛰었다. 그것이 무엇인지 알았기 때문이다. 레너드 목사는 그것을 재닛에게서 받아 소년에게 내밀었다.

"이것은 네 아버지의 바이올린이다, 필릭스. 네가 켜는 음악을 죄악의 힘에 복종시키지 않도록, 이것을 정당하지 못한 목적에 써서 천대받지 않도록 조심해라. 너의 책임은 재능과 똑같이 지워진 것으로, 하느님은 정확하게 계산을 요구하시니까. 이 바이올린을 통해 너 자신이 할 수 있는 말로써 진실과 성실을 담아 세계에 이야기하거라. 그러면 내가 너에게 바라는 모든 일들이 훌륭하게 이루어질 것이다."

작은 조슬린

"그런 건 생각조차 할 수 없는 일이에요, 낸 고모님."

윌리엄 모리슨 부인의 말투는 단호했다.

윌리엄 모리슨 부인은 언제나 딱 잘라 말하는 엄격한 사람이었다. 그런 사람이 점심에 먹을 감자 껍질을 벗긴다고 말하면, 벌써 그것만으로 감자로서는 전혀 달아날 길이 없음을 듣고 있는 사람으로선 알게 된다. 또 이런 종류의 사람들은 언제나 누구로부터든 반드시 정식 이름으로 불리게 된다. 윌리엄은 흔히 빌리라고 불린다. 그러나 혹시 누군가가 빌리 모리슨 부인에 대해 물으면 애번리에서는 아무도 누구를 가리키고 있는지 금방 알아듣는 사람이 없을 것이다.

"고모님 자신도 알 수 있는 일이잖아요."

윌리엄 모리슨 부인은 이야기하면서 그 큼직하고 튼튼한 하얀 손가락을 재빨리 움직여 딸기 꼭지를 따고 있었다. 윌리엄 부인은 귀중한 시간의 순간순간을 매우 유용하게 보내고 있었다.

"켄징턴까지 10마일이나 되니 돌아오는 게 얼마나 늦어질지 생각해 보세요. 고모님은 그토록 오랫동안 마차에 타고 계실 수 없어요. 한 달 동안은 몸이 회복되지 않을 거예요. 올여름은 건강하신 편이 아니었으니까요."

  낸 할머니는 한숨을 쉬며 떨리는 손으로 무릎 위에 안고 있는, 털이 복슬복슬한 조그만 회색 아기고양이를 쓰다듬었다. 그해 여름 몸이 좋지 못했던 것은 다른 누구보다도 그녀 자신이 잘 알고 있었다. 70살이라는 나이를 짊어진 마음 약하고 겁이 많은 낸 할머니는 마음속으로 자신의 마지막 여름이 그해 갈매기곶 농장에서의 여름이 될 것이 확실하다는 예감을 갖고 있었다.

  그러나 그럴수록 더욱 작은 조슬린이 부르는 노래를 들으러 가야만 한다고 생각했다. 할머니에게는 두 번 다시 기회가 없으니까. 아, 단 한 번만이라도 좋으니 작은 조슬린의 노래를 들을 수 있었으면─넓은 세상에서 몇 천 명의 사람들을 즐겁게 해주고 있는 작은 조슬린의 노래를. 조슬린은 몇 해 전 황금 같은 한여름 내내 아침 저녁으로 이 낡은 저택에서 즐거운 노래를 불러, 낸 할머니를 비롯한 갈매기곶 농장에 사는 사람들을 기쁘게 해주었던 것이다.

  낸 할머니는 애원하듯 말했다.

  "아, 나도 몸이 몹시 좋지 못한 것을 알고 있어, 머라이어. 하지만 그쯤은 문제없어. 정말 문제없고말고. 켄징턴에 있는 조지의 친척집에서 묵게 되면 그리 피로하지도 않을 거야. 나는 조슬린의 노래를 듣고 싶어 견딜 수 없어. 아, 작은 조슬린이 얼마나 귀여운지 몰라."

  윌리엄 부인은 몸이 달아서 외쳤다.

  "그 아이를 그토록 만나고 싶어 하다니 나로선 알 수가 없어요. 아무튼 그 아이가 이리로 왔을 때에는 전혀 본 적도 없고 알지도 못하는 남이었고, 게다가 여기에는 여름 한 철밖에 있지 않았잖아요!"

  낸 할머니는 조용히 말했다.

  "아, 하지만 얼마나 멋있는 여름이었니! 우리는 모두 작은 조슬린을 무척 좋아했어. 마치 우리 집 식구 같았지. 그 애는 가는 데마다 애정의 씨앗을 뿌리고 돌아다니게끔 하느님이 만드신 아이였어. 커스버트

네 남매가 그린게이블즈에서 기른 앤 셜리를 보면 어딘가 그 아이를 생각나게 하는 데가 있지. 다른 것은 아무데도 하나도 닮지 않았지만 말이야. 조슬린은 아름다웠거든."

윌리엄 부인은 비꼬듯 말했다.

"그래요, 확실히 그 앤 셜리인가 하는 소녀는 예쁘지는 않아요. 그런데 조슬린의 혀가 앤 셜리의 3분의 1만 되었다 하더라도 떠벌리고 또 떠벌려대서 그 자리에서 사람들을 모두 죽게 만들지 않았을까 해요."

낸 할머니는 꿈꾸듯 말했다.

"작은 조슬린은 그리 말 많은 아이가 아니었어. 조용한 성격의 아이였어. 그러면서도 사람들이 잊을 수 없는 말을 하는 아이였지. 그러니까 나는 작은 조슬린을 결코 잊을 수가 없는 거야."

윌리엄 부인은 보기 좋은 투실투실한 어깨를 움츠렸다.

"하지만 벌써 15년이나 된 옛날 일이에요, 낸 고모님. 조슬린도 이제 지금은 그렇게 작은 편이 아닐 텐데요. 유명한 가수가 됐으니까 고모님 일은 모조리 잊고 말았을 게 뻔해요."

"조슬린은 그런 아이가 아니야."

낸 할머니는 변함없는 신뢰를 나타냈다.

"그리고 어떻든 중요한 것은 내 쪽에서 그 애를 영원히 기억하는 일이지. 아, 머라이어. 나는 여러 해 전부터 딱 한 번만이라도 좋으니 그 아이의 노래를 듣고 싶다고 그것 하나만을 바라왔어. 죽기 전에 작은 조슬린의 노래를 다시 한 번 들어야 할 것만 같이 여겨져. 지금까지 그럴 기회가 없었고, 앞으로도 다시는 없을 테니까. 나를 퀸징턴으로 데려다 주도록 제발 윌리엄에게 부탁해 다오."

"아이 참, 낸 고모님도 아주 어린애 같군요."

윌리엄 부인은 부랴부랴 한 그릇 가득 담은 딸기를 부엌으로 가지고 갔다.

"지금 고모님께서 어떻게 하면 좋을지, 다른 사람들의 판단을 물어봐야만 해요. 켄징턴까지 마차를 타고 갈 기운도 없거니와, 비록 있다 하더라도 내일 저녁은 윌리엄이 켄징턴으로 갈 수 없다는 것을 잘 알고 계시겠죠. 뉴브리지의 정치 모임에 나가야 하니까요. 윌리엄이 없으면 일의 진행이 안 되거든요."

"조든에게 부탁하면 데려다 줄 거야."

낸 할머니는 아주 완강하게 졸랐다.

"어림도 없어요! 고용인과 켄징턴으로 갈 수는 없어요. 자, 고모님, 억지를 쓰면 안 돼요. 윌리엄과 내가 고모님을 잘 모시지 못하기라도 한단 말씀인가요? 알뜰히 정성껏 받들지 않는다는 말씀인가요?"

낸 할머니는 사과하듯 말했다.

"잘해 주지. 암, 잘하고말고."

"그렇다면 우리들 생각에 따라야만 해요. 그러니까 켄징턴에서 열리는 음악회 같은 걸 갈 생각이라면 이쯤에서 그만둬요, 고모님. 그런 일로 자신과 우리들을 귀찮게 하는 일은 그만둬야 해요. 바닷가 밭으로 가서 차마시러 오도록 윌리엄을 불러올 테니 갓난아기가 잠을 깨지 않나 잘 보고 계세요. 그리고 주전자가 펄펄 끓어 넘치지 않도록 주의하시고요."

윌리엄 부인은 낸 할머니의 주름진 장밋빛 볼에 눈물이 넘치는 것을 못 본 체하며 얼른 부엌에서 나갔다. 낸 고모님은 정말이지 도로 어린아이가 되었다고 생각하며 윌리엄 부인은 힘차게 바닷가 밭으로 걸어갔다. 요즘은 하찮은 일에도 금방 울음을 터뜨린다! 또 그 생각하는 일이란—켄징턴의 '옛날을 그리는 음악회'에 가고 싶다며 저토록 안달하고 있다! 고모님의 변덕은 이제 더 이상 견딜 수 없다고 윌리엄 부인은 생각하며 한숨을 쉬었다.

낸 할머니는 혼자 부엌에 앉은 채 쓸쓸한 노인만이 아는 쓰라린 눈물을 흘리고 있었다. 도저히 참을 수 없다, 무슨 일이 있어도 켄징턴에 가야만 한다고 생각했다. 그러나 그렇게 할 수 없다는 것을 알고 있었다. 윌리엄 부인이 안된다고 했기 때문이다. 갈매기곶 농장에서는 윌리엄 부인의 말이 바로 법률이었다.

"낸 할머님, 왜 그러세요?"

문가에서 젊고 기세 좋은 목소리가 들리며 조든 슬론이 그 둥글고 주근깨투성이인 얼굴에 걱정과 동정의 표정을 한껏 드러내고 서 있었다. 조든은 그해 여름 모리슨네 집에 고용된 소년으로 낸 할머니를 따르고 있었다.

"오, 조든."

낸 할머니는 흐느껴 울었다. 고용인에게 자신의 괴로움을 털어놓는 것을 윌리엄 부인은 부끄러워해야 할 일로 생각하고 있었지만 낸 할머니는 부끄럽게 여기지 않았다.

"작은 조슬린이 '옛날을 그리는 음악회'에 나와 노래하는데, 그것을 들으러 켄징턴으로 갈 수 없기 때문이란다. 머라이어가 가면 안 된다고 하는구나."

"너무하는군요, 심술궂은 할멈 같으니."

조든은 아무 것도 모르고 유유히 멀어져가는 윌리엄 부인의 뒷모습에 대고 중얼거렸다. 그리고는 어슬렁어슬렁 안으로 들어와 낸 할머니와 나란히 소파에 앉았다.

"자, 어서 그치세요."

조든은 햇볕에 그을린 커다란 손으로 할머니의 자그맣고 여윈 어깨를 쓰다듬었다.

"오래 울고 있으면 기력이 빠지니 몸에 나빠요. 그리고 갈매기곶 농장은 할머니 없이는 해나갈 수 없으니까요."

낸 할머니는 가냘픈 미소를 지었다.

"곧 나 없이 해나갈 수 있게끔 되지 않을까 싶구나, 조든. 이제 나도 그리 오래 이곳에 있지는 못할 테니까. 정말이야, 조든. 나는 잘 알고 있단다. 무언가가 똑똑히 내게 그렇게 일러주고 있으니까. 하지만 나는 저세상으로 가는 것이 더 기뻐—기쁘단다. 몹시 지쳐버렸으니까, 조든—다만 한 번만 더 작은 조슬린의 노래를 들을 수 있었으면."

"어째서 그토록 그녀의 노래를 듣고 싶어하시죠? 할머님의 핏줄도 아닐 텐데요."

"핏줄은 아니지만 내게는 그 이상으로 귀여운 아이란다. 머라이어는 바보 같은 짓이라고 생각하고 있지만, 너도 그 아이를 안다면 그렇게 여기지는 않을 거야, 조든. 머라이어도 작은 조슬린을 알게 되면 그렇게 생각지는 않을 텐데.

어느 해 여름 그 애가 여기에 방을 얻으러 온 뒤로 벌써 15년이 지났구나. 그 무렵 그 애는 13살의 어린아이였지. 늙은 삼촌이 한 분 있을 뿐 친척이라고는 아무도 없었단다. 그 삼촌은 아이를 겨울에는 학교에 보냈지만 여름에는 어딘가에 하숙을 시키며 잘 돌봐주지 않았어.

오랫동안 사랑과 정에 굶주려 있었지, 조든. 그런데 그 아이는 여기서 그것을 손에 넣은 셈이야. 그 무렵은 윌리엄도 다른 동생들도 아직 어렸고, 더욱이 여자형제가 없어서 모두 그 아이를 무척 사랑스러워했지. 아주 상냥한 아이였으니 말이야, 조든. 게다가 정말 예뻤단다! 그림에 나오는 소녀처럼 아주 길다란 곱슬머리는 검고 자줏빛을 띤 새까만 명주실처럼 반들거렸고, 눈은 크고 검은 데다 볼은 정말이지 들에 핀 장미꽃 같았어.

그리고 그 노래솜씨는! 아! 엄청났지! 언제나 노래를 부르고 있어서, 온종일 그 소리가 이 낡은 저택 안에 울려 퍼지고 있었단다. 그것을 늘 마른침을 삼키며 나는 듣고 있었던 거야.

그 애는 언젠가 유명한 가수가 될 생각이라고 곧잘 말했고, 나 또한 그걸 조금도 의심하지 않았지. 그 아이에게는 그런 소질이 충분히 있었으니까. 일요일 저녁에는 늘 우리에게 찬송가를 불러줬어. 아, 조든, 그걸 생각만 해도 이 늙은이가 젊어지는 기분이야.

나의 작은 조슬린은 마음씨 착한 아이였어! 이곳을 떠난 뒤에도 3, 4년쯤은 편지를 보내오곤 했는데 벌써 오랫동안 소식이 끊어졌지. 머라이어 말대로 아마 나를 잊고 말았을 거야. 하지만 나는 그 아이를 잊을 수 없어. 아, 그 아이를 만나보고 노래를 듣고 싶어서 견딜 수가 없어.

그 애는 내일 저녁 켄징턴의 '옛날을 그리는 음악회'에서 노래를 부르기로 되어 있단다. 음악회를 여는 사람 아들의 친구로서 말이야. 그렇지 않으면 그 애가 이런 작은 시골 마을에 어떻게 오겠니. 여기서 겨우 16마일밖에 떨어져 있지 않은데―그런데도 나는 갈 수가 없구나."

조든은 뭐라고 해야 좋을지 바로 생각나지 않았다. 자기한테 말이 한 마리 있으면 윌리엄 부인이 뭐라고 하든 낸 할머니를 곧바로 켄징턴으로 데려갈 수 있을 텐데, 하고 안절부절못하는 심정이었다. 그러나 낸 할머니에게는 분명 먼 길이었다. 그리고 올여름 할머니는 아주 몸이 약해 보였다.

윌리엄 부인이 다른 문으로 거칠게 숨을 몰아쉬며 들어왔으므로 조든은 현관문으로 도망치면서 중얼거렸다.

"오래 사시지 못할 거야. 낸 할머니가 저 세상으로 가게 되면 이 세상에는 다시 없을 만큼 좋은 할머니가 떠나버리는 셈이야. 에이, 그 할망구, 될 수만 있으면 내가 어떻게 생각하고 있는지, 똑똑히 말해주고 싶은데 말이야!"

이 마지막 말은 윌리엄 부인에게 한 것으로, 조심성 있게 작은 목소리로 말했다. 조든은 윌리엄 부인을 무척 미워했지만, 그래도 역시 그 지배력을 무시할 수는 없었다. 온순하고 행동이 느린 빌리 모리슨은 자기 아내의 명령대로 움직이는 꼭두각시에 지나지 않았다.

그래서 낸 할머니는 작은 조슬린의 노래를 들으러 켄징턴에 갈 수 없었다. 더 이상 할머니는 그 일에 대해 아무 말도 하지 않았지만, 그 날 밤 이후 눈에 뚜렷이 보일 정도로 약해져 갔다. 낸 할머니는 더위에 약해서 곧 지쳐 버린다고 말했다. 그러니 낸 할머니가 축 처져 있는 것도 어쩔 수 없는 일이었다. 그야말로 몹시 지치고 말았기 때문이다. 뜨개질마저 짐스럽게 여겨져, 부엌에 있는 흔들의자에 앉아 잿빛 아기고양이를 무릎에 올려놓고 몇 시간이나 꿈꾸는 듯한 눈으로 창밖을 바라보고 있었으나 실은 아무 것도 보고 있지 않았다. 낸 할머니는 자기 자신을 상대로 갖가지 이야기를 했다. 주로 작은 조슬린에 대한 것이었다.

윌리엄 부인은 애번리 사람들에게 낸 할머니가 아주 어린아이가 되어버렸다고 이야기한 다음에는 반드시 한숨을 내쉬며 그로 말미암아 자신이 얼마나 고통을 겪고 있는가를 나타내 보였다.

그러나 윌리엄 부인도 공평한 눈으로 보아 주어야 한다. 그녀는 낸 할머니에게 모질게 대하지는 않았다. 그와 반대로 겉으로 보기에 더없이 친절하게 해주었다. 신변의 자잘한 일들에 세심한 주의를 기울였고, 할머니가 듣는 데서는 한마디도 불평을 늘어놓지 않는 조심성을 지니고 있었다. 정성이 담겨 있지 않은 것은 어렴풋이 느꼈지만, 낸 할머니는 결코 불평하지 않았다.

애번리의 경사지가 무르익은 곡식으로 황금빛에 물든 어느 날, 급기야 낸 할머니는 일어나지 못했다. 다만 몸이 몹시 피로하다고만 할 뿐 아무데도 아프다고는 하지 않았다.

윌리엄 부인은 남편에게 만일 자신이 피곤하다면서 날마다 침대에 누워만 있으면 갈매기곶 농장에서는 일이 제대로 안될 거라고 말했다. 그러나 윌리엄 부인은 꾹 참고 아침 식사를 맛있게 잘 차려 낸 할머니에게로 가져갔다. 낸 할머니는 그것을 겨우 입에 조금 대었을 뿐이었다.

점심 식사 뒤 조든이 병문안하기 위해 층계를 살그머니 올라왔다.

낸 할머니는 창가에서 고개를 흔들고 있는 담홍색 덩굴장미를 가만히 바라보며 누워 있다가 조든을 보자 빙그레 웃었다.

낸 할머니는 조용히 말했다.

"저 어여쁜 장미를 보고 있으니까 작은 조슬린이 생각나는구나. 그 아이는 장미를 무척이나 좋아했지. 그 아이를 다시 만날 수 있었으면 좋겠어! 오, 조든, 한 번이라도 좋으니 그 아이를 만날 수만 있다면! 머라이어는 그런 소리만 되풀이하고 있는 건 아주 어리석은 짓이라고 말해. 아마 그럴지도 모르지만, 그러나—오, 조든, 그 아이가 그립고 그리워서 견딜 수가 없구나."

조든은 슬픔이 북받쳐올랐으므로 너덜너덜한 밀짚모자를 커다란 두 손으로 만지작거렸다. 바로 그때 온종일 머리 속을 안개처럼 떠나지 않던 어떤 막연한 생각이 또렷이 결정적인 모양으로 뭉쳐졌다. 그러나 입으로는 이렇게 말했을 뿐이었다.

"빨리 일어나셔야 할 텐데요, 낸 할머님."

"그럼, 일어나야 하고말고. 조든, 곧 일어나게 될 거야."

낸 할머니는 그녀 특유의 웃음 띤 얼굴을 해보였다.

"'그곳에 사는 사람 가운데 병들었다고 말하는 사람은 없다'[1]고 했으니 말이야. 하지만 그전에 귀여운 조슬린을 만날 수 있었으면 좋으련만!"

조든은 방을 나와 얼른 아래로 내려갔다.

빌리 모리슨이 마구간에 있는데 조든이 아래 반쯤만 가린 문 위로 불쑥 머리를 들이밀었다.

"저, 주인님. 오늘 하루 휴가를 얻을 수 없을까요? 켄징턴에 다녀왔으면 합니다."

빌리 모리슨은 기분 좋게 승낙했다.

---

[1] 구약성서 〈이사야서〉 제33장 제24절에 따름.

"좋고말고. 상관없어. 추수가 시작되기 전에 소풍이든 뭐든 해치우는 게 좋아. 그리고 조드, 이 25센트 은화를 가지고 가서 내 누님께 오렌지라도 사드려. 사령관에게는 말하지 않아도 괜찮아."

빌리 모리슨은 진지한 표정을 짓고 있었다. 조든은 주머니에 돈을 집어넣으며 눈을 껌벅여 보였다.

조든은 목장으로 급히 가면서 중얼거렸다.

"혹시 행운이 따르면 할머니께 오렌지보다 훨씬 더 좋은 선물을 가지고 올 수 있을지도 모릅니다."

조든은 자기 말을 가지고 있었다. 그것은 '댄'이라는 이름에 어울리게 뼈만 앙상한 망아지였다. 빌리 모리슨은 조든이 이 말에게 들일을 시키면 말에게 풀을 먹이도록 해주겠다고 말했다. 이 결정은 윌리엄 부인에게 사정없는 잔소리로 비웃음을 받았다.

조든은 댄을 두 번째로 좋은 마차에 맨 다음, 자신은 가장 좋은 외출복을 차려입고 떠났다. 가는 도중 전날에 나온 '샬럿타운 데일리 익스프레스'에서 오려낸 기사를 다시 읽어보았다.

유명한 콘트랄토[2] 가수인 조슬린 버닛은 항해연주여행을 끝내고 돌아오는 도중 켄징턴에서 2, 3일 머무를 예정이다. 그녀는 너도밤나무장 브롬리 부부의 손님이다.

조든은 힘주어 말했다.

"시간에 맞게 갈 수 있으면 좋을 텐데."

켄징턴에 닿자 댄을 말 보관소에 집어넣고 너도밤나무장으로 가는 길을 물었다.

목적지에 다다랐을 때 조든은 가슴이 좀 두근거렸다. 그것은 정말

---

[2] 최저 여성음.

엄숙하고 당당한 저택으로 잔디가 파랗고 아름다우며 큰길에서 저멀리 쑥 들어간 조용한 곳에 서 있었다.

"생각해봐, 내가 바로 저 현관으로 거침없이 걸어가 조슬린 버닛 양을 만나고 싶다고 말하는 거니까 말이야."

조든은 부끄러운 듯 싱긋 웃었다.

"아마 저택 사람은 나에게 뒷문으로 돌아가 요리사를 만나라고 할지도 모르지. 하지만 마침내 가는 거야. 조든 슬론, 우물쭈물하지 마. 빨리빨리 가는 거야. 낸 할머니 일을 생각하면 저택의 모습에 기가 죽을 수는 없어."

조든의 벨 소리에 나온 사람은 건방져 보이는 하녀로, 버닛 양을 만나고 싶다고 말하자 그를 흘끔 위아래로 훑어보았다.

조든의 촌스럽게 깎은 머리와 옷차림을 거만하게 바라보며 하녀는 퉁명스럽게 말했다.

"만날 수 없을 거예요. 그분에게 무슨 볼일이 있죠?"

하녀의 무시하는 태도에—조든의 말에 의하면—불끈 가슴속 부아가 치밀었다.

조든은 차갑게 말을 받았다.

"그건 만난 뒤에 직접 내가 말하겠소. 다만 내가 애번리의 갈매기곶 농장에 있는 낸 모리슨 할머님이 전하는 말씀을 가져왔다고 하면 됩니다. 잊지 않았으면 분명 나올 거요. 급히 서둘러주었으면 좋겠소. 시간이 없으니까."

건방진 하녀는 적어도 예의를 지키려고 결심하고 조든을 들어오라고 했다. 그러나 그를 현관에 그냥 세워둔 채 버닛 양을 찾으러 가고 말았다. 조든은 멍하니 주위를 둘러보았다. 지금까지 한 번도 이런 곳에 와본 일이 없었다. 멋있는 현관으로, 양쪽의 열려진 문으로 조든의 눈에는 궁궐처럼 여겨지는 아름다운 방들이 멀리 저쪽에까지 줄지어 있었다.

"놀랍군! 도대체 부딪치지 않고 돌아다니려면 어떻게 해야 하는 걸까?"

그때 조슬린 버닛이 나타나 조든은 모든 것을 잊고 말았다. 이 낙낙한 비단 드레스로 몸을 두른 키 크고 아름다운 여인이—이 여자가 낸 할머니가 말하는 작은 조슬린인 걸까? 그녀는 조든이 본 적도 없고 꿈속에 그려본 일조차 없는 그런 얼굴을 가지고 있었다. 조든의 둥글고 주근깨투성이인 얼굴이 새빨개지고 혀가 굳어져 그는 쩔쩔 맸다.

'이 여자에게 뭐라고 말하면 좋을까? 어떤 식으로 말하면 좋을까?'

조슬린 버닛은 커다란 검은 눈동자로 조든을 바라보았다. 그것은 수많은 어려움을 겪고 그 괴로움에서 많은 일들을 배우며 분투한 끝에 승리를 거둔 사람의 눈이었다.

"낸 아주머니께서 보내셨다고요? 아, 아주머니의 소식을 들을 수 있어서 기뻐요. 건강하신가요? 이리로 들어오셔서 아주머니에 대한 이야기를 자세히 들려주세요."

조슬린이 동화 속에 나오는 것 같은 방으로 가려고 했으나 조든은 끈질기게 그것을 말렸다.

"아, 그곳은 안됩니다. 난 도저히 말을 할 수 없게 돼버릴 테니까요. 부디 여기서 말하게 해주십시오. 낸 할머니는 그리 건강하시지 못합니다. 저—저, 돌아가실 것 같습니다. 그리고 할머니는 밤낮으로 댁을 그리워하고 계시죠. 아마 댁을 만나지 못하면 편안히 돌아가시지 못할 것 같습니다. 댁의 노래를 들으러 켄징턴으로 오시고 싶어했지만, 저 윌리엄 마님이라는 심술궂은 할멈이—아, 실례—못가게 하고 있지요. 할머님은 늘 댁 이야기만 하고 계십니다. 만일 갈매기곶 농장으로 할머니를 만나러 와주신다면 정말 고맙겠습니다."

조슬린은 난처한 표정을 띠었다. 갈매기곶 농장도 낸 아주머니도 결코 잊은 것은 아니지만, 그러한 추억은 너무 바쁜 그녀 생활의 보다 화려한 사건들 때문에 의식 깊숙이 떠밀려 흐릿해져 있었던 것이다. 그것이 지금 한꺼번에 와락 되살아났다. 조슬린은 그것을 모두 생각해 냈다. 평화롭고 아름답고 애정에 넘친 그 옛날의 여름, 그리고 낸 할머니. 소박하고 선량하고 성실한 사람들을 모조리 다 기억하고 있었다. 어진 낸 할머니. 그 순간 조슬린은 다시금 고독하고 애정에 굶주린 소녀로 돌아갔다. 애정을 바라도 찾아낼 수 없었건만 낸 할머니가 드넓은 어머니 같은 가슴으로 꼭 끌어안고 비로소 사랑이라는 것을 가르쳐 주었던 것이다.

조슬린은 당황했다.

"아, 어떻게 해야 좋을지 모르겠어요. 좀 더 일찍 와주셨으면 좋았을 텐데요. 나는 오늘 밤 11시 30분 기차로 떠나요. 그 시간까지는 무슨 일이 있어도 떠나야만 해요. 그렇지 않으면 중요한 약속이 있는 몬트리올에 닿을 수가 없거든요. 하지만 낸 할머니도 꼭 만나야 되겠는데요. 무심히 있다가 매정하게 되었어요. 좀 더 일찍 찾아뵈었어야만 했어요. 어떻게 하면 좋을까요?"

조든은 열심히 말했다.

"기차시간에 댈 수 있도록 댁을 켄징턴으로 도로 데려다드리겠습니다.

나는 낸 할머님의 일이라면 무엇이든지 합니다—나와 댄은요. 그러니 문제없이 시간 안에 돌아올 수 있습니다. 부디 댁을 보았을 때 낸 할머님의 기뻐하는 얼굴을 생각해 주십시오!"

유명한 가수는 상냥하게 말했다.

"어서 가요."

두 사람이 갈매기곶 농장에 이르렀을 때는 저녁 무렵으로, 따뜻해 보이는 금빛 저녁놀이 집 뒤 가문비나무 숲에 걸려 있었다. 윌리엄 부인은 뒤뜰에 나와 우유를 짜고 있었고 아래층 방은 비어 있었으므로, 집안에는 부엌에서 잠든 갓난아기와 2층에서 조심스레 눈을 뜨고 있는 작은 노파뿐이었다.

"이리 오십시오. 할머님 방으로 곧장 안내하겠습니다."

조든은 마음속으로 방해꾼이 없는 것을 기뻐했다.

2층에서 조슬린은 반쯤 열린 방문을 두드리고 안으로 들어갔다.

문을 닫기가 무섭게 낸 할머니가 소리쳤다.

"조슬린! 귀여운 조슬린!"

그 목소리에 조든은 또다시 가슴이 북받쳐 올랐다. 다행이라는 생각으로 구르듯 계단을 내려오자 부엌에서 윌리엄 부인이 대들 듯 말하며 다가왔다.

"조든, 네가 마차로 데리고 온 그 멋쟁이 여자는 누구지? 네가 그 사람과 어떤 관계가 있지?"

"그녀는 조슬린 버닛 양입니다."

조든은 잔뜩 몸을 뒤로 젖혔다. 지금이야말로 윌리엄 부인에 대한 승리의 순간이었다.

"나는 켄징턴으로 가서 그녀가 낸 할머님을 만나도록 데려왔습니다. 지금 2층 할머님 방에 있습니다."

"아니, 뭐라고?"

윌리엄 부인은 어쩔 줄 몰랐다.

"그런데 나는 이렇게 젖이나 짜는 꼴을 하고 있다니! 조든, 부탁이니 내가 검은 비단옷을 갈아입고 올 때까지 아기를 안고 있어다오. 조금 전에 그렇게 말해 주었으면 좋았을걸. 정말이지 너와 고모님 가운데 누가 더 멍청이인지 나는 짐작도 안 돼!"

윌리엄 부인이 허둥지둥 부엌에서 나가는 것을 보며 조든은 만족스러운 듯 나직이 웃었다.

2층 작은 방에는 저녁해와 마음속 넘치는 기쁨이 마주 빛나고 있었다. 조슬린은 침대 옆에 무릎꿇어 낸 할머니를 끌어안고, 낸 할머니는 얼굴을 빛내며 귀여워 못 견디겠다는 듯 조슬린의 검은 머리를

쓰다듬고 있었다.

"오, 작은 조슬린, 너무 기뻐서 사실인 것 같지 않구나. 마치 아름다운 꿈만 같아. 네가 문을 여는 순간 나는 곧 넌 줄 알았지. 조슬린, 조금도 달라지지 않았구나. 지금은 이름난 가수가 되어 있다니, 작은 조슬린! 네가 이렇게 될 줄 나는 전부터 알고 있었어. 아, 내게 노래 한 곡 불러 주렴. 꼭 하나만, 조슬린. 네 노래 가운데 사람들이 가장 좋아하는 그 노래를. 제목은 잊어버렸지만 신문에서 읽었지. 그걸 불러다오, 조슬린."

조슬린은 낸 할머니의 침대 옆에 저녁해를 받으며 서서, 유명한 음악회에서 화려한 청중에게 수없이 불러온 노래를 불렀다—지금까지 들은 적이 없었던 것 같은 열성이 담긴 노래 솜씨였다. 낸 할머니는 행복에 가득 차 누운 채 듣고 있었고, 아래층에서는 윌리엄 부인까지도 이 낡은 농사꾼 집에서 흘러나오는 신기한 노랫소리에 황홀해져 숨을 죽이고 듣고 있었다.

노래가 끝나자 낸 할머니는 황홀해서 속삭였다.

"오, 조슬린!"

조슬린은 다시 침대 옆에 무릎을 꿇고 두 사람은 오랫동안 옛날이야기를 나누었다. 두 사람은 사라져간 그 여름날 기억을 하나하나 되새겼다. 지난날은 그곳에 숨겨져 있는 눈물과 웃음을 남김없이 펼쳤다. 마음도 생각도 먼 옛길을 더듬어갔다. 낸 할머니는 더없이 행복했다. 그리고 조슬린은 서로 헤어지고 난 뒤 겪었던 괴로운 싸움과 끝내 승리를 거둔 자신의 이야기를 낱낱이 말했다.

낮은 창문으로 달빛이 들이비치자, 낸 할머니는 고개를 떨어뜨리고 있는 조슬린의 머리를 어루만졌다.

낸 할머니는 속삭였다.

"작은 조슬린, 너무 염치없지만 다른 노래를 하나만 더 불러다오. 네가 이곳에 있을 즈음 일요일 저녁 때면 모두들 응접실에서 찬송가를 불렀지. 내가 언제나 가장 좋아한 노래는 '어두운 밤의 장막 차츰 걷히어라'였던 걸 기억하니? 나는 언제나 네가 그것을 불러준 게 잊혀지지 않아. 한 번만 더 듣고 싶구나, 조슬린. 내게 어서 불러다오, 귀여운 조슬린."

조슬린은 일어나 창가로 가서 커튼을 열고 아름다운 달빛 속에 서서 그 장엄한 옛 찬송가를 불렀다. 처음에 낸 할머니는 힘없이 이불 위로 박자를 맞추고 있었는데, 조슬린이 '사랑의 빛에 눈부시게 비친다'라는 마지막 구절에 이르렀을 때 두 손을 가슴 위에 마주잡고 빙그레 웃었다.

찬송가가 끝나자 조슬린은 침대 옆으로 와서 말했다.

"이제 작별하지 않으면 안 되겠어요, 낸 아주머니."

그때 조슬린은 낸 할머니가 잠들어버린 것을 보았다. 그녀는 할머니를 깨우지 않으려 했으나 자기 가슴에 달았던 한 송이 빨강 장미꽃을 빼어 고생의 흔적이 남아 있는 손가락 사이에 가만히 끼우고 속삭였다.

"그리운 상냥한 어머니, 안녕히 계세요."

아래층으로 내려오자 윌리엄 부인이 하늘거리는 검은 비단옷을 화려하게 차려입고 천연스러운 뻘건 얼굴을 벙긋거리며 변명과 환영의 말을 길게 늘어놓았으나 조슬린은 차갑게 가로막았다.

"고맙습니다, 부인. 하지만 나는 도저히 더 이상 폐를 끼치고 있을 수가 없습니다. 아니, 괜찮아요. 차도 과자도 먹고 싶지 않아요. 조든에게 곧 켄징턴으로 데려다 달라고 부탁해 두었답니다. 나는 낸 할머니를 뵈러 왔으니까요."

그러자 윌리엄 부인은 떠들어댔다.

"고모님께서도 무척 반가워했겠죠. 몇 주일 동안이나 댁의 소문에 대한 이야기만 하고 계셨으니까요."

조슬린은 얌전한 목소리로 말했다.

"네, 아주 반가워하셨어요. 나도 기뻤고요. 낸 할머니는 내게 소중한 분이에요, 부인. 그리고 무척 소중한 은혜를 입었어요. 그처럼 깨끗하고 사심 없으며 선량하고 품위 있는 부인을 나는 지금까지 한번도 뵌 적이 없어요."

"놀랍군요."

윌리엄 부인은 위대한 가수가 얌전하고 수줍은 낸 할머니를 이토록 칭찬하는 말을 듣고 좀 압도되고 말았다.

조든은 켄징턴으로 조슬린을 바래다주러 가고, 2층에서는 낸 할머니가 자기 방에서 그 황홀한 미소를 띤 채 조슬린의 빨강 장미를 손에 들고 잠들어 있었다.

다음날 아침 윌리엄 부인이 아침 식사를 들고 들어갔을 때도 여전히 그대로의 모습이었다. 햇빛이 베개에 와 닿아 상냥한 늙은 얼굴과 은발을 비추고, 아래쪽에도 빛을 비추어 가슴 위의 빛바랜 빨강 장미에 어려 있었다. 미소를 띠고 평안히 낸 할머니는 행복하게 누워 있었다. 작은 조슬린이 노래를 부르는 동안 이 세상에서는 눈을 뜨지 못하고 깊은 잠에 빠진 것이었다.

기나긴 약혼

펜헬로 집안의 혼례는 언제나 집안사람을 불러모으는 신호여서, 태어날 때부터 펜헬로인 사람과, 혼인으로 펜헬로 집안사람이 된 이들과, 조상이 펜헬로 집안에서 갈라져 나온 이들이 모두 땅 끄트머리에서 모여들었다.

이스트 그래프턴은 옛날부터 이 집안이 살던 곳으로, 존 펜헬로 노인이 살고 있는 펜헬로 농장은 이 집안사람들에게 있어 메카*¹였다.

이 집안에서 갈라져 나간 집안과 거기서 또 갈라져 나간 집안의 친척관계를 정확히 말하는 것은 쉬운 일이 아니다. 나이든 줄리어스 펜헬로가 정말로 불가사의한 인물로 보이는 것은 그가 그것을 모두 알고 있어 한번 보는 것만으로 이 펜헬로는 저 펜헬로의 무엇이 된다는 것을 그 자리에서 말할 수 있기 때문이었다. 다른 사람들은 대개 어림짐작으로 맞추는 도리밖에 없었고, 젊은 펜헬로들은 대충 형제뻘이 된다는 것만으로 만족하고 있었다.

이번에 결혼하는 사람은 '젊은' 존 펜헬로의 딸 앨리스였다. 앨리스

---

*1 마호멧이 태어난 곳으로 온 세계 이슬람 교도들이 참배하는 성지.

는 물론 좋은 아가씨였지만, 이 이야기에서는 그녀도 그 혼례도 다만 루신더의 배경으로 끌려나오는 데 지나지 않는다. 그러므로 앨리스에 대해서는 더 이상 말할 필요가 없다.

앨리스의 결혼식 날 오후—펜헬로 집안에서는 저녁때 식을 올리고, 끝난 뒤 성대한 무도회도 여는 그리운 옛 관습을 굳게 지켰다—펜헬로 농장은 '젊은' 존의 집으로 몰려가기 전 한때 그곳에서 가벼운 음식을 들고 잠시 쉬기 위해 모인 손님들로 넘칠 듯했다. 거의 대부분 50마일이나 마차를 달려온 사람들이었다.

커다란 가을 과수원에는 젊은 사람들이 모여 이야기를 하고 잡담을 나누기도 했다. 2층의 늙은 존 부인 침실에서는 노부인과 시집간 딸들이 비밀회의에 열중해 있었다. 존 노인은 응접실에서 아들과 사위들에게 둘러싸여 있었고, 거실에서는 세 며느리가 편안히 앉아 죄 없는 집안사람들의 뜬소문에 꽃을 피우고 있었다. 루신더와 롬니 펜헬로도 거기에 있었다.

여윈 너새니얼 부인은 흔들의자에 앉아 난로창살에 손끝을 쬐고 있었다. 가을날 오후는 맑게 개어서 좀 쌀쌀한 데다 루신더가 언제나 창문을 열어놓고 있었기 때문이었다. 이야기는 대체로 너새니얼 부인과 뚱뚱한 프레더릭 부인 사이에 오갔고, 조지 부인은 새로 왔으므로 좀 뒤처지고 있었다. 그녀는 조지 펜헬로의 후처로 결혼한 지 아직 1년밖에 안되었다. 그 때문에 이야기에 끼어든다 해도 어쩌다 확실치 못한 지식을 바탕으로 그 자리에 어울리는 말도 하긴 하지만 엄밀히 말해서 펜헬로 집안에 걸맞지 않은 의견을 던지는 경우가 많았다.

롬니는 구석 쪽에 앉아 프레더릭 부인을 조바심나게 만드는 그 알 수 없는 미소를 띠며 숙녀들이 이야기하는 소리에 귀를 기울이고 있었다. 조지 부인은 마음속으로 롬니는 여자들 틈에 끼어 뭘하고 있는지 모르겠다고 여기며 또 집안의 어떤 지위에 해당하는 사람일까 생각했다. 아저씨 가운데 한 사람은 아니지만 나이는 조지보다 그리 젊은 편도 아니었다.

조지 부인은 추측해 보았다.

'40살 안팎일까. 하지만 아주 잘생기고 매력적이야. 저처럼 멋있는 턱과 보조개는 본 적이 없어.'

청동색 머리에 피부가 유난히 흰 루신더는 사정없는 햇빛을 무서워하지 않고 상쾌한 공기를 즐기며, 새빨간 담쟁이덩굴잎 뒤쪽 열려진 창문틀에 앉아 뜰을 바라보고 있었다. 뜰에는 달리아가 불타오르듯 빛나고, 탱알이 보랏빛과 하얀 물결을 이루어 만발해 있었다. 가을 오후의 붉은빛은 루신더의 물결치는 머리에 빛의 테두리를 그리고, 더없이 청순한 그리스식 윤곽을 뚜렷이 돋보여주고 있었다.

조지 부인은 루신더가 누구인지를—육촌 시누이로 35살이라는 나이에도 불구하고 펜핼로 집안의 으뜸가는 미인이라는 것을 알고 있었다.

나이를 거듭해도 언제나 아름다움을 그대로 지니고 있는 숙녀가 더러 있는데, 루신더도 그런 여자들 가운데 한 사람이었다. 성숙하고 매력을 지녔지만 늙지는 않았다. 펜핼로 집안 연장자들은 단순히 습관으로 루신더를 소녀로 보고, 젊은 펜핼로 사람들은 자기들과 같은 무리로서 루신더를 환영했다.

그러나 루신더는 일부러 소녀처럼 하고 있는 게 아니었으며, 취미가 고상하고 유머를 이해하는 날카로운 감각이 많은 유혹으로부터 그녀를 지켜주고 있었다. 나이에 상관없는 원숙한 젊음을 지닌 아리따운 미인으로, 그녀에게는 '세월'마저도 휴전을 선언하고 있었다.

조지 부인은 루신더에게 호의를 품고 찬미의 눈길을 보내고 있었다. 그런데 조지 부인은 누군가에게 호의를 품고 찬미의 눈길을 보낼 때에는 가장 가까이 있는 사람에게 그 의견을 말하지 않고는 못 견뎠으며, 이 경우 조지 부인이 상냥하게 말을 건 상대는 롬니 펜핼로였다.

"정말이지 루신더는 올 가을을 맞아 특별히 더 아름다워 보인다고 생각되지 않으세요?"

그것은 허물 없이 한 작은 선의의 질문으로 여겨졌다. 가엾은 조지 부인이 그 효과에 당황한 것은 당연했다. 롬니는 긴 다리를 끌어당기며 일어나, 운 나쁜 상대에게 무섭고 딱딱한 펜핼로 방식으로 고개 숙였다.

"부인의 의견에 반대할 생각은 조금도 없습니다—그것이 다른 숙녀에 대한 경우에는 더욱."

그리고 롬니는 푸른 방에서 나가버렸다.

이 신랄한 빈정거림에 압도된 조지 부인은 어이없어 하며 루신더 쪽으로 눈길을 보냈다. 그런데 루신더는 모두에게 등을 돌리고 뜰을 바라보고 있지 않은가. 눈처럼 하얀 목덜미에서 뺨에 걸친 매끄러운 선이 역력히 빨갛게 물들어 있었다.

그래서 손윗동서들 쪽을 보자 동서들은 실수를 저지른 어린아이라도 바라보는 것처럼 우스운 듯한 너그러운 눈길로 조지 부인 쪽을 보고 있었다.

조지 부인은 무심코 실언했을 때 알게 되는 미묘한 느낌을 경험하고 얼굴이 붉은 벽돌색이 되는 것을 느꼈다. 모르는 사이에 펜핼로 집안의 어떤 비밀에 대해 언급한 것일까? 루신더를 칭찬한 것이 어째서—아, 어째서 그런 실례가 되는 것일까?

식사 준비가 다 되었다는 소리를 들었을 때 어쩔 도리 없는 지금의 어색한 장면에서 구출된 조지 부인은 진심으로 감사했다. 그러나 그녀에게 식사는 형편없이 되어버렸다. 까닭 모를 실수가 생각나서 속상한데다 호기심이 겹쳐 식욕을 내몰고 말았다. 식사가 끝나자 바로 기회를 엿보아 프레더릭 부인을 뜰로 불러내어 달리아에 둘러싸인 산책길에서 그 까닭을 자세히 설명해 달라고 조지 부인은 진지하게 부탁했다.

프레더릭 부인은 갈색 비단 나들이옷의 솔기가 터질 듯 웃으며 좀 우월감을 띤 목소리로 말했다.

"시실리어, 무척 재미있었어요."

조지 부인은 그 잘난 체하는 태도와 비밀스러워하는 말투에 화내며 소리쳤다.

"어째서죠? 내 말이 뭐 그리 대단하다는 거죠? 무엇이 그토록 우스운 거예요? 롬니 펜핼로라는 사람에게는 대체 무슨 까닭으로 말을 걸어서는 안 되죠?"

"오, 롬니는 샬럿타운의 펜핼로 집안사람이에요. 그곳에서 변호사를 하고 있죠. 루신더와는 사촌남매 사이가 되고, 조지와는 육촌형제 사이가 돼요—아, 그게 맞는가 몰라? 아이, 골치 아파! 촌수를 알고 싶으면 줄리어스 아저씨에게 가지 않으면 안 돼요. 펜핼로 집안의 촌수에 대해서라면 나는 만성적인 어지럼증병에 걸려 있으니까요.

그리고 롬니에 대해선데, 물론 무슨 소리를 해도 상관은 없어요. 다만 루신더에 대한 것만은 빼구요. 아, 모르는 데에야 도리가 없죠! 루신더가 예쁘게 여겨지지 않느냐고 롬니에게 묻다니! 더구나 루신더가 있는 앞에서! 물론 롬니는 댁이 일부러 자기를 놀린 거라고 생각했던 거예요. 그래서 댁한테 화내며 비꼬는 태도를 취했던 거죠."

"어째서죠?"

조지 부인은 끝까지 자신의 의문을 파고들었다.

"조지가 말하지 않던가요?"

"네."

조지의 아내는 가벼운 분노를 느꼈다.

"우리가 결혼한 뒤로 거의 날마다 조지는 펜핼로 집안의 색다른 일을 여러 가지로 이야기해 주고 있지만, 아직 거기까진 이르지 못한 모양이에요."

"저, 시실리어, 이건 우리 집안의 로맨스예요. 루신더와 롬니는 사랑하는 사이죠. 15년 동안이나 서로 사랑하고 있으면서 그동안 한 번도 말을 주고받은 적이 없어요!"

"어쩌면!"

조지 부인은 단순한 말로는 부적당하다고 느끼면서 중얼거렸다. 그것이 펜헬로 집안의 청혼 방법일까?

"대체 어째서죠?"

프레더릭 부인은 참을성 있게 설명했다.

"그 사람들은 15년 전에 싸움을 했어요. 어떻게 시작됐고 무엇때문인지는 아무도 몰라요. 다만 알고 있는 것은 루신더 쪽이 나빴었다는 것뿐이에요. 그것을 어떻게 알았느냐 하면 나중에 루신더가 우리에게 직접 그렇게 말했기 때문이에요. 그녀는 홧김에 롬니에게 이제 한평생 말을 하지 않겠다고 해버렸고, 롬니도 루신더 쪽에서 말을 하지 않는 한 자기도 절대로 루신더에게 말을 걸지 않겠다고 했죠— 왜냐하면 나쁜 것은 루신더 쪽이니 루신더가 먼저 다가가는 게 마땅하기 때문이죠.

그런 까닭으로 두 사람은 결코 말을 하지 않는 거예요. 친척분들이 모두 번갈아가며 두 사람을 화해시키려 한 모양이지만, 아무도 뜻을 이루지 못했어요. 롬니는 한 번도 다른 여자에 대해 생각지 않는 모양이고, 루신더도 마찬가지로 다른 남자 따위 생각조차 않는 게 틀림없어요. 루신더는 지금도 롬니의 반지를 끼고 있는 것을 볼 수 있을 거예요. 물론 두 사람은 사실상 아직 약혼한 사이예요.

롬니 쪽에서는 만일 루신더가 어떤 말이든—비록 모욕적인 말이라도—단 한마디만 걸어주면 자기도 말을 할 것이며, 싸움에 대한 사과도 할 수 있다고 언젠가 말한 일이 있어요—아무튼 이걸 봐도 롬니가 약혼을 깰 마음이 없다는 것을 알 수 있죠.

롬니는 이 문제에 대해 몇 해나 말하지 않고 있지만, 지금도 여전히 변함없는 것으로 여겨져요. 그리고 두 사람 다 전에 못지않게 서로 깊이 사랑하고 있어요. 롬니는 언제나 루신더 주변을 서성거리고 있어요. 물론 다른 사람들도 같이 있는 경우지만요. 루신더가 혼자 있을 때에는 흡사 마마귀신처럼 피해요. 그래서 오늘도 우리와 함께 그 푸른 방에서 버티고 있었던 거예요. 두 사람 사이에 원한 같은 건 손톱만큼도 없는 것 같아요. 그러니 루신더만 입을 열면 되는 거죠! 하지만 루신더는 그렇게 하지 않아요!"

조지 부인이 물었다.

"앞으로도 입을 여는 일이 없을까요?"

프레더릭 부인은 곱슬곱슬하게 지진 머리를 보란 듯이 가로 저었다.

"지금으로서는 헛일이에요. 이런 사태가 너무 오래 가도록 굳어버렸기 때문이지요. 루신더의 자존심이 결코 입을 열게 하지 않아요. 무심코 잊어버리거나 우연한 기회에 혹시 입을 열지 않을까 하고 우리가 늘 덫을 놓아두지만 말예요—하지만 무슨 짓을 해도 헛일이었어요. 이런 어이없는 일도 없을 거예요. 그 두 사람은 서로를 위해 만들어졌어요.

이런 우스운 일을 이것저것 이야기하기 시작하면 우리는 기분이 나빠지고 말아요. 마치 초등학교 학생들끼리 싸운 이야기라도 하고 있는 것 같잖아요? 롬니 앞에서 루신더의 이야기를 해서는 안 된다는 것을 요즘 와서 우리들도 알게 되었어요. 아주 평범한 말조차도요. 그 사람은 그것을 싫어하는 모양이에요."

조지 부인이 흥분하여 외쳤다.

"그 사람 쪽에서 먼저 입을 여는 게 당연하지 않을까요? 비록 루신더가 지금보다 열 배나 나쁘다 하더라도 그 사람은 그걸 너그럽게 보고 먼저 말을 걸어야만 해요."

"하지만 그렇게 하지 않아요. 루신더도 그렇고요. 그런 고집쟁이들은 아직 본 적이 없어요. 아마도 그 사람들의 외할아버지를 닮았나봐요. 앱설롬 고든 말이에요. 펜핼로 쪽에는 그런 고집스러움이 없으니까요. 하지만 앱설롬 할아버지의 완고함은 소문나 있을 정도지요— 거의 전설이죠. 자기가 한 말은 비록 하늘이 무너진다 해도 밀고 나가니까요. 게다가 또 무섭게 호통을 치는 노인이었어요."

프레더릭 부인의 이야기는 제길을 벗어나 추억으로 달려갔다.

"젊었을 때 오랫동안 광산에서 지냈기에 그 버릇이 아무래도 없어지지 않았던 거겠죠—호통치는 버릇 말이에요. 가끔 그 할아버지의 호통치는 소리를 들으면 시실리어 같은 사람은 피가 얼어붙는 느낌이 들 거예요.

그러면서도 다른 점으로는 말할 나위 없이 좋은 노인이었죠. 왜 그런지 그것만은 어쩔 도리가 없는 것이겠죠. 자신도 고치려 하지만 상스러운 말이 숨을 쉬듯 아주 자연스럽게 나오고 만다고 늘 말했어요. 그 때문에 가족들은 언제나 무척 부끄러워했어요. 다행스럽게도 가족들은 아무도 그 점에서 할아버지를 닮은 사람이 없어요.

하지만 그 할아버지도 돌아가셨고—죽은 분의 험담을 해서는 안 되겠죠. 자, 그만 가서 마티 펜핼로에게 머리를 만져달라고 해야겠어요. 내가 하면 이 소매가 완전히 못쓰게 되고 말 테니까요. 그리고 또 옷을 갈아입는 것도 귀찮아요. 이제 두 번 다시 루신더 이야기를 롬니에게 하지 않겠죠, 시실리어?"

조지 부인은 달리아 꽃을 향해 멍하니 중얼거렸다.

"15년이라니? 15년 동안이나 약혼하고 있으면서 서로 말 한마디 하지 않다니! 어쩌면, 생각 좀 해봐! 이 펜핼로 사람들은 정말!"

한편 자신의 로맨스가 달리아 꽃 그늘에서 프레더릭 부인의 입을 통해 이야기되고 있는 줄은 꿈에도 모르고 루신더는 결혼식에 참석할 준비를 하고 있었다. 루신더에게는 아직도 경사스러운 날에 입는 옷차림을 즐기는 마음이 있었다. 거울이 아직도 상냥하게 대해주기 때문이었다. 게다가 새옷이었다.

그런데 새옷—특히 이 옷 같이 좋은 새옷을 마련한다는 것은 루신더에게 흔치 않은 일이었다. 그녀는 펜헬로 집안 가운데에서도 줄곧 어렵게 지내고 있는 집안의 사람이었다. 사실 루신더와 미망인인 그녀 어머니는 매우 가난했으므로 새 옷은 루신더의 생활에서 큰 사건이었다. 이것은 아저씨 한 분이 보내준 것으로, 루신더로서는 큰맘 먹지 않고는 고를 수 없는 아름답고 화려한 옷이었다. 그런 만큼 루신더는 여자답게 매우 기뻐했다.

엷은 초록색 비단으로—그 빛깔이 루신더의 붉은 머리빛과 깨끗한 피부의 윤기를 멋있게 돋보여주고 있었다. 옷을 다 차려입고 나자 루신더는 거울 속의 자신을 바라보며 아이같이 천진난만한 기쁨을 느꼈다. 허영심이 강한 것은 아니었지만 자신의 아름다움을 잘 알고 있었으므로, 마치 대가(大家)의 손으로 그려진 멋있는 그림을 바라보듯 자기 자신을 초월한 기쁨을 맛보았다.

거울에 비친 모습도 얼굴도 루신더를 만족시켰다. 초록색 비단의 부풀음과 옷자락은 풍만한 몸의 선을 완벽하도록 돋보이게 했다. 루신더는 팔을 쳐들고 롬니가 준 다이아몬드 반지가 찬란히 빛나고 있는 손으로 한 송이 붉은 장미를 입술에 대고 부드러운 어깨의 경사와, 턱에서 목에 걸친 우아한 선을 비평가와도 같은 만족을 느끼며 바라보았다.

또한 루신더는 이 드레스가 자기 눈에도 정말 잘 어울리고, 여느 때보다도 그 깊은 색깔을 충분히 드러내고 있는 것 같아 흐뭇함을 감출 수 없었다. 언젠가 롬니가 그녀의 눈에 대하여 소네트를 지어, 그 빛을 탐스러운 월귤에 비유한 적이 있었다. 물씬 익은 월귤이 어떤 빛을 띠고 있는지 모르는 사람이나 또는 생각해 내지 못하는 사람에게는 시적으로 들리지 않을지도 모른다. 빛의 정도에 따라 짙은 보랏빛으로 보이는가 하면 맑은 잿빛이 되기도 하고, 새벽 목장에 피는 제비꽃 같은 희미한 색깔도 되는 것이다.

루신더는 거울 속의 루신더에게 말을 건넸다.

"너는 정말 아름다워 보여. 아무도 너를 노처녀라고는 생각지 않을 거야. 그러나 그렇지 않아. 오늘 저녁 식을 올리는 앨리스 펜핼로는 네가 결혼하려 했던 15년 전에는 5살 어린아이가 아니었던가. 그러니까 너는 노처녀인 거야. 하지만 뭐 괜찮아. 내가 나빴던 거니까. 앞으로도 그저 그대로 있겠어. 이 완고한 종족의 완고한 자손아!"

루신더는 치맛자락을 똑바로 펼치고 우아하게 장갑을 꼈다.

"오늘 밤 이 옷에 얼룩이 지지 말았으면 좋을 텐데. 앞으로 1년은 나들이옷으로 하지 않으면 안 되니까—하지만 어쩐지 무척 더러움이 잘 탈 것만 같은 생각이 드는군. 마크 아저씨는 어쩌면 그토록 상냥하고 돈을 아끼지 않는 분일까! 만일 짐짖고 실용적인 볼품 없는 옷감을 주셨다면 얼마나 그 옷을 싫어하게 됐을지 몰라—어밀리어 숙모라면 그렇게 했을 거야."

달이 떠오르기 시작할 무렵, 손님들은 '젊은' 존의 집으로 떠났다. 언덕과 골짜기가 있는 2마일이나 되는 길을 루신더는 캐리 펜핼로라는 나이어린 육촌과 함께 마차를 몰았다.

결혼식은 아주 성대하게 이루어졌다. 루신더는 사교적인 분위기를 지배하고 있는 것처럼 보였고, 그녀가 가는 곳곳마다 칭찬의 속삭임이 물결처럼 밀려왔다. 확실히 루신더는 인기가 식지 않았다. 그러나 루신더는 가벼운 지루함을 느끼며, 손님들이 하나 둘씩 떠나기 시작했을 때에는 오히려 홀가분해졌다.

루신더는 좀 따분한 기분이 들었다.

'벌써 세상을 즐기는 마음이 없어지기 시작한 게 아닌가 몰라. 그래, 나이 때문인 게 틀림없어. 사교적인 의례를 지루하게 느낀 것은 그 때문이야.'

또다시 실수를 저지른 것은 역시 운 나쁜 조지 부인이었다. 부인이 베란다에 서 있는데 캐리 펜핼로가 달려왔다.

"내가 농장으로 데리고 갈 수 없다고 루신더에게 전해주세요. 나는 마크 아저씨와 시시 숙모님을 2시 급행에 탈 수 있도록 브라이트 리버로 태우고 가야만 해요. 루신더에게는 데려다줄 사람이 얼마든지 있을 테니까요."

마침 그때 뒷발로 일어서려고 하는 말을 가까스로 붙들고 있던 조지 펜헬로가 큰 소리로 아내를 불렀다. 조지 부인은 아직 붐비고 있는 현관으로 허둥지둥 달려 들어갔다. 조지 부인이 말을 전한 상대가 누구인지 펜헬로 집안사람들로서는 아무도 짐작이 가지 않았다.

그러나 연한 초록색 오건디 옷을 입은 키 큰 빨강머리 아가씨—애번리의 앤 셜리였다—가 이튿날 아침 머릴러 커스버트와 레이철 린드에게 농담을 섞어가며 이야기한 바로는, 머리에 쓰는 깨끗한 분홍색 숄을 두른 좀 통통한 몸집의 작은 부인이 그녀의 팔을 잡고 숨을 몰아쉬며 말했다고 한다.

"캐리 펜헬로가 당신을 데리고 갈 수 없다고 했어요—누군가 다른 분을 찾아봐달라고 했죠."

그리고 앤이 대답하거나 돌아볼 틈도 없이 가버렸다.

그런 까닭으로 루신더는 베란다가 있는 층계로 나와 이상하게도 자기만 버려진 것을 알게 되었다. 잠시 우물쭈물 찾아보고 나서 이윽고 농장의 펜헬로 집안사람들이 모두 돌아가고 만 것을 알았으며, 만일 그날 밤 안으로 농장에 돌아가려면 걸어서 가야만 한다는 것을 깨달았다. 데려다줄 사람이 없는 것은 분명했다.

루신더는 화가 났다. 자기를 잊고 돌아보지도 않은 채 떠났다는 것은 기분 좋은 일이 아니다. 그보다 더욱 기분 나쁜 것은 오전 1시에 연한 초록색 비단옷을 입고 시골길을 혼자 걸어서 돌아가는 일이다. 루신더는 그렇게 걸어갈 준비를 하고 오지 않았다. 바닥이 얇은 구두를 신고 있을 뿐이었고, 몸에 두른 것은 머리에 쓰는 얇은 숄과 짧은 코트뿐이었다.

루신더는 생각했다.

'이런 차림으로 혼자 걸어서 돌아가다니, 얼마나 이상한 사람으로 보일까!'

누군가 외부 손님에게 급한 사정을 말하고 집까지 태워달라고 부탁하지 않는다면 그렇게 할 수밖에 없었다. 하지만 머리숙이거나 함으로써 자신이 무시당하는 것을 인정하는 것은 루신더의 자존심이 허락지 않았다.

걸어서 가자. 그러는 수밖에 없었다. 그러나 큰길을 따라가며 마주치는 모든 사람이 유심히 바라보는 것은 싫다. 들판을 가로지르는 오솔길을 거쳐가는 지름길이 있는데, 최근 몇 해나 다닌 일이 없지만 루신더는 이 길을 샅샅이 알고 있었다.

그녀는 초록색 비단옷을 될 수 있는 대로 한껏 걷어올리고 그늘진 길을 누비며 집 둘레를 돌아 옆 잔디밭을 건너 대문을 나섰다. 저쪽에 있는 대문은 양쪽에 자작나무가 줄지어 서 있는 오솔길로, 서리내린 나무들이 달빛을 받아 은빛과 금빛으로 빛나고 있었다.

루신더는 오솔길을 걸어가는 동안 얼마나 가혹한 취급을 받았는가 하는 게 뼈저리게 느껴지기 시작하여 발길을 옮길 때마다 분노가 더해갈 뿐이었다. 자기를 생각해주는 사람이 아무도 없는 듯 여겨졌다. 그것은 계획적으로 무시당하는 것보다 열 배나 더 쓰라렸다.

오솔길 아래쪽 끝 지점 대문에 이르렀을 때, 문에 기대 있던 남자가 깜짝 놀라며 숨을 삼켰다. 만일 이것이 롬니가 아닌 다른 사람이었다면, 또는 루신더가 아닌 다른 여자였다면 놀라움의 비명을 질렀을 것이다.

롬니인 줄 안 루신더는 몹시 당황이 되면서도 얼마쯤 마음이 놓였다.

'혼자 걸어서 돌아가지 않아도 돼. 그러나 롬니와 같이 가다니! 내가 일부러 꾸몄다고 롬니는 생각할지도 몰라. 그건 견딜 수 없어.'

롬니는 말없이 루신더에게 문을 열어주고, 쇠를 채운 뒤 루신더와 나란히 걷기 시작했다. 벨벳 같은 완만한 들을 두 사람은 가로질러갔다. 공기는 차갑고 바람도 없어 주위는 잠자는 듯 조용했다. 온 세상을 어슴푸레한 달빛과 안개가 뒤덮어, 멋없는 이스트 그래프턴의 언덕과 들을 어렴풋이 빛나는 요정의 나라로 바꿔놓고 있었다.

처음 한동안 루신더는 조금 전까지보다도 더 분노가 치밀었다.

'어쩌다가 이런 함정에 빠진 걸까! 집안사람들이 이 사실을 알면 얼마나 비웃을까!'

롬니 또한 장난을 좋아하는 우연이 꾸민 계획에 화가 나 있었다. 롬니도 다른 남자들과 마찬가지로 거북한 상황에 빠지는 것을 좋아하지 않았다. 게다가 달빛이 비추는 목장을, 사랑하면서도 15년 동안이나 말하지 않고 있는 여자와 함께 걸어서 돌아가야 한다는 것은 확실히 철저한 운명의 장난이었다.

'내쪽에서 계획적으로 꾸민 거라고 루신더가 생각지 않을까? 그런데 대체 어쩌다가 루신더는 결혼식에서 혼자 돌아가게 된 걸까?'

두 사람이 목장을 가로질러 그 앞쪽 야생 벚나무 가로수가 서 있는 오솔길로 접어들었을 무렵 루신더의 노여움은 안에 쌓여 있던 우스움에 지고 말아 머리 숄 밑에서 얼마쯤 심술궂은 미소마저 띠고 있었다.

아름다운 오솔길은 정말 마법에 걸려 있는 것 같았다. 달빛을 받은 긴 가로수 아래에서 숲의 요정들이 가볍게 춤추고 있는 것처럼 느껴졌다. 마주 얽힌 나뭇가지 사이로 새어드는 달빛이 은빛과 뚜렷한 그림자로 짜여진 모자이크 무늬 속으로 사이가 좋지 않은 연인들은 한 걸음 한 걸음 나아갔다. 양쪽 다 울창한 숲으로, 두 사람 둘레에는 깊은 정적이 감돌아 바람 소리 하나 속삭임 하나 일지 않았다.

오솔길을 반쯤 왔을 때, 중간에서 문득 루신더 가슴에 감상에 젖은 기억이 되살아났다. '젊은' 존네 집에서 열린 연회에서 롬니와 함께 이 오솔길을 지나 돌아갔던 그 마지막 때의 일을 생각해낸 것이다. 그때도 달 밝은 밤으로—루신더는 한숨을 억눌렀다—두 사람은 손을 마주잡고 걸어갔었다. 바로 이 잿빛 너도밤나무가 있는 곳에서 롬니는 그녀를 불러 세워 입맞춤을 했다. 루신더는 롬니도 그때 일을 생각하고 있는 게 아닐까 하고 머리 숄 레이스 가장자리 밑으로 가만히 롬니를 훔쳐보았다.

그러나 롬니는 두 손을 주머니에 찌르고 모자를 깊숙이 쓴 채 침울한 얼굴로 발길을 옮기며 너도밤나무를 거들떠보지도 않고 지나갔다. 루신더는 다시 치미는 한숨을 억누르고 너풀너풀 빠져나온 비단 옷자락을 집어올리며 부지런히 걷기 시작했다.

오솔길을 벗어나오자 추수를 기다리는, 은빛으로 반짝이는 밭 셋이 나란히 피터 펜헬로의 시냇물로 느릿하게 비탈져 있었다—그 시냇물은 폭넓고 얕은 흐름으로, 예전부터 이끼낀 오래된 나무가 걸쳐 있어서 다리 역할을 하고 있었다.

시냇물로 나온 롬니와 루신더는 졸졸 흐르는 물을 멍하니 바라보았다. 문득 루신더는 깜짝 놀라 무심코 소리지를 뻔했으나, 롬니에게 먼저 입을 열어서는 안 된다는 것을 생각하고 가까스로 억눌렀다. 나무는 단 한 그루도 없었고, 시냇물에는 다리라 불릴 만한 것이 아무것도 없었다!

자, 참으로 난처하게 되었다! 루신더가 어쩌면 좋을지 쩔쩔매고 있는데 롬니가 해결방법을 생각해 냈다—말이 아닌 바로 행동이었다. 그는 아주 침착하게 루신더를, 성숙할 대로 성숙한 제법 무거운 이 여인을 어린아이라도 되는 것처럼 안아들고 물을 건너기 시작한 것이다.

루신더는 눈을 깜박거릴 뿐 어쩔 도리가 없었다. 롬니를 말릴 수는 없었고, 이 뻔뻔스러운 행동에 화가 머리끝까지 치밀었으나 이러니저러니 말을 할 수가 없었다.

그때 재난이 일어났다. 미끌미끌한 둥근 돌 위에서 롬니의 발이 미끄러진 것이다—처참한 물보라가 튀었다—그리고 롬니와 루신더는 피터 펜헬로의 시냇물 한복판에 주저앉고 말았다.

루신더가 먼저 일어났다. 그녀의 몸에 형편없이 된 비단옷이 보기에도 무참하게 찰싹 달라붙어 있었다. 그날 밤의 아픔이 한꺼번에 가슴에 치밀어올라, 루신더의 눈은 달빛을 받아 이글이글 불타고 있었다. 이토록 성난 일은 루신더의 생애에 일찍이 없었을 정도였다.

"이, 이, 이 바보멍청이!"

그 목소리는 글자 그대로 분노로 부들부들 떨리고 있었다.

롬니는 얌전히 루신더 뒤에서 둑으로 기어올랐다.

"루신더, 정말 미안하오."

목소리가 웃음을 억지로 참고 있는 듯 떨리는 것을 롬니는 감추려 했으나 성공하지 못했다.

"내가 도우려고 한 일이 그만 엉뚱한 실수를 저지르고 말았소. 발밑에서 그 돌이 훌쩍 뒤집히고 말았기 때문이오. 부디 용서해 줘요. 그 일도, 또 옛날 일도."

루신더는 대답하려 하지 않았다. 평평한 돌 위에 서서 처참해진 초록색 비단옷에서 물을 짜내고 있었다. 그 모습을 롬니는 걱정스럽게 바라보았다.

그는 사정했다.

"급히 서둘러요, 루신더. 이러다가는 심한 감기에 걸리게 돼요."

루신더는 이를 딱딱 부딪치며 대답했다.

"나는 한번도 감기에 걸린 적 없어요. 내가 다만 생각하고 있는 것은—생각하고 있는 것은 내 옷이에요. 당신이야말로 급히 서두를 필요가 있겠죠. 흠뻑 젖었고 감기에 잘 걸린다는 것을 알고 있잖아요. 자, 어서 가요."

루신더는 칭칭 감겨 드는 치맛자락을 끌어올렸다. 그것은 5분 전까지만 해도 그토록 아름답고 가벼웠었는데. 그녀는 부지런히 벌판을 걷기 시작했다.

롬니는 옆으로 와서 옛날처럼 그녀의 팔에 자기 팔을 끼었다.

잠시 동안 두 사람은 묵묵히 걸어갔다. 그러는 가운데 루신더는 마음속에서 웃음이 치밀어올랐다. 목장 끝에 올 때까지 루신더는 소리 없이 웃고 있었다.

피터 펜헬로의 땅과 농장 사이에 있는 울타리에 이르렀을 때 그녀는 노려보듯 롬니를 바라보았다.

루신더는 외쳤다.

"당신은―그 일을 생각하고 있는 거죠? 나도 마찬가지예요. 앞으로도 평생 우리들은 때때로 그 일을 생각하게 될 거예요. 하지만 입 밖에 내어 말하면 나는 두 번 다시 당신을 용서하지 않을 거예요, 롬니."

"결코 입 밖에 내지 않겠소."

이번에는 그 목소리에 역력히 웃음이 깃들어 있었지만 루신더는 화낼 기분이 나지 않았다. 두 사람이 농장문에 닿을 때까지 루신더는 입을 열지 않았다. 그러나 문에 이르자 그녀는 엄숙하게 롬니를 바라보았다.

"그건 격세(隔世) 유전 때문이었어요. 옹고집쟁이 고든 할아버지의 책임이에요."

농장에서는 거의 잠들어 있었다. 손님들은 저마다 짝지어 돌아와 서둘러 자기 방으로 들어가고 말았으므로 아무도 루신더가 보이지 않는 데 신경 쓰지 않았다. 그저 그녀가 어느 다른 이들과 어울릴 것으로 생각했다. 일어나 있는 사람은 프레더릭 부인과 너새니얼 부인과 조지 부인뿐으로, 일년 내내 추위하는 너새니얼 부인은 자기 전에 발을 따뜻이 하려고 난로에서 지저깨비를 때며 셋이서 목소리를 죽여 결혼식 이야기를 하고 있었다. 그때 방문이 열리며 루신더의 당당한 모습―질질 끌며 더럽혀진 비단옷을 입고 있기는 했지만 여전히 당당했다―이 흠뻑 젖은 롬니를 뒤에 거느리고 나타났다.

세 사람은 입을 모아 외쳤다.

"루신더!"

그러자 루신더는 쌀쌀맞게 말을 받았다.

"나는 혼자 남겨졌기에 걸어서 돌아왔어요. 롬니와 목장을 가로질러왔죠. 시냇물에 다리가 놓여 있지 않아 롬니가 나를 안고 건너려 했는데, 발이 미끄러지는 바람에 우리는 넘어지고 말았어요. 그뿐이에요.

아니, 시실리어, 나는 감기 따윈 들지 않으니 걱정 말아요. 옷이 못 쓰게 되었지만 그런 건 아무래도 좋아요. 고마워요, 괜찮아요, 시실리어. 뜨거운 건 먹고 싶지 않으니까요. 롬니, 어서 가서 그 젖은 옷을 벗어요. 괜찮아요, 시실리어. 뜨거운 물로 발 같은 건 안 씻어도 좋아요. 이만 자겠어요. 편안히들 주무세요."

두 사람의 등 뒤로 문이 닫히자 세 여자는 물끄러미 서로 얼굴을 마주보았다. 본디 감정 표현을 잘 못하는 프레더릭 부인은 시를 인용했다.

"나는 잠을 자고 있는 것일까.

꿈을 꾸고 있는 것일까.

이상하게 여기며 의심하고 있는 것일까.

세상일은 보이는 그대로일까,

아니면 헛그림자에 지나지 않는 것일까."

너새니얼 부인은 후유 한숨을 내쉬었다.

"곧 또 펜핼로 집안에 결혼식이 있겠군요. 루신더가 마침내 롬니에게 입을 열었으니 말예요."

조지 부인이 외쳤다.

"오, 루신더는 롬니에게 뭐라고 말했을까요?"

프레더릭 부인이 말했다.
"시실리어, 우리는 영원히 알 수 없을 거예요."
그렇다, 세 사람은 영원히 알지 못했다.

오, 사랑하는 나의 아버지

"모레야—모레."

쇼 노인은 기쁜 듯 길고 가느다란 두 손을 마주 비볐다.

"몇 번이고 되풀이해서 말하지 않으면 꿈만 같아서 정말인 것 같지가 않아. 블로섬이 다시 돌아오다니. 너무 좋아서 지금도 사실로 믿어지지 않아. 벌써 모든 준비가 다 돼 있어. 그렇지, 음식만 좀 만들면 될 뿐 나머지는 모든 준비가 끝났어.

그리고 이 과수원을 보면 블로섬이 깜짝 놀랄 거야. 아무 말 말고 될 수 있는 대로 빨리 그 아이를 이리로 데리고 와야지. 가문비나무 숲을 지나서 얼른 데리고 와야지. 그리고 오솔길이 끝나는 곳까지 와서, 나는 잠자코 뒤로 물러나 아무 것도 모르는 그 애를 혼자 나무 아래로 가게 해야지. 그 애의 그 커다란 다갈색 눈이 휘둥그레지며 '오, 아버지! 오, 아버지!'라고 하는 것을 다시금 볼 수 있다면 이보다 열 배나 고생을 했더라도 보람이 있어."

쇼 노인은 다시 손을 마주 비비며 혼자 조용히 웃었다. 그는 키가 크고 등이 굽었으며 머리가 눈처럼 희었으나 얼굴은 젊고 혈색이 좋았다. 커다랗고 푸른 눈은 소년처럼 즐거워 보였고 그럴 일만 있다면—또 전혀 그렇지 않을 때에도 가끔 그랬지만—입 언저리에 미소를 띠는 젊었을 때 버릇이 그대로 남아 있었다.

확실히 화이트 샌즈 사람들은 쇼 노인을 좋게 여기지는 않았다. 우선 첫째로 노인은 '주변머리가 없어' 얼마 안 되는 밭을 풀이 무성할 대로 내버려두고, 꽃과 벌레에 얽매여 공연히 시간을 낭비하며, 발길 닿는 대로 숲속을 이리저리 걸어다니고 바닷가에서 책을 읽기도 한다고 사람들은 말할 것이다. 어쩌면 그것은 정말일지도 모른다.

그러나 옛날부터 있던 밭은 해마다 노인이 살아나갈 만큼의 수확물을 제공했으므로 그 이상 바랄 생각은 노인에게 없었다. 그는 서쪽 나라로 여행 중인 순례자처럼 쾌활했고, 행복이란 눈에 띌 때 차지해야만 한다는 것—그곳에 표시를 해두고 더 형편 좋을 때 가지러 와봐야 헛일이며 그때는 이미 없다는 귀중한 비밀을 잘 깨닫고 있었다. 쇼 노인처럼 작은 일 속에서 기쁨을 발견하는 방법을 제대로 알기만 하면 문제없이 행복해지는 것이다.

노인은 옛날에도 지금도 인생을 즐겨왔고, 다른 사람들도 즐기도록 힘을 기울여 왔다. 그러므로 화이트 샌즈 사람들이 그것을 어떻게 생각하든 노인의 생애는 성공한 셈이었다. 자기 농장을 더 좋게 만들지 않았다고 해서 그것이 어떻단 말인가? 인생을 뒤뜰과 마찬가지로 생각하는 사람도 있고, 또 자기 인생을 늘 무지개 같은 공상의 둥근 지붕이나 뾰족탑이 솟은 궁궐처럼 생각하는 사람도 있다.

노인이 아주 자랑스러워하는 과수원은 지금으로서는 아직 희망을 품게 한다는 것 이상은 되지 못한다—싱싱하게 자라는 어린 나무의 재배로 장래성이 있는 정도일 뿐이었다.

쇼 노인의 집은 양지바른 민둥산 꼭대기에 있었는데, 뒤쪽에 아름드리 전나무와 가문비나무가 두세 그루 서 있을 뿐이었다—가끔 바다에서 세차게 불어오는 거친 바람의 정면공격에 맞설 수 있는 것은 그것들뿐이었다. 집 둘레에서 과일나무가 자라지 못하는 게 세러의 커다란 슬픔이었다. 세러는 다른 화이트 샌즈 농가가 숨이 답답할 만큼 하얀 사과나무꽃으로 둘러싸일 무렵이면 언제나 말하곤 했다.

"아, 아버지, 과수원이 있었으면!"

세러가 훌쩍 가버리고, 딸이 어서 집으로 돌아오기를 내내 기다리는 일 말고는 살아가는 보람이 아예 없어지고 만 뒤 노인은 '그날'이 문득 돌아왔을 때 과수원이 한눈에 들어오도록 해주려고 결심했다.

남쪽 언덕 너머 가문비나무 숲으로 따뜻하게 감싸인 양지바른 비탈에 조그만 밭이 있었는데, 거의 손질을 하지 않아도 늘 기름졌다. 여기서 쇼 노인은 과수원을 시작하여 나무 한 그루 한 그루를 어린아이처럼 잘 알고 사랑할 만큼 정성스레 돌보며 나무들이 무럭무럭 자라나는 것을 지켜보았다.

이웃사람들은 모두 노인을 비웃으며, 집에서 그토록 멀리 떨어진 과수원이어서는 과일을 모두 도둑맞고 만다고 말했다. 그러나 아직 열매를 맺지 않았으며, 마침내 열매가 맺힐 즈음에는 감당할 수 없을 만큼 열릴 터이므로 세상물정에 어둡고 장삿속이 없는 쇼 노인은 이렇게 말했다.

"블로섬과 내가 필요한 만큼 따고 난 다음 나머지는 남자아이들이 먹고 싶은 대로 고스란히 줘버리겠어. 그들이 양심의 가책을 받고서도 더 바란다면 말이야."

사랑하는 과수원에서 돌아오는 길에 노인은 숲속에서 이상한 양치류를 발견했으므로 세러에게 주려고 캤다. 세러는 양치류를 무척 좋아했었다. 그것을 집옆 바람이 닿지 않는 그늘진 쪽에 심은 다음 뜰문 가까이에 있는 낡은 벤치에 앉아 노인은 세러에게서 가장 최근에 온 편지를 읽었다―그것은 짧막한 편지에 지나지 않았다. 세러는 곧 돌아오기 때문이다. 노인은 그 한마디 한마디를 모두 외고 있었으나, 그것은 30분도 채 안 되어 다시 읽는 즐거움을 조금도 해치지 않았다.

쇼 노인은 늘그막에 결혼했었는데, 변함없는 지혜로 아내를 골랐다고 화이트 샌즈 사람들은 저마다 말했다. 그것은 전혀 분별이 없다는 뜻이었다. 그렇지 않다면 세러 글로버와는 결혼하지 않았을 것이라고 했다. 세러는 아직 어린아이 같은 여자로 커다란 다갈색 눈은 겁에 질린 숲속 아기 동물 같았으며 봄에 핀 산사나무꽃처럼 날씬하고 가녀린 아름다움을 지니고 있었다.

"농사꾼의 아내로 그녀처럼 어울리지 않는 여자는 이 세상에 없어―힘도 기운도 아무것도 없거든."

화이트 샌즈 사람들로서는 또한 세러가 대체 어떻게 해서 쇼 노인과 결혼한 것인지 도무지 알 수 없었다.

쇼 노인―아직 40살에 지나지 않았지만 그때도 그는 쇼 노인이었다―과 젊은 신부는 화이트 샌즈의 평판에는 전혀 아랑곳하지 않고 둘이서 행복한 한해를 보냈다. 비록 남은 생애를 쓸쓸한 홀아비로 지낼 망정 그만한 가치가 있는 한해였다. 그리고 쇼 노인은 다시 고독하게 되었지만 어린 블로섬이 있었다. 블로섬은 죽은 어머니의 이름을 따서 세러라고 불렸으며, 아버지에게 언제나 블로섬(꽃) 역할을 하고 있었다. 그 꽃을 얻기 위해 어머니가 목숨을 희생한 귀중한 작은 꽃이었다.

세러 글로버의 친척들―특히 몬트리올의 부자 이모가 어린아이를 데려가려 했으나, 이 요구에 쇼 노인은 미쳐 날뛸 듯이 되어 갓난아이를 아무에게도 맡기려 하지 않았다. 집안일을 보살피도록 하녀를 고용했지만, 갓난아기 시중은 주로 아버지가 들었다. 그는 상냥하고 충실했으며 여자처럼 제법 솜씨가 좋았다.

세러는 어머니의 애정을 전혀 그리워하지 않고 쾌활하고 아름다운 소녀로 자라나, 그녀를 아는 모든 사람에게 끊임없는 기쁨을 주었다. 그녀는 인생에 별을 수놓는 방법을 알고 있었고, 부모의 아름다운 성격을 남김없이 이어받은 데다 부모에게는 없는 발랄한 생기와 활력마

저 지니고 있었다.

10살이 되자 세러는 고용인들을 모두 집으로 돌려보내고 6년 동안 아버지를 위해 집안을 즐겁게 꾸려나갔다—두 사람이 아버지와 딸이며 오빠와 누이동생이었고 또한 '친한 친구'였던 시절이었다.

세러는 학교에 한 번도 다니지 않았지만, 아버지가 그나름의 방법으로 교육을 시켰다. 두 사람은 일이 끝나면 숲과 들과 바람을 피한 곳에 만든 뜰이며 바닷가에서 지냈다. 바닷가에 가면 햇빛도 폭풍우도 모두 두 사람에게는 아름다웠다. 이처럼 완전하고 이처럼 더할 나위 없는 친구와 동지는 달리 없었다.

화이트 샌즈 사람들은 시샘과 비난을 반씩 섞어 이렇게 말했다.

"서로에게 푹 빠져 있으니까."

세러가 16살 때, 앞서 말한 부자 이모 어데어 부인이 유행과 교양으로 똘똘 뭉친 넓은 세상에 대한 이야기를 거느리고 마음을 현혹시키는 아름다움으로 화이트 샌즈에 갑자기 찾아와 쇼 노인을 몰아세우는 바람에 그도 항복할 수밖에 없는 궁지로 내몰렸다. 세러 같은 소녀가 '전혀 교육을 받지 못하고' 화이트 샌즈 같은 구석진 곳에서 자라는 것은 보기 흉한 일이라고 말한 어데어 부인은 지혜와 지식이 전혀 다른 것임을 모르고 있었다.

부인은 눈물을 흘리며 간청했다.

"소중한 내 여동생의 딸을 위해서 내 딸이 되었으면 해주었을 일을 부디 하게 해주세요. 이 아이를 데려가 2, 3년 동안 좋은 학교에 다니게 해줘요. 그리고 나서 이 아이가 바란다면 다시 돌려보내도 좋으니까요."

어데어 부인은 마음속으로 자기가 생각하고 있는 3년 동안을 보낸 뒤 세러가 화이트 샌즈나 괴팍한 아버지에게로 돌아가고 싶어하리라고 한순간도 믿지 않았다.

마침내 쇼 노인은 승낙했다. 그러나 쉽사리 어데어 부인의 눈물에 감동했기 때문이 아니라 세러에게 그렇게 해주어야 한다는 아버지로서의 굳은 신념에서였다. 세러 자신은 가고 싶어하지 않았으므로 불평하고 애원하기도 했지만, 일단 가는 편이 좋겠다고 판단한 아버지는 그 말에 귀기울이려 하지 않았다. 모든 것을, 세러 자신의 감정까지도 그 결심 앞에 굽히지 않으면 안되었다. 그러나 세러의 '배움'이 끝나면 곧 아버지에게 돌아오기로 했다. 이런 사실을 확실히 안 다음 세러는 비로소 가기로 했다.

어데어 부인과 함께 마차로 오솔길을 달려갈 때, 세러는 뒤돌아보고 눈물을 흘리며 아버지에게 외쳤다.

"난 반드시 돌아올 거예요, 아버지. 3년 뒤 꼭 돌아오겠어요. 울지 말고 기다리고 계세요."

노인은 기나긴 3년 동안 그날을 손꼽아 기다리며 쓸쓸하게 지냈다. 그 시간 동안 한 번도 사랑하는 딸을 보지 못했다. 아버지와 딸 사이를 대륙의 반이 가로막고 있었고, 방학 때 돌아오는 것은 어데어 부인이 무언가 그럴 듯한 구실을 만들어 허락하지 않았다.

그러나 세러로부터 주마다 편지가 왔다. 쇼 노인은 그것을 하나도 빼지 않고 세러의 헌 파랑 머리리본으로 묶어 응접실에 놓인 세러 어머니의 자단향나무 바늘상자에 간직해 두었다. 일요일 오후에는 늘 세러의 사진을 자기 앞에 놓고 편지를 다시 읽는 것이 습관이었다. 노인은 친절하게 거들어 주려는 사람이 있어도 번거로워지는 것이 싫어서 거절하고 혼자 살고 있었지만 늘 집안을 아름답게 정돈하고 있었다.

화이트 샌즈 사람들은 수군거렸다.

"저 노인은 농사꾼보다도 주부 타입이야."

노인은 아무 것도 바꾸려 하지 않았다. 세러가 돌아왔을 때 달라진 모양을 보고 낯설어 해서는 안 되기 때문이었다. 정작 세러 자신이 달라져서 오리라고는 생각조차도 하지 못했다.

그런데 지금 끝없이 여겨지던 3년이 지나가고 세러가 돌아오는 것이다. 세러는 어데어 부인의 애원과 비난과 눈물 같은 것은 전혀 편지에 쓰지 않고, 다만 6월에 졸업하고 1주일 있다가 집으로 돌아온다고만 알려왔다.

그때부터 쇼 노인은 행복에 취한 모습으로 세러가 돌아오는 날에 대비한 준비를 차근차근 시작했다. 푸른 바다가 번쩍번쩍 빛나며 밀려오는 비탈 아래 양지바른 벤치에 앉아, 노인은 모든 것이 더할 나위 없이 잘 정돈되어 있음을 생각하고 만족했다. 기다리고 기다리던 그 멋진 모레가 되기까지 이제 시간을 손꼽아 세는 일 말고는 아무것도 할 일이 없었다. 노인은 요정의 골짜기에서 몽상하듯 즐거운 명상에 잠겨들었다.

붉은 장미는 지금 한창이었다. 세러는 본디 이 새빨간 장미를 좋아했다 — 장미도 세러와 마찬가지로 발랄한 생명의 기쁨으로 넘치고 있었다.

그리고 이 장미 외에 쇼 노인의 뜰에는 또 다른 기적이 일어났다. 한 귀퉁이에 아무리 알뜰히 가꾸어도 한 번도 꽃피지 않은 장미덤불이 있어 세러는 그것을 '괴팍한 장미'라고 부르고 있었는데, 보라! 올여름에 몇 해 동안이나 숨겨두고 있던 아름다움이 수많은 흰 꽃이 되어 향긋한 냄새를 가득 담은 얄은 상아 잔을 생각나게 했다.

장미도 세러가 돌아오는 것을 축하하는 거라고 쇼 노인은 생각하고 싶었다. 모든 것이, 괴팍한 장미까지도 세러가 돌아옴을 알고 기뻐하고 있는 것이다.

쇼 노인이 세러에게서 온 편지를 즐겁게 보고 있는데, 피터 블뤼엣 부인이 찾아왔다. 부인은 노인이 어떻게 지내고 있는지, 세러가 돌아오기 전에 무언가 도와줄 일은 없는가 하여 잠시 보러 왔다고 말했다.

쇼 노인은 고개를 저었다.

"아니, 친절한 마음은 고맙지만 없소. 모든 것이 다 준비되어 있습니다. 블로섬을 맞이하는 준비에 어느 분의 손도 빌릴 수는 없는 일이라서 말이오. 글쎄, 생각해 보오. 그 애가 모레 돌아온단 말이오. 블로섬이 다시 집에 있게 된다고 생각하면 나는 몸과 마음과 영혼이 기쁨으로 가득 찹니다."

사실, 블뤼엣 부인은 씁쓸한 비웃음을 띠었다. 블뤼엣 부인의 미소는 성가신 일이 일어날 전조여서, 영리한 사람들은 그 미소가 말로 바뀌기 전에 얼른 어딘가에 볼일이 있음을 생각해 내고 사라져 버리고 만다. 그러나 쇼 노인은 블뤼엣 부인이 가장 가깝고 또 오랜 이웃이어서 충고니 '이웃사촌'이니 하는 말로 줄곧 성가스러움을 겪고 있으면서도 그녀를 상대로 해서는 아무래도 영리한 사람이 되지 못했다.

블뤼엣 부인은 인생에 실패한 사람 가운데 하나였다. 그 결과 다른 사람의 행복을 자신에 대한 모욕으로 인정하게 되었다. 지금도 딸이 돌아온다며 쇼 노인이 싱글벙글 행복해하고 있는 데 심술이 나서, 지금 곧 그 꽃을 없애는 것이 자신의 의무라고 생각했다.

부인은 물었다.

"지금에 와서 세러가 화이트 샌즈에 만족하리라 생각하시나요?"

쇼 노인은 좀 당황했다. 그는 천천히 말했다.

"물론 만족하지요. 자기가 태어나고 자란 고향 아니오? 그리고 나도 있잖소?"

블뤼엣 부인은 쇼 노인이 어쩌면 그토록 단순하냐고 아까보다 곱절이나 더한 경멸을 담아 다시 삐죽 웃었다.

"그렇게 확신하고 있는 것은 훌륭한 일이에요. 돈많은 현대식 사람들과 함께 신식 학교에서 3년 동안이나 화려한 생활을 보내고 돌아오는 게 만일 내 딸이라고 한다면, 나는 잠시도 마음 편히 있을 수 없을 거예요. 이곳에 있는 모든 것들이 하찮아 보이고 불만스러우며 비참한 기분에 젖게 될 것을 나는 잘 알고 있으니까요."

쇼 노인은 어디에 간직하고 있었던가 싶을 만한 빈정거림을 담아 말했다.

"부인 딸이라면 그럴 수도 있겠죠. 하지만 블로섬은 그렇지 않소."

블뤼엣 부인은 뾰족한 어깨를 움츠려 보였다.

"그럴지도 모르겠군요. 당신들 두 사람을 위해 그렇지 않기를 바라겠어요. 하지만 나 같으면 그래도 걱정되겠어요. 세러는 호사스러운 사람들 속에서 살며 재미있고 즐겁게 지내왔으니 화이트 샌즈가 무섭게 쓸쓸하고 보잘것없이 여겨질 게 마땅해요. 로레트 브래들리를 보세요. 그 애는 올겨울 보스턴에 겨우 한 달 가 있었을 뿐인데 그 뒤로 화이트 샌즈에서 지낼 수 없게 되었잖아요?"

"로레트 브래들리와 세러는 사람 됨됨이가 다르오."

세러의 아버지는 억지로 미소를 지으려 했다.

그러나 블뤼엣 부인은 사정없이 몰아붙였다.

"그리고 이 집도요. 정말 이상하고 낡은 집이에요. 어데어 부인 저택과 비교해서 이 작은 집을 세러는 어떻게 생각할까요? 소문에 들으니 어데어 부인의 집은 정말 궁궐 같다고 하더군요. 친절한 마음에서 댁께 일러두지만, 아마 세러는 댁을 업신여기게 될 테니 댁도 그런 마음가짐으로 계시는 게 좋을 거예요. 물론 세러로서는 아버지한테 굳은 약속을 한 탓으로 돌아오지 않으면 나쁘다고 생각하고 있겠지만 말예요. 그러나 돌아오고 싶지 않을 게 뻔할 테고, 그것도 무리가 아닌 일로 여겨져요."

아무리 수다쟁이 블뤼엣 부인이지만 숨이 차서 입을 다물지 않으면 안되었으므로, 마침내 쇼 노인에게 말할 기회가 돌아왔다. 쇼 노인은 가만히 귀기울이며 듣다보니 부인에게 쥐어박히기라도 한 듯 멍해져 기가 꺾였다. 그런데 갑작스러운 변화가 노인에게 나타났다. 그의 파란 눈이 험악한 빛을 띠고 블뤼엣 부인의 눈 사이가 벌어진 족

제비 같은 잿빛 눈을 노려보았다.

노인은 무서운 기세로 소리쳤다.

"할 말 다 했으면 그만 돌아가시오, 마서 블뤼엣. 그런 소리는 두 번 다시 듣고 싶지 않소. 내 눈앞에서 어서 사라져주길 바라오. 그런 독설은 내가 들리지 않는 데 가서 실컷 말하시오!"

온화한 쇼 노인으로부터 여태껏 들은 적이 없는 심한 말에, 블뤼엣 부인은 넋을 잃고 변명도 공격도 한마디 못한 채 돌아갔다. 부인이 가버리자 쇼 노인의 눈에서 분노의 빛이 이내 사라졌다.

그는 쓰러지듯 벤치에 털썩 앉았다. 기쁨이 사라지고 가슴은 고통과 슬픔으로 가득 찼다. 마서 블뤼엣은 마음이 비꼬인 성질 나쁜 여자지만, 그녀가 하는 말은 정말 맞는 이야기가 아닌가 하는 생각이 들었다.

'어째서 그런 일을 미처 생각지 못했을까? 물론 블로섬에게 화이트 샌즈는 쓸쓸하고 시시하게 여겨지겠지. 이모의 호화로운 저택에서 지내온 뒤인 만큼, 자신이 태어난 이 작은 회색 집 같은 건 초라해 보일 거야.'

쇼 노인은 뜰을 거닐며 새로운 눈으로 모든 것을 바라보았다.

'어쩌면 이토록 어느 것이나 모두 빈약하고 엉성하단 말인가! 얼마나 오랫동안 비바람에 찌들린 낡아빠진 집일까!'

노인은 집안으로 들어가 2층 세러의 방으로 올라갔다. 방은 3년 전 세러가 떠났을 때 그대로 깨끗이 정돈되어 있었다. 그러나 주인 없는 방은 좁고 어두웠다. 어느새 천장은 빛이 바랬고 가구는 구식이었으며 너무나 초라했다.

언덕 너머 과수원마저도 지금은 노인에게 아무 위안도 되지 못했다. 과수원은 블로섬이 바라지도 않을 것이다. 어리석고 늙어빠진 아버지와 그리 거둬들일 것도 없는 밭을 부끄럽게 여기겠지. 화이트 샌즈를 싫어하고, 지겨운 생활에 조바심내며, 변화가 없는 아버지의 일상생활을 이루고 있는 것들을 모두 경멸할 거야.

그날 밤 쇼 노인은 블뤼엣 부인이 만족해 했을 게 틀림없을 만큼 비참해 보였다. 노인은 화이트 샌즈 사람들이 그를 바라보는 눈으로 자신을 보았다―가난하고 주변머리 없는 어리석은 늙은이, 오직 하나뿐인 소중하고 귀여운 딸마저 기를 자격이 없는 자신.

"아, 블로섬, 블로섬."

그는 딸의 이름을 불렀지만, 그것은 마치 죽은 사람의 이름을 부르는 것 같았다.

잠시 뒤 고통의 고비가 지났다. 노인은 딸이 자기 아버지를 부끄럽게 여기리라고 생각하는 것은 그만두기로 했다. 그 아이만은 그렇지 않으리라는 것을 알고 있었다.

'3년이 지났다 해서 블로섬의 성실한 성격이 달라질 리 없다―아니, 열 배의 세월이 지나도 달라지지 않을 것이다. 그러나 역시 조금은 변했겠지―바쁘고 화려한 3년 동안 블로섬은 내가 생각지 못할 어른이 되어 있을지도 모른다. 나 같은 이야기 상대로는 이미 만족할 수 없겠지. 그런 것을 생각하지 못했다니 나는 얼마나 어리석고 어린 아이 같았던 것일까!

그 아이니까 상냥하고 친절하게 해주겠지. 그렇지 않을 리 없어. 불평불만을 노골적으로 드러내지는 않을 거야. 로레트 브래들리와는 다르니까. 하지만 그런 생각은 하고 있을 거고, 나는 그것을 눈치채고 가슴이 찢어지는 기분을 맛보게 되겠지.

블뤼엣 부인이 말한 대로야. 블로섬을 보낼 때, 나는 내 희생을 어중간히 하는 게 아니었어―내게로 돌아오도록 그 애를 묶어 두어서는 안 되었던 거야.'

노인은 그날 밤 늦도록 별빛 아래 작은 뜰을 돌아다녔다. 언덕 아래에서는 바다가 나직한 소리로 노래로 유혹하며 그를 부르고 있었다. 겨우 침대에 누웠으나 잠은 오지 않고, 눈물로 베개가 젖고 마음은 절망에 빠진 채 아침까지 한숨도 자지 못했다.

오전 동안 노인은 날마다 하는 일을 건성으로 하는둥 마는둥 하고 있었으며 이따금 갑작스레 우두커니 서서 오랫동안 생각에 잠겨 자기 앞에 다가올 시간을 어두운 표정으로 보았다.

꼭 한 번만 노인은 활기를 보였다. 블뤼엣 부인이 오솔길을 걸어오는 것을 본 노인은 얼른 집 안으로 달려들어가 자물쇠를 채우고 부인이 문 두드리는 소리를 잠자코 듣고 있었다. 부인이 가 버렸기 때문에 밖으로 나가보니, 문 옆 벤치에 냅킨을 덮은, 금방 만든 도넛 접시가 놓여 있었다. 블뤼엣 부인은 노인에게 그토록 무뚝뚝하게 내쫓겼는데도 원한을 품고 있지 않다는 것을 이렇게 보여줄 생각이었던 것이다. 얼마쯤 가책을 받았기 때문이었는지도 모른다.

그러나 블뤼엣 부인의 도넛도 그녀가 흐트러 놓은 노인의 마음에는 전혀 효력이 없었다. 쇼 노인은 도넛을 집어들고 돼지우리로 가가 돼지들에게 먹이고 말았다. 그런 악의 있는 행동을 한 것은 태어나서 처음이었으며, 알게 모르게 노인은 통쾌한 만족을 느꼈다.

정오 무렵 이 조그만 집에 대해 새로이 느끼기 시작한 불만을 참지 못해 노인은 뜰로 나갔다. 낡은 벤치는 햇볕을 받아 따뜻해져 있었다. 쇼 노인은 깊은 한숨을 내쉬며 몹시 지쳐 있는 모습으로 흰 머리를 떨어뜨렸다. 자기가 해야 할 일에 대해서는 어느 정도 결심이 서 있었다. 블로섬에게 '이모에게 돌아가라. 나는 아무래도 상관없으니까—나 혼자서 충분히 해나갈 수 있으며 조금도 너를 나쁘게 생각지 않겠다'라고 말할 작정이었다.

노인이 여전히 답답한 생각에 잠겨 그곳에 앉아 있는데 어여쁜 소녀 하나가 오솔길을 걸어오는 것이 보였다. 키가 늘씬하게 크고 마치 날 듯이 들뜬 걸음걸이였다. 얼굴빛이 가무잡잡했다. 그것은 보랏빛 오얏꽃이나 청동색 잎 사이에서 내다보이는 새빨간 사과 빛깔을 생각나게 하는 것이었다. 커다란 다갈색 눈은 보이는 모든 것 위에서 출렁대고, 도톰해 보이는 입술에서 이따금 새어나오는 작은 목소리는 마치 말로 나타내지 못한 기쁨이 꽃망울이 터지듯 저절로 튀어나오는 것만 같았다.

뜰문에 이르렀을 때 낡은 벤치에 앉은 허리굽은 사람 모습이 소녀의 눈에 비쳤다. 다음 순간 소녀는 장미에 둘러싸인 산책길을 뛰어갔다.

"아버지! 아버지!"

그녀가 반갑게 손을 흔들며 외쳤다.

쇼 노인은 허둥지둥 일어섰다. 그러자 젊디젊은 두 팔이 노인의 목을 끌어안고 따뜻한 입술이 노인의 입술에 와 닿았다. 애정에 넘치는 소녀의 눈은 쇼 노인의 눈을 바라보며 잊을 수 없는 목소리가 웃음과 눈물이 섞인 기분 좋은 화음을 이루어 외쳤다.

"오, 아버지, 정말 아버지세요? 아, 다시 아버지를 만나서 얼마나 기쁜지 말로 다 나타낼 수 없어요."

쇼 노인은 놀라움과 기쁨이 너무도 컸으므로 말없이 소녀를 와락 끌어안았다.

'이것은 내 블로섬이 아닌가—3년 전 떠난 그 블로섬이 아닌가! 전보다 얼마쯤 키가 크고 여자다워지기는 했지만 여전히 내 귀여운 꽃이다. 보지도 알지도 못한 다른 사람이 아니야.'

그러자 노인은 새로운 세상으로 뛰어든 기분이 들었다.

쇼 노인은 중얼거렸다.

"아, 블로섬! 나의 작은 블로섬!"

세러는 빛바랜 웃옷소매에 볼을 문질렀다.

"아버지, 이 순간 참고 또 참아왔던 모든 것을 다 보상받았어요."

"그러나—그러나—너는 어떻게 온 거냐?"

노인의 의식이 혼란에서 가까스로 평정을 되찾기 시작했다.

"내일이라야 네가 돌아온다고 생각하고 있었지. 설마 역에서 걸어온 건 아닐 테지? 아버지가 마중나가지도 않았는데 말이다!"

세러는 활짝 웃으며 노인의 손가락 끝을 잡은 채 뒤로 물러나, 옛날 어렸을 때 한 것처럼 아버지 둘레를 폴짝폴짝 뛰며 마구 돌았다.

"어제 떠나는 캐나다 태평양 연락선이 있었는데 집에 돌아오고 싶어 견딜 수 없었기에 얼른 올라타고 말았어요. 물론 역에서 걸어왔어요. 겨우 2마일이고 한 발자국 한 발자국마다 하느님의 은총이 넘쳐 있었어요. 트렁크는 역에 맡겨 두었어요. 내일 가지러 가요, 아버지. 오늘은 그립던 곳을 구석구석 골고루 보고 싶어요."

"우선 뭐든 먹어야지."

노인은 사랑스러운 딸에게 권했다.

"집에는 별 게 없을지 모르지만—내일 아침에 빵이며 뭐가를 구울 작정이었거든. 하지만 모아 보자꾸나."

노인은 블뤼엣 부인의 도넛을 돼지에게 줘버린 것을 몹시 후회했지만, 세러는 손을 내저으며 그 걱정을 물리쳐 버렸다.

"지금은 아무 것도 먹고 싶지 않아요. 좀 더 있다가 간식을 먹겠어요. 배가 고프면 옛날에 간식을 만들어 먹었듯이 말예요. 우리 집 식사 시간이 불규칙적인 것을 화이트 샌즈 사람들이 늘 나쁘게 이야기하던 것을 기억하고 있어요? 하지만 그것은 중요하지 않아요. 그리움에 굶주린 마음을 먼저 채워줘야 하거든요. 정든 옛방과 온갖 것들을 보고 싶어 견딜 수 없어요.

자, 어서 가요. 해질녘까지는 아직 네 시간이나 있으니까요. 요 3년 동안 그리워 참을 수 없었던 것들을 모두 한눈에 담고 싶어요. 우선 이 뜰부터 시작해요. 어머나, 아버지, 대체 무슨 마법을 써서 '괴팍한 장미'를 꽃 피우게 하셨죠?"

"마법 같은 걸 쓸 리가 있겠니—네가 돌아온다니까 저절로 핀 거야, 아가."

아버지가 말했다.

그들은—아이가 된 두 사람은—빛나는 오후를 행복하게 보냈다. 뜰을 구석구석 돌아보고 나자 집으로 들어갔다. 세러는 깡충거리며 이 방에서 저 방으로 뛰어다니다가 아버지의 손을 꼭 잡고 2층 자기 방으로 올라갔다.

"아, 내 작은 방으로 다시 돌아올 수 있어서 얼마나 기쁜지 모르겠어요, 아버지. 오랫동안 품어온 희망과 꿈이 모두 여기서 나를 기다리고 있을 게 틀림없어요."

세러는 창문으로 달려가 확 열어젖히고 몸을 쑥 내밀었다.

"아버지, 저 곳 사이의 수평선처럼 아름다운 경치는 온 세상을 찾아도 없어요. 나는 멋있는 경치를 두루 돌아봤어요—그리고 눈을 감고 저 경치를 마음에 그려보았어요. 오, 윙윙 소리치며 스쳐가는 바람소리를 들어보세요! 저 음악을 얼마나 그리워했는지 몰라요!"

노인은 딸을 과수원으로 데려가 놀래주기 위해 세워둔 교묘한 계획을 하나하나 펼쳐나갔다. 세러는 노인이 공상했던 대로 그것을 받아들였다. 손뼉을 치며 세러는 외쳤다.

"아, 아버지! 어머나, 아버지!"

두 사람은 마지막으로 바닷가에 갔다가 해질 즈음 돌아와 뜰의 낡은 벤치에 나란히 앉았다. 두 사람 앞에는 번쩍이는 바다가 거대한 보석처럼 불타오르며 서쪽 대문까지 뻗쳐 있었다. 양쪽으로 길게 뻗은 곳은 검보랏빛을 띠었으며, 해가 진 뒤에는 불처럼 타는 나팔수선화의 노랑빛이나 시시각각 변하는 장밋빛으로 광대하고 구름 한 점 없는 둥근 선을 그리고 있었다.

뒤꼍 과수원 위에는 수정 같은 달이 차가운 에메랄드빛 하늘에 떠 있고, 두 사람 위로 대기의 술잔에서 투명한 밤이슬이 또르르 흘러내렸다. 가문비나무는 즐거운 듯 바람에 나부끼고, 비바람과 싸워온 전나무마저 바다의 노래를 부르고 있었다. 지난날의 추억이 두 사람의 마음으로 함초롬히 모여들었다.

"블로섬 아가야."

딸을 부르는 노인의 목소리는 떨리고 있었다.

"너 정말로 여기에 만족하고 지낼 수 있겠니? 저쪽에는—"

노인은 화이트 샌즈에서 멀리 떨어진 세계를 막고 있는 수평선 쪽으로 막연히 손을 흔들어 보였다.

"유쾌하고 재미있는 일들이 여러 가지 있는데. 그런 것들이 그리워지지 않겠느냐? 늙은 애비와 화이트 샌즈에 싫증나 버리지 않겠니?"

세러는 다정하게 아버지의 손을 쓰다듬었다. 그리고 깊은 생각에 잠기며 말했다.

"물론 저쪽 세계는 좋은 곳이었어요. 즐거운 3년이었고, 그것이 내 일생을 풍부하게 만들어주기를 바라고 있어요. 그쪽에서는 멋진 것을 보고 배우고, 훌륭하고 고매한 사람들을 만날 수 있었고, 존경할 만한 아름다운 행동도 보았어요. 하지만—"

세러는 아버지 목에 팔을 감고 그 얼굴에 자기 볼을 문질렀다.

"그곳에는 아버지가 계시지 않으니까요!"

쇼 노인은 입을 다문 채 저녁놀을 지켜보고 있었다—아니, 그보다도 저녁놀을 지나 그 멀리 있는 한층 장려하고 눈부신 반짝임을 바라보고 있었다. 눈으로 볼 수 있는 것은 그 엷은 반영에 지나지 않아, 그 이상의 것을 내다볼 힘이 있는 사람에게는 주의를 보낼 가치가 없는 것이었다.

올리비어 고모의 연인

　올리비어 고모가 포푸리*[1]를 만들기 위해 늦게 핀 장미를 모으는 일을 도우러 페기와 내가 갔을 때, 고모는 그 사람에 대한 이야기를 해주었다.

　우리는 올리비어 고모가 이상하게 조용하고 뭔가에 정신이 팔려 있는 것을 알아차렸다. 그녀는 가벼운 농담을 좋아하여 여느 때라면 이스트 그래프턴의 소문을 듣고 싶어하고 느닷없이 소녀 같은 목소리로 웃음을 터뜨리는 버릇이 있었다. 그 웃음소리 때문에 입는 옷처럼 늘 그녀 주위에 달라붙어 있는 조용한 독신녀의 분위기가 잠시 달아나버리곤 했다. 그런 때면 우리는―여느 때에는 그렇게 되지 않지만―올리비어 고모도 옛날에는 소녀였다는 것을 어렵지 않게 믿을 수 있었다.

　이날 그녀는 멍하니 장미꽃을 따며, 생각은 멀리 저쪽으로 달리고 있는 듯 아름다운 꽃잎을 작은 바구니에 떨어뜨려 놓고 있었다. 우리는 아무 말도 하지 않았다. 고모의 비밀은 언제나 때가 되면 숨김없

─────────────────

*1 갖가지 꽃잎을 모아 향료와 섞어 병에 넣은 것. 방안을 향긋하게 하기 위해 씀.

이 알려지고 말기 때문이다. 장미꽃잎을 다 따자 집안으로 가지고 들어가 우리는 한 줄로 서서 2층으로 올라갔다. 우리가 혹시 떨어뜨린 꽃잎이 있으면 줍기 위해 올리비어 고모는 맨 뒤에서 따라왔다.

카펫을 깔지 않았으므로 빛바랠 염려가 없는 서남쪽 방 바닥에 신문지를 깔고 꽃잎을 널었다. 그 일이 끝나자 우리는 바구니를 늘 두는 정해진 방의 정해진 벽장 안 정해진 자리에 잘 넣었다. 이렇게 하지 않을 경우 그 바구니에 무슨 일이 일어나는 건지 우리는 알 수 없었지만, 올리비어 고모 집에서는 무엇 하나도 제자리 아닌 곳에 두는 일이 허락되지 않았다.

이 일이 끝난 뒤 우리가 아래층으로 내려가자 고모는 할 이야기가 있다면서 응접실로 오라고 말했다. 문을 열었을 때 그녀의 얼굴에 아름다운 붉은빛이 도는 것을 보고 나는 깜짝 놀랐으나 짐작가는 데가 전혀 없었다─왜냐하면 이 까다롭고 몸집 작은 독신녀인 올리비어 스털링을 연인이라든가 결혼에 결부시켜 생각하는 사람은 아무도 없기 때문이다.

올리비어 고모의 응접실은 그녀를 꼭 닮아 고통스러울 만큼 정결했다. 가구는 모두 늘 같은 장소에 자리잡고 있어, 일찍이 무엇 하나 어질러진 일이 없었다. 하늘거리는 쿠션의 술은 소파 팔걸이에 걸려 있고, 십자뜨개질의 의자덮개는 말총으로 짠 흔들의자에 꼭 맞게 빈틈없는 각도로 씌워져 있었다. 먼지 하나 눈에 띈 적 없는 이 신성한 방에는 파리 한 마리 침입하지 않았다.

올리비어 고모는 블라인드를 올리고 담쟁이덩굴잎 너머로 쏟아져 들어오는 햇빛이 비쳐 들게 한 다음 증조할머니 것이었던 높고 낡은 등받이 의자에 앉았다. 그녀는 무릎 위에서 손을 마주잡고 푸르스름한 잿빛 눈에 수줍은 호소의 표정을 띠며 우리를 바라보았다.

분명 비밀을 털어놓기가 어려운 모양이었으나, 그러면서도 자랑스럽고 기쁨에 넘치는 듯한 모습을 엿볼 수 있었으며 무언가 새로운 위엄이 더해져 있었다. 올리비어 고모는 결코 자신을 내세우지 못하는 사람이었는데, 만일 그럴 수가 있다면 지금이야말로 바로 그러한 때였다.

올리비어 고모가 물었다.

"너희들, 내가 맬컴 맥퍼슨 씨에 대해 이야기하는 것을 들은 적 있니?"

우리는 그녀든 다른 누구든 맬컴 맥퍼슨 씨에 대해 이야기하는 것을 들은 일이 없었다. 그러나 몇 만 마디 설명보다도 이 이름을 말했을 때의 다정한 목소리가 훨씬 더 그 동안의 사정을 잘 말해 주었다. 마치 트럼펫을 울려 선언한 것처럼, 우리는 맬컴 맥퍼슨 씨가 올리비어 고모의 연인이라는 걸 깨달았다. 그래서 우리들은 모두 숨이 순간 멎는 듯했다. 너무도 깜짝 놀랐기에 호기심마저 얼어버렸다.

올리비어 고모는 자랑스러움과 수줍음과 기쁨을 함께 드러내며 앉아 있었다!

그녀는 일부러 지은 듯한 웃음을 어색하게 조금 띠고 설명했다.

"그분은 저쪽 다리에 사는 존 시먼 씨 부인의 오빠지. 물론 너희들은 기억하지 못할 거야. 20년 전 브리티시 콜롬비아로 가버렸으니까. 그런데 지금 돌아오고 있는 중이야. 그래서—저—너희들 아버지께 말해 다오. 나는—내가 직접 말하기 싫으니까—맬컴 맥퍼슨 씨와 결혼하기로 했다고 말이야."

페기가 헐떡이며 말했다.

"결혼이라고요?"

나도 얼빠진 소리를 되풀이했다.

"결혼이라고요?"

올리비어 고모는 몸을 조금 뒤로 젖히며 얼마쯤 또렷하게 말했다.

"그리 못마땅할 건 없을 텐데."

"네, 없고말고요."

나는 얼른 시인하고, 페기가 웃지 못하도록 가만히 발을 찼다.

"하지만 이건 우리들에게 놀라운 소식이라는 것만은 알아주셔야 해요."

올리비어 고모는 나름 만족스러운 것 같았다.

"놀랄 거라고 생각하고 있었지. 하지만 너희들 아버지는 아실 거야—기억하고 계실 테니까. 내가 하는 일이 바보짓이라고 여기지 않으면 좋겠구나. 너희들 아버지는 본디 맬컴 맥퍼슨이 내 결혼상대로 알맞지 못하다고 생각하고 계셨어. 하지만 그것은 옛날 맬컴 맥퍼슨 씨가 몹시 가난했던 무렵의 일이었지. 지금은 아주 넉넉한 생활을 하고 있다는구나."

페기가 간절히 부탁했다.

"그 일을 전부 이야기해 주세요, 올리비어 고모."

페기가 내쪽을 바라보지 않았으므로 그나마 다행이었다. 올리비어 고모가 그런 투로 '맬컴 맥퍼슨 씨'라고 이야기하고 있을 때 페기와 눈이 마주쳤더라면 어쩔 수 없이 나는 웃음을 풋 터뜨리고 말았을 테니까.

"내가 소녀였을 때, 맥퍼슨 씨네는 여기서 길을 사이에 둔 맞은편에 살고 있었어. 그 무렵 맬컴 맥퍼슨 씨는 내 연인이었지. 하지만 우리 집 사람들—특히 너희들 아버지—아, 너희 아버지가 너무 기분 상해 하지 않으면 좋을 텐데—은 그분을 반대해서 무척 냉담하게 대했지. 그즈음 그분이 결혼에 대해 내게 한마디도 하지 않았던 것은 그 탓으로 생각돼.

아까 말했듯이 얼마 뒤 그분은 이곳을 훌쩍 떠나버리고, 여러 해 동안 내게 직접적으로 보내온 소식이 없었지. 물론 그분 누이가 이따금 소식을 들려주기는 했지만 말이야.

그런데 지난 6월 그분에게서 편지가 날아들었어, 그리운 섬으로 돌아와 죽 머물러 살 작정인데 자기와 결혼해 주지 않겠느냐고 말해

왔어. 나는 그러겠다고 답장을 보냈단다. 아마 너희들 아버지와 상의하는 게 좋았을지도 모르지만, 맬컴 맥퍼슨 씨의 청을 거절해야 한다고 할 것 같아서 그것이 두려워서 말을 못했어."

페기가 장담했다.

"어머나, 아버지는 반대하지 않으리라고 생각해요."

"그렇다면 다행이지만. 왜냐하면 나는 물론 어찌 됐든 맬컴 맥퍼슨 씨와의 약속을 지키는 게 내 의무라고 생각하니까. 그분은 다음주 그래프턴에 도착해 다리 저쪽에 사는 누이 존 시먼 씨 부인 댁에 묵기로 되어 있어."

올리비어 고모의 말투는 마치 일간신문의 인사소식란 기사라도 읽고 있는 것 같았다.

나는 물었다.

"결혼식은 언제죠?"

"어머나!"

올리비어 고모는 얼굴을 붉히며 난처한 모습이었다.

"확실한 날짜는 아직 알 수 없어. 맬컴 맥퍼슨 씨가 나타날 때까지는 아무 것도 확실히 정할 수 없으니까. 그러나 아무리 빨라도 9월 전에는 할 수 없겠지. 해야 할 일이 많이 남아 있거든. 아버지에게 잘 말해 주겠지?"

우리가 그렇게 하겠다고 대답하자 올리비어 고모는 마음이 놓여 걱정을 떨치고 일어났다. 페기와 나는 얼른 집을 나와 고모에게 들릴 염려가 없는 곳까지 멀리 오자 걸음을 멈추고 큰 소리로 웃었다. 중년의 로맨스는 그들에게 젊은 사람의 경우와 마찬가지로 다정하고 달콤한 것일지도 모르지만, 옆사람들이 보기에는 꽤 우스꽝스러운 법이다. 젊은 사람만이 웃음을 자아내는 일 없이 감상적이 될 수 있는 것이다. 우리는 올리비어 고모를 사랑했고 그녀의 늦게 핀 행복을 기뻐했지만, 우습게 느껴지는 건 분명했다. 그녀의 '맬컴 맥퍼슨 씨'를 상기할 때마다 우리는 웃음을 터뜨리지 않고는 견딜 수 없었다.

아버지는 처음에 믿어지지 않는 듯 콧방귀를 뀌었으나, 우리들이 알아듣도록 말하자 배를 안고 크게 웃었다. 올리비어 고모는 이제 가혹한 가족들의 반대를 걱정할 필요가 없어졌다.

아버지는 말했다.

"맥퍼슨은 확실히 좋은 사람이긴 했지만 기막히게 가난했었지. 서부지방에서 성공했다는 이야기를 들었는데, 만일 올리비어에게 마음이 있다면 우리로서는 두 사람의 결혼에 대찬성이야. 올리비어에게 가서 말해라. 맥퍼슨이 때로 집에 진흙 묻은 발자국을 냈다고 해서 경련을 일으켜서는 안 된다고 말이다."

이리하여 모든 게 결정되어 우리로서는 아직 이해되지 못하는 동안에도 올리비어 고모는 결혼준비에 몰두했고, 페기와 나는 없어선 안될 인물이 되어 있었다. 그녀가 하나에서 열까지 모두 우리에게 상의했기 때문에 맬컴 맥퍼슨 씨가 도착할 때까지 우리는 거의 그녀 집에서 살다시피 했다.

어쨌든 올리비어 고모가 아주 행복하고 진지한 기분인 것만은 분명했다. 그녀는 처음부터 결혼을 바라고 있었다. 여장부 타입은 전혀 아니었고, 자신이 독신인 게 언제나 골칫거리였으며 얼마쯤 부끄러워하고 있었던 것 같았다. 그러면서도 한편으로 그녀는 타고난 독신녀였다. 그녀를 자세히 살펴보고 그 까다로워 보이는 생김새와 틀에 박힌 행동을 생각하면, 맬컴 맥퍼슨 씨든 다른 누구든 그녀를 어떤 사람의 아내로서 상상할 수는 도저히 없었다.

우리는 오래지 않아 올리비어 고모에게 있어 맬컴 맥퍼슨 씨는 단순히 추상적인 명제(命題)에 지나지 않는다는 것—오랫동안 그녀에게 거부되어 온 부인이라는 위엄을 안겨주는 남자에 지나지 않았다는 것을 발견했다.

그녀의 로맨스는 그런 관점에서 시작되어 시시하게 끝났지만, 그녀 자신은 전혀 의식하지 못하고 자신이 맬컴 맥퍼슨 씨를 깊이 사랑하고 있는 줄로 믿고 있었다.

페기는 의심을 품었다.

"그가 인간다운 모습으로 와서, 올리비어 고모가 '맬컴 맥퍼슨 씨'를 다만 결혼식에서 막연한 '상대방'으로서가 아니라 현실의 배우자로 대해야만 할 때 어떤 결과가 올까, 메리?"

페기는 반들반들한 사암 돌층계에 앉아 올리비어의 냅킨 가장자리 선을 두르고 있었다. 자투리와 실밥은 모두 올리비어 고모가 준비한 작은 상자에 깔끔하게 들어 있었다.

나는 대답했다.

"고모를 자기중심적인 노처녀에서 사랑과 배려가 넘쳐 결혼도 나름 어울리는 여자로 변신시켜 줄지도 몰라."

드디어 맬컴 맥퍼슨 씨가 온다는 날, 페기와 나는 그녀의 집으로 갔다. 우리는 연인끼리 처음으로 다시 만날 때는 아무도 옆에 없기를 바랄 거라고 여겨 가지 않을 생각이었는데, 고모가 기어코 있어 달라고 부탁했던 것이다. 그녀는 눈에 띄게 불안한 것 같았다. 추상적인 것이 모습을 갖추어 나타나려는 참이었으니까. 그녀의 아담한 집은 위에서 아래까지 티끌 하나 없이 깨끗이 정돈되었다. 그날 아침 그녀는 손수 다락방 바닥을 닦고 지하실 층계를 쓸었는데, 그 정성스러움은 마치 맬컴 맥퍼슨 씨가 집에 이르자마자 곧바로 방들을 점검하고 그의 생각에 따라 그녀의 결혼이 합격 불합격으로 결정되기라도 하는 것 같았다.

페기와 나는 그녀의 옷차림을 거들었다. 그녀는 가장 좋은 나들이옷인 검은 비단옷을 입겠다고 고집을 부렸는데, 그것을 입은 그녀는 자연스럽지 못했지만 훌륭했다. 부드러운 모슬린 옷이 더 어울렸으나 우리가 아무리 권해도 들으려 하지 않았다.

준비가 다 끝났을 때, 고모처럼 새침하고 딱딱해 보이는 사람은 처음 보았다. 페기와 나는 그녀가 치맛자락이 바닥에 끌리지 않도록 버석버석 소리내며 쳐들고 아래층으로 내려가는 것을 지켜보았다.

페기가 속삭였다.

"'맬컴 맥퍼슨 씨'는 겁이 나서 그저 앉은 그대로 물끄러미 고모를 보고 있기만 할 거야. 맬컴 맥퍼슨 씨가 얼른 와서 첫 만남을 끝내버렸으면 좋을 텐데. 이대로는 마음이 조마조마해서 견딜 수가 없어."

올리비어 고모는 응접실로 들어가 조각 장식이 있는 옛날 의자에 앉아 두 손을 마주잡았다. 페기와 나는 층계에 앉아 신경을 뾰족뾰족한 바늘 끝처럼 곤두세우고 맬컴 맥퍼슨 씨를 조용히 기다렸다. 뒤룩뒤룩 살찌고 수염이 길게 났으며 검은 벨벳 천에서 갈라낸 듯한 올리비어 고모의 아기고양이가 우리와 함께 감시를 하며 태평스럽게 가르랑거리고 있었으므로 신경질이 나서 견딜 수가 없었다.

우리가 있는 곳에서는 현관 창문 너머로 뜰의 오솔길과 대문이 보였으므로, 맬컴 맥퍼슨 씨가 오는 걸 충분히 미리 알 수 있을 것으로 생각하고 있었다. 그러므로 우르르쾅쾅 천둥이 치듯 현관문을 두들기는 소리가 온 집안에 울려퍼졌을 때 우리는 글자 그대로 껑충 뛰어오르고 말았다. 맬컴 맥퍼슨 씨는 하늘에서 떨어진 것일까?

그가 뜰을 가로질러 뒤쪽에서 집 둘레를 빙 돌아서 온 것을 나중에 알았지만, 그때는 그가 너무도 갑작스럽게 나타나 이 세상 사람이 아닌 것처럼 여겨졌다. 나는 아래층으로 달려 내려가 잽싸게 문을 열었다. 층계에는 키가 6피트 2인치를 넘고 거기에 알맞은 튼튼한 근육과 늠름한 몸집을 한 남자가 서 있었다. 어깨가 멋있게 떡벌어지고 검은 곱슬머리는 숱이 꽤 많았으며, 커다란 파란 눈에는 웃음이 깃들고 곱슬곱슬하고 무시무시한 턱수염은 물결치며 가슴까지 늘어져 있었다. 한마디로 맬컴 맥퍼슨 씨는 직감적으로 말해서, 아니면 좀 진부하게 말해서 '당당한 대장부'였다.

그는 한 손에 일찍 피는 기린초와 연기처럼 파르스름한 탱알꽃다

발을 들고 있었다.

그는 여름날 오후의 나른한 졸음도 쫓아버릴 듯이 쩌렁쩌렁 울려 퍼지는 목소리로 말했다.

"안녕하십니까. 미스 올리비어 스털링이 계신지요? 맬컴 맥퍼슨이 왔다고 말씀해 주십시오."

나는 그를 응접실로 맞아들이고, 그 뒤 페기와 둘이 문틈으로 들여다보았다. 누구라도 그렇게 했을 게 틀림없다. 우리는 변명해야 할 비겁자는 아니다. 또 실제로 우리가 본 것은, 비록 양심의 가책을 대여섯 번이나 느낀다 하더라도 그만한 가치가 있는 것이었다.

올리비어 고모는 일어나 한 손을 내밀며 점잖게 나아가 깍듯이 말했다.

"맥퍼슨 씨, 뵙게 되어 참으로 기뻐요."

"여전하구료, 닐리!"

맬컴 맥퍼슨 씨는 성큼성큼 두 걸음 나아갔다.

그는 바닥에 꽃을 떨어뜨리고 작은 테이블에 부딪치며 긴 의자를 벽쪽으로 밀었다. 그리고는 고모를 두 팔로 끌어안았다. 그리고—쪽, 쪽, 쪽!

페기는 입에 손수건을 뭉쳐넣고 비틀거리며 층계에 주저앉았다. 올리비어 고모가 키스를 받다니!

이윽고 맬컴 맥퍼슨 씨는 커다란 손으로 그녀를 잡았던 팔을 뻗고 그녀를 자세히 바라보았다. 나는 그녀의 눈이 맥퍼슨 씨의 팔 너머로 쓰러진 테이블과 흩어진 탱알이며 기린초 쪽을 더듬는 것을 보았다. 그녀의 반지르르한 머리는 마구 흩어지고, 삼각 레이스 스카프는 목을 반쯤이나 돌아 구겨져 있었다. 그녀는 그것이 속상한 듯했다.

맬컴 맥퍼슨 씨는 칭찬했다.

"당신은 조금도 변하지 않았구료, 닐리. 다시 이렇게 당신을 만나게 되니 기뻐요. 당신도 나를 만나서 기뻐요, 닐리?"

올리비어 고모는 미소 지으며 말했다.

"네, 물론."

그녀는 몸을 비틀어 떼고 테이블을 일으키려고 갔다. 그리고 나서 꽃 있는 데로 가려 했으나 이미 맬컴 맥퍼슨 씨가 다 집어올렸다. 잎이며 줄기가 카펫 위에 잔뜩 흩어져 있었다.

"이걸 당신에게 주려고 시냇가 벌판에서 꺾었소, 닐리. 이걸 어디다 꽂을까? 아, 여기가 좋겠군."

그는 맨틀피스에 올려놓은 채색무늬가 있는 화려한 꽃병을 집어들고 거기에 꽃을 콱콱 쑤셔넣어 테이블 위에 놓았다. 그녀의 표정을 본 나는 마침내 견딜 수 없게 되어, 몸을 홱 돌려 페기의 어깨를 잡고 그녀를 잡아끌듯 하여 집 밖으로 나갔다.

나는 숨을 몰아쉬며 말했다.

"저 사람이 이런 일을 계속한다면 고모는 겁에 질려 넋이 달아나고 말 거야. 하지만 멋있는 분이야―그리고 고모를 세상에서 제일 멋지다고 생각하고 있잖니―오, 페기, 너 그런 키스 소리를 들은 적 있어? 올리비어 고모를 상상해 봐!"

그리 오래지 않아 우리는 맬컴 맥퍼슨 씨와 친하게 되었다. 맥퍼슨 씨는 고모 집에서 거의 살다시피 했다. 대개의 경우 그녀는 우리들에게 함께 있어 달라고 말했다. 고모는 맬컴 맥퍼슨 씨와 단둘이 있는 게 몹시 거북한 모양이었다. 맥퍼슨 씨는 한 시간 동안에 그녀를 열두 번씩이나 깜짝 놀라게 했으나, 그녀는 그런 맥퍼슨 씨를 무척 자랑스럽게 여겼고 맥퍼슨 씨 일로 놀림받는 것도 은근히 좋아했다. 우리는 맥퍼슨 씨를 존경하여 그녀를 기쁘게 했다.

그녀는 말했다.

"확실히 그이는 전과 완전히 모습이 달라지기는 했어. 그이는 무서울 만큼 너무 몸집이 커! 그리고 나는 턱수염을 좋아하지 않지만 그것을 깎으라고 말할 용기가 없구나. 기분이 언짢을지도 모르니까. 그이는 애번리의 오래된 린드 씨 집을 살 거야. 그리고 한 달 뒤 결혼했으면 좋겠다고 말하고 있어. 하지만 그건 너무 이른 것 같아. 그러면—그러면 소문도 좋지 않을 거야."

페기도 나도 맬컴 맥퍼슨 씨가 무척 좋았다. 물론 아버지도 좋아했다. 맥퍼슨 씨가 고모를 아무런 결점이나 부족한 게 없다고 생각하는 것을 우리는 기뻐하고 있었다. 맥퍼슨 씨는 더없이 행복했다. 그러나 가엾은 올리비어 고모는 겉으로는 자랑스러운 듯 무게 있게 행동하고 있었지만 행복하지 못했다. 재미있는 상황 속에 있으면서 페기와 나는 그 가운데 비극이 섞여 있는 낌새를 알아차렸다.

맬컴 맥퍼슨 씨는 도저히 독신녀식으로 길들여질 기질이 아니었고, 그 점은 올리비어 고모도 알고 있는 것 같았다. 그녀가 맥퍼슨 씨를 위해 보란 듯이 문가에 흙털이를 갖다 놓았는데도 맥퍼슨 씨는 들어올 때 서서 구두를 문지르는 일이 없었고, 집안을 돌아다니면 반드시라고 해도 좋을 만큼 뭔지 모르게 올리비어 고모가 소중히 여기는 물건을 뒤엎어 놓았다.

또한 응접실에서 엽궐련을 피우며 바닥에 재를 뿌렸다. 그녀에게 날마다 꽃을 가지고 와서는 닥치는 대로 아무 그릇에나 찔러 두었다. 쿠션 위에 털썩 앉아 의자덮개를 경단처럼 뭉쳐버리고 발을 의자에 올려놓으며—더욱이 그 자리에 어울리지 않는 짓을 하고 있다는 것을 조금도 깨닫지 못하므로 이쪽에서는 미칠 지경이었다.

올리비어 고모가 걱정되어 가슴을 죄고 있는 것을 맥퍼슨 씨는 전혀 눈치채지 못했다. 그 무렵 페기와 나는 웃기만 하고 있었다. 올리비어 고모가 불안한 듯 서성거리며 꽃가지를 집어올리고, 의자등받이 덮개의 주름을 펴고, 거의 언제나 맥퍼슨 씨 뒤를 졸졸 따라다니며 물건을 정돈하는 모습이 참을 수 없이 우스웠기 때문이다. 어떤 때에는 그녀가 깃털비와 쓰레받기를 들고 나와 맥퍼슨 씨의 코끝에서 엽궐련재를 털기까지 했다.

"그런 일로 신경 쓸 것 없어요, 닐리. 떨어져도 나는 아무렇지 않으니까. 자, 자!"

맥퍼슨 씨는 너무나 선량하고 유쾌한 사람이다! 그가 부르는 쾌활한 노래, 그가 말하는 재미있는 이야기, 오랜 세월의 답답함이 깔린 이 딱딱하고 작은 집에 가져다 준 명랑하고 파격적인 분위기!

맥퍼슨 씨는 올리비어 고모를 숭배하고, 그 숭배하는 마음이 수많은 선물의 형태로 나타났다. 방문할 때마다 그녀에게 선물을 가져왔다—대개 번쩍번쩍 빛나는 보석류였다. 사슬 모양 팔찌, 반지, 목걸이, 귀걸이, 로켓*² 등의 장식 같은 것이 점잖은 작은 고모에게 주렁주렁 쏟아지듯 주어졌다.

올리비어 고모는 그것을 비난하듯이 받는 결코 몸에 지니려 하지 않았다. 이런 일들이 맥퍼슨 씨의 감정을 조금 해쳤다. 그러나 그녀는 언젠가 이것을 모두 몸에 지니겠다고 맥퍼슨 씨에게 약속했다.

그녀는 늘 거듭 말했다.

"나는 보석에 익숙해 있지 않거든요, 맥퍼슨 씨."

약혼반지만은 그녀도 끼고 있었다—그것은 조각이 새겨진 금과 오팔로 된 '화려한' 보석이었다. 가끔 우리는 올리비어 고모가 몹시 난처한 표정으로 그 반지를 빙글빙글 돌리는 것을 보았다.

페기가 말했다.

"만일 맥퍼슨 씨가 저토록 깊이 사랑하고 있지 않다면 난 맥퍼슨 씨를 딱하게 여기겠지만, 그는 고모를 완전히 푹 빠져 생각하고 있으니까 동정 같은 건 필요가 없어."

나는 말했다.

"오히려 나는 고모를 딱하게 생각해. 그래, 페기, 난 그렇게 여겨져. 맥퍼슨 씨는 훌륭한 분이야. 하지만 고모는 태어날 때부터 독신녀인

---

*2 사진 같은 것을 넣고 목걸이에 다는 조그마한 갑.

걸. 그러니 그걸 이해해 주지 못하는 사람은 그녀의 천성을 학대하는 거야. 그것이 얼마나 고모를 괴롭히는지 넌 모르니? 맥퍼슨 씨의 크고 당당한 사나이다운 태도는 고모의 마음까지 난도질하고 있어. 고모는 자신의 작고 좁은 궤도에서 빠져나올 수 없어. 끌려나오면 죽고 마는 거야."

"말도 안 돼."

이렇게 말한 페기는 웃으며 덧붙였다.

"메리, 올리비어 고모가 '맬컴 맥퍼슨 씨'의 무릎 위에 앉아 있는 것처럼 우스운 모습을 본 일이 있어?"

정말 그것은 우스꽝스러웠다. 올리비어 고모는 우리가 보는 앞에서 그런 데 앉는 것을 아주 꼴사납다고 생각했지만 맥퍼슨 씨가 그렇게 한 것이다. 그는 그 굵고 유쾌한 목소리로 웃으며 그녀를 무릎으로 끌어당겨 그곳에 붙들어두는 것이었다.

"어린아이들에게 신경 쓸 것 없소."

우리로서는 죽을 때까지 이 가련한 그녀의 표정이 잊혀지지 않을 것이다.

날이 지나 맬컴 씨가 결혼식 날짜를 정하자고 말하기 시작하자, 올리비어 고모는 까닭 모를 당황한 표정을 보였다. 그녀는 몹시 조용해지고 마지못해서 웃는 일밖에 없었다. 또 우리들 가운데 누군가가, 특히 아버지가 그녀의 숭배자에 대해 놀리면 붉으락푸르락 성난 모습을 보였다.

나는 그녀를 가엾게 여겼다. 나로서는 다른 누구보다도 그녀의 참된 마음을 알고 있었기 때문이라고 생각된다. 그러나 나마저도 이 같은 일이 일어나리라고는 생각조차 하지 못했었다. 설마 올리비어 고모가 그런 일을 할 수 있으리라고는 믿어지지 않았다. 추상적으로 그리고 있던 결혼에 대한 간절한 소망이 현실적으로 불리한 점들을 거뜬히 이길 것으로 나는 생각했던 것이다. 그러나 태어날 때부터의 참된 독신녀 기질이 어떤 것인지 다른 사람에게는 도저히 이해될 리 없다.

어느 날 아침, 맬컴 맥퍼슨 씨는 우리 모두에게, 그날 저녁 때 올리비어 고모에게 무슨 일이 있어도 날짜를 정하도록 하기 위해 오겠다고 말했다. 페기와 나는 웃으며 그 말에 찬성하고, 이제 자신의 권위를 보여야 할 시기라고 맥퍼슨 씨에게 말했다. 맥퍼슨 씨는 기분이 좋아서 스코틀랜드 하일랜드 지방의 쾌활한 무도곡을 휘파람으로 불며 시냇가의 들을 가로질러 돌아갔다.

그러나 올리비어 고모는 순교자와도 같은 표정이었다. 그날 그녀는 무서운 기세로 대청소를 시작하여, 모든 것이 구석구석에 이르기까지 나무랄 데 없이 말끔히 정돈되었다.

페기가 웃으며 말했다.

"마치 이 집에서 장례식이라도 있을 것 같잖아."

그날 해질 무렵 페기와 내가 서남쪽 방에서 퀼트를 깁고 있는데 아래층 현관에서 맬컴 맥퍼슨 씨가 크게 외치는 목소리가 들렸다.

"계십니까!"

내가 층계로 달려나가자 올리비어 고모가 자기 방에서 나와 나를 앞질러 아래층으로 달려내려갔다.

그녀가 어느 때보다도 차분하게 말하는 목소리가 들렸다.

"맥퍼슨 씨, 응접실로 들어가 주시겠어요? 드릴 말씀이 있으니까요."

두 사람이 안으로 들어갔기에 나도 서남쪽 방으로 돌아갔다.

"페기, 난처한 일이 벌어질 모양이야. 올리비어 고모의 표정으로 보건대 틀림없이 그럴 것으로 여겨져. 새파래져 있었으니까. 고모는 오늘 혼자서 내려갔어. 그리고 문을 닫고 말았지."

페기가 단호하게 말했다.

"고모가 맥퍼슨 씨에게 뭐라고 말하는지 들어봐야겠어. 고모가 나빴어. 둘이서 만날 때 언제나 우리도 그 자리에 있게 했으므로 우리를 제멋대로 만들어버린 거야. 가엾게도 그는 우리들이 보는 앞에서 청혼을 해야만 했지. 자, 이리 와, 메리."

　서남쪽 방은 응접실 바로 위에 있었고, 응접실로부터 난로 굴뚝으로 통하는 구멍이 뚫려 있었다. 페기는 그 위에 놓인 모자상자를 치우고, 우리는 부끄러운 생각도 없이 몸을 꾸부리고 열심히 귀를 기울였다.

　맬컴 맥퍼슨 씨가 하는 말은 문제없이 들렸다.

　"아까 말한 대로 날짜를 정하러 왔소, 닐리. 자, 이리 와요, 닐리. 좋은 날을 말해 줘요."

　쪽!

　"안 돼요, 맥퍼슨 씨."

　그녀의 말투는 뭔가 무척 불쾌한 일을 해치우려고 단단히 마음먹어 될 수 있는 대로 빨리 끝내고 싶어하는 듯했다.

　"당신에게 꼭 해야 할 이야기가 있어요. 나는 당신과 결혼할 수 없어요, 맥퍼슨 씨."

　잠시 침묵이 이어졌다. 나는 어떻게 해서든 두 사람의 얼굴을 보고 싶었다. 맬컴 맥퍼슨 씨가 입을 열었을 때, 그 목소리에는 어이없다는 느낌이 담겨 있었다.

　"닐리, 무슨 소리를 하는 거요?"

　올리비어 고모는 같은 말을 되풀이했다.

　"나는 당신과 결혼할 수 없어요, 맥퍼슨 씨."

　"갑자기 왜 그러오?"

　놀라움이 바뀌어 이제는 낙심이 깃들어 있었다.

　올리비어 고모는 힘없이 말했다.

　"당신은 이해하지 못할 거예요, 맥퍼슨 씨. 여자에게는 모든 것을 버리는 게―자기 집과 친구와, 이를테면 지금까지의 생활을 모두 버리고 모르는 사람과 멀리 떨어진 곳으로 가 버리는 게 어떤 건지 모르겠죠."

"아, 그야 아주 쓰라린 일이라고 생각해요. 그러나 닐리, 애번리는 그리 먼 곳이 아니오. 겨우 12마일쯤밖에 더 되오?"

올리비어는 끈질기게 주장했다.

"12마일이라고요? 모든 점에서 세상 맞은편이나 마찬가지잖아요. 그곳에서 내가 아는 사람이라고는 레이철 린드밖에 없어요."

"그렇다면 왜 그 집을 사기 전에 그렇게 말해주지 않았소? 아직 늦지는 않소. 당신만 좋다면 그곳을 팔고 이 이스트 그래프턴에서 살면 되니까. 하긴 그 반만큼도 좋은 집을 손에 넣지 못하겠지만 말이오. 그러나 어떻게든 좋도록 힘써 보겠소."

올리비어 고모는 단호하게 말했다.

"아니에요, 맥퍼슨 씨. 그것으로 모든 곤란이 해결되는 건 아니에요. 당신이 이해하지 못하리라는 것을 나는 알고 있었어요. 내가 사는 방식과 당신이 사는 방식은 서로 다르고, 지금에 와서 바꿀 수는 없어요. 왜냐하면—당신은 진흙 묻은 발자국을 온 집안에 묻히고—그리고—당신은 물건이 제대로 놓여 있건 말건 상관하지 않으니까요."

가엾게도 올리비어 고모는 어디까지나 올리비어 고모였다. 비록 화형을 당하게 되더라도 그 비극적인 순간에 뭔가 모를 괴상함을 지닐 게 틀림없다고 나는 믿고 있다.

"제기랄!"

그것은 천박하고 성난 말투가 아닌 몹시 당황하여 내뱉은 말이었다. 그리고 나서 그는 덧붙여 말했다.

"닐리, 당신은 농담하고 있는 게 틀림없소. 정말 나는 그런 일에 무관심한 사람이오. 서부지방이란 귀찮은 일들을 배우기에는 알맞은 곳이 못되니까. 하지만 내게 가르쳐주면 되오. 내가 진흙 발자국을 낸다고 해서 나를 버리는 건 아닐 테니까!"

올리비어는 슬픈 얼굴로 다시 되풀이했다.

"나는 당신과 결혼할 수 없어요, 맥퍼슨 씨."

맥퍼슨 씨는 소리쳤다.

"설마 진심은 아니겠지!"

남자의 머리로는 이 어려운 문제에 대해 여러 가지 뒤얽힌 사정을 결코 이해할 수 없었다 하더라도, 아무튼 그녀가 진심인 것만은 겨우 알기 시작했던 것이다.

"닐리, 당신은 내 가슴을 잡아찢고 마는군! 무슨 짓이라도 할 테니—어디라도 가겠으니—당신이 바라는 사람이 되겠으니—이런 식으로 약속을 취소하는 일만은 말아줘요."

"난 당신과 결혼할 수 없어요, 맥퍼슨 씨."

올리비어 고모의 이 말은 이로써 네 번째였다.

맬컴 맥퍼슨 씨는 부르짖었다.

"닐리!"

거기에는 너무도 역력하게 절망이 넘치고 있었으므로 페기와 나는 갑자기 뉘우치는 생각이 들었다. 우리는 무슨 짓을 하고 있었던 것일까? 이런 비참한 그들의 만남을 엿들을 권리는 우리에게 없는 것이다. 맥퍼슨 씨의 목소리에 담긴 고통과 호소가 갑자기 일어난 사건의 우스꽝스러운 느낌을 완전히 내몰아버리고, 다만 송두리째 드러난 처참한 비극만이 남아 있었다. 우리는 진심으로 부끄러운 생각이 들어 발소리를 죽여 방을 나왔다.

한 시간에 걸친 헛된 애원을 계속한 끝에 맬컴 맥퍼슨 씨가 가버리고 나자, 올리비어 고모는 핼쑥한 얼굴에 새침하고 결연한 표정을 담고 우리가 있는 곳으로 올라와 결혼을 그만두기로 했다고 보고했다. 우리는 놀란 표정을 꾸며보일 수는 없었지만, 페기가 조금이나마 과감하게 이의를 내세웠다.

"아니, 고모, 그것이 옳은 일이라고 생각하세요?"

"나로서는 그렇게 할 수밖에 도리가 없었어."

올리비어 고모는 돌처럼 차갑게 말했다.

"나로서는 맬컴 맥퍼슨 씨와 결혼할 수 없으므로 그렇게 말한 거야. 아버지께 말해 다오. 그리고 제발 부탁이니 이제 다시는 이 일에 대해 내게 아무 말도 하지 말아줘."

올리비어 고모는 아래층으로 내려가 비를 들고 나와 맬컴 맥퍼슨 씨가 묻혀 놓은 층계의 진흙을 깨끗이 쓸기 시작했다.

페기와 나는 집으로 돌아와 아버지에게 이야기했다. 우리는 완전히 맥이 빠지고 말았지만 할 말도, 어쩔 도리도 없었다. 아버지는 그 이야기를 듣고 믿겨지지 않는지 정신없이 웃었지만 우리는 웃을 수 없었다. 나는 맬컴 맥퍼슨 씨가 딱하게 여겨지고 올리비어 고모에게 화가 났다. 그러나 한편으로는 그녀가 가엾게 여겨지기도 했다. 사라져버린 희망과 계획을 생각하며 비참한 기분에 잠겨 있을 게 틀림없는데도, 그녀는 그 어느 누구도 끼어드는 것을 허락지 않는 이해할 수 없는 묘한 침묵을 지키고 있었다.

아버지는 못마땅하여 이렇게 말했다.

"독신녀 기질의 만성병환자야."

그 뒤 1주일이 무척 지루하게 지나갔다. 맬컴 맥퍼슨 씨가 발길을 뚝 끊고 말았으므로 우리는 몹시 쓸쓸했다. 올리비어 고모의 기분은 참으로 이해할 수 없게 되어, 하지 않아도 되는 일에 무섭게 덤벼들었다.

어느 날 저녁 아버지가 새로운 소식을 가지고 돌아왔다.

"맬컴 맥퍼슨 씨가 7시 30분 기차를 타고 서부로 떠난다. 애번리의 집을 세놓고 가버리는 거야. 올리비어에게 배신당한 일에 미친 듯이 화내고 있다더구나."

저녁 식사를 한 뒤 페기와 나는 올리비어 고모 집으로 갔다. 실내복에 대한 일로 우리 의견을 듣고 싶다면서 그녀가 와달라고 부탁했기 때문이다. 그녀는 열심히 실내복을 누비고 있었는데, 그 얼굴은 지금까지보다도 훨씬 엄숙하고 차가워보였다.

맬컴 맥퍼슨 씨가 떠나는 것을 그녀는 알고 있을까 하는 생각이 들었지만, 나는 배려하는 마음에서 그 말을 하는 것을 뒤로 미루었다. 그러나 페기는 그런 염려는 하지 않았다.

그러나 페기는 명랑하게 보고했다.

"고모, 고모님의 연인이 멀리 가버린대요. 그에게 두 번 다시 시달리지 않아도 좋게 되었어요. 우편열차를 타고 서부로 떠나니까요."

고모는 바느질감을 내던지고 벌떡 일어났다. 그녀에게 이만한 변화가 일어난 것을 나는 본 일이 없었다. 너무도 철저하고 갑작스러워 무서울 정도였다. 독신녀는 완전히 사라지고 그 대신 생생한 감정과 고통이 넘치는 여자가 되어 있었다.

그녀는 처절한 목소리로 외쳤다.

"어쩌면 좋지! 메리—페기—나는 어떻게 하면 좋을지 모르겠어."

그것은 비명이라고 해도 좋을 정도였다. 페기는 얼굴이 새파래져서 얼빠진 목소리로 물었다.

"그분을 사랑하고 있어요?"

"사랑하고 있느냐고? 만일 맬컴 맥퍼슨이 가버린다면 나는 죽고 말겠어! 나는 정신이 돌았던 거야—정신이 돌았던 게 틀림없어. 그이를 쫓아보내고 난 뒤로 쓸쓸해서 죽을 것만 같았어. 하지만 그이가 돌아올 줄 알고 있었는데! 그이를 빨리 만나야 돼—목장으로 가면 기차가 떠나기 전에 역에 닿을 만한 시간이 있어."

그녀는 정신없이 문가로 발을 내디뎠다. 모자도 쓰지 않고 미친 듯이 달려가는 그녀의 모습을 마음에 떠올리며 나는 말렸다.

"잠깐만 기다려요, 고모. 페기, 급히 집으로 가서 아버지에게 되도록 빨리 딕에게 마차를 매달라고 해. 우리가 고모를 역까지 태우고 갈 테니까. 시간에 늦지 않게 닿을 수 있어요, 고모."

페기가 달려가고 고모는 2층으로 뛰어올라 갔다. 나는 뒤에 남아 그녀의 바느질감을 치우고 나서 방으로 올라가 보니, 그녀는 모자를 쓰고 어깨 망토를 입고 있었다. 침대 위에는 맬컴 맥퍼슨 씨가 가져온 선물상자가 모조리 널려 있고 그녀는 무엇에 홀린 듯 그 속에 든 것을 몸에 주욱 달고 있었다. 반지 몇 개, 브로치 세 개, 목걸이 세 개와 시계 하나—모두 되는 대로 모양 같은 것은 보지도 않고 주렁주렁 달았다. 그렇게 차린 올리비어 고모의 모습은 정말 볼 만했다!

그녀는 입술을 부들부들 떨면서 숨찬 듯 말했다.

"지금까지 한 번도 몸에 달지 않았지만—잘못했다는 생각을 그이에게 보이기 위해 이렇게 모두 다는 거야."

우리 셋이 포개지듯 마차에 훌쩍 올라타자 그녀는 채찍을 움켜쥐고, 가엾은 딕이 지금까지 한 번도 맛본 적이 없을 만큼 세게 한 대후려갈겼다. 그 때문에 딕은 가파른 비탈에서 해가 저물어가는 자갈 투성이 가도를 무서운 기세로 달리기 시작했으므로 페기와 나는 놀라 비명을 질렀다. 올리비어 고모는 여느 땐 겁이 많았는데, 지금은 무서움을 모르는 것 같았다.

역까지 길을 달리는 동안 줄곧 가엾은 딕에게 채찍질을 하며, 시간이 넉넉하다고 우리가 장담한 것을 까맣게 잊고 있었다. 그날 저녁 우리와 마주친 사람들은 우리가 미친 줄 알았을 게 틀림없다. 나는 고삐에 매달리고 페기는 흔들리는 마차 한쪽 가에 매달렸으며, 올리비어 고모는 몸을 앞으로 내밀고 줄곧 채찍을 휘두르고 있었다. 이를 악물고 볼은 이상하게 발갰으며 모자도 머리칼도 뒤로 나부끼고 있었다. 이런 모습으로 우리는 바람처럼 마을을 빠져나가 역까지 2마일 길을 달렸다.

우리가 역에 닿아 보니 기차는 그늘 쪽에 대피해 있었다. 올리비어 고모는 마차에서 뛰어내리자, 어깨 망토를 나부끼고 브로치와 목걸이를 모두 등불에 번쩍거리며 플랫폼으로 달려갔다.

나는 가까운 곳에 서 있는 소년에게 고삐를 던져주고 페기와 함께

그 뒤를 따랐다. 역 등불 아래 맬컴 맥퍼슨 씨가 손가방을 들고 서 있는 게 보였다. 다행히 바로 옆에는 아무도 없었다. 그러나 비록 군중들 한복판에 있었다 하더라도 마찬가지였을 것이다.

올리비어는 그에게로 몸을 던졌다. 그리고 소리쳤다.

"맬컴, 가지 말아요—가지 말아요—당신과 결혼할게요—어디든지 당신을 따라갈 거예요—그리고 당신이 아무리 진흙을 묻혀 온다 해도 상관없어요!"

이 어김없이 올리비어 고모다운 말들이 그 자리에 있던 긴장을 약간 풀어주었다. 맥퍼슨 씨는 고모를 안고 그늘 쪽으로 데리고 가며 달랬다.

"자, 자, 물론 난 안 가요. 울지 말아요, 닐리 아가씨."

올리비어 고모는 잠시라도 손을 놓으면 맥퍼슨 씨를 놓치고 말 것처럼 그에게 매달리며 애원했다.

"그럼, 지금 곧 나와 함께 되돌아가 주는 거죠?"

"물론이오, 물론이오."

페기는 우연히 친구를 만나 함께 돌아가게 되고, 올리비어 고모와 맥퍼슨 씨와 나는 마차로 돌아갔다.

장소가 비좁다면서 맥퍼슨 씨는 그녀를 무릎에 앉혔는데, 비록 자리가 한 다스나 있었다 해도 역시 그녀는 무릎에 올라앉았을 것으로 나는 생각한다. 그녀는 너무나 뻔뻔스러운 태도로 그에게 착 달라붙어 있었으며, 지금까지의 점잔과 조심성은 아예 사라지고 없었다.

맥퍼슨 씨에게 열두 번도 더 키스하면서 그를 사랑한다고 말했다—나는 웃지 않았고 또 웃을 기분도 들지 않았다. 왠지 그때의 나는—지금도 그렇지만—조금도 우습게 여겨지지 않았던 것이다. 다른 사람들은 우습게 생각되었겠지만, 더없는 진실성이 강하게 넘치고 있었으므로 비웃을 여지가 없었다. 두 사람이 서로 열중해 있었으므로, 내가 공연히 끼어들어 있다는 느낌마저도 들지 않았다.

나는 무사히 두 사람을 올리비어 고모네 뜰에 내려주고 집으로 돌아갔는데, 두 사람은 나 같은 존재는 전혀 관심 밖이었다.

　그러나 집 정면을 가득히 비추는 달빛으로 올리비어 고모의 달라진 모습을 확실하게 보여주는 일을 보았다. 그날 오후에는 비가 내려 뜰이 질퍽거렸다. 그런데도 그녀는 맬컴 맥퍼슨 씨와 함께 현관으로 들어가며 흙털이를 거들떠보지도 않았던 것이다!

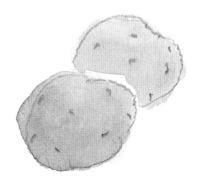

귀여운 에인절리너

나는 주일학교 학급을 맡아 달라고 부탁받았을 때 처음에는 단호히 거절했다. 주일학교에서 가르치는 일이 싫었기 때문은 아니다. 그렇기는커녕 오히려 가르치고 싶다고 내심 생각했을 정도였다.

그런데 내게 부탁한 사람이 앨런 목사였고, 될 수 있으면 남자가 부탁하는 일을 결코 받아들이지 않는 게 내 철칙이었다. 그 점으로 나는 이 마을에서 유명했다. 그 덕분에 꽤 귀찮은 일에서 쉽게 벗어날 수 있었고, 모든 일이 산뜻하고 단순하게 되어 나갔다.

나는 본디 남자가 싫었다. 그렇게 타고났음에 틀림없다. 왜냐하면 기억하고 있는 한 남자와 개를 싫어하는 것이 내 성격의 가장 강한 특징 가운데 하나였기 때문이다. 그 점으로 나는 유명했다. 내 인생에서 겪었던 경험들은 그것을 한층 깊게 하는 데 도움을 주었을 뿐이다. 남자를 알면 알수록 나는 점점 더 도도한 고양이를 좋아하게 되었다.

그러므로 물론 앨런 목사가 주일학교 한 반을 맡아주지 않겠느냐고 부탁했을 때, 나는 일부러 목사님을 가볍게 징벌하는 태도로 거절했다. 앨런 목사가 두 번째로 했듯이 처음부터 부인을 보냈더라면 더없이 좋았을 것이다. 사람들은 대체로 앨런 부인의 부탁이라면 받아들인다. 왜냐하면 그 편이 훨씬 시간이 절약되기 때문이다. 앨런 부인은 주일학교 일을 꺼내기 전에 30분쯤 조용히 이야기하며 내게 몇 가지 칭찬을 늘어놓았다. 앨런 부인은 재치 있기로 유명하다. 재치 있다는 것은 일직선으로 나아가지 않고 그 목적을 향해 꼬불꼬불 돌아서 가 닿는 재능을 말한다. 반대로 나는 재치가 없다. 그것으로 유명하다.

앨런 부인의 이야기가 주일학교 문제로 가까워지기가 무섭게, 이야기 방향이 어디로 향하려 하고 있는지 깨달은 나는 단도직입적으로 말을 꺼냈다.

"어느 반을 맡았으면 좋겠다는 말씀이신가요?"

앨런 부인은 깜짝 놀란 나머지 재치를 살리는 것도 잊어버리고 태어나서 처음으로 솔직하게 대답했다.

"두 반 있어요—하나는 남자아이반, 또 하나는 여자아이반인데—선생님이 필요하죠. 나는 여자반을 가르치고 있었는데 갓난아기의 건강 때문에 잠시 쉬려구요. 어느 편이든 좋은 쪽을 고르세요, 미스 맥퍼슨."

나는 곧 분명히 말했다.

"그럼, 남자아이 쪽으로 하겠어요."

나는 결단력 있는 것으로도 유명하다.

"그 아이들도 언젠가는 어엿한 남자가 되어야 하니까 일찌감치 알맞은 예의범절을 가르쳐두는 편이 좋을 테니까요. 남자아이란 아무래도 반드시 성가신 존재가 되죠. 그러나 나이들기 전에 다스려두면 자란 뒤 그리 귀찮지 않은 사람이 될 수도 있고, 그렇게 되면 누군지는 모르지만 불행한 여성을 한 사람 돕게 되죠."

앨런 부인은 의심스러운 표정이었다. 내가 여자반을 고를 것으로 기대하고 있었음을 나는 금세 알아차렸다.

앨런 부인은 말했다.

"아주 거친 아이들이에요."

나는 가벼이 받아넘겼다.

"나는 얌전한 남자아이들을 몰라요."

앨런 부인은 머뭇거리며 말했다.

"나—나는—아마 여자반 쪽이 마음에 들 것 같다고 생각했어요."

어느 한 가지 일만 아니라면—그 일은 결코 앨런 부인에게 밝힐 수 없지만—나 또한 여자반이 좋았다. 그러나 사실을 말하면, 그 반에 앤 셜리가 있었던 것이다. 그리고 앤 셜리야말로 내가 두려워하는 오직 한 사람이었다.

그러나 싫은 것은 아니다. 앤은 필라델피아의 변호사[1]도 대답할 수 없는 그런 이상야릇한, 상상도 못할 질문을 하는 버릇이 있어 전에 그 반을 맡았던 미스 로저슨을 두 손 바짝 들게 만들었다. 그런 물음표가 또렷이 살아있는 반을 도저히 나는 맡을 마음이 없었다.

그리고 앨런 부인을 좀 난처하게 만들 필요가 있다고도 생각했다. 대개 목사 부인이란 가끔 건전하게 바로잡아 주지 않으면 자신이 어떤 사람이든 마음대로 움직일 수 있다고 오만하게 생각하기 쉬우니까.

나는 비난하는 어조를 담아 말했다.

"고려해야 할 일은, 어느 쪽이 내 마음에 드느냐 하는 게 아니에요, 부인. 그 남자아이들에게 무엇이 가장 좋으냐 하는 거죠. 바로 내가 맡는 것이 그 아이들을 위해서도 훨씬 좋다고 생각해요."

앨런 부인은 상냥하게 말했다.

"네, 그렇고말고요, 미스 맥퍼슨."

목사의 아내로서 부인은 죄없는 거짓말을 했다. 사실은 염려를 하

_____

*1 세계에서 가장 날카로운 사람이라는 뜻.

고 있었던 것이다. 그 눈빛은 남자반을 맡아서 내가 참담히 실패하리라 여기고 안타까워하고 있었다.

그러나 그렇지 않았다. 나는 일단 결심하면 쉽사리 참담한 실패 같은 것은 하지 않는다. 이 점 또한 나는 유명하다.

몇 주일 뒤 앨런 목사는 감탄했다.

"미스 맥퍼슨이 그 반에 실시한 개혁은 참으로 놀랄 만한 것이었습니다―정말 훌륭했습니다."

목사는 남자를 싫어하기로 유명한 독신녀가 그 같은 일을 할 수 있었다는 게 놀랍다는 기분을 나타낼 생각은 없었지만, 얼굴 표정은 여실히 드러나 그를 배반하고 말았다.

나는 힘차게 말했다.

"지미 스펜서네 집이 어디죠? 3주일 전 일요일에 나온 뒤 줄곧 나오지 않고 있어요. 그 까닭을 알아보고 싶어요."

앨런 목사는 헛기침을 했다.

"그 아이는 아마 화이트 샌즈 가도의 앨릭잰더 에이브러햄 베닛네 집에 심부름하는 아이로 고용되어 있을 겁니다."

나는 단호히 말했다.

"그럼, 화이트 샌즈 가도의 앨릭잰더 에이브러햄 베닛네 집으로 가서 지미 스펜서가 왜 주일학교에 나오지 않는지 알아보고 오겠어요."

앨런 목사의 눈이 희미하게 반짝였다. 나는 늘 주장하지만, 만일 앨런 목사가 목사가 안 되었더라면 그는 틀림없이 유머를 즐기는 사람이 되어 있었을 것이다.

"베닛 씨는 아마 댁의 친절을 고맙게 생각지 않을 겁니다! 그는―저―댁 같은 여성을 유별나게 싫어하는 모양이니까요. 20년 전 그의 누이동생이 죽은 뒤로 여태껏 베닛 씨네 집에 발을 들여놓은 여성은 단 한 사람도 없답니다."

그 말을 듣고 나는 생각해냈다.

"아, 그 사람인가요. 자기 집 뜰에 여자가 들어오면 갈퀴로 내쫓아 버리겠다고 위협한다는, 여자를 몹시 싫어하는 사람 말예요. 하지만 나를 내쫓을 수는 없을 거예요!"

앨런 목사는 소리 죽여 웃었다―목사답게 터뜨리지 않고 참는 웃음이긴 했지만 웃음임에는 틀림없었다.

나는 좀 화가 났다. 왜냐하면 그 미소 띤 얼굴에서 앨릭잰더 에이브러햄 베닛 씨는 내게 좀 벅찰 것이라는 생각을 엿볼 수 있었기 때문이다. 그러나 나는 앨런 목사에게 화난 기색을 보이지 않으려 애썼다. 남자들에게 여자를 화나게 만들 수 있음을 알게 하는 것은 어떤 경우에든 크나큰 잘못이다.

다음날 오후, 나는 밤색 말에 마차를 매어 앨릭잰더 에이브러햄 베닛의 집으로 달려갔다. 언제나처럼 파트너로 윌리엄 어돌퍼스를 함께 데려갔다. 윌리엄 어돌퍼스는 여섯 마리 고양이 가운데 가장 내 마음에 쏙 드는 것으로, 검은 바탕에 하얀 턱받이를 한 것처럼 가슴이 희고 다리도 아름다운 흰빛이었다. 나와 나란히 자리에 앉은 그는 내가 지금까지 보아온, 이와 같은 위치에 있던 많은 남자들보다도 훨씬 신사다워 보였다.

앨릭잰더 에이브러햄의 농장은 화이트 샌즈 가도를 3마일쯤 달려간 곳에 있었는데, 너절한 겉모습으로 보아 그곳에 이르렀을 때 곧 그의 집임을 알 수 있었다. 페인트가 온통 벗겨지고 블라인드는 휘고 벌어졌으며 문가까지 잡초가 무성했다. 이 집에는 분명 여자가 없다는 걸 한눈에 알 수 있었다. 그러나 집은 훌륭했고 창고는 근사했다.

창고가 집보다 큰 것은 그 사람의 수입이 지출보다 많은 증거라고 아버지가 늘 말했었다. 그러므로 창고 쪽이 크다는 것은 전혀 잘못된 게 아니었다. 하지만 창고 쪽이 훨씬 손질이 잘 되어 있고 깨끗이 페인트를 칠했다는 것은 아주 이상한 일이다. 그러니 여자를 싫어하는 사람이 달리 무슨 도리가 있겠느냐고 나는 생각했다.

"앨릭잰더 에이브러햄은 여자를 싫어하는 사람이긴 하나 제법 농장을 관리할 줄은 알고 있는 것 같군."

나는 윌리엄 어돌퍼스에게 말하면서 마차를 내려 울타리 목책에 말을 매었다.

나는 집 뒤쪽으로 마차를 타고 왔으므로 지금 베란다를 통하는 옆문을 마주보고 서 있었다. 그곳으로 가는 편이 좋겠다고 생각한 나는 윌리엄 어돌퍼스를 겨드랑이에 안고 오솔길을 부지런히 걸어갔다.

반쯤 갔을 때 갑자기 정면 모퉁이에서 개가 한 마리 나타나 내쪽으로 곧장 달려왔다. 지금까지 본 일이 없을 만큼 험상궂게 생긴 개로, 짖지도 않고—입을 다문 채 사무적인 눈으로 급히 달려오는 것이었다.

나는 짖지도 않는 개와 시비를 가리며 서 있거나 하지 않는다. 신중은 용기의 태반이라는 것[2]을 나는 알고 있었다. 윌리엄 어돌퍼스를 꽉 끌어안은 채 나는 달리기 시작했다. 개가 중간에 있으므로 문쪽이 아닌 집 뒤쪽 모퉁이에 서 있는, 커다랗고 낮게 가지가 드리워진 벚나무로 쏜살같이 달려갔다.

나는 아슬아슬하게 나무에 닿았다. 먼저 윌리엄 어돌퍼스를 머리 위 가지로 얼른 밀어올리고 잽싸게 그 고마운 나무 위로 나도 훌쩍 올라갔다. 만일 앨릭잰더 에이브러햄이 우연히 보고 있었다면 그의 눈에 어떻게 비칠 것인가 하는 생각은 할 겨를도 없었다.

문득 깨닫고 보니 나는 나무 중간쯤에 마치 참새가 앉아 있는 것처럼 윌리엄 어돌퍼스와 나란히 앉아 있었다. 윌리엄 어돌퍼스는 조금도 소란을 떨지 않고 태평스러웠다. 솔직히 말해서 나도 그러했다고는 도저히 말할 수 없다. 그뿐인가, 꽤 허둥댔던 것을 인정한다.

개는 아래 땅바닥에 앉아 우리를 지켜보았는데, 그 여유만만한 태

---

*2 삼십육계 줄행랑이 으뜸.

도로 보아 그가 오늘은 바쁘지 않은 게 분명했다. 개는 나와 눈이 딱 마주치자 이빨을 드러내고 무섭게 으르렁거렸다.

"너는 정말 여자를 싫어하는 사람의 집에 있는 개답구나."

나는 개에게 말했다. 나는 모욕할 생각으로 말했던 것인데, 개는 칭찬으로 받아들였던 모양이다.

그리고 나서 나는 문제해결에 착수했다.

"이 궁지를 어떻게 빠져나가면 좋을까?"

그것은 쉽사리 해결될 것 같지 않았다. 나는 총명한 고양이에게 이렇게 물었다.

"크게 소리를 질러볼까, 윌리엄 어돌퍼스?"

윌리엄 어돌퍼스는 고개를 저었다. 진짜로 그랬다. 나도 그 의견에 찬성했다.

"맞아, 큰 소리를 지르는 건 보기 안 좋으니 그만두자, 윌리엄 어돌퍼스. 앨릭잰더 에이브러햄 말고는 아마 어느 누구도 내 목소리를 알아들을 이가 없을 테고, 그의 친절은 전혀 기대할 수가 없으니까. 그럼, 윌리엄 어돌퍼스, 위로 올라가면 어떻겠니?"

쳐다보자 내 바로 머리 위에 열려진 창문이 있고, 꽤 단단해 보이는 큰 가지가 창문으로 뻗어 있었다.

나는 물었다.

"그 방법을 써볼까, 윌리엄 어돌퍼스?"

윌리엄 어돌퍼스는 대답하기에 앞서 나무를 오르기 시작했다. 나는 조심조심 고양이 뒤를 따랐다. 개는 나무 언저리를 빙글빙글 돌며 정당하다고는 할 수 없는 몸짓을 해보였다. 그 개의 원칙에서 그렇게 벗어나는 것이 아니라면 컹컹 짖음으로써 좀 더 마음 편히 살 수 있을 것이라는 생각이 들었다.

나는 힘도 안 들이고 창문에서 안으로 들어갔다. 그곳은 침실같았다. 그 너저분한 꼴과 먼지와 온갖 잡다한 것이 무섭게 흐트러져 있

는 광경은 태어난 뒤로 지금까지 본 적이 없을 정도였다. 그러나 나는 자세히 들여다보고 있을 수가 없었다. 윌리엄 어돌퍼스를 안고 도중에 아무도 만나지 않기를 열심히 바라며 조용히 아래층으로 내려갔다.

다행히 나는 누구와도 마주치지 않았다. 아래층 홀에는 인기척이 없고, 그저 먼지투성이었다. 나는 처음 맞닥뜨린 문을 확 열고 대담하게 안으로 들어갔다.

그때 남자 하나가 창가에 앉아 음울한 표정으로 밖을 내다보고 있었다. 나는 어디서 만나더라도 그가 앨릭잰더 에이브러햄임을 알 수 있었을 게 틀림없다. 그는 이 집처럼 손질이 제대로 되어 있지 않은 초라한 모습이었다. 그러나 집과 마찬가지로 조금만 손질하면 그리 못생긴 사나이는 아닐 듯싶었다. 머리는 빗은 적이 있었을까 의심스러울 정도였고, 턱수염은 멋대로 지저분하게 자라 있었다.

그는 놀라운 얼굴로 멍하니 나를 쳐다보았다.

나는 말했다.

"지미 스펜서는 어디 있죠? 난 지미를 만나러 왔어요."

사나이는 뚫어지게 나를 바라보며 물었다.

"대체 어떻게 해서 그 녀석이 당신을 들여보낸 거요?"

"들여보내준 게 아니에요. 나를 잔디밭으로 뒤쫓아와서 나무로 올라가 가까스로 물어뜯기지 않고 무사히 올 수 있었으니까요. 그런 버릇없는 개를 기르고 있다니, 댁은 고소당해도 마땅해요! 지미는 어디 있죠?"

대답 대신 앨릭잰더 에이브러햄은 웃음을 터뜨렸는데 불쾌하기가 이루 말할 수 없었다.

그는 빈정댔다.

"여자가 일단 하겠다고 마음만 먹으면 어떻게든 남자 집에 들어오는군요."

나를 화나게 하려는 속셈임을 알아차렸으므로 나는 냉정하고 침착하게 이성적으로 대했다.

나는 조용히 말했다.

"댁의 집에 그리 들어오고 싶었던 것은 아니에요, 베닛 씨. 좋고 싫고를 따지고 있을 수 없었으니까요. 더 호된 꼴을 당하지 않으려는 나머지 어쩔 수 없이 들어오게 됐어요. 내가 만나보고 싶은 것은 댁도 댁이 소유한 집도 아니에요—하기야 집을 어느 정도까지 더럽힐 수 있는지 알고 싶은 사람에게는 확실히 구경할 가치가 있는 집이군요. 내가 만나고 싶은 것은 지미예요. 세 번째이자 마지막으로 묻는 거예요. 지미는 어디 있죠?"

베닛 씨는 무뚝뚝하게 대답했다.

"지미는 여기에 없소."

그러나 그리 확실한 태도가 아니었다.

"지미는 지난주 여기를 그만두고 뉴브리지에 있는 어느 집에 고용되어 갔소."

"그럼—"

나는 윌리엄 어돌퍼스를 안아올렸다. 깔끔한 윌리엄 어돌퍼스는 몹시 경멸하는 태도로 방안을 살펴보고 있었다.

"더 이상 방해하지 않겠어요. 이만 돌아가죠."

"옳은 말이오. 그러는 게 현명할 거요."

앨릭잰더 에이브러햄의 목소리는 이번에는 불쾌한 투가 아니고, 무언가 염려하는 듯 생각에 잠겨 있는 것 같았다.

"내가 부엌문으로 나가도록 해주겠소. 그러면 그—흠! 그 개도 그리 주제넘은 짓을 하지 않을 테니 조용히 재빠르게 돌아가시오."

앨릭잰더 에이브러햄은 내가 으악 소리라도 지르고 갈거라 여긴 것일까? 그러나 나는 이것이야말로 가장 위엄 있는 행동이라고 여기며 아무 말도 하지 않고, 그가 만족할 만큼 소리없이 재빠르게 그의 뒤를 따라 부엌으로 나갔다. 그 부엌의 꼴이라니!

앨릭잰더 에이브러햄이 문을 연—문에 자물쇠가 굳게 채워져 있었다—바로 그때 두 남자를 태운 마차가 안마당으로 들어왔다.

"이미 늦었어!"

앨릭잰더 에이브러햄이 비통한 목소리로 외쳤다.

무언가 무서운 일이 일어난 게 틀림없는 모양이었으나 나는 마음 쓰지 않았다. 단순히 내 알 바 아니라고 생각하고 있었기 때문이다. 나는 앨릭잰더 에이브러햄을 밀치고 밖으로 나가—그는 강도질하던 현장을 들키기라도 한 것처럼 죄진 표정을 짓고 있었다—마차에서 뛰어내린 남자와 정면으로 마주쳤다. 카모디의 늙은 블레어 의사로, 그는 마치 내가 뭘 훔치는 것을 발견한 듯이 나를 뚫어져라 보았다.

그는 심각한 얼굴로 말했다.

"피터, 여기서 만난 것을 정말 유감으로 생각합니다—이처럼 유감스러운 일은 없습니다."

확실히 이 말은 나를 성나게 만들었다. 그리고 옛날부터 우리 집에 단골로 다녔던 의사라 할지라도 이 세상에서 어떤 남자든 나를 '피터'라고 부를 권리는 없는 것이다.

나는 꼿꼿한 자세로 말했다.

"그렇게 유감, 유감이라고 떠들어댈 건 없어요, 의사 선생님. 48살이나 된 어엿한 장로교회 임원이 자신의 주일학교 학생을 찾아오는 게 예의에 벗어나는 일이라면, 내가 몇 살쯤이나 되어야 괜찮다는 말씀인가요?"

의사는 그 말에 아무 대답 없이 앨릭잰더 에이브러햄을 나무라듯 노려보았다.

"이러고도 내가 한 말을 지켰다는 거요, 베닛 씨? 나는 댁이 집안에 아무도 들여놓지 않겠다고 약속한 줄 알고 있는데요."

그러자 베닛 씨는 버럭 화를 냈다.

"내가 들여놓은 건 아닙니다. 그녀는 순경과 개가 있는데도 2층 창문으로 기어올라가 내가 있는 곳에 버젓이 들어온 겁니다. 그런 여자를 어떻게 하라는 말입니까?"

"나로서는 도무지 무슨 말인지 잘 모르겠군요."

나는 앨릭잰더 에이브러햄을 전적으로 무시하고 의사에게 말을 건넸다.

"내가 이곳에 있는 것이 여러분에게 그렇게 큰 방해가 된다면 곧 마음놓게 해드리겠어요. 지금 곧바로 돌아갈 테니까요."

의사가 인상적인 말을 남겼다.

"정말 유감이지만, 피터, 그것을 허락할 순 없소. 이 집은 천연두로 격리 중이오. 피터도 여기에 머물러 있어야만 하오."

천연두! 이때 처음으로 나는 남자에 대한 분통이 크게 폭발했다. 나는 무섭게 앨릭잰더 에이브러햄에게 대들었다.

"어째서 내게 그렇다고 말해주지 않았죠?"

그는 나를 흘겨보았다.

"말해주지 않았다고요? 맨 처음 댁을 보았을 때는 이미 이야기해봐야 소용없었소. 그러니 가장 친절한 일은 잠자코 아무것도 모르는 채 댁을 돌려보내는 거라고 생각했던 거요. 이제 남자 집에 억지로 들어오면 어떤 꼴을 당하는지 호되게 알았겠죠!"

의사가 진지하게 둘 사이로 비집고 들어왔다.

"자, 자, 싸우지 마시오. 서로 좋은 분들이니까."

그러나 그 눈이 우스운 듯 깜박이고 있는 것을 나는 놓치지 않고 보았다.

"당분간 한지붕 밑에서 같이 지내야만 합니다. 싸운다고 해서 사태가 좋아지는 건 아니오.

피터, 사정은 이렇소. 어제 베닛 씨가 거리로 나가—그곳은 피터도 알고 있듯이 천연두가 몹시 유행하고 있죠—어느 음식점에서 점심을 먹었는데, 그 집 하녀 하나가 병에 걸렸던 거요. 어젯밤 그 하녀는 의심할 여지 없는 천연두 증세를 나타냈소. 그래서 보건국에서는 곧바로 어제 그 집에 갔던 사람들 모두, 주소성명을 아는 사람만이라도 격리시키게 한 것이오.

나는 오늘 아침 이리로 와서 베닛 씨에게 사정을 설명했소. 나는 제레미아 제프리스를 데려와 집 정면을 지키게 하고, 내가 필요한 수속을 완전히 끝내고 순경 한 사람을 더 데려오기 위해 나가 있는 동안, 베닛 씨는 뒷문으로 아무도 들여놓지 않겠다고 굳게 약속했소.

나는 토머스 라이트를 데려왔고, 또 베닛 씨의 창고 일을 돌보고 이 집에 먹을 것을 날라다줄 남자를 따로 한 사람 구했소. 밤에는 제이컵 그린과 클레오퍼스 리가 감시해 주기로 했소.

베닛 씨가 천연두에 걸렸을 염려는 별로 없다고 생각되지만 확인될 때까지 피터도 여기 있어야만 됩니다."

의사의 말을 들으면서 나는 생각했다. 이런 기막힌 궁지에 몰린 것은 태어나서 처음이지만, 사태를 더욱 악화시키는 것도 분별없는 짓이다.

나는 심호흡을 하고 침착하게 대답했다.

"알았어요, 의사 선생님. 그래요, 한 달 전 천연두가 퍼진다는 소문을 들었을 때 나는 곧 예방주사를 맞아 두었어요. 죄송하지만 돌아가시는 길에 애번리를 지나시거든, 세러 파이에게 들러 내가 없는 동안 내 집에 묵으며 수고를─특히 고양이에 대한 수고를 좀 해달라고 부탁해 주세요. 고양이들에게는 하루 두 차례씩 신선한 우유와 1주일에 한 번 사방 1인치의 버터를 주도록 일러주세요. 그리고 세러에게 내 검은 사라사 실내복 두 벌과 앞치마 두세 개와 갈아입을 속옷을 세 번째로 좋은 가방에 넣어 보내주도록 말씀해 주세요. 그리고 내 말이 울타리에 매여 있으니 집으로 데리고 돌아가 주셨으면 해요. 그게 다예요."

앨릭잰더 에이브러햄이 시무룩하게 말했다.

"아니, 그게 다가 아니오. 그 고양이도 돌려보내요. 고양이를 집에 놓아둘 수는 없으니까—그럴 바에는 차라리 천연두에 걸리는 편이 낫소."

나는 내 독특한 방법으로 앨릭잰더 에이브러햄을 천천히, 우선 발에서부터 시작해서 머리 끝까지 찬찬히 바라보았다. 그리고 천천히 시간을 끌면서 아주 나직이 말했다.

"댁은 그 양쪽을 다 떠맡아야만 될지도 몰라요. 어찌됐든 윌리엄 어돌퍼스는 여기 두어야만 해요. 댁이나 나와 마찬가지로 격리되어야 하잖아요. 내 고양이를 온 애번리에 돌아다니게 해서, 죄없는 사람들 사이에 천연두 병균을 뿌리게 할 수 있겠어요? 나도 댁의 그 개를 참고 견뎌야 하니까 댁도 윌리엄 어돌퍼스를 눈감아줘야 해요."

앨릭잰더 에이브러햄은 끙끙 앓는 소리를 냈다. 그러나 내 태도에 꽤 기가 죽은 것 같았다.

의사가 마차로 돌아갔으므로 나는 당당히 집 안으로 들어갔다. 밖에서 우물쭈물하며 토머스 라이트로부터 히죽히죽 비웃음당하는 게 싫었기 때문이다. 코트를 현관에 걸고, 거실 테이블의 깨끗해 보이는 곳을 먼저 손수건으로 턴 다음 조심스럽게 모자를 놓았다. 나는 곧 말끔히 청소를 하고 싶었지만, 의사가 실내복을 가지고 돌아올 때까지 기다려야만 했다. 새로 만든 옷과 비단 블라우스 차림으로 청소를 시작할 수는 없으니까.

앨릭잰더 에이브러햄은 의자에 앉아 나를 유심히 보더니 이윽고 말문을 열었다.

"나는 캐묻고 싶어하는 사람은 아니지만—의사가 어째서 당신을 피터라고 부르는지 그 까닭을 말해 줄 수 없소?"

"그것이 내 이름이기 때문이라고 생각해요."

대답하면서 나는 윌리엄 어돌퍼스를 앉히기 위해 쿠션을 탈탈 털었으므로 몇 해나 쌓인 먼지가 뽀얗게 날아올랐다.

앨릭잰더 에이브러햄은 가볍게 헛기침을 했다.

"그것은—흠—여자 이름치고는 좀 색다른 게 아닐까요?"

"그래요."

대답하면서 나는 이 집에 비누가 얼마나 있을까 생각했다. 만일 있다면 말이다.

앨릭잰더 에이브러햄이 말했다.

"나는 결코 캐묻고 싶어하는 사람은 아니지만, 댁이 왜 피터라고 불리게 되었는지 이야기해 줄 수 없겠소?"

"만일 내가 남자아이였다면, 내 부모님은 부자 숙부님의 이름을 따서 나를 피터라고 부를 생각이었던 거예요. 그런데—다행히도—내가 여자아이였기에 어머니가 기어이 에인절리너로 해야 한다고 우겼으므로, 두 분은 그 두 가지를 다 이름으로 하시고는 에인절리너라고 불렀죠. 그러나 철이 들자 나는 곧 피터라고 불러 달라고 했어요. 그 것도 마음에 들지 않는 이름이긴 했지만 에인절리너보다는 나았으니까요."

"확실히 그쪽이 어울리는군요."

나의 심기를 건드려 불쾌하게 하려는 앨릭잰더 에이브러햄의 의도가 엿보였다. 나는 침착하게 동의했다.

"정말 그래요. 내 성은 맥퍼슨이며 애번리에 살고 있어요. 댁은 캐묻는 분이 아니라니까 나에 대해 알고 싶은 것은 이제 다 알았겠죠?"

"아!"

앨릭잰더 에이브러햄은 갑자기 생각난 게 있는 듯한 표정을 지었다.

"댁 이야기를 들은 일이 있소. 댁은—저—남자를 싫어하는 척한다던가요?"

척한다니! 바로 이때 새로운 사건이 일어나지 않았으면 앨릭잰더 에이브러햄이 어떤 꼴을 당했을지 모른다. 그러나 문이 열리며 개 한 마리—그 험상궂은 개가 들어온 것이다. 벚나무 밑에서 윌리엄 어돌퍼스와 내가 내려오기를 기다리다가 지친 게 틀림없는 듯했으며, 집 안에서 보니 밖에 있을 때보다 더 보기 싫은 개였다.

앨릭잰더 에이브러햄이 나무라듯 말했다.

"아, 미스터 라일리, 미스터 라일리, 너 때문에 어떤 궁지에 빠졌는지 좀 보렴."

그러나 미스터 라일리—그것이 바로 이 얄미운 개의 이름이었다—는 앨릭잰더 에이브러햄 쪽을 거들떠보지도 않았다. 그 개는 쿠션 위에 동그랗게 앉아 있는 윌리엄 어돌퍼스를 발견하고 방을 가로질러 다가가 아래위로 살펴보기 시작했다. 윌리엄 어돌퍼스도 몸을 일으켜 경계하기 시작했다.

나는 앨릭잰더 에이브러햄에게 경고했다.

"저 개를 쫓아줘요."

"직접 쫓으면 되잖소. 그 고양이를 이리로 데리고 들어온 이상 지켜줄 수도 있을 테니까요."

나는 명랑하게 말했다.

"오, 내가 그렇게 말하는 것은 윌리엄 어돌퍼스를 위해서가 아니에요. 우리 윌리엄 어돌퍼스는 스스로 몸을 지킬 수 있으니까요."

똑똑한 윌리엄 어돌퍼스는 그렇게 할 수 있었고, 정말로 그렇게 해치웠다. 그는 등을 꼬부려 붙이고 귀를 뒤로 뉘며 한번 독기를 내뿜더니 미스터 라일리 쪽으로 뛰어들었다. 그는 얼룩점 있는 미스터 라일리의 등에 보기좋게 올라앉자 곧 바짝 달라붙어 야옹야옹 소리지르기도 하고 할퀴기도 하며 으르렁댔다.

그때 미스터 라일리처럼 심하게 놀라는 개는 아무도 본 적이 없으리라. 공포의 비명을 지르고 정신없이 부엌으로 내닫더니 부엌에서 현관으로, 현관에서 방으로, 다시 방에서 부엌으로 정신없이 돌기 시작했다. 한 바퀴 돌 때마다 그 개가 점점 더 속력을 내었으므로, 마침내 등에 올라앉은 고양이는 검정과 흰 무늬 얼룩점처럼 보였다.

그처럼 처절하고 소란스러운 모습은 일찍이 본 적이 없을 정도였으므로 나는 눈물이 나올 만큼 고개를 뒤로 젖히며 웃었다. 미스터 라일리는 허공을 날듯 빙글빙글 돌고, 윌리엄 어돌퍼스는 사정없이 그 등에 매달려 날카로운 발톱을 세우고 있었다. 앨릭잰더 에이브러햄은 얼굴이 보랏빛으로 바뀌어 갑자기 발끈하며 성을 냈다.

그는 동물들이 캥캥거리고 으르렁대는 소리보다 훨씬 큰 소리를 버럭 질렀다.

"이 여자야, 그 얄미운 고양이가 내 개를 죽여버리기 전에 얼른 쫓아줘."

나는 장담했다.

"아, 죽이지는 않아요. 너무 빨리 달리고 있어 고양이를 부른다 해도 내 목소리가 들리지 않을 거예요. 베닛 씨, 개를 멈추게 해주면 내가 책임지고 윌리엄 어돌퍼스를 잘 타이르겠어요. 그러나 번개를 보고 뭐라고 소리질러 봐야 소용없을 거예요."

앨릭잰더 에이브러햄은 자기 옆을 쏜살같이 지나가는 얼룩진 동물 쪽으로 미친 듯이 뛰어들었다. 그 바람에 나가떨어져 바닥에 곤두박질치며 넘어졌다. 내가 달려가 부축해 일으키려 하자, 그것이 한층 그의 화를 돋군 듯 침을 튀기며 욕설을 퍼부었다.

"이 여자야, 당신하고 당신의 악마 같은 고양이가 없어져 버렸으면 좋겠어, 저기……저기로."

"애번리예요."

나는 재빨리 끼어들어 하느님을 모독하는 더러운 말을 못하게 해주었다.

"나도 애번리에 있기를 진심으로 바라고 있어요, 베닛 씨. 하지만 그렇게 될 수 없는 이상 우리도 분별 있는 사람답게 잘 헤쳐나가기로 해요. 그리고 앞으로 제발 잊지 말아줬으면 하는데, 내 이름은 미스 맥퍼슨이에요. 이 여자가 아니라니까요!"

　이로써 사태가 일단 정리되고 가라앉았으므로 나는 마음을 놓았다. 개와 고양이 두 마리가 내는 소리가 엄청 요란했으므로 앨릭잰더 에이브러햄과 내가 서로 죽이려고 싸우지나 않나 하고, 천연두가 있든 말든 순경이 달려오지 않을까 걱정했기 때문이다.

　미친 듯이 질주하던 미스터 라일리는 갑자기 방향을 바꾸어 난로와 장작 궤짝 사이의 어두운 구석으로 숨어들고 말았다. 윌리엄 어돌퍼스는 꼭 좋은 때에 뛰어 내렸다.

　그 뒤 미스터 라일리에 대해서는 아무 걱정도 할 필요가 없었다. 이토록 얌전하고 이토록 철저하게 순해진 개는 없을 정도였다. 윌리엄 어돌퍼스는 이때다 하고 우위에 서서 그 입장을 계속 지켰다.

　소동이 가라앉고 5시가 되어 나는 오후의 차를 준비하려 마음먹고 앨릭잰더 에이브러햄에게 식료품이 어디 있는지 가르쳐주면 내가 마련하겠다고 말했다.

　앨릭잰더 에이브러햄은 말했다.

　"상관하지 말아요. 나는 20년 동안이나 내 차를 준비하는 게 습관이 되어 있으니까."

　나는 단호하게 말했다.

　"그렇겠죠. 하지만 내 몫을 준비하는 습관은 되어 있지 않을 거예요. 비록 굶어죽는 한이 있어도 나는 댁이 만든 요리는 절대로 먹지 않겠어요. 무언가 일을 하고 싶으면 저 가엾은 개 등의 긁힌 상처에 고약이나 발라주는 게 좋을 거예요."

　앨릭잰더 에이브러햄은 뭐라고 더 말했으나 현명한 나는 귀를 닫고 들으려 하지 않았다. 그가 아무 것도 알려주지 않았으므로 나는 식료품실로 탐험을 나갔다. 식료품실의 비참한 모습이란 이루 말로 다 나타낼 수가 없었으며, 이때 비로소 앨릭잰더 에이브러햄에 대해 좀 가엾은 생각이 들었다. 남자가 이 같은 환경에서 지내고 있으니, 여자를 싫어하는 건 둘째치고 온 인류를 싫어하지 않는 게 이상할 정도였다.

그러나 가까스로 그럭저럭 저녁 식사를 준비했다. 나는 식사를 차리는 일에 있어서 그 누구보다 유명하다. 빵은 카모디의 빵집 것이었다. 나는 맛있는 차와 훌륭한 토스트를 만들었다. 게다가 식료품실에서 복숭아 통조림을 발견했는데, 그것은 사온 물건이었으므로 염려 없이 먹을 수 있었다.

차와 토스트 덕분으로 앨릭잰더 에이브러햄의 기분이 뜻밖에도 부드러워졌다. 그는 빵껍질 하나 남기지 않고 싹 다 먹어버렸으며, 내가 남은 크림을 모두 윌리엄 어돌퍼스에게 주어도 투덜대지 않았다. 미스터 라일리는 아무 것도 먹고 싶지 않은 듯 식욕이 전혀 없어 보였다.

이때 의사가 심부름 보낸 소년이 내 여행가방을 가져왔다. 앨릭잰더 에이브러햄은 아주 정중한 태도로 현관 맞은쪽에 손님용 침실이 있으니 쓰도록 하라고 말했다. 나는 그 방으로 가서 실내복을 입었다. 방에는 훌륭한 가구 한 벌과 큼직한 침대가 놓여 있었다. 그러나 그 먼지투성이 모습이라니! 나를 따라온 윌리엄 어돌퍼스가 걷는 곳곳에 발자국이 남았다.

나는 부엌으로 돌아가 분명히 말했다.

"자, 나는 청소를 하려고 하는데 우선 이 부엌부터 시작하겠어요, 베닛 씨. 댁은 방해가 되지 않도록 거실로 가 계세요."

앨릭잰더 에이브러햄은 나를 노려보며 물어뜯듯이 말했다.

"이래라 저래라 내 집에 쓸데없는 참견은 하지 말아요. 나로서는 이것이 좋소. 마음에 들지 않으면 어서 나가주시오."

나는 유쾌하게 대답했다.

"나갈 수가 없잖아요. 그것이 참으로 난처한 점이에요. 나갈 수만 있다면 여기에 단 1분도 있고 싶지 않아요. 그렇게 할 수 없으니까 청소를 해야만 되는 거예요. 어쩔 수 없을 때에는 남자도 개도 참을 수 있지만, 먼지와 어수선한 것만은 견딜 수 없고 또 참고 싶지도 않아요. 어서 거실로 가요."

앨릭잰더 에이브러햄은 어깨를 으쓱하며 나갔다. 문을 닫으면서 그가 한마디 한마디 힘주어 말하는 목소리가 들렸다.

"정말 무서운 여자로군!"

나는 부엌과 그곳에 이어진 식료품실을 청소했다. 완전히 끝난 것은 10시였는데, 앨릭잰더 에이브러햄은 더 이상 말을 건네려고도 하지 않고 잠들어 있었다. 나는 미스터 라일리를 방 하나에 넣고, 윌리엄 어돌퍼스를 다른 방에 가둔 다음 나도 잠들어버렸다. 이토록 고단한 적은 처음이었다. 정말 힘들었던 하루였다.

그러나 이튿날 아침, 나는 생기 있게 일찍 일어나 아주 훌륭한 아침식사를 준비했다. 앨릭잰더 에이브러햄은 그것을 고맙게 먹었다. 식료품 배달꾼이 안마당으로 들어왔으므로, 나는 창문에서 소리쳐 오후에 비누를 한 상자 가져다 달라고 부탁했다. 그런 다음 거실 청소를 시작했다.

그 집을 깨끗이 하는 데 거의 1주일이 걸렸다. 그러나 나는 철저히 청소했다. 나는 무슨 일이든 완벽히 하는 것으로 유명하다. 1주일의 마지막 날에는 다락방에서 지하실에 이르기까지 번쩍번쩍 깨끗해졌다. 내가 하는 일에 대해 앨릭잰더 에이브러햄은 아무 말도 하지 않았다. 그러나 몇 번이고 큰 소리로 한숨을 내쉬며 가엾은 미스터 라일리에게 심한 잔소리를 늘어놓았다. 그러나 윌리엄 어돌퍼스에게 진 다음부터 미스터 라일리는 대꾸할 기운마저도 없는 듯했다.

나는 앨릭잰더 에이브러햄을 너그럽게 봐주었다. 예방주사를 맞았으므로 팔이 몹시 아팠기 때문이다. 모든 것을 깨끗이 닦고 나자 그 밖에는 그리 할 일이 없었으므로 나는 맛있는 음식을 만들었다. 집에는 식료품이 얼마든지 있었다. 그런 점에 있어서 앨릭잰더 에이브러햄은 인색하지 않았다. 그를 위해 말해 두지만, 생각했던 것보다 대체로 훨씬 살기 편했다.

앨릭잰더 에이브러햄이 이야기하지 않을 때에는 그대로 내버려두고, 이야기할 때에는 나도 그 못지않게 빈정거려 주었다. 나는 다만 싱글벙글 웃으면서 유쾌하게 말했다. 그가 나를 마음속으로 무서워하고 있는 게 엿보였기 때문이다. 그러나 때때로 그는 자신의 성질을 잊고 인간답게 이야기하는 일이 있었다. 우리는 한두 차례 아주 흥미 있는 이야기를 주고받았다. 앨릭잰더 에이브러햄은 몹시 성격이 비꼬아 있기는 했으나 총명한 남자였다. 나는 딱 한 번, 댁은 어릴 때 아주 좋은 소년이었음에 틀림없을 거라고 칭찬한 적이 있었다.

어느 날, 놀랍게도 그는 머리를 깨끗이 빗고 하얀 칼라를 달고서 점심 식사에 나타났다. 그날 점심은 특별히 고급으로, 여자를 싫어하는 사람에게는 과분할 것 같은 푸딩을 만들었다. 앨릭잰더 에이브러햄은 그것을 큰 접시로 두 그릇이나 먹고 난 다음 한숨을 내쉬었다.

"당신은 과연 요리를 잘 만드는군요. 다른 점에서 무척 괴팍한 게 참 유감이오."

"괴팍한 사람은 아주 편리하기도 해요. 사람들이 나를 대할 때 조심해 주니까요. 그것은 자신의 경험으로도 알 수 있잖아요?"

앨릭잰더 에이브러햄은 분개했다.

"나는 괴팍하지 않소. 내가 바라는 건 나를 혼자 자유롭게 해주었으면 하는 것뿐이오."

"그것이 바로 괴팍 가운데 진정한 괴팍이죠. 혼자 있고 싶어 하는 건 하느님의 뜻에 어긋나니까요. 하느님은 자신을 위해 혼자 있어서는 안 된다고 정하셨어요.

하지만 기운 내요, 베닛 씨. 격리기간이 화요일로 끝나니까, 윌리엄 어돌퍼스와 나에 대해 염려할 것 없이 댁은 세상을 떠날 때까지 쓸쓸히 혼자 있을 수 있어요. 그러면 전처럼 진흙 속에 실컷 구르며 더러운 몸으로 마음 편히 살 수 있어요."

앨릭잰더 에이브러햄은 다시금 신음했다. 내가 기대한 만큼 앞날은 그의 힘을 불끈 솟게 해주지 못하는 것 같았다. 그때 그는 놀라운 일을 했다. 받침접시에 크림을 담아 윌리엄 어돌퍼스 앞에 슬쩍 놓아준 것이다. 윌리엄 어돌퍼스는 앨릭잰더 에이브러햄을 의심스러운 듯 한쪽 눈으로 째려보면서 그것을 핥았다. 이대로 질 수 없는 나도 미스터 라일리에게 뼈다귀를 주었다.

앨릭잰더 에이브러햄도 나도 둘 다 천연두에 대해서는 그리 걱정하지 않았다. 우리는 그가 전염되었으리라고는 믿지 않았다. 병든 아가씨를 만나본 것도 아니기 때문이다. 그러나 이튿날 아침 그가 2층 층계에서 나를 부르는 목소리가 들렸다.

"미스 맥퍼슨."

그 목소리가 전에 없이 너무도 부드러웠으므로 불길하고 섬뜩할 정도였다.

"천연두 증세가 어떻죠?"

"오한이 들면서 높은 열이 나고 팔다리와 등이 쑤신 듯 아프고 메스껍고 구역질도 나죠."

나는 곧 대답했다.

특허약품 안내서에서 읽은 적이 있었기 때문이다. 앨릭잰더 에이브러햄은 넋 나간 목소리로 말했다.

"내게 그런 증세가 모두 나타났소."

나는 예상했던 것보다 놀라지 않았다. 여자를 싫어하는 남자와, 얼룩개와, 처음 얼마 동안의 지저분함을 견뎌내고—더욱이 이 세 가지를 다 무사히 참아낸 뒤였으므로—천연두도 무서울 게 없다는 생각이 들었다. 나는 창문가로 가서 토머스 라이트에게 빨리 의사를 부르러 가달라고 소리쳤다.

의사는 앨릭잰더 에이브러햄의 방에서 심상치 않은 얼굴로 나왔다.

"아직 천연두라고 단정할 수는 없소. 마마꽃이 나타날 때까지는 확실하게 말할 수 없으니까요. 그러나 여러 점으로 미루어보아 아마도 천연두인 것 같소. 참 안됐어요. 간호사를 얻으려면 꽤 어려울 텐데. 천연두 환자를 맡은 거리의 간호사들 모두 지금 눈이 핑핑 돌 만큼 바쁘고, 거리는 아직도 온통 그 전염병이 무서운 기세를 떨치고 있으니 말이오.

아무튼 오늘 밤 거리로 나가 열심히 찾아 보겠소. 지금으로서는 베닛 씨 옆에 사람이 붙어 있을 필요가 없으니 그동안 당신은 그 사람 가까이 가면 안되오, 피터."

나는 어떤 남자에게서라도 명령은 받고 싶지 않았으므로, 의사가 돌아가자마자 쟁반에 점심 식사를 차려 곧장 앨릭잰더 에이브러햄의 방으로 올라갔다. 천연두라도 음식은 먹을 수 있을 것 같아 레몬크림을 준비했다.

그는 투덜거렸다.

"내 옆에 오면 안되오. 목숨이 위태롭소."

나는 그 말을 이어받았다.

"아무리 남자라도 동포가 굶어죽는 것을 보고만 있을 수는 없어요."

앨릭잰더 에이브러햄은 레몬크림을 입 속에 가득히 넣고 우물거리면서 앓는 소리를 냈다.

"무엇보다도 나쁜 것은, 의사가 간호사를 옆에 두어야 한다고 말한 일이오. 댁이 이 집에 있는 것은 이제 완전히 익숙해졌으니 상관없지만, 또 다른 여자가 이리로 찾아온다는 것은 생각만 해도 견딜 수가 없소. 내 가엾은 개에게 무언가 먹을 것을 주었소?"

나는 엄숙한 목소리로 말했다.

"여느 사람들이 먹는 것보다도 더 고급스러운 점심을 먹였어요."

앨릭잰더 에이브러햄은 또 다른 여자가 올 걱정을 할 필요가 없었다. 그날 밤 의사는 눈썹을 찌푸리며 돌아왔다.

"어떻게 하면 좋겠소? 이리로 와줄 간호사를 한 사람도 찾을 수 없으니 말이오."

나는 점잖게 말했다.

"내가 베닛 씨를 간호하겠어요. 그것은 내게 주어진 의무니까, 결코 의무를 피하거나 하지는 않겠어요. 그 점으로 나는 유명하니까요. 베닛 씨는 남자고, 천연두에 걸려 있고, 내가 싫어하는 개까지 기르고 있어요. 하지만 그것과 이 일은 달라요. 간호할 사람이 없다고 해서 죽게 내버려둘 수는 없어요."

"당신은 정말 좋은 사람이오, 피터."

의사도 남자이므로 책임을 맡아줄 여자가 나타난 것을 알자 한결 마음이 놓이는 모양이었다.

나는 앨릭잰더 에이브러햄이 천연두를 앓는 동안 줄곧 간호했는데 그리 고생스럽지는 않았다. 앓는 동안 앨릭잰더 에이브러햄은 건강할 때보다 훨씬 사람을 대하는 태도가 좋았고 병도 아주 가벼웠기 때문이다.

아래층에서 나는 내멋대로 권력을 휘두르고, 미스터 라일리와 윌리엄 어돌퍼스는 사자와 아기양처럼 함께 잤다. 미스터 라일리에게 나는 먹을 것을 꼭꼭 주었는데, 한번은 그 개가 쓸쓸해 하는 것을 보고 조심스럽게 쓰다듬어준 일이 있었다. 생각보다는 다정했다. 미스터 라일리는 머리를 들고 나를 가만히 바라보았는데, 그 표정을 보고 과연 앨릭잰더 에이브러햄이 왜 이런 개를 그토록 귀여워한 것일까 이해할 수 없었던 내 마음을 바로잡았다.

앨릭잰더 에이브러햄은 일어나 앉게 되자, 사람좋게 대해 주었던 시간을 벌충하기 시작했다. 회복기에 놓인 이 사나이처럼 심하게 빈정거리는 사람은 아무도 떠올릴 수 없을 정도였다. 다만 나는 그에게 웃어줄 뿐이었다. 그러면 반드시 그를 화나게 한다는 것을 알았기 때문이다. 그리고는 더욱 그를 화나게 만들기 위해 나는 다시 온 집 안을 구석구석 대청소했다.

그러나 무엇보다도 그를 화나게 만든 것은 미스터 라일리가 내 뒤를 졸졸 따라다니며 보일락말락 꼬리를 흔들게 된 일이었다.

앨릭잰더 에이브러햄은 불평을 늘어놓았다.

"내 평화로운 가정으로 뛰어들어 마구 휘저어놓은 것만으로도 모자라서 내 개의 애정까지 뺏어가고 말다니, 이 무슨 꼴이람!"

나는 다정하게 위로했다.

"내가 돌아가면 다시 댁을 좋아하게 될 거예요. 그런 점에서 개에게는 결코 기대할 수가 없어요. 개가 바라는 것은 그저 뼈다귀니까요. 그러나 고양이의 경우는 이해를 떠나 사랑을 간직하고 있어요. 나에 대한 윌리엄 어돌퍼스의 충성은 결코 흔들리지 않아요. 댁이 식료품실에서 몰래 우유를 주거나 해도 말예요."

앨릭잰더 에이브러햄은 얼빠진 표정을 지었다. 내가 설마 알고 있으리라고는 생각하지 않았기 때문이다.

나는 천연두에 걸리지 않았으므로 다음주에 의사가 와서 순경을 돌려보냈다. 나는 소독을 받고, 윌리엄 어돌퍼스는 훈증(燻蒸) 소독을 받은 다음 둘 다 돌아가도 괜찮다는 허락을 받게 되었다.

나는 너그러운 마음으로 악수하기 위해 손을 내밀었다.

"안녕히 계세요, 베닛 씨. 댁은 아마 액땜을 했다고 기뻐하겠지만 돌아가는 나도 댁 못지않게 기뻐요. 이 집도 한 달만 지나면 지금보다 더 더러워질 테고, 미스터 라일리도 가까스로 몸에 조금 익혔던 점잖은 예의범절을 내팽개치고 말겠지요. 남자와 개는 뜯어고친다 해도 그것이 그리 몸에 배지 못하는 법이니까요."

그리고 이젠 이 집에도 앨릭잰더 에이브러햄에게도 영원히 볼일이 없다고 생각하면서 나는 그 집을 나왔다.

물론 나는 내 집으로 돌아올 수 있어서 기뻤다. 그러나 이상하게도 집이 쓸쓸하게 여겨졌다. 고양이들은 나를 모른 체했고, 윌리엄 어돌퍼스는 맥없이 서성거리면서 마치 귀양이라도 온 것 같았다. 나는 요리를 만들어도 내 자신을 위해 소란 피우는 것이 바보스럽게 여겨져 전처럼 즐겁지 않았다. 뼈다귀를 보면 가엾은 미스터 라일리가 생각났다.

이웃사람들은 노골적으로 나를 피했다. 언제 어느 때 내가 천연두를 앓게 될지 모른다고 겁냈기 때문이다. 주일학교의 내 반은 벌써 다른 부인이 맡고 있어서, 정말로 나는 어느 곳과도 인연이 뚝 끊긴 느낌이었다.

이 같은 상태로 두 주일 지났을 때, 갑자기 앨릭잰더 에이브러햄이 나타났다. 어느 해질 무렵 들어왔는데, 처음에 그인 줄 몰랐다. 멋있는 옷차림을 하고 얼굴을 깨끗이 면도해 다듬었기 때문이다. 그러나 윌리엄 어돌퍼스는 한눈에 알아보았다. 이것이 믿을 수 있는 일일까. 윌리엄 어돌퍼스—나의 윌리엄 어돌퍼스—는 무척 반가운 듯 가르랑대며 그의 바짓가랑이에 몸을 비벼댔다.

"에인절리너, 오지 않고는 견딜 수가 없었소. 나는 이제 더 이상 참을 수가 없소."

"내 이름은 피터예요."

차갑게 말하면서도 나는 우스꽝스러울 만큼 그가 반가웠다.

앨릭잰더 에이브러햄은 완강하게 주장했다.

"그렇지 않소. 내게 있어서는 에인절리너요. 앞으로 언제까지나 그렇소. 나는 두 번 다시 당신을 피터라고 부르지 않을 거요. 에인절리너는 당신에게 꼭 어울려요. 그리고 에인절리너 베닛이라고 하면 더욱 어울릴 거요. 부디 돌아와주오, 에인절리너. 미스터 라일리는 당신이 없어서 침울해 하고 있소. 그리고 내 익살을 이해해 주는 누군가가 없으면 나는 이제 살아갈 수가 없소. 당신이 너무 사치스럽게 길들여 버렸기 때문이오."

"나머지 다섯 마리 고양이를 어떻게 하구요?"

앨릭잰더 에이브러햄은 한숨을 내쉬었다.

"그들도 함께 데려와야 되겠지요. 아마 가엾게도 미스터 라일리를 집에서 내쫓아 버리겠지만 말이오. 그러나 나는 미스터 라일리 없이는 살아갈 수 있어도 당신 없이는 살 수 없소. 언제쯤 나와 결혼 준비가 되겠소?"

"나는 아직 당신과 결혼한다고 말한 적이 없잖아요."

마음과 다르게 신랄하게 대꾸했지만, 그것은 다만 이치에 맞도록 하기 위해서였다. 나는 호되게 굴고 싶은 기분이 들지는 않았다.

앨릭잰더 에이브러햄은 걱정스러운 듯 물었다.

"그건 그렇지만, 결혼해 주겠지요? 만일 승낙하지 않을 거라면 차라리 나를 천연두로 죽게 내버려두는 게 옳았다고 생각하오. 제발 부탁이오, 사랑스러운 에인절리너."

설마 나를 감히 '사랑스러운 에인절리너'라고 부르는 남자가 있을 줄이야! 그리고 내가 그것을 싫게 여기지 않을 줄이야!

나는 말했다.

"내가 가는 곳은 어디든 윌리엄 어돌퍼스를 데리고 가겠어요. 하지만 나머지 다섯 마리 고양이는 다른 사람들에게 줘 버리겠어요─미스터 라일리를 위해서요."

우리 아기

"당밀이 그럭저럭 다 없어져 가지 않소? 오늘 오후에 카모디로 가서 좀 사오는 게 좋을지도 모르겠구먼."

슬론의 말투는 애써 비위를 맞추는 듯했다.

부인은 쌀쌀맞게 대꾸했다.

"당밀이라면 아직 항아리에 넉넉히 반 갈론은 있어요."

"그래? 아참, 요전에 양철통에 넣을 때 큰 등유병이 다 차 있지 않은 것 같았소. 채워둘 필요가 있겠지."

"등유는 앞으로 두 주일 쓸 게 끝에 있어요."

부인은 무표정한 얼굴로 점심 식사를 하고 있었지만, 우스워하는 빛이 절로 눈에 나타났다. 남편이 그것을 보고 시비를 걸면 안된다고 여겨 그녀는 완강히 자기 요리접시를 내려다보고 있었다.

슬론은 한숨을 내쉬었다. 더 이상 핑계댈 일이 없었다. 그는 2, 3분 동안 열심히 생각한 뒤 물었다.

"그저께였던가, 당신은 넛멕*¹이 떨어졌다고 했잖소?"

─────────
*1 육두구나무 열매. 향미료 등으로 씀.

"어제 달걀 장수에게서 샀어요."

그녀는 얼른 대답했다. 그러나 웃음이 온 얼굴에 번질 것만 같아서 기를 쓰고 참았다. 이 세 번째 실패로 남편은 수그러들 거라고 그녀는 생각했다. 그런데 만만치 않은 남편은 물러서지 않았다.

갑자기 기막힌 영감이 떠오른 그는 생기가 솟았다.

"그래, 어쨌든 나는 밤색 말에게 편자를 박아주러 가야겠소. 그러니 여보, 상점에 뭔가 부탁할 것이 있거든 내가 말에 마차를 매다는 동안 쪽지에 적어두오."

밤색 말에게 편자를 박아주는 것은 부인이 할 일이 아니다. 사실 부인은 밤색 말에게 편자를 박을 필요가 있는지 없는지조차 알 수 없었다.

부인은 경멸을 담아 딱한 듯 캐물었다.

"어째서 에두른 말만 하는 거죠, 여보? 왜 카모디에 가고 싶어하는 건가요? 차라리 분명히 말해주면 좋을 텐데요. 나는 당신 마음속을 환히 알 수 있어요. 당신은 갈런드네 경매에 가 보고 싶은 거예요. 그래서 지금 안달나고 있는 거지요, 여보."

그러자 남편은 반박했다.

"딱히 그런 건 아니지만 바로 옆이니까 들러보는 것도 괜찮겠지. 하지만 밤색 말에겐 정말 편자를 박아줘야 되오."

"사정이 좋을 때는 반드시 무언가 해야 할 일이 생기는군요. 당신도 경매에 미쳐 머잖아 신세를 망치고 말 거예요, 여보. 남자 나이 55살이면 그런 열병에서 깨어나는 게 정상일 텐데요. 못말리는 당신은 나이 들수록 더해가니 말예요. 아무튼 내가 만일 경매에 나간다면 경매다운 경매를 택하겠어요. 그 갈런드네 같은 쩨쩨한 것에 시간을 허비하지는 않겠어요."

남편은 변명 비슷하게 말했다.

"갈런드네에서 뭔가 아주 싼 물건을 찾아내게 될지도 모르오."

"아니에요, 여보, 싸든 비싸든 아무 것도 찾아내지 못할 거예요. 당신이 사지 못하도록 내가 함께 가서 주의를 줄 테니까요. 당신을 붙들 수 없다는 걸 알았어요. 바람에게 불지 말라고 하는 거나 마찬가지니까요. 그러나 자기 몸을 지켜야 하니까 나도 따라가겠어요. 우리 집은 지금 당신이 경매에서 가져온 잡동사니로 너무 가득 차서 나까지 나무토막이나 허접쓰레기로 되어 있는 것 같은 느낌이 들어요."

슬론은 다시 땅이 꺼져라 한숨을 내쉬었다. 부인과 함께 경매에 나가는 건 마음 내키지 않았다. 부인은 일체 값을 매기지 못하게 할 테니까. 그러나 아내는 누구도 설득할 수 없을 만한 결의를 굳히고 있음을 그는 알고 있었다. 그래서 말에 마차를 매달려고 밖으로 나갔다.

슬론의 취미는 경매에 나가 아무도 사고 싶어하지 않는 그런 물건을 사는 것으로, 30년이 넘는 동안 꾹 참아온 아내의 인내심에도 불구하고 겨우 조금밖에 마음을 바로잡지 못했다. 때로 슬론은 계속해서 6개월 동안이나 경매에 나가지 않는 일이 있었다. 그러나 돌발하면 전보다 한결 심해져 그 언저리 사방 몇 마일 안에서 실시되는 경매란 경매에는 모조리 나가 아무 소용도 없는 잡동사니를 짐마차에 가득 싣고 돌아오는 것이었다.

얼마 전 그는 버터를 만드는 낡은 믹서를 5달러에 낙찰시켜—주위 사람들이 반장난삼아 슬론을 상대로 '값을 올리게'했던 것인데—집으로 가지고 돌아와 아내를 머리끝까지 화나게 만들었다. 아내는 최근 15년 동안 최신식 믹서를 쓰고 있었다. 더욱 운 나쁘게도 남편이 경매에서 믹서를 사온 것은 이로써 두 번째였던 것이다. 그리하여 일은 이렇게 결정되었다. 아내는 앞으로 남편이 경매에 갈 때는 자기가 따라가겠다고 선언했던 것이다.

그러나 이날은 남편의 운이 트인 날이었다. 아내가 기다리고 있는 문가로 그가 마차를 들이댔을 때, 모자도 쓰지 않은 10살쯤 된 아이가 숨을 헐떡이며 뜰로 달려들어와 아내와 마차 발판 사이로 파고들었다.

"저, 슬론 아주머니, 곧 우리 집으로 와 주세요. 갓난아기가 경기를 일으켜서 어머니는 정신을 잃고 아기는 얼굴이 새빨개져 있어요."

부인은 남편에 대한 임무를 지키려 하는 자신의 운이 트이지 않았다고 여기며 어쩔 수 없이 그 아이를 따라가기로 했다. 그리고 가기에 앞서 부인은 남편을 타일렀다.

"당신을 혼자 가게 할 수밖에 없군요. 하지만 여보, 다시 한 번 일러두지만 결코 아무 것에도 값을 매겨서는 안 돼요—아무 것에도, 아셨지요?"

남편은 그렇게 하겠다고 굳게 약속했다. 진심으로 그 약속을 지킬 작정이었던 것이다. 슬론은 부랴부랴 마차를 몰고 갔다. 다른 경우라면 어느때든 아내를 기꺼이 데리고 갔지만, 경매만은 그녀와 함께 있으면 흥이 깨져버렸다.

그가 카모디의 가게에 닿았을 때 언덕 아래 갈런드네 좁은 뜰은 벌써 사람으로 가득 차 있었다. 경매가 이미 시작된 모양이었으므로, 더 이상 시기를 놓치지 않으려고 슬론은 급히 언덕을 내려갔다. 밤색 말에 편자를 다는 것은 뒤로 미루어도 된다.

부인이 갈런드네 경매를 '쩨쩨하다'고 한 것도 지나친 말은 아니어서, 한 달 전에 있었던 도널드슨네에서 열린 대경매에 비하면 확실히 아주 작은 규모였다. 도널드슨네 경매 때 일을 그는 아직도 기쁘게 꿈꾸며 즐기고 있을 정도였다.

호러스 갈런드와 그 아내는 가난했다. 6주 사이에 한 사람은 폐병으로, 또 한 사람은 폐렴으로 죽어버렸다. 뒤에 남은 것은 빚과 얼마 안 되는 가구뿐이었다. 집은 셋집이었다.

팔려고 내놓은 갖가지 초라한 가재도구의 부르는 값은 활발하게 진행되지 않고, 어떤 체념을 띤 결의 같은 게 떠돌고 있었다.

카모디 사람들은 빚을 갚기 위해서는 거기 있는 것들이 팔려야 하고, 자기들이 사지 않으면 팔리지 않는다는 걸 알고 있었다. 그렇긴 해도 몹시 활기가 없는 경매였다.

태어난 지 18개월쯤 된 갓난아기를 안은 여자가 집 안에서 나와 창문 아래 벤치에 앉았다.

로버트 로슨이 슬론에게 말했다.

"마서 블레어가 갈런드네 아기를 안고 있어. 가엾은 저 아이는 어떻게 되는 걸까!"

슬론은 물었다.

"누군가 친척 가운데 저 아이를 맡아줄 사람이 없을까?"

"아무도 없다네. 호러스에게 친척이 있다는 말은 단 한 번도 들은 일이 없으니까. 부인에게 남자형제가 하나 있었지만 여러 해 전에 매니토버로 가버려서, 지금은 어디에 있는지조차 몰라. 누군가 저 아이를 맡아줘야 할 텐데 그 누구도 선뜻 나서지 않는 모양이야. 우리 집도 여덟이나 되지 않는다면 생각해 보겠는데. 잘생긴 아이잖나."

떠날 때 아내가 준 경고가 귓전에 쩌렁쩌렁 울리고 있었으므로 슬론은 전혀 경매에는 가담하지 않았다. 그러기 위해서는 얼마나 큰 영웅적인 자제심이 필요했는지 모른다.

그러는 가운데 맨 마지막으로 이런 하찮은 것쯤이야 상관없겠지 하고 화분 한 쌍에 값을 불렀다. 그러나 그 화분은 조사이어 슬론이 모두 사오라는 아내의 부탁을 받아 왔으므로 그의 손에는 들어오지 않았다.

그날은 10월 치고는 무척 더웠다.

경매인이 얼굴에 송글송글 맺힌 땀을 닦으면서 말했다.

"자, 이것으로 마지막이오. 아기라도 판다면 모르되 이제 아무 것도 살 게 없소."

사람들 사이에 웃음소리가 일었다. 기대했던 것보다 경매가 지루했으므로 사람들은 무언가 재미있는 일을 잠자코 기다리고 있었다.

누군가가 외쳤다.

"그 아기를 팔게나, 제이컵."

이 농담은 사람들의 마음에 들어 명랑하게 외치는 소리가 되풀이되었다.

제이컵 블레어는 마서의 팔에서 아기 테디 갈런드를 받아안고 문 옆 테이블에 세워 볕에 그을린 커다란 한 손으로 아기의 몸을 붙들어 주었다. 아기는 숱많은 금빛 곱슬머리에 얼굴빛은 흰 연분홍이었으며, 푸른 눈을 크게 뜨고 있었다. 자기 앞에 있는 사람들을 보자 소리내어 까르르 웃으며 반가운 듯 두 손을 흔들어 보였다. 이토록 귀여운 아기는 본 적 없다고 슬론은 생각했다.

경매인이 소리를 질렀다.

"아기가 경매로 나왔습니다. 갓 만들어낸 뜨끈뜨끈한 것이라고 해도 좋을 진짜입니다. 정말로 살아 있는 아기, 조만간 걸을 수 있고 말도 할 수 있다고 보장합니다. 누군가 값을 부르지 않겠습니까? 1달러? 1달러라고 쩨쩨한 값을 붙인 것 같은데 그런 싼값으로는 아기를 결코 줄 수 없소, 특히 곱슬머리 품종은 말이오."

사람들은 또 웃었다. 슬론은 농담이 이어지는 것으로 생각하고 외쳤다.

"4달러!"

모두들 다 슬론 쪽을 보았다. 사람들은 노인이 진지해 보였으므로 아기에게 살 집을 마련해줄 의도를 이렇게 나타낸 것으로 받아들였다. 외아들은 다 자라 결혼했고, 슬론은 나름 유복한 생활을 하고 있었다.

"6달러."

뜰 반대쪽에서 존 클러크가 외쳤다. 존 클러크는 화이트 샌즈에 살고 있으며, 아내와의 사이에 자식이 없었다. 존이 부른 값으로 노인

쪽은 무효가 되었다. 슬론은 적은 없었지만 경쟁상대가 늘 있었으며, 그 경쟁상대가 바로 존 클러크였다. 어느 경매에서나 존은 늘 슬론을 상대로 값을 경쟁했다. 그전 경매에서도 무엇이든 슬론보다 높은 값을 불렀다. 눈앞에 어른거리는 아내의 얼굴을 두려워할 염려가 없는 남자였기 때문이다.

슬론의 투지가 활활 불타 올랐다. 아내에 대한 것도, 무엇을 경쟁하는지도 잊었다. 클러크에게 져서야 되겠는가 하는 무모한 결심 말고는 모든 것을 까맣게 잊고 말았다.

슬론은 새된 목소리로 불렀다.

"10달러."

클러크가 외쳤다.

"15달러."

슬론이 부르짖었다.

"20달러."

클러크가 소리쳤다.

"25달러."

슬론은 목청껏 부르짖었다.

"30달러."

목소리를 한껏 짜냈기 때문에 자칫 핏줄이 터질 것만 같았으나, 마침내 슬론의 승리로 돌아갔다. 클러크는 웃으며 어깨를 움츠리고 단념했다. 아기는 슬론의 것이라고 경매인이 방망이를 탕탕 내리쳤다. 그동안 경매인은 익살을 부리며 군중들을 계속 웃기고 있었다. 카모디의 경매에서 이처럼 재미있는 일은 참으로 오랜만이었다.

슬론은 앞으로 나아갔다―기보다도 떠밀려나갔다. 아기는 마침내 그의 팔에 안겼다. 사람들이 이 아이를 그가 맡아 키우리라 생각하고 있는 줄 알면서도 슬론은 너무 어이가 없고 멍해져 거절할 수도 없었다. 게다가 슬론은 이 아기에게 동정심이 갔다.

경매인은 슬론이 잠자코 내놓은 돈을 어떻게 된 일인가 하고 빤히 바라보았다.

그는 말했다.

"나는 이번 일을 한낱 농담으로 여겼는데요."

로버트 로슨이 말했다.

"그런 법은 없소. 모두 다 팔아도 빚을 갚기가 어려운 형편입니다. 의사의 치료비도 있을 터이니 이것으로 그 몫이 나오겠지요."

슬론은 아직 편자를 박지 않은 그대로 있는 밤색 암말과 아기와 아기의 보잘것없는 짐과 함께 마차를 몰아 터덜터덜 집으로 향했다. 아기는 그리 힘들지 않았다. 요 두 달 동안 낯선 사람에게 완전히 익숙해져 있어서 품에 안기자 곧 잠들고 말았다. 그러나 돌아오는 길은 그에게 즐겁지 못했다. 집으로 돌아갔을 때 아내의 화난 모습이 눈에 보이는 것 같았다.

저녁녘, 슬론 노인이 마차를 뜰 안으로 들이댔을 때, 부인도 부엌 문 층계에서 기다리고 있었다. 아기를 본 그녀의 놀라는 모습이란 이루 말할 수 없었다.

"여보, 그 아이는 누구네 아기지요? 어디서 데려왔어요?"

슬론이 힘없이 말했다.

"경―경―경매에서 사온 거요, 여보."

그리고는 벼락이 떨어질 것을 고개 숙여 기다리고 있었다. 그러나 벼락 같은 건 떨어지지 않았다. 그가 한 짓은 아내에게 너무도 어처구니없는 것이었던 것이다.

숨을 몰아쉬며 부인은 아기를 남편의 손에서 낚아채더니 남편에게 말을 매어두고 오라고 차갑게 명령했다. 그가 부엌으로 돌아와보니 부인은 아기를 소파에 올려놓고 떨어지지 않도록 그 언저리를 의자로 둘러싸 당밀로 만든 쿠키를 먹이고 있었다.

"자, 여보, 설명을 해요."

그는 삐질삐질 땀을 흘리며 설명했다. 아내는 무서운 얼굴로 잠자코 듣고 있더니 남편의 말이 끝나자 엄숙한 목소리로 물었다.

"이 아기를 집에 둘 작정인가요?"

"나는—나는 모르겠소."

슬론은 정말로 알 수 없었던 것이다.

"우리 집에서는 키울 수 없어요. 나는 남자아이를 하나 길러냈으니 그것으로 충분해요. 더 이상 고생하는 건 어림도 없어요. 아무튼 나는 아기를 잘 못 기르는 사람이니까요. 메리 갈런드는 매니토버에 남자형제가 있다고 했죠? 그렇다면 그 사람에게 편지를 보내 조카를 돌봐줘야 한다고 말해 주겠어요."

"하지만 여보, 아무도 주소를 모르는데 어떻게 편지를 보내지?"

슬론은 대답한 다음, 즐거운 듯 웃고 있는 아기를 슬프게 바라보았다.

"신문에 광고를 내는 한이 있더라도 그 사람의 주소를 반드시 찾아내겠어요. 당신은 정말이지 정신병원에 보낼 수밖에 없는 사람이에요. 이 다음 경매에서는 아내도 사가지고 오는 게 아닐까요?"

부인의 빈정거림에 완전히 풀죽은 그는 의자를 바짝 끌어당겨 저녁 식사를 하기 시작했다. 부인은 아기를 안고 식탁 윗자리에 앉았다. 어린 테디는 웃으며 부인 얼굴을 꼬집었다. 부인의 얼굴을! 부인은 무척 까다로운 표정을 짓고 있었으나, 테디에게 저녁을 먹이는 솜씨가 너무나 능숙하여 30년이나 오래전에 그 일을 한 적 있었다고는 생각할 수 없을 정도였다. 어머니로서 아이를 잘 다루는 비법을 안 여자는 결코 그것을 잊을 수 없는 것이다.

식사가 끝나자 부인은 어린이용 높은 의자를 빌리러 윌리엄 앨릭잰더네 집으로 남편을 심부름보냈다. 남편이 땅거미가 깔린 집으로 돌아와 보니, 아기는 다시 주위를 둘러싼 소파 위에 앉아 있고 아내는 다락방을 바쁘게 돌아다니고 있었다. 이윽고 전에 아들이 썼던 작은 침대를 가지고 내려와 테디를 위해 자기들 방에 놓았다. 그리고는 아기의 옷을 벗기고 옛 자장가를 부르며 부드럽게 흔들어 재웠다.

슬론은 조용히 앉은 채 그것을 귀담아들으며 옛날의 아름다운 추억에 스르르 잠겼다. 그 무렵은 그도 부인도 젊고 자존심이 강했으며, 지금 구레나룻을 기르고 있는 아들 윌리엄 앨릭잰더는 바로 이러한 곱슬머리 아기였다.

슬론 부인은 갈런드 부인의 형제를 찾기 위해 광고를 내지 않아도 되었다. 지방신문에서 누이동생의 부고를 본 그 사람이 카모디 우체국장에게 자세한 사정을 알려달라는 편지를 보냈기 때문이었다. 편지는 슬론 부인에게 전해졌고, 그녀는 그에 대한 답장을 썼다.

부인은 장래에 대한 처리가 미해결인 채로 아기를 맡기는 했으나 이대로 놓아둘 생각은 전혀 없다는 것과, 삼촌으로서 마땅히 해야 할 일을 해주기 바란다고 부드럽게 타이르듯 썼다. 그리고 나서 편지를 봉해 야무진 솜씨로 주소를 썼다. 그것이 끝나자 테이블 너머로, 아기를 무릎에 올려놓고 팔걸이의자에 앉아 있는 남편을 지그시 바라보았다. 남편도 아기도 아주 행복해 보였다. 본디 남편은 아기라면 무척 좋아했다. 그는 열 살이나 젊어 보였다. 두 사람을 지켜보는 아내의 날카로운 눈이 좀 누그러졌다.

편지 답장은 금방 왔다. 테디의 삼촌은 자기에게도 자식이 여섯이나 있지만 조카를 기꺼이 맡겠다고 말했다. 그러나 데리러 갈 수는 없으므로 화이트 샌즈에 사는 조사이어 스펜서가 봄에 매니토버로 오게 되어 있으니, 그때까지 아기를 맡아 수고해 주면 좋겠다고 했다. 어쩌면 스펜서네가 더 빨리 데려올 수 있는 기회가 올지도 모른다고 씌어 있었다.

"그것보다 빠른 기회가 있을 리 없지."

슬론 노인은 나름 만족스러워 보였다.

부인은 거침없이 말했다.

"그렇고말고요, 어쨌거나 귀찮게 되었어요!"

이윽고 겨울이 지나갔다. 작은 테디는 건강하게 무럭무럭 자랐고, 슬론은 그를 아주 떠받들었다. 아내도 테디에게 무척 잘했으므로 테디는 슬론과 마찬가지로 그 아내도 잘 따랐다.

봄이 가까워 오자 노인은 기운이 없어지기 시작했다. 이따금 깊은 한숨을 내쉬었는데, 우연한 기회에 조사이어 스펜서가 이사한다는 이야기를 들었을 때 특히 그러했다.

5월 첫 무렵 어느 따뜻한 오후, 드디어 조사이어 스펜서가 찾아왔다. 부인은 부엌에서 조용히 뜨개질을 하고 있었고, 남편은 신문을 펼쳐든 채 졸고 있었으며, 아기는 바닥에서 고양이와 놀고 있었다.

조사이어는 점잔을 빼며 인사했다.

"안녕하십니까, 부인. 이곳의 어린 녀석을 보러 좀 들렀습니다. 우리는 다음주 수요일에 떠나니까요. 아기를 월요일이나 화요일에 우리 집으로 보내주는 것이 좋겠습니다. 그러면 아이도 우리에게 익숙해져서, 그리고—"

"아, 여보."

슬론은 참을 수 없어서 일어섰다. 그러나 부인의 눈을 보고 우두커니 서버렸다.

"앉아요, 여보."

부인이 명령했다.

슬론은 바로 풀이 죽어 앉았다.

그리고 부인은 싱글벙글하는 조사이어를 빤히 노려보았다. 조사이어는 금방 양을 훔치려던 현장을 들킨 늑대처럼 어색한 표정이 되었다.

부인은 쌀쌀맞게 말했다.

"스펜서 씨, 정말 고맙습니다. 하지만 이 애는 우리 아기예요. 우리가 돈을 치르고 샀으니까요. 거래는 어디까지나 거래죠. 아기를 현금으로 샀으니 그 값어치에 해당하는 것을 얻을 작정이에요. 매니토버에 삼촌이 몇 분 계시든 간에 기꺼이 우리는 아이를 기르겠어요. 이제 잘 아셨겠지요, 스펜서 씨?"

"알고말고요, 알고말고요."

딱하게도 조사이어는 말을 더듬으며 아까보다 더 쑥스러워졌다.

"나는 어르신들께서 이 아기를 원하지 않는다고 생각했습니다만—아기의 삼촌에게 편지를 주신 걸로 생각했습니다만—나는 그렇게 생각했습니다만—"

부인은 상냥하게 말했다.

"내가 댁이라면 그렇게 생각을 많이 하지 않겠어요. 댁도 난처하겠지요. 같이 따뜻한 차라도 들고 가세요."

그러나 조사이어는 그렇게 하지 않았다. 그는 겨우 남은 자존심을 내팽개쳐 두고 허둥거리는 모습으로 달아났다.

슬론은 일어나 부인이 앉은 의자로 다가와서 떨리는 손을 부인의 어깨에 얹고 조용히 말했다.

"여보, 당신은 정말 착한 여자요."

부인은 말했다.

"그런 소리 말아요, 여보."

프리시 스트롱의 결혼

나는 안면신경통으로 그날 밤 기도회에 갈 수 없었지만, 내 대신 토머스가 갔다. 토머스가 돌아온 순간, 그의 눈빛으로 무언가 반가운 소식이 있구나 하고 생각했다.

토머스는 빙그레 웃으며 말했다.

"오늘 밤 기도회에서 스티븐 클러크가 누구와 함께 돌아갔다고 생각하오?"

나는 곧 대답했다.

"제인 미랜더 블레어겠죠."

스티븐 클러크의 아내가 죽은 지 2년이 되지만, 알려진 한 스티븐은 아무에게도 눈을 돌리지 않았다. 그러나 카모디에는 제인 미랜더라는 안성맞춤인 사람이 있으며, 스티븐에게 어울리지 않는 사람은 아무도 없다고 나는 생각하고 있었다. 다만 결혼의 경우 남자는 결코 우리의 기대대로 하지는 않지만.

토머스는 다시 웃었다.

"틀렸소. 스티븐은 프리시 스트롱에게로 가까이 다가가 함께 돌아갔소. 옛날 추억을 되살리려는 걸까."

"프리시 스트롱이라고요?"

자신도 모르게 나는 두 손을 쳐들며 웃음이 쿡 터져나왔다.

"프리시라면 헛일일 거예요. 20년 전에 아직 봉오리일 때 피기도 전에 에밀린이 얼른 따버리지 않았어요. 에밀린은 이번에도 또 그렇게 할 테니까요."

"에밀린은 정말 이상한 여자란 말이야."

토머스는 투덜거렸다. 그는 에밀린 스트롱을 옛날부터 싫어했었다. 나도 같은 생각이었다.

"맞아요. 그러니까 가엾게도 프리시를 아무렇게나 자기 마음대로 조종하고 있는 거예요. 두고 봐요, 이 일이 알려지기가 무섭게 아주 단호하게 나올 테니까요."

아마 그럴 거라고 토머스도 말했다.

그날 밤, 잠자리에 든 뒤에도 스티븐과 프리시 일을 생각하며 나는 오래도록 잠들지 못했다. 여느 때라면 나는 남의 일에 그리 신경 쓰거나 하지 않지만, 프리시는 너무도 나약하므로 머리에서 지워버릴 수가 없었다.

20년 전 스티븐 클러크는 프리시 스트롱의 사랑을 얻으려 했었다. 프리시의 아버지가 죽은 뒤 얼마 안 된 때의 일로, 프리시는 언니인 에밀린과 단둘이 살고 있었다. 에밀린은 프리시보다 열 살 위인 30살로, 모든 점에서 전혀 다른 남남 같은 자매가 있다면 바로 이 에밀린과 프리시였다.

에밀린은 아버지를 쏙 빼닮아 몸이 크고 얼굴이 검고 못생겼으며 더없이 건방진 성격이었다. 그래서 쇠막대를 마구 휘둘러 가엾은 프리시를 제멋대로 지배하고 있었다.

그러나 프리시는 아름다운 아가씨였다—적어도 사람들이 거의 다 그렇게 생각하고 있었다. 나로서는 솔직히 말해서 프리시 같은 타입은 그리 탐탁지 않다. 좀 더 활기와 탄력이 있는 편이 좋다. 프리시는 날씬한 몸매에 볼은 장밋빛이고 호소하는 듯한 파란 눈을 가지고 있었으며, 옅은 빛의 갓난애 새끼손가락만큼 작게 곱슬곱슬한 금발이 얼굴을 둘러싸고 있다. 그 생김새처럼 순하고 겁많은 성격으로 심술이라고는 손톱만큼도 없었다. 여러 사람들이 떠들어대는 것처럼 그 얼굴과 맵시를 좋아하지는 않았지만, 나는 그래도 본디 프리시를 좋아했다.

어쨌든 프리시 같은 타입은 스티븐 클러크에게 안성맞춤이었다. 스티븐은 프리시를 쫓아다녔고, 프리시도 그를 좋아했던 것은 의심할 여지가 없었다. 그런데 에밀린이 끝장을 내고 만 것이다.

그것은 순전한 못된 심술이었다. 스티븐은 훌륭한 배우자여서 반대할 까닭이 아무 것도 없었다. 그러나 에밀린은 프리시를 결혼시키지 않으려 결심하고 있었다. 에밀린은 자기가 결혼할 수 없었으므로 그 일에 몹시 화가 났던 것이다.

물론 프리시에게 조금이나마 기개가 있었다면 굽히지 않았을 것이다. 그러나 그녀는 털끝만큼도 가지고 있지 못했다. 에밀린이 시키는 일이면 망설임 없이 자기 코라도 잘라낼 게 틀림없다고 나는 믿고 있다.

프리시는 어머니를 그대로 닮았다. 이름과 전혀 비슷하지도 않은 아가씨가 있다면, 프리시 스트롱(굳센)이야말로 바로 그러했다. 프리시에게는 굳센 데라고는 조금도 없었다.

어느 날 저녁 기도회가 끝났을 때, 스티븐은 언제나처럼 프리시에게 집까지 바래다 주겠다고 했다. 토머스와 나는 바로 뒤에 있었으므로—그즈음 우리들은 아직 결혼하지 않았었다—모조리 다 듣고 말았다. 프리시는 떨며 호소하는 듯한 눈길을 흘끗 에밀린에게로 던지고 나서 대답했다.

"아뇨, 오늘 밤은 괜찮아요."

체념한 스티븐은 얼른 돌아서서 가버렸다. 그는 자존심 강한 사람이므로 사람들 앞에서 받은 모욕을 도저히 용서치 못한다는 것을 나는 알고 있었다. 만일 스티븐에게 마땅한 분별력이 있었다면 에밀린 때문이라는 것을 알았을 텐데. 그러나 아무것도 모르는 스티븐은 앨시어 길리스를 찾아다니기 시작했고, 이듬해 두 사람은 결혼했다. 앨시어는 말괄량이였지만 착한 처녀여서 스티븐과 행복하게 해나간 모양이었다. 세상에는 그 같은 일이 있는 것이다.

두 번 다시 프리시를 찾는 남자는 없었다. 에밀린을 두려워한 것이었으리라. 프리시의 아름다움은 오래지 않아 빛이 바랬다. 전과 다름없이 가냘픈 모습을 지니고 있었지만, 한창때가 지난 프리시는 해마다 점점 더 수줍고 무기력해져갈 뿐이었다.

에밀린의 허락을 얻지 못하면 두 번째로 좋은 나들이옷마저 입지 않을 정도였다. 고양이를 무척 좋아했지만 에밀린이 기르게 허락해주지 않았다. 에밀린은 자기가 보고 있는 주간 종교지를 프리시에게 보이기 전에 연재소설을 잘라내기까지 했다. 소설을 읽는 것은 좋지 않다는 생각에서였다.

그런 일들을 볼 때마다 나는 분노를 참을 수가 없었다. 두 사람이 사는 집은 내가 토머스와 결혼한 뒤부터 바로 이웃이었으므로 늘 드나들고 있었던 것이다. 프리시가 줄곧 양보만 하고 있는 것을 보면 나는 화가 나서 견딜 수 없었다. 그러나 결국 프리시는 그렇게 하는 수밖에 도리가 없었다—그렇게 태어났으니까.

그런데 이번에 다시 스티븐이 운수를 시험해 보려고 하는 것이다. 과연 우스운 일이었다.

스티븐이 프리시와 기도회에서 나흘 밤째 함께 돌아왔을 때 에밀린에게 들키고 말았다. 에밀린은 레너드 목사에게 매우 화가 나서 그해 여름내내 기도회에 나오지 않았다. 성실치 못했던 항구의 네어미 클러크 할머니를 '마치 보통 그리스도교도와 똑같이' 장례를 치러준데 대해 그녀가 불평했을 때, 레너드 목사가 에밀린이 쉽게 잊지 못할 말을 무언가 했기 때문이었다. 무슨 말을 했는지는 모르지만, 레너드 목사가 한번 누군가에게 화를 내면 한동안 그 사람이 잊을 수 없을 만큼 호되게 꾸짖는다는 것을 나는 알고 있었다.

우리는 곧 에밀린이 스티븐과 프리시의 관계를 눈치챈 게 확실하다는 것을 알았다. 프리시가 기도회에 나오지 않게 되었기 때문이다.

나는 왠지 걱정되어 토머스가 제발 부탁이니 남의 일에 공연한 수고는 말라고 충고하는데도, 어떻게든 하지 않으면 안 된다는 생각이 들었다. 스티븐은 좋은 사람이었고, 프리시는 아름다운 가정을 꾸밀 수 있었으며, 앨시어가 남긴 두 어린 남자아이들에게는 그야말로 어머니가 필요했다. 그리고 프리시가 마음속으로 결혼하고 싶어 못 견디는 것을 나는 알고 있었다. 그런 점에서는 에밀린도 마찬가지였지만—그러나 아무도 에밀린을 도와서 남편을 얻게 해주려는 사람은 없었다.

생각 끝에 나는 교회에서 돌아오는 길에 스티븐을 점심 식사에 초대하기로 했다. 스티븐이 애번리에 있는 리지 파이와 사귀고 있다는 소문을 들었으므로 손을 쓰려면 지금이야말로 움직여야 할 때라고 깨달았기 때문이었다. 상대가 제인 미랜더였다면 나는 신경 쓰지 않았을지도 모른다. 그러나 리지 파이는 앨시어네 두 아들의 계모로서는 도저히 맞지 않는다. 신경질이 심한 데다 엄청난 구두쇠인 것이다.

드디어 스티븐이 왔다. 우울한 모습에 생기가 없고 그리 말을 하려 들지 않았다. 식사가 끝나자 나는 토머스에게 귀띔했다.

"낮잠이나 주무세요. 나는 스티븐에게 따로 할 이야기가 있으니까요."

토머스는 어깨를 으쓱해 보이며 일어나서 나갔다. 내가 스스로 산더미 같은 귀찮은 일을 불러일으키려 하고 있다고 생각했을 테지만 그는 아무 말도 하지 않았다. 토머스가 자리를 뜨기 무섭게 나는 구김살 없이 천연덕스러운 목소리로 스티븐에게 말했다.

"댁은 우리 이웃사람 하나를 빼앗아가려고 하지만 나는 슬프게 생각지 않아요. 아주 좋은 이웃이어서 없어지면 쓸쓸해지기는 하겠지만요."

스티븐은 험상궂은 얼굴로 말했다.

"굳이 외로운 생각을 하지 않아도 될 겁니다. 그쪽에서는 나를 싫어한다는 말을 들었으니까요."

스티븐이 탁 털어놓고 말했으므로 나는 깜짝 놀랐다. 참된 내막을 확인하기가 쉽지 않을 거라고 걱정하고 있었기 때문이다. 스티븐은 은밀한 편은 아니지만 모두 이야기하는 편이 마음 편하다고 생각한 것 같았다. 나는 어떤 일에 대해서건 그처럼 괴로워하는 사람은 본적이 없었다. 스티븐은 내게 모조리 말해 주었다.

프리시에게서 편지가 왔다는 것이었다―그 편지를 주머니에서 꺼내 내게 읽으라고 주었다. 그것은 분명 프리시의 단정하고 아름다운 조그만 필적이었는데, '호의가 귀찮으니 부디 사양한다'고만 씌어 있었다. 가엾게도 이렇게 되어버렸다면 리지 파이와 사귀게 된 것도 큰 무리가 아니다!

"스티븐, 프리시가 정말로 이런 편지를 썼다고 생각한다니 기가 막히는군요."

스티븐은 완강히 주장했다.

"분명 그녀의 필적이에요."

"물론 그래요. '목소리는 야곱의 목소리지만 손은 에서의 손*1이지요."

이 말을 인용한 것이 적당한지 사실 자신이 없었지만 나는 그 말을 하고 말았다.

"에밀린이 편지 내용을 만들어 프리시에게 그대로 쓰게 한 거예요.

---

*1 구약성서 〈창세기〉 제27장 제22절.

난 그걸 내 눈으로 본 거나 다름없이 훤히 알 수 있는데, 당신도 그 정도는 알아차려야지요."

그러자 스티븐은 거칠게 말했다.

"그렇게 생각되신다면, 아무리 반대해도 프리시를 내 사람으로 만들 수 있다는 것을 에밀린에게 떳떳이 보여 주겠습니다. 그러나 프리시가 싫다고 한다면 나는 프리시에게 내 생각을 강요할 생각이 추호도 없습니다."

그래서 잠시 상의한 끝에 내가 프리시의 의향을 떠보아 속마음을 확인하기로 결정했다. 그것은 어렵지 않을 거라고 여겼으며 실제로 힘들지 않았다.

이튿날 에밀린이 마차를 타고 가게로 가는 것을 확인한 나는 이웃집으로 갔다. 프리시는 혼자서 해진 깔개를 깁고 있었다. 에밀린은 프리시에게 줄곧 이런 일을 시키고 있었다. 프리시가 그것을 싫어하기 때문임에 틀림없다. 방에 들어가 보니 프리시는 흐느껴 울고 있었다. 곧 모든 이야기를 들을 수가 있었다.

프리시는 결혼하고 싶었던 것이다―스티븐과 결혼하고 싶었다― 그런데 에밀린이 그렇게 못하게 막는 것이었다.

나는 정말이지 화가 났다.

"프리시, 정말 배짱이 없군요! 대체 무엇 때문에 스티븐에게 그런 편지를 썼죠?"

"그건 에밀린이 쓰게 한 거예요."

프리시의 말투로는 싫고좋고할 여지가 없는 듯했고, 나도 그런 게 확실하다고 생각했다―프리시로서는 어쩔 수 없었다. 또한 스티븐이 다시 프리시를 만나고 싶어한다 해도 에밀린에게 알려져서는 안 된다는 것도 나는 알았다. 그래서 다음날 저녁 스티븐이 와서 괭이를 빌리러 왔다고 했을 때―괭이를 꽤 멀리까지 빌리러 온 셈이다―나는 그에게 다 털어놓았다.

"그럼, 어떻게 하면 좋겠습니까? 편지를 써도 헛일일 테고. 결국 에밀린 손에 들어갈 테니 말입니다. 앞으로 애밀린은 아무데도 프리시를 혼자 보내지 않을 거고, 그렇다고 그 심술궂은 고양이가 언제 집을 비울지 나로서는 알 길이 없잖습니까?"

"부탁이니 고양이를 모욕하지는 말아주세요."

나는 차분히 말을 이었다.

"이렇게 하기로 합시다. 댁의 집에서 우리 헛간 지붕의 바람통이 보이겠죠? 거기에 깃발이든 뭐든 매어두면, 댁이 가지고 있는 그 작은 망원경으로 보이지 않을까요?"

스티븐은 보일 것으로 여긴다고 말했다.

"그렇다면 때때로 봐 주세요. 에밀린이 프리시를 혼자 두고 나가면 곧 신호기를 올릴 테니까요."

기회는 꼬박 두 주일 동안이나 찾아오지 않았다. 그런데 어느 날 저녁때, 에밀린이 우리 집 아래 들판을 성큼성큼 걸어가는 게 보였다. 에밀린의 모습이 보이지 않게 되자 재빨리 나는 자작나무 숲을 빠져 프리시에게로 달려갔다.

프리시는 안절부절 못하고 벌벌 떨면서 말했다.

"그래요, 에밀린은 오늘 밤새도록 제인 로슨을 병간호하러 간 거예요."

"그렇다면 어서 모슬린 옷을 입고 머리를 단정히 빗고 있어요. 나는 곧 집에 돌아가 토머스에게 그 바람통에 뭐든지 묶어놓아 달라고 할 테니까요."

그러나 토머스는 그렇게 해주었을까? 해주지 않았다. 교회 장로라는 지위에 책임을 느낀다는 것이었다.

나는 사다리를 오르는 게 싫었지만 마침내 직접 하지 않으면 안 되었다. 나는 토머스의 길고 빨간 털목도리를 바람통에 묶고, 스티븐이 봐 주기를 빌었다.

때마침 스티븐은 보았다. 한 시간도 안 되어 우리 집 앞 오솔길로 마차를 타고 와 헛간에 말을 맸다. 나무랄 데 없이 말쑥한 옷차림을 하고 초등학교 학생처럼 어쩔 줄 모르며 흥분해 있었다. 그는 곧 프리시에게로 가고, 나는 명랑한 기분으로 새 어깨걸이에 술을 달기 시작했다. 그런데 갑자기 왜 그런 생각이 들었는지, 나는 담요 상자에 나방이 들어 있지나 않을까 다락방으로 보러 가고 싶은 생각이 났다. 이거야말로 하느님이 특별히 끼어들어 주신 것으로 여겨진다. 나는 올라가 문득 동쪽 창문에서 밖을 내다보다가 에밀린이 우리 못가의 밭을 돌아오는 것을 보았다.

나는 날 듯이 다락방 층계를 훌쩍 뛰어내려와 흰 자작나무 숲을 가로질러 스트롱네 부엌으로 뛰어들었다. 부엌에는 스티븐과 프리시가 아주 자연스럽게 희희낙락 들떠 앉아 있었다.

나는 소리쳤다.

"스티븐, 어서 빨리! 에밀린이 바로 가까이 와 있어요."

창 밖을 내다보고 프리시는 손을 비틀어짰다.

"오, 벌써 오솔길로 들어섰어요. 언니에게 들키면 이이는 집에서 나갈 수가 없어요. 오, 로재너, 어떻게 하죠?"

만일 내가 그 자리에 함께 있으면서 생각을 짜내지 않았으면 이들 두 사람이 어떻게 되었을지 모른다.

나는 꿈쩍도 않고 명령했다.

"스티븐을 다락방으로 데리고 가서 그곳에 숨겨요, 프리시. 빨리 데려가요."

프리시는 재빨리 스티븐을 데리고 갔으며 부엌으로 되돌아왔을까 말까한 찰나에 에밀린이 성큼성큼 들어왔다―누군가가 앞질러 제인 로슨의 병간호를 하겠다고 청해 왔으므로 에밀린은 제인이 잠든 동안 온갖 것을 휘저을 기회를 잃은 셈이어서 비맞은 장닭처럼 화가 잔뜩 나 있었다.

프리시를 보는 순간 에밀린은 수상하게 느꼈다. 그것도 무리는 아니었다. 프리시는 옷을 잘 차려입고 볼을 빨갛게 상기시키며 눈을 빛내고 있었기 때문이다. 프리시는 흥분해서 벌벌 떨며 10년이나 더 앳되어 보였다.

에밀린은 호통을 쳤다.

"프리실러 스트롱, 너 오늘 밤 스티븐 클러크를 기다리고 있었구나! 이 못된 것, 거짓말쟁이, 비열하고 은혜도 모르는 것아!"

에밀린은 프리시에게 계속 고래고래 소리를 지르고 프리시는 울기 시작했다. 그 모습이 너무도 가냘픈 어린아이 같았으므로 나는 모든 것을 털어놓지나 않을까 걱정되었다.

나는 그 사이로 용감하게 끼어들었다.

"이건 에밀린과 프리시 사이의 문제이니 간섭할 생각은 없어요. 하지만 내 이불에 장식 술을 꿰매 붙이려는데, 에밀린이 애번리에서 배워온 새로운 모양을 가르쳐 주러 왔으면 해요. 이왕이면 어둡기 전이 좋으니까 곧 와주었으면 좋겠군요."

에밀린은 무뚝뚝하게 대답했다.

"가기는 하겠지만, 프리실러도 함께 데려 가겠어요. 앞으로는 내 눈이 닿지 않는 곳에 안심하고 놓아둘 수 없다는 것을 알았으니까요."

나는 스티븐이 다락방 창문에서 우리 모습을 보고 무사히 달아나 주기를 바랐다. 그러나 그런 우연에만 의지하고 있을 수는 없었으므로, 에밀린이 내 이불에 손대는 것을 보고 나서 핑계를 만들어 살그머니 빠져나왔다. 다행히 우리 부엌은 옆집과 반대쪽에 있었으므로 나는 두리번거리면서 스트롱네 집으로 정신없이 달려가 에밀린의 다락방으로 뛰어올라 스티븐에게로 갔다.

오기를 잘했다. 스티븐은 우리가 가버린 것을 모르고 있었던 것이다. 프리시가 베틀 뒤에 숨겨두었으므로 삐그덕거리는 마룻바닥 소리를 에밀린이 알아듣지나 않을까 걱정되어 스티븐은 꼼짝도 할 수 없었던 것이다. 거미줄투성이가 된 그의 모습은 정말 볼 만했다.

나는 스티븐을 아래층으로 내려오게 하여 가만히 우리 헛간으로 데려왔다. 어두워진 뒤 스트롱 자매가 돌아가버릴 때까지 그는 그곳에 있었다. 에밀린은 우리 집 문을 나서자마자 프리시에게 버럭 화를 내기 시작했다.

이윽고 스티븐이 들어왔으므로 우리는 깊이 상의했다. 스티븐은 프리시와 보낸 짧은 시간을 유효하게 썼던 것이다. 프리시는 그와 결혼하겠다고 약속했으므로 남은 문제는 결혼식을 올리는 일이었다.

"그러나 그건 쉬운 일이 아니에요. 일단 에밀린이 의심을 품게 되면, 비록 몇 해가 걸리더라도 댁이 다른 사람과 결혼할 때까지 프리시에게서 눈을 떼지 않을 테니까요. 나는 에밀린도 알고, 프리시도 잘 알고 있어요. 다른 아가씨라면 달아나거나 해서 끝내버리겠지만, 프리시는 결코 그렇게 못해요. 에밀린이 시키는 대로 하는 습관이 지나치게 붙어버린 거예요. 댁은 유순한 아내를 맞게 될 거예요, 스티븐. 프리시를 아내로 얻을 수만 있다면 말이에요."

스티븐은 그런 것은 하나도 문제가 아니라는 듯한 표정이었다. 소문에 의하면 앨시어는 꽤 자신의 주장이 강했다고들 했다. 나는 모른다. 아마 그랬을지도 모른다.

스티븐은 나에게 매달렸다.

"무슨 좋은 방법이 없습니까, 로재너? 우리를 이토록 도와주신 은혜를 나는 절대로 잊지 않겠습니다."

"방법은 한 가지밖에 없어요. 그것은 댁이 결혼허가증을 준비하여 레너드 목사에게 이야기하고, 우리 집 바람통을 계속 지켜보는 거예요. 나는 여기서 지켜보고 있다가 기회가 있는 대로 곧 신호할 테니까요."

이제 나도 지켜보고 스티븐도 뚫어져라 보았으며, 레너드 목사도 그 음모에 가담했다. 프리시는 전부터 레너드 목사의 마음에 들었었고, 아무리 성직자라도 성인이 아닌 이상, 늘 교회에 말썽을 일으키려는 에밀린에게 호감을 가질 수는 도저히 없었을 것이다.

그러나 에밀린은 우리 세 사람의 상대로서 모자람이 없었다. 결코 프리시에게서 눈을 떼지 않고, 어디를 가든지 가방을 챙기듯 프리시를 데리고 다녔다. 한달이 지났을 때 나는 거의 희망을 잃고 말았다. 1주일 뒤면 레너드 목사는 교단 최고회의에 나가야 하고, 스티븐의 이웃 사람들이 스티븐에 대한 이야기를 화제에 올리기 시작했기 때문이다. 남자가 날마다 망원경을 들고 서성거리며, 모든 일을 고용인들에게만 맡기는 건 제 정신이 아니라는 것이었다.

그러던 어느 날, 에밀린이 혼자 외출하는 것을 본 나는 내 눈이 의심스러워 견딜 수 없었다. 에밀린이 보이지 않게 되자마자 나는 달려갔다. 앤 설리와 다이애너 배리도 같이 갔다.

그날 오후, 두 사람은 나한테 놀러 와 있었다. 다이애너의 어머니는 나와 육촌 사이로 서로 자주 오가고 있었으므로 다이애너는 줄곧 만나보고 있었지만, 다이애너의 친구인 앤 설리는 한 번도 본 일이 없으나 여러 가지 소문을 듣고 몹시 호기심을 느끼고 있었다. 그래서 올여름 앤이 레드먼드 대학에서 돌아왔을 때, 나는 제발 부탁이니 언젠가 오후에 앤을 데리고 놀러와 달라고 다이애너에게 사정했던 것이다.

역시 앤은 나를 실망시키지 않았다. 사람들 가운데에는 앤의 아름다움을 모르는 이도 있었겠지만 나는 앤을 미인이라고 생각했다. 더없이 멋진 빨강머리와 이제까지 본 적이 없을 만큼 크고 빛나는 눈을 가지고 있었다. 그 맑고도 고운 웃음소리는 듣기만 해도 다시 젊어지는 기분이었다.

그날 오후 앤과 다이애너는 실컷 웃었다. 내가 소문내지 말라고 단단히 이른 다음 가엾은 프리시의 연애사건을 모두 들려 주었기 때문이다. 그래서 둘은 무슨 일이 있어도 나와 함께 가겠다고 우겼다.

나는 집 모습을 보고 놀랐다. 덧문이란 덧문은 모두 닫혀 있고, 문에는 자물쇠가 채워져 있었다. 내가 아무리 두들겨도 아무 대답이 없었다. 그래서 집을 빙 돌아 단 한 곳 덧문이 닫혀 있지 않은 창문으로 갔다. 2층의 작은 창문이었다. 그것이 자매의 침실 오른쪽 작은 방임을 나는 알고 있었다. 내가 그 밑에 서서 프리시를 부르자 곧 창문이 열렸다. 너무도 핼쑥하고 슬픔에 잠겨 있는 모습을 보고 나는 진심으로 가엾은 생각이 들었다.

"프리시, 에밀린은 어디 갔죠?"

"애번리의 로저 파이네 집에 문병 갔어요. 그 집 사람들이 홍역에 걸려서요. 내가 아직 한 번도 홍역을 앓은 적이 없어 에밀린이 데리고 가지 않은 거예요."

가엾은 프리시! 남들처럼 홍역도 치르지 않은 것이다. 나는 껑충 뛸 듯이 기뻐했다.

"그럼, 덧문을 열고 우리 집으로 와요. 곧 스티븐과 목사님을 부를 테니까요."

프리시는 비참한 목소리로 말했다.

"헛일이에요. 에밀린이 나를 여기에 가두고 자물쇠를 채워 버렸으니까요."

나는 기가 막히고 말았다. 갓난아기가 아닌 이상 아무도 그 작은 창문으로 드나들 수 없을 것 같았기 때문이다. 나는 하는 수 없이 말했다.

"좋아요. 아무튼 스티븐에게 신호를 보내서 그가 온 뒤 어떻게든 하기로 해요."

나는 그 바람통 위에 어떻게 신호를 걸어야 좋을지 알 수 없었다. 그날은 현기증이 나서 견딜 수 없었으므로, 만일 내가 사다리 위에서 현기증을 일으키면 뜻하지 않게 결혼식 대신 장례식을 치르게 될지도 모른다. 그러나 앤 셜리가 대신 하겠다면서 야무지게 달아 주었다. 나는 그때까지 한 번도 이 처녀를 만난 적이 없었고 또 그날 이후 줄곧 만나지 못했지만, 그 처녀가 한번 하겠다고 결심하면 안 되는 일이 거의 없으리라는 게 내 의견이다.

스티븐은 곧 목사와 함께 도착했다. 그래서 토머스까지 포함한 우리 모두—토머스는 본의 아니게도 이 사건에 흥미를 가지기 시작했다—는 나가서 작은 방 창 밑에서 작전 회의를 열었다.

토머스가 문을 부수고 프리시를 데려가면 된다고 제안했다. 그러나 레너드 목사는 탐탁지 않은 모양이었고, 스티븐도 그것은 마지막 수단으로서만 생각할 수 있는 일이라고 말했다. 나도 거기에 동의했다. 에밀린이라면 반드시 가택침입죄로 스티븐을 고소할 게 틀림없다. 너무나 분한 나머지 에밀린은 핑곗거리만 있으면 조금도 망설이지 않을 것이다.

이때 마치 자기가 결혼하는 듯 흥분해 있던 앤 셜리가 다시 우리를 도와주었다.

"저 작은 방 창문에 사다리를 걸치고 클러크 씨가 거기로 올라가서 결혼식을 올릴 수 있을지도 모르겠어요. 그렇게 안 될까요, 레너드 목사님?"

레너드 목사는 할 수 있다고 대답했다. 그는 여느 때 아주 성자다운 태도를 보이는 사람이었는데, 나는 그의 눈이 번쩍 빛나는 것을 보았다.

나는 부탁했다.

"토머스, 우리 집 작은 사다리를 여기에 가지고 와줘요."

토머스는 자기가 교회 장로라는 것도 잊고 뚱뚱한 몸을 재빨리 움직여 사다리를 가져왔다. 사다리가 짧아서 창문에 닿지 않았지만 다른 것을 가지러 갈 시간이 없었다.

스티븐은 사다리 꼭대기까지 올라가 손을 내뻗고 프리시는 아래로 손을 뻗어 가까스로 마주 잡을 수 있었다. 그때의 프리시 모습을 나는 영원히 잊지 못할 것이다. 창문이 너무 작아서 프리시는 머리와 한쪽 팔만 내놓을 수밖에 없었다. 게다가 그녀는 두려워서 숨이 멎을 듯 바들바들 떨고 있었다.

레너드 목사는 근엄한 목소리로 사다리 아랫단에 서서 두 사람을 결혼시켰다. 본디 레너드 목사는 결혼식을 길고 아주 장엄하게 했으나 이때는 반드시 필요한 순서 말고는 모두 생략하고 말았다. 그렇게 한 것은 참 잘한 일이었다. 왜냐하면 그가 막 두 사람을 남편과 아내로 선언했을 때, 에밀린이 오솔길로 마차를 타고 들어왔기 때문이다.

에밀린은 파란 책을 손에 든 목사를 보았을 때 무슨 일이 있었는지 다 알아차리고 말았다. 아무 말 없이 현관으로 걸어가 자물쇠를 열고 2층으로 올라갔다. 차라리 작은 방 창문이 작아서 다행이었다고 절실히 느꼈다. 그렇지 않았다면 에밀린은 창문으로 프리시를 내던졌을 게 틀림없다. 마침내 에밀린은 프리시의 팔을 잡고 아래층으로 끌고 내려와 글자 그대로 스티븐에게 집어던졌다.

"여봐요, 당신 여자를 데리고 가요. 짐은 하나도 남김 없이 꾸려서 나중에 보내 주겠어요. 이 애 얼굴도 당신 얼굴도 살아 있는 한 두 번 다시 보고 싶지 않아요."

그리고는 나와 토머스를 보더니 서슴지 않고 퍼부었다.

"이 일로 이 겁쟁이 바보를 도운 당신들은 우리 뜰에서 당장 나가 두 번 다시 우리 집 문턱을 넘지 않도록 해요."

그러자 토머스가 말했다.

"아이구, 누가 또 오고 싶대나, 이 잔소리쟁이 노처녀야!"

아마 그런 말은 하지 않았어야 했을 것이다. 그러나 아무리 교회 장로라지만 나약한 인간인 것이다. 처녀들도 달아나지 않았다. 에밀린은 그들 둘을 노려보았다.

"애번리로 가지고 돌아갈 좋은 선물이 생겼구먼. 애번리의 수다쟁이들에게는 한동안 이야깃거리가 듬뿍 있게 되겠지. 그러기 위해서 애번리에서 여기까지 온 거니까. 소문 이야기를 주워 모으려고 말이야."

마지막은 목사 차례였다.

"나는 이제부터 스펜서베일의 침례교회에 나가겠어요."

그 말투와 표정은 다른 말을 하고도 남음이 있었다. 에밀린은 회오리바람처럼 집 안에 들어가 문을 쾅 닫았다.

레너드 목사는 딱한 듯 어렴풋한 미소를 띠며 우리를 둘러보았고, 스티븐은 기절해버린 가엾은 프리시를 안아 마차로 들었다.

레너드 목사는 여느 때같이 그 온후한 성자 같은 태도로 말했다.

"정말 딱하게 되었군요. 침례교회 사람들 말입니다."

기적

부엌 창문으로 밖을 내다본 설로미는 매끄러운 이마에 주름을 지었다.

설로미는 걱정스러운 듯 중얼거렸다.

"아니, 라이어닐 헤저키어가 이번에는 또 무슨 일을 저지른 것일까?"

무심코 설로미는 목발 쪽으로 손을 뻗었다. 그러나 목발은 바닥에 넘어져 있었으므로 손이 닿지 않았고, 목발 없이는 한발짝도 걸을 수 없었다.

설로미는 생각했다.

"뭐 괜찮겠지. 어쨌든 주디스가 있는 속력을 다해 아이를 데려오고 있으니까. 그 아이가 이번에는 뭔가 무서운 일을 저지른 게 틀림없어. 주디스가 몹시 기분 나쁜 얼굴을 하고 있으니까. 진심으로 성났을 때가 아니면 주디스는 결코 저런 걸음걸이로 걷지 않아. 아, 나는 가끔 저 아이를 양자로 삼은 것은 주디스와 나의 실수였다고 생각하게 되니 정말 큰일이야.

남자아이의 올바른 양육법에 대해서 독신녀 둘이 그다지 알 턱이 없으니까. 하지만 나쁜 아이는 아니니까, 우리가 그 방법만 잘 안다면 더 예의바르게 키울 수 있을 거야."

설로미의 혼잣말은 라이어닐 헤저키어의 통통하게 살찐 손목을 꽉 잡은 언니 주디스가 들어왔기 때문에 멈추었다.

주디스 마시는 설로미보다 열 살 위로, 이 두 사람의 겉모습은 밤과 낮처럼 너무나 서로 달랐다.

설로미는 나이가 35살인데도 마치 소녀처럼 보였다. 몸집이 작고 볼은 장밋빛으로 꽃처럼 아름다웠다. 옅은 금발은 곱슬거리며 물결쳐 혼기를 놓친 여자라고는 도저히 여길 수 없었으며, 푸른 눈은 크고 비둘기처럼 부드러웠다. 얼굴은 가냘프기는 했으나 무척 사랑스럽고 사람을 끌었다.

주디스 마시는 키가 크고 거무스름하게 못생긴 비극적인 얼굴을 하고 있었으며 머리털은 짙은 잿빛이었다. 검은 눈은 음침하고 얼굴의 생김새는 하나하나가 불굴의 의지와 결단력을 드러내고 있었다.

지금의 주디스는 설로미가 말한대로 '진심으로 화난' 얼굴이었으며, 붙잡고 있는 작은 아이를 바라보는 가시돋친 눈초리는 태평스럽게 6년의 생애를 지내온 라이어닐보다 더 세월을 쌓은 죄인마저도 벌벌 떨게 할 지경이었다.

어떤 결점이 있든 라이어닐은 나쁜 아이로는 보이지 않았다. 사실 커다란 벨벳 같은 갈색 눈으로 이 즐거운 세상에 방글방글 웃음을 던지고 있었다. 통통하게 살찐 팔다리에 더부룩한 아름다운 금빛 곱슬머리는 그에게는 괴로움의 씨앗이었지만 설로미에게는 자랑이자 기쁨이었다. 라이어닐의 둥그런 볼에는 언제나 보조개와 미소가 깃들어 있었다.

그러나 지금 라이어닐은 완전히 기가 죽어 있었다. 현행범으로 잡혔으므로 몹시 부끄러워하고 있는 것이었다. 슬프게 나무라는 듯 바라보는 설로미의 눈길에 그는 고개를 떨어뜨리고 발끝을 꼼지락거리고 있었다. 설로미의 이런 눈길과 마주치면 언제나 라이어닐은 장난친 것 이상의 벌을 받고 있는 것 같은 느낌이 들었다.

주디스가 물었다.

"이번에는 저 애가 무슨 짓을 하다가 들켰을 것 같니?"

설로미는 우물거렸다.

"나—나는 모르겠어."

주디스는 한마디 한마디에 힘을 주며 말했다.

"닭장—문 쪽으로—금방 낳은—달걀을—집어던지고 있었어. 오늘 낳은 달걀을 겨우 세 개 남겼을 뿐, 나머지는 모조리 다 깨버리고 말았지. 게다가 닭장문은—"

주디스는 입을 다물고 분노를 못 참겠다는 몸짓으로 말로는 도저히 표현할 수 없으니 설로미의 상상에 맡기겠다는 뜻을 전했다.

설로미는 기막힌 심정으로 물었다.

"오, 라이어닐, 왜 그런 짓을 했지?"

"그러면 안 된다는 걸 몰랐어. 아주 재미있을 거라고 생각했던 거야. 재미있는 건 몽땅 해서는 안 되는 거야?"

라이어닐은 와락 울음을 터뜨렸다.

설로미는 눈물에 약했다. 라이어닐은 그것을 잘 알고 있었다. 설로미는 흐느끼는 죄인에게 손을 내밀어 끌어안으며 주디스에게 대들듯 두둔했다.

"이 아이는 나쁜 짓인 줄 몰랐던 거야."

"그렇다면 가르쳐 줘야 해. 아니, 이 애를 감싸려 해도 헛일이야, 설로미. 저녁을 굶기고 잠자리에 들게 한 다음 내일 아침까지 그곳에 있어야 해."

설로미는 사정했다.

"제발! 저녁을 굶기는 것만은 그만둬. 이 아이—이 아이의 위를 괴롭힌다고 해서 행실을 바로잡을 수는 없잖아, 주디스."

주디스는 사정을 들어주지 않고 같은 말을 매섭게 되풀이했다.

"저녁을 안 주겠다고 했어. 라이어닐, 2층 남쪽 방으로 가서 자거라."

라이어닐은 2층으로 올라가 곧 잠자리에 들었다. 그는 결코 뾰로통하거나 명령을 거역하지 않았다. 참을성 있게 무거운 걸음으로 한 발자국 한 발자국 흐느끼면서 2층으로 올라가는 것을 보고 있는 동안 설로미의 눈에도 눈물이 넘쳐나왔다.

주디스는 초조해 하면서 말했다.

"자, 제발 부탁이니 울지 말아줘, 설로미. 나로서는 아주 가벼운 벌을 준 걸로 생각해. 그런 짓에는 성자라도 화를 내게 될 거야. 그런데 나는 성자가 아니란 말이야."

과연 그 말대로였다.

설로미는 감쌌다.

"하지만 나쁜 아이는 아니야. 나쁜 일이라고 타이르면 두 번 다시는 되풀이하지 않잖아."

"하지만 뭔지 모르게 새로운 더 큰 나쁜 짓을 꼭 저지르고 마니 어떻게 하지? 저 애처럼 나쁜 짓을 잘 생각해내는 녀석은 본 적이 없어. 요 두 주일 동안에 저지른 일만도—생각해 봐, 두 주일 동안에 저지른 일을, 설로미.

살아 있는 뱀을 들고 들어와 하마터면 너를 기절하게 만들 뻔했잖아. 피부에 바르는 약을 한 병 다 마시고 죽을 뻔도 했어. 두꺼비를 세 마리나 이불 속으로 가지고 들어가 함께 잤고, 닭장지붕에 올라가 암탉 위에 떨어져 끝내 그 암탉은 죽고 말았어. 그리고 네 그림물감을 얼굴에 온통 발랐잖아. 더군다나 이번에 또 이렇게 큰 공을 세웠어. 달걀은 한 줄에 28센트나 하는데! 정말이지 설로미, 라이어닐은 비싼 사치품이야."

설로미가 항의했다.

"하지만 우리는 저 아이 없이 살 수 없어."

"아니, 나는 살아갈 수 있어. 하지만 너는 그럴 수 없다고 할까 뭐랄까, 그럴 수 없다고 생각하고 있으니 저 애를 저렇게 제멋대로 내버려둘 수밖에 없겠지. 하지만 우리가 마음놓고 편히 지낼 생각이라면, 내 마음 같아서는 저 애를 당장 노끈으로 붙들어매어 안뜰에 내놓고 누군가 감시하는 사람을 고용해야 할 거야."

설로미는 발끈하여 필사적으로 말했다.

"저 아이를 다룰 방법이 뭔가 있을 게 틀림없어."

설로미는 노끈으로 묶는다는 말을 정말인 줄 알았던 것이다. 주디스는 무슨 말을 하든지 무척 진지했기 때문이다.

설로미는 말했다.

"저 애가 이렇게 갖가지 들어본 일도 없는 짓을 발명하는 건 달리할 일이 없기 때문이 아닌지도 모르겠어. 뭔가 할 일이 있으면—혹시 학교에라도 보낸다면—"

"학교에 보내기에는 아직 나이가 모자라. 아버지가 말씀하셨잖아, 아이들은 7살이 되기 전에 학교에 보내면 안 된다고. 그러니까 나로서는 라이어닐을 학교에도 보낼 수 없어. 자, 양동이에 뜨거운 물을 가지고 가서 닭장문을 어떻게든 닦아봐야지. 덕택에 오후에 할 일의 순서가 완전히 뒤죽박죽 되어 버렸어."

주디스는 목발을 설로미 옆에 기대놓고 닭장문을 닦으러 나갔다. 그 모습이 완전히 보이지 않게 되자 설로미는 목발을 짚고 천천히 힘들여 층계 아래로 절룩거리며 걸어갔다. 2층으로 올라가서 라이어닐을 위로해 주고 싶어 견딜 수 없었지만 그럴 수가 없었다.

그래서 주디스는 라이어닐을 2층으로 올려보낸 것이다. 벌써 15년 동안이나 설로미는 2층에 올라간 일이 없었다. 라이어닐을 층계 끝까지 불러낼 수도 없었다. 주디스가 돌아오면 안 되기 때문이다. 그리고 라이어닐을 벌주는 것은 마땅한 일이었다. 심한 장난을 쳤으니까.

설로미는 층계 맨 아래에 앉아서 귀를 기울이며 생각했다.

'하다못해 먹을 거라도 조금 갖다 주었으면 좋겠는데. 소리가 전혀 나지 않는군. 아마 이불 속에서 울다가 지쳐 잠들어버린 거겠지, 가엾은 라이어닐. 장난을 무척 좋아하는 것은 틀림없지만, 그것도 호기심이 강하기 때문인지 몰라. 그러니 그것을 올바른 방향으로 돌려주기만 한다면—아, 라이어닐의 일에 대해서 내가 레너드 목사님에게 상담하는 것을 주디스가 허락해 주었으면 좋으련만.

주디스가 저렇게 목사님을 싫어하지만 않는다면 좋을 텐데. 나를 교회에 못 가게 하는 건 괜찮아. 이 다리로는 아무래도 힘든 일일 테니까. 하지만 가끔 레너드 목사님과 상의하고 싶은 일들이 수두룩하게 많아.

나로신 주디스와 아버지가 옳다고는 도지히 생각할 수 없이. 옳지 못한 게 틀림없어. 하느님이 계시니 교회에 나가지 않는 것은 몹시 나쁜 일이라고 여겨져. 하지만 기적이라도 일어나지 않는 한 주디스를 설득시킬 수는 없을 테니까 아무리 생각해도 헛일이야. 그래, 라이어닐은 잠들어버린 게 틀림없어.'

곱슬곱슬한 긴 속눈썹을 따라 눈물이 때문은 장밋빛 볼로 흐르며 토실토실 살찐 손을 늘 하는 버릇대로 가슴 위에 꼭 마주잡고 있는 라이어닐의 모습을 머리 속에 그린 설로미는 어머니 같은 애정으로 가슴이 뜨거워지며 욱신거리는 것을 느꼈다.

라이어닐 헤저키어의 부모 애브너와 마서 스미스는 1년 전 세상을 떠났다. 그 뒤에는 넘칠 듯이 많은 아이들 말고는 거의 아무 것도 없었다. 아이들은 카모디의 몇몇 친척들이 나누어 맡았는데, 설로미가 5살 된 '아이'를 맡아 기르고 싶다고 해서 주디스를 깜짝 놀라게 했다. 처음에 주디스는 픽 코웃음을 쳤지만, 설로미가 진지한 것을 알자 어쩔 수 없이 양보했다. 주디스는 언제나 설로미가 바라는 대로 해주었다. 단 한 가지 예외가 있었지만.

마침내 주디스는 승낙했다.

"저 아이를 갖고 싶다면 맡아야만 되겠지. 하지만 저 아이의 이름이 교양 있는 것이었으면 좋을 텐데. 헤저키어도 탐탁지 않은데 라이어닐은 더욱 나빠. 그리고 이 둘을 합친 뒤에 스미스까지 붙인다는 것은 마서 스미스가 아니면 생각할 수 없는 일이야. 마서의 판단이란 남편을 고르는 것에서부터 이름 짓는 것까지 한결같이 색다르니까."

이렇게 해서 라이어닐 헤저키어는 주디스의 집과 설로미의 품으로 들어온 것이었다. 설로미는 마음껏 라이어닐을 귀여워했지만, 주디스는 비판적인 눈으로 그의 행동을 일일이 감독했다. 아마 그것이 좋았던 것이리라. 그렇지 않았으면 설로미가 너무 응석을 받아주어 나쁜 버릇이 들어버렸을 테니까. 비록 아무리 자기에게 형편이 좋지 못한 일이라도 반드시 주디스의 의견을 받아들이는 설로미는 얌전히 주디스의 명령에 복종했고, 라이어닐이 벌받을 때에는 아이보다 더 애달파하는 것이었다.

충계에 앉아 있는 동안 설로미는 팔을 베고 자신도 모르게 잠들어버렸다. 닭장에서 한바탕 일하고 온 주디스는 엄숙하고 자랑스러운 모습으로 들어와 잠든 설로미의 사랑스러운 모습을 보았다. 설로미를 바라보는 주디스의 얼굴은 놀라우리만큼 상냥하고 부드러웠다.

주디스는 가엾게 생각했다.

"나이를 먹어도 아직 어린아이라니까. 자신의 잘못도 아닌데 일생을 형편없이 망치게 된 어린아이인 거야. 그런데도 선량한 신이 있다느니 모두들 말하고 있어. 고작 있는 건 잔인하고 질투심 많은 포학한 신뿐이야. 그런 신은 정말이지 딱 질색이야!"

어느새 주디스의 눈은 슬픈 빛을 띠고 원한에 불타오르고 있었다. 우주를 지배하는 절대적인 힘을 지닌 신에 대해 주디스는 많은 불만을 품고 있었으며 더욱이 설로미의 의지할 데 없는 상태에 강한 분노를 느끼고 있었다. 15년 전의 설로미는 마음도 다리도 가벼운 기쁨과 생기가 넘치는 명랑하고 행복한 아가씨였다. 설로미가 다른 여자들과 마찬가지로 걸을 수만 있다면 그 강력하고 포학한 신을 이렇게 싫어하지는 않을 텐데 하고 주디스는 생각했다.

닭장 사건이 있은 뒤로 나흘 동안 라이어닐은 얌전한 천사 같았다. 그런 다음 또다시 새로운 일을 저질렀다.

어느 날 오후 라이어닐은 금발을 밤송이투성이로 만들어 돌아왔다. 때마침 주디스는 집에 없었고 설로미는 뜨개질감을 떨어뜨리며 넋을 잃고 라이어닐을 멍하니 바라보았다.

"오, 라이어닐, 이번에는 뭘 어떻게 한 거지?"

라이어닐은 흐느껴 울었다.

"나—나는 밤송이를 달고 야만인 추장이 되었어. 하는 동안은 무척 재미있었지만 밤송이를 잡아떼려니까 몹시 아팠어."

그 뒤 고통스러운 한 시간은 설로미도 라이어닐도 도저히 잊을 수 없었다. 빗과 가위의 도움을 빌어 설로미는 가까스로 라이어닐의 곱슬머리에서 밤송이를 떼어냈다. 그동안 두 사람 가운데 누가 애달픈 심정이었는지 알 수 없을 정도여서 설로미는 라이어닐 못지않게 몹시 울며, 명주실 같은 머리칼을 한번 자를 때마다 그리고 한번 잡아당길 때마다 살을 갈라내는 듯한 심정이었다.

일이 다 끝났을 때 설로미는 맥이 탁 풀렸지만 그래도 지친 라이어닐을 무릎에 앉히고 젖은 뺨을 금빛 머리에 얹었다.

"아, 라이어닐, 너는 어째서 이렇게 줄곧 사고만 치는 거야?"

설로미는 한숨을 내쉬었다.

라이어닐은 얼굴을 찌푸리고 생각에 잠겨 있더니 이렇게 말했다.

"모르겠어. 주일학교에 보내주지 않기 때문이 아닐까 싶지만."

설로미는 마치 그 연약한 몸에 전기충격이라도 받은 것처럼 화들짝 놀랐다.

당황한 설로미는 더듬거리며 물었다.

"아니, 라이어닐, 어째서 그런 생각이 들었지?"

라이어닐은 대들 듯 말했다.

"다른 아이들은 모두 다니니까. 그리고 그 애들은 모두 나보다 착한 아이들이야. 그러니까 그 때문인 게 틀림없다는 생각이 들어. 테디 마컴이 그러는데, 작은 아이들은 모두 주일학교에 가야만 한다고 했어. 만일 가지 않으면 반드시 무서운 곳으로 가게 된다고. 아줌마들은 나를 주일학교에 보내주지 않고 어떻게 행실이 좋아지기를 바라는지 모르겠어."

설로미는 속삭였다.

"정말 다니고 싶니?"

라이어닐은 정직하게 짧게 대답했다.

"죽도록 가고 싶어."

"오, 그런 천한 말을 쓰면 안 돼."

설로미는 어쩔 바 몰라 한숨을 쉬었다.

"어떻게든 해보자꾸나. 아마 갈 수 있게 되겠지. 주디스 아줌마에게 부탁해 주마."

"싫어. 주디스 아줌마는 보내주지 않을 거야."

라이어닐은 풀이 죽어 있었다.

"주디스 아줌마는 하느님이 있다는 것도 무서운 곳이 있다는 것도 믿지 않으니까. 그렇다고 테디 마컴이 말했어. 주디스 아줌마는 한 번도 교회에 나가지 않았으니 나쁜 사람이라고 테디가 말했어. 설로미 아줌마도 나쁜 사람이야. 교회에 한 번도 나가지 않으니까. 왜 교회에 안 가는 거야?"

"너의—너의 주디스 아줌마가 보내주지 않기 때문이야."

우물거리며 대답하는 설로미가 이렇게 당황했던 적은 태어나서 처음이었다.

라이어닐은 말했다.

"아줌마들은 일요일에 둘 다 그리 재미있는 것 같지 않아."

그리고 곰곰이 생각에 잠겼다.

"나 같으면 더 재미있게 지내겠는데. 하지만 아줌마들은 여자니까 그렇지도 않겠지. 난 남자이기를 잘 했어. 에이벌 블레어 아저씨를 봐. 일요일에 무척 유쾌하게 지내잖아. 교회에는 아예 가지 않고, 낚시질하거나 닭싸움을 시키거나 술에 취해 있거든. 나도 크면 일요일에 그렇게 할 거야. 교회 같은 데는 결코 가지 않을 테야. 교회에는 가고 싶지도 않지만 주일학교에는 가고 싶어."

설로미는 기가 막힌 심정으로 듣고만 있었다.

라이어널의 한마디 한마디가 그녀의 양심을 견딜 수 없을 만큼 쿡쿡 찔렀다.

'내가 주디스에게 무기력하게 따르고 있는 결과가 이렇게 되는구나. 이 죄 없는 아이가 나를 나쁜 여자로 생각하고 있어. 더욱 지독한 것은 저 타락할 대로 타락해 있는 에이벌 블레어 노인을 본보기로 알고 있는 일이야. 아, 이 잘못을 고치기 위해서는 이미 시기가 너무 늦어버린 것일까.'

주디스가 돌아오자 설로미는 모든 이야기를 털어놓고 애원하듯 말을 맺었다.

"라이어널을 주일학교에 꼭 보내야 되겠어."

주디스의 얼굴은 돌에 새겨진 듯 굳어 있었다.

"아니, 그럴 수 없어."

주디스는 완강하게 거절했다.

"우리 지붕 밑에 사는 사람은 아무도 교회나 주일학교에 가서는 안 돼. 네가 그 아이에게 기도를 가르치고 싶다고 말했을 때, 그런 것이 얼마나 어리석은 미신에 지나지 않는 줄 알면서도 그냥 내버려두었지만 그 이상은 한 발짝도 양보할 수 없어. 이 문제에 대해 내가 어떤 심정인지 너는 잘 알고 있잖니, 설로미. 나는 아버지와 같은 믿음을 갖고 있어. 아버지가 교회나 예배에 가기 싫어한 것을 너도 알고 있을 텐데. 그리고 아버지처럼 착하고 친절하고 사랑스러운 분이 또 있었니?"

설로미도 지지 않고 주장했다.

"어머니는 하느님을 굳게 믿고 있었어. 어머니는 언제나 예배에 나가셨으니까."

주디스는 굽히지 않았다.

"어머니는 너와 꼭 닮은 무력한 미신가였으니까. 알겠니, 설로미, 나는 하느님이 있다고는 생각지 않아. 만일 있다고 한다면 잔인하고 부도덕한 존재일 뿐이야. 그런 하느님 같은 건 정말 싫어."

그 불경스러운 태도에 깜짝 놀라 설로미는 외쳤다.

"주디스!"

그녀는 언니가 신의 벌을 받아 그 자리에서 죽어, 발 아래 쓰러지지나 않을까 겁이 덜컥 났다.

주디스는 이 문제라면 언제나 그렇듯 이상하게 화를 내며 서슬이 시퍼래져 외쳤다.

"나를 '주디스'니 하고 그런 타이르는 말투로 부르지 말아줘. 나는 진심으로 말하는 거야. 네가 절름발이가 되기 전에는 나도 이렇게 생각하지는 않았고, 아버지보다는 어머니의 의견에 따랐을지도 몰라. 하지만 네가 그런 꼴이 되어버렸기에 역시 아버지가 옳았다는 것을 절실히 알게 되었어."

잠시 설로미는 풀이 죽었다. 도저히 주디스와 맞설 수가 없었고, 그럴 용기도 없다고 생각했다. 그러나 이것이 자신을 위한 일이라면 그럴 수 있었겠지만, 라이어널을 생각하자 필사적인 용기가 불러일으켜졌다. 설로미는 여윈 창백한 손을 모으며 정신없이 외쳤다.

"주디스, 나는 내일 교회에 가야만 해. 이제 단 하루도 라이어널에게 나쁜 본보기를 보여줄 수는 없으니까. 대신에 아이는 데리고 가지 않겠어. 그 점에서 언니를 거역하고 싶지는 않아. 그 아이에게 옷과 밥을 주고 있는 것은 언니이니까 말이야. 하지만 나는 반드시 가겠어."

"네가 간다면 나는 너를 결코 용서치 않을 거야, 설로미."

주디스의 냉혹한 얼굴은 분노로 험악해졌다. 그리고 이 문제에 대한 말다툼을 더 이상 잇게 되면 스스로도 어떤 일이 벌어질지 모른다고 여겨져 방에서 나가버리고 말았다.

설로미는 금방 눈물로 범벅이 되어 그날 밤을 내내 울며불며 지새웠다. 그러나 그 결심은 흔들리지 않았다. 귀여운 아이를 위해 무슨 일이 있어도 교회에 나가리라.

아침 식사 때 주디스가 말을 건네지 않았으므로 설로미는 가슴이 터질 것만 같았다. 그러나 그것에 지지 않았다. 식사가 끝나자 설로미는 애처롭게 다리를 절며 자기 방으로 가서 애써 옷차림을 그런대로 갖추었다. 준비가 되자 상자에서 손때 묻은 낡고 조그만 성경을 꺼내 들었다. 그것은 어머니가 남겨준 선물로 설로미는 밤마다 한 장(章)씩 읽고 있었지만, 주디스에게는 결코 내보이지 않았다.

설로미가 다리를 절며 부엌으로 나오자 주디스가 험악한 얼굴을 들었다. 검은 눈에 무서운 분노가 이글이글 불꽃처럼 타오르고 있었다. 주디스는 거실로 들어가 문을 쾅 닫아 버렸다. 그렇게 함으로써 영원히 설로미를 자기 마음과 생활에서 몰아내고 마는 것 같았다. 신경이 극도로 긴장된 설로미는 그 닫혀진 문이 뜻하는 것을 직감적으로 느낄 수 있었다. 설로미는 잠시 당황했다. 오, 주디스에게 거역할 수는 없다! 설로미가 막 자기 방으로 되돌아가려 했을 때, 라이어닐이 달려오더니 발길을 멈추고 감탄한 태도로 설로미를 물끄러미 바라보았다.

라이어닐이 말했다.

"멋있어, 설로미 아줌마. 어디 가는 거지?"

설로미가 조용히 타일렀다.

"그런 말 하는 게 아니야, 라이어널. 나는 교회에 간단다."

"나도 같이 데려가."

라이어널은 떼를 썼지만 설로미는 고개를 저었다.

"그렇게는 할 수 없어. 주디스 아줌마가 좋다고 하지 않을 테니까. 아마 조금만 더 있으면 보내줄지도 몰라. 자, 내가 집에 없는 동안 착하게 있어야 한다. 말썽을 피워서는 안 돼."

"난 나쁘다고 생각하는 일은 하지 않아. 하지만 그게 어려워. 뭐가 나쁘고 나쁘지 않은 건지 나는 도무지 알 수 없으니까. 아마 주일학교에 다니면 알게 될지도 모르지만."

설로미는 불편한 다리를 끌고 뜰을 나와 탱알과 기린초에 둘러싸인 오솔길을 따라 천천히 걸어갔다. 다행히도 교회는 바깥 큰길 맞은편으로, 오솔길을 나온 바로 끄트머리에 있었다. 그러나 그런 짧은 거리마저도 설로미로서는 쉽지 않았다. 가까스로 교회에 닿아 괴로운 생각을 떨치며 옛날 어머니의 자리에 이르렀을 때에는 힘이 다 빠져버린 것만 같았다. 목발을 자리 옆에 놓고 후유 안도의 숨을 내쉬면서 설로미는 창문 옆 구석에 힘없이 앉았다.

다른 사람들이 오기 전에 도착하려고 이른 시각에 왔으므로 교회는 아직 인기척이 없고 저쪽 한구석에 주일학교 아이들과 선생님들만 있었다. 설로미 마시가 다리를 절면서 교회로 들어오는 것을 보자 그들은 공부를 멈추고 놀란 눈을 커다랗게 뜨고 설로미를 보고 있었다.

커다란 교회 건물은 큰 느릅나무들이 언제나 둘러싸고 있어 어둠침침하고 아주 조용했다. 주일학교의 나머지 학생들이 모여 있는 설교단 뒤쪽의 닫혀진 방에서는 어렴풋한 웅성거림이 들려왔다. 설교단 앞에는 쏟아질 듯 흰 꽃이 핀 제라늄을 놓은 높다란 대가 있고, 스테인드글라스 창문으로 스며드는 햇살은 부드러운 빛으로 바닥을 어루만지고 있었다.

설로미는 화평과 행복이 가슴에 넘치는 것을 깨달았으며, 주디스의 노여움도 대단치 않게 여기게 되었다. 창문틀에 머리를 기댄 설로미는 와락 치미는 그리운 옛 추억에 마음껏 잠겼다.

기억은 일요일마다 이 자리에 어머니와 함께 앉았던 어린 시절로 되돌아갔다. 그 무렵은 주디스도 왔었는데, 열 살이나 손위여서 설로미에게는 늘 어른처럼 보였었다. 키가 크고 얼굴빛이 거무스름하며 말없는 아버지는 결코 오지 않았다. 아버지를 카모디 사람들은 믿음이 없는 아주 나쁜 사람으로 보고 있었던 것으로 설로미는 알고 있었다. 그러나 그는 사람들이 생각하는 만큼 나쁜 사람이 아니었고, 색다르기는 하지만 그 나름으로 착하고 친절했다.

상냥하고 몸집 작은 어머니는 설로미가 10살 때 죽었지만 주디스의 보살핌이 빈틈없고 사랑이 넘쳐 있었으므로 어린 설로미는 인생에 아무런 부족함도 느끼지 않았다. 주디스는 어린 동생을 어머니 같은 마음으로 깊이 사랑해주었다. 주디스 자신은 얼굴이 예쁘지 못하고 남에게 싫증이 나게 하는 소녀여서 호의를 보이는 사람이 거의 없었고 남자 또한 한 사람도 주디스에게 관심을 기울이지 않았다. 그러나 자기가 얻을 수 없는 것을—존경과 우정과 사랑을 설로미에게 맛보게 해주어야 한다고 착한 주디스는 결심했다. 설로미에게 자신의 청춘을 걸어 실현시키고 싶다고 생각했다.

모든 것이 다 주디스의 계획대로 잘 되어나갔는데, 설로미가 18살 되었을 때 불행이 잇달아 찾아들었다. 주디스를 이해하고 무척 사랑했던 아버지가 죽고, 설로미의 젊은 연인이 철도사고로 숨졌으며, 마지막에 설로미는 하찮은 상처로 고관절염 증세가 나타나 마침내 불구의 몸이 되고 말았다.

주디스는 온갖 방법을 다 써보았다. 이름을 지어준 고모로부터 꽤 많은 유산을 받은 주디스는 가장 좋은 치료를 받게 하기 위해서 조금도 아까워하지 않았다. 그러나 모든 게 헛일이었다. 잇달아 유명한 의사들마저 손을 들었다.

주디스는 아버지의 죽음을 더없이 슬퍼했었지만 그래도 용감하게 견디어냈다. 비탄에 잠겨 세월을 보내는 동생이 괴로워하며 우울함 속에서 허우적거리며 여위어 가고 있는 것을 보자 서글픈 생각도 뿌리치고 말없이 곁에서 지켜주었다. 그러나 마침내 설로미가 목발에 기대어 처량하게 다리를 절며 걸을 수밖에 없게 된 것을 알았을 때 마음속에 솟구치던 분노가 터져 나오며 이 같은 저주를 보내 주었고 또 막아 주지 못한 하느님에 대해 무서운 반항심이 불타올랐다.

그렇다고 주디스는 미친 듯이 날뛰거나 거칠게 욕설을 늘어놓지는 않았다. 그것은 그녀의 생활 태도가 아니었다. 다만 두 번 다시 교회에 나가지 않게 되었고, 이내 아버지와 마찬가지로 전혀 믿음이 없는 사람으로 알려지게 되었다. 그뿐만 아니라 설로미가 교회에 나가는 것마저 허락지 않았으며, 목사가 찾아가면 눈앞에서 문을 거칠게 닫았으므로 더욱 나쁜 평판을 들었다.

설로미는 교회 좌석에서 자신을 나무랐다.

"나는 언니에게 반대했어야 했던 거야. 하지만 언니가 끝내 용서하지 않는다면 나는 어떻게 살아갈 수 있을까? 하지만 라이어닐을 위해 참지 않으면 안 돼. 내가 마음 약한 탓으로 이미 그 아이를 꽤 나쁘게 만들었는지도 몰라. 무엇이든 아이들이 7살까지 배운 것은 결코 고쳐지지 않는다고 하니까. 라이어닐의 나쁜 점을 바로잡는 데 앞으로 1년밖에 없는 셈이야, 아, 이미 때는 늦은 거야. 어떻게 한담!"

교인들이 하나둘 들어오자 설로미는 호기심에 찬 눈이 자기에게 몰리는 것을 느끼자 고통스러웠다. 창문 밖 말고는 어디를 보나 그런 눈길과 마주쳤으므로 창문 밖만 열심히 내다보고 있기로 했다. 그녀의 가냘픈 작은 얼굴은 쑥스러움으로 차츰 빨개졌다.

설로미에게는 자기 집과 뜰이 똑똑히 보였다. 뜰 한귀퉁이에서는 라이어닐이 신나게 진흙떡을 만들고 있었다. 그러는 가운데 주디스가 집에서 나와 소나무 숲으로 바쁘게 종종걸음으로 걸어가는 것이 눈에 들어왔다. 주디스는 고민이 있을 때면 언제나 소나무 숲으로 가는 것이었다.

모자도 쓰지 않고 진흙떡을 만드는 라이어닐의 머리가 햇빛을 받아 반짝반짝 빛나고 있었다. 라이어닐을 바라보는 기쁨에 설로미는 지금 자기가 어디에 있는지도, 호기심의 눈길이 자기에게로 쏠리고 있는 것도 잊어버렸다.

갑자기 라이어닐이 진흙떡 만들기를 그만 두고 부엌 한 귀퉁이로 가더니, 바람막이담 꼭대기로 올라가 거기서 경사진 부엌 지붕으로 올라가기 시작했다. 설로미는 손을 마주잡고 조바심을 냈다. 혹시 떨어지기라도 하면 어쩌나? 아, 어째서 주디스는 저 아이를 혼자 내버려두고 간 것일까? 만일—만일—설로미가 머릿속으로 이것저것 번개 같은 속도로 온갖 재난을 상상하고 있는 가운데 정말로 어떤 일이 벌어졌다.

지붕에서 라이어닐은 발이 미끄러져 곤두박질치고 넘어지며 팔다리를 눈이 핑핑 돌 정도로 바둥거리다가 홈통 아래 있는 커다란 빗물받이통 속으로 풍덩 떨어졌다. 이 빗물받이통에는 언제나 빗물이 가득 괴어 있었으며, 일요일에 부엌 지붕으로 올라가 노는 남자아이들을 대여섯쯤 삼켜버릴 만큼 크고 깊었다.

그때 일어난 사건은 오늘날까지 카모디의 이야깃거리가 되어 있고, 심한 논쟁까지 벌어질 정도였다. 그만큼 이 문제에 대한 의견이 갖가지로 서로 달랐다.

15년 동안 의지할 것 없이는 한 발자국도 걸을 수 없었던 설로미 마시가 벌떡 일어나 느닷없이 비명과 함께 문 밖으로 뛰어나갔던 것이다.

카모디 교회에 있던 사람들은 한 사람도 빠짐 없이 모조리 놀랐다. 멍하니 서 있던 목사까지도 다른 사람들과 함께 설로미의 뒤를 따랐

다. 목사는 마침 성경 구절을 낭독하려던 참이었다. 모두 밖으로 나갔을 때 설로미는 이미 오솔길을 미친 듯이 달려가고 있었다. 머리속에 있는 것은 오직 한 가지 필사적인 생각뿐이었다. 내가 가기 전에 라이어닐은 빠져죽고 마는 것이 아닐까?

설로미가 나무문을 열고 숨을 헐떡이며 뜰을 가로질러 갔을 때, 키가 크고 무서운 표정을 한 여자가 집모퉁이를 돌아오다가 이 광경을 보고 깜짝 놀라며 우뚝 서고 말했다.

그러나 설로미는 아무것도 눈에 들어오지 않았다. 빗물받이통으로 달려가 공포로 조마조마한 가슴을 죄며 들여다보았다. 설로미가 본 것은 빗물받이통 바닥에 주저앉은 라이어닐의 모습으로, 물은 겨우 허리까지밖에 닿지 않았다. 라이어닐은 좀 정신을 잃고 이리둥절한 모양이었으나 아무데도 상처는 없는 것 같았다.

뜰에는 구름떼처럼 모인 사람들로 가득 찼지만 그때까지 어느 누구도 말 한마디 하지 않았다. 두려움과 놀라움으로 모두들 무엇에 홀린 것처럼 입을 다물고 있었다. 맨 먼저 입을 연 것은 주디스였다. 그녀는 사람들을 헤치고 설로미에게로 다가갔다. 얼굴은 무서우리만큼 파리하고, 나중에 윌리엄 블레어 부인이 말한 바에 따르면 사람들을 소름끼치게 하는 그런 눈초리였다.

그녀는 귀청을 찢을 듯한 새된 목소리로 외쳤다.

"설로미, 목발은 어디에 있니?"

이 물음에 설로미는 제 정신으로 돌아왔다. 비로소 자신이 교회에서부터 이만한 거리를 혼자 아무 것에도 의지하지 않고 걸어온 것을—아니, 한걸음에 달려온 것을 깨달았다. 설로미는 핼쑥해져 비틀거리며 주디스가 붙들지 않았더라면 쓰러질 뻔했다.

늙은 블레어 의사가 얼른 앞으로 나왔다.

"안으로 어서 옮기시오. 그리고 여러분들은 아직 들어가서는 안 됩니다. 이 사람을 잠시 쉬게 해야 하니까요."

많은 사람들은 갑자기 부드러워진 혀를 요란하게 움직이며 얌전히 교회로 돌아갔다. 두세 부인이 주디스를 도와 설로미를 부엌 침대의 자로 옮겨 뉘었다. 그 뒤에서 의사와 라이어닐이 들어왔다. 라이어닐을 빗물받이통에서 안아 올려 준 것은 목사였다. 이제 이 아이에게 주의를 주는 사람은 아무도 없었다.

설로미는 우물거리면서 일의 자초지종을 다 털어놓고 사람들은 갖가지 생각을 하며 이야기를 귀담아들었다.

샘 로슨이 두려움에 사로잡힌 목소리로 외쳤다.

"이건 기적이오."

의사가 목을 움츠리며 퉁명스럽게 말했다.

"기적 같은 건 아니오. 너무도 마땅한 일이오. 허리의 병은 벌써 옛날에 다 나아 있었던 거요. 자연에게 맡겨두면 이렇게 고쳐 주는 수가 있는 법이오. 곤란한 점은 근육을 오랫동안 쓰지 않아 마비되어 버린 일이지만, 그 마비상태가 본능적인 강한 힘으로 극복된 셈이오. 설로미, 힘들겠지만 일어나 부엌 저쪽까지 한번 걸어 봐요."

설로미는 그 말에 따라 부엌을 가로질러 갔다가 되돌아왔다. 이제 미칠 듯한 걱정과 자극이 없어졌으므로 천천히 힘없이 비틀거렸지만, 걸어간 것만은 틀림없었다. 의사는 만족스러운 듯 고개를 끄덕였다.

"그것을 날마다 계속해요. 지치지 않을 만큼 될 수 있는대로 많이 걸어요. 그러면 곧 몸이 가벼워질 거요. 이제 목발도 소용없게 되었군. 그러나 이 경우는 기적이 아닙니다."

주디스는 의사 쪽으로 돌아섰다. 설로미에게 목발에 대해 물은 다음 한마디도 입을 열지 않았었는데, 지금 격렬한 목소리로 말을 시작했다.

"아뇨, 기적이에요. 하느님께서 자신의 존재를 내게 증명하기 위해서 하신 일이에요. 나는 그 증명을 기꺼이 받아들이겠어요."

늙은 의사는 다시 어깨를 움츠렸으나 현명한 사람이었으므로 잠자코 있어야 할 때를 잘 알고 있었다.

"자, 설로미를 잠자리에 들게 하고 오늘은 푹 자게 해요. 너무 지쳐 있소. 그리고 부탁이니 누구든 이 가엾은 아이가 심한 감기에 걸리기 전에 얼른 데려가 마른 옷을 갈아입혀 주세요."

그날 저녁녘, 아름답게 해가 지는 붉은빛이 넘치는 속에 설로미가 말로 나타낼 수 없는 감사와 행복으로 가슴을 부풀리며 누워 있는데 주디스가 들어왔다. 주디스는 가장 좋은 옷을 입고 모자를 쓰고 라이어닐의 손을 잡고 있었다. 라이어닐의 싱글벙글 웃는 얼굴은 깨끗이 씻겨지고 곱슬머리는 양복 레이스 칼라 위에 아름답게 반짝이며 늘어져 있었다.

주디스가 상냥하게 물었다.

"기분이 어떠니, 설로미?"

"아주 좋아. 기분좋게 잤어. 그런데 어디 가는 거야, 언니?"

"교회에 가려는 거야. 라이어닐도 함께 데리고."

싸움의 끝

루이저 쇼의 현관 섬돌에 앉아 낸시 로저슨은 주위를 둘러보며 기쁜 듯 깊숙이 숨을 내쉬었는데, 거기에는 얼마쯤 괴로움이 섞여 있었다.

모든 것이 옛날과 똑같았다. 네모난 뜰은 여전히 네모반듯하고 또 여전히 어수선했으며, 과일나무와 꽃들, 구즈베리 숲과 참나리, 여기저기 우뚝 서 있는 울퉁불퉁한 오래된 사과나무, 기슭에 무성한 벚나무 숲 등이 옛날 그 모습 그대로 매혹적으로 뒤섞여 있었다.

집 뒤에는 끝이 뾰죽한 전나무가 한 줄 일렁거리는 남홍색 저녁놀 하늘을 배경으로 시꺼멓게 솟아 있었는데, 20년 전 나이 어린 소녀 낸시가 몽상에 잠겨 그 나무그늘을 걸은 그 뒤로 하루도 채 지나지 않은 듯 여겨졌다.

왼쪽의 오랜 버드나무도 역시 크게 축 늘어져 있고, 아마 송충이가 많은 것도 옛날 그대로이리라 생각하며 낸시는 자기도 모르게 몸을 떨었다. 20년이나 애번리를 떠나 여기저기 다른 곳을 돌아다니는 동안 낸시는 많은 것을 배웠지만 송충이에 대한 공포만은 이겨내지 못했다.

"조금도 달라진 게 없어, 루이저."

낸시는 포동포동한 하얀 손으로 턱을 괴고 루이저가 밟으며 오는 상쾌한 박하 냄새를 맡았다.

"너무나 기뻐. 언니가 이 오랜 뜰을 본디 모습도 찾아볼 수 없을 만큼 뜯어고치지 않았을까, 아니면 딱딱하고 반듯한 잔디밭으로 만들지 않았을까, 그러면 더 보기 싫을 텐데, 걱정하며 돌아오는 게 조금 무서웠어. 그런데 전과 다름없이 어수선하고 울타리도 여전히 다 쓰러져 가고 있잖아. 그 전의 울타리일 리는 없지만 아주 비슷해 보여. 그래, 어느 것이나 그리 달라지지 않았어. 루이저, 고마워."

루이저는 낸시가 무슨 인사를 하고 있는 건지 짐작되지 않았다. 낸시보다도 루이저에게 더 먼 옛날로 여겨지는 소녀시절부터 낸시를 좋아하긴 했었지만, 본디부터 루이저는 낸시의 기분을 쉽게 알아챌 수 없었다.

루이저는 충실한 아내와 어머니라는 생활로 말미암아 소녀시절과 격리되어 있는 데 비해, 낸시는 공백(空白)의 세월이 만들고 있는 좁은 틈 너머로 과거를 뒤돌아볼 수 있었던 것이다.

"너야말로 그리 달라지지 않았어, 낸시."

루이저에게 보여주기 위해 간호사옷을 입은 청초한 낸시의 모습, 장밋빛 볼, 탄력 있는 하얀 얼굴, 윤기 흐르며 물결치는 금갈색 머리에 루이저는 감탄의 눈길을 보냈다.

"너는 깜짝 놀랄 만큼 싱싱해 보이는구나."

낸시는 기쁜 듯 되물었다.

"그래? 마사지와 콜드크림이라는 새로운 화장법 덕분에 눈가의 주름도 생기지 않았고, 무엇보다도 나는 로저슨 집안의 탱글탱글한 피부를 타고 났으니까. 설마 내가 실제로 38살로는 보이지 않겠지? 38살! 20년 전의 나로서는 38살이나 된 사람은 정말 여자 므두셀라*¹로

---

*1 구약성서 〈창세기〉 제5장에 나옴. 969살까지 산 것으로 되어 있어 오래 사는 사람의 별명으로 쓰임.

여겨졌었지.

그런데 나는 지금 어리숙할 만큼 어려진 기분이야, 루이저. 날마다 아침에 일어날 때면 '너는 노처녀야, 낸시 로저슨' 하고 세 번 점잖게 자신을 타이르고 그날 하루를 차분히 조용하게 지내도록 자신을 억눌러야만 하지."

"너는 노처녀라는 점에 별로 신경쓰지 않잖아?"

루이저는 어깨를 움츠렸다.

루이저는 결코 노처녀가 될 생각은 없었다. 그러면서도 낸시의 자유로운 입장과 넓은 세계에서의 생활과 주름이 보이지 않는 이마와 홀가분함을 부럽게 생각하는 모순된 기분이었다.

낸시는 솔직히 대답했다.

"어머나, 나는 마음 쓰고 있어. 노처녀란 정말 싫으니까."

"그럼, 왜 결혼하지 않는 거지?"

'결혼하지 않는 거지?'라는 현재형을 쓴 루이저는 영원히 기회를 혜택받고 있는 낸시에게 저도 모르게 찬사를 바친 셈이었다.

낸시는 고개를 저었다.

"아무래도 결혼이 내게 맞지 않아. 사실은 결혼하고 싶지 않아. 훨씬 전 앤 셜리가 늘 말하던 어떤 학생에 대한 이야기를 기억하고 있어? 그 아이는 결혼하면 남편이 으스대게 되고, 결혼하지 않으면 사람들이 노처녀라고 하니까 미망인이 되고 싶다고 했다지? 그래, 정말 나도 동감이야. 그러면 기혼부인의 명예와 함께 독신녀의 자유도 즐길 수 있으니까. 일석이조인 셈이지. 아, 미망인이 될 수 있었으면!"

루이저는 깜짝 놀라 나무랐다.

"낸시!"

낸시는 웃었다. 그 탐스러운 웃음소리는 시냇물이 흐르듯 온 뜰에 울려 퍼졌다.

"오, 루이저, 지금도 나는 언니를 깜짝 놀라게 할 수 있군 그래. 마치 전에 내가 십계*²를 한꺼번에 깨뜨리기라도 한 듯 '낸시' 하고 말했을 때 바로 그대로야."

"네가 지금처럼 너무 이상한 말을 하기 때문이야. 나로서는 네 말을 절반도 이해할 수가 없어."

"맞아, 언니. 나도 마찬가지야. 아마 옛집에 돌아온 기쁨으로 머리가 좀 이상해졌나봐. 내 지난날 소녀시절을 여기서 발견했으니까. 이 뜰에서 나는 38살이 아니야. 그런 일은 있을 수 없어. 귀여운 18살 소녀처럼 허리둘레도 2인치나 가늘어.

봐, 해가 가라앉고 있어. 전처럼 마지막 빛을 라이트 씨네에 던지고 있군. 그러고 보니, 피터 라이트는 아직도 그곳에 살고 있어, 루이저?"

"그래."

루이저는 갑자기 흥미를 느낀 듯 얼른 보기에 태연한 낸시를 흘끗 바라보았다.

낸시는 괜히 작은 박하가지를 꺾어 가슴에 꽂으며 무심한 목소리로 물었다.

"결혼했겠지, 여섯 아이의 아버지가 되어 있는 게 아니야?"

순간 얼굴이 발개진 것은 박하를 꺾느라 몸을 앞으로 숙인 때문만은 아니리라. 어쨌든 로저슨 집안 혈통의 이상한 혈색이었는데, 어느 점에서는 머리가 둔한 루이저로서도 그 뜻을 금세 파악했다. 곧 중매하기를 좋아하는 본성이 한꺼번에 루이저의 몸 속에 타올랐다.

루이저는 대답했다.

"아직 결혼하지 않았어. 피터 라이트는 한 번도 결혼하지 않았어. 그 사람은 너에 대한 추억을 여전히 안고 살고 있지, 낸시."

"아, 듣기 싫어! 마치 내가 저 애번리 공동묘지에라도 묻혀 수양버들이 새겨진 비석이 위에 세워져 있는 것 같잖아."

---

*2 이스라엘 민족이 지도자 모세를 통해 하느님으로부터 받은 열 가지 계율.

낸시는 몸을 오들오들 떨며 덧붙였다.

"남자가 어떤 여자에 대한 추억을 안고 살아 왔다면 대개 아무도 결혼 상대로서 그를 바라지 않았다는 뜻이 아니겠어."

"피터의 경우는 달라. 그 사람은 결혼 상대로서 훌륭한 사람이야. 그 사람과 기꺼이 결혼하겠다는 사람은 많이 있었고 앞으로도 있겠지. 그 사람은 아직 43살이니까. 하지만 네가 그 사람을 버린 뒤 그 사람은 아무도 거들떠보지 않아, 낸시."

"나는 버린 일 없어. 그 사람이 나를 버렸지."

낸시는 슬픈 듯 말하며 멀리 눈길을 보내 나직이 가로 누운 들판과 깃털 같은 어린 가문비나무들이 서 있는 골짜기를 지나 라이트 농장의 하얀 건물로 눈길을 돌렸다. 애번리는 모두 그림자에 둘러싸였으나 라이트 농장만은 저녁 해를 받아 장밋빛으로 반짝이고 있었다.

낸시의 눈에는 웃음이 깃들어 있었다. 루이저는 그 웃음 밑에 무엇이 있는지 꿰뚫어볼 수 없었다.

루이저는 호기심에 찬 목소리로 말했다.

"바보같은 말 하지 마. 대체 너와 피터는 무엇 때문에 다툰 거지?"

낸시는 짐짓 시치미를 뗐다.

"나 자신도 고개를 갸웃해보는 일이 가끔 있어."

"그런데 그 뒤로 그 사람을 만난 일이 없니?"

"응. 많이 달라졌겠지?"

"글쎄, 조금은 달라졌어. 머리가 희어지고 조금 지친 모습을 하고 있지. 그것도 무리가 아니야. 그런 생활을 하고 있으니까. 집안살림을 도와주는 사람 없이 2년이나 지내오고 있거든. 그 사람의 나이먹은 고모님이 죽은 뒤부터는 말이야. 그곳에 오직 혼자 살며 식사도 직접 만들고 있어. 나는 그 집에 한 번도 간 적 없지만, 사람들 말로는 무척 어수선하다더구나."

"그렇겠지 뭐, 피터가 깔끔하게 살림을 꾸려나갈 사람이라고는 여겨지지 않아."

다시 박하를 꺾으며 낸시는 우스갯소리를 했다.

"글쎄, 생각해봐, 루이저. 그 옛날 말다툼만 없었으면 나는 바로 지금 피터 라이트 부인으로 아까도 말했듯 대여섯 아이의 어머니가 되어, 피터의 식사니 양말이니 소 돌보는 일로 정신없이 바쁠지도 몰라."

"너로서는 지금 이대로가 편히 살아갈 수 있는 게 아니겠니?"

"글쎄, 어떨지 모르겠어."

낸시는 다시금 언덕 위에 있는 하얀 집을 바라보았다.

"나는 그 점에서는 즐거운 삶을 보내고 있지만, 어딘지 마음에 차지 않아. 솔직히 말하면—아, 루이저, 남자에 대한 이야기가 나오면 여자끼리 사실 그대로를 이야기하는 일은 그리 없는 법이야—나는 차라리 피터의 식사를 만들거나 집안 청소를 하고 있는 편이 좋지 않을까 생각해.

지금이라면 그 사람의 형편없는 문법도 마음에 두지 않을 거야. 나는 세상에서 대수롭지는 않지만 한두 가지 귀중한 것을 배웠어. 한 가지는 비록 그 사람의 문법이 틀렸다 하더라도 이쪽을 욕하는 게 아닌 한 상관하지 않겠다는 거야. 그런데 피터는 지금도 문법에 맞지 않는 말씨를 아무렇지 않게 쓰고 있을까?"

"글쎄—나로서는 모르겠어. 그 사람이 문법에 어긋나는 말을 한다는 것조차 몰랐으니까."

루이저는 어쩔 줄 몰랐다.

"그 사람 지금도 '나 알고 있다(나는 알고 있다)'라든가 '그들을 일들(그들의 일들)'이라고 말해?"

"나는 그렇게 느낀 적 없어."

루이저는 솔직히 말했다.

"부러워, 루이저! 나도 그렇게 사물에 둔감한 재능을 가지고 한번

쯤은 태어나고 싶어! 그편이 아름답거나 머리 좋은 여자보다 훨씬 더 도움이 될테니까. 나는 언제나 피터의 실수가 마음에 걸리기만 했었지. 그 사람이 '나 알고 있다'라고 말할 때마다 한창 건방졌을 때의 나는 불쾌한 기분이 들고 말았어. 그 점을 고쳐 주려고 나는 무척 재치를 살려 가며 애썼지. 물론 피터는 고쳐 주는 것을 좋아하지 않았어—라이트 집안사람들은 꽤 자만심이 강하잖아.

우리가 다툰 원인은 유치하지만 순전히 문법 때문이었어. 피터는 나더러 문법이든 뭐든 있는 그대로의 자기를 택하든가, 아니면 자기 없이 마음대로 살라고 말했었지. 나는 피터 없이 지내기로 마음먹었어. 그 뒤로 나는 정말로 후회하고 있는 건지, 아니면 가슴에 남은 감상적인 그리움을 즐기고 있는 건지 알 수 없게 되어버렸어. 아마 그 뒤쪽 같아.

자, 루이저, 언니의 조용한 눈 속에 숨은 계략이 환히 들여다보여. 그런 건 생겨났을 때 곧바로 잡아당겨서 뽑아버려, 루이저. 이제 와서 피터와 내 혼담을 성사시키려 해봐야 헛수고야. 암, 언젠가 몰래 피터를 저녁 식사에 초대한다 해도 헛일이야. 지금 생각하고 있듯 말이야."

"나는 우유 짜러 가야 해."

깜짝 놀라 숨이 막힐 듯한 루이저는 달아날 핑계가 생긴 것을 다행이라 생각했다. 남의 생각을 알아내는 낸시의 힘이 무섭고, 자기 비밀을 모조리 끌어내면 큰일이므로 더 이상 사촌동생 옆에 있는 게 무서웠다.

루이저가 가버린 뒤에도 오랫동안 낸시는 섬돌에 앉아 있었다. 밤이 어둑어둑 상냥하게 뜰로 찾아들고 별은 전나무 위에서 반짝이기 시작했다.

소녀 때 이곳은 낸시의 집이었다. 낸시는 여기서 살며 아버지를 위해 집안살림을 도맡아 해왔었다. 아버지가 돌아가시자 사촌언니 루이저와 막 결혼한 커티스 쇼가 낸시에게서 이 농장을 사 가지고 옮겨 온 것이다. 낸시도 곧 자기 가정을 가지게 되어 있었으므로 쇼 부부와 함께 살았다. 그때 낸시와 피터는 약혼 중이었다.

그런데 두 사람은 까닭을 알 수 없는 싸움을 벌였다. 그 원인에 대해서는 양쪽 친척들 아무에게도 알려지지 않은 채 마음 아프게 되었다. 낸시는 곧 짐을 꾸려 애번리에서 7백 마일이나 멀리 떠나버렸다. 몬트리올 병원으로 가서 낸시는 간호사 공부를 열심히 했다. 그 뒤 20년 동안이나 낸시는 한 번도 애번리에 돌아오지 않은 것이다.

올여름 갑자기 돌아온 것은 이 오랜 뜰이 몹시 보고 싶어졌던 일시적인 향수가 불러일으킨 변덕에 지나지 않았다. 결코 피터에 대한 생각에서가 아니었다. 사실 15년 동안 피터에 대해 그리 생각한 일도 없었으며, 피터를 완전히 잊어버리고 만 것으로 여기고 있었다.

그런데 연애시절, 자기가 이따금 이 낡은 현관 섬돌에 앉고 피터가 그 아래쪽 넓은 돌 위를 왔다갔다 했었던 일을 생각하자 뭔가 마음속을 스쳐지나가는 것이 있었다. 낸시는 골짜기 저쪽 라이트네 부엌의 전등을 바라보며, 피터가 직접 만든 맛 없는 식사 말고는 아무 것도 없이 어느 누구의 시중도 받지 못하고 홀로 앉아 있는 모습을 떠올렸다.

낸시는 퉁명스럽게 말했다.

"그래, 그는 결혼해야만 했었어. 지금까지 그가 행복한 가정을 이루었으리라 여기고 있었는데 쓸쓸한 독신자라 하여 내가 안타까워할 것은 없어. 아쉬운 대로 가정부라도 두면 되잖아. 그쯤의 여유는 있을 텐데. 농장은 잘해 나가고 있는 듯하니까.

아, 나는 도저히 모르겠어! 내게는 두둑한 예금통장이 있고, 세상에서 볼 만한 가치가 있는 것은 거의 다 봐 왔지만, 조심스레 숨기고 있어도 흰 머리가 몇 개 나고 결국 인생이란 문법이 중요한 것은 아님을 소름이 오싹 끼칠 만큼 잘 알게 되었어.

자, 밤이슬 내리는 이런 추운 곳에서 어물거리고 있는 일은 이제 그만두자. 안으로 들어가 트렁크에 든 신나는 통속소설이라도 실컷 읽어야지."

그 뒤 1주일 동안 낸시는 그녀의 독특한 방법으로 즐겼다. 뜰의 전나무 밑에 해먹을 매달고 거기서 흔들거리며 책을 읽거나, 멀리 숲과 인기척 없는 고지대를 돌아다니기도 했다.

루이저가 그 사람을 만나라, 이 사람을 만나라, 하는 이야기를 꺼내면 낸시는 이렇게 말했다.

"사람을 만나는 것보다 이러고 있는 게 훨씬 좋아. 특히 애번리 사람들과는 말이야. 나와 본디 사이 좋던 사람은 모두 떠났거나, 결혼하여 싹 달라져 버렸고, 새로운 젊은 사람들은 세상을 돌아다니다가 온 나를 알지 못하니까 몸서리쳐질 만큼 중년 기분을 맛보게 하지. 늙었다고 생각하는 것보다 중년이라는 생각이 훨씬 지겨워. 숲속으로 들어가 버리면 나는 대자연처럼 영원히 젊은 기분으로 있을 수 있어.

그리고 아, 청진기며 체온계며, 다른 사람들의 일시적인 기분 등에 이러니저러니 마음 쓰지 않아도 되는 게 정말 기뻐. 내 기분 내키는 대로 지내며 말이야, 루이저. 그리고 식사 때 늦게 돌아오거든 벌칙으로 찬 식사를 먹도록 해줘. 교회에도 두 번 다시 안 갈 생각이야. 어제 가보고 깜짝 놀랐어. 속상할 만큼 새롭고 근대적으로 만들어졌던걸."

좀 화난 루이저가 항의했다.

"이 언저리에서 가장 깨끗한 교회로 알려져 있어."

"교회란 깨끗해서는 안 돼. 적어도 50년은 지나서 부드러운 아름다움을 갖추고 있어야만 하지. 새로운 교회는 마음에 들지 않아."

"교회에서 피터 라이트를 만났니?"

루이저는 이 말을 묻고 싶어 견딜 수 없었다. 낸시는 고개를 끄덕였다.

"응, 만났어. 그 사람은 내 바로 옆 구석 자리에 있었어. 그렇게 많이 변했으리라고는 생각지 못했어. 철회색 머리는 그 사람에게 어울려. 하지만 나는 나 자신에게 무척 실망했어. 적어도 낭만적으로 가슴이 두근거릴 줄 알았는데 한낱 옛 친구에게 느끼는 것 같은 조용한 흥미밖에 없었으니까. 아무리 애써도 가슴 한번 두근거리지 않았어, 루이저."

"피터가 말을 걸어 왔었니?"

루이저는 낸시가 말하는 두근거림이라는 뜻을 전혀 알지 못했다.

"유감스럽게도 말을 걸어오지 않았어. 내 탓은 아니었어. 나는 더없이 남이 좋아할 만한 얼굴로 바깥 문가에 서 있었는데, 피터는 내쪽을 보지도 않고 어슬렁거리며 가 버렸어. 그것이 마음에 맺힌 원한이나 긍지 때문이라고 믿어진다면 내 허영심도 조금은 위로받았을지 모르는데, 솔직히 말해서 언니, 그 사람은 그런 건 맘속에도 없는 것 같았어. 올리버 슬론과 마른풀 수확 이야기를 하는데 더 흥미가 있었지. 그리고 보니 올리버 슬론은 전보다도 한층 올리버 슬론다워졌던데."

루이저가 물었다.

"요전날 저녁에 네가 말한 그런 기분이라면 어째서 그 사람에게 말을 붙이지 않았지?"

"지금은 그럴 기분이 아냐. 그건 한낱 일시적인 마음이었어. 언니는 일시적인 기분 같은 건 모르겠지. 한 시간 전에는 죽고 싶도록 그립던 것을 이번에는 준다고 해도 가지고 싶지 않은 그런 기분을 모를 거야."

"그런 건 어리석은 짓이야."

"확실히 그래. 정말 어리석은 짓이야. 하지만 20년이나 끊임없이 세상 물정을 알게 된 뒤 어리석은 짓이란, 아, 얼마나 기쁜 일인지 몰라.

그래, 오늘 오후에는 딸기를 따러 갔다 오겠어, 루이저. 식사 때 기다리지 마. 어두워진 뒤 늦게 돌아오게 될 테니까. 앞으로 나흘밖에 안 남았으니 마음껏 보내고 싶어."

그날 오후, 낸시는 멀리 나갔다. 단지에 딸기가 가득 찼는데도 아직 이렇다 할 목표 없는 즐거움에 줄곧 돌아다녔다. 문득 정신차리니 밭을 둘러싸고 있는 숲 오솔길에 있었다.

밭에서는 한 사나이가 마른풀을 베고 있었다. 바로 피터 라이트였다. 그것을 알자 낸시는 여기저기 바라보거나 하지 않고 걸음을 서둘렀으므로, 곧 새파란 고사리풀이 무성한 단풍나무 숲이 낸시의 모습을 삼키고 말았다.

옛 기억으로 자기가 피터 모리슨의 땅에 있는 것을 알고 똑바로 가면 전에 모리슨의 옛집이 서 있던 곳으로 나갈 게 틀림없다고 생각했다. 낸시의 생각이 맞기는 했으나 조금은 빗나갔다. 모리슨의 낡은 빈집에서 50야드 남쪽에 있는 라이트네 집 안뜰로 나오고 말았던 것이다!

집을―한번은 자기가 주부로서 살림을 해나갈 꿈을 그렸던 그 집을 지나치려 했을 때, 낸시는 호기심을 이기지 못하고 말았다. 낸시는―큰 소리로 말할 수는 없지만―부엌 창문으로 들여다볼까 하고 천천히 집으로 다가갔다. 그러나 문이 빼꼼히 열려 있었으므로 그리로 가서 층계에 멈춰서서 주위를 찬찬히 둘러보았다.

부엌의 난잡스러움은 과연 참혹할 정도였다. 바닥은 분명 2주일은 쓴 흔적이 없는 듯했고, 식탁보도 씌워지지 않은 전나무 식탁에는 피터의 점심 식사 찌꺼기가 그대로 남아 있었는데 아무리 보아도 그리 식욕을 돋우는 것은 아니었다.

낸시는 중얼거렸다.

"사람 사는 곳이 어쩌면 이토록 참혹할까. 저 난로의 재를 좀 봐! 그리고 식탁 꼴이라니! 피터의 머리가 희어지는 것도 결코 무리한 일이 아니야. 오후 내내 열심히 땀을 흘려 마른풀 베기를 하고—집이라고 돌아오면 이런 꼴일 테니!"

문득 어떤 생각이 낸시의 머리에 떠올랐다. 처음에 낸시는 어이없는 듯한 표정을 지었으나 이윽고 웃음을 풋 터뜨리며 팔목시계를 흘끗 보았다.

"그러자—재미 겸 얼마쯤의 동정에서 말이야. 지금 2시 30분이니까 피터는 아무리 빨라도 4시까지는 돌아오지 않겠지. 해치우는 데 시간은 충분히 있으니 여유 있게 달아날 수 있어. 아무도 알 리 없지. 내가 여기 있는 것을 누구도 보지 못할 테니까."

낸시는 안으로 들어가 모자를 벗어 던지고 비를 집어들었다. 그런 다음 불을 지피고 물을 가득 담은 주전자를 올려놓고 접시를 닦기 시작했다. 접시 수로 보아 피터가 적어도 1주일 동안은 한 개도 씻지 않았다고 본 낸시의 생각이 들어맞는 것 같았다.

"있는 접시를 모조리 차례로 다 쓰고 난 다음 한꺼번에 씻는 모양이야."

낸시는 샐쭉 웃었다.

"대체 있는 건지 없는 건지, 행주를 어디다 넣어두었는지 모르겠군."

행주는 없는 듯했다. 적어도 낸시는 하나도 찾을 수 없었다. 그래서 대담하게도 먼지투성이 거실로 들어가, 구석 그릇 선반을 뒤져 수건을 한 장 꺼냈다. 부지런히 일하면서 낸시는 콧노래를 부르고 발놀림도 가벼웠으며 눈은 흥분으로 빛나고 있었다. 낸시가 진심으로 즐기고 있는 것은 확실했다. 이 모험 속에 숨어 있는 장난기가 그녀를 몹시 기쁘게 했다.

접시를 다 닦았으므로, 깨끗하기는 하나 오랫동안 쓰지 않은 듯한 누래진 식탁보를 그릇 선반에서 찾아내어 식탁 준비와 피터가 마실 오후의 차 준비를 시작했다.

빵과 버터는 식료품실에서 찾아내고 지하실로 가서 피처에 크림을

채워 가지고 온 낸시는 단지 속의 딸기를 꺼내 무작정 피터의 접시에 가득 담았다. 차를 끓여 식지 않도록 화덕덮개 한쪽 끄트머리에 올려놓았다. 마지막 마무리를 끝내고 손질되어 있지 않은 낡은 뜰을 돌아다니다가 큰 꽃병에 붉은 장미를 꽂아가지고 식탁 한가운데에 갖다 놓았다.

낸시는 소리내어 말했다.

"자, 그만 가야지. 하지만 돌아왔을 때 피터의 깜짝 놀라는 얼굴을 보면 재미있을 거야. 흠! 나는 이렇게 하는 게 즐거웠는데—그것은 무엇 때문일까? 아니야, 낸시, 그처럼 어려운 질문을 꺼내서는 안 돼. 모자를 쓰고 집으로 돌아가는 거야. 딸기가 없어진 변명으로 루이저에게 할 그럴 듯한 거짓말을 가는 동안 생각해야지."

낸시는 잠시 걸음을 멈추고 그리운 듯 주위를 빙 둘러보았다. 낸시 덕분에 집은 밝고 깨끗하며 아름다워졌다. 낸시는 다시금 무엇인가가 이상하게 마음에 와닿는 것을 느꼈다. 만일 내가 이 집 사람으로, 피터가 차 마시러 돌아오기를 기다리고 있는 거라면. 만일—갑자기 낸시는 무서운 예감이 들어 얼른 뒤돌아 보았다. 피터 라이트가 문 앞에 서 있었다.

낸시의 얼굴이 새빨개졌다. 태어나서 처음으로 말이 나오지 않았다. 피터는 낸시를 바라보고, 그런 다음 딸기와 꽃이 놓인 식탁으로 눈길을 보냈다.

피터는 정중히 인사했다.

"고맙소."

낸시는 침착을 되찾아 부끄러운 듯 웃으며 손을 내밀었다.

"가택침입죄로 나를 고소하지 말아요, 피터. 그저 뻔뻔스러운 호기심에서 당신 부엌을 들여다 보러 왔었어요. 그리고 반쯤 재미삼아 안으로 들어와 당신의 차 준비를 하려고 했어요. 아마 당신이 깜짝 놀라리라 여기고—그리고 물론 돌아오기 전에 가버릴 작정이었어요."

악수를 하면서 피터가 말했다.

"당신이 밭을 지나가는 게 보여서 서둘러 말을 매두고 숲을 줄곧 뒤따라왔었소. 저 뒤 울타리에 앉아 당신이 들락날락하는 것을 가만히 보고 있었소."

낸시가 따져 물었다.

"어째서 어제 교회에서 내게 말을 걸어오지 않았죠, 피터?"

피터는 무뚝뚝하게 대답했다.

"뭔가 문법에 어긋나는 말씨를 쓰면 안 된다고 여겼기 때문이오."

다시 낸시의 얼굴이 새빨갛게 물들었다. 그녀는 손이 움츠러들었다.

"당신은 너무하군요, 피터."

피터는 느닷없이 웃음을 터뜨렸다. 그 웃음소리는 해맑은 소년 같았다.

"맞아요. 하지만 20년이나 쌓인 원한을 어떻게든 풀지 않고는 견딜 수 없었소. 이제 다 풀어졌으니 지금은 평온하기 이를 데 없소. 모처럼 이렇게 식사준비를 해주었으니 낸시, 당신도 그대로 여기 남아서 같이 먹어야 해요. 거기 있는 딸기는 정말 맛있어 보이는군요. 올여름 아직 한번도 먹어 보지 못했소. 바빠서 따러 갈 틈이 없었거든."

낸시는 피터의 식탁 윗자리에 앉아 피터를 위해 차를 따랐다. 낸시는 애번리 사람들에 대한 일과 옛 친구들의 달라진 모습을 재미있게 이야기했으며, 피터도 그리 지루하게는 느끼지 않는 태도로, 머리와 마음이 기분 좋은 상태인 듯 식사를 맛있게 하고 있었다.

낸시는 살짝 비참한 기분이 들었으나 이상하리만큼 행복했다. 자기가 피터의 식탁에서 주부역을 하고 있다니, 몹시 우스꽝스러운 느낌이 들었으나 그러면서도 아주 당연한 일처럼 여겨졌다. 금세 울고 싶은 심정이 되기도 하고—그런가 하면 소녀처럼 까닭없이 웃음을 터뜨리고 싶어지기도 했다. 낸시의 성질에는 감상과 유머가 언제나 같은 힘으로 싸우고 있었다.

피터는 딸기를 다 먹고 나자, 식탁 위에서 팔짱을 끼고 반한 듯 낸시를 바라보았다.

피터가 비평하듯 말했다.

"당신이 식탁 윗자리에 앉아 있는 모습은 참으로 어울려요, 낸시. 이제까지 자기 식탁의 주인역을 하지 않은 것은 무슨 까닭이오? 세상에서 당신 마음에 드는 사람을 많이 만났으리라 여기고 있었는데—문법에 맞는 말을 쓰는 남자들과."

"피터, 그만둬요! 나는 멍청이였어요."

낸시는 풀이 죽었다.

"아니, 당신 말이 옳았었소. 내가 화를 잘 내는 바보였던 거요. 내게 조금이라도 분별력이 있었더라면, 당신이 나를 좋게 만들려고 생각해준 마음씨를 고맙게 여겨야 했었소. 그리고 화내는 대신 내 결점을 고치려고 노력해야만 했었소. 이제 너무 늦어졌다고 여겨지지만."

"뭐가 너무 늦었다는 거죠?"

낸시는 피터의 말투와 표정에 깃들어 있는 그 무엇에 용기를 내어 부딪쳐 보았다.

"그—잘못을 고치는데."

"문법을?"

"그런 것만은 아니오. 그런 잘못은 우리같이 나이 먹은 사람으로서는 이제 고칠 수 없소. 더 나쁜 것은 말이오, 낸시. 당신에게 용서해 달라고 말하고, 진심으로 나와 결혼해 달라고 한다면 당신이 뭐라고 할까 걱정하고 있는 거요."

낸시는 뻔뻔스럽게 대답했다.

"당신 마음이 달라지기 전에 내 쪽에서 서둘러 당신을 차지하고 말겠어요."

그녀는 피터의 얼굴을 똑바로 바라보려 했으나 눈물과 웃음이 뒤섞인 파란 눈은 피터의 잿빛 눈 앞에서 저도 모르게 내리깔리고 말았다.

피터가 일어나는 바람에 의자가 쓰러졌다. 그는 식탁을 빙 둘러서 낸시 쪽으로 다가왔다. 그리고 그는 말했다.

"나의 귀여운 낸시."

Lucy Maud Montgomery
ANNE OF GREEN GABLES

과수원의 세레나데

원제 : Kilmeny of the Orchard(1910)

젊은 날들

이른봄 어느 날 벌꿀처럼 엷은 빛깔에 달콤한 햇빛이 퀸슬리 대학 붉은 벽돌건물과 그 교내 가득히 내려쬐고, 파릇파릇한 새싹이 돋아 나는 단풍나무며 느릅나무 사이로 여기저기 오솔길 위에 황금빛과 다갈색으로 무어라 말할 수 없는 모양의 판화를 흩뿌리고 있었다.

햇빛은 또 학생 탈의실 창문 밑에 파란 머리를 뾰족뾰족 내밀고 있 는 민들레를 부추기며 어서어서 꽃피우라고 재촉하는 듯했다.

4월 첫 무렵 바람은 지저분한 거리를 곳곳마다 스쳐 지나왔지만 그런 흔적은 조금도 없이 마치 추억의 들판 위를 후후 불어오기라도 한 듯 상쾌함과 가벼움을 날아왔다. 봄바람은 나무들의 우듬지를 울 리고 대학 본관의 정면을 뒤덮은 담쟁이덩굴을 흔들었다.

그것은 갖가지 일을 노래하는 바람이었지만 듣는 이 하나하나에게 는 오직 그 사람의 마음속에 깃든 것을 노래하는 것으로밖에 들리지 않았다.

학생들에게 '찰리 영감'이라는 애칭으로 불리는, 오로지 성실하기 만 한 퀸슬리 대학총장은 지금 막 죽 늘어선 학부모며 누이며 애인 이며 친구들이 보는 앞에서 졸업생 모두들에게 졸업증서를 건네주었다. 이 졸업생들에게 오늘 아침 훈훈한 봄바람은 기쁜 희망과 빛나는 장래의 성공과 보람찬 사업을 산들산들 노래하는 것이리라.

바람은 또 젊은이들이 품은 터무니없이 큰 청춘의 꿈도 칭찬하며 노래했다. 그것은 대부분 실현되지 못할 꿈이겠지만, 젊은 시절에 그런 꿈을 전혀 가져본 적 없는 사람이 있다면—신이여, 그 사람을 가엾이 여기소서—학업을 마치고 모교를 나설 때까지 아직 한 번도 공중누각을 지어본 적 없고 아득히 먼 스페인에 엄청난 세상이 기다리고 있다는 공상을 품지 않은 젊은이가 있다면, 그 사람은 청춘이 주는 특권을 자기 손으로 집어던진 어리석은 사람이라고 비웃음받아도 하는 수 없을 것이다.

젊은이들은 정면현관에서 줄줄이 쏟아져 나와 학교안 여기저기로 흩어졌다가 이윽고 저쪽 거리로 하나둘 사라져 갔다.

에릭 마셜과 데이비드 베이커는 함께 걸어갔다. 에릭은 미학과(美學科)를 수석으로 졸업했다. 베이커는 에릭이 이토록 뛰어난 성적으로 졸업한 것이 기쁘고 자랑스러워 벅찬 마음으로 졸업식에 참석했다.

데이비드는 에릭보다 열 살이나 많지만 두 사람 사이는 강한 우정으로 오랫동안 맺어져 있었다. 나이는 10년밖에 차이나지 않았으나 세상의 고생이며 곤란함을 겪은 경험으로는 데이비드가 1백 년이나 위인 듯했다.

사람을 실제로 그리고 확실하게 나이들도록 하는 건 시간의 흐름이 쌓이는 것보다도 이러한 생활의 고생스러운 무거운 짐이다.

이 두 젊은이는 육촌형제였으나 생김새는 아무데도 닮은 점을 찾아볼 수 없었다.

키가 크고 어깨가 떡 벌어졌으며 늠름해 보이는 에릭 마셜은 큰 걸음으로 천천히 걷고 있었으며 그 걸음걸이는 내부에 비축된 체력과 완력을 생각나게 했다. 그는 그리 행복하게 태어나지 못한 사람들이 어째서 행운의 선물은 고스란히 오직 한 사람에게 주어졌을까 하고

좀 시샘하는 눈초리로 바라보는 그런 남자였다.

에릭은 머리가 좋고 풍채가 뛰어날 뿐 아니라 지능이며 육체적인 아름다움과는 전혀 관계없는 딱히 설명할 수 없는 자기만의 매력을 발산하고 있었다.

침착한 눈은 잿빛 어린 파란빛이었으며 물결치는 밤색 머리칼은 햇빛을 받으면 금빛으로 반짝였다. 턱은 더없이 보기좋고 굳세보였다.

유복한 집안의 아들에게 흔히 있기 쉬운 단정치 못한 데가 없고 정결한 젊은 시절을 거쳐 빛나는 장래를 앞둔 에릭은 주위사람들로 부터 어떠한 종류의 로맨틱한 꿈이며 공상도 지니지 않은 실제가라 는 평판을 듣고 있었다.

사람을 어리둥절하게 하는 성경구절을 곧잘 말하는 퀸슬리의 어 느 교수가 말했다.

"에릭 마셜은 결코 돈키호테 같은 짓을 하지 않을 걸세. 하지만 만 일 그런 짓을 저지른다면 그에게 오직 하나 모자랐던 게 채워지는 셈 이지."

그에 비해 데이비드 베이커는 키가 작고 땅달막한 남자로 못생겼으 면서도 사람눈을 끄는 희한한 얼굴이었다. 날카로운 갈색 눈은 바닥 을 알 수 없는 깊이를 떠올리고 입매가 장난스럽게 살짝 일그러진 모 양은 짓궂게, 또는 놀리듯, 또는 애교있게 마음대로 바뀌었다.

그 목소리는 늘 여자처럼 부드러운 선율이었지만, 데이비드 베이커 가 정당한 노여움을 터뜨리는 것을 보고 그 입술로부터 내뱉어지는 거친 말투를 들은 많지 않은 사람들은 두 번 다시 똑같은 경험을 거 듭하고 싶지 않다고 여겼다.

데이비드는 의사로—목과 목소리의 병에 대한 전문의였다—전국 적으로 유명해지기 시작하고 있었다. 퀸슬리 의과대학의 특별연구원 이며 머지않아 맥길의 중요한 빈자리를 채우게 되리라는 소문이 돌 고 있었다.

데이비드는 남자라면 겁먹을 만한 곤란과 장애를 거뜬히 뛰어넘어 성공을 거둔 인물이었다. 에릭이 태어난 해에 데이비드는 마셜 주식회사 큰 백화점에 심부름꾼으로 고용되었다. 그런데 13년 뒤에는 아주 우수한 성적으로 퀸슬리 의과대학을 졸업했다.

마셜 씨는 데이비드의 강한 자존심이 받아들이는 한 원조를 계속해왔으며, 지금은 이 전도유망한 젊은이를 런던과 독일에 있는 훌륭한 대학원에 보내려 하고 있었다. 데이비드는 마셜 씨가 도와주었던 비용을 마침내 마지막 1센트까지 모조리 갚아버렸지만, 그러나 이 친절하고 너그러운 남자에 대해 몹시 감사하는 마음을 끊임없이 품고 있어 마셜 씨의 아들을 형제보다 더한 애정으로 소중히 여겼다.

에릭의 대학과정을 데이비드는 깊은 흥미를 가지고 지켜보았다. 미학과를 졸업했으므로 이번에는 법률이나 의학연구를 하기를 데이비드는 은근히 바랐다. 그러므로 에릭이 마침내 아버지와 같은 실업계로 들어가기로 마음먹었을 때 데이비드는 무척 실망했다.

대학에서 돌아오는 길에 데이비드는 이에 대해 불평을 늘어놓았다.

"재능을 헛되이 해버리는 걸세. 법률분야에서 명성을 얻을 수 있는데—자네의 능숙한 말솜씨는 변호사에 걸맞는 것이니까. 그것을 실업계에 쓴다는 건 신의 뜻을 거스르는 일이네—자신의 운명에 역행하는 거야. 대체 자네 야심은 어디에 있는 건가?"

언제나처럼 에릭은 웃으며 대답했다.

"있을 만한 곳에 있어요. 아마 형님의 야심과 같은 종류는 아닐지도 모르지만. 그러나 우리의 이 늠름한 조국은 아직 청춘기에 있어서 온갖 종류의 야심을 받아들일 여지가 있고 또 그것을 필요로 하고 있죠.

그래서 나는 실업계로 나가겠어요. 첫째 그것이 내가 태어났을 때부터 아버지가 바라던 일이었으므로 이제 와서 포기한다면 아버지에게 커다란 타격을 주는 셈이죠. 아버지가 나를 미학과로 보낸 것은 누구나 누릴 수 있는 풍부한 교육을 받아야 한다고 믿었기 때문인데, 그 교육을 끝마친 지금은 나에게 회사 쪽으로 오도록 요구하고 있는 거예요."

"자네가 실제로 뭔가 다른 방면으로 가고 싶어하는 줄 알면 아버지는 반대하지 않아."

"나는 실제로 다른 방면으로 가고 싶지 않아요. 그 점이 중요해요. 형님은 자신이 실업분야가 싫으니까 그것을 좋아하는 사람도 있다는 걸 선뜻 납득하지 못하는 거예요.

세상에는 변호사가 많아요. 지나치게 많을지도 모르죠. 그러나 실업계에서는 정직한 사람이 정말로 필요해요. 인류향상과 조국건설을 위해 깨끗하며 위대한 일을 하고, 큰 사업을 계획하고, 두뇌와 용기로 그것을 실현하며 경영하고 관리하는 거예요.

높은 목표를 향해 그에 다다르는 사람은 아무리 많다 해도 지나친 법이 없죠. 이런, 내 웅변이 시작되었으니 그만두는 게 좋겠어요. 하지만 야심이라면! 내게는 야심이 흘러넘치고 있어요. 털구멍 하나하나가 야심으로 들끓고 있죠. 나는 마셜 백화점의 이름을 온 세계에 울려퍼지게 할 거예요.

아버지는 노바 스코샤의 농장 출신인 가난한 소년으로 사회에 첫발을 내디뎠죠. 아버지는 사업을 일으켜 이 지방에 이름을 날렸어요. 나는 그것을 계속해서 늘려갈 생각이예요. 5년 뒤에는 해안지방 일대를 사들이고 10년 뒤에는 온 캐나다에 그 이름을 퍼뜨리겠어요.

나는 위대한 마셜 주식회사를 캐나다 상업계에서 그 무엇을 대표하는 것으로 만들고 싶어요. 그것은 법정에서 검은 것을 희다고 얼버무리거나, 무슨 병인지 모르면 편히 죽을 수 있는데도 새로운 병을 발견해서 비참한 이름을 붙여 가엾은 병자들을 괴롭히는 일 못지않게 훌륭한 야심 아닐까요?"

데이비드는 어깨를 으쓱했다.

"자네가 이상한 농담을 하기 시작하니 이제 자네와 말하는 것을 그만둬야겠네. 자신의 길을 나아가며 운명에 복종할지어다. 일단 결심한 자네 방침을 바꾸게 하려고 하기보다는 오직 혼자 성채 공격을 시도하는 편이 더 성공할 가능성이 있지.

후유, 이 길에는 못당하겠는걸. 우리 선조는 무엇에 정신을 빼앗겨 산중턱에 마을을 만들었을까? 나는 10년 전 내 졸업식 때만큼 날씬하지도 않고 활동적이지도 못하니까.

그러고 보니 자네 과에 여학생이 많더군. 잘못 헤아린 게 아니라면 20명은 될걸. 내가 졸업했을 때에는 과에 여자가 단 둘이었지. 그 두 사람이 오늘날 퀸슬리의 여성 선구자인 셈이네. 한창때를 지난 나이로 아주 무서운 얼굴에 딱딱하고 매우 성실했지. 하기야 그런 사람은 한창때에도 거울과 사이좋지는 않았을 테지만 말일세.

그러나 그들은 훌륭한 여성이었네—아, 참으로 훌륭했지. 오늘 그곳에 늘어선 여대생들을 세어 보았는데, 시대가 무섭게 변했더군. 꼭 한 사람 18살을 하루도 넘지 않았으리라고 여겨지는 아가씨가 있었네. 황금과 장미꽃잎과 이슬로 만들어진 듯한 아가씨였지."

에릭이 웃었다.

"꽤 시인 같은 말을 하시네요. 그녀는 플로런스 퍼시벌로, 수학에서 우수한 성적을 땄죠. 으뜸가는 미인이라고들 하지만, 나는 찬성할 수 없어요. 그런 갓난아기 같은 금발 타입의 아름다움은 그리 좋아하지 않아요. 나는 애그니스 캠피언이 더 좋아요.

애그니스를 알아 보았나요? 키가 크고 머리숱이 풍성한 얼굴에 진홍빛 벨벳 꽃을 연상케 하는 데가 있는 가무잡잡한 아가씨예요. 철학에서 일등했죠."

데이비드는 에릭을 흘끗 곁눈질해 보며 힘주어 말했다.

"알아보고말고. 나는 더없이 엄중하고 정밀하게 살펴보았지. 왜냐하면 내 뒤에 있는 사람이 그녀의 이름을 소곤거리며, 미래의 에릭 마셜 부인으로 겨누어지고 있다는 흥미로운 사실을 말했기 때문이었네. 그래서 나는 눈을 똑바로 뜨고 주의해 보았지."

에릭은 초조한 모습이었다.

"그런 소문은 근거없는 거예요. 애그니스와 나는 둘도 없는 친구일 뿐이예요. 나는 내가 아는 한 여성 가운데 애그니스를 가장 좋아하고 존경해요. 하지만 만일 미래의 에릭 마셜 부인이 실제로 존재한다면 유감스럽게도 아직 만나보지 못했어요. 굳이 찾으려고 시작하지도 않았고 몇 년 동안은 그럴 생각이 없어요. 달리 해야 할 일들이 많으니까요."

에릭은 경멸하는 투로 말을 맺었다. 사랑의 신 큐핏이 장님이라 하더라도 귀머거리가 아니었다면, 에릭이 이 건방진 말 때문에 언젠가 벌받게 되리라는 것은 누구나 상상할 수 있는 일이었다.

데이비드는 무뚝뚝하게 말했다.

"언젠가 자네는 미래의 부인을 만나게 될 테지. 게다가 아무리 경멸한다 해도 나는 예언해 두겠는데, 만일 운명이 머지않아 미래의 부인을 데려오지 않는다면 반드시 자네 쪽에서 곧 찾기 시작할 걸세.

그대에게 조언하겠노라. 아, 그대 어머니의 아들이여, 사랑을 구하러 나설 때에는 이성을 데려갈 것을 꿈에도 잊지 말지어다."

에릭은 재미있어 했다.

"내가 이성을 잊으리라고 여겨요?"

데이비드는 고개를 끄덕였다.

"그렇네, 아주 의심스러워. 자네의 스코틀랜드 저지대 지방 혈통은 염려없지만 켈트족의 할머니로부터 내려온 경향도 얼마쯤 받았을 테니까. 그것이 있으면 언제 그것이 터뜨려질는지, 또 무슨 짓을 하기 시작할지 아무도 모르네. 특히 여자를 설득하는 일에서는 말이네.

자네는 아름다운 용모에 속아 언제 어느 때 어리석은 여자나 성질 사나운 여자에게 열중해서 한평생 비참하게 살지도 모르네. 자네가 아내를 고를 때에는 내게도 기탄없는 의견을 말할 권리가 있음을 기억해 두기 바라네."

에릭이 말을 받았다.

"좋을 대로 의견을 내놓아도 괜찮아요. 하지만 결국 중요한 것은 나의—나만의—생각이에요."

"이 자식, 고집쟁이 종족의 자손인 만큼 완고한 고집을 피우는 녀석이로군."

데이비드는 험하게 나무라면서도 애정 담긴 눈으로 에릭을 바라보며 말을 이었다.

"그건 나도 알아. 그 때문에 자네가 그럴 듯한 아가씨와 결혼하는 걸 확인할 때까지는 마음놓을 수 없는 걸세. 그런 아가씨는 찾기 어렵지 않지. 우리나라 아가씨들은 십중팔구 왕의 궁전과도 같이 훌륭한 사람뿐이네. 그러나 늘 고려해야만 하는 것은 나머지 열 사람째일세."

에릭이 항의했다.

"형님은 아직 태어나지도 않은 아이의 장래까지 걱정하는 저 동화 속 '슬기로운 엘리스' 같아서 도무지 어쩔 도리가 없어요."

데이비드는 위엄 있게 말했다.

"'슬기로운 엘리스'를 우습게 여기는 건 잘못된 견해일세. 우리 의사들은 분명 그것을 알 수 있지. '슬기로운 엘리스'는 좀 지나치게 걱정하는 점이 있을지 모르지만 원칙적으로는 완전히 옳아.

만일 사람이 이제부터 태어날 아이들에 대해 좀더 마음을 써서—적어도 육체적·지능적·도덕적으로 말해서 알맞은 상속재산을 준비해 줄 만큼 신경 써서—막상 태어난 뒤로는 걱정하지 않아도 된다면 이 세상은 훨씬 살기 편해지고, 인류는 그 한 세대에서 이제까지 일찍이 없었던 발전을 이룩할 걸세."

"아참, 형님의 장기(長技)인 유전학설을 들고 나온다면 나는 이만 토론하지 않겠어요. 그러나 내게 빨리 결혼하라고 재촉하는 거라면 어째서 형님은—"

에릭은 하마터면 어째서 데이비드는 그럴 듯한 아가씨와 결혼하여 내게 좋은 본보기를 보여주지 않는 거냐고 말할 뻔했으나 꾹 눌러 참았다. 데이비드의 생애에는 오래된 슬픔이 있어 비록 허물없는 친구라 하더라도 그것을 함부로 우스갯소리로 흩뜨려서는 안 된다는 것을 알고 있었기 때문이다.

에릭은 이야기를 바꾸어 말했다.

"어째서 형님은 그것을 사람의 힘이 미치지 못하는 일로 해두지 않는 거죠? 나는 형님을 대숙명론자로 여겼었거든요."

데이비드는 조심스러운 태도를 취했다.

"그렇네, 어느 정도까지는. 나이 많은 훌륭한 숙모가 늘 말했듯이, 일은 될 만큼밖에는 되지 않고 또 일어나지 않을 일이 일어나는 수도 때로는 있다는 것을 나는 믿네. 그래서 그런 시기를 얻지 못한 사건이 일의 순서를 뒤죽박죽 만드는 걸세.

나를 구식으로 여기겠지만 나는 자네보다 좀 더 세상을 알고 살아왔지. 테니슨의 시 속에서 아서 왕도 말했듯이 '처녀에 대한 첫사랑의 열정만큼 교묘하고도 장렬한 명수(名手)는 하늘 아래 없다'는 것도 믿네.

나는 자네가 되도록 빨리 누군가 좋은 여성을 만나 그 사랑의 기슭에 무사히 닻을 내리는 것을 보고 싶을 뿐일세.

캠피언 양이 자네 미래의 아내가 아니라니 참으로 유감이군. 나는 그녀로부터 좋은 인상을 받았는데 말이야. 그녀는 착하고 그 누구보다 강하고 성실하네. 그리고 그 눈을 들여다보면 뛰어난 열정으로 사랑할 수 있는 힘을 지닌 여성임을 알 수 있네. 게다가 집안도 좋고 성장과정도 좋고 교육도 잘 받았지. 자네 어머니가 차지했던 자리를 채워야 할 여성을 고르는 경우 이 세 가지는 빼놓을 수 없는 요소일세,

나의 벗이여!"

에릭은 무관심하게 말했다.

"찬성입니다. 나도 그 조건에 맞지 않는 여성과 결혼할 수는 없어요. 그러나 아까도 말했듯 나는 애그니스 캠피언을 사랑하지는 않아요. 또 사랑한다 해도 소용없는 일이죠. 애그니스는 래리 웨스트와 약혼한 거나 다름없는 사이니까. 웨스트를 기억하겠죠?"

"자네가 퀸슬리에서 처음 2년 동안 아주 친하게 지냈던 그 여위고 다리가 호리호리하게 긴 사람 말인가? 기억하고말고. 그는 이렇게 되었나?"

"경제적 이유로 2학년까지 다니고 그만둬야만 했대요. 대학을 졸업하기 위해 학비를 벌고 있죠. 지난 2년 동안 프린스 에드워드 섬의 외딴 시골에서 선생을 하고 있는데 가엾게도 그리 잘되어가지 못한대요. 그리 튼튼하지 못한데 죽어라고 공부만 해왔으니까요.

2월부터 소식이 없는데, 그때 편지로는 학년말까지 버틸 수 있을 것 같지 않다고 씌어 있었어요. 건강을 해치지 않으면 좋겠다고 여기지만, 그토록 훌륭한 애그니스 캠피언에게조차도 더할 나위 없이 훌륭한 상대죠. 자, 다 왔어요. 잠깐 들렀다 가지 않겠어요?"

"오늘은 안 되겠어. 그럴 겨를이 없네. 목의 상태가 무척 나쁜 남자를 노스 앤드까지 진찰하러 가야만 해. 어디가 문제인지 아무도 모른다네. 의사들은 모두 항복하고 말았지. 물론 나도 항복일세. 하지만 그 환자가 오래 살아 있어 주기만 한다면 나는 원인이 무엇인지 나쁜지 기필코 찾아내 보여주겠네."

운명의 편지

아버지가 아직 대학에서 돌아오지 않았으므로 에릭은 서재로 들어가 자리에 앉아 홀 테이블에서 가져온 편지를 읽기 시작했다. 래리 웨스트로부터 온 것이었다. 처음 두세 줄을 읽는 동안 에릭의 얼굴에서 멍한 표정이 사라지고 흥미로운 기색이 떠올랐다.

　마셜, 자네에게 부탁이 있네. 실은 어쩔 수 없이 적에게 항복했어. 다시 말해서 의사의 치료를 받고 있다네. 겨우내 도무지 기분이 좋지 않았지만 학년을 마치고 싶은 생각으로 쭉 버텨왔었지.
　지난주 어느 날 아침, 내 하숙집 아주머니—그녀는 안경을 끼고 사라사 옷으로 몸을 감싼 성녀(聖女)일세—가 아침 식사 때 내게 정말로 다정하게 말하는 것이었네.
　"선생님, 선생님은 내일 아침 시내로 가서 의사에게 진찰받아야겠어요."
　나는 자신이 건강하다는 것을 주장하지 않고 말없이 떠났네. 윌리엄슨 아주머니는 '절대복종을 강요하지 않고는 못 견디는' 타입의 사람으로, 아주머니가 매우 옳다는 것을 인정케 하고 아주머니의 충고를 듣지 않는 사람은 큰 바보임을 깨닫도록 하는 아주 골치 아픈 버릇이 있지. 아주머니가 오늘 생각하고 있는 일을 내일은 반드시 나도 생각하게 되리라는 마음을 상대에게 갖도록 만든다네.

샬럿타운에서 의사의 진찰을 받았는데, 나를 찔러보고 때려보고 무언가를 쑥 내밀어 보기도 하고 그 물건 끄트머리에서 귀기울여 들어 보기도 한 끝에 마침내 지금 하고 있는 일을 '곧바로 멈추고' 프린스 에드워드 섬에 있는 이른 봄 북동풍에 시달리지 않는 지방으로 지금 당장 가야만 한다고 말했네. 가을까지 일을 해서는 안 된다는 것이 의사가 내놓은 의견이며, 윌리엄슨 아주머니도 그걸 주장하고 있네.

이번주 수업을 끝내면 3주일 동안 봄방학이 시작되네. 나는 자네가 이곳에 와서 린제이 중학교 교원으로 나 대신 5월 마지막 주일과 6월 한달을 가르쳐주기를 부탁하네. 6월이면 학년이 끝나니까 일자리를 찾는 교사가 많지만 지금으로서는 알맞은 사람을 구할 수가 없기 때문이라네.

퀸즈아카데미 입학준비를 하는 학생이 둘 있는데, 그 학생들을 궁지에 빠뜨리고 싶지는 않고 그렇다고 라틴어니 그리스어를 제대로 모르는 삼류교사에게 맡기기도 꺼림칙하네.

학기말까지만 와서 가르쳐주게나, 호사스럽기만 한 귀한 아들이여. 다른 사람의 도움 없이 자신의 노력만으로 한달에 25달러를 벌게 되면 어쩌나 부자가 된 듯한 기분인가를 맛보는 것이 자네에게 얼마나 유익한 일인지 모르네!

농담은 그만두고, 마셜, 진심으로 자네가 와주기를 바라고 있네. 달리 부탁할 만한 사람이 아무도 없네. 일은 어렵지 않네. 하기야 좀 지루하게 여겨지겠지. 물론 이 북해안 농촌은 그리 활기 있는 곳은 아닐세. 해가 뜨고 지는 것이 큰 사건이 될 정도니 말일세.

그러나 마을 사람들은 친절하고 남을 접대하기 좋아하며, 프린스 에드워드 섬의 6월은 즐거운 꿈 속에서가 아니라면 좀처럼 볼 수 없을 만한 것일세. 못에는 송어가 있고, 항구에 가면 언제라도 누구건 노련한 선원이 기꺼이 대구낚시며 새우잡이에 데려가 주지.

숙소는 내 하숙 한 곳을 내주겠네. 나름 쾌적하고 학교에서 숙소까지는 건강을 유지할 만한 산책하기에 아주 알맞은 거리지. 윌리엄슨 아주머니는 매우 사랑스러운 사람으로, 헤아릴 길 없을 만큼 값어치 있는 맛있는 음식을 먹게 해주네. 옛날식 요리솜씨가 뛰어나지.

아주머니의 남편 로버트는 60살이라는 나이에도 불구하고 봅이라고 불리며, 아주 색다른 사람이라네. 소문이야기를 좋아하는 유쾌한 노인으로, 날카로운 성경구절을 내뱉기도 하고 쓸데없는 참견을 하는 경향이 있다. 린제이에 사는 사람에 대해서는 한 사람 빠짐없이 3대 전 일까지도 모조리 다 안다네.

부부 사이에는 아이가 없고, 봅 영감님은 검은 고양이를 한 마리 기르고 있는데 그것을 특별히 자랑스러워하며 귀여워하고 있지. 이 동물 이름은 티머시로, 부를 때나 이야기할 때에도 그렇게 말해야만 하네. 로버트의 신용을 얻을 생각이라면 결코 그가 사랑하는 고양이를 '저 고양이'니 '테임'이니 해서는 안 되네. 그렇게 하면 자네는 영원히 용서받지 못할 것이며 학교를 맡기기에 알맞은 사람이 못된다고 보여지게 될 걸세.

자네가 내 방을 써주었으면 하네. 부엌 위 좁은 곳으로 천장이 지붕을 따라 한쪽으로 비스듬히 기울어져 있네. 그것을 완전히 납득하기까지 자네는 셀 수 없을 만큼 머리를 부딪치게 되겠지. 그리고 거울은, 한쪽 눈이 완두콩처럼 작게 또 한쪽 눈은 밀감만한 크기로 비치는 이상한 물건일세.

그러나 더 바랄 나위 없이 넉넉하게 수건이 공급되어 이런 불리

한 점들이 제법 메워지고 있다네. 그리고 창문으로는 서쪽의 린제이 항구와 그 건너편에 자리한 만의 경치를 날마다 내다볼 수 있는데, 말로 다할 수 없는 기적적인 경치일세.

이 편지를 쓰는 동안 해가 기울기 시작하여 저 파트모스 섬 예언자[1]의 환상 속에 그려져 있는 듯한 '불이 섞인 유리 바다[2]'가 보이네.

배 한 척이 황금과 진홍과 진줏빛 수평선 쪽으로 나아가고 있네. 항구 건너편에서는 쑥 내밀어진 곳 끝에서 빙빙 돌고 있는 큰 등대에 마침 불이 켜져 '동그마니 떠오른 요정나라의 거품이는 위험한 바다 신호'와도 같이 깜박이며 반짝이고 있네.

올 수 있다면 빨리 전보쳐 주게. 되도록이면 5월 23일에 출근해 주었으면 하네.

에릭이 생각에 잠겨 편지를 접고 있는데 마셜 씨가 들어왔다.

공정하고 정직하나 실제로는 날카롭고 빈틈없으며 좀 냉혹한 데가 있는 실업가지만, 언뜻 보기에 마셜 씨는 오히려 인정 많은 나이든 목사나 박애주의자를 생각나게 했다. 둥글고 혈색 좋은 얼굴을 하얀 구레나룻이 둘러싸고 보기좋은 머리는 길고 흰 머리칼로 덮였으며, 입매가 오므라져 있다. 다만 그 파란 눈에는 장사의 흥정에서 교묘하게 대하려고 꾀하는 이를 멈칫하게 만드는 저력이 있었다.

에릭이 그 잘생긴 용모와 기품 있는 모습을 어머니로부터 이어받았음은 분명한 일이었다. 어머니의 초상화는 창문과 창문 사이 어두운 벽에 걸려 있었다. 어머니는 에릭이 10살 때 아직 젊은 나이로 세상을 일찍 떠났다. 그녀는 살아 있는 동안 남편과 아들에게는 헌신적인 사랑의 표적이었는데, 그 훌륭하고 의지가 강하며 상냥한 얼굴은

---

[1] 신약성서 〈요한 계시록〉의 기록자 요하네.
[2] 〈요한 계시록〉 제15장 제2절.

남편과 아들로부터 사랑과 존경을 받기에 충분한 사람이었음을 증명하고 있었다.

성별상 남자일 뿐 그녀의 모습과 똑같은 얼굴이 에릭에게 그대로 되풀이되어 나타나 있었다. 밤색 머리가 고스란히 있고 우수에 젖은 눈도 어머니를 닮았으며 기분이 가라앉았을 때에는 어머니와 똑같이 다정스러움을 머금은 표정이 감돌고 있었다.

마셜 씨는 대학에서 성공한 아들이 몹시 자랑스러웠으나, 그것을 아들에게 드러내 보일 생각은 조금도 없었다. 세상을 떠난 어머니와 눈이 똑같은 이 아들을 마셜 씨는 누구보다도 사랑했고, 희망이며 포부며 모든 것을 아들에게 걸고 있었다.

"그 하찮은 소동이 끝나 이제 한숨을 돌렸다."

마셜 씨는 무뚝뚝하게 말하며 마음에 들어하는 의자에 앉았다.

에릭은 건성으로 물었다.

"프로그램은 재미있었습니까?"

"대부분은 바보스러웠어. 내 마음에 든 것은 찰 리가 한 라틴 어 기도와 졸업증서를 받으러 사뿐사뿐 걸어나오는 예쁜 여자아이들 정도였지. 확실히 라틴어는 기도에 걸맞는 말이라고 여겨지더구나. 적어도 찰리 영감 같은 목소리라면 말이야. 그 말이 낭랑하게 여운을 남겨 그걸 듣기만 해도 무릎 꿇고 싶어졌지.

게다가 그 여자아이들은 패랭이꽃처럼 귀엽지 않더냐? 내 생각으로는 그 가운데 애그니스가 가장 훌륭해 보였어. 너는 그 아가씨에게 구혼한 듯싶던데—잘했다고 여긴다, 에릭."

에릭은 반은 초조해 하고 반은 쑥스러워 웃으며 말했다.

"당치도 않습니다, 아버지. 아버지는 데이비드 형님과 공모하여 나를 싫으니 좋으니 아무 말 못하게 하여 결혼으로 몰고 가시려는 겁니까?"

마셜 씨는 항변했다.

"나는 그런 문제에 대해 데이비드에게 한마디도 하지 않았어."

"그렇습니까? 아버지도 데이비드 형님 못지않게 지독하군요. 그 문제로 데이비드 형님은 대학에서 돌아오며 줄곧 나를 괴롭혔으니까요. 그런데 아버지는 어째서 그토록 서둘러 나를 결혼시키고 싶어하지요?"

"어째서라니, 되도록 빨리 이 집안에 진짜 가정주부가 있었으면 하고 바라서야. 네 어머니가 세상을 떠난 뒤로 그 자리를 채워준 사람도 없었잖니. 그리고 나는 죽기 전에 네 아이들을 무릎에 앉혀 이런저런 이야기를 나누며 그 눈을 들여다보고 싶어. 나도 이제 꽤 나이를 먹었으니까."

에릭은 어머니의 초상화를 흘끗 보고 나서 다정하게 말했다.

"그래요. 아버지가 그렇게 바라시는 것은 마땅합니다. 하지만 허둥지둥 닥치는 대로 아무하고나 결혼할 수는 없잖습니까. 아무리 기업 시대라지만 '아내 구함' 광고를 낼 수는 없잖아요."

젊은이의 경박스러운 농담을 마셜 씨는 참고 너그러이 넘겼다.

"네가 좋아하는 아가씨는 누구 없니?"

"없습니다. 내 심장의 고동을 빠르게 할 만한 여자는 아직 만나보지 못했어요."

아버지는 불평을 쭉 늘어놓았다.

"요즘 젊은이들이 어떤 생각을 하고 있는 건지 나로서는 도무지 모르겠다. 나는 네 나이가 되기 전에 여섯 번쯤이나 사랑에 빠졌었지."

"아버지는 '연애'에 빠졌을지는 모르지만 어머니를 만날 때까지 진심으로 여자를 사랑한 일은 없었어요. 나는 알 수 있습니다, 아버지. 더욱이 그것은 아버지가 꽤 나이든 뒤였잖습니까?"

"너는 정말 까다롭구나. 그게 난처한 점이야. 그게 정말이지 곤란한 점이야!"

"아마 그럴지도 모르죠. 저같은 어머니를 가졌던 사람은 여성에 대한 표준도 무척 높아지기 쉬운 법입니다. 이런 이야기는 그만두기로 해요, 아버지. 자, 이 편지를 읽어보세요. 래리로부터 왔습니다."

편지를 읽고 나서 마셜 씨는 신음소리를 냈다.

"흠! 그렇다면 래리는 드디어 쓰러진 게로구나—그렇게 되리라고 전부터 생각했었지—분명 그렇게 될 게 틀림없다고 전부터 생각했었어. 가엾게도 훌륭한 젊은이였는데. 그래, 너는 갈 생각이냐?"

"네, 그렇게 생각하고 있습니다. 아버지께서 반대하지 않는다면."

"편지에 씌어진 린제이의 형편으로 보아 꽤 지루하지 않겠니?"

"아마 그렇겠죠. 하지만 놀러가는 게 아니라 래리를 기쁘게 해주고 섬을 한번 보기 위해 갔다오려는 것이니까요."

"그렇지, 계절에 따라서는 그곳도 볼 만한 가치가 있어. 여름에 프린스 에드워드 섬으로 가면 언제나 나는 전에 위니펙에서 만났던 스코틀랜드 출신의 지극히 나이든 섬사람 심정을 알게 되지. 이 노인이 늘 '섬'에 대한 이야기만 해서, 누군가가 어느 때 어떤 섬을 말하는 거냐고 물었더니 노인은 말없이 그 낯선 사람을 뚫어지게 바라보더니 이렇게 말했단다.

'뭐라고? 그야 프린스 에드워드 섬이 뻔하잖나. 달리 어떤 섬이 또 있다는 거지?' 하고.

괜찮거든 어서 다녀오너라. 시험에 시달려왔으니 일을 시작하기 전에 쉴 필요가 있어. 그리고 알겠니, 사소한 실수를 저지르면 안 돼, 이 녀석아."

에릭은 웃었다.

"린제이 같은 곳에서는 그런 걱정도 그리 없으리라 여겨지는데요."

"아마도 악마는 다른 온갖 곳과 마찬가지로 린제이의 게으름뱅이들에게도 잘못을 일으키게 할 게다. 내가 들은 가장 심한 비극은 철도로부터 25킬로미터나 떨어지고 가게에서 8킬로미터나 떨어진 미개척지에서 일어났었으니까.

그러나 너는 훌륭한 어머니가 낳은 아들이니 하느님과 사람을 두려워하여 단정하게 행동하리라 여기고 있다. 우선 네게 닥칠 가장 나쁜 일을 떠올린다면 어떤 심술사나운 여자네 손님 침실에서 자게 되는 것인데, 만일 그런 일이 일어난다면 그야말로 '신이여, 그대의 영혼을 가엾이 여기옵소서!'지."

린제이 중학교 선생

한달 뒤 어느 날 저녁 무렵, 흰 칠을 한 오래된 린제이 중학교에서 나온 에릭 마셜은 문을 잠갔다. 그 문은 온갖 공격이며 주먹질에 견뎌낼 수 있도록 이중널빤지로 되어 있었다.

에릭의 학생들은 한 시간 전에 집으로 돌아갔으나, 에릭은 대수문제를 풀고 상급학생들의 틀린 라틴어 연습문제를 고쳐주기 위해 남아 있었다.

학교 건물 서쪽에 있는 빽빽한 단풍나무숲을 뚫고 따뜻한 황금색 햇빛이 비스듬히 비껴들어 나무 밑 그늘의 흐릿한 푸른 공기가 금빛 꽃처럼 반짝이고 있었다.

운동장 먼 한구석에서는 양 두 마리가 무성한 풀을 오물오물 뜯고 있고, 단풍나무숲 어딘가로부터 딸랑딸랑 소 방울소리가 조용하고 맑은 공기를 따라 희미하게 음악적으로 울려왔다.

바람은 따뜻한데도 캐나다의 봄다운 상쾌한 위엄과 날카로움을 아직 느낄 수 있었다. 세상은 온통 이 한때 그 무엇에도 방해받지 않는 유쾌한 몽상에 잠겨 있는 듯 보였다.

이 화창한 광경은 한가로우며 평화롭고 고즈넉해보였다. 닳아빠진 층계에 서서 주위를 둘러보고 에릭은 지나치게 전원적이라고 여기며 어깨를 움츠렸다. 여기서 한달 동안이나마 지낼 수 있을까 하고 에릭은 씁쓸하게 웃었다.

'내가 벌써 진저리치는 걸 안다면 아버지는 소리 죽여 비웃을 테지.'

에릭은 곰곰이 생각에 잠기며 운동장을 가로질러 학교 앞을 지나는 길고 붉은 큰길로 나왔다.

'뭐, 어쨌든 1주일 지났군. 나는 만 5일분 급료를 번 셈이야. 24년 생애에서 처음으로 그런 말을 할 수 있게 되었어. 그렇게 생각하면 마음이 북돋아지기도 하지만, 린제이 중학교에서 가르친다는 건 확실히 기운이 나지 않아. 적어도 이토록 얌전한 학교에서는 말이야.

학생들이 가엾을 만큼 예절바르고 얌전하여 어떻게도 할 수 없는 장난꾸러기를 매질하는 전통적인 행사조차도 도저히 할 수 없어. 린제이 교육기관에서는 모든 일이 태엽을 감아둔 것처럼 척척 진행돼. 확실히 조직과 훈련에 대해 래리는 뛰어난 재능을 지녔음에 틀림없어.

나는 정연한 자동기계 속 큼직한 톱니바퀴가 지닌 톱니에 지나지 않는 듯 여겨져. 아직 모습을 보이지 않은 학생도 몇몇 있는 것 같고, 소문에 따르면 원시인의 야만성을 아직 완전히 벗어나지 못한 무리들인 듯하니까 이곳 생활을 좀 더 재미있게 해줄 테지. 또 존 리드가 쓴 것 같은 작문이 앞으로 두셋 있다면 이 장사에도 얼마쯤 흥미가 생기겠지.'

에릭은 웃음소리를 메아리치게 하며 작은 산을 내려오는 비탈진 길다란 길로 나왔다. 그날 아침 작문시간에 4학년 학생에게 자유로이 제목을 고르게 했더니, 조금도 유머가 싹트지 않은 아주 진지한 척하는 현실가인 장난꾸러기 존 리드가 같은 책상에 앉은 악동이 살짝 속삭인 제안에 따라 '구혼'에 대해 썼던 것이다. 그 첫 글귀가 떠오를 때마다 그날 하루 에릭의 얼굴은 저도 모르게 우스워서 참느라 일그러지고 말았다. '구혼이란 매우 즐거운 일이며 아주 많은 사람들이 너무 깊이 들어갑니다.'

먼 언덕이며 숲이 이어지는 고지대는 우아한 봄의 햇빛으로 진줏빛과 보랏빛 비단처럼 엷게 흔들리고 있었다. 새잎이 돋은 단풍나무가 큰길 양쪽 가장자리까지 빽빽이 서 있었으며, 그 건너편은 햇빛을 듬뿍 받은 뚜렷한 초록색목장으로 그 위를 구름그림자가 흘러왔다가 곧 크게 퍼져 사라져 버렸다. 목장 저 먼 아래에는 고요한 큰 바다가 파랗게 잠들어 있고, 잠자면서 한숨을 쉬고 중얼거렸다. 그 중얼거림은 그것이 들리는 곳에서 태어난 행복한 사람들의 귀에 끊임없이 울리고 있었다.

에릭은 이따금 맨발로 말을 탄 바둑판무늬 셔츠를 입은 젊은이며, 짐수레를 끄는 날카로운 얼굴을 가진 농부를 만났다. 농부들은 고개를 끄덕이며 쾌활하게 말을 걸었다.

"안녕하십니까, 선생님."

혈색좋은 달걀형 얼굴, 보조개가 옴폭 파인 볼, 아름다운 검은 눈에 부끄러운 듯 애교를 담은 어린 아가씨가 새로 온 선생과 친해지는 것은 싫지 않다는 새침한 모습으로 지나갔다.

작은 산을 절반쯤 내려간 곳에서 에릭은 전에는 훌륭했을 것 같은 우편마차를 끌면서 비틀거리며 다가오는 잿빛 늙은 말을 만났다. 마부는 여자였다. 평생에 한 번도 장밋빛 정열을 느껴본 적 없으리라 여겨지는 잿빛 여성이라고도 할 만한 사람 가운데 하나로 보이는 그녀는 말을 세우더니 빛바래고 살이 툭 튀어나온 우산의 울퉁불퉁한 손잡이로 가까이 오라고 에릭을 불렀다.

"이번에 오신 선생님인가요?"

에릭은 그렇다고 짧게 대답했다.

그녀는 전에는 검정이었던 더덕더덕 기운 무명장갑 낀 손을 쑥 내밀었다.

"그렇군요. 만나뵈어 기뻐요. 웨스트 선생님이 그만두어 나는 얼마나 서운했는지 몰라요. 정말로 좋은 선생님이었는데. 그토록 악의가 없고 사람 기분을 언짢게 하지 않는 사람은 없었으니까요. 하지만 나는 그 선생님을 만날 때마다 폐병이라고 늘 말했었죠. 선생님은 아주 건강해 보이는군요. 하기야 겉보기대로 될 수는 없지만요.

내게 선생님 같은 얼굴빛을 한 남동생이 있었는데, 아직 어렸을 때 서부에서 철도사고로 끔찍하게 죽었어요. 내게 남자아이가 또 하나 있는데, 다음주부터 학교에 보낼 거예요. 이번 주에 보내야 했지만 감자심기를 돕게 해야 해서 집에 있도록 했지요. 그 애 아버지는 일하려는 마음이 없어서 일을 하지 않으며 일을 시킬 수도 없는 그런 사람이에요. 샌디는, 정식으로 말하면 에드워드 앨릭잰더는—양쪽 할아버지의 이름을 딴 거예요—누구보다도 학교가기를 몹시 싫어했어요—본디부터 그렇답니다.

하지만 나는 무조건 보내도록 하겠어요. 어떻게든 그 아이 머리에 좀 더 학문을 집어넣어 줘야겠다고 마음먹었으니까요. 그 애는 선생님에게 괴로움을 끼치게 되리라고 여겨요. 올빼미처럼 어리석고 솔로몬의 나귀처럼 고집스러우니까요.

하지만 아시겠어요, 선생님? 나는 선생님을 돕겠어요. 필요할 때에는 샌디를 호되게 실컷 때려주세요. 그리고 간단히 편지를 써서 돌려보내 줘요. 그러면 내가 다시 한번 혼내줄 테니까요. 학교에서 소동이 일어나면 다짜고짜 자기 아이 편을 드는 사람들도 있지만, 나는 찬성하지 않았고 한 번도 그렇게 한 적이 없어요. 언제든지 이 리베커 리드에게 의지해도 좋아요, 선생님."

에릭은 아주 상냥한 목소리로 말했다.

"고맙습니다. 기꺼이 의지하지요."

에릭은 이제 그만 마음을 놓아도 될 만한 곳으로 올 때까지 진지

한 척하고 있었다. 리드 아주머니는 늙은 가죽 같은 심장에 부드러운 감정을 느끼며 마차를 계속 몰아갔다. 아주머니의 심장은 오랫동안 견뎌온 가난과 노동, 일할 마음도 없고 일하게 할 수도 없는 남편에 대한 참을성으로 굳어져 버려 남성에 관한 한 이미 그리 느끼지 않게 되어 있었다.

리드 아주머니는 이 젊은이는 장래성이 있다고 생각했다.

에릭은 이미 린제이 사람들 얼굴을 대개 보아 알고 있었다. 그러나 작은 산기슭에서 만난 남자와 젊은이는 알지 못했다. 이 사람들은 초라한 구식 짐마차에 앉아 시냇가에서 말한테 물을 먹이고 있었다. 맑은 시냇물은 저지대에 널빤지를 가로질러둔 작은 다리 밑을 줄줄 흐르고 있었다.

에릭은 얼마쯤 호기심을 느끼며 이 두 사람을 바라보았다. 그들은 린제이의 여느 사람들과 조금도 닮지 않았다. 특히 젊은이는 깅엄 와이셔츠에 홈스펀 바지라는, 린제이 농가 젊은이들에게 공통된 작업복을 입었음에도 불구하고 분명 외국인 같은 용모였다.

어깨가 처진 호리호리하고 늘씬한 몸매로, 깃을 열어젖힌 셔츠에서 갈색 공단 같은 여윈 목이 드러나보였다. 머리는 숱많은 비단 같은 검은 곱슬머리로 덮이고 짐마차 옆으로 늘어뜨린 손은 이상하게도 길고 가냘팠다. 좀 답답해 보이기는 해도 화려한 생김새로 살갗은 올리브 빛깔이었으며 뺨만이 검붉었다. 입술은 소녀처럼 빨갛고 매혹적이며 눈은 크고 대담하며 검었다.

정말 좀처럼 볼 수 없는 단아한 젊은이였다. 그러나 얼굴표정은 그리 기분 좋아 보이지 않았으며, 태평스럽고 아름다운 자세로 양지바른 곳에서 햇빛을 쬐며 즐기고 있다가 언제 어느 때라도 덤벼들 태세가 되어 있는 고양이 같은 인상을 에릭에게 주었다.

짐마차에 앉은 또 한 사람은 65살에서 70살쯤 된 사나이로, 철회색 머리칼에 길고 숱많은 잿빛 턱수염을 길렀으며 얼굴생김은 엄해 보이고 더부룩이 곤두선 눈썹 밑에 있는 움푹한 눈은 노란빛이었다. 키는 큰 듯하고 볼품없는 여윈 몸집으로 등이 꾸부정했다. 냉혹한 입은 꽉 다물어져 미소를 떠올린 적이 결코 없는 듯 보였다.

실제로 미소와 이 남자를 결부시켜 생각할 수는 없었다—전혀 어울리지 않았다. 그러면서도 그 얼굴에 불쾌한 느낌은 없었으며, 뭔가 에릭에게서는 관심을 끄는 매력이 있었다.

인상학(人相學) 연구가로 자부하는 에릭은 이 남자는 이제까지 친숙해진 온화하고 말 많은 일반적인 린제이 농부형에는 들지 않음을 굳게 믿었다.

기묘하게 배합된 두 사람을 태운 낡은 짐마차가 덜컹거리며 작은 산을 올라가 버린 뒤에도 얼마동안 에릭은 그 엄하고 숱많은 눈썹의 사나이와 검은 눈동자에 입술이 빨간 젊은이에 대해 생각하고 있는 자신을 깨달았다.

차를 마시며

에릭이 하숙하고 있는 윌리엄슨네는 이 언덕에 이어진 다음 언덕 꼭대기에 있으며, 래리 웨스트의 예언이 어긋나지 않아 에릭의 마음에 들었다.

윌리엄슨 부부도 다른 린제이 사람들과 마찬가지로 에릭을 래리 웨스트처럼 일하며 공부하는 가난한 대학생으로 여기고 있었다. 에릭은 그에 대해 부정도 긍정도 하지 않았다.

에릭이 집으로 들어갔을 때 윌리엄슨 부부는 부엌의 차 테이블에 앉아 있었다. 윌리엄슨 아주머니는 래리가 이름을 지었듯이 안경을 쓰고 사라사 옷으로 몸을 감싼 성녀였다.

에릭은 그녀가 아주 좋았다. 흰 머리의 가냘픈 부인으로 여위고 상냥하며 기품 있는 얼굴에 사라지지 않는 고생한 흔적이 멈춰져 깊은 주름이 새겨져 있었다. 대체로 그리 말이 많지 않았으며, 신랄한 시골사람들의 표현에 따르면 그녀는 '말하지 않아도 될 일은 결코 하지 않았다'.

에릭에게 끊임없이 고개를 갸우뚱하게 만드는 오직 한 가지 일은, 어째서 이런 부인이 로버트 윌리엄슨과 결혼하게 되었을까 하는 것이었다.

흰 칠을 한 벽에 모자를 걸고 에릭이 테이블의 자기 자리에 앉자 아주머니는 어머니 같은 미소를 지어보였다. 등 뒤 창문 밖에 있는 자작나무숲은 서쪽으로 기울어가는 햇빛을 받아 반짝이고, 푸른 바다 같은 양치류는 바람이 스쳐 지나갈 때마다 황금빛 큰 물결처럼 하늘거렸다.

로버트 노인은 에릭과 마주보는 긴의자에 앉아 있었다. 그는 몸집이 작고 여윈 노인으로 지나치게 큰 헐렁헐렁한 옷에 반쯤 파묻혀 있었다. 이야기할 때면 겉보기와 마찬가지로 가늘고 귀에 거슬리는 쇳소리로 말했다.

긴 의자 다른쪽 끄트머리는 가슴과 다리가 눈처럼 희고 매끄러우며 만족스러운 듯한 티머시에게 점령되어 있었다. 로버트 노인은 무엇이든 한입 먹으면 티머시에게도 한 조각 주었으며, 티머시는 그것을 점잖게 받아먹고 큰 소리로 목을 울리며 고마운 마음을 나타냈다.

로버트 노인이 말했다.

"우리는 선생을 몹시 기다렸소. 오늘은 좀 늦었구료. 아이들을 누군가 남게 했었소? 그건 아이들을 벌주는 방법 가운데 바보스러운 짓이오. 아이 쪽도 괴롭고 선생도 힘들지요.

4년 전에 있던 선생은 아이들을 가둬 두고는 돌아와 버리곤 했었어요. 그리고 한 시간 뒤 되돌아가 아이들을 내보내 주는 거요. 안에 있는 경우에는 말이오. 반드시 있다고는 할 수 없으니까요. 톰 퍼거슨이 언젠가 문널빤지를 발길로 뻥 차서 뜯어버리고 달아났으므로 우리는 뜯어지지 않도록 이중널빤지로 새로운 문을 만들어 달았다오."

에릭은 짧게 설명했다.

"조금 일이 있어서 교실에 남아 있었습니다."

"그렇소? 선생은 앨릭잰더 트레이시를 만나지 못했구료. 선생이 장기를 둘 줄 안다고 했더니 머지않아 저녁에 장기를 두러 오도록 전해달라고 하고 갔소.

장기를 둘 때에는 너무 여러 번 앨릭잰더를 지게 하지 마오. 앨릭잰더를 한편으로 만들어둬야 하오, 선생. 왜냐하면 앨릭잰더에게 아들이 있는데, 학교에 가기 시작하면 선생에게 골칫거리를 줄지도 모르기 때문이오. 세스 트레이시는 말썽 부리는 것을 먹는 것보다 훨씬 더 좋아하는 개구쟁이니까요. 새로운 선생이 올 때마다 괴롭히지요. 벌써 두 사람이나 괴롭혀 학교에서 내보내고 말았다오. 그런데 웨스트 씨에게는 그렇게 못했소.

윌리엄 트레이시네 남자아이들은 이제 그 아이들에게 성가스러운 일은 조금도 없지요. 늘 얌전하니까요. 어머니가 학교에서 얌전하게 굴지 않으면 지옥에 떨어진다고 일요일마다 타이르지요, 이건 아주 효과가 있다오.

자, 설탕절임을 좀 드시오, 선생. 우리는 애덤 스콧 부인처럼 하숙인에게 '당신은 이런 건 필요없겠지요—당신도 그렇지요?—당신도 마찬가지겠지요?' 하는 식으로 권하지는 않소.

여보, 앨릭이 그러는데 조지 라이트 영감이 이제까지 없었던 재미를 보고 있다더군. 아내가 샬럿타운에 있는 여동생 집에 다니러 가서 조지 영감은 40년 전 결혼한 뒤 처음으로 마음대로 행동할 수 있게 되어 그야말로 축제와도 같은 소란을 피운다고 앨릭이 말했소. 응접실에서 담배를 피우고 삼류소설을 읽으며 11시까지 깨어 있기도 하고 말이오."

"아마도 나는 트레이시 씨를 만났을 겁니다. 키가 크고 머리가 희며 살빛이 검고 무서운 얼굴을 한 사람이지요?"

"아니, 앨릭은 뚱뚱하고 명랑한 사람이오. 게다가 이미 오래 전에 나이먹는 것을 그만두었지요. 선생이 말하는 사람은 토머스 고든임에 틀림없소. 토머스가 짐마차를 타고 큰길을 가는 걸 나도 보았으니까요.

그 사람이라면 선생을 초대할 걱정은 없소. 아무튼 고든 집안 사람들은 교제를 좋아하지 않으니까. 그렇고말고요! 여보, 선생에게 비스킷 접시를 좀 드리구료."

에릭은 호기심을 담아 물었다.

"함께 있던 젊은이는 누구지요?"

"닐—닐 고든이오."

"그런 얼굴과 눈을 하고 있었는데 그건 스코틀랜드식 이름이군요. 나는 기세페니 안젤로 같은 이름을 기대했었어요. 그 젊은이는 한눈에 보아도 이탈리아 사람처럼 보였으니까요."

"그렇소, 잘 아는구료, 선생. 그렇게 보이는 것도 마땅해요. 그렇소. 바로 맞았소. 이탈리아 사람이오, 선생! 지나치리만큼 이탈리아 사람다워 어엿한 사람들 취미에는 맞지 않지요."

"어째서 스코틀랜드식 이름을 가진 이탈리아 젊은이가 린제이 같은 곳에 살게 되었지요?"

"선생, 그건 이렇게 된 거요. 22년쯤 전—22년 전이었지, 여보, 아니면 24년이었던가? 그래, 22년 전이오—우리 짐이 태어난 해였으니까. 짐도 살았다면 22살이 되어 있을 거요. 가엾은 아이요.

그렇소, 선생, 22년 전 둘이서 함께 다니는 이탈리아 행상인이 찾아와 고든네로 갔소. 그 무렵에는 그런 사람들이 이 지방에 많이 왔었지요. 나는 날마다 한 번씩은 개를 부추겨야만 했소. 그런데 이 행상인은 부부였는데, 여자가 고든네에서 몸이 나빠져 재닛 고든이 집안으로 들여 돌봐 주었지요.

다음날 갓난아기를 낳고 여자는 죽었소. 그런데 정신차리고 보니 애 아빠가 짐과 함께 달아나버려 그 뒤로 전혀 소식이 없었소. 고든네에서 그 갓난아기를 책임져야 할 형편이 되어버린 거요. 모두들 그 아이를 고아원으로 보내라고 말해 주었고, 또 그것이 가장 현명한 방법이었지요. 하지만 고든네 사람들은 남이 이러니저러니 일러주는 것을 좋아하지 않았소.

그 무렵은 토머스와 재닛의 아버지 제임스 고든이 살아 있었는데, 자기 집에서 어린아이를 내쫓을 수는 없다는 거였소. 거만하고 으스대기 좋아하는 노인이었지요. 그는 자기가 명령하지도 않았는데 떴다 졌다한다면서 해님에게 감정을 가지고 있으리라고 여겨져 모두들에게 터무니없는 말을 했다오.

아무튼 갓난아기를 집에 두기로 하여 닐이라는 이름을 지어주고 그리스도교도 아이들처럼 세례를 받게 했소. 닐은 내내 거기서 살아왔소. 그 집에서는 그 아이에게 아주 잘해 주었지요. 학교에 보내고 교회에도 데려가며 가족처럼 여겨 주었소.

사람에 따라서는 그 애를 너무 소중히 여긴다고 말하는 이도 있을 정도였소. 그런 종류의 사람에게는 반드시 유익하다고 할 수 없기 때문이오. 왜냐하면 적당히 억누르지 않으면 뼛속에 지니고 태어난 성질이 반드시 드러난다고 하니까요.

닐은 영리하고 아주 일도 잘하는 듯하오. 하지만 이 언저리 사람들은 그 아이를 썩 좋아하지 않소. 잠깐 눈길을 돌리면 무슨 짓을 저지를지 어떻게 알겠소? 걸핏하면 성을 잘 내는 것은 틀림없으며, 언젠가 학교에서 기분 나쁘게 여기던 남자아이를 하마터면 죽여버릴 뻔했지요. 숨이 막혀 그 아이의 얼굴이 마침내 보랏빛으로 변해 모두들 달려들어 닐을 억지로 떼어놓아야만 했소."

그러자 아주머니가 항의했다.

"하지만 여보, 그 아이가 심한 구박을 받았던 것은 당신도 알 텐데요. 그 아이는 가엾게도 학교에 다닐 무렵 정말로 심한 괴롭힘을 당했었지요, 선생님. 다른 아이들에게 언제나 돌팔매질당하고 험담을 듣기도 했으니까요."

"그야 확실히 아이로서는 감당하지 못할 구박을 받았소. 그 아이는

바이올린을 썩 잘 켜서 남들 앞에 나가기를 좋아했지요. 곧잘 항구에도 갔소.

하지만 이따금 무섭게 입을 꾹 다물어버리고는 사람인지 개인지 가릴 수 없을 만큼 무뚝뚝하게 기분이 나빠지곤 하지요. 그것도 무리가 아니오, 고든 집안 같은 사람들과 함께 살아간다면 말이오. 그 집안 사람들은 모두 딕의 모자 리본처럼 하나같이 색다르니까요. 정말 괴짜들이지요."

그러자 아주머니가 못마땅한 얼굴로 나무랐다.

"여보, 이웃사람을 그런 식으로 말해서는 안 돼요."

"하지만 여보, 비록 솔직히 말하지는 않지만 당신도 그건 잘 알고 있잖소. 그런데 당신은 넌시 스콧 아주머니와 똑같구료. 일에 대한 거라면 몰라도 도무지 매정한 말을 하지 많으니 말이오. 고든네 사람들이 다른 이들과 다르다는 것은 어제오늘 시작된 일도 아니고 앞으로도 그럴 거라는 건 당신도 훤히 알고 있을 거요.

린제이에서 색다른 건 그 집안뿐이오, 선생. 피터 쿡 영감을 빼고는 말이오. 그 영감은 고양이를 스물다섯 마리나 기르지. 정말이지 선생, 생각 좀 해 봐요! 가엾게도 쥐라는 녀석이 아무 소리도 못하게 되지 않겠소?

그 밖에 우리들 가운데 색다른 사람은 없지요. 어딘가에 있다 할지라도 전혀 짐작가지 않소. 하지만 그 때문에 내가 몹시 재미없어 한다는 것은 인정해야 하오."

"고든 집안은 어디서 살지요?"

에릭은 로버트 노인의, 눈이 빙빙 돌 듯한 정신없는 이야기 속에서도 중요한 점에 이르러 물을 수 있게 되었다.

"바로 저기요. 래드너 거리에서 1킬로미터 쑥 들어간 곳으로, 빽빽한 가문비나무숲이 그 집과 세상을 떼어놓고 있는 곳이지요. 그 집에서는 교회 말고는 아무데도 가지 않소. 그래도 교회만은 빠지지 않지요. 그런데 아무도 그 집에 가는 사람이 없소. 다만 토머스와 여동생 재닛과 조카딸과 지금 말한 닐이 살고 있을 뿐이오. 기묘하고 고집스러우며 변덕스러운 사람들이지요. 나는 분명히 그렇게 말하겠소, 여보. 자, 이 영감에게 차를 한 잔 주오. 그리고 무슨 말을 하든 신경 쓰지 마오.

차라니까 생각나는데, 지난 수요일 오후 애덤 파커 부인과 짐 마틴 부인이 함께 포스터 리드네 집에서 차를 마셨다는 이야기를 들었소?"

아주머니가 좀 여자다운 호기심을 일으켰다.

"아뇨. 하지만 그 사람들은 사이가 나쁜 걸로 여겼는데요."

"그래요, 그래. 우연히 같은 날 포스터 부인을 찾아가는 형편이 되고 말았는데, 어느 쪽도 돌아가려 하지 않았다는구료. 돌아가게 되면 상대에게 항복하는 셈이니 말이오. 그래서 두 사람은 응접실에서 마주보고 앉아버린 거요.

포스터 부인은 어찌해야 좋을지 몰라 그토록 쩔쩔맨 적은 태어나서 처음이었다더군. 잠깐 한 사람과 이야기나눈 다음 또 다른 한 사람과 이야기를 했다고 하오. 두 사람은 포스터 부인에게 쉴새없이 말을 걸며 서로 상대방을 빈정거렸다는구료. 포스터 부인은 하룻밤 내내 두 사람을 있게 해야 하나 보다고 여겼다지 뭐요. 어느 쪽도 상대보다 먼저 돌아가려 하지 않았으니 말이오.

마침내 짐 마틴이 아내를 찾으러 왔다더군. 늪에라도 빠진 게 틀림없다고 여겼다는구료. 그렇게 문제가 그럭저럭 해결되었다고 하오.

선생, 댁은 아무 것도 안 드는군요. 내가 더 먹지 않는다고 마음 쓰지 말고 어서 들어요. 나는 선생보다 반 시간이나 먼저 시작했고 어떻게든 좀 서두르고 있었으니까요.

오늘은 일하는 젊은이가 벌써 집에 돌아가 버렸다오. 어젯밤 12시에 수탉이 우는 소리를 듣고 가족 가운데 누가 죽었는지 보러 간 거

요. 누군가가 죽었으리라는 게 확실하다는 거요. 전에도 한번 밤중에
수탉 우는 소리를 들었는데, 다음날 새워리스에 사는 육촌이 죽었다
는 소식이 있었다고 해요.

　여보, 선생이 차를 더 들지 않는다면 티머시에게 줄 크림이 있소?"

아름다운 소녀

그날 저녁 해질 무렵, 에릭은 산책하러 나섰다. 바닷가로 가지 않을 때에는 이 아름다운 계절의 도가니 속에 녹아들어 있는 듯한 린제이 들판이며 숲을 멀리까지 거닐기 좋아했다.

린제이의 집들은 대부분 바닷가와 나란히 달리고 있는 큰길을 따라 지어졌거나, 또는 모퉁이에 있는 가게를 중심으로 그 둘레에 다닥다닥 모여 있었다. 농장은 그런 집들로부터 들어간 숲지대며 목장지대에 고립되어 있었다.

에릭은 윌리엄슨네 집에서 이제까지 가본 적 없는 남서쪽으로, 둘레에 감돌고 있는 공기와 하늘에 가득 찬 이 계절의 마력을 즐기며 종종걸음으로 걸어갔다. 건강한 생활을 보내는 정상적인 맥박을 지닌 사람이 그렇듯 에릭은 이 마력을 느끼고 사랑에 젖어 거기에 푹 잠겼다.

오래지 않아 다다른 가문비나무숲에 저물어가는 해가 루비 같은 빛의 화살을 강하게 쏘아대고 있었다. 에릭은 긴 보랏빛 오솔길을 걸어 숲을 빠져나갔다. 숲 바닥은 갈색으로 밟으니 탄력이 있었다. 숲을 빠져나간 에릭 앞에 놀라운 광경이 펼쳐졌다.

집은 한 채도 보이지 않았으나 과수원이 있었다. 분명히 오랫동안 아무도 돌보는 이 없이 내버려진 해묵은 과수원이었다.

그러나 과수원이란 쉽사리 죽는 게 아니다. 전에는 틀림없이 아주 즐거운 장소였을 이 과수원은 이렇다할 까닭도 없이 우수를 머금은 분위기가 가득 차 있음에도 여전히 즐거운 곳이었다. 전에는 기쁨, 즐거움, 젊은이의 생활 터전, 가슴이 마구 뛰고 고동이 높아지며 눈이 반짝이고 명랑한 목소리가 메아리친 장소—그와 같은 곳 전체에 떠도는 우수였다. 이런 것들의 망령이 공허한 세월 동안 본디 출몰하던 장소에서 떠나지 못하고 있는 듯 여겨졌다.

크고 길다란 과수원은 여러 해 동안 여름 햇빛에 바래 은회색으로 변한 황폐한 낡은 울짱으로 둘러싸여 있었다. 울짱을 따라 일정한 간격을 두고 혹투성이인 큰 전나무가 서 있으며, 레바논 향료 덤불을 스쳐 지나가는 바람보다도 더 달콤한 저녁바람이 그 우듬지를 흔들어 영혼을 이 세상이 시작되던 처음으로 되돌아가게 할 듯한 힘을 담아 태고의 노래를 부르고 있었다.

동쪽에는 빽빽한 전나무숲이 있었다. 풀 높이에서 빼꼼히 머리를 내민 정도의 어린 나무로부터 시작하여 도중에 끊어지지 않고 차례차례 한결같은 각도로 경사를 이루어 오래된 나무숲이 되어 있는 광경은 완만하게 비탈진 튼튼한 초록빛 벽을 떠올리게 했다. 너무나도 훌륭하게 겹쳐져 있으므로 인공적으로 다듬은 뒤 벨벳 같은 표면으로 끝마무리했는가 여겨질 정도였다.

과수원은 대부분 풀이 무성했으나 에릭이 서 있는 끄트머리 쪽에는 집의 뜰이었던 듯 수목이 없는 네모난 텅 빈 곳이 있었다. 큼직한 둥근 돌이며 돌로 가장자리가 둘러진 오래된 오솔길을 아직 또렷이 알 수 있었다.

라일락 덤불이 둘 있어 하나는 보랏빛 꽃을, 또 하나는 하얀 꽃을 피우고 있었다.

그 사이에 꽃밭이 자리하여 별처럼 뾰족한 쥰릴리가 휘휘친친 얼크러져 피어 있었다. 그 강하게 풍기는 향기는 산들바람이 불 때마다 이슬 머금은 공기 속에 내뿜어졌다.

울짱을 따라 장미덤불이 있었으나, 꽃이 피기에는 아직 계절이 너무 일렀다.

그 저편이 과수원으로, 녹색 통로를 사이에 두고 수목이 길게 세 줄로 늘어섰으며 나무마다 훌륭한 담홍색과 흰빛 꽃이 가득히 피어 있었다.

에릭은 태어나서 처음으로 갑자기 이 장소의 매력에 사로잡히고 말았다. 로맨틱한 공상에 잠기는 기질은 아니었지만 이 과수원은 교묘하게 에릭을 사로잡아 끌어당겨 그는 두 번 다시 본디의 자기로 돌아갈 수 없게 되었다.

에릭은 망가진 울짱 널빤지를 하나 훌쩍 타고넘어 안으로 들어가 전혀 아무 것도 모르는 채 그를 위해 인생이 준비한 것을 만나러 앞으로 한 걸음 한 걸음 나아갔다.

에릭은 한복판 통로를 따라 과수원을 가로질러 걸어갔다. 양옆 길고 구부러진 나뭇가지는 화사한 장밋빛 심이 박힌 꽃으로 꾸며져 있었다.

남쪽 경계까지 오자 에릭은 울짱 한구석 풀 위로 몸을 내던졌다. 여기에는 또 다른 라일락덤불이 있어, 그 밑동에 양치류며 파랑 야생 제비꽃이 흐드러지게 피어 있었다.

지금 있는 곳에서 4백 미터쯤 저쪽에 집 한 채가 보이고, 울창한 가문비나무숲으로부터 잿빛 박공이 내다보이고 있었다.

활기없고 음침한 외딴 집이었다. 누가 거기에 살고 있는지 에릭은 미처 알지 못했다.

서쪽으로는 넓은 전망이 탁 트이고 저녁놀진 들이며 안개낀 파란 언덕 사이의 저지대가 저 멀리 보였다. 해는 마침 져버린 참이어서 저 너머 바라보이는 푸른색 목장이 황금빛에 잠겨 있었다.

그림자로 가득 찬 길다란 골짜기 저편은 저녁해를 받은 언덕으로 그 빛깔에 빠져버릴 듯한 사프란 빛과 장밋빛 큰하늘 호수가 펼쳐져 있었다.

이슬 세례를 받은 공기는 에릭이 짓밟아 놓은 한무더기의 박하 향기로 향긋했다. 둘레를 에워싼 숲에서 울새가 갑자기 맑고 아름다운 소리로 울었다.

에릭은 즐거운 듯 주위를 둘러보았다.

"여기야말로 실로 '옛 그대로의 살 곳'이군. 여기서 잠들어 꿈꾸고 환영을 볼 수도 있을 것 같아. 저 하늘! 저 맑은 동녘의 푸르름, 저 엷은 레이스 같은 흰 구름, 저토록 신성하고 장엄한 것이 또 있을까!

라일락 향기는 어쩌면 이토록 어지러울 만큼 취하게 한단 말인가! 향기에 취하는 일이 또 있을까? 저 사과나무는─저건, 뭘까?"

에릭은 벌떡 일어나 귀를 기울였다. 평온한 고요 속에 나무들 사이에서 나직이 노래하는 바람소리와 피리소리 같은 울새소리에 섞여 묘한 음악소리가 들려온 것이다.

그 환상적인 아름다움에 에릭은 놀라움과 기쁨으로 가슴이 벅차 겨우 숨을 삼켰다. 자신은 꿈을 꾸고 있는 것일까? 그렇지 않다. 틀림없는 이것은 음악이다. 조화로운 신으로부터 영감을 받은 사람의 손이 직접 켜고 있는 바이올린 소리다.

이런 음색을 에릭은 평생 들은 적이 없었다. 또 이와 같은 것은 이제까지 아무도 들어보지 못했으리라고 여겨졌다. 이 훌륭하고 아름다운 음악은 보이지 않는 연주자의 영혼으로부터 직접 흘러나와 이처럼 더없이 가볍고 아름다우며 우아한 음색의 모양을 처음으로 취한 것임에 확실하다고 여겼다. 그것은 온갖 분별이며 현세적(現世的)인 것을 모조리 여과해 버리고 있었다.

그것은 가냘프게 떠도는 멜로디로 이상하게도 때와 장소에 어울렸다. 그 속에는 숲을 지나가는 바람의 한숨소리, 이슬내릴 무렵 풀의 은밀한 속삭임, 쥰릴리의 순백한 마음, 사과꽃의 환희 등이 깃들어 있었다. 지나가 버린 세월, 이 과수원이 보고 들어온 옛날 노래, 눈물, 기쁨, 흐느낌 등의 넋이 모조리 들어 있었다. 그리고 이런 것들 외에 자유와 발언을 구하는 뭔지 갇혀 있는 존재의 애달픈 호소와도 같은 외침이 흐르고 있었다.

처음에 에릭은 매료된 사람처럼 말없이 꼼짝도 않고 멍하니 듣고 있었으나, 이윽고 아주 자연스러운 호기심이 머리를 쳐들었다. 린제이에 누가 저렇듯 바이올린을 켠단 말인가? 또 하필이면 사람의 기척 하나 없는 오래된 과수원에서 누가 켜는 것일까?

에릭은 일어나 길고 흰 통로를 되도록 천천히 소리내지 않고 살금 살금 걸어갔다. 연주자를 방해하고 싶지 않았기 때문이다. 뜰로 되어 버린 나무 없는 빈터에 이르렀을 때 에릭은 새로운 놀라움으로 그 자리에 우뚝 멈춰서며 또다시 자기는 꿈을 꾸는 것 같다고 여기기 시작했다.

하얀 라일락의 쑥 내밀어진 큰 가지 아래 낡고 구부러진 나무 벤치가 있었다. 이 벤치에 한 소녀가 앉아 헌 갈색 바이올린을 켜고 있었다. 소녀는 아득히 먼 지평선 저 멀리 눈길을 보내고 있었으므로 에릭을 알아보지 못했다.

한참 동안 에릭은 그 자리에 선 채 소녀를 지켜보고 있었다. 소녀의 모습은 아주 섬세한 점까지 에릭의 머릿속에 새겨져 그의 기억으로부터 영원히 지워질 수 없게 되었다.

숨을 거두는 마지막 순간까지 에릭은 그 모습을 이때의 광경 그대로 또렷이 떠올릴 수 있을 것이다. 가문비나무숲에 자욱한 벨벳 같은 엷은 어스름, 부드러운 빛이 가득한 머리 위 하늘, 조용히 살랑이는 라일락 꽃, 그러한 모든 것들 가운데에서 바이올린을 턱 밑에 대고 낡은 벤치에 앉아 있는 소녀.

24년 생애에서 에릭은 몇 백 명의 아름다운 여자, 몇 십 명의 단아한 여성, 겨우 여섯 명쯤 되는 참다운 미인을 보아 왔다. 그러나 에릭은 이 과수원의 소녀만큼 아름다운 사람을 본 적도 떠올린 일도 없다고 분명히 말할 수 있었다. 소녀가 지닌 사랑스러움이 너무나도 완벽해서 솟아오르는 기쁨으로 에릭은 숨이 턱 막힐 것 같았다.

소녀의 달걀형 얼굴에는 조각된 보석 같은 윤곽과 이목구비 하나하나가 천사나 마돈나 같은 옛 그림에서 볼 수 있는 순수하고 티없는 순수한 표정이 새겨져 있었다. 속세적인 더러움은 조금도 없는 깨끗함이었다.

모자를 쓰지 않았으며, 숱많은 새카만 머리는 가리마를 타서 풍부하고 무게 있게 두 가닥으로 촘촘히 땋아 가녀린 어깨에 늘어뜨리고 있었다.

눈은 에릭이 이토록 푸른빛은 본적 없을 만큼 아름다운 해질 무렵 뒤에 흔들리는 조용하고 평온한 빛이 어린 바다 빛깔이었다. 그 눈은 저녁놀에 붉게 비치는 린제이 항구 위에 나타나는 별처럼 반짝였으며 무척 긴 검은 속눈썹이 가장자리를 두르고 있었다. 그 위에는 더없이 아름다운 검은 아치 형 눈썹이 있었다. 피부는 보드랍고 흰 장미꽃 같은 뽀얀 빛깔이었다.

칼라 없는 물빛 프린트 옷은 매끄럽고 가냘픈 목을 드러내고 소매는 팔꿈치 위까지 걷어올려져 있었다.

바이올린 활을 다루는 손은 소녀의 모든 것 가운데 가장 아름답다고 해도 좋았다. 모양도 살결도 말할 나위 없었으며 장밋빛 손톱과 가느스름한 손가락의 힘 있는 흰 손이었다.

소녀의 머리에 닿은 길게 늘어진 깃털 장식 같은 꽃 한 송이가 가볍게 그 아래 어여쁜 얼굴에 흔들거리는 그림자를 떨어뜨리고 있었다.

얼핏 어린아이처럼 보였으나 적어도 18살은 되었음에 틀림없었다.

그녀는 아득한 하늘 저편 아름다운 꿈나라로 상상의 날개를 펴고 날고 있는 듯 반쯤 무의식상태에서 켜고 있는 모습이었다. 그러나 이윽고 '해질 무렵 영토'로부터 되돌아온 소녀의 아름다운 눈은 자기 앞 사과나무 그늘에 꼼짝도 않고 서 있는 에릭에게 멎었다.

소녀를 휩쓴 갑작스러운 변화는 놀라웠다. 바이올린을 멈추고 활을 풀 위에 떨어뜨리며 벌떡 일어섰다. 얼굴에서 핏기가 사라지고 그녀는 바람에 살랑이는 쥰릴리처럼 떨었다.

에릭은 당황하여 사과했다.

"실례했습니다. 놀라게 해드려 미안합니다. 그러나 음악이 너무나도 아름다워 내가 여기에 있는 것을 댁이 알아차리지 못했음을 그만 잊어버렸군요. 용서하십시오."

에릭은 실망하며 말을 끊었다. 소녀의 얼굴에 두려운 표정이 떠올라 있는 것을 갑자기 깨달았기 때문이었다. 자기 혼자 있다고 여겼던 내성적이고 아이다운 소녀의 얼굴은 갑자기 습격을 받은 놀라움뿐만이 아니라 공포의 표정이었다.

그것은 핼쑥한 얼굴, 파르르 떨리는 입술, 덫에 걸린 짐승과도 같은 표정으로 에릭을 바라보는 크게 뜨여진 파란 눈에 두려움이 나타나 있었다.

본디부터 여성에게 경의를 가지고 있는 자기를 어떤 여성이든 그런 식으로 보는 것이 에릭의 마음을 언짢게 했다.

에릭은 소녀의 잔뜩 겁 먹은 모습을 달래줄 일만 생각하며 어린아이에게 하듯 다정히 말했다.

"그토록 무서워하지 마십시오. 해를 끼치지 않으니까요. 염려없습니다. 정말 괜찮습니다."

소녀가 안심하도록 도와주고 싶은 생각에 저도 모르게 에릭은 한 걸음 앞으로 내디뎠다.

그러자 소녀는 획 돌아서더니 소리도 지르지 않고 과수원에서 달아나 북쪽 울짱 틈 사이를 빠져 나가서 건너편 가문비나무숲을 에워싸고 있는 곳으로 뛰어갔다. 오솔길에는 다가오는 저녁 어스름 속에 희뿌옇게 흐려 보이는 야생 벚나무가 나뭇가지를 서로 얽히고설켜서 있었다.

에릭이 제정신으로 돌아오기 전에 소녀는 가문비나무 사이로 사라져 버렸다.

에릭은 몸을 구부려 바이올린 활을 집어들었으나, 얼마쯤 바보스럽게 여겨져 몹시 답답했다.

에릭은 좀 짜증스러워져 말했다.

"정말 이상한 일이군. 내가 마법에 걸린 것일까? 그 아가씨는 누구일까? 도대체 무엇일까? 혹시 그녀가 린제이 아가씨는 아닐까? 게다가 어째서 괘씸하게도 나를 보기만 했을 뿐인데 그토록 무서워한단 말인가?

나는 이제까지 자신을 특히 야비한 사람으로 여긴 일이 없었지만, 확실히 이 모험은 내 허영심을 드러나게 해주지는 않아. 아마도 내가 마법에 걸린 과수원에 들어왔으므로 겉모습이 사람을 잡아먹는 도깨비로 바뀌었는지도 모르지.

그렇게 생각해 보니 이곳에는 뭔지 모를 불길한 점이 있어. 여기에 있다가는 어떤 일이 일어날지도 몰라. 시장에서 팔 사과를 따기 위한 흔한 과수원이 아님은 틀림없어. 그래, 맞았어. 아주 건전하지 못한 곳이야. 빨리 벗어나는 게 좋겠어."

에릭은 야릇한 미소를 떠올리며 흘끗 둘레를 보았다. 저녁빛이 급속도로 사라지고 과수원에는 살짝 다가서는 부드러운 그림자와 고요가 가득 찼다. 에릭의 당혹한 모습을 보고 과수원은 장난꾸러기 아이와도 같이 기뻐하며 졸린 듯한 눈으로 윙크하는 것 같았다.

에릭은 바이올린 활을 낡은 벤치 위에 놓았다.

"그래, 저 아가씨를 뒤쫓아가도 아무 소용 없고, 비록 가치 있다고 해봐야 내게 그럴 권리는 없어.

하지만 저토록 드러나게 두려움을 나타내며 달아나지는 말아 주었더라면 좋았을걸. 저 아가씨와 같은 눈은 애정과 신뢰를 나타내기 위해서만 만들어진 것이었으니까. 어째서—어째서—어째서 그 아가씨는 그토록 두려워한 것일까? 그 아가씨는 대체 누구일까?—누구일까—누구일까?"

달빛을 받아 은빛으로 바뀌기 시작한 들과 목장을 넘어 돌아오며 에릭은 줄곧 이 수수께끼를 생각했다.

"잠깐만, 요전날 밤 윌리엄슨 영감이 린제이의 아가씨들에 대해 설명해 주었었지. 내 기억이 틀리지 않는다면 이 지방에는 아름다운 아가씨가 넷 있다고 했어. 이름이 뭐였지? 플로리 우즈와 메리서 포스터—아니, 메리서 퍼머였어—에머 스콧과 그리고 제니 메이 퍼거슨.

그 아가씨는 이 가운데 한 사람일까? 아니야, 그런 것을 생각한다는 건 터무니없는 시간낭비지. 그 아가씨가 플로리나 메리서나 에머일 리 없고 제니 메이는 전혀 문제도 안 돼.

그렇지, 이 일에는 어떤 마력이 있어. 그것만은 틀림없어. 그러므로 이런 일은 깨끗이 싹 다 잊어버리는 편이 좋아."

그러나 에릭은 완전히 잊어버릴 수 없음을 알았다. 잊으려 하면 할수록 점점 더 날카롭고 끈질기게 생각났다. 소녀의 아름다운 얼굴은 에릭에게 달라붙어 그 불가사의함이 에릭을 애타게 했다.

확실히 윌리엄슨 내외에게 그 소녀의 일을 물으면 쉽게 이 문제가 해결될 게 틀림없었다. 그런데 놀랍게도 에릭은 그렇게 하기를 어쩐지 망설이고 있는 자신을 깨달았다.

로버트 노인에게 물어 소녀의 일이며 그 신원이며 3, 4대나 전부터 따라붙는 여러 가지 일들을 쓸데없는 소문처럼 주저리주저리 떠들어대게 하고 소녀의 이름을 입에 자꾸만 오르도록 할 수는 없다고 느꼈다. 아무래도 확실하게 물으려면 윌리엄슨 아주머니가 제격이다. 그러나 되도록 에릭은 스스로 비밀을 알아낼 생각이었다.

에릭은 다음날 저녁 무렵 부두로 갈 계획이었다. 새우잡이 어부 한 사람이 대구낚시에 데려가 주기로 약속했던 것이다. 그러나 그렇게 하는 대신 에릭은 또다시 들판을 넘어 남서쪽으로 걸어갔다.

과수원은 어렵지 않게 찾아냈다. 다시 볼 수 없으리라는 생각도 절 반쯤 있었던 것이다. 그곳은 여전히 향기로운 풀이 무성하고 바람이 멎지 않는 장소였다. 사람은 아무도 없고 바이올린 활도 낡은 벤치에 서 사라져 있었다.

"아마도 그 소녀는 달빛에 의지하여 그것을 가지러 발끝으로 살금 살금 여기에 돌아왔었나 보다."

그림자와 달빛이 어우러진 곳을 두근거리는 가슴을 안고 발소리 죽여 걷는 소녀의 모습을 그리며 에릭은 자신의 공상을 즐겼다.

"어쩌면 오늘 밤 오지 않을까? 아니면 내가 무섭게 해서 영원히 오지 않는 게 아닐까? 이 가문비나무숲 뒤에 숨어 있기로 하자."

에릭은 어두워질 때까지 기다렸으나 과수원에는 음악소리가 들리지 않고 오는 사람도 없었다.

너무도 실망하여 에릭은 자기 감정에 스스로 놀랐다. 아니, 그 이상 으로 화가 났다. 5분쯤 본 어린 아가씨가 나타나지 않는다 하여 이토록 흥분하다니 정말 어리석다! 자신의 상식은, 로버트 노인이 말하는 '세상물정에 밝은 재주'는 어디로 갔단 말인가?

남자가 아름다운 여자를 보고 싶어하는 것은 자연스러운 일이다. 그러나 그 아름다운 여자를 못 보았다 하여 인생을 재미없고 무익한 것으로 느끼는 이유가 뭘까?

에릭은 자신을 어리석다고 나무라며 울컥 화나는 심정으로 집에 돌아왔다. 집에 다다르자 에릭은 맹렬한 기세로 대수방정식을 풀고 기하 연습문제를 시작하여, 달빛에 하얗게 떠올라 길다란 오솔길에 명랑한 작은 도깨비들의 음악소리가 울려오는 마법의 과수원에 대한 공상 같은 헛된 일은 모조리 머리속에서 멀리 내쫓아 버리려고 마음 먹었다.

다음날은 일요일로, 에릭은 교회에 두 번 갔다. 윌리엄슨네 자리는 교회 2층 옆쪽으로, 거기 앉으면 다른 사람들과 똑바로 마주보게 된다. 에릭은 신도들 가운데 아가씨며 여자들을 하나하나 살펴 보았지만 그 얼굴은 보이지 않았다. 의지와 상식을 무시하고 그 얼굴은 하늘에 떠 있는 별처럼 에릭의 머리에서 떠나지 않았다.

토머스 고든은 교회 먼 위쪽에 가까운 길다란 빈자리에 혼자 앉아 있었다. 닐 고든은 교회 맨 앞줄에 자리잡은 성가대에서 노래하고 있었다. 단련되지는 않았으나 힘차고 아름다운 목소리를 지니고 있어 성가대를 제압하며 다른 성가대원들의 약하고 흔해빠진 목소리를 무색케 했다.

감색 사지 옷에 흰 칼라와 넥타이를 맨 단정한 차림이었으나 처음 만났을 때의 작업복만큼 어울리지 않는다고 에릭은 멍하니 생각했다. 그야말로 한껏 차려입은 것 같아서 오히려 거칠고 한층 품위 없어 보였으며 주위와 조화되지 않는 듯 어색해 보였다.

이틀 동안 에릭은 과수원에 대해 생각지 않으려고 했다. 월요일 저녁에는 대구낚시를 하러 갔으며 화요일 저녁에는 앨릭잰더 트레이시에게로 장기를 두러 갔다.

앨릭잰더는 내기할 때마다 어렵지 않게 이겼으므로 다시는 에릭에 대해 존경하는 마음을 지니지 않게 되었다.

앨릭잰더는 아내에게 불평했다.

"마치 넋 잃은 사람처럼 두던걸. 그는 똑똑한 기사(棋士)는 못되겠어—이 세상에서는 못되지."

킬머니

수요일 저녁 무렵 에릭은 다시 과수원에 갔다가 또 실망했다. 에릭은 숨어 있던 것을 드러내어 직접 물음으로써 이 수수께끼를 풀리라 마음먹고 집으로 돌아왔다.

운명은 에릭에게 행운을 가져다주어 윌리엄슨 아주머니가 혼자 부엌 서쪽 창가에서 긴 잿빛 양말을 뜨고 있었다.

아주머니는 꾸밈없는 큰 눈에 온화한 애정을 담아 에릭을 보았다. 아주머니는 웨스트 씨를 좋아했었다. 그러나 에릭은 아주머니의 마음속까지 깊숙이 들어갔다. 에릭의 눈이 몇 해 전 린제이 묘지에 묻은 어린 아들의 눈과 똑같은 까닭에서였다.

에릭은 대수롭지 않은 일처럼 말하기 시작했다.

"아주머니, 나는 지난 주 저 숲 뒤에 있는 오래된 황폐한 과수원에 우연히 가보았는데, 거칠어질 대로 내버려두어 오히려 운치가 있었어요. 그건 누구네 것이지요?"

좀 생각하고 나서 아주머니가 대답했다.

"그건 코노르 씨가 소유한 과수원이 틀림없어요. 나는 그걸 까맣게 잊고 있었군요. 코노르 씨 부부가 옮겨가 버린 지 아마 30년은 지났을 테니까. 집과 헛간이 불타버려 땅을 토머스 고든에게 팔고 부부가 시내로 옮겨 갔어요. 이제는 둘 다 죽고 말았지만 말예요.

코노르 씨는 그 과수원을 몹시 자랑스러워했어요. 그 무렵 린제이에는 과수원이 그리 없었으니까요. 지금은 거의 누구나 다 가지고 있지만요."

"거기서 어린 아가씨가 바이올린을 켜고 있었어요."

그 소녀에 대한 말이 좀처럼 나오지 않아 툭 내뱉고 나자 얼굴에 화끈거리는 것을 깨닫고 에릭은 초조해졌다.

"나를 보자마자 소스라치게 놀라 달아나 버렸어요. 나는 조금도 무섭게 하거나 화나게 하는 짓이며 아무 말도 하지 않았는데 말입니다. 그 아가씨가 누구인지 나는 짐작도 할 수 없습니다. 아주머니는 아십니까?"

윌리엄슨 아주머니는 곧 대답하지 않았다. 뜨개질감을 내려놓고 마음속의 어떤 문제를 진지하게 생각하는 듯 창밖을 바라보았다.

마침내 아주머니는 강한 관심이 깃든 목소리로 말했다.

"그 아가씨는 틀림없이 킬머니 고든이리라고 여겨져요, 선생님"

"킬머니 고든이라고요? 아저씨가 말씀하던 토머스 고든의 조카딸 말입니까?"

"그래요."

"내가 본 그 소녀는 토머스 고든 집안 사람으로 여겨지지 않았는데요."

"만일 킬머니 고든이 아니라면 그 아가씨가 누구인지 나는 모르겠어요. 그 과수원 근처에는 다른 집이 없고, 킬머니가 바이올린을 켠다는 말을 들은 적 있으니까요.

만일 킬머니였다면, 선생님은 린제이에서도 아주 적은 수의 사람밖에는 보지 못한 귀한 아가씨를 본 셈이에요. 더욱이 그 적은 사람들도 킬머니를 바로 곁에서 가까이 보지는 못했어요.

나도 아직 못 봤어요. 가엾게도 달아나는 것도 무리가 아니에요. 다른 사람을 그리 본 적이 없어 낯설 테니까요."

"그런 이유로 달아났다면 그나마 다행이군요. 아가씨가 얼굴을 보고 그토록 무서워한다는 건 그리 기분 좋지 않으니까요. 종잇장처럼 핏기가 사라지며 내게 너무도 겁먹어 소리지르지도 못하고 맹수를 본 사슴처럼 달아났거든요."

아주머니는 나직이 말했다.

"뭘요, 어찌되었든 말은 하지 않았을 거예요. 킬머니 고든은 벙어리니까요."

소스라치게 놀란 에릭은 얼마 동안 입도 열지 못하고 앉아 있었다. 그 아름다운 아가씨가 그런 괴로움을 짊어지고 있다니—얼마나 비참한 일인가! 놀라움에 섞여 알 수 없는 미련과 실망이 가슴을 아프게 했다.

마침내 에릭은 문득 생각나서 반대했다.

"그렇다면 킬머니 고든이 아니었을 겁니다. 내가 본 아가씨는 바이올린을 아주 잘 켜던걸요. 그토록 잘 켜는 곡을 들어보지 못했어요. 귀가 들리지 않는데 그렇게 켤 수는 없을 겁니다."

"아, 킬머니는 귀머거리가 아니에요, 선생님."

아주머니는 안경 너머로 에릭을 흘끔 보았다. 그리고 뜨개질감을 집어들어 다시 뜨기 시작하며 말을 이었다.

"그게 참 이상해요. 하기야 그 아가씨 일로 수상하지 않은 것은 하나도 없지만요. 여느 사람과 다름없이 들을 수 있고, 자기에게 하는 말은 뭐든지 알거든요.

솔직히 말하면 아무도 그 아가씨에 대해 그리 몰라요. 재닛과 토머스는 결코 그 아가씨에 대해 말하지 않고. 닐도 마찬가지예요.

닐은 곧잘 사람들로부터 질문받아요. 하지만 킬머니에 대해 한마디도 하지 않고, 끈질기게 자꾸만 물으면 화를 내요."

에릭은 애가 타서 더 추궁했다.

"어째서 그녀에 대해 말하면 안 되는 거지요? 그녀에 대한 수수께끼란 도대체 뭡니까?"

"거기에는 슬픈 사연이 있답니다, 선생님. 고든네 사람들은 그 아가씨가 있는 것을 부끄러운 일로 여겨요. 나로서는 그 아가씨처럼 키우는 건 너무 심하다고 생각해요.

하지만 고든네 사람들은 몹시 색다르니까요, 마셜 씨. 내 남편이 그런 말을 한다고 내가 나무란 것을 기억하겠지만, 사실이 그래요. 아주 별난 짓을 하는 사람들이지요.

그럼, 정말로 선생님은 킬머니를 보았단 말이군요? 어떤 모습의 아가씨였죠? 아름답다는 말은 들었지만, 정말인가요?"

에릭은 얼굴을 찌푸리며 좀 퉁명스럽게 대답했다.

"무척 아름다웠어요. 그런데 어떻게 자라왔습니까, 아주머니? 또 왜 그렇죠?"

"글쎄요, 차라리 전부 다 말씀해 드리는 편이 좋을 것 같군요, 선생님.

킬머니는 토머스와 재닛의 조카딸로, 어머니는 그 두 사람의 여동생인 마거릿이에요. 제임스 고든 노인은 스코틀랜드 출신으로 재닛과 토머스는 영국 본토에서 태어나 어렸을 때 이리로 옮겨왔어요.

그 집안 사람들은 그리 교제하기를 좋아하지 않는 성격이었지만 그래도 그 무렵에는 방문하는 집안들도 있었고 사람들도 그곳을 찾아갔지요. 좀 색다르기는 해도 그 사람들은 친절하고 정직했거든요.

이리로 온 지 2, 3년 지나 아내가 세상을 떠나고 4년 뒤 스코틀랜드로 돌아간 제임스는 새 아내와 함께 돌아왔답니다. 이번 아내는 제임스보다 훨씬 나이가 적었고 아주 아름다웠다고 나의 어머니가 곧잘 말씀했었지요. 그녀는 친절하고 명랑하여 사람들과 사귀기를 좋아했어요. 그녀가 온 뒤로 고든 집안은 완전히 달라져 재닛이며 토머스까지도 마음이 부드러워져서 퍽 나긋나긋해졌어요.

둘 다 진심으로 새엄마를 잘 따랐다고 해요. 그런데 새엄마 역시 결혼한 지 6년 만에 안타깝게도 죽고 말았어요. 마거릿이 태어났을 때 세상을 떠났던 거죠. 제임스는 가슴이 찢어질 듯이 한탄하며 슬퍼했대요.

재닛이 마거릿을 키웠는데, 재닛도 토머스도 이 여동생을 소중히 여겼으며 아버지도 마찬가지였어요. 본디 나는 마거릿을 잘 알았어요. 같은 나이또래였으므로 초등학교에서 서로 옆자리에 앉았지요. 우리는 마거릿이 세상을 싫어하게 되기 전까지 줄곧 사이가 좋았어요.

그 무렵에도 마거릿에게는 어딘지 색다른 점이 있었지만 나는 언제나 그녀가 좋았어요. 하기야 좋아하지 않는 사람도 많았지만 말예요. 몹시 미워했던 몇 사람도 있었지만 충실한 친구도 몇 있었어요.

마거릿은 그런 사람이었어요. 사람들은 마거릿을 싫어하든가 좋아하든가 둘 가운데 하나였지요. 그녀를 좋아하는 사람은 마거릿을 위해서라면 물불가리지 않을 정도였어요.

크게 자라나 마거릿은 아주 아름다워졌어요. 키가 크고 여왕처럼 훌륭했고, 검은 머리를 굵은 가랑머리로 땋았지요. 빰과 입술이 새빨갰어요. 그녀와 마주친 사람은 모두 한번쯤 뒤돌아보았답니다.

스스로도 아름다운 것을 조금은 자랑스러워했던 듯해요, 선생님. 게다가 자존심이 강했어요. 무슨 일이든 으뜸으로 하기를 좋아하여 다른 사람들보다 뛰어나게 훌륭해 보이지 않으면 견디지 못했지요.

또 의지가 무척 강해서 한번 마음먹으면 지렛대로 움직여도 꿈쩍하지 않았어요. 하지만 마음이 따뜻하고 명랑했지요. 천사처럼 노래했으며 아주 영리했어요. 한번 보는 것만으로 뭐든지 척척 외어 버렸고 책읽기를 무척 좋아했답니다.

이렇듯 그녀에 대해 이야기하노라니 추억이 모조리 다 생각나는군요. 어떤 사람이었는지, 어떤 표정으로 이야기하고 행동했는지, 손이며 머리를 움직일 때의 조그만 버릇 같은 것도 말예요. 정말이지 저기 저 묘지에 묻혀 있는 대신 마거릿이 지금 이 방에 있는 것 같아요. 이만 램프를 켜주겠어요, 선생님? 기분이 언짢아졌어요."

에릭은 일어나 기분이 언짢아지다니 늘 침착한 아주머니답지 않다고 여기며 램프 불을 켰다.

"고마워요, 선생님. 이렇게 하는 편이 좋군요. 이러면 이제 마거릿이 여기에 있어서 내 말을 듣는 듯 여겨지지는 않겠지요. 조금 전에 그런 기분이 아주 강하게 들었거든요.

좀처럼 킬머니의 이야기에 이르지 못한다고 답답하게 여기겠지만 이제 다 되었어요. 마거릿에 대해 이렇듯 얘기할 생각은 없었는데 왠지 모르게 그녀 일이 떠오르고 말았어요.

마거릿은 평의원회를 통과하여 퀸즈아카데미에 들어가 교사 자격증을 받았어요. 퍽 좋은 성적으로 졸업했는데 재닛의 말에 따르면 더 성적 좋은 사람이 있다면서 하룻밤 내내 분해 하며 엉엉 울었대요.

마거릿은 래드너 초등학교에서 가르치게 되어, 거기서 로널드 프레이저라는 남자를 만났어요. 그때까지 마거릿에게는 남자친구가 없었지요. 마음만 있었다면 린제이에 얼마든지 젊은 남자가 있었지만 마거릿은 거들떠보지도 않았어요.

어느 누구도 자기에게 알맞지 못하다고 여기기 때문이라고 사람들은 말했지만, 그런 게 아니었어요, 선생님. 나는 알고 있었지요. 왜냐하면 마거릿과 나는 같은 아가씨끼리라서 곧잘 그런 이야기를 주고받았었으니까요.

마거릿은 자기가 진심으로 존경할 수 있는 사람이 아니면 사귀지 않겠다고 굳게 마음먹었던 거예요. 그런데 린제이에는 마거릿이 그토록 생각할 만한 사람이 없었지요.

이 로널드 프레이저란 노바 스코샤에서 온 다른 나라 사람으로, 이 사람에 대해서는 아무도 그리 잘 알지 못했어요. 젊은데도 벌써 홀아비였지요. 래드너에서 가게를 하여 번창했어요. 아주 잘생긴 남자로, 여자를 끌어당기는 데가 있었답니다.

래드너에 있는 모든 아가씨들이 이 사람에게 열중해 있다는 이야기가 나돌았지만, 그런 아가씨들과 바람피웠다는 말은 프레이저의 첫째 가는 적일지라도 할 수 없었으리라 여겨요.

그런 아가씨들은 거들떠보지도 않았지만 마거릿을 만난 순간 첫눈에 사랑에 빠져버렸고 그것은 마거릿도 마찬가지였어요. 일요일에 둘이 린제이 교회에 왔는데, 아주 잘 어울리는 한 쌍이라고 모두들 말했지요.

그날 마거릿은 참으로 여자답고 상냥하며 아름다웠어요. 평소에는 머리를 꿋꿋이 쳐들고 오만했는데, 그날은 다소곳이 고개숙여 검은 눈을 내리깔고 있었지요. 로널드 프레이저는 꽤 키가 크고 살빛이 희며 파란 눈을 하고 있어 이 두 사람만큼 아름다운 한 쌍은 본 적 없었어요.

하지만 제임스며 토머스며 재닛은 프레이저를 그리 탐탁하게 여기지 않았어요. 언젠가 내가 그 집에 갔는데, 금요일 밤으로 프레이저가 래드너에서 마거릿을 집까지 바래다주었을 때 나는 분명히 그것을 확인했지요.

하기야 누구든 마거릿에게 집착한 사람이라면 그들의 마음에 들지 않았으리라 여겨요. 마거릿에게 어울리는 사람은 없다고 생각했었으니까요.

하지만 이윽고 마거릿은 가족들을 설득시키고 말았지요. 거의 어떻게든 자기 생각대로 되었답니다. 모두 마거릿을 사랑했고 자랑스러워했으니까요. 아버지가 마지막까지 버티었지만, 마침내 그도 꺾여 로널드 프레이저와의 결혼을 승낙했지요.

결혼식도 아주 굉장했어요. 이웃사람들을 전부 초대했지요. 마거릿은 본디 멋지게 행동하기를 좋아했거든요. 나는 신부의 들러리를 섰었어요, 선생님. 그녀의 옷차림을 도왔는데, 모든 것을 마거릿 마음에 들도록 한다는 건 꽤 어려운 일이었지요. 로널드를 위해 예쁘게 보이고 싶다면서 말예요.

아주 훌륭한 신부였어요. 하얀 드레스를 입고 머리와 가슴에는 빨간 장미꽃을 달았었지요. 흰 꽃은 장례식 같아서 싫다고 했어요. 마치 그림 같았답니다. 발그레해졌다 파리해졌다 하는 얼굴의 애정담긴 눈으로 로널드쪽을 보던 그날 밤 마거릿 모습이 지금도 뚜렷이 보이는 것 같아요.

처녀의 순수한 마음을 모조리 다 바쳐 남자를 사랑했다면, 마거릿이 바로 그랬지요. 무서워질 정도였어요. 마거릿은 하느님 말고는 누구에게도 바쳐서는 안 될 숭배를 프레이저에게 바쳤지요. 그렇게 하면 반드시 벌을 받아요.

두 사람은 래드너로 가서 살았는데 얼마 동안은 모든 일이 잘되어 나갔지요. 마거릿은 좋은 집에서 살며 떠들썩하니 행복하게 지냈어요. 아름다운 옷을 입고 많은 사람들을 불러 대접도 하고요. 그러던 가운데—로널드 프레이저의 첫아내가 프레이저를 찾으러 왔지 뭐예요. 결국 죽지 않았던 거예요.

그야말로 엄청난 소동이었답니다, 선생님. 평판이며 떠도는 소문이 무시무시할 정도였지요. 만나는 사람마다 하는 이야기가 달라 좀처럼 진상을 파악할 수 없었어요.

로널드 프레이저는 처음부터 아내가 죽지 않았음을 알면서도 마거릿을 속인 거라고 말하는 이도 있었지만, 나는 그렇게 여기지 않아요. 그렇지 않다고 프레이저는 맹세했으니까요.

이 부부는 무척 행복하지 못했던 듯했어요. 아내의 어머니가 둘 사이에 싸움을 일으키게 했던 거예요. 그래서 아내는 몬트리올에 있는

킬머니 343

친정어머니에게로 갔는데, 그곳 병원에서 죽었다는 소식이 로널드에게 왔었지요.

아마도 로널드는 너무 쉽사리 그 말을 믿었는지도 모르지만, 아무튼 믿었던 것만은 확실하다고 나는 생각해요.

그 아내의 말에 따르면 죽었다는 여자는 이름이 같은 다른 여자였었대요. 로널드가 자기를 죽은 줄 착각했다는 것을 알고 그대로 내버려두기로 아내와 친정어머니의 의견이 일치했지만, 로널드가 재혼했다는 말을 듣자 사실을 알리는 편이 좋겠다고 여겼던 것 같아요.

너무 기묘한 이야기로 생각되어 사람들이 쉽게 믿지 않은 것도 무리가 아니라고 여기겠지만, 나는 처음부터 사실이라고 생각했어요.

하지만 마거릿은 그렇게 생각하지 않았어요. 마거릿은 프레이저가 처음부터 자기를 정당한 아내로 맞을 수 없음을 알고도 자기를 속였다고 여겼던 거예요. 마거릿은 전에 사랑했던 만큼 프레이저를 미워했답니다.

프레이저는 첫 아내와 함께 가버리고 1년도 못되어 죽었다는 소식이 있었지요. 너무도 심한 비탄에 잠겨 죽어버렸다는 것이었어요.

마거릿은 아버지의 집으로 돌아왔어요. 그 집 문턱을 들어선 날부터 3년 전 관에 들어가 날라져 나올 때까지 마거릿은 한 번도 밖에 나오지 않았어요. 가족말고는 아무도 마거릿을 본 사람이 없었지요. 나도 만나러 갔었지만, 보고 싶지 않다는 말을 재닛으로부터 들었어요.

그렇게 행동하다니, 마거릿도 어리석지요. 나쁜 짓을 한 것도 아니잖아요. 누구나 마거릿을 가엾이 여겨 되도록 잘해주고 싶은 심정이었는데 말예요.

하지만 남에게 동정받는다는 것은 비난받는 거나 마찬가지일 만큼, 마거릿에게 깊은 상처를 주었을 거예요. 마거릿은 자존심이 강해서 그런 일은 못 견뎠지요.

아버지도 마거릿에게 괴로운 벌을 주었다는데, 그게 사실이라면 너무해요. 언니 재닛과 오빠 토머스도 수치스럽게 여겼지요. 고든네에 늘 가던 사람들은 오래지 않아 발길을 끊게 되었어요. 그 집 식구들로부터 환영받지 못한다는 것을 알았으니까요.

제임스 노인은 그해 겨울 세상을 떠났어요. 이런 소동이 있은 뒤 제임스는 다시 얼굴을 들 수 없게 되어 교회장로직도 곧 그만둬 버리고 모두들 아무리 권해도 마음을 돌리지 않았어요.

킬머니는 봄에 태어났는데, 세례를 준 목사 말고는 아무도 그 소녀를 본 사람이 없어요. 교회에 데려온 일도 없고 학교에도 보내주지 않았지요. 물론 말을 할 수 없으니 학교에 가도 소용없고, 마거릿이 할 수 있는 데까지는 가르쳤을 테지만요. 하지만 어째서 말을 못하는지, 또 고칠 수 있는지 어떤지 잘 알아보지도 않는 것은 정말로 너무해요.

3년전 마거릿이 세상을 떠났는데, 온 린제이 사람들이 문상하러 갔지만 아무도 마거릿을 볼 수 없었어요. 관뚜껑이 나사못으로 박혀 있었으니까요. 킬머니도 보이지 않았어요. 나는 옛정을 생각하여 킬머니를 만나고 싶었지만 가엾은 마거릿은 두 눈으로 보고 싶지 않았지요.

마거릿이 신부가 되었던 그날 저녁 뒤로 쭉 그녀를 만나지 못했거든요. 곧바로 나는 찾아가야 할 사람이 있어 린제이를 떠나 있었고, 돌아왔을 때에는 마침 그 소란이 일어났던 무렵이었지요. 자랑스러움과 아름다움의 절정에 있던 마거릿이 머릿속에 있어서인지 틀림없이 무섭게 달라졌을 마거릿의 죽은 얼굴을 차마 볼 수 없었어요.

어머니가 세상을 떠난 뒤로는 재닛과 토머스가 킬머니를 밖으로 데려 나오리라 여겼는데, 그렇게 하지 않은 것을 보면 둘 다 아이를 기르는 방법에 어느 정도 의견이 일치되었었던 것 같아요. 나는 이 가엾은 소녀에 대해 이따금 떠올리고 불쌍히 여기며 집안사람들의 처사가 좋지 못하다고 생각하곤 했지요. 비록 이유를 알지 못하는 병이 있다 하더라도 말예요. 틀림없이 슬픔에 젖어 쓸쓸하게 살고 있을 거예요.

이게 이야기의 끝이예요, 선생님. 오랜 시간 이야기했다고 여기겠지요? 하지만 말하는 동안 나도 모르게 옛날 일이 되살아나는 것 같군요. 만일 킬머니에 대해 사람들이 귀찮게 묻는 게 싫으면 그 소녀를 만났다는 말을 아무에게도 하지 않는 편이 좋아요."

에릭에게는 그럴 마음이 조금도 없었다. 알고 싶은 일은 모두, 그 이상까지도 다 들어 버렸다.

에릭은 자기 방으로 가며 생각했다.

'그렇다면 이 소녀는 비극 한가운데에 있다는 말인가? 그리고 벙어리란 말인가! 가엾게도! 킬머니! 이름이 아주 잘 어울리는군. 그 옛날 민요의 여주인공처럼 아름답고 순수해.

오, 보기만 해도 아름다운 킬머니.

그러나 다음 행은 확실히 그리 적절하지 못해. 그 소녀의 눈은 '조용하고 확고한'이 다 뭔가. 아무튼 나를 본 뒤에는 말이야.'

에릭은 킬머니에 대해 생각하지 않으려 애썼으나 헛일이었다. 그녀의 아름다운 얼굴은 거스를 수 없는 힘으로 에릭을 끌어당겼다.

다음날 저녁 무렵 에릭은 또다시 과수원으로 갔다.

한 떨기 장미꽃

에릭이 가문비나무숲을 지나 과수원으로 들어갔을 때, 갑자기 가슴이 크게 고동치고 피가 얼굴로 한꺼번에 솟아오르는 것을 느꼈다. 꽃밭 뜰 한가운데, 활짝 핀 쥰릴리 위로 킬머니가 몸을 구부리고 있었던 것이다. 에릭이 있는 곳에서 그 싱그럽고 하얀 옆얼굴이 보였다.

에릭은 또 소녀를 놀라게 하고 싶지 않아 그 자리에 멈춰섰다.

소녀가 얼굴을 들었을 때 에릭은 그녀가 당황하여 달아나리라 여기고 있었다. 그러나 그러지 않았다. 다만 소녀는 그렇게 생각해서 그런지 좀 갸름해진 얼굴로 꼼짝도 않고 선 채 에릭을 찬찬히 바라보고 있었다.

이것을 보고 에릭은 천천히 소녀 쪽으로 걸어가 떨리는 입술 사이로 불안스러운 숨소리가 들릴 만큼 가까이 다가가 다정하게 말을 걸었다.

"나를 조금도 두려워하지 마십시오. 우리는 친구입니다. 조금도 방해하거나 난처하게 해드릴 생각은 없으니까요."

소녀는 한순간 망설이는 기색이었으나 이윽고 밴드에 매달린 작은 석판을 들어올려 재빨리 뭐라고 써서 에릭에게 내밀었다.

에릭은 작고 또렷한 필적의 글씨를 읽었다.

'나는 이제 당신을 두려워하지 않아요. 어머니가 모르는 남자는 모두 아주 나쁘고 위험한 사람이라고 말했지만 결코 당신은 그럴 리 없다고 여겨요.

나는 당신에 대해 여러 가지로 생각했어요. 그리고 전날 저녁 무렵 달아나서 얼마나 무안했는지 잘못했다고 느껴요.'

에릭은 소녀가 너무도 아이처럼 천진난만하다는 것을 알았다. 아직 불안스러운 듯한 소녀의 눈을 열심히 들여다보며 에릭이 말했다.

"나는 무슨 일이 있어도 당신에게 해를 끼칠 생각은 없습니다. 남자들이 모두 나쁜 사람이라고 할 수는 없죠. 물론 그 가운데는 나쁜 사람도 있는 것만은 사실이지만요.

나는 에릭 마셜로, 린제이 중학교에서 학생들을 가르치고 있습니다. 댁은 킬머니 고든 양이지요? 지금도 잊지 못할 댁이 연주한 음악은 너무도 훌륭했습니다. 그 뒤로 다시 한번 들려주었으면 하고 바라고 있었는데 켜주겠습니까?"

이 때에는 소녀의 눈에 떠올랐던 막연한 공포감이 모조리 사라져 버리고 소녀는 갑자기 방그레 웃었다. 즐거워 보이고 소녀다운 참으로 사람 마음을 사로잡는 미소였으며, 평온한 바닷물에 반짝이는 햇빛처럼 조용한 그녀의 얼굴에 퍼졌다.

소녀는 다시 썼다.

'오늘 저녁에는 켜드릴 수 없어 정말 미안해요. 미처 바이올린을 가져오지 않았어요. 하지만 듣고 싶다면 내일 저녁 가져오겠어요. 조금이라도 기쁘게 해드리고 싶으니까요.'

이번에도 역시 저토록 천진난만한 솔직함! 참으로 귀여운 소녀다! 감정을 감출 재주를 전혀 모르고 있는 아름답고 순진한 아이! 그러나 무엇 때문에 이 소녀가 감정을 감춰야 한단 말인가? 그것은 소녀 자신과 마찬가지로 청순하고 아름다웠다.

에릭도 소녀 못지않게 솔직한 마음으로 소녀에게 시원스레 웃어주었다.

"말로 나타낼 수 없을 만큼 댁이 켜는 바이올린을 나는 좋아합니다. 그러므로 내일 저녁 만일 날씨가 좋으면 꼭 오겠습니다.

하지만 만일 비가 오거나 기분이 언짢거든 오지 마십시오. 그런 경우에는 다른 날 저녁으로 미루지요. 그럼, 지금은 내게 꽃을 조금 주겠습니까?"

소녀는 또다시 방그레 미소 지으며 고개를 끄덕이고 가장 좋은 쥰릴리를 정성껏 골라 꺾기 시작했다.

에릭은 소녀의 부드럽고 아름다운 움직임을 기쁜 눈으로 지켜보았다. 소녀는 틀림없는 봄의 화신으로 보였다. 마치 1천 년이나 된 봄날 푸른 잎의 미소, 싱그러운 아침의 반짝임, 피기 시작한 꽃다발 사이 아름다움, 그러한 모든 것이 소녀 속에 실제로 나타나 있는 것 같았다.

소녀가 얼굴을 반짝이며 한아름 쥰릴리를 안고 에릭에게 다가왔을 때 아주 좋아하는 시 가운데 대구(對句)가 머릿속에 떠올랐다.

> 빛바랜 치마를 찢고 살짝 핀
> 은빛 도는 흰 꽃
> 신의 십자가에 걸고 여기 나를 위하여
> 오직 한 소녀 있도다.

다음 순간 에릭은 자신의 하찮은 생각에 화가 났다. 이 소녀는 결국 어린아이에 지나지 않은가. 더욱이 슬픈 불구로 말미암아 사람들로부터 멀리 떨어져 있어야 하는 아이가 아닌가. 바보 같은 생각을 해서는 안 된다.

"고맙습니다. 이 쥰릴리는 봄이 가져다주는 것 가운데 가장 아름다운 꽃입니다. 이 꽃의 진짜 이름이 수선화라는 것을 압니까?"

소녀는 기쁜 듯 마음이 끌리는 모습이었다. 소녀는 썼다.

'아뇨, 몰랐어요. 수선화에 대해서는 여러 번 책에서 읽어 어떤 꽃일까 생각했었어요. 그런데 내가 아주 좋아하는 쥰릴리가 바로 그 꽃이리라고는 생각지 못했어요.

가르쳐주어서 감사해요. 나는 꽃을 아주 좋아하거든요. 이것은 나와 사이좋은 친구예요.'

"댁은 쥰릴리와 사이좋은 친구가 될 게 틀림없습니다. '끼리끼리 모인다'고 하니까요.

저 낡은 벤치에 앉도록 합시다. 내가 그토록 놀라게 한 날 댁이 앉았던 저 벤치가 좋겠어요. 나는 댁 이름이 뭔지 또 어떤 사람인지 상상할 수 없었습니다. 댁을 꿈에서 본 적이 있다는 생각도 했습니다. 다만—"

에릭은 소녀에게 들리지 않도록 나직한 목소리로 중얼거리듯 말했다.

"꿈에서 본 댁은 당신의 절반도 아름답지 못했지만요."

소녀는 에릭과 나란히 낡은 벤치에 앉아 똑바로 에릭의 얼굴을 지그시 바라보았다. 그 눈길에는 조금도 뻔뻔스러운 점이 없었으며, 더없이 완전한 어린아이와도 같은 거짓없는 믿음이 있을 뿐이었다.

만일 에릭의 마음에 조금이라도 악이 숨어 있었다면—자신도 인정하기 두려울 만한 남의 눈을 꺼리는 마음이 있다면—소녀의 눈은 그것을 찾아내어 부끄럽게 여기도록 했을 것이다. 그러나 에릭은 두려움없이 소녀의 눈을 마주볼 수 있었다.

소녀는 썼다.

'나는 매우 놀랐어요. 나를 보고 참으로 어리석다고 여기겠지만, 나는 토머스 외삼촌과 닐 그리고 달걀장수말고는 어떤 남자도 본 적이 없었거든요. 그리고 댁은 그 사람들과는 너무 달라요. 아주 많이 달라요.

그 다음날 저녁 나는 여기에 다시 오기가 무서웠어요. 그러면서도 왠지 오고 싶었어요. 댁이 경박하다고 여기도록 하고 싶지 않았어요. 아침이 되어서 닐에게 바이올린 활을 가져다 달라고 했어요. 그것 없이는 지낼 수가 없거든요. 알다시피 나는 말을 할 줄 몰라요. 유감스럽게 여기나요?'

"몹시 안타깝게 생각합니다."

'네. 하지만 내가 말하고 싶은 것은, 만일 내가 다른 사람들처럼 말을 할 줄 안다면 댁은 좀 더 나를 좋아하게 될까 하는 거예요.'

"아니, 그런 점에서는 조금도 변함없습니다, 킬머니. 킬머니라고 불러도 괜찮겠습니까?"

킬머니는 이해할 수 없는 듯한 표정을 떠올리며 썼다.

'그럼, 달리 어떻게 부르죠? 그것이 내 이름인걸요. 누구나 다 나를 그렇게 불러요.'

"하지만 나는 댁에게는 전혀 낯선 사람이므로, 아마도 나는 고든 양이라고 불러야 하리라고 여기지 않을까요?"

소녀는 난처한 얼굴로 재빨리 썼다.

'아니에요, 그렇게 부르는 건 싫어요. 아무도 그렇게 부른 일이 없어요. 그렇게 부르면 나는 자신이 내가 아닌 다른 사람처럼 여겨지는 걸요.

그리고 댁은 내게 전혀 낯선 사람이 아니에요. 댁이 나를 킬머니라고 부르면 안 될 이유가 있을까요?'

"당신이 그런 특권을 허락해 준다면 굳이 안 될 이유는 없지요. 당신 이름은 아주 아름답습니다. 정말 댁에게 어울리는 이름입니다."

'마음에 들어 기뻐요. 내 이름은 할머니의 이름을 딴 것이고 할머니는 시 속의 소녀 이름을 따서 지었음을 아세요?

재닛 이모는 내 이름을 좋아하지 않아요. 할머니를 좋아하지만요.

하지만 댁이 내 이름을 좋아하니 기뻐요. 내가 말을 못해서 나를 멀리하지는 않을까 내심 걱정했어요.'

"댁은 음악을 통해 말을 할 수 있습니다, 킬머니."

킬머니는 기뻐하는 얼굴이 되었다.

'어쩌면 그토록 잘 알아주죠. 그래요, 나는 다른 사람들처럼 이야기하거나 노래를 부르지는 못하지만 바이올린을 통해 내 감정을 전할 수 있어요.'

"자신이 직접 작곡합니까?"

에릭이 물었으나 소녀가 이해하지 못하는 것을 보고 얼른 덧붙였다.

"다시 말해 여기서 켠 곡을 누구에게 배웠습니까?"

'아니에요, 그건 내 마음속에서 나도 모르게 그냥 그대로 흘러나온 거예요. 언제나 그래요. 나는 아주 어릴 때 닐에게 바이올린과 활 잡는 법을 배우고, 그 나머지는 저절로 되었어요.

내 바이올린은 본디 닐 것이었는데 닐이 내게 주었어요. 닐은 무척 친절히 대해주지만 나는 댁이 더 좋아요. 당신의 이야기를 해줘요.'

소녀에 대한 놀라움은 시간이 흐름에 따라 더욱더 커져 갔다. 어쩌면 이토록 사랑스럽단 말인가! 어쩌면 이토록 귀여운 표정이며 몸짓을 지녔단 말인가! 표정도 몸짓도 어우러져 빛나는 동시에 천진난만하고 자연스러웠다.

그리고 이상스럽게도 결국 소녀가 벙어리라는 일이 어찌 이다지도 아무렇지 않단 말인가? 정말 재빠르고 쉽게 글씨를 쓰며 그 미소가 감성을 풍부히 살려주는 표정이 드러나므로 목소리가 나오지 않는다는 것을 거의 알아차리지 못할 정도였다.

둘은 나른해 보이는 길다란 나무들의 그림자가 발밑에 소리없이 다가올 무렵까지 과수원에 머물러 있었다.

해가 저물어버린 바로 뒤에서 먼 언덕은 녹아버릴 듯한 사프란 빛

서녁 하늘이며 수정 같은 파란 남쪽 하늘을 등지고 보랏빛으로 가로 놓여 있었다.

동쪽 전나무숲 위에는 눈산과도 같은 흰 구름이 높다랗게 겹쳐져 있고 그 서녁 끝은 알프스 산맥의 저녁해와도 같이 장밋빛으로 반짝이고 있었다.

공중의 좀 더 높은 세계는 아직 햇빛에 가득 차 있었다. 땅 위의 그림자를 다치지 않는 완전하고 더러워지지 않는 빛이었다.

그러나 저 아래 세계에 있는 과수원이며 가문비나무 밑에서는 빛이 거의 사라져 버리고 이슬을 머금은 푸른 저녁 어스름이 자욱이 끼었으며 사과꽃과 박하향기며 전나무에서 뿜어져 나오는 향유와도 같은 향내로 정열적인 감미로움이 감돌고 있었다.

에릭은 소녀에게 자기 생활이며 넓은 바깥세계에 대한 이야기를 들려주었다. 그 말에 소녀는 호기심어린 아이처럼 열성적인 흥미를 보였다.

그녀는 에릭에게 온갖 질문을 했다. 단도직입적인 날카로운 질문으로, 그것은 그녀가 이미 그런 일에 대해 확실한 의견과 견해를 지녔음을 나타내고 있었다.

그러면서도 그와 같은 바깥세계 생활에 자기도 끼어들게 될지 모른다는 생각은 조금도 하지 않는 게 확실했다. 이 소녀가 보이는 흥미는 옛날이야기 속에 나올만한 신기한 나라를 다룬 것이며 땅 위에서 아득히 오래전 소멸된 대제국(大帝國)의 이야기라도 듣는 듯한 냉정한 것이었다.

에릭은 소녀가 시와 역사를 많이 읽었으며 전기(傳記)나 기행문도 두셋 읽었음을 알았다. 소녀는 소설이 어떤 것인지를 알지 못했으며 들어본 적도 없다고 했다. 기묘하게도 정치나 시사문제에 대해서는 외삼촌이 구독하는 주간지를 통해 자세히 알고 있었다.

소녀는 이렇게 썼다.

'어머니가 살아 있는 동안에 나는 신문을 읽어보지 못했어요. 하다 못해 시도 읽지 못했어요. 어머니는 내게 읽고 쓰기를 가르쳐주어 성경은 몇 번이나 되풀이해서 읽었어요. 때로는 역사도 조금 읽었지요.

어머니가 돌아가신 뒤 재닛 이모가 어머니의 책을 모두 내게 주었거든요. 어머니는 많은 책을 가지고 있었지요. 대부분 어렸을 때 학교에서 상으로 받은 것이었고 또 아버지로부터 받은 것도 몇 권 있었어요. 댁은 나의 아버지와 어머니 일을 아세요?'

에릭은 고개를 끄덕였다.

"알고 있습니다. 윌리엄슨 아주머니로부터 모두 들었지요."

'댁이 먼저 알고 있어서 다행이에요. 무척 슬픈 이야기여서 말하고 싶지 않았는데, 이미 안다면 모든 것을 잘 이해하게 되겠군요.

나는 어머니가 살아계실 때에는 한 번도 듣지 못했는데, 그때 어머니가 처음이자 마지막으로 다 이야기해 주었어요.

어머니는 소란이 일어난 책임은 아버지에게 있다고 원망했던 것 같은데, 돌아가시기 전에 어머니는 아버지에게 잘못했으며 아버지는 오래전 돌아가셨기에 알 수 없었다고 말했어요. 그리고 사람은 죽어갈 때 모든 일을 똑똑히 알게 되는 법이라고 말했지요.

어머니는 말하고 싶은 일이 더 많다고 했지만 이야기할 시간이 없었어요. 그날 밤 돌아가셨기 때문이에요. 오랫동안 나는 어머니 책을 읽을 마음이 들지 않았어요. 하지만 읽어 보았을 때에는 아주 아름답다고 여겼지요. 시를 쓴 책은 음악을 말로 나타낸 것 같았어요.'

에릭이 말했다.

"괜찮다면 책을 갖다드리겠습니다."

소녀의 크고 파란 눈이 흥미로움과 기쁨으로 반짝였다.

'어머나, 고마워요. 정말이지 기뻐요. 내가 가지고 있는 책은 너무 여러 번 읽어서 거의 모조리 외우고 있을 정도예요. 정말로 아름다운 것에는 싫증나는 법이 없지만 그래도 때로는 뭔가 새로운 책이 있었

으면 하고 여긴 적이 있지요.'

"쓸쓸하지는 않습니까? 킬머니?"

'네. 왜 쓸쓸하겠어요? 재닛 이모가 하는 일을 돕고 집안일을 하고, 늘 할일이 잔뜩 쌓여 있어요. 나는 정말 여러가지 일을 할 수 있답니다.'

귀여운 소녀는 석필을 나는 듯이 빼곡이 쓰며 자랑스러운 태도로 흘끗 에릭을 올려다보고 나서 다시 써 나갔다.

'요리도 바느질도 할 줄 알아요. 재닛 이모는 내게 아주 훌륭한 주부라고 말해요. 이모는 좀처럼 사람을 칭찬하는 일이 없거든요.

그리고 이모 일을 돕지 않을 때는 내 귀하고 소중한 바이올린이 있어요. 친구는 바이올린만으로 충분해요.

하지만 나는 멀리 떨어진 커다란 세상 일이며, 거기에 사는 사람들과 그 속에서 일어나는 일들을 읽거나 듣기를 좋아해요. 틀림없이 훌륭한 곳일 거예요.'

에릭이 웃으며 물었다.

"그 세상으로 가서 훌륭한 일들을 자신의 눈으로 직접 보고 싶지 않습니까?"

에릭은 곧 스스로는 알지 못하는 방법으로 소녀를 마음 상하게 했음을 알았다.

소녀는 석필과 석판을 와락 움켜쥐고 너무나도 재빠르고 힘차게 써 나갔으므로 소녀가 목소리를 내어 크게 외치고 있는 듯 여겨졌다.

'싫어요, 싫어요, 싫어요. 나는 집을 떠나서 어디에도 가고 싶지 않아요. 낯선 사람을 보고 싶지도 않고 그 사람들에게 나를 보이기도 싫어요. 그런 일은 견딜 수 없어요.'

에릭은 아마도 소녀의 불구라는 의식이 이런 일의 원인이 되었으리라 여겼다.

그러나 소녀는 자신이 벙어리라는 사실에 마음 쓰고 있는 듯싶지 않았으며, 써 나가는 구절 가운데 이따금 아무 생각없이 그런 말을 하고 있었다.

어쩌면 소녀에게 줄곧 달라붙어 떨어지지 않는 그림자 때문일지도 모른다. 하지만 너무나도 천진난만하여 어두운 그림자의 존재를 알지도 못할 뿐만 아니라 깨달을 것 같지도 않았다.

마침내 에릭은 이것은 단순히 자연스럽게 자라지 못한 신경질적인 아이의 병적인 망설임에 지나지 않는다고 여겼다.

드디어 길게 늘어난 그림자는 이제 돌아갈 시각임을 그에게 경고했다.

에릭은 내키지 않아 억지로 일어나며 다짐했다.

"내일 저녁때 잊지 말고 여기로 와서 바이올린을 켜주십시오."

소녀는 검고 매끄러운 머릿결을 매만지며 재빨리 가볍게 끄덕이고, 웅변으로 이야기하듯 그 마음을 미소로 대답했다.

에릭은 소녀가 '달 같은 아름다움, 달 같은 부드러운 걸음걸이'로 과수원을 가로질러 야생 벗나무가 서 있는 오솔길을 사뿐사뿐 걸어가는 것을 바라보았다.

전나무가 늘어선 모퉁이길에서 소녀는 멈춰서서 에릭에게 손을 흔들어 보인 다음 모퉁이를 돌아갔다.

에릭이 집에 이르러보니, 로버트 노인이 부엌에서 빵과 우유로 가벼운 식사를 하다가 에릭이 휘파람을 불며 성큼성큼 들어가자 올려다보고 친밀하게 이를 드러내 보이며 웃었다.

"산책했소, 선생?"

"네, 그렇습니다."

그 한마디에 에릭은 저도 모르게 의기양양한 심정을 담아 말했으므로, 둔한 로버트 노인까지도 그것을 느꼈을 정도였다.

테이블 끄트머리에서 빵을 자르던 아주머니는 나이프와 빵덩어리를 내려놓으며 다정하고 걱정스러운 눈으로 젊은이를 보았다. 아주머

니는 에릭이 또 전의 코노르네 과수원에 갔을까—그리고 또다시 킬
머니 고든을 만날 수 있었던가 생각했다.

　　로버트 노인이 무정하게 말했다.

　　"설마 금광이라도 찾아낸 것은 아니겠지요? 꼭 그런 모습이구료."

낙원문 앞에서

Chang, Kye

다음날 저녁 무렵 에릭이 오래된 코노르네 과수원으로 갔을 때 킬머니는 흰 라일락 아래 바이올린을 무릎에 올려놓고 벤치에 앉아 있었다. 킬머니는 에릭의 모습을 보자마자 바이올린을 집어들고 데이지 꽃과도 같은 경쾌하고 아름다운 곡을 연주하기 시작했다.

다 끝나자 킬머니는 활 잡은 손을 축 늘어뜨리고 뺨을 발그스름하게 물들이며 뭔가 묻고 싶은 눈길로 에릭을 올려다보았다.

킬머니는 썼다.

'음악이 댁에게 뭐라고 했나요?'

에릭은 미소 지으며 킬머니의 기분에 동조했다.

"이렇게 말했지요. '친구여, 잘 와 주었어요. 참으로 아름다운 해질녘이에요. 하늘은 푸르고 사과꽃은 너무너무 달콤하고 향기로워요. 바람과 나는 단둘이 여기에 있었답니다. 바람은 나의 가장 좋은 친구예요. 하지만 나는 역시 당신을 만나서 기뻐요. 살아 있는 것이 매우 감사하고, 아름다운 흰 과수원을 거닐기 즐거운 저녁이에요. 친구여, 잘 와 주었어요.'"

킬머니는 어린아이처럼 좋아하며 손뼉쳤다.

그녀는 이렇게 썼다.

'당신은 금방 아는군요. 내가 생각했던 그대로예요. 물론 그와 똑같은 말로 느꼈던 것은 아니지만 그런 마음이었지요. 나는 살아 있는 것이 고맙고, 사과꽃이며 하얀 라일락이며 나무들도 모두 댁이 오기를 함께 기뻐하는 마음이었어요.

댁은 닐보다도 잘 알아줘요. 닐은 대부분의 경우 내 곡을 알지 못하고 나 또한 닐의 곡을 모르겠어요.

때로는 무서워질 적도 있어요. 닐의 곡에는 왠지 나를 잡으려고 뒤쫓는 것, 내가 좋아하지 않는 달아나고 싶어지는 듯한 것이 있어요.'

어째서인지 에릭은 킬머니가 닐에 대해 이야기하는 게 그리 좋지 않았다.

그 얼굴이 뛰어나게 잘생긴 천한 출신의 소년이 날마다 킬머니를 보고, 이야기 나누고, 킬머니와 같은 식탁에 앉고, 한지붕 아래 살며 일상생활에서 아주 가까운 경우에 놓여 있다는 것은 에릭으로서 언짢은 일이었다.

에릭은 그런 생각을 떨쳐버리고 발 아래 긴 풀 위로 몸을 내던졌다.

"자, 부디 켜줘요. 여기에 누워 듣고 싶어요."

'그리고 당신을 바라보며.'

에릭은 이렇게 덧붙이고 싶었다. 에릭으로서는 어느 쪽이 더 큰 기쁨을 주는지 알 수 없었다. 이제까지 본 어떤 그림보다도 훌륭한 소녀의 아름다움은 에릭을 더없이 기쁘게 해주었다. 혈색이며 윤곽이며 그 얼굴에는 나무랄 데가 없었다.

그녀가 연주하는 음악에 에릭은 황홀해졌다. 이 소녀는 타고난 재주를 지니고 있다고 에릭은 귀를 기울이며 생각했다. 그리고 그것을 완전히 헛되게 하고 있는 소녀의 후견인들, 이 이상한 생활 가운데 책임을 지고 있는 사람들을 자신이 원망스럽게 여기고 있음을 에릭

은 깨달았다.

그들은 킬머니에게 아주 큰 돌이킬 수 없는 잘못을 저지른 것이다. 그녀를 이런 삶으로 운명 지우지 않았는가! 만일 발성의 결함을 알맞은 시기에 치료했다면 나을 리 없었다고 누가 말할 수 있겠는가?

이제는 늦었으리라. 자연은 이 소녀에게 태어난 권리로서 아름다움과 재능을 주었는데, 후견인들의 이기주의와 용서할 수 없는 태만이 그것을 하찮은 것으로 만들어 버렸다.

어쩌면 저토록 비범한 음색을 킬머니는 이 낡은 바이올린에서 끌어내는 것일까—번갈아가며 즐겁게, 슬프고 명랑하게, 그리고 한탄하듯, 새벽별이 합창하는 듯한 음색, 요정들이 초록색 언덕이며 노란 모래 위에서 펼치는 연회에 맞춰 춤추는 음색, 죽은 희망의 무덤에서 한탄하며 슬퍼하는 음색이었다.

이윽고 킬머니는 좀 더 감미로운 곡으로 옮겨갔다. 그 곡에 귀기울이는 동안 이 소녀의 영혼과 성질이 모두 그 곡을 통해 나타나는 것을 알아차렸다—아름답고 밝고 순수한 생각, 어린 시절의 소중한 꿈, 소녀의 환상 등.

킬머니에게는 어떤 일을 감추려 하는 마음이 조금도 없었다. 그녀는 무의식중에 자기를 드러내지 않을 수 없었던 것이다.

마침내 킬머니는 활을 곁에 놓고 썼다.

'당신을 기쁘게 해주려고 열심히 켰어요. 이번에는 당신 차례예요. 지난번 저녁에 한 약속을 기억하세요? 지켰나요?'

에릭은 가져온 책 두 권을 킬머니에게 주었다. 현대소설과 킬머니가 아직 모르는 시집이었다. 소설은 좀 어떨까 염려스러웠지만 매우 뛰어나고 아름다움에 넘쳐 있으므로 킬머니의 꽃과도 같은 순수함을 조금도 다치게 하지 않으리라고 생각했다.

시집은 아무 문제도 없었다. 그것은 위대한 영감을 받은 영혼의 발로며, 이 사람들의 발자취에 의해 그들이 태어나고 또한 활약한 왕국을 성지(聖地)로 하는 것이었다.

에릭은 킬머니에게 시를 몇 편 읽어주고, 그 뒤 그의 대학시절 일이며 친구들 이야기를 들려주었다.

시간은 물 흐르듯 흘러갔다. 이 순간 에릭에게는 해가 지려 하고 그림자는 길게 드리워졌으며 바람이 낮은 소리로 노래부르고 이 오래된 과수원 밖 세계는 존재하지 않았다.

한번은 에릭이 대학에서 신입생과 2학년생 사이 끝없는 불화가 빚어내었던 정도가 지나친 장난에 대해 이야기하자, 킬머니는 그녀의 습관인 손뼉을 치며 소리내어 웃었다. 맑고 음악적인 은방울과도 같은 목소리였다.

웃음소리를 들은 에릭은 참으로 놀랐다. 말을 하지 못하는데 그렇게 웃을 수 있다는 것이 에릭으로서는 이상하게 여겨졌다.

킬머니에게 말을 하지 못하도록 하는 결함이 도대체 어디에 있는 것일까? 그것을 없앨 수는 없는 것인가?

라일락 가지 사이로 비쳐든 붉은 햇빛이 빨간 보석처럼 그녀의 모자를 쓰지 않은 풍성한 머리에 떨어지는 것을 올려다보며 한참 생각한 뒤 에릭은 진지한 목소리로 말했다.

"킬머니, 말을 못하는 점에 대해 어떤 일을 물어봐도 괜찮겠어요? 그런 일을 나와 이야기하는 건 마음 상하게 되는 일일까요?"

킬머니는 머리를 저었다.

'아니에요, 조금도 싫지 않아요. 물론 말을 하지 못하는 것은 슬픈 일이지만, 그래도 나는 언제나 그것을 생각하고 있고 전혀 기분이 언짢지 않아요.'

"그렇다면 킬머니, 이 점을 가르쳐줘요. 다른 기관은 모두 완전한데 어째서 말할 수 없는지 알아요?"

'몰라요. 나는 어째서 말을 못하는지 전혀 몰라요. 한번 용기내어 어머니께 여쭤봤는데, 어머니는 자신이 저지른 크나큰 죄에 대한 벌이라고 하며 아주 기분 나쁜 표정을 지었어요. 나는 무서워져 다시는 어머니나 다른 사람에게 물어본 적이 없어요.'

"의사선생님에게 혀와 성대를 진찰하러 데려간 일이 있어요?"

'아뇨, 없어요. 아주 어렸을 때 토머스 외삼촌이 나를 샬럿타운에 있는 의사선생님에게 데려가 치료할 수 있는지 어떤지 알아보았으면 좋겠다고 했더니, 어머니가 쓸데없는 일이라면서 데려가지 못하게 했어요. 아마 토머스 외삼촌도 헛수고라고 여긴 듯해요.'

"하지만 자연스럽게 웃을 수 있잖아요. 다른 목소리를 낼 수는 없어요?"

'네, 이따금 할 수 있어요. 너무 기쁘거나 무섭거나 하면 나직이 외쳐요. 하지만 그렇게 할 수 있다는 생각을 전혀 하지 않을 때여야만 해요. 소리를 내려고 하면 전혀 안 돼요.'

이 말을 듣고 에릭은 전보다도 더 이해할 수 없다고 여겼다.

에릭은 다시 물었다.

"이야기해 보려 한 일이, 말하려 한 일이 있어요?"

'물론이에요. 여러 번 있었어요. 나는 늘 머릿속으로 말한답니다. 마치 다른 사람들이 말하듯. 하지만 혀로는 아무래도 말할 수 없어요.

그토록 슬픈 얼굴을 하지 말아요, 친구여. 나는 아주 행복하며, 말할 수 없다는 일이 그리 마음 쓰이지 않으니까요. 다만 이따금 너무 생각이 많아서 쓰기가 더디고 그 가운데 몇 가지를 잊어버릴 때는 다르지만요.

한번 더 바이올린을 켜 드려야겠군요. 너무 어두운 얼굴을 하고 있으니 말예요.'

킬머니는 다시 웃으며 바이올린을 집어들고 마치 에릭을 놀리듯 장난기 어린 조그만 곡을 켰다. 그녀는 바이올린 너머로 에릭을 명랑하게 만들고 말겠다는 듯 반짝이는 눈으로 바라보았다.

에릭은 미소를 띠었다. 그러나 그날 밤 당혹한 표정이 몇 번이나 얼굴에 떠올랐다.

그는 생각에 잠겨 집으로 돌아왔다. 킬머니의 경우는 확실히 이상하여, 생각하면 할수록 이해할 수 없다는 생각이 더해오는 듯했다.

"킬머니가 그런 생각을 전혀 하지 않을 때에만 소리를 낼 수 있다는 것은 정말 묘한 일이야. 데이비드 형님의 진찰을 받아보게 하고 싶군. 그러나 그것은 불가능한 일이야. 킬머니를 보살피고 있는 저 기분 나쁜 두 사람이 도저히 허락해 주지 않을 테니까."

순진한 이브

그 뒤 3주일 동안 에릭 마셜은 마치 이중인격을 지닌 사람처럼 분명히 이질적인 생활을 하고 있는 듯 스스로도 여겨졌다.

하나는 부지런하고 열심히 린제이 중학교에서 가르치고 문제를 풀고 로버트 노인과 신학을 논했으며 학생들이 속해있는 가정을 찾아가 부모들과 공식적으로 차를 마시고 한두 번 시골 무도회에 가서 자신은 몰랐지만 온 린제이의 아가씨들 마음을 휘저어 놓았다.

그러나 이 생활은 일하는 날의 꿈 같았다. 에릭은 다른 한쪽 생활을 위해서만 살아 있었다. 그것은 풀이 무성하며 아름다운 그 장소와, 오래된 가문비나무로 격렬하게 하프를 켜대는 6월 바람을 위해서만 시간이 망설이는 듯 보이는 해묵은 과수원에서 보냈다.

에릭은 여기서 저녁마다 킬머니를 만났다. 그 오래된 과수원에서 두 사람은 함께 조용하고 행복한 때를 차곡차곡 쌓아갔으며, 아름다운 옛날 로맨스의 들판을 나란히 산책하고 많은 책을 읽고 갖가지 이야기를 서로 나누기도 했다. 다른 모든 일에 싫증나면 킬머니는 에릭에게 바이올린을 켜서 들려주었으며, 그 아름다운 환상적인 곡은 삭막하고도 황폐한 과수원에 울려 퍼졌다.

만날 때마다 킬머니의 아름다움은 새로이 에릭을 감동시켰고, 첫 무렵과 같은 기쁨이 섞인 놀라움을 맛보게 했다. 만나지 않을 때에는 킬머니가 자기의 기억에 남아 있는 것처럼 예쁘지는 않으리라고 여겨졌으나 만나보면 그보다 더 아름다워보였다.

에릭의 발소리를 들으면 그와 함께 떠오르는 감출 수 없는 환영으로 눈이 빛나는 것을 에릭은 지켜보게 되었다. 거의 킬머니가 먼저 와 있었으며, 둘도 없이 다정한 친구를 기다리는 어린아이와도 같은 커다란 기쁨으로 늘 에릭을 맞았다.

킬머니는 항상 같은 기분으로 있지 않았다.

진지해지는가 하면 들떠서 아이처럼 떠들어댔고 위엄 있는 태도가 되는가 하면 사랑을 잃은 여인처럼 슬픈 모습이 되었다.

그러나 언제나 사랑스러웠다. 오래된 고든 집안의 혈통은 비꼬이고 일그러졌을지도 모르지만 적어도 이 한 자손만은 완전한 아름다움과 균형을 지니고 있었다.

그 생각도 마음도 세상으로부터 전혀 손상되지 않았으며 그 얼굴과 마찬가지로 눈부셨다. 살아 있는 모든 추함은 킬머니 앞을 소리없이 그냥 지나쳐갔고, 자라온 방법과 벙어리라는 이중 고독의 신전(神殿) 속에 그녀를 고이 모셔두었다.

킬머니는 천성이 영리했다. 이따금 즐거운 재치며 유머가 눈부신 번뜩임이 되어 반짝였다. 이랬다저랬다 마음을 걷잡을 수 없게 되는 일도 있어서 사랑스러운 변덕을 보이는 일도 있었다. 때로는 파란 눈의 끝을 모를 깊은 곳에서 순진한 장난기가 엿보였다.

킬머니는 짓궂게 빈정거릴 줄도 알고 있었다. 이따금 젊은이의 죄 되지 않는 오만함이며 사상적인 우월감을, 찌르는 듯한 문구로 가로막았다.

둘이 읽는 책 내용을 재빠르게 완전히 흡수하고 반드시 가장 좋은 것, 무엇보다도 진실된 것을 포착했으며, 허위니 속임수니 하는 약점을 에릭이 경탄할 만한 직감으로 내버렸다.

킬머니에게는 모든 것의 찌꺼기나 불순물을 제거하고 순금만을 남게 하는 날카로운 창과도 같은 감상력이 있었다.

태도며 겉보기는 아직 어린아이였지만, 이따금 이브처럼 나이들어 보이는 점이 있었다. 웃고 있는 얼굴에 어떤 표정이 떠오르고 그 미소에 미묘한 의미가 담겼으며, 거기에는 모든 여성의 교훈과 몇 대에 걸친 지혜가 모조리 깃들어 있었다.

킬머니의 미소는 에릭을 매료했다. 언제나 그 미소는 눈 속의 깊숙한 밑바닥으로부터 시작되어, 나무그늘에서 햇빛 속으로 반짝이며 나아가는 시냇물처럼 얼굴에 넘쳐나는 것이었다.

에릭은 킬머니의 모든 생활을 알았다. 킬머니는 자신의 이야기를 간단하게 남김없이 에릭에게 들려주었다. 외삼촌과 이모에 대해서는 몇 번이나 말했으며, 두 사람에게 깊은 애정을 품고 있는 듯했다.

그러나 어머니에 대해서는 결코 말하지 않았다. 에릭은 킬머니의 말에서라기보다는 오히려 말하지 않는 일에서 킬머니가 어머니를 사랑하지만 두려워했었다는 사실을 알게 되었다. 두 사람 사이에는 어머니와 자식의 자연스럽고 아름다운 신뢰감이 없었다.

킬머니는 첫무렵 닐에 대해 자주 말하며 그를 퍽 좋아하고 있는 듯했다. 그러나 차츰 말하지 않게 되었다. 아마도—에릭의 목소리며 얼굴에 퍼뜩 나타나는 표정을 놀라우리만큼 재빨리 포착하고 알아내었으므로—킬머니는 에릭 자신도 깨닫지 못하는 것을 알아차렸기 때문일 것이다—다시 말해서 닐의 이름이 나올 때마다 에릭의 눈이 흐려지고 기분이 언짢아졌기 때문이다.

언젠가 킬머니가 천진난만하게 물었다.

'세상에는 에릭 같은 분이 많은가요?'

에릭은 웃으며 대답했다.

"몇 천 명이나 있죠."

킬머니는 정색한 얼굴로 에릭을 바라보더니 이윽고 뚜렷이 머리를 저으며 썼다.

'나는 그렇게 여기지 않아요. 나는 세상일을 잘 모르지만 에릭 같은 분이 많으리라고는 믿어지지 않아요.'

어느 날 저녁무렵, 저 먼 언덕이며 들판이 보랏빛 비단 스카프를 두르고 언덕 사이 저지대에 금빛 안개가 넘치고 있을 때 에릭은 작고 너덜너덜할 만큼 닳아빠진 연애소설 한 편을 들고 과수원으로 갔다.

이런 종류의 소설을 킬머니에게 읽어준 것은 이번이 처음이었다. 그녀에게 빌려주었던 첫번째 소설은 연애에 대한 요소가 아주 적어 종속적(從屬的)인 것이었기 때문이다. 이것은 정교하게 이야기된 아름답고 열정적인 산문시였다.

에릭은 킬머니의 발치에 누워 그것을 읽어주었다. 킬머니는 손을 무릎 위에서 마주쥐고 잠자코 듣고 있었다.

이야기는 길지 않았다. 에릭은 다 읽고 나서 책을 덮고 묻듯이 킬머니를 올려다보았다.

"마음에 들어요, 킬머니?"

킬머니는 아주 천천히 석판을 잡아 쓰기 시작했다.

'네, 좋아요. 하지만 내 마음을 아프게 해요. 사람이 자기 마음을 아프게 하는 걸 좋아하게 될 줄은 몰랐어요. 이 책이 어째서 내 마음을 슬프게 하는지 모르겠어요.

마치 이제까지 가지고 있지 못했던 것을 모조리 잃은 듯한 심정이에요. 꽤 바보스러운 심정이죠?

하지만 나로서는 그 책을 도통 잘 모르겠어요. 사랑에 대해 씌어 있는데, 나는 사랑을 조금도 모르니까요.

어머니가 언젠가 사랑이란 저주이므로 그런 것이 내 생활에 들어오지 못하도록 기도해야 한다고 엄하게 말한 적이 있었어요. 어머니는 아주 진지하게 말했기 때문에 나는 그대로 믿었죠.

하지만 지금 그 책에서는 그것을 축복이라고 가르치고 있어요. 그 것은 인생에 있어 아주 멋지고 훌륭하며, 무엇보다도 놀라운 것이라 고 말하고 있어요. 어느 쪽을 믿어야 하는 거죠?'

에릭은 진실된 표정으로 설명했다.

"사랑은—진정한 사랑은—결코 저주가 아니예요, 킬머니. 저주란 허울뿐인 거짓사랑을 말해요. 아마도 킬머니 어머니는 자신의 인생 에 파고들어 어머니를 파멸로 이끈 것이 사랑이라고 믿은 듯해요. 그 러므로 어머니는 큰 실수를 저지른 거죠.

이 세상에는—틀림없이 천국도 그러리라 믿지만—사랑처럼 아름 답고 멋지고 축복할 것은 달리 없어요."

'연애한 일이 있나요?'

킬머니는 통신형식을 필요로 하다보니 때로는 조금 무서워질 만큼 솔직하게 묻곤 했다. 이런 질문을 킬머니는 천진난만하게 서슴지 않 고 했다. 다른 일들—음악이며 책, 그리고 여행 등—과 마찬가지로 연애에 대해서도 에릭과 서로 이야기해서는 안 되는 까닭을 킬머니 는 알지 못했다.

에릭은 솔직히 말했다.

"없어요. 그러나 사람은 누구나 언젠가는 만나고 싶어하는 연애 의 이상을—'젊은이가 그리는 이상적인 여성'을 가지고 있는 법이죠. 나도 마음속 굳게 닫은 비밀의 방에 이상형을 가지고 있다고 생각 해요."

'그 이상형은 이 책 속에 있는 그녀처럼 아름답겠죠?'

에릭은 웃으며 일어났다.

"아, 그렇고말고요. 나는 못생긴 여성은 좋아할 수 없으리라 여겨요. 우리의 이상은 그것이 현실로 옮겨지든 못하든 언제나 아름답죠.

벌써 해가 지려 하고 있어요. 이 마법의 과수원에서는 확실히 시간 이 나는 듯이 훌쩍 지나가버리는군요. 틀림없이 당신이 시간에 마법을 걸었을 거예요, 킬머니.

시에 나오는 당신의 이름과 똑같은 여주인공은 내 기억이 옳다면 좀 기분 나쁜 소녀로, 요정나라에서 7년을 지낸 사람들이 땅 위 세계에서는 30분쯤으로 느끼게 만들어 버렸었죠?

언젠가 나는 여기서 꾸물거리다가 잠들고, 눈을 떠 보니 지난 저녁에 읽었던 그 옛날이야기처럼 머리가 하얘진 영감이 되어 너덜너덜한 누더기옷을 입고 있는 모습이 되고 말지도 모르죠.

당신에게 이 책을 주어도 되겠죠? 나는 이 책을 여기 말고 다른 장소에서는 읽기가 아깝다고 여겨요. 이건 오래된 책이예요, 킬머니. 아무리 아름다워도 가게나 시장 냄새가 풍기는 새로운 책은 당신에게 맞지 않아요.

이것은 나의 어머니 책이었죠. 어머니는 이것을 무척 좋아했어요. 봐요. 언젠가 어머니가 끼워둔 빛바랜 장미꽃잎이 아직도 있어요. 여기에 당신 이름을 쓰도록 하죠. 당신을 위해 특별히 만들어진 듯한 예스럽고 아름다운 이름—'과수원의 킬머니'라고—그리고 이 책을 둘이서 읽은 이 멋진 6월의 날짜를.

이렇게 하면 당신은 이걸 볼 때마다 나와, 당신 곁에 있는 그 장미 덤불에 돋아나기 시작한 하얀 꽃봉오리와, 저 오랜 가문비나무 가지를 가볍게 불어가기도 하고 속삭이기도 하는 바람을 언제나 생각할 테니까요."

에릭은 책을 건네주었다. 그런데 놀랍게도 킬머니는 얼굴을 더욱 붉히며 고개를 저었다.

"이 책을 받아주지 않겠어요, 킬머니? 왜 그러죠?"

킬머니는 석필을 들고 여느 때 재빠른 동작답지 않게 느릿느릿 썼다.

'내게 너무 화내지 말아요. 나는 언제까지나 당신을 잊을 수 없으므로 당신을 생각해 낼 물건 같은 건 아무 것도 필요하지 않아요.

어쨌든 그 책은 받고 싶지 않아요. 두 번 다시 읽고 싶지 않으니까요. 그것은 사랑에 대해 씌어 있고, 당신이 뭐라고 해도 나는 사랑에 대해 배운들 아무 소용없어요. 아무도 나를 사랑해 주지 않을 거예요. 나는 너무너무 못생겼으니까요.'

"당신이! 못생겼다고요?"

에릭은 하마터면 크게 웃음을 터뜨릴 뻔했으나, 반쯤 돌려진 킬머니의 얼굴을 언뜻 보고 진지해졌다. 그 얼굴에는 전에 에릭이 세상을 직접 자기 눈으로 보고 싶지 않느냐고 물었을 때 본 적 있는 상처받은 표정이 떠올라 있었다.

에릭이 놀라며 말했다.

"킬머니, 설마 정말로 자신을 못생겼다고 여기는 건 아니겠죠?"

킬머니는 에릭 쪽을 보지 않으며 고개를 가로젓고 나서 썼다.

'아니, 그렇게 여겨요. 스스로도 못생겼다는 것을 너무나 잘 알고 있어요. 훨씬 전부터 알고 있었어요. 어머니는 내가 너무너무 못생겨서 어느 누구도 나를 보기 싫어할 거라고 말했어요.

나는 슬퍼요. 말을 못한다는 것보다도 못생겼다는 게 훨씬 더 괴로워요. 나를 무척 어리석게 여기겠지만 정말이에요. 그 때문에 무섭지 않게 된 뒤로도 오랫동안 나는 이 과수원에 오지 못했던 거예요.

당신에게 못생긴 얼굴로 보이다니 생각만 해도 몹시 싫었어요. 그래서 세상에 나가도 다른 사람을 만나고 싶지 않은 거예요.

사람들은 언젠가 그 달걀장수 같은 눈으로 나를 보겠죠. 어머니가 돌아가신 해 봄 재닛 이모와 달걀장수 마차가 있는 곳까지 나가 보았을 때 그는 나를 뚫어지게 보았어요. 나를 못생겼다고 여기기 때문임을 알았으므로 달걀장수가 오면 언제나 꼭꼭 숨어 버려요.'

에릭의 입술은 너무 우스워서 참으려 애쓰다보니 일그러지기만 했다. 킬머니의 눈에 떠오른 진정한 고뇌를 가엾어 하면서도 이 아름다운 소녀가 자기를 못생겼다고 여기는 터무니없는 생각을 우스워하지 않을 수 없었다.

에릭은 미소를 지으며 물었다.

"하지만 킬머니, 거울에 자기 모습을 비춰보고 못생겼다고 여기는 거예요?"

'나는 거울을 본 적이 없어요. 그런 게 있다는 건 어머니가 돌아가신 뒤에 책을 보고 알았죠. 그래서 재닛 이모에게 물어보니 내가 갓난아기일 때 어머니가 온 집안의 거울을 모조리 깨뜨려 버렸다고 말해 줬어요.

하지만 나는 스푼과 재닛 이모의 작은 은설탕단지에 비춰 본 적은 있어요. 정말로 못생겼어요―너무너무 못생겼어요.'

에릭의 얼굴은 풀을 내려다보고 있었다. 아무리 애써도 웃지 않을 수 없었으며 이렇게든 웃는 얼굴을 킬머니에게 보이고 싶지 않았기 때문이었다.

어떤 변덕스러운 바람이 에릭을 사로잡았고, 처음에는 그것을 킬머니에게 이야기하고 싶은 충동을 느꼈으나 서두르지 말아야 한다고 마음먹었다. 그것을 이야기하는 대신 에릭은 단호하게 킬머니를 올려다보고 천천히 진지하게 말했다.

"나는 당신을 못생겼다고 여기지 않아요, 킬머니."

'오, 하지만 당신은 틀림없이 그렇게 생각할 거예요. 닐만 해도 그런걸요. 닐이 나에게 친절하고 좋은 사람이라고 하기에, 어느 날 나를 아주 못생겼다고 생각하느냐고 물어보니 얼굴을 돌리고 아무 말도 하지 않아서 나는 그가 어떻게 생각하는지 알았죠.

이런 이야기는 두 번 다시 하지 말기로 해요. 나는 슬퍼지고 모든 것이 엉망이 되고 마니까요. 여느 때에는 그런 일을 까맣게 잊고 있죠.

이제 이별곡을 켜드리겠어요. 책을 받지 않는다고 화내지 말아요. 읽으면 내 마음은 비참해질 뿐인걸요.'

"나는 화나지 않았어요. 그리고 언젠가는 당신이 이 책을 받아주리라 생각해요. 내가 당신에게 보여주고 싶은 것을 보여준 뒤에. 얼굴에 대해 마음 쓰면 안 돼요, 킬머니. 아름답다는 것만이 전부는 아니니까요."

킬머니는 순진하게 썼다.

'오, 아주 중요한 일이에요. 하지만 이렇게 못생겼어도 나를 좋아해 주겠죠? 당신이 나를 좋아하는 것은 바이올린을 잘 켜기 때문이겠죠?'

에릭은 가볍게 웃으며 대답했다.

"나는 당신이 몹시 좋아요, 킬머니."

그 목소리에 에릭 자신도 알아차리지 못할 다정한 울림이 깃들어 있음을 킬머니는 느끼고 기쁜 듯 미소지으며 바이올린을 집어들었다.

바이올린을 켜고 있는 킬머니를 그곳에 남겨두고 떠나는 에릭의 뒤에서 나뭇진 냄새를 풍기는 어두컴컴한 가문비나무숲을 빠져나오는 동안 내내 그녀가 켜는 음색이 눈에 보이지 않는 수호신처럼 따라왔다.

에릭은 중얼거렸다.

"아름다운 킬머니! 그런데 이 무슨 일이란 말인가. 그녀는 자신을 못생겼다고 여기고 있다. 어떤 화가의 상상도 미치지 못할 아름다운 얼굴이면서도!

아가씨가 18살이나 되었는데 한 번도 자기 얼굴을 본 적이 없다니! 세상의 문명국에서 그런 일이 또 있겠는가?

대체 어째서 그 어머니는 그런 거짓말을 했단 말인가? 마거릿 고든은 제정신이었을까?

닐이 그 아가씨에게 솔직히 말하지 않은 것은 이상해. 아마도 그것을 킬머니에게 알리고 싶지 않았기 때문이리라."

2, 3일 전 저녁, 에릭은 포크 댄스 모임에서 춤추는 사람들을 위해

바이올린을 켜고 있는 닐을 만났었다. 호기심을 느낀 에릭은 이 젊은 이와 친해지려고 했다.

처음에 닐은 친밀하게 여러 가지로 말했으나, 에릭이 교묘하게 고든 집안에 대해 이야기를 꺼내자마자 그의 표정이며 태도가 달라졌다. 무언가를 감추려는 듯 의심많은 거의 악의가 담긴 표정이 되었다.

검은 눈에 불쾌한 표정이 떠오르더니 바이올린 줄에 활을 대고 이로써 대화가 끝났다는 듯 귀에 거슬리는 끽끽거리는 소리를 냈다.

닐로부터 킬머니며 무자비한 후견인들에 대해 아무 것도 들을 수 없다는 건 분명한 일이었다.

높은 파도 소리

6월 끝무렵 어느 날 저녁 무렵, 윌리엄슨 아주머니는 부엌 창가에 앉아 있었다.

무릎 위에 올려놓은 뜨개질감은 거들떠보지도 않았으며, 깔개 위에 뒹구는 티머시가 아양떨 듯 아주머니의 발에 몸을 비비대며 한껏 목을 울렸지만 또한 무시되었다.

아주머니는 걱정스러운 듯한 눈길로 턱을 괴고 앉아 창문 너머로 먼 항구를 바라보고 있었다.

아주머니는 무거운 마음으로 생각했다.

'아무래도 이야기해야 할 것 같아. 내키지는 않지만 말이야. 나는 본디 남의 일에 간섭하는 건 싫으니까. 1백 가지 가운데 99까지는 간섭한 사람이나 간섭받은 사람이나 마지막에는 처음보다 훨씬 사이가 나빠진다고 어머니가 늘 말하곤 했었지.

하지만 이건 내가 해야만 할 일이야. 나는 마거릿의 친구였으니 마거릿의 아이를 어떻게든 지켜주는 게 내 할일이지. 만일 선생님이 그곳으로 또 그녀를 만나러 가겠다면 나는 내 생각을 주저하지 않고 이야기해야만 해.'

방에서는 에릭이 휙휙 휘파람을 불며 돌아다니고 있었다. 에릭은 과수원이며 자기를 기다리는 소녀에 대해 생각하며 곧 아래층으로 내려왔다.

작은 현관문 앞에 이르렀을 때 윌리엄슨 아주머니가 부르는 목소리가 나직하게 들렸다.

"마셜 씨, 잠깐만 이리 와주세요."

에릭이 부엌으로 들어가자 아주머니는 비난하는 눈길을 보냈다. 윤기없는 뺨이 붉게 상기되었으며 입술이 부들부들 떨리고 있었다.

"마셜 씨, 좀 물어볼 일이 있어요. 아마 이런 일은 내가 알 바 아니라고 여길지 모르고, 나는 조금도 끼어들고 싶은 생각은 없어요. 그러나 오랫동안 고민해 왔지만 말해야겠다고 결심했어요. 화내지 말았으면 좋겠어요. 비록 화낸다 해도 나는 말할 생각이에요. 또 킬머니 고든을 만나러 코노르네 과수원에 갈 생각인가요?"

그 순간 노여움으로 에릭의 얼굴이 벌겋게 불타올랐다. 에릭을 놀라게 하고 화나게 한 것은 아주머니의 말보다도 그 말투였다.

에릭은 쌀쌀맞게 대답했다.

"그렇습니다. 갈 생각입니다, 아주머니. 그게 어떻다는 거죠?"

아주머니는 한층 더 단호하게 말했다.

"그럼, 말하겠는데, 선생님이 하는 일은 옳지 못하다고 여겨요. 선생님이 밤마다 가는 곳이 거기가 아닐까 하고 훨씬 전부터 예상했었지만, 이 일에 대해 아무에게도 한마디도 하지 않았지요. 남편도 몰라요.

하지만 이것만은 가르쳐주세요, 선생님. 킬머니의 외삼촌이나 이모는 선생님이 거기서 킬머니를 만나는 걸 아나요?"

에릭은 우물거렸다.

"글쎄요, 나는—나는 그들이 알고 있는지 어떤지 모릅니다. 그러나 아주머니, 설마 내가 킬머니 고든에게 뭔가 해를 끼치거나 나쁜 짓을 할 생각이라고 여기는 건 아니시겠죠?"

"그렇게 보이지는 않아요, 선생님. 사람에 따라서는 그렇게 생각할 지도 모르지만 선생님만은 결코 그러리라고 여기지 않아요. 선생님만은 그 아가씨에게나 다른 어떤 여자에게나 나쁜 마음으로 해끼치리라고는 상상도 할 수 없어요.

그런데도 선생님은 그 아가씨에게 엄청난 피해를 주게 될지도 몰라요. 그것을 신중히 생각해 주었으면 해요. 선생님은 그러지 않으리라 믿지만요.

킬머니는 이 세상 일이며 남자에 대해 아무 것도 몰라요. 그러므로 선생님에 대해 너무 지나치게 생각하게 될지도 모르지요. 그렇게 되면 그 아가씨는 비탄에 잠겨 버려요. 선생님은 그녀와 같은 벙어리 아가씨와 결혼할 수 없으니까요.

그러므로 나는 선생님이 이렇듯 자주 그 아가씨를 만나는 건 옳은 일이 아니라고 여겨요, 선생님. 다시는 과수원에 가면 안 돼요."

한마디도 하지 않고 에릭은 2층 자기 방으로 올라갔다. 윌리엄슨 아주머니는 한숨을 내쉬며 뜨개질감을 집어들었다.

"이제 끝났어, 티머시. 더 이상 아무 말도 할 필요가 없을 거야. 마셜 씨는 훌륭한 젊은이지만 그저 조금 생각이 없을 뿐이니까.

이제 눈이 번쩍 뜨여졌으니 틀림없이 옳다고 생각되는 일을 하겠지. 나는 마거릿의 아이를 불행에 빠지게 해주고 싶지는 않아."

로버트 노인이 부엌문 앞으로 와서 층계에 앉더니 저녁 무렵 담배를 즐기며 연기 사이로 트레이시 장로교회에서 일어난 소란이며, 메리 앨리스 마틴의 숭배자며, 제이크 크로스비가 달걀에 매긴 값에 대해서며, 산 목장에서 나는 마른풀의 분량에 대해서며, 몰리 할머니의 송아지 때문에 자기가 혼난 일이며, 프리머스록과 블라마 닭이 저마다 지닌 장점에 대해 아내에게 들려주었다.

아주머니는 아무렇게나 되는 대로 대답하며 제대로 듣고 있지 않았다.

이윽고 로버트 노인이 말했다.

"선생님이 왜 저러지, 여보? 마치 방안에 갇히기라도 한 듯 서성거리는 소리가 나는군. 설마 당신이 문을 잠가버린 건 아니겠지?"

"아마 세스 트레이가 학교에서 한 일로 마음이 언짢은가 보죠."

아주머니는 소문을 좋아하는 남편이 에릭과 킬머니의 이야기를 알아차리도록 하고 싶지 않았다.

"원, 그럴 리가 있나. 그런 일로 마음 쓸 게 뭐람. 선생님을 쫓아낼 수 없다는 걸 알게 되면 세스는 곧 조용해질 거야. 저분이 좀처럼 드문 좋은 선생이라는 것은—웨스트 선생보다 더 좋을 정도요—엄청난 일이오.

위원회에서는 선생님에게 한 학기 더 부탁하고 싶어할 정도니까. 내일 회의에서 선생님에게 부탁하고 급료도 더 올려주려 하고 있다오."

2층 지붕 밑 작은 방에서는 에릭이 일찍이 맛본 적 없는 격렬하고 저항할 수 없는 격정에 사로잡혀 괴로워하고 있었다.

에릭은 이를 악물고 주먹을 불끈 쥐고 방안을 왔다갔다했다. 그러다보니 몹시 지쳐버려 창가의 의자에 털썩 몸을 내던지고 홍수처럼 밀려오는 감정과 싸웠다.

윌리엄슨 아주머니의 말은 에릭의 눈을 단단히 감싸고 있던 미혹의 베일을 벗겨주었다. 에릭은 자신이 한두 번밖에 겪을 수 없는, 그리고 영원히 이어지는 애정으로 킬머니 고든을 사랑한다는 사실에 맞닥뜨렸다.

에릭은 어째서 이토록 오랫동안 그것을 몰랐었던가 이상하게 여겼다. 에릭은 5월 그날 저녁 무렵 해묵은 과수원에서 처음으로 만났던 때부터 줄곧 킬머니를 사랑해 왔었음을 알았다.

그리고 에릭은 두 길 가운데 하나를 골라야 하는 것을 깨달았

다—다시는 과수원에 가지 않을 것인지, 또는 아내가 되어주도록 바라는 깊은 연인으로서 갈 것인지.

오랫동안 이어져 온 치밀하고 냉정한 두뇌를 지닌 선조로부터 이어받은 세상물정에 대한 생각이 에릭 속에 강하게 존재하여 자신의 정열이 명령하는 것에 쉽사리 재빠르게 굴하지는 않았다.

구혼하러 갈 때에는 반드시 함께 데려가 달라고 데이비드가 부탁한 '상식'을 버리라고 코웃음치며 협박하는 새로운 격정과 에릭은 밤새도록 싸웠다. 어떠한 관점으로 보거나 킬머니 고든과 결혼한다는 것은 분별없는 일이 아닐까?

이윽고 분별이나 무분별보다도 더 강하고 위대하며 중요한 것이 에릭의 몸 속에서 머리를 쳐들어 그를 이기고 말았다.

아름다운 벙어리인 킬머니야말로 언젠가 저도 모르게 생각했듯 자기에게 '오직 하나뿐인 소녀'인 것이다. 어떤 일이 있어도 두 사람은 떨어져서는 안 된다. 다시는 킬머니를 만날 수 없다는 생각만 해도 견딜 수 없었으므로 에릭은 두 길 가운데 어느 쪽인가를 골라야 한다고 생각했던 자신을 비웃었다.

"만일 킬머니의 애정을 얻을 수만 있다면 아내가 되어 달라고 부탁하리라."

에릭은 그의 과수원이 있는 거무스름한 서남쪽 언덕을 창문으로 바라보았다.

언덕 위 벨벳 같은 부드러운 하늘에는 아직 별이 남아 있었으나 항구의 바다는 동녘 하늘에 서서히 밝아지기 시작하여 새벽빛을 받아 은은하게 빛나고 있었다.

"그녀의 불행으로 말미암아 그녀는 내게 한층 더 사랑스러운 여인이 되리라. 한달 전에는 그녀를 몰랐었다고 생각되지 않는다. 오래전부터 내 생명의 일부였던 듯해. 어제 저녁 과수원에 가지 않아서 슬퍼했을까. 나를 기다렸을까? 나를 좋아하기는 하는 것일까? 비록 좋아한다 하더라도 자신은 아직 모르겠지.

사랑이란 어떤 것인지를 알려준다는 건 내 즐거운 일거리가 될 테고, 그토록 사랑스럽고 청순한 제자는 아직 아무도 가지지 못한 것이다."

다음날 오후에 열린 연차(年次) 학무회의에서 위원들로부터 1년 더 린제이 중학교에서 가르쳐달라는 부탁을 받고 에릭은 그 자리에서 승낙했다.

그날 저녁 무렵, 에릭은 부엌에서 차를 마시고 나서 설거지하는 윌리엄슨 아주머니에게로 갔다.

"아주머니, 나는 오늘 밤 또 킬머니를 만나러 코노르 씨네 과수원에 갔다오려고 합니다."

아주머니는 에릭을 비난하듯 노려보았다.

"마음대로 하세요, 선생님. 나로서는 더 이상 드릴 말씀이 없어요. 말해봐야 아무 소용 없을 테니까요. 하지만 내가 어떻게 생각하는지 선생님은 알 테지요."

"나는 킬머니의 마음을 얻을 수만 있다면 결혼할 생각입니다."

소스라치게 놀라는 빛이 이 선량한 여자의 얼굴에 떠올랐다. 한참 동안 아주머니는 야무진 입매와 침착한 잿빛눈을 더듬듯이 말끄러미 지켜보더니 이윽고 불안한 마음으로 흐려진 목소리로 말했다.

"그것을 현명한 일이라고 여기나요, 선생님? 킬머니는 아름다울지도 몰라요. 달걀장수가 그렇게 말했으니까요. 그리고 분명히 착하고 좋은 아가씨예요. 하지만 그녀는 선생님에게 알맞는 여자가 못돼요. 말을 하지 못하는 아가씨니까요."

"그런 일은 내게 아무래도 좋습니다."

"하지만 선생님 집안 사람들이 뭐라고 하겠어요?"

"내게는 아버지 말고는 아무도 없습니다. 아버지도 킬머니를 보면 내 마음을 알아주실 겁니다. 킬머니는 나의 소중한 보물입니다, 아주머니."

아주머니는 조용히 대답했다.

"선생님이 그렇게 생각하는 이상 아무 것도 할 말이 없어요. 하지만 내가 선생님이라면 조금 걱정할 거예요. 그러나 요즘 젊은 사람이라면 그런 일은 절대로 생각하지 않지요."

에릭은 진지한 목소리로 말했다.

"단 한 가지 걱정스러운 것은 킬머니가 나를 좋아해주지 않으면 어쩌나 하는 일입니다."

아주머니는 어깨가 떡 벌어진 남자다운 젊은이를 날카롭게 살폈다.

"선생님에게 거절하겠다고 말할 아가씨는 그리 없으리라 여겨요. 선생님의 구혼이 잘되도록 기도하겠어요. 하기는 선생님이 정신나간 짓을 하고 있다고 생각하지 않을 수 없지만 말예요.

토머스나 재닛과 다투지 않도록 하세요. 여느 사람과 완전히 다르니까요. 하지만 내 주의를 받아들여 이 일로 곧 두 사람을 만나러 가도록 하세요, 선생님. 앞으로 둘이서만 줄곧 킬머니를 만나서는 안 돼요."

에릭은 위엄 있게 말했다.

"아주머니 주의에 반드시 따르겠습니다. 좀 더 일찍 만나러 갔어야만 했습니다. 내 생각이 미치지 못했던 것입니다. 아마도 그 두 분은 벌써 알고 있지 않을까요? 킬머니가 이야기했을지도 모릅니다."

아주머니는 단호히 고개를 저었다.

"아니에요, 선생님. 말하지 않았을 거예요. 알고 있다면 킬머니를 내내 선생님과 만나게 내버려둘 리 없는걸요. 그 사람들을 잘 알고 있으니 그런 일은 전혀 생각할 수도 없어요.

곧 그 사람들에게 가서 지금 내게 말한 대로 이야기하세요. 그게 가장 좋은 방법이에요, 선생님.

그리고 닐을 조심하세요. 사람들 말에 따르면 닐이 킬머니에게 마음이 있다고 하니까요. 틀림없이 닐은 할 수만 있다면 선생님에게 지독한 보복을 할 거예요. 외국사람이란 믿을 수 없으니까요—닐도 닐의 부모 못지않은 외방인인걸요—아무리 신앙을 가지고 자랐다 해도 말예요. 어쩐지 나는 그렇게 여겨져요—닐이 성가대에서 노래하는 것을 볼 때마다 말이에요."

에릭은 아무렇지도 않게 말했다.

"뭘요, 닐은 조금도 두렵지 않습니다. 닐도 킬머니를 사랑하지 않을 수 없겠지요—누구라도 다 그렇습니다."

아주머니는 나직이 한숨을 내쉬며 말했다.

"젊은 사람은 누구나 자기가 생각하는 아가씨에 대해 모두 그렇게 말하는 듯하더군요—버젓한 젊은이라면 말예요."

아주머니는 에릭이 보이지 않게 될 때까지 걱정스럽게 지켜보고 있었다.

"문제가 잘 풀리게 되면 좋으련만. 무서운 잘못을 저지르지 않으면 좋겠는데—하지만 걱정스러워.

저렇듯 저 사람의 마음을 빼앗은 걸 보니 킬머니는 무척 아름다운가 봐. 어쨌든 내가 안달해서 될 일이 아니지. 하지만 저 사람은 킬머니를 만나러 그 위험한 과수원으로 되돌아가지 않는 게 좋을 텐데."

연인들

　과수원에 이르러 보니 이미 킬머니가 와 있었으므로 에릭은 그녀의 아름다움을 감상하기 위해 한순간 가문비나무숲 뒤에서 우물거리고 있었다.

　과수원에는 요즘 예스러운 네덜란드 파슬리가 물결처럼 가득 자라 킬머니는 바람에 살랑이는 레이스 같은 꽃바다 속에 서 있었다.

　입고 있는 옷은 처음 만났을 때 그 조촐한 물빛 사라사였다. 비단 옷도 이토록 그녀의 아름다움에 이르지는 못하리라고 여겨질 정도였다. 킬머니는 막 피어나려는 흰 장미꽃봉오리로 꽃관을 엮어 검은 머리 위에 올려놓았는데, 그 화사한 꽃도 킬머니의 얼굴보다 못해 보일 정도였다.

　에릭이 울짱 틈 사이로 들어가자 킬머니는 미소를 떠올리며 두 팔을 벌리고 달려왔다. 에릭은 그 손을 잡고 킬머니의 눈을 지그시 바라보았는데, 그 표정에 킬머니의 눈은 처음으로 어찌할 바를 몰라 했다.

　킬머니는 고개를 푹 숙였다. 따뜻한 핏빛이 상아와도 같은 뺨이며 동그스름한 목을 물들였다. 에릭의 가슴이 세게 쿵쾅쿵쾅 뛰었다. 그

홍조 속에서 사랑을 이끄는 깃발을 보았기 때문이다.

에릭은 뜻깊고 나직한 목소리로 물었다.

"나를 만나 기뻐요, 킬머니?"

킬머니는 고개를 끄덕이고 좀 어찌할 바를 몰라하는 부끄러운 얼굴로 썼다.

'그럼요, 기쁘고말고요. 그런데 그걸 왜 묻죠? 언제나 당신을 만나는 걸 좋아하는 줄 잘 알면서요.

당신이 이제 오지 않는 게 아닐까 하고 걱정했어요. 엊저녁 오지 않아서 나는 너무 슬퍼서 견딜 수 없었어요.

과수원은 조금도 멋있게 여겨지지 않았어요. 바이올린을 켤 수도 없었죠. 켜려고 했지만 바이올린은 그저 울 뿐이었어요. 어두워질 때까지 기다렸다가 집으로 돌아갔어요.'

"실망시켜서 미안해요, 킬머니. 어제는 올 수 없었어요. 그 까닭은 다른 날 이야기하겠어요. 나는 집에서 새로운 학과를 공부했죠.

당신을 쓸쓸하게 만들었다니 내가 참으로 나빴어요. 한편으로는 정말 행복해요. 사람이 한 가지 일로 기뻐지기도 하고 슬퍼지기도 한다는 걸 알아요?"

킬머니는 또다시 고개를 끄덕이며 여느 때 사랑스럽고 조용한 모습으로 돌아갔다.

'네, 전에는 알지 못했지만 지금은 알아요. 당신은 새로운 학과를 공부했나요?'

"그래요, 열심히 공부했어요. 일단 알게 되니 아주 즐거운 학과였지요. 언젠가 당신에게도 그걸 가르쳐줘야겠어요.

저 낡은 벤치로 갑시다, 킬머니. 할 이야기가 있어요. 그러나 그 전에 내게 장미꽃을 한 송이 주겠어요?"

킬머니는 덤불 속으로 폴짝폴짝 뛰어 들어가 가만히 정성들여 살펴보고 막 피기 시작한 훌륭한 꽃봉오리를 하나 골라 에릭에게 가져왔다. 그 황금빛 꽃술 둘레에 해돋을 무렵과도 같은 빨간빛이 어린 하얀 꽃봉오리였다.

"고마워요. 이것은—내가 아는 여인처럼 아름답군요."

에릭의 이 말에 킬머니는 슬픈 표정을 떠올리며 고개를 푹 숙이고 벤치 있는 곳으로 걸어갔다.

에릭은 정색하고 말했다.

"킬머니, 부탁이 있어요. 나를 집으로 함께 데려가 외삼촌과 이모에게 소개해 줘요."

킬머니는 얼굴을 들어 에릭이 마치 터무니없고 불가능한 일을 부탁한 듯이 믿을 수 없다는 표정으로 에릭을 보았다.

에릭의 진지한 표정을 보고 진심으로 한 말임을 알자 킬머니의 눈에 곤혹스러운 표정이 나타났다. 그녀는 거칠게 고개를 저으며 저도 모르게 말을 하려고 애쓰고 있는 태도였다. 그런 다음 석필을 움켜잡고 엄청 빠른 속도로 썼다.

'나는 할 수 없어요. 그런 말을 내게 하지 말아요. 당신은 몰라요. 외삼촌과 이모는 무섭게 화낼 거예요.

두 분 다 사람들이 집에 오는 걸 좋아하지 않아요. 그리고 다시는 나를 여기에 못오도록 막을 거예요. 그런 말을 진정으로 하는 건 아니겠죠?'

에릭은 킬머니의 눈에 떠오른 고통과 당혹함을 가엾이 여겼다. 그러나 그녀의 가냘픈 두 손을 잡고 뚜렷이 딱 잘라 그렇게 말했다.

"아뇨, 킬머니, 진심이에요. 집안어른 모르게 허락도 받지 않고 지금까지와 같이 이렇게 여기서 만난다는 건 옳은 일이 아니에요. 지금은 알 수 없겠지만, 그래도—나를 믿어줘요—그러니—"

킬머니는 궁금하고 안타까운 듯 보기에도 가련한 표정으로 에릭의 눈을 들여다보더니 가까스로 납득한 듯했다. 새파랗게 질린 절망스러운 기색이 얼굴 가득히 퍼졌다. 손이 자유로워지자 그녀는 느릿느릿 썼다.

'당신이 옳지 못한 일이라고 한다면 나도 그렇게 믿겠어요. 이렇듯 즐거운 일이 나쁜 짓인 줄은 전혀 몰랐어요. 하지만 부당한 일이라면 안 돼요. 어머니는 결코 나쁜 짓을 해서는 안 된다고 말했으니까요. 그러나 나는 이것이 그런 일인 줄 전혀 몰랐어요.'

"당신은 나쁘지 않아요, 킬머니. 그러나 내가 조금 옳지 못했어요. 내가 좀 더 세상일을 알고 있으니까요—아니, 알고 있어야만 했어요. 아이들이 곧잘 말하듯 생각해 보지 않았던 거예요.

뒷날 언젠가는 당신도 모든 걸 알게 될 거예요. 지금은 나를 그 분들 계신 곳으로 데려가 줘요. 내가 하고 싶은 말을 두 분에게 이야기하고 나면, 여기서 만나든 다른 곳에서 만나든 상관없을 거예요."

킬머니는 고개를 저었다.

'아니에요. 토머스 외삼촌과 재닛 이모는 당신에게 돌아가 달라며, 다시는 오지 말라고 말할 거예요. 당신을 만나는 게 좋은 일이 아니라니, 나는 여기 오지 않겠어요. 하지만 외삼촌과 이모를 만나러 가려는 생각은 쓸데없는 일이에요.

나는 당신에 대한 일을 외삼촌과 이모에게 말하지 않았어요. 당신을 만나지 못하게 막으리라는 걸 알고 있었기 때문이지요. 하지만 그토록 나쁜 일이라고 생각하니 슬퍼져요.'

에릭은 딱 잘라 말했다.

"나를 그분들에게로 데려가 줘야만 해요. 두 분이 내 말을 들으면 당신이 걱정하듯 그렇게 되지는 않을 거예요."

마음 놓을 수 없어 킬머니는 풀죽은 모습으로 썼다.

'당신이 그렇게 간절히 말하니 나는 따라야겠죠. 하지만 쓸데없는 일임을 알고 있어요.

오늘 저녁에는 두 분 다 계시지 않으니까 어차피 갈 수 없어요. 래드너 씨네 가게에 가셨거든요. 내일밤 데려다드리겠어요. 그러면 나

는 그 뒤로 두 번 다시 당신을 만날 수 없는 거예요.'

굵은 눈물방울이 파란 두 눈에서 흘러넘쳐 나와 석판 위로 뚝뚝 떨어졌다. 상처입은 어린아이처럼 입술이 떨리고 있었다.

에릭은 저도 모르게 킬머니를 꼭 끌어안고 그녀의 머리를 자기 어깨로 끌어당겼다. 그리고 조용히 비참하게 울고 있는 킬머니의 장미 꽃봉오리 꽃관을 두른 비단 같은 검은 머리에 입술을 가만히 갖다 댔다.

에릭은 등 뒤의 헌 울짱 너머로 타는 듯 이글거리는 증오와 격정을 담은 두 개의 눈이 자기 쪽을 바라보고 있는 것을 알아차리지 못했다. 닐 고든이 거기에 웅크려앉아 주먹을 부르쥐고 숨을 헐떡이며 두 사람을 노려보고 있었던 것이다.

에릭은 다정하게 위로했다.

"킬머니, 울지 말아요. 나를 또 만날 수 있어요. 어떤 일이 있다 해도 굳게 약속하겠어요. 당신이 걱정하는 만큼 어른들이 세상물정 모르는 분들이라고는 여겨지지 않아요. 비록 그렇다 하더라도 나는 어떻게든 당신 만나는 것을 가로막지 못하도록 하겠어요."

킬머니는 얼굴을 들고 눈물을 닦았다.

그녀는 이렇게 썼다.

'외삼촌과 이모가 어떤 분인지 당신은 몰라요. 나는 내 방에 갇히게 될 거예요. 내가 어렸을 무렵 늘 그렇게 벌을 섰으니까요. 그리고 크게 자란 뒤인 얼마 전에도 한번 그랬던 적이 있어요.'

에릭이 가볍게 웃으며 말했다.

"만약 그렇게 된다면 내가 무슨 수를 써서라도 당신을 구해주겠어요."

킬머니는 미소를 지으려 했지만 안타까운 노력이었다. 이제 울지는 않았으나 여느 때와 같은 힘차고 밝은 모습이 되지 못했다. 에릭은 명랑하게 이야기하려 해도 킬머니는 거의 귀에 들리지 않는 듯 넋을

잃은 상태로 그저 귀기울이고 있었다.

바이올린을 켜 달라고 부탁하자 킬머니는 머리를 저었다.

'오늘 저녁에는 음악이 하나도 떠오르지 않아요. 이만 집으로 돌아가야겠어요. 머리가 아프고 멍해져서요."

"좋아요, 킬머니. 자, 착한 아이니 걱정하지 말아요. 모든 일이 잘될 거예요."

킬머니는 에릭처럼 자신을 가질 수 없는 듯 또다시 고개를 떨구고 함께 과수원을 가로질러 갔다.

벚나무 오솔길 입구에서 킬머니는 걸음을 멈추고 또 눈에 눈물이 글썽해지며 나무라듯 에릭을 보았다. 그녀는 말없는 이별을 고하고 있는 모양이었다.

억누를 수 없는 사랑스러움을 충동적으로 느껴 에릭은 킬머니를 끌어안고 빨갛고 떨리는 입술에 키스했다. 킬머니는 나직이 외마디 소리를 지르며 깜짝 놀라 뒤로 물러섰다. 불타는 듯한 빛이 얼굴에 솟아오르더니, 다음 순간 어두워진 오솔길로 재빨리 달아났다.

저도 모르게 한 키스의 감미로움이 집으로 돌아오는 에릭의 입술에 남아 반쯤 취한 듯한 기분이었다. 그것이 킬머니를 위해 여성의 문을 열게 했음을 에릭은 알고 있었다.

앞으로 다시는 전과 같이 맑고 솔직하게 자기와 눈길을 마주치지는 못하리라고 느꼈다. 다음에 킬머니의 눈을 볼 때, 그의 키스를 의식하고 있음을 알게 될 것이다. 그날 밤 킬머니는 과수원에 어린 시절을 남겨두고 가버린 것이다.

사랑의 포로

다음날 저녁 무렵 과수원으로 떠날 때 에릭은 자기가 안절부절 어쩔 줄 몰라 하는 것을 인정하지 않을 수 없었다. 고든 집안 사람들이 어떻게 맞아줄는지 알 수 없었으며, 이제까지 들은 소문은 적어도 그에게 기운을 북돋아주는 것이 못되었다.

에릭이 어디에 가는지를 알렸을 때 윌리엄슨 아주머니까지도 대담한 짓을 한다고 여기는 기색이었다.

아주머니는 말했다.

"그 사람들이 너무 무례한 태도를 보이지 않으면 좋겠는데요, 선생님."

에릭은 킬머니가 과수원에 먼저 와 있으리라 여기고 있었다. 한 위원의 방문을 받아 늦어졌기 때문이었다. 그러나 그녀의 모습은 아무데도 보이지 않았다.

에릭은 벚나무 오솔길로 과수원을 걸어갔다. 그러나 그 입구에서 갑자기 놀라 우뚝 멈춰섰다.

닐이 나무 뒤에서 나타나 앞을 가로막아 섰기 때문이었다. 그 눈은 분노로 이글거리고 입술이 격정으로 일그러져 처음에는 아무 말도 하지 못할 정도였다.

놀라움의 전율을 느끼는 동시에 에릭은 어떤 일이 일어났는지를 깨달았다. 킬머니와 과수원에서 만나는 것을 닐이 발견하고 재닛과 토머스에게 알린 게 틀림없었다.

그런 일이 자신이 이유를 밝혀 설명하기 전에 일어난 것은 운이 나빴다고 에릭은 깨달았다. 그 때문에 한층 더 킬머니의 후견인들이 에릭에 대해 편견을 갖게 되리라고 생각했을 때, 닐 속에 억눌려 있던 분노가 별안간 돌파구를 찾아 난폭한 말이 되어 튀어나왔다.

"또 킬머니를 만나러 왔군. 그러나 그녀는 여기에 없어—다시는 만날 수 없어! 너 같은 건 싫어—보기도 싫어—싫어!"

그 목소리는 높아져 날카로운 비명이 되었다. 닐은 에릭에게 덤벼들려는 듯이 맹렬히 한 걸음 다가섰다.

에릭은 조용히 모멸하는 눈길로 닐의 눈을 지그시 쏘아보았다. 그 눈과 마주치자 닐의 광포한 격정이 바위에 부딪치는 물거품처럼 흩어졌다.

에릭은 경멸하듯 말했다.

"그럼, 자네가 킬머니를 난처한 입장에 빠뜨린 게로군, 닐? 자네는 스파이 노릇을 한 거지? 그리고 그녀의 외삼촌과 이모께 그녀가 나와 여기서 만났던 일을 알렸겠지?

그렇다면 자네는 내가 해야 할 수고를 덜어주었을 뿐이야. 오늘 저녁 나는 직접 말씀드리러 가려던 참이니까. 자네가 어떤 동기로 이런 짓을 했는지 나는 모르겠네. 나를 질투한 건가? 아니면 킬머니에게 악의를 품고 한 짓인가?"

에릭의 경멸하는 말투는 화내는 것보다 더 효과를 나타내어 닐을 위협했다.

닐은 화가 나서 말했다.

"무엇 때문인지 궁금해 할 건 없어. 내가 무슨 짓을 했는지, 어째서

그렇게 했는지는 당신이 알 바 아니야. 그리고 몰래 킬머니를 만나러 살금살금 올 것 없어. 킬머니는 여기서 두 번 다시 당신과 만날 수 없으니까."

에릭은 당황하지 않고 위엄 있게 말했다.

"그렇다면 킬머니를 그녀 집에서 만나지. 닐, 자네 같은 행동을 하면 자신이 어리석고 수양이 덜 된 아이임을 드러내보이는 데 지나지 않아. 나는 곧 외삼촌과 이모에게로 가서 모든 걸 설명할 생각이야."

닐이 오솔길로 뛰어나왔다. 그리고 미친 듯이 애원했다.

"안 돼―안 돼―가면 안 돼. 아, 부탁이야―아, 마셜 씨, 부탁이니 돌아가 줘요. 당신을 위해서라면 나는 어떤 일이라도 할 테니까요.

나는 킬머니를 사랑하고 있어요. 이제까지 줄곧 사랑해 왔죠. 킬머니를 위해서라면 목숨을 버려도 좋아요.

그녀를 나로부터 훔쳐가도록 당신을 여기에 오게 하고 싶지 않아. 그런 짓을 하면―당신을 죽이겠어! 엊저녁 당신이 그녀에게 키스하는 것을 보았을 때 당신을 죽이고 싶었어.

암, 나는 보았지. 망보고 있었어―하고 싶거든 스파이 노릇을 했다고 말해도 좋아.

당신이 뭐라고 하건 아무 상관없어. 나는 그녀의 뒤를 눈치채지 못하게 밟았었지―이상하게 느껴졌기 때문이야. 그녀는 마치 다른 사람이 된 것 같았는걸―완전히 달라져 버렸어. 이제는 내가 꺾어준 꽃을 달려고도 하지 않고, 내가 있다는 것을 잊어버린 듯했어.

나는 우리 사이에 누군가가 끼어들어 왔음을 알았지. 그건 바로 당신이었던 거야, 짐승 같은 녀석! 오, 두고 봐, 이제 후회하게 해줄 테니까."

차츰 흥분이 높아져 닐은 또다시 분노에 불타올랐다. 마음속에 숨겨둔 바람이 꺾인 이탈리아 농부의 야성적인 분노였다. 그것은 그가 받아들인 예절이며 환경 같은 속박을 모조리 짓밟아 버렸다.

노엽고 성난 가운데에도 에릭은 닐에게 가엾음을 느꼈다. 닐은 아직 어린아이에 지나지 않으며 슬픔으로 자신을 잊고 있는 것이다.

에릭은 조용히 타이르듯 말했다.

"닐, 잘 듣게. 자네는 퍽 바보스러운 말을 하고 있네. 누가 킬머니의 친구가 되고 안 되고는 자네가 할 말이 아니야.

자, 자신을 억누르고 얌전히 집에 돌아가는 게 좋아. 나는 자네의 협박쯤 조금도 두렵지 않아. 언제까지나 내게 간섭하거나 킬머니를 괴롭힌다면 내게도 생각이 있네. 나는 그런 일은 못참는 사람이야."

에릭의 말투와 표정에 담긴 힘에 닐은 겁을 먹어 불쾌한 얼굴로 한마디 더 욕하고 나서 전나무 뒤로 달아나 버렸다.

더없이 불길한 뜻밖의 일에 겉으로는 냉정한 태도를 유지하고 있었지만 에릭은 적잖이 마음이 혼란되어, 좁고 긴 삼림지대 옆을 구불구불 고든네 집으로 이어진 오솔길을 더듬어 갔다.

킬머니를 생각하니 에릭의 가슴이 높이 뛰었다. 킬머니는 얼마나 괴로운 꼴을 당하고 있을까? 틀림없이 닐은 자기가 본 일을 부풀려 나쁘게 말했을 것이며, 킬머니의 엄한 외삼촌과 이모는 가엾게도 그녀에게 몹시 화냈을 것이다.

되도록 빨리 그 노여움을 돌리게 하고 싶은 마음으로 에릭은 닐을 만났던 일도 거의 잊어버리고 길을 서둘렀다.

닐의 협박에는 꿈쩍도 하지 않았다. 질투를 느낀 젊은이의 폭발적인 분노는 하찮은 것으로 여겼다. 문제는 에릭의 분별없는 짓으로 킬머니를 괴롭히는 형편에 빠뜨린 일이었다.

에릭은 곧 고든네 집 앞으로 나왔다. 뾰족한 처마와 천창이 있는 낡은 건물로, 지붕 널빤지는 오랜 세월에 걸친 비바람에 의해 잿빛으로 변해 있었다. 아래층에는 빛바랜 초록색 해가리개가 내려지고, 집 뒤는 울창한 전나무숲이 있었다.

집 앞의 작은 뜰은 정연한 잔디밭이었고 꽃은 하나도 없었지만, 낮은 현관문 위에 일찍 핀 무성한 장미덩굴에 핏빛 같은 붉은 꽃이 피어 있어 살풍경한 주위와 묘한 대조를 이루었다. 그것은 음침한 헌 집을 몸으로 떠받고 공격하여 색다른 기쁨을 뺏어가려 하고 있는 듯했다.

에릭은 킬머니가 나오지 않을까 여기며 문을 똑똑 두드렸다. 그러나 잠시 뒤 꽤 나이든 부인이 문을 열었다―길고 검은 사라사 옷차림으로부터, 흰 머리칼이 두셋 보이지만 지금도 여전히 숱 많은 검은 머리에 이르기까지 딱딱한 선으로 뭉쳐져 있는 부인이었다.

길고 혈색이 좋지 않은 얼굴은 좀 여위고 주름이 새겨져 있었으나, 나이와 주름살로는 지워버릴 수 없는 일종의 엄한, 단정하고 아름다운 모습을 갖추고 있어 움푹 파인 밝은 잿빛 눈에 친절해 보이는 점이 느껴졌다. 하기야 지금은 감추려고도 하지 않는 적의를 담고 에릭을 바라보고 있었지만.

아무 불품 없는 옷을 입은 그 초라한 모습은 몹시 딱딱해 보였으나 몸놀림과 태도에 어딘가 위엄이 있어 그것이 에릭의 마음에 들었다. 아무튼 에릭으로서는 미소의 그림자조차도 없는 이 부인의 엄격함이 속된 수다스러움보다 나았다.

에릭은 모자를 벗었다.

"미스 고든입니까?"

여인은 딱딱하게 말했다.

"재닛 고든이에요."

"그러시면 댁 남매분에게 드릴 말씀이 있습니다만."

"들어오세요."

재닛은 옆으로 비켜서며 오른편 낮은 갈색 문을 가리켰다.

"안으로 들어가 앉으세요. 토머스를 불러오겠어요."

재닛은 싸늘하게 말하고 나서 홀을 지나 밖으로 나갔다. 에릭은 응접실로 들어가 앉았다. 그 방은 이제까지 본 적이 없을 만큼 예스러운 방이었다. 오랜 시대를 거쳐온 그 검은빛 도는 윤기 나는 튼튼한 나무의자며 테이블에 비하면 윌리엄슨 아주머니의 마모직(馬毛織) '응접 세트'는 아주 근대적인 것으로 여겨졌다.

페인트를 칠한 바닥에는 동그랗게 뜬 깔개가 깔리고, 한가운데 테이블에는 램프며 성경이며 구식 가구와 마찬가지인 옛 시대 신학 서적이 몇 권 놓여 있었다.

벽은 중간쯤까지 널빤지를 댔고 그 나머지는 거무스름해진 다이아몬드 무늬 벽지를 발랐으며 빛바랜 판화가 걸려 있었다. 대부분 성직에 있는 사람인 듯 가발을 쓰고 띠를 맨 신부옷을 입고 있었다.

그러나 아무 꾸밈도 없는 높은 맨틀피스 위에서 창문으로부터 비껴드는 붉은 저녁 햇빛을 받고 있는 액자 하나가 다른 무엇보다도 에릭의 주의를 사로잡고 놓지 않았다. 그것은 '크레용'으로 그려진 소녀의 확대초상화로, 미숙한 솜씨임에도 이 방에서 가장 주의를 끌었다.

에릭은 직감적으로 그것은 마거릿 고든을 그린 그림이라고 느꼈다. 활발하고 감수성이 강한 킬머니의 얼굴과는 조금도 닮지 않았으나 이마와 턱 언저리에 어딘지 모르게 의심할 여지 없는 닮은 점이 있었다.

그림의 얼굴은 퍽 아름다웠으며, 벨벳 같은 검은 눈동자와 활기찬 혈색을 암시하고 있었다. 그러나 에릭을 끌어당긴 것은 그 아름다움보다도 표정이었다. 이토록 강하고 완고한 의지력을 보여주는 얼굴을 에릭은 처음 보았다.

마거릿 고든은 세상을 떠났으며 매장되었다. 이 그림은 값싸고 무취미하게 그려졌으며 터무니없이 번쩍거리는 싸구려 액자에 들어 있다. 그런데도 그 얼굴의 생기는 지금도 여전히 둘레를 위압하고 있다. 그러니 이 사람이 살아 있었을 때는 그 힘이 어떠했겠는가?

이 부인은 한번 마음먹은 일은 무엇이든 겁먹지 않고 거침없이 해낼 수 있었으며 또 틀림없이 했으리라 생각했다. 그녀를 둘러싼 모든 것과 온갖 인물에게 자기의 욕망을 나타내고, 사람들이 좋아하지 않거나 저항하거나 아랑곳없이 마음대로 만들어갈 수 있는 여자였다. 킬머니가 자라온 방법과 기질의 대부분을 에릭은 또렷이 알게 되었다.

'저 여자가 못생겼다고 말했다면 나도 그걸 믿었을 것이다. 비록 거울이 있어 반대할 수 있었다 하더라도 저 여자가 한 말은 무엇이든 반박하거나 되물을 생각을 꿈에도 못했을 것이다.

저토록 아름답고 젊디젊은 동그스름한 얼굴에서 풍기는 이상한 힘이 기분 나쁠 정도다. 오만과 고집스러움이 특히 눈에 띄는 특징을 이루고 있군. 그렇다, 킬머니의 표정은 전혀 어머니를 닮지 않았어. 모습이 아주 조금 비슷할 뿐이다.'

토머스와 재닛이 들어왔으므로 에릭의 명상은 중단되었다. 토머스는 일하다가 불려온 듯했다. 한마디도 하지 않고 고개만 끄덕여보인 다음 두 사람은 에릭 앞에 까다로운 얼굴로 앉았다.

에릭은 용기를 내어 불쑥 말했다.

"나는 조카따님의 일로 찾아왔습니다."

이 무뚝뚝한 두 사람에게 에둘러 말해 봐야 소용 없음을 깨달았기 때문이었다.

"나는 댁의—닐 고든을 코노르 과수원에서 만나, 내가 과수원에서 킬머니를 만나고 있었던 일을 알고 계신 줄 알았습니다."

에릭은 입을 다물었다. 토머스 고든은 다시 고개를 끄덕였으나 말은 하지 않았으며 젊은이의 발그스름해진 얼굴에서 날카로운 눈을 떼지 않았다. 재닛은 여전히 기대에 찬 부동자세로 앉아 있었다.

"고든 씨, 이 일에 대해 나를 좋게 여기지 않는 게 아닐까 생각합니다. 그러나 나는 그런 사람이 아닙니다. 허락해 주신다면 설명하겠습니다.

나는 3주일 전, 우연히 조카따님과 과수원에서 만나 바이올린을 연주하고 있는 걸 들었습니다.

아주 훌륭하다고 여겨졌으므로, 저녁 무렵이 되면 과수원으로 들으러 오게 되었지요. 조금이라도 조카따님에게 해를 끼칠 생각은 없었습니다, 고든 씨. 아주 어린 사람에 지나지 않으며, 그런 불행 때문에 이중으로 범하기 어려운 소녀라고 여겼습니다.

그러나 요즘들어 나는—나는 조카따님에게 그런 식으로 나를 만나려는 마음이 들게 하는 건 옳은 태도라고 할 수 없다고 여기게 되었습니다. 엊저녁 이곳으로 데려와 소개해 달라고 부탁했습니다. 두 분이 댁에 계셨다면 어젯저녁 찾아왔을 것이었으나 계시지 않았으므로 오늘 찾아뵙기로 한 겁니다."

토머스 고든은 강하고 잘 울리는 목소리로 천천히 말했다.

"그렇소. 그 아이도 그렇게 말하더군요. 우리는 그 아이의 말을 믿지 않았소. 그러나 댁의 이야기가 그 아이 말과 일치하고 보니 우리는 그 아이에게 좀 심하게 굴지 않았는가 하는 마음이 드오.

그러나 닐의 말에는 언짢은 점이 있었으므로 우리는 몹시 화냈었소. 구태여 알지도 못하는 사람을 지나치게 믿을 건 없으니까요, 선생. 아마도 당신에게는 나쁜 생각이 없었겠지요. 그건 믿소. 그러나 이제 이것만으로 끝내 줘야겠소."

에릭은 열심히 부탁했다.

"조카따님을 만날 수 있는 특권을 거절하지 말아 주십시오, 고든 씨. 이곳으로 조카따님을 찾아오도록 허락해 주십시오. 그러나 자신의 추천만으로 나를 친구로 받아들여 달라고 말씀드리지는 않겠습니다. 알아보실 곳을—샬럿타운과 퀸슬리의 명망 있는 사람들 주소를 알려 드리겠으니 그들에게 물어 보면—"

토머스 고든은 조용히 그 말을 가로막았다.

"그럴 필요는 없소. 나는 댁이 생각하는 것보다 댁에 대해 잘 알고 있소, 선생. 아버님의 훌륭하신 존함을 알고 있으며 만나뵌 적도 있지요.

댁이 돈 많은 부잣집 아들이라는 것도 나는 알아요. 어떤 마음의 변화로 이런 시골학교 선생 일을 하는지는 모르오만.

댁이 자신에 대해 비밀로 하고 있는 이상, 진정한 신분을 다른 사람에게 알리고 싶지 않기 때문이리라 여겨 나는 댁에 대해 입을 다물고 있는 거요. 댁에 대해 나쁜 이야기는 조금도 듣지 못했소, 선생. 또한 집안사람들 몰래 만나도록 킬머니를 고의적으로 속였던 것은 아니라고 여기므로 댁에 대해서는 조금도 나쁘게 생각지 않소.

그러나 그렇다고 댁이 킬머니에게 알맞은 친구라고 할 수는 없소—오히려 필요 이상 부담스러울 정도요. 그 아이는 댁을 만나지 않는 편이 좋소."

에릭은 분연히 일어나 항변하려 했으나, 킬머니를 얻는 유일한 희망은 토머스 고든의 생각을 바꾸게 하는 것밖에 없음을 곧 떠올렸다. 이제까지는 예상했던 것보다 잘되어 나갔으므로 획득한 것을 무분별한 생각이나 성급한 마음으로 위험하게 해서는 안 되었다.

에릭은 가까스로 자신을 억누르는 마음을 되찾고 물었다.

"어째서 그렇게 생각하십니까, 고든 씨?"

"분명히 말하는 게 가장 좋은 일이지요, 선생. 만일 댁이 여기에 와서 킬머니를 자주 만나게 되면 그 아이는 반드시 댁을 지나치리만큼 생각하게 되오.

이미 그런 점으로 그 애가 해를 입지 않았을까 걱정스러워하고 있소. 그러다가 댁이 훌쩍 가버리면 저 아이는 비탄에 잠기게 되오—무슨 일이든 하찮은 것까지도 몹시 깊이 느끼는 아이니까요.

이제까지 저 아이는 충분히 행복하게 지내왔소. 사람들이 저 아이를 기르는 방법에 대해 우리를 나쁘게 말하는 것을 잘 아오만, 그들이 모든 걸 다 알고서 하는 말은 아니니까요. 온갖 점을 다 깊이 생각한 끝에 그것이 저 아이에게 가장 좋은 방법이었던 거요. 그러므로 우리는 저 아이에게 슬픈 일을 겪도록 하고 싶지 않은 거요, 선생."

에릭은 분명히 말했다.

"그러나 조카따님을 내 몸처럼 사랑하며, 그녀의 사랑을 얻을 수만 있다면 결혼까지도 생각하고 있습니다."

에릭의 이 말에 두 사람은 깜짝 놀라 마침내 침착한 태도를 내던져 버리고 말았다. 둘 다 소스라치게 놀라 자신의 귀가 믿어지지 않는 듯 에릭을 뚫어지게 보았다.

토머스 고든은 도저히 믿을 수 없다는 표정으로 외쳤다.

"그 아이와 결혼을? 킬머니와? 설마 제정신으로 하는 말은 아닐 테지요, 선생. 왜냐하면 저 아이는 벙어리요—킬머니는 말 못하는 벙어리란 말이오."

"그런 일로 그녀에 대한 내 애정이 달라지지는 않습니다. 그녀를 위해서는 몹시 유감스럽게 여깁니다만. 나는 지금 말씀드린 것을 되풀이할 뿐입니다, 고든 씨. 나는 킬머니를 아내로 맞고 싶습니다."

토머스 고든은 몸을 앞으로 쑥 내밀고 숱 많은 눈썹을 찌푸린 채 감각이 없어진 손가락 끝을 불안스레 마주 비비며 어찌해야 좋을지 몰라 난처한 표정으로 바닥을 쏘아보고 있었다. 이 생각지도 못했던 이야기의 흐름에 어찌할 줄 몰라 뭐라고 해야 할는지 열심히 생각하는 듯했다.

마침내 토머스가 물었다.

"이 일에 대해 아버님은 뭐라고 하시겠소, 선생?"

에릭은 미소 지으며 말했다.

"아버지는 자기 마음이 내키는 결혼을 해야 한다고 자주 말씀하셨습니다. 아버지가 그 의견을 뒤집는 일이 있다 하더라도 킬머니를 보시면 마음이 달라지실 겁니다.

그러나 마침내 이 경우 중요한 것은 내가 뭐라고 말하는가 하는 일이 아니겠습니까, 고든 씨? 나는 훌륭한 교육을 받았으며 일하기를 두려워하지 않습니다. 비록 스스로 생활해 나가야 된다고 해도 2, 3년 지나면 킬머니를 위해 집을 가질 수 있습니다.

부디 킬머니를 얻을 수 있는 기회를 주십시오. 부탁드리는 것은 오직 그뿐입니다."

토머스 고든은 고개를 저었다.

"그것은 그렇게 되지 않으리라 여기오, 선생. 물론 킬머니를 댁은— 댁은—"

사랑한다고 말하려 했으나 스코틀랜드 특유의 조심성이 불쑥 그런 말을 가로막았다.

"댁은 지금은 좋아하고 있소. 그러나 댁은 아직 젊어요—젊은 사람의 충동적인 마음은 달라지기 쉬운 법이오."

에릭은 격렬하게 말을 가로막았다.

"내 마음은 그렇지 않습니다. 순간적으로 생긴 가벼운 마음이 아닙니다, 고든 씨. 일생에 한 번밖에 일지 않는 사랑입니다. 나는 젊은 사람에 지나지 않지만, 그러나 킬머니야말로 내게는 온 세상에서 오직 한 여성임을 알고 있습니다. 그 밖에는 아무도 없습니다.

맹세코 나는 경솔하게 생각없이 말하는 게 아닙니다. 이것을 모든 관점에서 충분히 생각했습니다. 그 결과는 이렇습니다. 나는 킬머니를 사랑하고 있습니다. 그러므로 진심으로 여성을 사랑하는 믿을 만한 사나이가 마땅히 가질 권리가 있습니다. 다시 말해서 킬머니의 사랑을 얻을 기회를 가지고 싶습니다."

토머스 고든은 거의 한숨에 가까운 깊은 숨을 내쉬었다.

"그러시오! 아마도—댁이 그런 심정이라면, 선생—나는 잘 모르지만—방해해서는 안 될 일도 있으니까요. 아마도 우리는—재닛, 뭐라고 대답해야 좋을까?"

이제까지 재닛 고든은 한마디도 하지 않았었다. 마거릿 고든의 힘있는 그림 아래에서 그 낡아 빠진 의자에 앉아 마디 굵은 손으로, 조각되어 있는 의자 팔걸이를 꽉 움켜잡고 에릭의 얼굴에 눈을 못박은 채 엄연한 자세로 앉아 있었다.

맨 처음 그 눈에는 경계와 적의가 엿보였으나 이야기가 진행되어 감에 따라 서서히 사라지고 친밀감을 띠기 시작했다. 지금 오빠의 외 논을 받자 재닛은 몸을 앞으로 내밀고 열심히 물었다.

"킬머니의 출생에 흠이 있음을 아세요, 선생님?"

"그녀의 어머님이 아주 슬프고 잘못된 죄없는 희생이 되었음을 압 니다, 미스 고든. 의식하지 못하고 저지른 잘못은 흠이 아닙니다. 물 론 비록 의식했던 일이라 하더라도 킬머니의 책임은 아니지요. 킬머 니에 관한 한 내게는 문제가 안 됩니다."

갑자기 재닛의 얼굴에 큰 변화가 일어났다. 놀라운 변화를 보였다. 엄격한 입매가 부드러워지고 차디찬 잿빛 눈에는 억눌려 있던 애정 이 쏟아져 나왔다.

재닛은 의기양양하게 말했다.

"그렇다면 그 일도 벙어리인 것도 댁 눈에는 결점으로 비치지 않는 듯하니 댁이 바라는 기회를 갖는다 해도 그리 나쁘지 않다고 여겨져 요. 틀림없이 댁 집안사람들은 저 아이가 댁에게 어울리지 않는다고 말하겠지만, 저 아이는 잘 어울려요—어울리고 말고요."

거의 덤벼들 듯한 말투였다.

"저 아이는 곱고 순진한 마음을 지녔으며 성실해요. 영리하고 못생 기지도 않았어요. 오라버니, 이 젊은이가 바라는 대로 하게 해줘요."

토머스 고든은 어깨에서 무거운 짐을 내려놓고 이제 회견이 모두 끝났다는 태도로 일어섰다.

"좋아, 재닛. 네가 그렇게 하는 게 좋다고 생각한다면 좋고 말고. 하 느님께서 그 아이와 마찬가지로 이 젊은이도 이끌어주시옵기를.

이만 실례하겠소, 선생. 또 만납시다. 마음대로 드나들도록 해요. 그 러나 나는 이제 돌아가서 일해야겠소. 말을 밭에 그냥 내버려두고 왔으니까."

재닛이 조용히 말했다.

"나는 2층으로 올라가 킬머니를 내려보내겠어요."

테이블 위에 놓여 있는 램프에 불을 켠 다음 재닛은 방에서 나갔다. 2, 3분 뒤 킬머니가 내려왔다.

에릭은 자리에서 일어나 정신없이 맞았다. 그러나 킬머니는 귀엽게 위엄을 보이며 오른손을 내밀었을 뿐 에릭의 얼굴은 보았으나 눈은 보지 않았다.

에릭이 웃으며 말했다.

"봐요, 역시 내가 말한 대로였잖아요, 킬머니. 외삼촌과 이모는 나를 쫓아버리지 않았어요. 그뿐 아니라 아주 친절히 대해주고 내게 언제 어디서든지 킬머니를 만나도 좋다고 허락해 주었어요."

킬머니는 방긋 웃으며 테이블로 가서 석판에 썼다.

'하지만 어젯밤에는 외삼촌도 이모도 아주 화가 나서 내게 심한 말을 마구 퍼부었어요. 나는 무서워지고 슬퍼졌죠. 두 분 다 내가 무슨 매우 몹쓸 짓을 했다고 여겼나 봐요.

토머스 외삼촌은 다시는 나로부터 눈을 뗄 수 없다고 말했어요. 재닛 이모가 올라와 당신이 와 있으니 내려가라고 말했을 때에는 믿어지지 않았어요.

말씀할 때 이모는 기묘한 얼굴로 나를 보았지만, 이제는 조금도 화나지 않았음을 알았어요. 이모는 기쁜 얼굴이었지만, 그러면서도 슬퍼 보였어요. 하지만 나는 외삼촌과 이모가 우리를 허락해 주어 정말로 기뻐요.'

킬머니는 에릭을 만날 수 있어 얼마나 기쁜지, 다시는 만날 수 없으리라 여기고 얼마나 슬픈 마음이었는지에 대해서는 말하지 않았다. 어제였다면 킬머니는 솔직히 모든 것을 에릭에게 털어놓았을 테지만, 그녀로서는 어제가 하나의 생애가 끝난 것만큼 멀게 여겨졌다.

그 생애에서 킬머니는 여성으로서 지닌 위엄과 자제심을 물려받은 것이었다.

에릭이 입술에 남긴 키스, 외삼촌과 이모로부터 들은 말, 태어나서 처음으로 잠 못 이루며 베개에 흘린 눈물—이 모든 것이 함께 킬머니에게 자기 자신이라는 존재를 알려준 것이었다.

자기가 에릭을 사랑한다는 것도 또한 에릭이 그녀를 사랑하고 있다는 것도 아직 킬머니는 꿈에도 생각하지 못했다. 그러나 킬머니는 이미 사이좋은 사람끼리 사귀는 어린아이가 아니라 구혼 받은 여성, 태어날 때부터 갖춰져 있는 당당한 자존심을 가지고 마땅히 그녀가 받을 충성을 자기도 모르는 사이에 요구하는 여성이 되어 있었던 것이다.

더없는 아름다움

그 뒤로 에릭은 고든 집안을 쉴새없이 찾게 되었다.

토머스와 재닛은 곧 에릭을 좋아하게 되었으며, 특히 재닛은 그를 마음에 쏙 들어했다.

에릭은 두 사람 다 더없이 좋았다. 색다른 괴짜처럼 보이는 겉모습 속에서 참다운 가치와 훌륭한 인격을 발견한 것이었다.

토머스는 놀랍도록 박식해서 일단 열중하여 도도히 웅변을 토하기 시작하면 언제 어떠한 때라도 토론으로 에릭을 이길 수 있었다.

이토록 활발한 토머스를 처음 본 에릭은 다른 사람인가 생각했다. 꾸부정한 자세가 똑바로 펴지고, 움푹 들어간 눈은 빛나고, 얼굴이 불그레해지고 목소리는 나팔처럼 울려 퍼졌으며, 홍수처럼 쏟아져 나오는 유창한 말은 에릭의 재치 있는 현대식 논법을 마치 산에서 내달아오는 분류에 떠 있는 지푸라기와도 같이 잠시도 버틸 수 없도록 물리쳐 버렸다.

에릭은 자신의 패배를 아주 재미있어 했지만, 토머스는 저도 모르게 이렇듯 떠들어댄 것을 부끄러워하여 그 뒤 1주일 동안이나 '그렇소'와 '아니오'밖에 말하지 않았으며 그 밖에는 날씨가 달라질 것 같다는 등 짧은 이야기만 입에 올렸다.

재닛은 신앙이라든가 국가라든가 하는 문제에 대해서는 이야기하지 않았다. 그와 같은 일은 여자의 영역 밖이라고 생각하는 듯했다.

그러나 토머스와 에릭이 사실이니 통계니 의견을 서로 주고받는 것을 재닛은 눈에 흥미로움을 담고 귀기울이다가 이따금 에릭이 이기면 오빠를 놀리듯 몰래 미소 지어 보이는 것이었다.

닐의 모습을 에릭은 거의 보지 못했다. 그 이탈리아 젊은이는 에릭을 피했으며, 우연히 만났을 때에는 불쾌한 얼굴을 짓고 눈을 내리깐 채 지나치곤 했다.

에릭은 닐에 대해 그리 마음 쓰지 않았다. 그러나 닐이 과수원에서의 만남을 일러바치기에 이른 동기를 깨달은 토머스는 킬머니에게 닐을 이제까지와 다름없이 대등하게 대해서는 안 된다고 드러내놓고 주의를 주었다.

"너는 저 아이에게 너무 지나치게 친절해, 킬머니. 그러니까 저 아이가 우쭐한 거야. 저 아이에게는 자기의 신분을 가르쳐줘야 해. 우리가 모두 저 아이를 너무 소중히 해준 것 같아."

자연을 좋아하는 에릭은 구애시간을 주로 해묵은 과수원에서 보냈다.

그 정원의 한부분이었던 변두리는 바야흐로 어디를 보나 온통 들장미가 피어 있었다—저녁해의 심장처럼 붉은 장미꽃, 새벽빛 같은 남홍색 장미꽃, 산꼭대기에 쌓이는 눈처럼 흰 장미꽃, 활짝 핀 장미꽃. 그것은 이 세상 어느 것보다도 아름다웠으나 킬머니의 아름다움만은 달랐다.

장미꽃잎은 비단뭉치처럼 해묵은 오솔길에 흩어지고, 킬머니가 바이올린을 켜주는 동안 에릭이 누워서 몽상에 잠기는 푸르른 풀에도 떨어졌다.

에릭은 킬머니가 자기 아내가 되면 그 음악적 재능을 최고로 연마

하게 해주려고 마음먹었다. 그 표현능력은 날로 깊어지고 진보하여 그녀의 영혼이 성장함에 따라 발전하고 마음이 원숙해짐에 따라 새로운 색채와 풍부함을 띠어 왔다.

에릭에게는 하루하루가 모두 영감을 받은 전원시와도 같았다. 사랑이 이토록 위대한 것이며, 세상이 이토록 아름다운 것인 줄은 꿈에도 생각한 일이 없었다.

우주에도 그의 기쁨을 받아들일 만한 그릇이 없었고, 영원이라 할지라도 너무 짧은 것 같았다. 지금 에릭 주변에 있는 모든 존재는 연인에게 구애하는 이 과수원에 묶여 있었다.

포부, 계획, 희망은 모두 오직 하나의 목적을 추구하기 위해 옆으로 치워졌다. 이 목적을 이루면 다른 모든 것을 천 배나 높일 테고, 실패하면 그 모든 것들은 존재할 이유를 잃게 되는 것이었다. 에릭 자신이 속한 사회는 아득히 먼 곳으로 가버리고, 그 사회에서 있었던 일들은 모두 잊혀지고 만 듯했다.

에릭이 1년 동안 린제이 중학교에서 가르치게 되었다는 말을 듣고, 에릭의 아버지는 놀라며 미친 게 아니냐고 성난 편지를 보냈다.

아니면 이 일에 여자라도 개입되어 있느냐? 린제이 같은 고장에 1년이나 너를 묶어 놓는 걸 보니 그런 아가씨가 있는 게 분명하구나.

조심하라, 에릭 선생이여. 너는 이제까지 너무 성격이 까다로웠느니라. 남자란 적어도 한 번쯤은 바보스러운 짓을 하게 마련이다. 10대에 그걸 겪지 않았다면, 지금 너는 그런 꼴을 겪는 것일지도 모른다.

데이비드로부터는 좀 더 진지하게 충고하는 편지가 왔다. 그러나 거기에는 데이비드가 틀림없이 갖고 있을 의심하는 마음은 씌어 있

지 않았다.

"데이비드 형님은 무언가 바람직하지 못한 짓을 저지르는 게 아닐까 몹시 걱정스러울 텐데도, 내게 억지로 털어놓게 하는 그런 문구는 한마디도 없어."

'선생님'이 고든 집안에 구혼할 목적으로 찾아다닌다는 사실이 린제이에서 언제까지나 사람들에게 알려지지 않을 리 없었다.

윌리엄슨 아주머니는 자신의 일이든 에릭에 대한 일이든 다른 사람에게는 결코 말하지 않았으며, 고든 집안에서도 아무 말 하지 않았다. 그러나 비밀은 새어나가 사람들의 놀라움과 이상하게 여기는 마음이 엄청난 소문을 만들어냈다.

한두 사람 경솔한 사람이 선생에게 직접 맞대 놓고, 선생의 현명함 정도가 의심스럽다는 의견을 대담하게 말하는 이도 있었다. 그러나 그 사람들은 두 번 다시 그런 경험을 거듭하려 하지 않았다.

호기심은 무섭게 타올랐다. 킬머니에 대한 수없이 많은 소문이 자자하게 퍼지고, 두루두루 퍼져감에 따라 어느 것이나 터무니없이 부풀려졌다. 현명한 사람들은 고개를 내저었고, 대부분의 사람들은 아주 가엾은 일로 여겼다.

'선생은 바람직한 젊은이여서 어떤 아가씨라도 고를 수 있는데, 그런 이교도처럼 자란 고든 집안의 괴짜 벙어리소녀와 친해지다니 너무 한심한 일이야.

하지만 아내를 고르는 경우가 되면 남자는 어떤 마음의 변화를 일으킬지 모르는 일이지.'

사람들은 닐이 이 일을 그리 마음에 들어 하지 않는 것을 알고 있었다. 요즘 닐은 몹시 침울하고 기분이 언짢아 성가대에서도 이제는 노래하려 하지 않았다. 그리하여 끊임없는 비평과 소문이 시끄럽게 이어졌다.

해묵은 과수원의 젊은 두 사람에게는 그런 일이 조금도 문제가 되지 않았다. 다만 킬머니의 귀에는 아무 소문도 들리지 않았다.

그녀에게 린제이는 에릭의 집이 있는 도시나 마찬가지로 미지의 세계였다. 킬머니는 공상의 세계에서는 생각을 멀리 그리고 넓게 달렸지만, 여느 사람들과 다른 그녀의 생활을 에워싼 작은 현실세계에서 밖으로 떠돌아 나가는 일은 없었다. 그러한 생활 속에서 킬머니는 꽃을 피우고 아름답고 성숙해져 갔다.

이따금 에릭은, 언젠가는 킬머니를 그 맑고 깨끗하며 조용한 생활에서 세상 속으로 데리고 나가야만 하는 일을 뉘우치는 심정이 되었다. 세상이란 마침내 린제이를 좀 더 큰 규모로 만든 것과 같으며, 린제이와 다름없는 편협한 생각과 감정 그리고 의견이 그 밑바닥에 숨어 있는 것이다.

에릭은 이 장미꽃이 지는 가문비나무숲 그늘진 해묵은 과수원에서 킬머니를 영원히 자기 혼자만의 것으로 해둘 수 있으면 좋겠다고 여겼다.

어느 날 에릭은 킬머니가 자기를 못생긴 것으로 여긴다고 말했을 때 마음에 떠올랐던 일을 실행에 옮기려 생각했다. 에릭은 재닛에게로 가서, 킬머니에게 그 겉모습이 어떤지를 처음으로 보여줄 특전을 얻기 위해 이 집에 거울을 가지고 들어와도 되겠느냐고 허락해줄 것을 요구했다.

재닛은 처음에는 얼마쯤 찬성하지 못하는 듯했다.

"그런 것은 16년 동안이나 이 집에 없었으니까요, 선생님. 셋밖에 없었답니다―손님용 침실에 하나, 부엌에 작은 것 하나, 그리고 마거릿의 것이었어요. 킬머니가 차츰 예뻐진다는 것을 깨달은 어느 날 마거릿은 그것을 모조리 깨뜨려버리고 말았지요. 마거릿이 죽은 뒤 하나 사도 되었겠지만, 선뜻 사려는 마음이 들지 않았어요. 게다가 저 아이가 언제나 거울 앞에서 멋을 부릴 필요는 없었으니까요."

그러나 에릭이 간곡히 부탁하며 솜씨 좋은 말로 이야기했으므로 마침내 재닛은 꺾이고 말았다.

"좋도록 해요. 댁은 어떻게든 생각대로 하고 말 테니까요.

댁도 생각한 일은 끝까지 해내는 사람이에요. 그렇지만 함부로 멋대로 하는 사람들과는 다르니까—그것만은 고맙군요."

재닛은 낮은 목소리로 덧붙였다.

다음 토요일 에릭은 거리로 가서 마음에 드는 거울을 골랐다. 그것을 래드너로 보내어 토머스가 아무 것도 모르는 채 집으로 가지고 돌아왔다. 재닛은 알리지 않는 편이 좋다고 생각했기에 그것은 선생님이 킬머니에게 보내는 선물이라고만 말해 두었다.

차를 마시고 나자 재닛은 킬머니를 과수원으로 내보내고, 에릭은 큰길과 오솔길을 지나 아무도 모르게 돌아서 집에 들어갔다.

에릭과 재닛은 거울을 싼 포장을 풀어 응접실 벽에 걸었다.

재닛은 번쩍이는 진주와도 같은 거울이며, 호화롭게 꾸며진 테두리 등을 보면서 믿어지지 않는 듯한 투로 말했다.

"이토록 큰 것은 처음 보았어요, 선생님. 이것 덕분에 저 아이가 자만심이 높아지지 않았으면 좋겠어요. 썩 아름답기는 하지만, 그걸 알게 되면 생각보다 유익하지 못할지도 몰라요."

에릭은 자신 있게 말했다.

"그리 큰 문제가 생기지는 않을 겁니다. 자신을 밉다고 생각하는 게 해롭지 않다면, 아름답다고 생각하는 것도 해롭지 않습니다."

그러나 재닛은 그런 성경 구절을 이해하지 못했다. 깨끗이 닦아 놓은 거울면에서 주의 깊게 작은 먼지를 털어내고 거기에 비친 결코 아름답다고 할 수 없는 자신의 모습을 보고 깊은 생각에 잠기며 얼굴을 찌푸려 보았다.

"어째서 킬머니가 자신이 못생겼다고 생각하게 되었는지 나는 도저히 모르겠어요, 선생님."

에릭은 얼마쯤 신랄하게 말했다.

"어머니가 그렇게 말씀하셨기 때문이에요."

재닛은 흘끔 동생의 초상화를 보았다.

"원! 그랬었군요! 마거릿은 묘한 여자였어요, 선생님. 어릴적 아름다웠던 일이 자신에 대한 올가미였다고 생각한 모양이군요. 퍽 예뻤으니까요.

저 초상화로는 잘 알 수 없어요. 본디부터도 나는 저 초상화가 좋지 않았어요. 저건 마거릿이—로널드 프레이저를 만나기 전에 그려진 거예요.

그 무렵 우리는 아무도 저것이 마거릿을 닮았다고 생각하지 않았었지요. 그런데 선생님, 그로부터 3년이 지나니 마거릿을 닮아가지 뭐예요—아, 그 시절 마거릿과 똑같았어요. 똑같은 표정이 마거릿의 얼굴에 나타났다니까요."

에릭은 그 초상화를 볼 때마다 느끼는 매력과 혐오감이 뒤섞인 마음으로 흘끗 쳐다보며 말했다.

"킬머니는 어머니를 닮지 않았어요. 그러면 아버지를 닮았습니까?"

"아니에요, 그리 닮지 않았어요. 태도나 동작에 비슷한 점은 조금 있지만 말예요.

저 아이는 할머니를 닮았답니다. 마거릿의 어머니지요. 역시 킬머니라는 이름의 아름답고 다정한 분이었어요.

내게는 계모였지만 나는 그 분이 참으로 좋았답니다, 선생님. 숨을 거둘 때 계모는 나에게 갓난아기를 부탁하며 엄마 대신 그 자리를 채워달라고 했지요. 그래요, 나는 그렇게 했어요.

하지만 마거릿의 생애에서 슬픔을 내쫓을 수는 없었지요. 이따금 나는 킬머니의 생애도 슬픔으로부터 지켜질 수 없지 않을까 하는 생각이 들어요."

에릭이 말했다.

"그건 내가 할일입니다."

"선생님은 틀림없이 열심히 하실 줄 알아요. 그렇지만 마침내 선생님으로 말미암은 슬픔이 그 아이에게로 올지도 모르지요."

"나로 말미암은 슬픔이 오는 일은 결코 없을 겁니다, 재닛 아주머니."

"그럼요, 그렇고말고요. 선생님 때문에 온다는 게 아니에요. 하지만 이따금 나는 걱정스럽답니다. 네, 물론 나는 어리석은 늙은이일 뿐이지요, 선생님.

언제든 좋을 때 선생님의 아가씨를 이리로 데려와 이 장난감을 보여주는 게 좋겠군요. 단, 쓸데없는 시중은 들어주지 않겠어요."

재닛은 부엌으로 갔고, 에릭은 킬머니를 찾으러 갔다. 과수원에는 보이지 않아 한참 동안 찾아다닌 끝에 과수원 건너편에 있는 목장의 너도밤나무 밑에서 깍지 낀 손을 뺨에 대고 울짱에 기대어 있는 킬머니를 발견했다.

손에는 과수원에서 꺾어온 흰 백합을 한 송이 들고 있었다. 에릭이 목장을 가로질러 오는 것을 보고도 전처럼 뛰어와 맞으려 하지 않고, 에릭이 바로 곁에 올 때까지 꼼짝도 하지 않고 기다리고 있었다.

에릭은 절반은 웃고 절반은 위로하듯 킬머니와 이름이 같은 민요를 몇 줄 인용하기 시작했다.

킬머니, 킬머니.
어디 갔었지?
우리 모두 무척이나 찾았었는데.
잡목숲도, 동굴 속도, 폭포도, 시냇물도,
푸른 숲속도—
그렇지만 너는 기운차고 아름다워.
그 아름다운 백합은 어디 갔을까?
파아란 그 나무껍질의 아름다운 리본은?

더없이 아름다운 이 장미는?
킬머니, 킬머니.
어디 갔었니?

"다만 당신이 들고 있는 것은 장미가 아니라 백합이구료. 그 다음 두 줄도 마저 읊을게요."

킬머니는 사랑스럽게 얌전히 눈을 들었다.
그러나 킬머니의 얼굴에 미소는 보이지 않았다.

"어째서 그토록 어두운 얼굴을 하고 있죠?"
킬머니는 석판을 가져오지 않았으므로 대답할 수 없었다. 그러나 에릭은 킬머니의 눈에 나타나 있는 깊숙한 곳에서 그녀가 민요의 아름다운 여주인공과 못생긴 자기를 고통에 찬 마음으로 비교하고 있음을 알아차렸다.
"집으로 들어가오, 킬머니. 보여주고 싶은 게 있어요. 당신이 이제까지 본 일이 없을 만큼 아름다운 것을. 지난번 토요일 저녁에 입었던 그 모슬린 옷을 입고 머리에도 그때처럼 핀을 찌르면 좋겠어요.
어서 뛰어가요. 나를 기다리지 말고. 그러나 내가 갈 때까지 객실에 들어가면 안 돼요. 나는 과수원에서 백합을 조금 꺾어가지고 가겠어요."
에릭의 눈에는 어린아이 같은 기쁨이 빛나고 있었다.
에릭이 과수원에 피어 있는 줄기가 긴 백합을 한아름 안고 집으로 돌아왔을 때, 마침 킬머니는 얼룩얼룩하게 손으로 짠 카펫이 깔려 있는 가파르고 좁은 층계를 내려오는 참이었다.
어두컴컴한 고풍스러운 홀의 거무스름한 목재며 어슴푸레한 그늘과 대조되어 그녀의 놀라운 아름다움이 또렷하게 눈에 띄어 보였다.

킬머니는 어머니의 것이었던 치맛자락이 끌리고 몸에 착 감기는 크림빛 옷을 입고 있었다.

그 옷은 아무 데도 고치지 않은 것이었다. 유행은 고든 집안을 지배하지 않았으며, 킬머니는 이 옷을 나무랄데없이 좋게 생각하고 있기 때문이었다.

그 예스러운 모양이 아주 잘 어울렸다. 칼라는 얼마쯤 대담하게 깊이 파여 있어 동그랗고 흰 목을 드러내 놓았으며, 길고 헐렁한 '비숍 소매'에서 아름답고 가녀린 손이 치마폭에서 얼굴을 내놓은 꽃처럼 나와 있었다.

길게 땋아늘인 머리는 뒤에서 서로 엇갈려 띠처럼 머리둘레에 핀으로 찔러놓았다. 왼쪽 아래에 철 늦은 흰 장미꽃 한 송이가 꽂혀 있었다.

에릭은 내려오는 킬머니를 지켜보면서 살짝 인용했다.

이 세상의 모든 행운도 재산도
남자는 버리고 만다—
그녀의 완전한 입술에
진정어린 오직 한 번의 키스를 위해.

그리고 소리내어 말했다.

"이 백합을 안아요. 꽃이 어깨에 얹히도록. 그래요. 자, 내게 손을 내주고 눈을 감아요. 내가 다 되었다고 할 때까지 뜨면 안 돼요."

에릭은 응접실 거울 앞으로 킬머니를 데려갔다. 에릭은 들뜬 목소리로 말했다.

"자, 봐요."

킬머니는 눈을 뜨고 똑바로 거울을 보았다. 거기에 그녀는 황금빛 액자에 들어 있는 아름다운 그림과도 같은 자기 모습이 비치는 것을 보았다.

순간 킬머니는 어찌할 바를 몰랐다. 그리고 그것이 무엇을 뜻하는지 깨달았다. 팔에서 바닥으로 백합이 떨어지고 킬머니는 파랗게 질렸다. 저도 모르게 조그맣고 나직하게 외치고는 두 손으로 얼굴을 가렸다.

에릭은 어린아이처럼 그 손을 떼어 놓았다.

"킬머니, 지금도 자신이 못생겼다고 생각해요? 이건 재닛 아주머니의 은설탕단지보다 정확하게 보이는 거울이예요!

봐요—봐요—보라니까! 킬머니보다 더 아름다운 이를 떠올릴 수 있겠어요? 아름다운 킬머니."

킬머니는 이번에는 새빨개져서 부끄러운 듯 몰래 기뻐서 어쩔 줄 모르는 눈으로 거울을 보았다. 미소를 띠고 킬머니는 석판을 집어들어 천진난만하게 썼다.

'내가 보기에 기분 좋은 모습이라고 생각해요. 얼마나 좋은지 말할 수 없을 정도예요. 당신이 나를 못생겼다고 생각하는 것은 견딜 수 없이 괴로웠어요. 다른 일에는 뭐든지 편해질 수 있지만, 그것에만은 익숙해질 수 없었어요.

생각날 때마다 마음이 찢어지듯 아팠어요. 그런데 어머니는 어째서 나에게 밉게 생겼다고 말했을까요? 정말 밉다고 여긴 것일까요? 아마도 나는 좀 자란 다음 전보다 예뻐졌는지도 모르겠어요.'

"어머니는 아름답다고 해서 반드시 행복해지지는 않는다는 것을 알았기 때문이라고 생각해요.

그러므로 킬머니가 아름다움을 갖고 있다는 것을 알려주지 않는 편이 좋다고 생각했을 거예요.

자, 다시 과수원으로 돌아갑시다. 이렇게 좀처럼 없는 좋은 저녁을 집안에서만 헛되이 보내서는 안 돼요. 우리가 한평생 기억할 만한 저녁해를 볼 수 있을 거예요.

거울은 여기에 걸어 두겠어요. 당신의 거울이예요. 그렇지만 자주 보지 않는 편이 좋겠어요. 재닛 아주머니가 탐탁지 않게 여기실 테니까요. 자만심이 너무 강해지지나 않을까 걱정하고 계시니까."

킬머니는 어쩌다 한 번씩밖에 내지 않는 음악적인 목소리로 웃었다. 그것을 듣고 에릭은 그녀가 말할 수 없는데 어떻게 웃을 수 있을까 하고 언젠가처럼 또 이상하게 느껴졌다. 킬머니는 거울에 비치는 자신의 얼굴에 들뜬 모습으로 키스를 던지고 기쁜 듯 웃으면서 떨어졌다.

과수원으로 가는 도중 두 사람은 닐을 만났다. 닐은 얼굴을 홱 돌리고 지나쳐 갔는데, 킬머니는 진저리치며 저도 모르게 에릭에게 바싹 다가섰다.

'지금은 닐의 마음을 조금도 모르겠어요. 닐은 전처럼 다정하게 해주지 않고, 때로는 내가 말을 걸어도 무시하고 대답하지 않을 때조차 있어요. 그리고 이상한 눈초리로 나를 봐요. 게다가 외삼촌과 이모께 퉁명스럽고 예의에 어긋나는 태도를 보여요.'

에릭은 대수롭지 않게 말했다.

"닐에 대해 더 이상 마음 쓰지 말아요. 기분이 나쁜 것은 아마도 닐이 우리에 대해 스파이 노릇한 것을 발견했을 때, 내가 어떤 말을 했기 때문일 거요."

그날 밤 2층으로 올라가기 전에 킬머니는 손에 든 조그맣고 희미한 촛불 빛으로 그 멋진 거울에 한번 더 자신의 모습을 비춰보고 싶어 살그머니 객실로 들어갔다.

킬머니가 황홀해서 아직 그 자리를 떠나기 전에, 어두운 입구에 재닛 이모의 엄한 얼굴이 나타났다.

이모는 마지못해 감탄해 하며 말했다.

"너는 자신의 생김새를 어떻게 생각하고 있느냐? 그렇지만 '겉모습보다는 속마음'이라는 것을 잊으면 안 된다."

빰이 발그레해져 눈을 반짝이고 있는 이 소녀를 보면 엄격한 재닛
도 마음이 움직이지 않을 수 없었던 것이다.

킬머니는 상냥하게 미소 지으며 썼다.

'잊지 않도록 하겠어요. 하지만 이모, 못생기지 않아서 다행이에요.
그것을 기뻐해도 괜찮겠죠?'

재닛의 얼굴이 부드러워졌다.

"그래, 괜찮다고 생각해. 얼굴이 아름답다는 것은 고마운 일이지—
그것은 그런 얼굴을 갖지 못한 사람이 가장 잘 안단다.

아직도 기억하지만 내가 처녀시절—그렇지만 그런 건 하찮은 일이
야. 선생님은 너를 멋있고 아름다운 아이라고 생각하신단다, 킬머니."

재닛은 날카롭게 소녀를 보면서 덧붙여 말했다.

킬머니는 깜짝 놀라며 얼굴이 새빨개졌다. 순간적으로 나타난 표
정으로 재닛은 알고 싶은 일을 모두 알았다.

한숨을 참으며 킬머니에게 잘 자라는 인사를 하고 재닛은 그 자리
를 떠났다.

킬머니는 나는 듯이 층계를 껑충껑충 뛰어 올라가 가문비나무숲
이 환히 내다보이는 자기의 조그맣고 컴컴한 방으로 들어가 침대에
몸을 내던지고 화확 달아오르는 얼굴을 베개에 묻었다.

이모의 말로 킬머니는 자기의 가슴에 숨어 있던 비밀을 알았다. 자
기는 에릭을 사랑하고 있음을 알았던 것이다—그것을 알게 되자 이
상한 괴로움이 함께 시작되었다.

'나는 벙어리가 아닌가?'

밤새도록 날이 훤히 밝을 때까지 킬머니는 어둠 속에서 눈을 커다
랗게 뜬 채 누워 있었다.

오로지 그대만을 위하여

그 다음에 만났을 때 에릭은 킬머니의 변화를 깨달았다. 그 변화에 그는 당혹했다. 킬머니는 서먹서먹하게 멍하고 불안해 보이기까지 했다.

과수원에 가자고 했을 때에도 그리 달가워하지 않는 것으로 여겨졌다. 날이 지남에 따라 그 변화는 에릭에게 점점 확실해져 왔다.

두 사람 사이에 꺼림칙한 무언가가 끼어든 것이다. 킬머니는 에릭에게서 멀리 떠나버린 듯했으며, 민요 속 이름이 같은 여주인공과 마찬가지로 '비도 오지 않고 바람도 불지 않는' 나라에서 7년 동안 살아 이 세상의 애정을 모조리 씻겨버리고 돌아온 것 같았다.

에릭은 괴로운 1주일을 보냈다. 그러나 그는 분명히 이야기함으로써 결말을 지어야겠다고 결심했다.

어느 날 저녁 과수원에서 에릭은 진심으로 사랑을 고백했다.

8월 해질녘이어서 밀밭은 거둬들일 수 있을 만큼 익었고―조용한 제비꽃 빛깔인 밤은 사랑하는 사람들을 위해 있는 듯했으며, 멀리 바위가 많은 바닷가에 밀려오는 끊임없는 바다의 속삭임이 어둠을 누비며 울려왔다.

킬머니는 처음 에릭이 그녀를 보았던 그 낡은 벤치에 앉아 있었다. 그녀는 에릭을 위해 바이올린을 켰으나 음색이 마음에 들지 않아 얼굴을 찌푸리며 바이올린을 곁에 내려놓았다.

그것은 킬머니가 켜기를 두려워하고 있기 때문인지도 알 수 없었다—그녀의 새로운 감정이 음악 속에 나타나지 않을까 두려워한 것이다.

감정을 모두 잘 조화시켜서 내보내는 데 오랫동안 익숙해져 있으므로 그것을 억누르기 어려웠다. 스스로 억눌러야 할 필요성이 킬머니를 당혹케 하여 활놀림이 어색해져 이미 그녀가 바라는 대로 되지 않게 되었다.

이제까지보다도 더욱 이 순간에 킬머니는 말을 할 수 있으면 좋겠다고 여겨졌다. 오히려 말을 할 수 있다면 위험한 침묵이 일깨워줄지도 모르는 일들을 감추어 지킬 수 있는 것이다.

너무도 진지한 나머지 에릭은 떨리는 낮은 목소리로 킬머니를 사랑한다는 것, 이 해묵은 과수원에서 처음 보았을 때부터 사랑했음을 이야기했다.

에릭은 겸손한 태도였지만 두려워하지 않고 말했다. 킬머니가 자기를 사랑한다고 믿었으므로 거절하리라고는 여겨지지 않았기 때문이다.

마지막으로 에릭은 킬머니의 두 손을 힘주어 잡고 물었다.

"킬머니, 내 아내가 되어주겠어요?"

킬머니는 얼굴을 돌리고 가만히 듣고 있었다. 처음에는 가엾으리만큼 새빨개지더니 이제 새파랗게 질려 있었다.

에릭이 이야기를 끝내고 대답을 기다리자, 킬머니는 별안간 손을 빼더니 그 손으로 얼굴을 가리고 울기 시작하여 소리내지 않고 몹시 흐느껴 더 애처로워 보였다.

"킬머니, 놀랐어요? 내가 당신을 사랑한다는 것은 전부터 알고 있었을 텐테. 나를 좋아하지 않아요?"

에릭은 킬머니를 끌어당겨 안으려 했다.

그러나 킬머니는 슬프게 고개 저으며 입을 굳게 다물고 일어섰다.

'네, 나는 당신을 사랑해요. 하지만 당신과 결혼할 수 없어요. 말을 하지 못하니까요.'

에릭은 빙그레 미소 지었다. 자신의 승리를 믿었기 때문이었다.

"아, 킬머니, 그런 일은 문제가 안 돼요. 당신도 알 텐데요. 사랑스러운 이여, 당신이 나를 사랑해 준다면 그 마음으로 충분해요."

그러나 킬머니는 또다시 고개를 저을 뿐이었다. 헬쑥한 얼굴에 단호한 표정이 떠올라 있었다.

그녀는 썼다.

'아니에요, 충분하지 않아요. 말도 못하면서 댁과 결혼한다는 것은 당신에 대해 아주 나쁜 짓을 하는 게 돼요. 내가 그렇게 하지 못하는 것은 당신을 무척 사랑하기에, 적어도 당신 인생에 방해가 될 일은 할 수 없기 때문이에요.

당신의 친지들은 당신이 아주 바보스러운 짓을 했다고 생각할 테고, 또 그렇게 생각하는 것이 마땅해요. 재닛 이모 말씀을 듣고 깨닫게 된 뒤로 나는 이 일을 여러 번이나 신중히 생각해 왔으므로 이렇게 하는 게 옳다는 걸 잘 알아요.

좀 더 빨리 당신이 이런 결심을 하게 되기 전에 내가 그것을 막지 못했던 걸 유감스럽게 여겨요.'

"킬머니, 당신은 참으로 당치도 않은 생각을 하고 있어요. 당신이 내 아내가 되어 주지 않는다면 내가 한평생 불행해진다는 걸 모른단 말이오?"

'지금은 그렇게 생각하겠지요. 또 한때는 몹시 괴로울 거라는 것도 알아요.

그러다가 당신이 여기를 떠나 얼마쯤 지나면 자연스레 나에 대해

서는 잊을 거예요. 그때가 되면 내 말이 옳았다는 걸 알게 되리라고 생각해요.

나도 매우 불행해지겠지만, 그편이 당신의 생활을 망쳐버리는 것보다 나아요. 부탁하거나 아이 달래듯 하지 말아 주세요. 내 마음은 바뀌지 않으니까요.'

그러나 에릭은 사정하고 타일렀다—처음에는 귀엽고 어리석은 어린아이를 설득하듯 참을성 있게 미소 지으면서.

그러다가 킬머니가 진정임을 깨닫고 격렬하게 미칠 듯 진지하게 설득했으나 모두 소용없었다.

킬머니는 점점 더 핼쑥해질 뿐 그 눈이 얼마나 괴로워하는지를 말해 주고 있었다. 킬머니는 에릭에게 거역하려고도 하지 않고 오직 참을성 있게 슬픈 듯이 듣고만 있다가 고개를 저을 뿐이었다. 무슨 말을 하든 아무리 간곡하게 바라며 호소해도 킬머니의 결심을 털끝만큼도 움직일 수 없었다.

그러나 에릭은 절망하지 않았다. 킬머니가 그와 같은 결심을 굳게 지키리라고는 믿어지지 않았다. 마지막에는 자신에 대한 킬머니의 사랑이 이길 게 틀림없다고 생각하며 에릭은 끝내 슬픈 마음을 품지 않고 집으로 돌아갔다.

에릭의 탄원을 거절하는 힘을 킬머니에게 준 것은 그에 대한 강한 사랑임을 에릭은 알지 못했다. 좀 더 천박한 사랑이었다면 지고 말았겠지만, 그 힘은 나쁘다고 믿는 일을 에릭에 대해 하지 않도록 기세가 약화되지 않고 킬머니를 누른 것이었다.

괴로운 옛추억

　다음날 에릭은 또다시 킬머니를 만나러 가서 거듭 간절하게 결혼을 바랐으나 헛수고로 끝났다. 아무리 간곡하게 어떤 말을 해도 킬머니의 슬픈 결의 앞에서 아무 효과 없었다.

　마침내 킬머니의 결심이 흔들리지 않는다는 것을 알자 어찌할 바 몰라 에릭은 재닛에게로 갔다.

　재닛은 걱정과 낙담을 뚜렷이 얼굴에 드러내며 에릭의 이야기를 잠자코 듣고 있었다. 이야기가 끝나자 재닛은 고개를 저었다.

　"안됐군요, 선생님. 얼마나 안됐는지 말로 다할 수 없을 정도예요. 나는 그것과 전혀 다른 일을 바랐답니다. 바라기만 했겠어요? 기도했지요!

　토머스도 나도 나이 들어 가요. 그 일이 여러 해 동안 내 마음에 걸렸었지요. 우리가 죽은 뒤 킬머니가 어떻게 될 것인가 하는 일 말이에요.

　선생님이 와서 보호해주었으면 했어요. 그렇지만 킬머니가 선생님과 결혼하지 않겠다고 말했다면 마침내 그렇게 할 거라고 생각해요."

　에릭이 소리쳤다.

"그러나 킬머니는 나를 사랑하고 있습니다. 그러니까 외삼촌과 이모께서 말씀해 주시면—권해 주신다면 아마 킬머니도 마음이 움직여서—"

"아니에요, 선생님. 그렇게 해도 소용없어요. 그야 물론 우리는 해보겠어요. 하지만 소용 없을 거예요. 일단 마음을 정하면 킬머니는 어머니 못지않게 의지가 강하니까요.

그 아이는 착해서 언제나 내 말에 곧잘 따르지만, 한두 번 그 아이가 뭔가를 결심했다 하면 어떻게도 움직일 수 없다는 것을 알게 되었던 일이 있어요.

그 아이 어머니가 세상을 떠났을 때 토머스와 나는 교회에 데려가려고 했지만 아무래도 그 아이를 가게 할 수 없었답니다. 그때는 이째서 그랬는지 알지 못했으나, 이제 생각하니 자기를 몹시 못생겼다고 생각했었기 때문이었나 봐요.

그 아이는 선생님을 위한 길이라 생각하므로 결혼하지 않는 거예요. 그 아이는 선생님이 벙어리 아가씨와 결혼한 것을 후회하게 되지나 않을까 염려하는 거예요. 아마 그 아이의 생각이 옳을지도 모르죠—옳을지도요."

에릭은 고집스럽게 말했다.

"나는 그녀를 결코 단념하지 않습니다. 어떻게든지 이 결혼은 해야만 합니다. 어쩌면 그녀의 결함은 앞으로 나을지도 모릅니다. 그렇게 생각하신 일 있으십니까? 킬머니의 병 상태를 뚜렷이 진단할 수 있을 만한 의사에게 보인 일이 없겠지요?"

"맞아요, 선생님. 아무에게도 데려간 일 없어요. 저 아이가 말을 하지 못하는 게 아닐까 하고 처음으로 걱정하기 시작했을 때, 토머스는 저 아이를 샬럿타운에 데려가 진찰받아 보았으면 했었답니다. 토머스는 저 아이를 무척 귀여워했으므로 아주 걱정이 되었던 거지요.

그렇지만 어머니되는 사람이 도통 말을 들으려 하지 않았어요. 아무리 설득해도 소용없었지요. 헛일이라는 거예요. 저 아이에게 어미의 죄가 내려 어쩔 수 없다는 것이었어요."

에릭은 안타까웠다.

"그래서 그런 병적인 말에 얌전히 꺾였단 말입니까?"

"선생님은 내 여동생을 알지 못해요. 우리는 꺾이지 않을 수 없었어요. 어느 누구도 그녀에게는 못당했지요.

아주 색다른 여자였어요. 여러 가지 점에서 무서운 여자였어요— 그 불행을 당한 뒤로는. 우리는 여동생이 머리가 돌지나 않을까 걱정되어 그녀를 거스르기가 무서웠지요."

"그러나 어머니 몰래 킬머니를 의사에게 데려갈 수도 없었나요?"

"그래요, 그렇게 할 수 없었어요. 그 아이가 크게 자란 뒤에도 마거릿은 결코 자기가 볼 수 없는 곳에 한시도 있게 하지 않았으니까요.

게다가 모두 다 말씀드린다면 선생님, 사실 우리 자신도 킬머니를 고치려 해도 그리 도움이 되지 않을 거라고 생각했었답니다. 저 아이가 저렇게 된 것은 죄 때문이었으니까요."

"재닛 아주머니, 어째서 그런 어이 없는 말씀을 하시는 겁니까? 어디에 죄가 있다는 겁니까? 도대체 어디에 죄가 있다는 거죠?

여동생은 자신을 정식 아내로 생각했던 겁니다. 비록 로널드 프레이저가 그렇게 여기지 않았더라도—그렇게 생각하지 않았다는 증거는 없습니다만—죄는 그에게 있습니다.

그러나 아주머니께선 설마 그 죄가 이런 식으로 프레이저의 아이에게 내리리라곤 생각지 않으실 텐데요!"

"아니에요, 나는 그 일을 말하는 게 아니랍니다, 선생님. 그 점은 조금도 마거릿이 나쁜 게 아니고, 나는 로널드 프레이저를 그리 좋아하지 않았지만 로널드를 위해 이 말만은 해야겠어요. 마거릿과 결혼했을 때 로널드는 틀림없이 자기가 자유로운 몸이라고 생각했을 거라는 점이에요.

아니에요, 이것은 다른 일이에요. 훨씬 더 나쁜 것이지요. 그 일을 생각할 때마다 나는 진저리쳐질 정도랍니다.

아, 선생님, 성경에 어버이의 죄는 그 자식에게 내린다고 씌어 있는데, 그래요, 성경 첫 구절부터 맨 끝까지 이토록 진실을 말한 구절은 없어요."

에릭은 소리쳤다.

"그건 대체 무슨 말입니까? 어서 내게 말씀해 주십시오. 킬머니에 대한 사실은 모조리 다 알아야 합니다. 나를 애타게 만들지 말아주십시오."

"이야기하지요, 선생님. 하기야 그렇게 하는 것은 옛 상처를 건드리는 일과 마친가지입니다만. 이것은 토머스와 나 말고는 아무도 모른답니다. 이 이야기를 들으면 어째서 킬머니가 말을 하지 못하는지, 또 왜 어떻게도 할 수 없었는지를 알게 될 거예요.

그 아이는 그 일을 알지 못하니 선생님은 절대로 그 아이에게 이야기하면 안 돼요. 그 아이에게 들려줄 만한 이야기가 못되니까요. 더욱이 자기 어머니에 대한 일이니까요. 어떤 일이 있더라도 그 아이에게 말하지 않겠다고 약속해 주세요."

에릭은 졸랐다.

"약속합니다. 자, 시작하십시오—얼른 시작하십시오."

재닛은 무언가 싫은 일을 시작하기 위해 용기를 불러일으키려는 사람처럼 무릎에 손을 포개놓았다. 그때 그녀는 몹시 나이들어 보였으며, 얼굴의 주름살이 배나 깊어지고 딱딱해진 느낌이었다.

"동생 마거릿은 아주 자존심이 센 활발한 소녀였답니다, 선생님. 그렇지만 그 아이를 바람직하지 못한 아이로 여기는 것은 싫습니다. 그래요, 그런 식으로 생각한다면 죽은 그 아이에게 너무 미안한 일이 됩니다.

우리 모두가 그렇지만, 그 동생에게도 결점이 있었지요. 그렇지만 영리하고 명랑하며 마음이 따뜻한 아이였어요. 우리는 모두 그 아이를 사랑했답니다. 그 아이는 이 집안의 빛이며 생명이었어요.

그래요, 선생님. 그 소란을 겪게 되기까지 마거릿은 명랑한 아이로 아침부터 밤까지 종달새처럼 노래를 불렀죠.

아마 우리는 그 애를 제멋대로 굴게 했는지도 모릅니다. 너무 지나치게 마음대로 하도록 내버려두었는지도 모르겠어요.

자, 선생님은 마거릿이 로널드 프레이저와 결혼한 경위와 그 뒤에 어떻게 되었는지는 이미 들으셨으니 그것은 이야기할 필요가 없겠군요. 나는 일리저버스 윌리엄슨을 전에 잘 알고 있었으므로 그녀가 선생님에게 한 이야기는 사실이었다는 것을 알아요.

우리 아버지는 자존심이 무척 센 분이었어요. 마거릿의 자존심이 지나칠 만큼 센 것은 다른 데서 얻어온 게 아니에요.

그래서 마거릿의 불행은 아버지 마음에 깊이 파고들었답니다. 그 이야기를 들은 뒤 사흘이나 말을 한마디도 하지 않았으며 저 구석에 머리를 축 늘어뜨리고 앉아 식사에 손도 대지 않았지요.

마거릿이 로널드 프레이저와 결혼하는 걸 아버지는 그리 탐탁하게 여기지 않았어요. 그래서 마거릿이 면목없이 돌아오자, 마거릿이 문턱을 채 넘기도 전에 아버지는 그 아이에게 욕설을 퍼붓기 시작했답니다.

아, 지금도 그 아이가 문 앞에 서 있던 모습이 보이는 것 같아요, 선생님. 핼쑥해져 파르르 떨면서 토머스 오라버니의 팔에 매달려 커다란 눈이 슬픔과 부끄러움에서 분노로 바뀌어 갔어요.

마침 저녁해가 질 무렵이어서 창문으로 비쳐든 붉은 햇빛이 마거릿의 가슴에 닿아 얼룩진 피처럼 보였어요.

아버지는 딸에게 심한 말로 모욕을 주었지요. 아, 선생님, 너무 심했어요. 비록 아버지라 할지라도 마거릿에게 너무 심하게 구셨어요. 결국 결혼에 대한 일만은 제멋대로였지만 아무 죄도 없는 비탄에 잠긴 딸에게 말예요.

아버지도 그 일을 후회했답니다—아, 선생님. 아버지는 말을 끝내기가 무섭게 후회하고 말았죠.

아, 아직도 마거릿의 얼굴이 잊혀지지 않아요, 선생님! 지금도 그 기억은 밤마다 어두운 곳에서 나에게 달라붙곤 해요. 분노와 반항과 경멸에 찬 얼굴이었어요.

그래도 마거릿은 아버지에게 한마디도 말대답하지 않았어요. 주먹을 움켜쥐고 한마디도 하지 않고 전에 자기가 쓰던 방으로 올라갔죠. 그 분노로 가슴속이 부글부글 끓었지만 고집스러운 의지로 가까스로 그것을 억누르고 있었어요.

그리고 마거릿은 그날부터 킬머니가 태어날 때까지 한마디도 말을 하지 않았답니다—단 한마디도. 우리가 아무리 달래도 마음을 풀지 않았어요.

우리는 마거릿에게 친절하고 다정하게 대해주며 비난하는 태도는 털끝만치도 보이지 않았답니다, 선생님. 그래도 마거릿은 어느 누구와도 말하지 않고 거의 자기 방에 앉은 채 무서운 눈초리로 벽을 노려보고 있었어요.

아버지는 말을 좀 해 다오, 용서해 다오, 하고 간절히 빌고 부탁했지만 마거릿은 그것이 들리는 것 같지도 않았어요. 그러나 가장 심한 데에는 이르지 않았어요.

아버지가 병들어 몸져누웠는데도 마거릿은 아버지 문병도 하려 하지 않았어요.

그런데 어느날 밤, 토머스와 내가 아버지 곁에서 밤을 새우고 있는데—11시쯤이었어요—갑자기 아버지가 말씀하셨어요.

'재닛, 위로 올라가 그 아이에게 말 좀 해다오.'—아버지는 언제나 마거릿을 그렇게 불렀답니다—'내가 죽어가고 있으니 곁에 와서 죽기 전에 말을 해달라고 말이다.'

나는 갔지요. 마거릿은 춥고 어두운 방에서 혼자 벽을 뚫어지게 보며 웃고 있더군요. 나는 아버지가 하신 말씀을 그대로 전했지만 마거릿은 들은 척도 하지 않았어요.

나는 부탁하며 울었답니다. 나는 사람에게는 해본 일이 없는 짓도 했어요—마거릿에게 무릎을 꿇고 부탁했지요—하느님의 자비로움을 얻고 싶거든 부디 아래로 내려가 임종을 맞은 아버지를 만나 달라고 했어요.

마거릿은 못들은 척 받아들이지 않았어요! 꼼짝도 하지 않고 내쪽을 보지도 않았죠. 나는 일어나 아래로 내려와 나이든 아버지에게 마거릿이 내려오지 않는다고 말씀드려야만 했답니다."

다시 생각하기도 고통스러운 듯 재닛은 손을 들어 마주쳤다.

"그렇게 말하자 아버지는 정말이지 아주 상냥하게 말씀하셨어요.

'가엾은 아이로구나. 내가 너무 심했어. 그 아이가 나쁜 게 아니야. 그렇지만 내가 한 심한 말을 그 아이가 용서해 주기 전에는 그 아이 어머니를 무슨 얼굴로 만나겠느냐. 토머스, 나를 부축해서 좀 일으켜 다오. 그 아이가 내려오지 않겠다면 내가 가야겠다.'

아무리 반대해도 소용없었어요. 우리는 그걸 알았죠. 아버지는 임종의 병상에서 일어나고 토머스가 부축하여 홀로 나가 층계를 올라갔어요. 나는 뒤에서 촛불을 들고 따라갔어요.

아, 언제까지나 잊혀지지 않아요. 그 무서운 그림자, 밖에서는 미친 듯 휘몰아치는 폭풍, 아버지의 괴로운 헐떡임.

그렇지만 우리는 아버지를 마거릿의 방으로 모시고 갈 수 있었답니다. 아버지는 여위어 살이라곤 없는 얼굴 언저리에 흰 머리칼을 늘어뜨리고 떨면서 마거릿 앞에 섰지요.

그리고 아버지는 마거릿에게 용서해 달라고 부탁했어요. 마거릿의 어머니에게로 가기 전에 자기를 용서해 달라고 한마디만 말해 달라고 애원했답니다, 선생님—마거릿은 아무 말도 하지 않았어요—기어코 말하지 않았어요!

그녀는 몹시 말을 하고 싶었다더군요. 나중에 나에게 그렇게 고백했어요. 하지만 너무 고집스러워서 그렇게 할 수 없었다는 거예요.

마치 뭔가 나쁜 힘이 마거릿을 꽉 움켜잡고 있어 놓지 않는 것 같았어요. 아버지는 그림자를 향하여 부탁하는 거나 같았지요.

아, 끔찍한 일이었어요! 마거릿은 아버지가 죽어가고 있는 것을 보면서도 아버지가 애원하며 부탁하는 말을 끝내 해주지 않았으니까요. 그게 마거릿의 죄랍니다, 선생님. 그 죄의 저주가 그 뒤에 태어난 아이에게 내린 거지요.

끝내 마거릿이 말하지 않는 것을 알자 아버지는 눈을 감고 토머스 오라버니가 부축하지 않았다면 쓰러질 뻔했지요.

'아, 너는 참으로 차디찬 여자로구나.'

아버지는 그 말씀만 했을 뿐이었어요. 그리고 그것이 아버지의 마지막 말이 되었지요. 토머스와 내가 다시 방으로 모시고 돌아왔는데, 방에 닿기도 전에 아버지는 이미 숨을 거두셨더군요.

그로부터 한달 지나 킬머니가 태어났어요. 마거릿이 갓난아기를 품에 안았을 때, 그때까지 마거릿의 영혼을 꽁꽁 묶었던 악이 힘을 잃어 마거릿은 말을 했고 울면서 본디의 마거릿으로 돌아갔지요.

아, 얼마나 울었는지 모릅니다! 마거릿은 우리에게 용서를 빌었으므로 우리는 기분 좋게 진심으로 용서해 주었지요.

하지만 마거릿이 가장 심한 죄를 저지른 사람은 죽어버렸으니, 무덤에서 용서한다는 말을 들을 수는 없지요. 가엾게도 내 동생은 그 뒤로 다시는 마음 편할 날이 없었답니다.

동생은 다정하고 친절하며 자신을 낮추어왔어요. 그러다가—그러다가 동생은 킬머니가 말을 하지 못하는 게 아닐까 하고 걱정하기 시작했답니다.

그 무렵 나는 동생이 미쳐 버리는 게 아닐까 생각했지요. 실제로

동생은 다시는 평정을 되찾지 못했답니다.

　이것이 그 모든 이야기로, 이제는 끝났다고 생각하니 아주 홀가분해지는군요. 킬머니가 말을 하지 못하는 것은 어머니가 말을 하려고 하지 않았기 때문이에요.”

　이 고통스러운 이야기를 에릭은 공포감으로 얼굴이 핼쑥해져서 듣고만 있었다.

　그 죄많은 비극은 에릭에게 두려움을 안겨주었다. 그 용서 없는 법칙, 신의 우주에서 가장 잔혹하고 신비로운 것, 그것은 죄를 저지른 자의 보복은 죄 없는 자에게로 돌아온다는 것이었다.

　아무리 싸워 보아도 킬머니가 처해진 경우는 사람의 능력으로 어떻게도 할 수 없는 게 아닐까 하는 부정적인 생각이 에릭의 마음에 기어들어 왔다.

　“무서운 이야기군요.”

　에릭은 퉁명스럽게 말하고 일어나자 울창한 가문비나무숲이 그림자를 던지고 있는 낡은 부엌을 정신없이 왔다갔다 했다.

　“그렇습니다. 만일 킬머니의 어머니가 고집스럽게 말을 하지 않아서 킬머니가 벙어리가 된 게 사실이라면 말씀하신 대로 우리는 어쩔 수 없지요.

　그러나 이모님이 잘못 생각하신 것인지도 모릅니다. 말도 안 되는 우연의 일치였을 뿐인지도 모르잖습니까? 틀림없이 무언가 다른 방법이 있을지도 모릅니다. 아무튼 무조건 해봐야 합니다.

　퀸슬리에서 개업하고 있는 의사 친구가 있습니다. 데이비드 베이커라고 하는데, 목과 목소리에 대해 아주 숙련된 전문가입니다. 이리로 오게 해서 킬머니를 진찰하도록 부탁하겠습니다.”

　“좋도록 하세요.”

　재닛은 승낙했지만, 그 단호한 말투에는 전혀 희망이 없으며 불가능한 일을 해볼 기회를 에릭에게 주었을 뿐인 듯했다.

"베이커 박사에게는 어째서 킬머니가 말을 하지 못하는지 또는 어째서 말을 하지 못한다고 생각하는지, 그 까닭을 이야기해야만 합니다."

재닛의 얼굴이 긴장했다.

"꼭 이야기해야만 하나요, 선생님? 아, 모르는 사람에게 털어놓기는 너무 괴롭군요."

"걱정하시지 않아도 좋습니다. 용태를 판단하는 데 꼭 필요한 점만 말하는 것이니까요.

킬머니가 벙어리인 것은 태어나기 전 몇 개월 동안 어머니가 병적인 정신상태에 있었으므로 결국 어떤 심각한 개인에 관계된 원한이 있었으므로 완고하게 말을 잇지 않았기 때문이라고 하면 충분합니다."

"그럼, 좋다고 생각되는 대로 해주세요, 선생님."

재닛은 분명 킬머니에게 무엇을 해도 효과가 없다고 생각하는 모양이었다.

그러나 에릭이 킬머니에게 이제부터 하려는 일을 이야기하자 그녀의 얼굴이 희망에 찬 장밋빛으로 빛났다.

킬머니는 열심히 썼다.

'오, 그분이 과연 내가 말을 하도록 도와줄 수 있을까요?'

"잘은 몰라요, 킬머니. 그렇게 될 수 있도록 우리 간절히 기도합시다. 게다가 베이커 박사는 사람의 힘이 미치는 한 훌륭한 기술을 알고 있어요.

만일 그 결함이 없어진다면 나와 결혼한다고 약속해 주겠어요, 사랑스러운 킬머니?"

킬머니는 고개를 끄덕였다. 그 위엄 있는 조그만 몸짓에는 신성한 약속에 대한 장엄함이 담겨 있었다.

그녀는 다음과 같이 썼다.

'네, 다른 여자들처럼 말할 수 있게 된다면 나는 당신과 결혼하겠어요.'

데이비드의 의견

데이비드 베이커는 다음주에 린제이로 왔다. 에릭이 학교에 가 있는 오후에 도착했다.

에릭이 돌아와 보니 데이비드는 겨우 한 시간 동안에 윌리엄슨 아주머니의 마음을 사로잡았고, 티머시와 친해졌으며, 로버트 노인과 허물없는 친구 사이가 되어 있었다.

그러나 2층 방에 단둘이 있게 되자 데이비드는 더듬더듬 에릭을 보았다.

"자, 에릭, 대체 이게 어찌된 일인지 감추지 말고 모두 말해 주게. 어떤 곤경에 빠졌다는 건가?

자네 편지에 친구된 보람으로 곧 와달라고 씌어 있기에 허둥지둥 달려왔더니 자네 자신은 기막히게 건강해 보이지 않는가. 어째서 나를 여기까지 불러왔는지 설명해 주게나."

에릭은 조용히 말했다.

"나는 다른 사람에게는 말할 수 없는 부탁이 있어요, 데이비드 형님. 편지에는 자세한 걸 쓸 마음이 들지 않았지요.

나는 린제이에서 어떤 소녀를 만나 나도 모르게 그녀를 사랑하게 되었어요. 마음을 굳히고 결혼해 달라고 했더니 그녀도 나를 좋아하지만 벙어리이기 때문에 안 된다면서 거절했어요.

데이비드 형님이 그녀를 진찰하여 그 원인을 알아내어 고칠 수 있을지 어떨지 봐주었으면 합니다.

다른 사람의 말을 모두 알아듣고 다른 기관은 모두 완전하게 정상이에요. 증세를 좀 더 잘 알 수 있게 하기 위해 이 소녀 신상에 대해 주된 점만 이야기해 주겠어요."

에릭이 이야기해 나가는 동안 데이비드는 친구의 얼굴에 담긴 눈길을 주시하고 진지하게 귀기울이고 있었다.

에릭이 신분이 아리송한 벙어리 아가씨를 사랑하게 되었다는 말을 듣고 느낀 놀라움과 낙담을 데이비드는 얼굴에 나타내지 않았다. 게다가 이 이상한 증상은 데이비드의 직업적인 흥미를 부추겼다.

이야기를 다 듣고 나자 데이비드는 주머니에 손을 집어넣고 말없이 여러 번 방안을 왔다갔다 하더니, 마침내 에릭 앞에서 걸음을 멈춰섰다.

"그렇다면 내가 훨씬 전부터 예언했던 일을 한 거로군. 구혼하러 갈 때 상식을 잊어버리고 놓아둔 채 간 거야."

에릭은 나직이 대답했다.

"잊긴 했지만, 나는 상식보다 더 좋고 훌륭한 걸 가져갔죠."

데이비드는 어깨를 으쓱했다.

"그것을 내게 납득시키기는 쉬운 일이 아닐 걸세, 에릭."

"아니, 조금도 어려울 것 없어요. 형님을 곧 납득시키는 방법은 내게 오직 하나뿐이죠. 그것은 킬머니 고든 자신이에요.

그러나 지금은 내가 현명한지 어떤지 하는 문제는 그만 접어두기로 해요. 내가 알고 싶은 것은—내가 지금 설명한 일을 형님은 어떻게 생각하느냐는 겁니다."

데이비드는 사려 깊게 얼굴을 조금 찌푸렸다.

"어떻게 판단해야 좋을지 모르겠네. 정상적으로 볼 예는 아니지만, 전례가 없는 건 아닐세. 태아기의 영향이 이와 비슷한 결과를 가져다준 경우의 기록이 몇 가지 남아 있지.

어느 경우에 나왔었는지 어떤지 지금은 얼른 기억나지 않는군. 좋아, 그 아가씨를 어떻게 도와줄 수 있을지 우선 좀 만나 보세. 진찰해보기 전에는 더 이상 아무 말도 할 수 없네."

다음날 아침 에릭은 데이비드를 고든 씨네 집으로 데려갔다.

해묵은 과수원으로 가까이 다가갔을 때 나뭇진 향기가 감도는 가문비나무숲 사이로 음악소리가 흘러왔다. 거리낌 없는 슬픔이 어렸으며 호소하는 듯한 외침이 이루 형언할 수 없는 비애에 가득차 있으면서도 놀랍도록 달콤했다.

데이비드가 소스라치게 놀라며 외쳤다.

"저게 뭔가?"

"킬머니가 바이올린을 켜고 있는 거예요. 그 방면에 비범한 재능이 있어 기막히게 훌륭한 곡을 즉흥적으로 연주하죠."

두 사람이 과수원에 다다르자 킬머니가 낡은 벤치에서 일어나 맞았다. 아름답게 반짝이는 눈을 커다랗게 뜨고 희망과 불안이 뒤섞인 흥분으로 얼굴이 발그레져 있었다.

데이비드가 멍하니 중얼거렸다.

"오, 이게 어찌된 일인가!"

놀라움을 감추려 하지 않는 데이비드를 보고 에릭은 빙그레 미소지었다. 에릭은 친구가 바로 조금 전까지도 자기를 미친 사람과 마찬가지로 여기고 있음을 알고 있었던 것이다.

"킬머니, 이분은 친구 베이커 박사요."

킬머니는 미소를 띠며 손을 앞으로 내밀었다. 킬머니가 한무더기의 백합꽃 옆에 선 모습은 동생들에게 둘러싸여 있는 듯한 인상을 주어, 아침햇살을 받으며 서 있는 그녀의 모습에는 남자를 깜짝 놀라게 하는 데가 있었다.

자기 자신에게 빠지는 일이 없고, 여성에 관한 한 언제나 유창한 말로 한몫하는 데이비드가 초등학교 학생처럼 겁먹고 굳어서 킬머니의 손 위로 몸을 굽혔다.

그러나 킬머니 쪽은 보기만 해도 사랑스럽게 마음을 놓고 있었다. 그 태도에 귀엽고 부끄러워하는 모습은 있었지만, 머뭇거리거나 하는 흔적은 조금도 보이지 않았다.

에릭은 킬머니가 처음 그를 만났을 때의 일이 생각나 빙그레 웃었다. 그때로부터 킬머니가 얼마나 진보했는가를 에릭은 갑자기 깨달았다.

킬머니가 따라오라고 손짓으로 알리고 나무 오솔길 쪽으로 과수원을 안내해 가자 두 남자는 그 뒤를 따라갔다.

데이비드가 낮은 목소리로 속삭였다.

"에릭, 저 여자는 정말 이루 말할 수 없이 아름답군! 어젯밤에는 자네가 제정신인가 하고 의심했었네만, 솔직히 말한다면 지금은 무척 부럽네. 저토록 아름다운 여자는 처음 보았는걸."

에릭은 데이비드를 고든 씨 남매에게 소개한 다음 급히 학교로 갔다.

고든네 집으로 가는 오솔길 도중에서 닐을 만났는데, 이 이탈리아 젊은이가 증오에 불타는 눈으로 노려보았으므로 에릭은 적이 놀랐다.

순간적인 놀라움에 이어 가련함을 느꼈다. 닐의 얼굴은 마르고 여위었으며, 눈이 움푹 꺼지고 열을 띠어 번쩍이고 있었다. 맨 처음 시냇가에서 만났던 때로부터 몇 살이나 나이든 사람처럼 보였다.

"닐, 우리 친구가 되세. 내가 자네를 괴롭히는 원인이 되었다면 정말 미안하게 생각하네."

닐은 격렬하게 말했다.

"친구라고요? 누가 친구가 되겠다고 했소? 당신은 나로부터 킬머니

를 빼앗아버렸소. 언제까지나 당신을 증오할 테요. 이제부터 복수해 보일 테니 두고봐요."

닐은 거칠게 오솔길을 성큼성큼 걸어가 버렸다. 에릭은 어깨를 으쓱하고 닐과 만났던 일을 머리에서 내쫓으려 하며 계속 걸어갔다.

에릭에게 그날은 끝없이 길게 느껴졌다. 점심 식사를 하려고 돌아왔을 때에도 데이비드는 아직 돌아와 있지 않았다. 저녁 때 자기 방에 들어가 보니, 친구가 창문 밖을 내다보고 있었다.

데이비드가 그쪽으로 빙글 돌아섰으나 여전히 아무 말 없는 것을 보고 에릭은 더 기다릴 수 없어 초조해 물었다.

"자, 내게 뭐라고 말해줄 건가요? 이 이상 불안한 상태에 나를 붙잡아두지 말아줘요. 오늘은 1천 년만큼이나 여겨지더군요. 킬머니의 나쁜 점을 알아냈나요?"

"아무 데도 나쁘지 않아."

데이비드는 무거운 목소리로 대답하고 창가 의자에 털썩 앉았다.

"그건 어떻다는 건가요?"

"내 말 그대로일세. 그녀의 목소리 기관은 모두 완전해. 기관에 관한 한 말을 하지 못할 이유는 결코 없는 걸세."

"그렇다면 어째서 말을 하지 못하는 거죠?"

"재닛 고든이 이야기했듯 나도 킬머니의 어머니가 말하지 않으려 했기 때문이라고밖에 대답할 수 없네. 그렇게 생각할 수밖에 없어. 가끔 병은 심리적인 것이지 육체적인 게 아닐세.

거기에는 의사로서도 손들 수밖에 없네, 나와 같은 직업을 가진 나보다 훌륭한 사람들도 있지만—솔직히 말해서 에릭, 그 사람들에게 의논해 본다 해도 나와 같은 말밖에 하지 못할 거라고 여겨지네."

에릭은 절망했다.

"그렇다면 가망이 없군요. 도저히 어떻게도 할 수 없는 건가요?"

데이비드는 자기가 앉아 있는 의자 등에서 사자가 뒷다리로 서 있는 십자수가 한가운데에 놓여진 의자덮개를 집어들어 무릎 위에 펴놓았다.

데이비드는 그 수예품을 노려보며 말했다.

"나로서는 어떻게도 할 방법이 없네. 어떤 사람일지라도 아무 손쓸 길이 없으리라고 생각해. 다만 전혀—저—가망이 전혀 없는 건 아닐세."

"데이비드 형님, 나는 지금 수수께끼풀이를 할 기분이 아닙니다. 분명히 말해줘요. 나를 안타깝게 만들지 말아줘요."

데이비드는 마음놓이지 않는 듯 얼굴을 찡그리고 온갖 짐승들 왕의 눈이 되어 있는 구멍에 손가락을 푹 쑤셔넣었다.

"자네가 분명하게 알 수 있도록 말할 수 있을지 어떨지 모르겠네. 나도 그리 확실히 알지는 못해. 게다가 막연한 내 이론에 지나지 않아서 사실로 입증할 수는 없다네.

에릭, 마침내 킬머니는 언젠가 말하게 되리라고 생각하네—절실하게 말해야겠다고 생각할 때 말일세."

"절실하게 바란다고요? 하지만 형님, 킬머니는 지금이야말로 절실하게 바라고 있어요. 나를 진정으로 사랑하는데도 말을 못해서 결혼하지 못하니 말이에요.

저런 상태에 놓인 처녀가 다른 누구보다도 절실하게 말하고 싶은데 무의식은 '바라지 않는다'고 여긴단 말인가요?"

"아닐세. 내가 말하는 것은 비록 아무리 소망이 강하다 할지라도, 그런 종류의 소망은 아닐세. 내 말은 격렬한 심리적·정신적·지능적—이 모두를 하나로 합한 것으로서 킬머니의 말을 묶어 놓고 있는 눈에 보이지 않는 형구(刑具)를 끊어 버릴 만큼 강력한 욕구의 갑작스러운 난입을 말하는 걸세.

그와 같은 욕구가 불러일으켜지는 경우가 일어나면 킬머니는 말하게 될 거라고 믿네—그리고 일단 말을 하면 그 다음은 그 점에 관한

한 정상이 될 걸세―그래, 꼭 처음의 그 한마디만 하면 되네."

에릭은 초조해서 말했다.

"그런 말은 모두 내게 아무 의미도 없어요. 형님은 자기가 하는 말의 요점을 알고 있겠지만 나는 모르겠어요.

그건 어찌되었든 킬머니에게―또는 내게 아무 희망도 없다는 겁니까? 비록 형님 이론이 옳다 하더라도 그런 기적은 일어날 것 같지도 않아요. 그렇다면 킬머니는 나와 결혼해 주지 않을 거예요."

"그렇게 간단히 단념하지 말게. 여자가 마음을 돌렸다는 기록이 있잖은가?"

에릭은 비참한 목소리로 말했다.

"킬머니 같은 여자는 안 돼요. 킬머니는 어머니에게서 물려받은 단호한 의지와 목적에 대한 인내심을 지니고 있어요. 하기야 오만하다든가 멋대로 구는 점은 전혀 없지만요.

동정과 관심을 보여주어서 고마워요. 할 수 있는 데까지 모든 걸다해준 것이니까요. 아, 그러나 만일 그 사람을 도울 수 있었다면 얼마나 좋을까요!"

신음소리와 함께 에릭은 의자에 털썩 몸을 던지고 두 손에 얼굴을 묻었다. 에릭에게 그것은 죽음의 고통과도 같은 순간이었다.

자신은 실망에 대한 마음의 준비가 되어 있는 줄로 여겼었다. 그러나 자기의 희망이 얼마나 강한 것이었는지 실제로 그것을 빼앗겨 보고서야 비로소 알았다.

데이비드는 한숨을 쉬고 십자수 의자덮개를 본디자리로 되돌려놓았다.

"에릭, 솔직하게 말해서 어젯밤에는 내가 만약 이 소녀를 도울 수없다면 자네에 관한 한 이토록 좋은 일은 없으리라고 생각했었네. 그런데 그녀를 만나본 뒤로―그래, 그녀에게 도움되는 일이라면 내 오른손을 주어도 좋을 정도로 여기고 있네.

우리가 그녀를 말할 수 있도록 만들기만 한다면, 그녀야말로 자네의 아내여야 할 여성일세. 그래, 맞았어.

자네 어머니에 대한 추억에 대고 맹세하지. 그녀에게 납득시킬 수만 있다면 말을 할 수 있건 없건 그녀야말로 자네의 아내가 될 사람일세."

"그녀는 납득하지 않아요. 안 돼요, 형님. 이제 나는 그녀를 잃은 거예요. 나에게 이야기한 일을 그녀에게도 말했나요?"

"나로서는 어떻게도 할 수 없다고 이야기했네. 내 이론에 대해서는 아무 말도 하지 않았지. 말해도 아무 소용없는 일이니까."

"그녀는 어떻게 받아들였죠?"

"아주 용감하게 조용히—'명랑한 여성처럼' 받아들이더군.

그러나 그녀의 그 절망에 빠진 눈망울은—에릭, 나는 뭔가 사람을 죽이기라도 한 것 같은 심정이었어. 그녀는 보기에도 어색한 미소를 띠며 나에게 말없는 작별을 하고는 2층에 올라가 다시는 모습을 보이지 않았네.

나는 그녀 외삼촌으로부터 점심 식사 초대를 받았네. 고든 씨 남매는 색다른 노인들이더군. 나는 그 사람들이 마음에 들었네. 강하고 믿음직해—친구로서는 좋고, 적으로 돌리면 다루기 힘들 테지.

내가 킬머니를 어떻게도 할 수 없음을 두 분 다 무척 유감스럽게 여겼으며, 내가 숙명이 하는 일에 끼어들었다고 토머스 노인이 생각하는 걸 똑똑히 알아볼 수 있었네."

에릭은 억지로 미소 지었다.

"나는 킬머니를 만나러 갔다 와야겠어요. 실례해도 괜찮겠지요? 책은 거기에 있으니—마음대로 보고 있어 줘요."

그러나 고든네에 이르러보니 재닛밖에 만날 수 없었으며, 킬머니는 자기 방에 틀어박혀 에릭을 만나지 않겠다고 한다는 것이었다.

재닛은 작은 종이쪽지를 건네주었다.

"틀림없이 오실 테니 이걸 건네드리라고 하더군요, 선생님."
글귀는 아주 짧았으며 눈물로 번져 있었다.

　이제는 더 이상 오지 마세요, 에릭. 나는 당신을 만나뵐 수 없어
요. 만나면 둘 다 더욱 괴로워지기만 할 테니까요.
　당신은 이곳을 떠나 나에 대한 일을 잊어야 해요. 언젠가는 그러
기를 잘했다고 생각하게 될 거예요.
　나는 언제까지나 당신을 잊지 않고 사랑하며 당신을 위해 기도
드리겠어요.

킬머니로부터

　에릭은 필사적으로 말했다.
　"무슨 일이 있어도 킬머니를 만나야 합니다. 재닛 이모님, 내 편이
되어주십시오. 킬머니에게 잠깐 동안이라도 나를 만나야 한다고 해
주십시오."
　재닛은 힘없이 고개를 저었으나 2층으로 올라갔다. 곧 다시 돌아오
더니 그녀는 말했다.
　"그 아이는 내려올 수 없다고 해요. 그렇게 결심했으니 아무리 말해
도 소용없어요.
　나도 그 아이의 말이 옳다고 생각해요. 선생님과 결혼하지 못하는
이상 그 아이는 선생님을 만나지 않는 편이 좋아요."
　에릭은 이 말을 듣고 돌아와야만 했다.
　이튿날은 토요일이므로 에릭은 아침에 데이비드를 역까지 마차로
바래다주었다. 한잠도 자지 않고 너무나도 비참하고 형편없는 모습이
어서 데이비드는 걱정되었다.
　데이비드는 2, 3일 린제이에 더 머물러 있고 싶었으나 위험한 상태
에 놓인 환자가 퀸슬리로 급히 돌아와 달라고 했으므로 그렇게 할

수밖에 없었다.

역 플랫폼에서 데이비드는 에릭과 악수했다.

"에릭, 학교를 그만두고 어서 돌아와. 이제는 린제이에 있어도 아무 소용 없는 일이고, 여기서 있어봐야 혼자 속만 상할 뿐 아니겠나."

"여기를 떠나기 전에 한 번 더 킬머니를 만나야 해요."

에릭은 다만 그렇게 대답할 따름이었다.

그날 오후, 에릭은 다시 고든 씨네로 갔다. 그러나 결과는 마찬가지였다. 킬머니는 그와 만나기를 거절했다.

토머스 고든이 위엄 있는 목소리로 말했다.

"선생, 나는 선생을 좋아하니까 킬머니가 저런 생각을 갖고 있는 것을 유감스럽게 생각하오. 하긴 저 아이의 생각이 옳은지도 모르지요.

나는 가끔 선생을 보고 싶고 만날 수 없다면 퍽 섭섭할 거요. 그러나 이렇게 된 이상 분명히 말하겠는데, 선생은 이제 여기에 오지 않는 편이 좋겠소.

온다 해도 아무 소용없고 선생도 저 아이도 빨리 서로의 일을 단념하면 그만큼 두 사람을 위해 좋지요. 자, 이만 돌아가시오. 하느님의 축복이 있기를 빌겠소."

에릭은 쉰 목소리로 말했다.

"지금 나에게 말씀하신 게 어떤 일인지 아십니까?"

"선생을 위해 매우 어려운 말을 한다는 것은 알고 있지요. 킬머니의 마음이 바뀌는 일은 없을 게요. 전에도 여자의 고집에 대해 겪은 일이 있으니까요.

재닛, 울지 마라. 너희들 여자란 참 바보스럽군. 눈물로 이런 일이 씻겨진다고 생각하니? 아니지, 눈물로는 죄도 그에 대한 보상도 없앨 수 없어.

하나의 죄가 퍼져서 크게 되어가고, 나중에는 그 죄인이 죽고 아주 오랜 세월이 지난 뒤까지도 죄없는 생명을 조금씩 파먹는 것을 생각하면 정말이지 끔찍하오.

　선생, 내 충고를 들어준다면 되도록 빨리 린제이 학교를 그만두고 자신의 세계로 돌아가야 해요."

끊어진 죄

Chang-kye

에릭은 핼쑥하고 여윈 얼굴로 돌아왔다. 몇몇 사람들이 느끼는 치명적인 고통을 자기가 겪게 되리라고는 전혀 생각하지 못했었다.

어떻게 하면 좋단 말인가? 인생을 계속 살아가기는 불가능할 것으로 여겨졌다. 킬머니로부터 떠난 인생은 없는 것이나 다름없었다. 고뇌는 영혼을 잡아두고, 끝내는 그에게서 살아갈 힘마저 빼앗아 청춘과 희망이 가슴속에서 매우 혐오스러운 것으로 변하게 했다.

다음 일요일을 어떻게 지냈으며 월요일에 어떻게 여느 때와 다름없이 학교에서 아이들을 가르쳤는지 에릭은 알 수 없었다. 사람이 얼마나 괴로워할 수 있으며, 더욱이 여전히 살아 있는 한 일을 이어 갈 수 있다는 것을 에릭은 한참 뒤에서야 깨달았다.

육체는 기계적으로 움직이고 이야기하는 자동기계일 뿐이며, 그의 정신은 영원토록 흔적을 남기는 고통에 견디고 있는 그 속에 갇혀버린 슬픈 책들을 넣어둔 창고에 지나지 않는 것으로 여겨졌다.

그 고뇌의 용광로에서 에릭 마셜은 소년시절을 영원히 뒤에 남기고 장래를 내다보며 인생을 깊이 바라보는 눈을 갖고 인생에 맞설 운명에 맞닥뜨렸다.

화요일 오후는 이 지방에 장례식이 있었으므로 다행히 학교 수업이 없었다.

에릭은 또다시 해묵은 과수원으로 나갔다. 거기서 킬머니를 만나게 되리라고는 바라지 않았다. 킬머니는 에릭을 만나지 않도록 그 자리를 애써 피할 것이기 때문이다.

그러나 에릭은 과수원에서 멀리 떨어질 수가 없었다. 물론 그 생각을 하기만 해도 고통은 더해졌지만.

두 번 다시는 과수원을 보고 싶지 않다는 강한 소망과, 거기에서 어떻게 멀리 떠날 수 있겠는가 하는 미련 사이에서 왔다 갔다 갈등하니 떠올리기만 해도 가슴이 아팠다. 그 이상한 과수원, 여기에서 자기는 연인을 만났고 구혼했으며, 그녀가 자기 눈앞에서 신기한 꽃잎처럼 서서히 열리는 것을 지켜보았다. 그녀는 불과 석 달 동안에 어여쁜 어린 시절로부터 더욱 아름다운 여성으로 탈바꿈한 것이다.

가문비나무숲 바로 앞에 있는 목장을 가로질러 가자 닐이 울짱을 만들고 있었다. 에릭이 지나가도 닐은 얼굴도 들지 않고 불쾌한 표정으로 울짱을 계속 때려박고 있었다.

지난번 에릭은 닐을 가엾게 여겼었다. 이번에도 동정하는 마음이 솟는 것을 느꼈다. 닐은 지금의 자기와 같은 괴로움에 허덕였을까? 에릭은 새로운 단체에 입회했으며 그곳 회원권 이름은 '고뇌'였다.

과수원은 쥐죽은 듯 조용하고, 9월 오후 짙고 깊은 빛깔의 햇빛을 받아 꿈결에 본 듯했다. 햇빛은 여름이 숲이며 들에 아껴서 모아두었던 모든 냄새 가운데 그 정수(精髓)만을 뽑아내는 힘을 갖고 있는 듯이 보였다.

지금은 꽃도 적고 2,3일 전까지 오솔길 한복판에 그토록 용감하게 군림했던 백합도 대부분 시들어 있었다. 풀은 무성했고 날카로웠으며 보기 흉했다.

그러나 한 구석에서는 기린초 횃불에 불이 켜지려 하고, 저녁놀 같은 탱알꽃이 여기저기에서 고개를 끄덕이고 있었다.

독특하고 신비로운 매력이 깃들어 있는 이 과수원은 아득한 옛날에 한창 젊은 때를 지났는데도 아직 옛날을 생각케 하는 아름다움과, 태어날 때부터 타고난 불멸의 사랑스러움을 지닌 여성을 떠오르게 했다.

에릭은 귀찮은 듯 무관심한 태도로 돌아다니다가 마침내 쑥 내밀어진 가문비나뭇가지 뒤 반쯤 망가져가는 울짱 널빤지에 걸터앉았다.

여기서 에릭은 짜릿하고 조금 씁쓸하며 달콤함을 지닌 몽상에 잠기기 시작했다. 그 속에서 에릭은 처음으로 킬머니를 만난 뒤로 과수원에서 일어난 모든 일들을 돌이켜 생각하고 있었다.

너무나도 깊은 추억에 잠겨 있었으므로 에릭은 자기 주변에 있는 일은 아무 것도 의식하지 못했다. 울창한 가문비나무숲에서 그의 등 뒤로 살금살금 소리죽여 다가오는 발소리도 들리지 않았고, 벚꽃나무 오솔길 모퉁이를 천천히 걸어오는 킬머니의 모습조차도 눈에 들어오지 않았다.

킬머니는 가슴의 쓰라림을 아물게 할 수 있다면 좋겠다고 생각하며 해묵은 과수원으로 나왔다. 그 시각에 에릭을 만날지도 모른다는 걱정은 하지 않았다. 장례식 때 수업을 쉬는 지방 풍습을 알지 못했기 때문이다.

저녁에는 결코 나가려고 생각지 않았지만 끊임없이 에릭을 그리워하고 있었다. 지금의 킬머니에게는 과수원과 자기가 갖고 있는 추억 밖에 아무 것도 남아 있지 않았다.

이 2, 3일 동안에 여러 해가 지난 듯 여겨졌다. 킬머니는 고통의 물을 마시고 슬픔의 빵을 먹었다.

얼굴은 핼쑥해지고 바짝 긴장되었으며, 크고 슬퍼 보이는 커다란 눈밑에 파랗고 투명한 그림자가 어려 있었다. 눈에서는 소녀시절의 꿈과 웃음이 모두 없어져 버리고, 슬픔과 인내의 강한 감정만이 나타나 있었다.

그날 아침 아침 식사 테이블에서 킬머니를 본 토머스는 불길한 얼굴로 고개를 저었다.

그는 생각했다.

'이 아이는 견디어내지 못하겠구나. 이 세상에 그리 오래 있지 못할 것이다. 차라리 그편이 좋을지도 모르지.

가엾어라. 그 젊은 선생이 코노르의 과수원에도 그리고 이 집에도 발을 들여놓지 않았더라면 좋았을 것을. 마거릿, 마거릿이여, 태어나기도 전 일어났던 죄값을 네 아이가 받아야 하다니 너무 무참하구나.'

킬머니는 꿈을 꾸는 듯 멍한 상태로 오솔길을 천천히 걸어왔다. 오솔길이 과수원으로 이어지는 울짱 틈 사이까지 왔을 때 킬머니는 얼굴이 새파랗게 질리며 수그렸던 얼굴을 들었다.

과수원 저편 끝 나무숲 그늘에 머리를 두 손으로 받치고 앉아 있는 에릭의 모습이 눈에 들어왔다. 킬머니는 소스라치게 놀라 걸음을 멈추었고 순식간에 피가 얼굴로 치달았다.

다음 순간 열기가 싹 가시고 그녀는 대리석처럼 하얘졌다. 두려움이 눈에 퍼졌다. 두 개의 파란 물웅덩이에 퍼지는 먹구름의 그림자와도 같은 무시무시한 공포스러운 빛이었다.

에릭의 등 뒤에 닐이 몹시 긴장하여 살기등등하게 몸을 웅크리고 있었다. 킬머니가 있는 곳에서도 닐의 모습을 알아볼 수 있었으며 손에 무엇을 들고 있는지도 보였으므로, 순간적으로 그것이 무엇을 뜻하는지를 그녀는 알아차렸다.

이러한 일들은 모두 한순간에 킬머니의 머릿속에 아로새겨졌다. 과수원을 달려가 에릭에게 위험을 알려 주게 되면 눈 깜짝할 사이에 일은 벌어져 이미 늦어지고 만다. 그러나 에릭에게 알려야만 한다—알

려야만 한다!

강한 욕구의 큰 물결이 킬머니의 몸속에서 솟구쳐 거센 파도와도 같이 그녀를 압도했다. 그 어느 것도 저항할 수 없는 힘으로 밀려오는 집채만 한 파도였다.

닐이 집념의 귀신이 되어 들고 있던 도끼를 재빨리 치켜올렸을 때, 킬머니는 울짱 틈 사이에서 앞으로 뛰쳐나갔다.

"에릭, 에릭! 뒤를 봐요! 뒤를 봐요!"

과수원에 울려 퍼지는 비명과도 같은 목소리를 들은 에릭은 놀라며 후다닥 일어났다. 자기의 이름을 부른 사람이 킬머니라는 것은 조금도 알아차리지 못했지만 본능적으로 그 명령에 따랐다.

홱 돌아보자 닐이 있었다.

닐은 에릭을 보지 않고 그 눈은 에릭을 지나 킬머니를 보고 있었다. 이탈리아 소년의 얼굴은 잿빛이 되었고 눈에는 두려움과 믿을 수 없다는 표정이 어지럽게 퍼져 있었다. 초자연적인 무언가가 갑자기 끼어들어 옴으로써 자신의 살인 목적이 저지된 것과도 같은 얼굴이었다.

킬머니의 외침을 듣고 떨어뜨린 발밑에 있는 도끼가 모든 것을 이야기해 주고 있었다.

그러나 에릭이 뭐라고 말할 겨를도 없이 닐은 사람이라기보다는 야수에 가까운 고함을 외치며 쫓기듯 가문비나무숲 속으로 도망쳐 들어갔다.

한순간 뒤 킬머니는 눈물에 젖은 미소로 빛나는 얼굴로 에릭의 품에 몸을 던졌다.

"오, 에릭, 나는 말을 할 수 있어요. 이제 말할 줄 안다니까요! 오, 너무 멋있어요! 에릭, 나는 당신이 너무너무 좋아요. 너무 좋아요!"

닐은 어디로

토머스 고든은 매우 감동된 목소리로 말했다.

"기적이다!"

에릭과 킬머니가 기쁨과 놀라움에 어린아이처럼 손을 잡고 뛰어들어와 지금 막 일어난 일을 헐떡이며 토머스와 재닛에게 모두 이야기해 주자 토머스는 처음에 그렇게 말했던 것이다.

"아, 몹시 이상한 일이긴 하지만 기적은 아닙니다. 이런 일이 일어날지도 모른다고 데이비드 형님이 말했답니다. 데이비드 형님이 여기에 있다면 모든 걸 설명해 드릴 겁니다만."

에릭이 말하자 토머스는 고개를 저었다.

"글쎄요, 어떨까요, 선생─그분이든 다른 누구든, 어째서일까요. 내게는 기적이나 마찬가지요.

죄 없는 자에게서 저주를 제거해 주신 하느님께 공손한 마음으로 조심스럽게 감사의 기도를 드리기로 합시다. 그 의사는 뭐라고 하든 좋을 대로 말할 수 있겠지만, 그러나 그 사람들도 이 이상의 설명은 할 수 없을 거라고 생각되는군요. 놀라운 일이오.

재닛, 나는 마치 꿈을 꾸는 것 같구나. 정말 킬머니가 말을 할 줄 알게 되었을까?"

킬머니는 기쁜 듯 에릭 쪽을 물끄러미 바라보며 말했다.

"할 줄 알고말고요, 외삼촌. 오, 어떻게 말을 할 수 있게 되었는지 나 자신도 모르겠어요. 무슨 일이 있더라도 말해야 한다고 생각했어요. 그리고 말문을 열었죠.

지금은 문제없어요. 본디부터 말을 할 수 있었던 것 같은 기분이에요."

킬머니는 자연스럽고 또렷하게 말하고 있었다. 오직 한 가지 힘드는 일은 목소리에 알맞게 억양을 붙이는 일이었다. 때로 너무 높아졌는가 하면 또 너무 낮아졌다.

그러나 그것은 곧 완전히 조절할 수 있게 될 게 분명했다. 아름다운 목소리였다.

킬머니는 에릭에게 소곤거렸다.

"오, 내가 맨 처음으로 입에 올린 말이 당신 이름이어서 기뻤어요."

너무 놀라 허탈한 상태에서 겨우 정신을 차린 토머스는 엄하게 물었다.

"그런데 닐은 어떻게 되었지? 다른 쪽으로 본다면, 이건 너무나 슬픈 일이야."

에릭은 너무나도 큰 놀라움과 기쁨으로 닐에 대한 일을 거의 잊고 있었다. 갑자기 횡사를 모면한 일이 아직도 머릿속에 정리될 겨를이 없었다.

"우리는 닐을 용서해 주어야만 합니다, 고든 씨. 나는 자기 자신으로부터 킬머니를 빼앗은 남자에게 어떤 심정을 갖게 되는지 잘 알고 있습니다.

너무 고통스러워 충동적으로 나쁜 유혹에 지고 만 것입니다. 그리고 그 덕분에 어떤 좋은 결과가 되었는지 보십시오."

"그건 그렇소, 선생. 그러나 그 아이가 마음속으로 살인을 저질렀다는 끔찍스러운 사실—선생을 하마터면 죽일 뻔했었던 사실은 변하지 않소.

하느님은 실제로 죄를 저지르는 일에서 구해 주셨고, 악에서 선을 가져다 주셨소. 그러나 닐은 생각도 그 목적도 너무 죄가 커요. 우리는 그 아이를 지금까지 잘 보살펴주었고, 가족으로 여기며 사리에 대한 분별을 가르쳐 왔는데—아무리 결점이 있어도 사랑해 줬는데 말이오.

이건 어려운 일이오. 나는 어떻게 해야 좋을지 모르겠소. 그러나 아무 일도 없었던 것처럼 행동할 수는 없소. 다시는 그 아이를 믿을 수 없소."

그러나 닐은 스스로 이 문제를 풀었다.

그날 밤 에릭이 집에 돌아와 보니, 역까지 갔던 로버트 노인이 부엌 문께에서 빵과 치즈로 식사를 즐기고 있는 참이었다. 검은 벨벳처럼 조리대에 앉아 있는 티머시는 던져주는 갖가지 음식을 한입씩 처리하는 작업에 여념이 없었다.

"어서 와요, 선생. 거의 여느 때의 선생으로 돌아온 듯 보여 다행이오. 나는 집사람에게 이렇게 말했답니다. 뭐, 연인끼리 있을 만한 싸움에 지나지 않을 거라고요. 집사람도 선생 일을 무척 걱정했었지요.

그렇지만 그 사람은 어떻게 된 일이냐고 묻기를 좋아하지 않아요. 집사람은 끊임없이 남의 일에 끼어드는 귀찮은 사람들과 다르답니다. 그런데 고든 씨 댁에서 오늘 저녁 무슨 소동이 있었나요, 선생?"

에릭은 깜짝 놀랐다. 어떻게 이토록 빨리 로버트 노인의 귀에 들어왔단 말인가?

에릭이 되물었다.

"그게 무슨 말씀인가요?"

"우리들 역에 있던 사람들은 닐이 그렇듯 수확열차를 타고 가버리는 것을 보고, 무슨 복잡한 일이 일어난 게 틀림없다는 걸 알았지요."

에릭이 소리쳤다.

"닐이 가버렸다고요? 수확열차로 말입니까?"

"그래요. 오늘 밤에는 수확열차가 나가기로 되어 있었잖소? 오늘 밤 배로 건너는 것이지요─임시편으로 말이오. 이 언저리에서도 여남은 사람들이 갔지요.

우리가 모두 역 둘레에 서서 애기하고 있는데 링컨 프렘 녀석이 전속력으로 마차를 몰고 오더니 닐이 안에서 뛰쳐나오더군요. 차표를 사러 갔는가 싶더니 다시 나와 아무에게도 말하지 않고 악마처럼 무서운 얼굴로 기차에 훌쩍 올라타고 말았소.

우리가 모두 너무 놀라 말도 하지 못하는 사이에 닐은 가버린 것이오. 링컨도 자세한 이야기를 못 들었다더군요.

링컨이 말한 이야기로는 어두워졌을 무렵, 닐이 마치 순경에게 쫓기기라도 하는 듯한 모습으로 그의 집으로 뛰어들어 와 수확열차에 늦지 않도록 역까지 태워다 주면 닐이 소유한 검정 망아지를 60달러에 팔아도 좋다고 말한 모양이오.

그 망아지는 닐의 것으로, 전부터 링컨이 사고 싶어 했지만 닐이 전혀 말을 들어주지 않았었지요.

링컨은 두말없이 승낙했답니다. 닐이 망아지를 끌고 왔으므로 링컨은 곧 마차를 달고 닐을 역까지 데려간 것이지요.

닐은 짐이 하나도 없었고 가는 도중에 한마디 말도 없었다고 링컨은 말했소. 틀림없이 토머스와 무슨 싸움이라도 한 모양이라고 우리는 생각했지요.

선생은 모르시오? 아니면 너무 좋은 사람에게 정신이 빠져 있어서 다른 것은 전혀 들리지도 보이지도 않았던가요?"

에릭은 이것저것 머리를 굴려 생각해 보았다. 닐이 가버렸다는 말을 듣자 사실, 마음이 크게 놓였다. 다시는 돌아오지 않을 테니, 모든 사람에게 두루두루 좋게 되었다. 로버트 노인에게는 적어도 진상의

일부를 가르쳐줘야 한다. 킬머니가 말을 하게 되었다는 것이 곧 모두에게 알려질 테니까.

"오늘 저녁, 고든 씨 댁에서 좀 복잡한 일이 있었습니다. 닐이 나쁜 행동을 해서 킬머니를 몹시 무섭게 했지요.

몹시 두렵게 했으므로 놀라운 일이 일어났습니다. 킬머니는 자신이 말을 할 수 있음을 깨닫고, 이제는 완전히 말을 하게 되었답니다."

로버트 노인은 칼 끝으로 찔러 입에 가져가려던 치즈를 내려놓고 아연실색하여 에릭을 뚫어져라 보았다.

로버트 노인이 소리쳤다.

"원참, 선생, 무슨 그런 터무니없는 말을! 선생은 지금 제정신이오? 아니면 이 늙은이를 얼마나 바보로 만들 수 있는지 시험하는 건가요?"

"아닙니다, 정말입니다. 베이커 박사가 큰 충격을 받으면 고쳐질 수 있을지도 모른다고 말했는데—그 말이 맞았습니다. 닐은 분명 영원히 가버린 모양이니 차라리 잘된 일이라고 생각합니다."

더 이상 이 문제에 대해 이야기하고 싶지 않아 에릭은 부엌을 나왔다. 자기 방으로 층계를 올라가는데 로버트 노인이 어이없다는 듯 투덜거리는 소리가 들렸다.

"정말 이런 일은 이제까지 들은 일이 없군. 한 번도 없어. 티머시, 너는 이런 말을 들어본 일 있느냐?

확실히 고든 집안사람들은 도무지 어떻게 된 사람들인지 알 수 없구나. 그렇게 하려 해도 그들로서는 세상의 여느 사람들과 같은 행동은 할 수 없거든. 아내를 깨워 이 이야기를 해줘야겠어. 도무지 잠이 올 것 같지 않군."

빛나는 미래

·모든 일이 잘 풀렸으므로 에릭은 학교를 그만두고 자기집으로 돌아가고 싶어졌다.

1년 동안 가르치겠다고 '서류'에 서명한 것은 사실이지만, 대신할 알맞은 사람만 있으면 위원회가 사직을 허락해 줄 것으로 알고 있었다.

에릭은 10월의 가을방학 때까지만 가르치고 돌아가기로 결심했다.

킬머니는 두 사람의 결혼식을 다음 해 봄에 올리기로 약속해 주었다. 에릭은 날짜를 좀 더 앞당기고 싶었지만, 킬머니는 상냥한 가운데에도 단호했으며, 토머스와 재닛도 킬머니와 같은 의견이었다.

킬머니가 말했다.

"결혼준비가 다 되기 전에 배워야 할 일이 많은걸요. 그리고 나는 사람들을 만나는 일에 익숙하지 못해요. 얼굴에 나타내지는 않지만, 지금도 낯선 사람을 볼 때마다 아직 무서워요.

이제부터는 외삼촌, 이모와 함께 교회에도 가고 선교사후원회에도 가려고 해요. 그리고 토머스 외삼촌이 당신만 찬성하면 이 겨울 동안 나를 도시에 있는 훌륭한 기숙학교에 넣어주겠다고 하셔요."

에릭은 그 자리에서 안 된다고 했다. 킬머니를 기숙학교에 넣다니 생각만 해도 웃음이 나오지 않을 수 없었다.

에릭은 그녀의 외삼촌과 이모에게 불평했다.

"킬머니가 배워야 할 일을 결혼한 뒤에 배우면 안 되는 까닭을 나로선 모르겠습니다."

그러자 토머스가 화도 내지 않고 차근차근 설명했다.

"그렇지만 우리는 한 해 겨울만 더 저 아이를 우리 곁에 두고 싶소. 저 아이가 가버리면 우리는 몹시 쓸쓸해질 거요, 선생. 저 아이는 단 하루도 우리 곁을 떠난 일이 없으니까요. 저 아이만이 우리의 생활을 밝게 해주었답니다.

저 아이가 오고 싶을 때는 언제나 돌아와도 좋다고 말해 준 건 참으로 친절하지만, 그래도 결혼하면 크게 달라지오. 저 아이는 그쪽 세계 사람이 되어버리고, 우리 세계 사람은 아니게 되지요.

그게 가장 좋은 일이고—내가 바라는 것도 바로 그거요. 그렇지만 이번 한겨울 동안만은 저 아이를 우리와 있게 해주시오."

에릭은 흔쾌히 승낙했다. 결국 린제이는 퀸슬리에서 그리 멀리 떨어져 있지 않으며 배도 기차도 있지 않은가?

재닛이 걱정스럽게 물었다.

"이런 일을 모두 다 아버님께 말씀드렸나요?"

그렇지 않았다. 에릭은 아직 이야기하지 않았다. 그러나 그날 밤 집으로 돌아오자, 아버지 마셜 씨에게 올여름에 일어났던 일들을 하나도 남김없이 편지에 자세하게 써보냈다.

놀란 마셜 씨는 편지의 답장 대신 직접 찾아왔다.

2, 3일 뒤 에릭이 학교에서 돌아오니 아버지가 윌리엄슨 아주머니의 잘 정돈된 얼룩 한 점 없는 깨끗한 응접실에 앉아 있었다.

그러나 차를 다 마실 때까지 에릭의 편지에 대해서는 전혀 입에 올리지 않았다.

단둘이 있게 되자 마셜 씨는 갑자기 말했다.

"에릭, 이 아가씨는 어떻게 된 일이냐? 바보 같은 짓을 한 건 아닐 테지? 편지에 따르면 꽤 그런 점이 보이더라만.

이제까지 내내 벙어리였고—아버지 이름도 말할 수 없는 아가씨로—린제이 같은 고장에서 자란 아가씨라니!

네 아내는 훌륭한 어머니의 자리를 채워야만 한다—더욱이 네 어머니라는 분은 여성 가운데에서도 진주 같은 보석이라고 할 만한 사람이었단다.

이 아가씨에게 그만한 자격이 있다고 생각하느냐? 그런 건 있을 수 없는 일이지! 너는 고작 예쁜 얼굴이나 젖이나 짜는 여자의 싱싱함에 끌린 거야.

네가 학교에서 가르치려고 이런 곳으로 찾아가려는 미친 짓을 시작할 때부터 뭔가 귀찮은 일을 일으킬지도 모른다고 생각했었다."

에릭은 웃으며 말했다.

"아버지, 킬머니를 보시기 전까지는 가만히 기다려주십시오."

"흠, 데이비드도 그런 말을 하더구나. 네 편지를 받고 나는 곧 데이비드에게 갔었다. 이 일과 지난번 데이비드가 까닭을 알 수 없는 채로 여기 왔었던 일이 어떤 관계가 있을 게 틀림없다고 생각했었지.

데이비드가 한 말은 '킬머니 고든을 보시게 될 때까지 기다리십시오' 하는 것뿐이었어.

좋다, 그 아가씨를 볼 때까지 잠자코 기다리지. 그러나 마음 놓아서는 안 될 것이다, 알겠느냐. 그 처녀를 24살의 눈으로 보는 게 아니라 65살의 눈으로 보는 거니까.

그래서 만일 그 아가씨가 네 아내로 알맞지 못하면 너는 그 처녀를 단념하든가 아니면 너 혼자 이 집안에서 나가 마음대로 해라. 나는 네가 바보 같은 짓을 해서 일생을 망치게 되는 것을 도울 수는 없으니까."

에릭은 입술을 깨물었으나 조용히 말했을 뿐이었다.

"함께 가주십시오, 아버지. 지금부터 킬머니를 만나러 가시지요."

두 사람은 큰길과 고든 집안 오솔길을 따라서 걸어갔다. 집에 닿아 보니 킬머니는 없었다.

재닛이 말했다.

"그 아이는 해묵은 과수원에 있어요, 선생님. 그 아이는 그곳을 퍽 좋아해서 틈만 나면 그곳으로 간답니다. 그리로 공부하러 가는 거예요."

두 사람은 앉아서 한참 동안 토머스와 재닛을 상대로 이야기를 나누었다.

두 사람이 집을 나서자 마셜 씨가 말했다.

"나는 저 사람들이 제법 마음에 들었다. 만약 토머스 고든이 로버트 노인 같다면 나는 너의 킬머니를 만나려고 기다리거나 하지 않았을 거야. 그러나 저들은 훌륭한 분들이군—좀 딱딱하고 무뚝뚝하기는 하지만 집안도 나쁘지 않고 몸가짐도 좋더구나—몸에 갖춰진 품위와 강한 성격을 갖고 있어. 솔직히 말하지만, 너의 아가씨가 그녀의 이모 같은 입을 갖고 있지 않으면 좋겠다."

에릭은 열렬하게 말했다.

"킬머니의 입은 사랑스러운 노래에 아름다운 육체를 준 것 같답니다."

"흠!"

마셜 씨는 신음했다. 한참 뒤 그는 이제까지보다 너그러운 목소리로 덧붙였다.

"나도 평생에 6개월 동안은 시인이었던 때가 있었단다. 너의 어머니에게 구혼했을 때였지."

두 사람이 과수원에 다다랐을 때, 킬머니는 라일락 아래 벤치에서 책을 읽고 있었다.

에릭과 함께 찾아온 키가 크고 머리 흰 노신사가 누구인지 알아차

리고 킬머니는 벤치에서 일어나더니 부끄러운 듯 천천히 앞으로 걸어 나왔다.

가까이 다가오는 킬머니를 보자 이토록 아름다워 보인 적은 다시 없을 정도였으므로 에릭은 가슴 뿌듯한 기쁨을 느꼈다.

킬머니는 그녀가 마음에 들어하는 파란 옷을 입고 있었다. 다른 어떤 옷도 마찬가지로 간소하고 예스럽게 만들어져 그녀의 나긋나긋하고 호리호리한 모습의 더없이 아름다운 선을 드러내고 있었다.

윤기 흐르는 검은 머리는 총총 땋아서 머리에 띠처럼 감아놓았으며, 거기에 꽂은 탱알꽃이 연보랏빛 별처럼 빛나고 있었다.

얼굴은 흥분 때문에 아름답게 발그레해져 있었다. 고목나뭇가지 사이로 새어나오는 붉은 햇빛을 머리에 받은 킬머니는 어린 왕의 딸처럼 보였다.

에릭은 자랑스럽게 서로 소개해 주었다.

"아버지, 킬머니입니다."

킬머니는 부끄러워하며 인사말을 속삭이고 손을 내밀었다.

마셜 씨가 그 손을 잡고 날카로운 눈으로 그녀의 얼굴을 지그시 쏘아 보고 있으므로, 솔직한 킬머니도 그 매서운 나이든 눈 앞에서는 기가 죽었다.

이윽고 마셜 씨는 킬머니를 끌어당겨 위엄 있고 상냥하게 그 하얀 이마에 키스했다.

"내 아들의 신부가 될 것을 승낙해 주어 나는 기쁘고 아주 자랑스럽소. 내게도 귀엽고 소중한 딸이 하나 생긴 셈이오."

에릭은 별안간 얼굴을 돌려 감동을 감추었다. 그 얼굴은 위대한 영광이 자기의 앞날에 펼쳐지고 깊어지는 것을 보는 사람처럼 반짝이고 있었다.

Lucy Maud Montgomery
ANNE OF GREEN GABLES
《ANNE》의 에피소드

험난한 인생길

앤은 물론 몽고메리도 프린스 에드워드 섬을 마음속 깊이 사랑했다. 섬사람들은 지금도 자기들이 태어난 섬을 무척 사랑하고 있다.

아메리카 대륙을 자유롭게 왕래하는 캐나다 사람 중에서도, 프린스 에드워드 섬이나 그 근처 뉴펀들랜드 섬에서 태어난 사람들은, 캐나다의 어느 곳에 거주하더라도 여름에는 반드시 고향에 돌아오곤 한다. 이 섬 사람들은 고향을 사랑할 뿐만 아니라 이곳에서 태어난 사실을 자랑스럽게 생각하면서 굳은 단결력으로 외부인들의 이주를 저지하고 있다.

얼마 전 샬럿타운에서 아흔넷의 할머니가 죽었는데, 죽는 순간까지도 섬사람으로 인정받지 못했다고 한다. 그 이유는 생후 6개월 지나서 이 섬에 도착했기 때문이라는 것이다. 100년을 살아도 여기에서 태어나지 않은 사람은 섬사람으로 인정받지 못하는 것이다.

이들의 자존심 밑바탕에는 캐나다 역사에서 이 섬이 어떤 역할을 해 왔는가와 깊은 관련이 있다. 1864년, 프린스 에드워드 섬의 중심도시 샬럿타운에서는 캐나다가 국가로서 출발하는 역사적인 회의가 개최되었다. 결국 이 섬이 '캐나다'라는 나라의 발상지인 셈이다.

그러나 자존심 강한 섬사람들은 회의장소를 제공하면서도 연방제도에 대해 무관심했다. 다른 주와는 비교할 수 없을 만큼 작은 프린스 에드워드 섬이 하나의 주로서 존재할 수 있는 것도 이같은 역사적 사실 때문이고 또한 이것이 섬사람들이 지닌 자존심의 바탕이 되고 있다.

섬사람들 중에는 유난히 스코틀랜드계 사람이 많다. 작품 속 매슈도 어머니가 스코틀랜드에서 가져온 장미를 유독 사랑했다.

처음부터 이 섬이 영국 영토였던 것은 아니다. 원주민은 인디언이었고 맨처음 이곳을 식민지로 점령한 것은 프랑스인이었으나, 전쟁에서 승리한 영국이 점령하면서 프랑스인을 추방했다. 남은 프랑스인들은 사회적 약자로서 차별받았다. 머릴러가 프랑스계 사람들을 한 단계 낮은 인간으로 취급하는 것도 이같은 역사적 배경과 관련이 있다.

그런데 본디부터 살고 있던 원주민 미크맥족 대부분은 유럽의 탐험가, 입식자(入植者)들이 건너와 북미 곳곳에서 그러했던 것처럼 유행성감기, 천연두, 볼거리 등 새로운 병의 세례를 받아 목숨을 잃었다. 또 그들 사이에서는 알코올 중독도 큰 문제가 되었다.

게다가 미크맥족은 사냥과 고기잡이를 생업으로 하면서 옮겨다니는 생활형태를 가진 민족으로 계절의 변천에 따라 캐나다 본토와 섬 사이를 왕래하면서 생활하고 있었다.

프린스 에드워드 섬에 이주해 온 사람들은 농업을 주로 하는 민족으로 토지에 경계를 둘러치고 나누었다. 그러므로 미크맥족은 전통적인 문화와 생활형태를 유지하기가 매우 어렵게 되었다.

미크맥족만 살고 있었던 시대 이후 상황은 크게 달라져 그들의 인구는 급격히 감소했다. 오늘날 그들은 총인구의 1% 미만을 차지하고 있을 뿐이지만 의연하게 이 섬에 남아 있다.

이 섬을 발견한 최초의 유럽인은 프랑스인 탐험가 '자크 카르티에'이며 1534년의 일이었다. 1603년 사뮈엘 드 샹플랭이 이 섬을 생장 섬이라고 이름지었다. 1719년에는 약 백여 명의 프랑스인이 이곳에 자리를 잡았다.

그 뒤 약 50년 동안 이 섬을 둘러싼 지배권은 여러 번 바뀌었다. 엑

CONVENTION AT CHARLOTTETOWN, PRINCE EDWARD ISLAND.
OF DELEGATES FROM THE LEGISLATURES OF CANADA, NEW BRUNSWICK, NOVA SCOTIA, AND PRINCE EDWARD ISLAND,
TO TAKE INTO CONSIDERATION THE UNION OF THE BRITISH NORTH AMERICAN COLONIES.—SEPTEMBER 1, 1864

연방의 아버지들 1864년 9월 프린스 에드워드 섬에서 열린 '샬럿타운 회의'가 캐나다 연방창설을 위한 회의였기 때문에 이 섬은 '캐나다 발상지'로 알려졌다. 이 섬은 1873년에 연방 주로 승격되었다. 최초로 이곳에 모였던 연방대표단을 '연방의 아버지들'이라고 부르고 그 공을 기리고 있다.

프로빈스 하우스 1847년에 세워진 이 '주 의사당'은 1864년 캐나다 독립을 위해 연방준비회담이 개최된 장소이다. 2층 '연방회의실'은 그때 그대로 보존되어 있다.

스라샤펠 조약에 의하여 1745년에 영국이 지배권을 차지했다가 1758년에는 다시 지배권이 프랑스로 되돌아갔으나, 1763년 파리조약에 의해 영국의 통치가 영속적으로 인정되었다.

1763~68년에 프랑스계 이주민이 몇천 명이나 추방되거나 거주지를 옮겨 프린스 에드워드 섬의 인구는 5천에서 300명으로 격감했다. 이렇게 하여 아카디아인이라고 불리는 프랑스계 이주민은 마침내 미국 루이지애나 주에 흘러들어가 '케이준'이라고 불리게 되었다.

오늘날도 그 자손이 살고 있다. 이 섬에 남고 싶은 프랑스 사람은 숲속에 숨어 살 수밖에 없었다. 머릴러가 얼굴을 찌푸리면서 '프랑스인 남자들'이라고 하는 말투가 프랑스인이 소수라는 것을 여실히 말해 주고 있다.

1799년 2월, 생장 섬은 프린스 에드워드 섬이 되었다. 영국왕 조지 3세의 아들로서 뒤에 켄트 공작이 된 인물의 이름을 따서 지은 이름이다.

한 역사가에 따르면 아카디아인의 시대에는 짧은 기간 작은 독일인의 정착지가 존재한 것 같다. 영속적으로 독일인이 살기 시작한 것은 미국 독립전쟁 뒤 왕당파 사람들이 이쪽으로 이주해 온 다음부터였다.

1880년대 초에는 터키의 박해를 피해 레바논의 그리스도 교도가 이 섬으로 건너왔다. 이러한 사람들 대부분은 등짐장사가 된 것 같다. 외국인에게 완고한 편견을 가지고 있는 머릴러가 지중해 주변에서 이주해 온 사람들을 모두 '이탈리아인'이라고 하는 것도 마땅한 일인지도 모른다.

프린스 에드워드 섬을 영국이 지배한 이후에 옮겨온 이주자 대부분은 스코틀랜드인이었다. 스코틀랜드인이 태어난 고향을 떠나지 않을 수 없었던 요인은 여러 가지가 있었다.

18세기 말엽 스코틀랜드에서는 '고지의 대청소'라는 조직적인 노력

▲ 프린스 에드워드 아일랜드 주의 문
장(왼쪽)과 주의 꽃 레이디스 슬리퍼(오
른쪽)

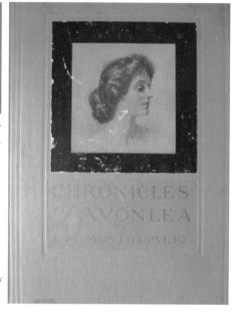

▶《달이 가고 해가 가고 *Chronicles of
Avonlea*》(1912) 초판본 표지

이 있었다. 고원지대에 사는 사람들을 스코틀랜드에서 추방하려는
것으로 이로 인하여 많은 이민자가 나왔다.

1745년에는 제임스 2세를 지지하는 사람들의 반란이 일어나 스코
틀랜드 측이 패배했기 때문에 박해, 기아, 전염병 등이 이어졌다. 또
식량 부족, 콜레라, 이질 등에 시달리던 소작인들은, 더 이익이 되는
양의 방목으로 농지의 이용을 바꾸려는 지주들에 의하여 지금까지
농사짓던 토지에서 쫓겨나게 되었다.

몇 해나 흉년이 계속되고 고원지대에 사는 사람들 특유의 씨족제
도가 무너져 갔다. 이런 상황 아래서 새로운 기회를 찾는 사람들이
수천 명 규모로 신세계로 이주해 왔다.

유복한 계급에 속하는 사람들이 사재를 가지고 이민을 장려한 일
도 있었다. 1803년에 제5대 셀커크 백작이 800명의 스코틀랜드인 농
민을 정주시키기 위하여 이 섬에 데리고 온 것이 그 좋은 예가 된다.

모드의 《스크랩북스》 '섬을 사랑하다' 위 사진은 당시 섬의 명소였던 '심프슨제분소'. 《습지에서》 라는 시는 섬 경관의 아름다움을 찬양하는 프린스 오브 칼리지 교수 존 케이븐 작품이다.

마르코 폴로호 1883년 7월 25일 침몰된 '세계에서 가장 빠른 범선'이다. 모드 8세 때의 일이다. 프린스 에드워드 주민 대부분이 18세기 끝무렵 스코틀랜드나 아일랜드에서 추방되어 배를 타고 이주해 온 이주민이다. 그들의 삶은 결코 이 섬을 벗어나지 않았다.

지주나 씨족의 족장이 찬반을 불문하고 이민을 시킨 예도 있었다. 그리고 이미 이 섬에 이주하여 살고 있는 친지나 친척을 찾아 온 경우도 적지 않다.

1798년이 되자 섬 인구의 절반이 스코틀랜드 사람으로 채워지게 되었다. 《그린게이블즈 빨강머리 앤》에 나오는 애번리도 어김없는 스코틀랜드 이민인 듯 그 이름이나 가계가 스코틀랜드 사람다우며 이들이 주민의 중심자리를 차지하고 있다.

1764년부터 2년 동안 영국의 검사관이 일률적으로 한 구에 2만 에이커씩 섬을 67개의 군구(郡區)로 나누었다. 1767년에는 이렇게 나눈 토지를 영국인 부재지주에게 팔았다. 이에 따라 생긴 대립과 혼란은 그 뒤 1세기 이상이나 이어졌다.

정부는 1875년부터 1895년까지 이런 토지를 모두 소유자로부터 도

드라이어드의 샘 '나무정령의 샘'. 애번리 마을 곳곳에 이와 같은 동화적인 명소가 있다.

로 사들이는 법을 만들어 그곳에서 소작을 하고 있던 사람들이 지주가 될 수 있었다. 이 긴 투쟁 시대는 그 뒤에도 오랫동안 그 흔적을 남겼다. 토지의 소유와 이용이라는 문제에 대해서는 섬주민과 정치가들이 놀랄 만큼 민감해진다. 지금도 단독으로 개인이나 회사가 가질 수 있는 토지 면적이 주법으로 제한되어 있고 비거주자에 대한 토지 매각도 규제되고 있다.

19세기 전반에는 스코틀랜드로부터 이민이 계속 들어오는 가운데 이들 못지않게 박해와 고난에 시달리던 아일랜드인이 이민 대열에 참가하게 된다. 1861년에는 아일랜드인이 샬럿타운 주민의 3분의 1에 이르렀다. 따라서 인종면에서 말한다면, 이 섬에는 압도적으로 켈트계가 우세했다. 19세기 후반까지도 스코틀랜드 고원지대 사람들의 원래 언어인 게일어가 많이 쓰이고 있었다. 지금도 노바스코샤에는 아

478 《ANNE》의 에피소드

루피너스(Lupinus) 섬사람들이 가장 사랑하는 꽃. 이 시기 그들의 이야기 속에 이 꽃 이름이 빠지는 날이 없다.

직 게일어를 쓰는 사람이 있어 게일어로 강의하는 고등교육기관이 있을 정도다.

　모드가 쓴 작품에서는 스코틀랜드식 말투를 많이 엿볼 수 있다. 이런 표현이 머릴러가 지닌 몽고메리의 어휘로 감정을 그대로 묘사되면서 나타나 있다. 이 섬에서는 주민들이 이어오고 있는 스코틀랜드적 문화풍토에 관련하여 교육이 중시되었다. 모드가 쓴 책에서 볼 수 있는 교육을 중시하는 생각은 조상의 스코틀랜드 문화에서 영향받은 것으로 보인다. 앤이 배우고 있는 교과과정을 보아도 스코틀랜드적인 편향이 뚜렷하다. 앤이 사랑하는 시인, 소설가는 모두 스코틀랜드 사람들이다. 그리고 앤이 즐겨 암송하는 시나 암송작품도 또한 스코틀랜드사(史)—영국과의 항쟁사—에 대한 것이다.

　모드의 선조는 소설에 묘사되어 있는 커스버트 집안과 비슷하여 조부모, 증조부모, 고조부모들에 영국 피가 조금씩 섞여 있다. 그렇지만 주로 스코틀랜드 사람들이다. 앤은 매슈의 무덤에 매슈의 어머니가 아주 옛날 스코틀랜드에서 가져온 작은 흰 장미를 심는다. 조상의 토지에 대한 애착을 모드는 일생 동안 잊지 않았다.

　"양쪽 가족들에게 전해오는 이야기가 많이 있었다. 어린 시절 겨울 난롯가에서 어른들이 이야기해 주면 가슴 두근거리며 귀를 기울였다. 그런 이야기를 즐기는 기분은 본능과 같은 것이다. 우리 선조들이 구세계에서 서쪽으로 이끌고 온 신나는 모험담에 가슴이 두근두근했다. 이런 때 구세계는 언제나 고향이라고 불렸다. 그런 식으로 말하는 이들의 부모는 모두 캐나다에서 나고 캐나다에서 자랐는데 말이다."

　자서전 《험난한 길》에서 모드는 자신의 여성 선조 가운데 두 사람에 대하여 그들이 이 섬으로 이민왔을 때 가족에게 전해져 온 이야기를 적고 있다. 그녀의 고조할머니에 해당하는 몽고메리는 북미대륙에 가려고 했으나, 도중 배멀미가 너무도 심하여 물을 보급하려고 기항한 이 섬에 상륙한다. 그리고는 두 번 다시 배를 타지 않겠다고 버티자, 그녀의 남편인 고조할아버지도 끝내 체념하고 여기에 정착하게 되었다고 한다. 몽고메리 집안이 이 섬에 뿌리를 내리게 된 데에는 이런 경위가 있었던 것이다.

　어머니쪽 증조할머니도 배멀미가 심하여 이 섬에 도착한 지 몇 주일이 지나도 모자를 벗으려 하지 않고 쓴 채로 돌아다니면서 큰 소리로 '나를 고향에 데려다 줘요' 하고 계속 말했다고 한다.

　그러나 결국 고향에 가지는 못했으므로 그녀는 모자를 벗고 자기 운명에 따르기로 했다는 것이다.

린네풀(Twinflower)

　모드의 이야기에서는 전통, 역사, 대대로 전해오는 가족적 특성 같은 것에 대한 의식을 생생하게 엿볼 수 있다. 때로는 이러한 전통에 대한 감각이 전통을 거부하는 형태로 나타나는 경우가 있다. 예를 들면 머릴러는 가사에 대해서는 자신의 어머니, 그리고 그 어머니의 조상들이 해 온 방식을 지켜나가려고 한다. 따라서 주일학교에 갈 때 모자에 꽃을 꽂는 것 같은 앤이 한 행동은 머릴러의 인생과 세계질서를 뒤엎는 것이다.

　그러나 앤도 켈트계이다. 아마도 머릴러나 매슈보다도 더욱 강렬한 켈트계일 것이다. 그런 의미에서 그녀의 붉은 머리칼은 스코틀랜드에서 프린스 에드워드 섬에 상륙한 사람들의 진정한 전통을 이어받았음을 잘 알려주는 것이라고 할 수 있겠다.

　머릴러와 매슈에서 보여지는 발이 땅에 붙은 현실과 씨족제도적인 기풍은 어떤 의미에서 스코틀랜드 국민성의 한 면을 나타내는 것이라고 말할 수 있으나, 앤은 좀 더 다른 면을 대표하는 것으로 볼 수도 있다.

앤은 비현실적인 분위기를 처음부터 끝까지 잃는 일이 없다. 그것은 매우 현실적인 애번리 사람들에게 거의 공포를 느끼게 할 정도이다. 이 섬에는 구세계에서 그대로 가지고 온 초자연 세계에 대한 신념이 남아 있었다. 앤은 조상의 '요정 이야기'에 매료되어 주변 풍경을 나무 요정이나, 유령 또는 여자 요정 등으로 가득 채우고 있다. 친밀한 자연세계는 마법이나 초자연과 함께 앤이라는 존재의 일부를 이루고 있다.

꽃으로 꾸민 모자를 쓴 앤은 그리스 소녀 같다. 꽃을 머리에 꾸미고 싶은 욕망은 일종의 이교도적 정신이며 애번리적인 것과 반대에 위치한다. 앤은 점심 시간에 들꽃을 따다가 둥글게 엮어 머리에 꽂고 숲이나 물의 요정같이 혼자서 노래부르며 나무 사이를 걸어다니다 그만 수업에 늦는다.

배리네 집 정원에는 모드가 훌륭하다고 생각하는 특질이 모두 집약되어 있다. 여기는 오래된 야생의 정원, 여기저기에 꽃이 피어 있는 마치 들판과 같은 정원이다. 고목이 서 있고 오솔길이 있지만 제멋대로 우거진 풀꽃이 길을 뒤덮고 있다.

'오솔길과 오솔길 사이의 화단에는 전통적인 꽃이 마구 피어 있었다'고 일기에 씌어 있는 모드의 개인적인 감상을 읽어보면 이 배리네 집 정원이 얼마나 그녀의 이상을 실현하고 있는가를 알 수 있다.

"세상에서 진실로 '고풍스러운' 정원처럼 훌륭한 것은 없다. 구식 정원에는 몇 가지 빠뜨릴 수 없는 것이 있다. 그것 없이는 전혀 다른 게 되어 버리는 것 같다. 시인은 길러내려고 하여 길러지는 것이 아니고 타고나는 것이다. 고풍스런 정원도 꼭 마찬가지이다. 오

수선화(Narcissus)

랫동안 주었던 애정과 보살핌이 꽃피어 생겨나는 것이다. 새로움
이나 현대적인 것이 조금이라도 섞이면 쓸모없는 것으로 되어 버
린다.

우선 그것은 세상과 격리된 '외딴 정원'이어야 한다. 버드나무로
둘러싸이는 것이 가장 좋다. 사과나무나 주목이라도 좋다. 야무지
게 토라진 듯한 오솔길이 몇 개 나 있고 조개껍데기로 가장자리를
둘러치거나 리본초가 둘레에 심어져 있어야 하는 것이다.

또 안쪽에 심어진 풀꽃은 옛날부터 정원에 있던 것뿐으로 아직
세기 초인 무렵에 할머니들의 손으로 심은 여러해살이풀이어야 한
다. 긴 치마를 입고 명주 가운을 걸친 귀부인 같은 양귀비꽃, 관
능적인 분홍빛의 서양장미, 화려한 갑옷을 입은 위병 같은 도깨비
백합, 얼룩 옷을 입은 미국 패랭이꽃, 어린 시절 아주 좋아한 나팔

수선화 등의 꽃들이 질서 있는 혼란 속에 피어 있어야 한다."

《그린게이블즈 빨강머리 앤》에는 대부분의 꽃이 등장한다. 배리네 집 정원에 대한 상세한 묘사에 없으면 다른 집을 찾으면 나온다. 몽고메리는 1914년에 어느 잡지에서 보내온 질문서에 대한 자신의 회답을 일기에 쓰고 있다.

'꽃이라면 무엇이나 좋아하여 한 가지만 고르기는 어려워요. 그래도 야생화 가운데 가장 좋은 것은 프린스 에드워드 섬에 있는 가문비나무 숲에 피는 쥰 벨, 즉 린네풀이지요. 정원에 피는 꽃으로는 소녀 시절에 6월의 백합이라고 부른 흰 수선화가 좋구요. 우리 집에는 없었지만 캐번디시의 오래된 정원이라면 한쪽 구석에 피어 있었지요.'

쥰 벨이라는 이름은 《그린게이블즈 빨강머리 앤》에도 나오며, 이 수선화의 모티프는 되풀이된다. 그리고 이야기 끝에 매슈의 죽음과 결부되어 그 결과 앤은 오랫동안 수선화를 보면 슬픔을 견딜 수 없다고 말한다. 앤이 수선화를 손에서 떨어뜨리는 장면에는 상징적인 의미가 담겨 있다. 그것을 기회로 그녀는 나르시즘과 영원히 결별하게 되는 것이다.

김유경

숙명여자대학교 미술대학 서양화 전공(부전공 영문학) 졸업
창작미협전 「정월」특선 목우회전 「주왕산」입상
지은책 「조선 열두달 이야기」옮긴책 「잉걸스·초원의 집」
「몽고메리·앤스북스」10권

Lucy Maud Montgomery
ANNE OF GREEN GABLES

ANNE

9
달이 가고 해가 가고
루시 모드 몽고메리/김유경 옮김
1판 1쇄 발행/2002. 1. 1
2판 1쇄 발행/2004. 6. 1
3판 1쇄 발행/2014. 5. 5
3판 4쇄 발행/2021. 1. 1
발행인 고정일
발행처 동서문화사
창업 1956. 12. 12. 등록 16-3799
서울 중구 마른내로 144(쌍림동)
☎ 546-0331~6 (FAX) 545-0331
www.dongsuhbook.com

*

*

사업자등록번호 211-87-75330
ISBN 978-89-497-0853-9 04840
ISBN 978-89-497-0844-7(전10권)

한국독서대상수상

올컬러 ANNE 총10권

그린 게이블즈 빨강머리 앤 | 루시 모드 몽고메리 | 김유경 옮김 | 동서문화사

1만남 큰 눈에 주근깨투성이 빨강머리 앤이 꿈에 그리던 따뜻한 보금자리 그린게이블즈에서 지내는 소녀시절. 아름다운 마을에서 펼쳐지는 우정, 갈등, 행복, 사랑 이야기.

2처녀시절 초등학교 신임교사로서 바쁜 나날을 보내는 열여섯 살 앤의 가을부터 이야기는 시작된다. 소녀에서 한 여성으로 성장해가는 앤의 정겨운 나날이 펼쳐진다.

3첫사랑 앤의 즐거운 학창시절. 하지만 괴로움으로 마음이 요동치는 밤도 있었다. 꿈에 그리던 대학에서 공부하며 진정한 사랑에 눈떠가는 과정이 아름답게 펼쳐진다.

4약속 서머사이드 중학교의 교장으로 부임한 앤을 맞이하는 사람들의 적의 시선. 타고난 유머와 인내로 곤경을 헤쳐 나가는 젊은 여성의 개성 넘치는 모습을 그리고 있다.

5웨딩드레스 앤과 길버트는 해변 '꿈의 집'에서 달콤한 신혼생활을 보낸다. 특별한 이웃에 둘러싸여 행복하게 살아가는 둘에게 드디어 귀여운 아이도 태어나는데…….

6행복한 나날 의사인 남편 길버트를 도와 여섯 아이를 기르게 되고 친구를 맞으면서 바쁜 나날을 보내는 앤. 삶을 사랑하며 행복하게 살아가는 것은 더없이 멋진 일이다.

7무지개 골짜기 '무지개 골짜기'에서 황홀한 나날, 순수한 꿈과 바람은 어른들에게 천사의 목소리로 울려온다. 자연과 인간 마음을 아름답게 그려낸 주옥같은 스토리.

8아들들 딸들 세계대전이 일어나 아들과 딸의 연인들이 잇따라 출정을 하게 된다. 전쟁에서 사랑하는 사람을 잃은 슬픔을 견뎌내는 어머니 앤과 막내 릴러의 의연한 모습.

9달이가고 해가가고 15년 만에 이루어진 사랑, 말 못하는 소녀를 구원하는 젊은 교사의 헌신적 애정 등, 앤 주위 사람들이 만들어가는 마음 따뜻한 주옥같은 이야기들.

10언제까지나 신시어 숙모의 교양이는 어디로? 샬럿의 옛 애인은 누구? 언뜻 평온하면서도 뜻 깊은 애번리 여러 사건들, 그리고 감동적인 크리스마스 이야기가 펼쳐진다.